在人大课堂读小说

杨庆祥 主编

时代出版传媒股份有限公司
安徽教育出版社

图书在版编目（CIP）数据

在人大课堂读小说 / 杨庆祥主编. —合肥:安徽教育出版社,2022.4

ISBN 978-7-5336-9667-2

Ⅰ.①在… Ⅱ.①杨… Ⅲ.①小说研究—中国—当代 Ⅳ.①I207.42

中国版本图书馆 CIP 数据核字（2022）第 049932 号

在人大课堂读小说

ZAI RENDA KETANG DU XIAOSHUO

出 版 人:费世平
策划编辑:徐　鹏
责任编辑:徐　鹏
助理编辑:张智学
装帧设计:阮　娟
责任印制:陈善军

出版发行:安徽教育出版社
地　　址:合肥市经开区繁华大道西路 398 号　邮编:230601
网　　址:http://www.ahep.com.cn
营销电话:(0551)63683012,63683013
排　　版:安徽时代华印出版服务有限责任公司
印　　刷:安徽新华印刷股份有限公司

开　　本:710mm×1010mm　1/16
印　　张:27.25
字　　数:400 千字
版　　次:2022 年 4 月第 1 版　2022 年 4 月第 1 次印刷
定　　价:78.00 元

一篇在梦中写过的序

——序《在人大课堂读小说》

是什么时候想起来要开设联合文学课堂？应该是一个春天，四月份，最美人间四月天。还应该是在一个小旅途中，我记得晚上从床上跳起来，抱着手机让学生抓紧做一个联合文学课堂的标识——要春天的颜色、春天的节奏和春天的气息。那是2014年？都是8年前了？小时候爱读武侠小说，尤其喜欢“十年后少年成了武林高手”之类的表达，那时候觉得“十年”是多么漫长的时光啊，而现在，看到手里这厚厚的一册书稿，觉得不过是昨日的事情。

其实就是在昨天，昨天的昨天，一群年轻人，人大的、北大的、北师大的；在读的，刚毕业的；男的，女的；70后、80后、90后。我们都挤在一间房里，沙发盛不下了，就席地而坐；地板不干净，用手擦一擦；路途远的，挤着地铁就过来了，还有路途更远的，天津、山西，甚至新疆。天津的同学发完言晚饭也不吃了，又匆匆去高铁站赶回去，这样可以省一晚上的住宿费。一切都是因为文学，友人们从四面八方聚来，大家分享、对话、争论，大家阅读小说、朗诵诗歌，兴之所至，甚至手之舞之，足之蹈之！一切都是坦诚和真诚的，眼睛里有着光，而光，来自一部部优秀的作品，一个个独创的观点，一颗颗年轻的心灵！

如此居然持续了5年36期。这其中有很多即兴式的尝试，第20期是一次诗歌讨论，我们干脆离开校园，去了北京东边繁华商圈附近的一个时尚空间，在那里做了一场现场诗歌朗诵活动。第16期讨论科幻文学，一位作者因在海外无法出席，大家灵机一动——线上视频参会吧，在 2016 年，在线视频联动会议还是非常罕见的事情。还有几次讨论，我们直接开了直播，也是领一时风气之先，我还记得告诉大家要直播之后，来参会的人都穿得比平时漂亮多了！尝试，理解，创造，这不就是文学的精神内核吗？联合文学课堂不仅仅是在阅读文学，也在实践着文学。任何的尝试和创造，哪怕微弱如一次文学的写作和阅读，都值得尊敬和记忆。

这是我为什么愿意将这本《在人大课堂读小说》* 交付给读者的原因。2019 年 12 月，在做完第 36 期活动之后，我并不知道联合文学课堂将会划上一个休止符，正如我并不知道第 36 期中讨论的作者骤然在自己的卧室里突然离世，也不知道在 2020 年的春天，新冠肺炎疫情会席卷全球并长时间地影响我们的生活。似乎应该结束了——善始者未必善终——但“善始”本是一念之间，于是“善终”也就无可无不可。无论如何，我无比感激那些年深度参与这一活动的年轻朋友们，是的，我在很多时候想起你们，想起人生的快意不过就是明月清风大自在，纵然风流云散，也是一腔豪情满江湖。多年后我们回想起昨天，昨天的昨天，我们必然心有默契，相逢一笑。当然，因为篇幅和其他各种原因，出版社暂选择了 16 次小说专题的讨论放入本书，其他的部分，只好等其他的机缘了。

一切发生过的，好像都发生过一次。

我好像在梦中写过一篇这样的序。

所以它本来是不需要的。

杨庆祥

2022 年 3 月 20 日于北京

---

* 本书根据中国人民大学文学院举办的 16 堂联合文学课堂小说专题课文字实录整理而成，以时间为序，保留对话式口语表达风格。

目录

到世界去

——徐则臣《耶路撒冷》

05月

29日

2014年

杨庆祥：今天是我们的联合文学课堂第二次活动，这次我们请了徐则臣过来，做一个他最新长篇小说《耶路撒冷》的交流分享会。《耶路撒冷》是今年一部分量很重的长篇小说，它提出了一系列非常有意思的问题，比如说长篇小说怎样跟历史和当下对话，长篇小说的结构性等。基本上，我个人认为这个小说对徐则臣的创作来说是具有“覆盖性”的，这个“覆盖性”是指他借此把自己此前的创作都进行了归整和融合，并且展现出了新的特质。目前评论界对这个小说的评价很高，也有很多的讨论，这次我们也算是添砖加瓦。正好徐则臣今天也来了，他自己对长篇小说题材的认知、期望和规划都有非常独特的地方，他也可以谈谈自己的想法。

一

薛子俊（中国人民大学硕士生）：那我先来谈一谈。我想从“上帝之眼”开始说起。《耶路撒冷》这部小说的叙事结构很有意思，基本是“俯视结构”，唯一以第二人称进行叙事的“景天赐”一章就像拍摄电影时，原本悬挂在上方的摄影机，突然降了下来，由俯视转为平视。也正因如此，我曾经以为景天赐就是“上帝之眼”的拥有者，就是这部小说的观看主体，但读完整本小说之后，我发现不是这样的。

徐老师说，创作这本小说其实就是清理自己这一代人的历史，而初平阳所撰写的专栏也叫“我们这一代”。无论是徐老师还是初平阳，他们不仅是在回溯往昔，而且是把自己放在一个时间的高地上俯视自己这代人。因此，“上帝之眼”的真正主人，便是小说所描写的这一群人——初平阳、秦福小、杨杰、易长安，包括徐则臣，他们是小说真正的观看主体。这样一来，景天赐的位置便十分微妙，他对于小说的观看主体而言，到底意味着什么？

其实很明显，在故事的表层，景天赐的意外身亡构成了小说中所有人的“原罪”——很有意思，近来有不少涉及“原罪”的文艺作品，包括贾樟柯的电影《天注定》（*A Touch of Sin*），其英文名便是“触摸原罪”——小说中的每一个人都认为自己应该对天赐的死负责。可以说，当年划伤天赐的那道闪电，依旧在这些人的灵魂深处轰鸣。这意味着什么？我们需要引入另一个参照系，那便是“历史”。

小说写到了很多这代人共同经历过的“大事儿”，包括 1976 年的唐山大地震，2008 年的汶川大地震，等等。但是我感觉，相对于天赐之死而言，“宏大”得多的历史似乎没能对这群人产生多大的影响。这些“大事儿”外在于这些人的生命。法国哲学家阿兰·巴丢曾经探讨过“存在”与“事件”的关系，他认为“事件”最核心的特征便是“创伤”。在这个意义上，外在于初平阳等人生命的“大事儿”只能称得上“历史事实”，只是一个个的时间点，而景天赐的意外对他们而言，才是名副其实的“历史事件”。

很多时候，我们习惯性地将“历史”等同于时间长河中的暴风骤雨，《耶路撒冷》恰恰挑战了我们的“历史观”：景天赐对“我们这一代”产生的影响正说明，波澜不惊之中未尝没有历史，它们只不过难以被公众感知与分享，但这种个人性、私密性或许就是一个时代的症候。

我曾经在杨老师的书架上看到王德威先生送他的一本书：《历史的怪兽》。如果说，《耶路撒冷》中记载的那一件件“大事儿”称得上是“历史的怪兽”，那么景天赐便可谓“历史的幽灵”。对于初平阳、徐则臣这一代人来说，“幽灵”取代了“怪兽”，阴魂不散。大和堂或许就是徐老师用来祭奠这一“幽灵”的“灵堂”：安放了天送，也相当于安放了天赐，自己负疚的灵魂终于释然——在这个意义上，大和堂也是这代人灵魂羁旅的避风港。但是徐老师仿佛意识到这种安置的方式并不长久，结尾处传来拆迁消息，暗示着他们的灵魂可能要再一次被幽灵萦绕，但这属于我们谁也无法预料的未来。

杨庆祥：我觉得子俊这个头开得很好，因为他提出了很多对《耶路撒冷》很重要的问题。刚才听了这么多，我觉得他提到的最重要的一点是内在生命和外在历史之间的关联。这个太有意思了。则臣这一代人其实经历了很多宏大的历史，比如说刚才讲到的唐山大地震等，但是这些事件跟我们的生命有什么关系？这个关系到底在哪一点上可以勾连起来？我认为这是长篇小说当下需要面对的一个重要问题。现在的很多长篇，包括莫言的《蛙》，他写的是计划生育，这也是一个非常重要的宏大历史事件，但至少在《蛙》里面，计划生育没有和莫言本人，或者说他们那一代人的生命产生有效的勾连，结果你会发现这之间是分离的。所以在《耶路撒冷》这里天赐就特别重要，天赐作为一个创伤性的记忆，他和这群人的内在生命连在一起，也就是说，这种内在生命和外在历史是有关联性的。这就涉及了小说中大家有时候觉得很奇怪的那个作家的专栏，其实这个专栏在结构上非常重要，起到了一个有效勾连的作用，这一点大家等下可以再讨论。

李壮（北京师范大学硕士生）：《耶路撒冷》这本书这几天很火，我在很多地方都读到了有关这本书的评论、对话、创作谈，等等。很多大的、宏观层面上的问题都已经被谈到了，所以我从更微观、具体的角度来谈一谈。

我今天想谈的第一点是从词语到身体的现象学还原。小说中初平阳对耶路撒冷的向往，最开始就是觉得这个词好听，而且好听得神秘。“耶路撒冷”这个概念对初平阳来说，首先不是宗教的、文化的，而是口感的、听觉的。这样一来，“耶路撒冷”这个已经严重超载的文化历史符号，一下子就变成了初平阳自己的私人收藏。这就好像是从宗教撤退到信仰——宗教是秩序化、集体化、权力化的东西，而信仰仅仅关乎一个人的内心。

与“耶路撒冷”类似的，是“耳朵”这个意象。初平阳刚与舒袖分手之后照镜子的那一幕令我非常感动。在这一幕中，初平阳拿起镜子重新审视自己，发现自己的脸不见了，只在镜子里看到两只耳朵。然后从耳朵开始，才一点点重新看见自己的脸。这个情节让我感到非常震惊。男主角经历了某场剧变，精神受到了很大冲击，这时候重新审视自己，这类情节早已经被写遍了、写滥了。我们常常看到的写法是，某人在这时拿起一面镜子，看到自己的眉宇间出现了“某种力量”或是“某种气质”；或者像拉斯蒂涅那样，埋葬了高老头，回头望望巴黎，也埋葬了自己最后一滴温柔的眼泪。初平阳不一样，他第一眼看到的是自己的耳朵，是这个被爱人把玩惯了的身体部位。这个细节让爱情的创伤落回到身体的某个部位，一下子就显得真实、感人起来。

这两个例子都是对词与物进行了某种现象学还原式的处理。徐则臣把小说中处理的许多对象直接还原到最原始的层面，这其实触及了一个很重要的问题，就是“对自我的重新找寻”。自我意识的真正觉醒是70后作家被寄予厚望的地方。徐则臣以及许多70后作家都是在用真实的“自我”去碰撞这个时代：他们所做的工作，不是把生活抬升到“理念”，而是还原到“经验”。在这个意义上，70后作家的作品中真正显示出个体经验的在场与个人话语的完成，这一点让我们感到欣喜。

第二点，我想谈一个“错位”的问题。小说中有一个专栏叫作“到世界去”，但整本小说又在不断地呼喊着“回到自我”。两个动作之间构成了暧昧的悖论，存在着一种深刻的“错位感”。最触动我的一个细节出现在小说的第333页：秦奶奶的耶稣像到底应该穿鞋还是不穿鞋？这个有些荒诞甚至戏谑的难题，其实同莎士比亚的“To be or not to be”一样重大。这其实涉及自我与现实之间的错位、记忆与历史之间的错位。在我看来，这种深刻的错位感正是小说不断推进的动力之源，而这一点也恰恰触及了70后一代人的精神困境。

第三点是读《耶路撒冷》的“荒原意识”。荒原就是没有方向，没有路。具体到文学上，就是一种众声喧哗而没有结论的状态，一种向四面八方弥散而不知所终的状态。《耶路撒冷》在小说结构、故事情节、叙事节奏等诸多方面都体现出类似的气质。这在某种程度上使这部小说成为一本能够与当下现实及其精神困境构成对话的书。在此意义上，本书或许不是完美的，但无疑是有效的。

最后说一下不足。在阅读的时候，我发现景天赐好像一个旋涡的中心，每个人在生命深处都向着他旋转、靠拢，因此我特别期待景天赐的那一章，觉得会有一个大的爆发。然而真读到那里我发现，这一章虽然石破天惊地用了第二人称叙述，但其实还是初平阳自己在讲话。加入了塞缪尔教授和顾念章的故事，拓宽了时空维度，但感觉把力量给带散了，没有出来，不知徐老师怎么看。还有就是《耶路撒冷》里许多人物都似曾相识，我注意到徐老师在最近一个访谈中提到，十年之后如果再写，您会写这批人在50岁时候的生活状态。这让我在期待的同时也有点担心。当今很多作家都有很宽的人物谱系，写过许多不同类型的人物，不断尝试新的领域。而看您的意思似乎是打算逮着这一帮人写到底的。我的疑问是：这样的选择是不是有点浪费呢？长此以往，是否存在写作资源透支、枯竭的风险？

徐则臣：学者真是不一样啊。宏大历史，我们这代人其实也经历了一些，我觉得一个宏大的东西跟个体之间，必须通过细节才能产生关系。有很多宏大的东西，看起来很重要，但是和我们的日常生活很难产生细节上的关联，所以有的时候，你会忽略，或者说至少没有像我们在传统的小说里那样，把这个东西无限地放大。我个人更追求那种本色的、真实的东西。一个东西，它跟我产生关联了，我才会写出来。作为一个作家，可能我只写我负责任的那一块。这是其一。其二，关于这个宏大的东西怎么处理，我一直有自己的一个想法。国外的汉学界还有文学界谈到中国的小说总提到史诗问题，他们说中国的小说里面看起来是波澜壮阔的，众多人物跑来跑去，但没有几个是活的。他们的意思就是小说很好看，但好看的，其实更多的是背景。我们舞台上宏阔的、跌宕起伏的背景和漫长的时间跨度，完全把人物给淹没了，你在舞台上看到的更多是背景而不是人物，激动人心的也多半是背景而非人物。我觉得好小说要写好人，把人物推到前台，背景就在背景的位置上，背景不该像我们的史诗里那样喧宾夺主。即使有一个宏大的背景，即使有这样一个重大的历史事件，跟我们息息相关，也要通过我们的日常细节和内心反映。在宏大事件中，“人”是抽象的，只是一个数字，就是易长安感觉到的被淹没、被取消的那个荒凉的感觉。把这个感觉说明白，对我来说，比说出那个宏大的场面，那种激情澎湃、热血沸腾的、喧嚣的东西更为重要。

李壮刚才说的那个“耳朵”，还有“鞋”，写的时候我还真没意识到，你这样一说，我还挺吃惊的。从写作的角度上讲，还的确是灵光一现。你说到一个问题：自我和时代的对话关系。这小说之所以写得这么慢，写了这么长时间，其实有几个大的想法：第一个是尽量及时地、有效地把这一代人的想法给表达出来；第二个，也在暗暗地较着劲儿，要跟前辈的写作区别开来。李敬泽老师看完了以后写了一段话，里面有这样一句，他说：“我们已经能够看出，徐这一代小说家，与他们的一些前辈作家的重要差异：他们的根本姿态是——这是‘我们’的生活、‘我们’的困难。”我很赞同。对我来说，或者对我们这代人来说，这就是“我”的问题，“我们”的问题。所以我要从我的细节，从我的“耳朵”，从我的一双“鞋”，从这些东西进入。首先是自己的问题，然后才是别人的问题。所以李敬泽先生接下来说了：“所以，他们的写作，是经验的和体验的疼痛，而不是观念的疼痛。”这一点说得也好。很多前辈作家的作品看着的确相当宏大，但有时候你会觉得很抽象，它是一种观念的疼痛，他可能站得高、看得远，但你就是觉得这些小说跟你没关系。我特别愿意听到读者看完这篇小说以后说：我进去了，这一群人跟我息息相关。

李壮说的“荒原意识”我赞同。写作的过程里，即使有的时候是一种众声喧哗、喜洋洋的状态，我内心依然感到悲凉，就像站在人群里看到自己被淹没——的确有一种“荒原意识”。最后你说，让我给所有的人物一个结尾，我没那个能力。人，经常有“被”的感觉，“被”干什么，身不由己。刚才说到景天赐的那一章，可能你读到那里觉得中间应该有一个高潮，一直上，一直上，异峰突起，作戏剧性的处理，我不太愿意那么做。我更愿意从更日常的逻辑进入一个故事。戏剧化和巨大的冲突，经营起来对作家来说不是个大问题。你可以无限地煽情，把一个情节、一种语境一个劲儿往上推，肯定可以做到，但这跟我们日常生活还是有巨大的区别的。我想在日常意义上，在平常心的意义上，在本色和自然的意义上，处理这个故事。所以戏剧化和激烈的冲突，在我的这部小说里，我尽量避免。另外，小说里加了塞缪尔教授和顾教授两个人的故事，我不知道对你们这代人来说意味着什么。我个人的理解，

“耶路撒冷”这个问题不仅仅局限于这一拨儿人，其实不同代人，心中都有他们自己的一个“耶路撒冷”。这个“耶路撒冷”是一个信仰吗，是一个宗教吗，或者是一个原罪吗？可能是，也可能是别的东西。对塞缪尔教授来说，他的这个“耶路撒冷”可能就是代他的父母去进行一场感恩之旅，到上海——这个地方“我”来过了，这是曾经救助“我”父母的城市，“我”来过了，心安了，父母在九泉之下也可以瞑目了——他要这样一种心安。而对顾教授来说，他要对“文革”进行反思，他要找到自己在这个世界上的一个精神坐标——这个东西，对他来说可能就是一个“耶路撒冷”。再比如杨杰，他固然对景天赐之死负有不可推卸的责任，他背负着一个十字架，但是对他来说，人到中年，他要对他的水晶工艺制造事业负起责任，有所担当，他要考虑这个行业原料的可持续发展问题，这已经不仅仅是一个商人的问题，而是一个人文主义者的问题了，他有一个更大的关怀。他要挣钱，但他会不突破自己底线地挣钱，让自己返璞归真，回归自我，那个东西可能也是他的“耶路撒冷”。我是希望通过这一章，通过塞缪尔教授和顾教授，把对“耶路撒冷”理解的空间给扩大：不局限在一桩“人命案”上，不局限在那所谓的“原罪”上。然后是人物谱系。你刚才说得非常对，其实有两种作家：一类作家是逮着一件事儿，闷着头往前走，一直往深处挖，把一个人的前生今世给搞出来；还有一种就是打一枪换一个地方，换一个地方打一枪。我个人更倾向于前者。对我来说，写作本身是一个思考的过程，也是一个探索的过程：有些东西我不写、写不到这一步，我就不知道前面那一步怎么走，一步一步摸着石头过河，所以才会出现你刚才说的——比如说敦煌可能是易长安的前传，福小可能是夏小容的前身——成为一个人物谱系。如果我写下一部，比如说叫《2019》，十年后再写时，可能他们会重新出现。刚才李壮担心是否会有重复，我肯定会找一个更刁钻的角度，可能就局限在某一年、某一个事件的背景下，看看在那个时代，在那个时候，40 岁到 50 岁之间的这一代人他们的内心又有多大的改变。既是那拨儿人，又不是那拨儿人，写出那个时候的真实状态。

杨庆祥：我觉得刚才李壮说得很好，则臣说得更好，阐述能力都很强大。我想接着你们两个的话说一点，那个“耳朵”其实很好玩。我在看的时候也想到了你为什么要注意那个耳朵的问题，我想这里面是不是有一种新的感觉主义。因为当代写作的一个很要命的问题就是“物化”很严重。生活的物化其实带来了写作的物化，物化就是我们会把一个事物看成它表面的样子，实际上你要通过新的感觉主义来把它激活。另外，我觉得还要继续讲的就是他这个小说的主题，有一个隐形的结构就是“到世界去”和“回到故乡”，这样一个隐形的看似是对立的问题，但实际上不是，这是一个很辩证的关系。所有人都想到世界去，这一直是则臣写作的一个主题，但是我们发现所有的人都在去世界的路上停下来了，或者都返回了，回头去了。那么这个问题的意思是什么呢？这就涉及子俊刚才讲的那个问题，就是宏大历史与个人经验之间的关系。就是你要到世界去完成一种更大的叙事，你必须回头清理自己的历史。如果你没有把自我历史清理好，你其实是没有办法到世界去的。所以在这一点上，其实就区别出了则臣，就是刚才李敬泽说的则臣的写作与前代作家的关系。前代的作家就是我就到世界去，去了就去了，不管是真的去了还是观念中去了，而我觉得则臣这一代的写作者包括他的这本书，回到了一个内视，是一种内视主义，一定要把自己的生命、自己个人的经验，清理好了，我才可能更好地到这个世界上去，而不是把这个罪指认给一个另外抽象的他者，我在我的一篇文章里就专门批判了历史的去罪化，像贾平凹的《古炉》，就是历史错误都是你们的，我只来批判。我觉得这是徐则臣这一代作家与前代作家之间一个很明显的差别。

二

樊迎春（中国人民大学硕士生）：我是第一次读徐老师的作品，但有一股亲切感，因为徐老师笔下的“大河”“淮海”，应该正是我的家乡。这种带有作者以往生活经验的创作在作家中并不少见，甚至可以说人人都有，这带给我的第一点思考是中国当代的作家，哪怕是年轻如徐老师，也依然有着非常强烈的带有乡愁色彩的文化焦虑。小说中的拆迁、建莫须有的翠宝宝纪念馆、文化研讨会等，其实也正是当下全国各地都在热衷的“文化搭台，经济唱戏”，徐老师作为有责任感的知识分子也正是生活在这样的氛围中而为传统、历史风物感到焦虑。小说第 91 页易长安说“我们身体里都装着一个父亲，走到哪儿带到哪儿，直到有一天他跳出来；然后我们可能会发现，我们最后也是那个父亲”，所以“回不去的故乡”对他们来说，也代表着如血脉一样是“无法逃离的父辈”。我觉得徐老师可能有“恋姐情结”，初平阳有姐姐，福小是姐姐，易长安的女朋友惠惠也是姐姐，而且明确地说，一个男人可能坑害妹妹，但绝不会坑害姐姐，我觉得这种对姐姐的特殊的爱恋的感情也是乡愁的一种。所以在 500 页的小说中，他们四人最终也只能有火车站那几秒钟的团聚，我觉得这个场景写得非常微妙，我更愿意把这种“团聚”理解为一种“告别”，带着永远无法忘却的乡愁而对故乡做的告别。

第二点是关于赎罪的失效。“天赐之死”贯穿了整本小说，初平阳、易长安、杨杰和福小都是天赐死亡的直接或间接责任者。因为这原罪，他们必须走上“赎罪”之路。提到耶路撒冷，大家的第一反应都是宗教圣地。但初平阳对耶路撒冷的向往除了天赐的原因之外，他也想要寻求精神突围和漫游，他除了赎罪之外也需要忏悔、反思、感恩。但除了儿时听到秦环大声念出这四个字外，这些情绪和耶路撒冷并没有发生直接的联系，而儿时听到的耶路撒冷与后来长大之后对它的了解和熟悉之间也并没有非常紧密的逻辑关系。我觉得耶路撒冷作为圣地的代名词在此好比西藏对于当下文艺青年的意义。这种功利性的、意外的，甚至是牵强的联系注定了忏悔、赎罪、反思，还有历史、时间、生命这些形而上的思考都有一个“到不了”的归属，和他们的回不去的花街一样，这也是到不了的耶路撒冷，他们的赎罪最终只会失效。

第三点是关于代际。小说非常明确地想要梳理 70 后一代的成长、历史。在第 109 页有一句话，“可以像 80 后、90 后那样心无挂碍，在无历史的历史中自由地昂首阔步”，我读来就非常不舒适。我觉得这样的书写限制了小说的视野，对代际的过分强调反而显得狭隘和不够顺畅自然。哪一代人，或者说哪一个人的成长不曾面对复杂的社会历史环境、生活和成长的压力？

最后，我觉得作者赋予这一代或者说这部小说的信息太多，似乎希望面面俱到，包括插入犹太人避难上海，隐含的“文革”叙事，城乡二元结构，青年知识分子失败的实感等，收尾时就显得有些力不从心。秦环、福小等人物形象的塑造太过单薄且概念化，我期待更细腻精致的书写。

杨庆祥：刚才讲到的文化地理空间，我觉得则臣建构得很好。如果没有这种文化地理空间的呈现，就无法突现出这些人重建历史的难度。这些人如何重建或重新检视自己的历史？它必须借助一系列的文化地理空间，但是这些东西在整个叙述里，在整个中国这样一个现代化的改革开放三十年的进程里，它是被一再打断、打破，或被重拆的。在这种情况下，实际上则臣突显了“到世界去”是很难的，回到自己的历史也是非常困难的，我觉得这个是特别重要的一点。

徐则臣：樊迎春提到很多重要问题，包括乡愁。我觉得这一代人的乡愁是非常重要的，从农村出来的人感觉可能会更强烈，因为农村这些年发生了巨大的变化，这个变化是产生我们乡愁的直接动因。

你说到了“耶路撒冷”运用的必要性，说到这个题目是否有赶时髦的嫌疑。我觉得在小说里，“耶路撒冷”这个题目的必要性，或者说它对整个小说起到的提纲挈领的作用基本表达出来了，但是最初想到这个“耶路撒冷”，仅仅是因为我对这个词的喜欢，就像小说里的初平阳一样。很多年前，我第一次听到这个词，纯粹是感官意义上的——听觉、视觉、触觉、味觉，比如说，这几个字在我看来颜色就应该是暗的、冷的，是一种发黑的、庄严的颜色，让我想到巨大的石头。我对这四个字有极深的印象、极强的好奇心，希望能够用这个词来写一部小说。这么多年，我对这个词的理解肯定会跟大家不一样，如果跟你在谈西藏一样谈论耶路撒冷，我写出来的肯定不是这样一个小说，而是一个宗教小说。我只是想把“耶路撒冷”的调子再降低一点，从宗教的层面降到信仰的层面，宗教和信仰是两回事。但对初平阳，对秦奶奶他们来说，它的意义可能也是在这两者之间摇摆。比如说秦奶奶，她的信仰未必是耶稣，她的信仰可能是沙教士，因为那个沙教士告诉她，人要放下，否则你一辈子无法安宁。所以她可以让耶稣穿上解放鞋，但如果是沙教士，她肯定不会让沙教士穿一双解放鞋。对她来说，怎么样才能到达对沙教士的信仰呢？她只有通过耶稣像、一本圣经，通过“耶路撒冷”这四个字，她仅仅是通过这样一种方式来完成逐渐向她的精神导师靠近的一个过程。

关于代际的问题。我真没有代际歧视，因为我是1978年出生的，很多想法跟你们很像，但如果你真放远了看，会发现历史不是均质地匀速前进的。历史有无数个拐点，拐点处很重要，一拐再拐；没拐点的，几百年一挥而过，无话可说。1840年就是有很多事可以写，在历史书里可能要占一大章，而之前的很多年，一句话带过了。历史放大后，看到它的微观历史时，你会看到1970年代这拨人处在一个非常特殊的年代，这个年代的重要性不知道你们这个年龄能否感觉得到。你去看我们这代人从出生到成长的时间所发生的历史的拐点，你会发现无限的密集，每一个拐点都很重要。我之前感觉也不是很清晰，真正想写这一群人了，一看，果然都在。我继续往他们前面找，找到了我们的父辈。有人说，小说里为什么花那么大的篇幅谈易长安的父亲和杨杰的母亲？原因是，我们其实笼罩在父辈的阴影下，我们的精神成长塑造的过程跟我们的父辈有极大的关系。到了80后、90后，父母是什么样可能没那么重要，你们按照自己的方式去成长。我们那代人，你去心理医生那儿调查一下，那些有问题的都可以回溯到父辈，所有的伤害和阴影都和他们有关，他们塑造了我们，所以我才不遗余力地把易长安的父亲、杨杰的母亲写出来，但我根本没提到初平阳的父母，那是一个幸福的家庭，幸福的家庭无话可说。因为幸福的、相对自由开放的家庭，对孩子的成长没什么大的影响，他们完全按照自己的方式在成长。幸福的家庭是一样的，不幸福的家庭各有各的不幸。当然了，你说的也有道理，我只是从一般的意义上来谈这个问题，没有绝对的事，不能拿一个特例来否定这个东西。比如说，这段历史有很多拐点，但很多人就是无知无觉，每天都有大事，但对他们来说没有任何影响，用这样的现身说法来反驳，可能靠不住。我强调这一代人，的确是因为这一代人经历了很多事。同时，也想通过对这样一个微观的历史的书写，让我们看得更清楚，我是拿着放大镜在写这代人。一百年、两百年以后你再看这代人，大家都一样，这没有问题。但我觉得不能因为这样，我们就说这一代人可以与所有人混为一谈。

关于福小的形象相对单薄，我认同你的看法。很多人跟我说，福小挺烦人的，什么事儿都没干，所有人还都对她好，大家不高兴。事实上福小背负的东西比谁都多，她一直游离在我们生活和视野之外，她承受的东西我们没看见。当然，这是我的原因，我没有把很多属于福小的细节给充分地交代出来，跟孙小宁聊天的时候，她也这样说，当时我脑子一亮，这对我很有启发，可能十年以后，我写《2019》的时候，我会以福小为叙事视角，把功夫做足在她身上，看最后会变成啥样子。

杨庆祥：你刚才讲到代际，我想到一个问题，60 后、70 后如果有代际的话，他们的精神结构值得大家去探究，60 后、70 后有“父亲—姐姐”这样一个精神结构。你看张楚的《姐姐》那首歌，一般都有一个特别残暴的父亲，有一个特别温柔体贴的姐姐，包括你去看海子的诗就反复出现这种陈述，可能真的有这种东西，这个可能和当时的社会结构有很大关系，大家有兴趣可以去探究一下。我不知道你是不是有个暴君一样的父亲？

徐则臣：我的父亲的确厉害，但没到暴君的程度；我也的确有个姐姐。我的理解是，如果有一个残暴的父亲，他的母亲一般都是附庸，而到了下一代的时候，他的姐姐就会变成挺身而出的那个人，她要主持正义，会护着自己的弟弟。所以我在小说里说，一个人可能会把他妹妹出卖了，但很少会出卖他姐姐。

三

彭敏（《诗刊》编辑）：关于花街系列和京漂系列一直是则臣师兄小说的两大枝干，以前我觉得这是门当户对、各自风流，但在这本小说中这两个“适龄青年喜结连理”。在花街和北京的双重叙事中，我认为在结构上有一种很诡异的倾斜，就是主人公主要生活在北京，但故事的主干发生在花街，“到世界去”产生的种种况味和根由不是在世界之中，而是在一次不约而同的返乡之旅中得到了聚焦和强化。这种结构让整本书像两头大小相差悬殊的沙漏，所有的故事和人物都像沙子一样穿过沙漏窄小的腰身，从北京向花街这头聚集。另外，这本小说的返乡结构会让我们想到很多名篇，但则臣师兄的返乡结构和前人不同的地方是，他的返乡不会和现实形成强烈的对峙，也不能提供精神上的宽慰和救赎。比如鲁迅的《故乡》，过去的故乡和现在的故乡，过去的闰土和现在的闰土形成强烈的对照。在《耶路撒冷》中，尽管现实七零八落，但是过去的一切也是乌烟瘴气的，所以都不能提供精神上的宽慰和救赎。北京的生存架构，花街的历史、现实会构成一曲非常沉重而压抑的三重奏：规训之下的野性、辱没过后的尊严、伤痕之中的热血，都会在这种沉稳节制的叙述中像灵魂一样在那里闪烁。在专栏文章中，我特别喜欢《我看见的脸》那篇，仿佛一副扑克牌一样，在小说巨大的架构中，这样的细节描写给你带来巨大杀伤力。

陈华积（中国青年政治学院讲师）：则臣的小说给我的直观的感觉是不断地在延伸，内容可以说是包罗万象。作为70后，你也成了我们这代人的代言人。当我读到“到世界去”时，感觉就像在读自己的故事，我当时从南方来到北京，就抱着我要到北京、到世界去的想法，这个想法是真实的。关于代际，这是70后非常切身的体会，在和历史若有若无的关系被撇清之后，在你独自的成长中，你要面对的问题是你个人的选择，你的去向的问题，这个时候你突然发现整个世界朝着你敞开，你会朝着你的方向奔进。我非常赞同你说的70后可能是最后一拨理想主义者，这个时期改革开放还处于初期，在西方的物质还没有大量进入中国，还残留着父辈影响的情况下，这种仅存的理想主义就成了区别60后和80后的一个重要的标志，当我们站在这个历史的拐点的时候，我们应该何去何从，所以说这本小说写出了我们这代人独特的人生经历和精神结构。

宋静思（中国人民大学硕士生）：读《耶路撒冷》能感觉到作者不仅在努力发掘平凡的日常生活的悲剧性与喜剧性，同时又试图将广阔的历史背景与个体的疼痛感深度结合起来。小说中人物各有各的悲喜，这就是1980年代转型期人生的真实写照，如果用一个带有悲观主义色调的词来概括，我觉得他们共同的目标只有一个——“活着”。历史的废墟上站立的是一个个努力自我完成的个体。小说中人物最初的梦想是“到世界去”，如鲁迅“走异路，逃异地，去寻求别样的人们”那般挣扎着离开，自初平阳回到故乡，所有的人又折腾着归来，待到支离破碎时，又无奈地出去漂泊，“离开—归来—离开”不断拉扯。“到世界去”不仅是源自生存的需要，更是一种精神的需要。离开的人有富裕如杨杰者，也有困难如福小者，融入都市后，每一个人都是漂泊者，精神的浪荡子，故土的放逐者。离乡者都是承受宿命的孤独者，不得不面临“身在曹营心在汉”的痛苦，承受没有归依和归属的放逐感。试问小说中的哪个人对他们身在的大都市有认同感？几乎没有一个人。恰应了秦环奶奶的一句话：“周游了列国你还得回到花街，根在这里。”这是放逐与归来的悖论，也是自古难以逃脱的宿命。

李怡雯（中国人民大学硕士生）：我认为徐老师笔下的人物并不像传统小说中的人物带有明显的个性特征，主人公更多是相对符号化的人物，个性并不鲜明，每一个人物的经历都代表了一种类型的70后的成长模式和生活困境。或许这也符合作者“为70后立传”的写作初衷。

我非常欣赏书中对于死亡的描写，尤其是描写秦福小回忆弟弟景天赐自杀时的情景，带有电影般的视角转换和蒙太奇画面感。没有直接描写景天赐的死亡，他的死亡更像是一种背景，已经模糊化了，而画面中清晰呈现的是在墙角的猫正在喝水，开放的月季、槐树、丁香和海棠，草木摇曳，波光粼粼，风吹过天空。死亡与风景两者构成了一种对照，给读者一种极致美丽而又残酷的感受。记忆将死亡的场景一次次刷新，落脚点在死亡之外，却又处处都透露着诡异的气息。此外，这里的死亡描写给我一种静态的感受，这幅画面的物品，无论是猫还是草木都在动，可是读来觉得中间隔了一层雾，一切都是隔膜的、静止的，只有血红的背景。

最后想问徐老师一个问题，您设置铜钱这个角色的用意何在？是仅仅要他带出"到世界去"这一命题吗？

徐则臣：小说有的部分我想得很多，有的部分想得很少。铜钱这个人有原型，他的穿衣服的方式像小说里写的，裤子提到胸口。他比我大很多，现在 40 多岁了，很多人他可能都不认识了，但是一直记得我。我从 11 岁出门念书，不管过了多久，每次回家他见到我都会跟我打招呼，完全和小说里的铜钱一样。当时真的没有想到要用这个人引出来"到世界去"，《到世界去》那个专栏是小说第一章快要写完的时候才突然想到要加上的，没有预设。我之前花了一年的时间专门写了十个专栏，但到后来突然发现原来准备的那个专栏放在这里不合适，要重写，然后就接着那个叫"阿尔及利亚"的小狗写下去，没有那么多的预设和刻意。

四

张东媛（中国人民大学硕士生）：我最感兴趣的点是小说的时间。我认为，这部小说中存在两条时间脉络，一条是物理时间，一条是伦理时间。物理时间从不停歇地全速前进，将初平阳、易长安和福小他们从童年带入青年到接近中年，他们在时间中各自成长，是一个前进的过程。物理时间本身就是线性的，但伦理时间却形成一个密封的圆环，将这几个主人公定格在天赐死亡的那一天、那一刻。他们怀着对天赐之死深深的负罪感游走在伦理时间中，寻找出口。十九年来他们都没有走出这个圆环，直到大家的再次聚首。将大和堂转让给福小，让她与天送（其实，是天赐某种形式的回归）居住，以及共同捐钱修复教堂都是他们救赎自我或者说忏悔的过程。之前他们面对伦理时间中的自我是存在障碍的。可是很有意思的是，在小说的末尾提出十年后会怎样的问题，提出写《2019》，并且以“掉在地上的都要捡起来”为开头第一句话，让我觉得很有深意。在这时，物理时间和伦理时间形成某种对接，伦理时间不再原地踏步，而是敞开一个缺口，与物理时间相互渗透，开始缓慢前进。

这里我想提一个问题，《耶路撒冷》是一个现实感很强的小说，却反复提到了很多灵异的、有民间神秘主义色彩的东西，不知道为什么要这样写呢？而且有趣的是，初平阳的父亲还是一位医生，他的父亲与母亲也就形成一个类似“科学”和“迷信”的二元对立，有什么用意呢？

樊宁婷（中国人民大学硕士生）：我想提一个小问题，徐老师好像对雷电特别感兴趣？铜钱和天赐都是遭雷电的，而且小说里很详细地提到了各式各样形状的雷电，以前在读别的小说的时候没有看到这么详细的对闪电的叙事，所以觉得很有意思。另外，小说还使用了一个很多小说中出现的意象——火车。在铁凝的《哦，香雪》里和村上春树《1Q84》里都出现了火车。《耶路撒冷》里的火车却撕破了它以往惯有的面容，带有一种残酷性。铜钱想要拦下火车到世界去，这种以人对抗工业大机器的快速行驶的情形令到世界去的方式充满痛感与牺牲感。专栏文章《到世界去》中写一个村里拉着平板车的人试图在火车临近时穿过铁道，受伤骨折；另一位如法炮制时，不幸死去。这使痛感变为现实，使牺牲变为“实在”。火车具有通灵似的力量，是承载到世界去的愿景的工具，村人冒失地尝试使到世界去的火车所承载的积极意义溢出一种恐惧感。

《耶路撒冷》确实有类似《故乡》的结构。《耶路撒冷》主人公回家也是为了卖掉老屋。鲁迅在故乡遇到闰土，他是封闭时空未走出的主体；《耶路撒冷》则叙述了与主人公从小一起长大的好朋友，而他们都已经走出世界。《故乡》末尾否定了三种生活方式："辛苦辗转""辛苦麻木""辛苦恣睢"。鲁迅在这里有一种对现存生活的不满与对别样生活的追求。《耶路撒冷》寻找"心安的方式"或许永不会有一个定点，总在变化、徘徊，承载着"心安"的"到世界去"的行为或许永远是一个进行时，这里面也包含着对现实的否定。《故乡》《耶路撒冷》相通之处在于展示了不同时代的青年一代的生存图像。从"启蒙民众"到"寻找心安"，两部作品反映了处于社会发展不同梯度的时空里成长着的一代思考他们自身所达到的维度。

陈雅琪（中国人民大学硕士生）：首先我想说一下结构问题。这本书最先吸引我的是目录，以景天赐为中心，人物对称排列。每一个人从自我出发，最后又回到自我。就像《时间简史》里写的那样，回到母体。每一章后面都有一篇专栏文章，写70后一代的历史，包括爱情婚姻、理想追求、精神状态，这是一个大的历史语境，与此同时，小说一直在讲述一个个人的故事。二者交错，小说中的人物会议论专栏里的文章，于是这些短篇小说就成了小说中的小说，读者和小说中的人物仿佛在不同时空阅读着同一本书。

读到景天赐那章，"福小做功课的椅子和小马扎摆在门楼下的阴凉里"，我就好像突然一下回到小时候住的大院子里，浮现在我脑海中的画面就是院里的大门口，邻居们端着饭从家里出来，聊着家长里短，小孩们在一边玩耍，一楼谁家电视正在放新闻联播，大家就都搬个小板凳坐在他家门口。我怀念的，我们现在已经失去的是这样一种网状的人际关系——"我在我们之中"，谁也没法脱离别人单独过活。天赐的死是一个结，把所有人都牢牢绑在一起。

另外，我还注意到一种"在又不在"的状态：比如福小玩数独，"数字在她眼里就不是数字，而是地名和工作。她在数独的小格子里看见了一个个城市”。她在这个游戏中又不在游戏中，她的思绪已经跳动到中国地图上每一个她曾工作、生活过的地方。又如，易长安在游行队伍中有被淹没感和荒谬感，他看见了另一个自己，有一种置身事外的感觉。我们和历史的关系是不是也是这样？时常会有一种置身事外的感觉，新闻联播里的事情与我们有什么关系？我们无法获得一种在场感。

徐则臣：我简单说一下灵异。灵异这个东西在我们生活中的确是存在的，有很多东西我解释不清楚。我的太奶奶就是有所谓的特殊能力的，当年很多人找她治病。乡村里总有一些我们无法解释的事情。花街这样一个地方，处于前现代、现代和后现代混杂的阶段，它是把很多年的历史非常短暂地集中到了一块儿，它的发展是魔幻式的。所以前现代的东西我必须提及，然后是现代的，然后紧接着后现代的东西也要写。多年后回来发现花街要建一个翠宝宝的纪念馆，很后现代吧？但在我们的世界里是转眼就可以实现的。如果我不交代这些，就没法解释天送长得很像天赐，也没法解释齐苏红的一身庠气，也无法出现初平阳的妈妈预测东北方向要出事儿那样的细节，否则大家会觉得突兀和诡异。

另一个关于闪电和火车，纯属个人兴趣。我对闪电特别有兴趣，为了把闪电写好，我看了很多资料。火车是我这么多年一直喜欢的。小说家写东西经常莫名其妙，灵机一动，加进去很多私货。但是小说有一条好处，有些事物会自动产生意义，你可能没打算赋予它意义，但在一定的语境中它会自动产生意义。所以你们的阐释都能自圆其说，都很有道理，猛一听我还以为在说别人的小说。

董丝雨（中国人民大学硕士生）：也许书名起得过于厚重，我最开始对于文本内容的期待同样宏大，期待在这样一个书名下被呈现的是对历史和文化等宏大问题的解读。但读完整本书，我想我的期待并没有得到满足。虽然文本有着浩瀚复杂的背景和性格各异的人物，基本上作者还是选取了 1970 年代出生的年轻人作为描写对象，并且大部分通过对日常琐碎细节的描摹呈现他们的内心世界。在我看来，1970年代人是中国比较尴尬并且特殊的群体。在他们之前，1950年代人和1960年代人把自己琢磨得很透彻，在他们之后，1980年代人成为津津乐道的话题。而1970年代生人他们的经历与困惑却是在历史上长久被忽视的。

首先谈谈“花街与世界”。花街是徐则臣笔下常常出现的一个地理坐标。这并非一个虚构的地方，而是徐则臣过去工作过的城市里运河旁边的老街。这条老街是花街的原型，但并非花街的全部。这是徐则臣臆想出来的故乡，也是他内心的世界。对于书里的每个人来讲，花街是故乡，亦是世界，而花街以外的地方，则是另一个世界。每个人都有着两个世界，一个是个人化的世界，由最纯粹的自我和自我构建的其他所组成；另一个是现实的世界，是真正的社会，每个人都是一个个体，与其他个体进行社会的交往和联系。

然后是“流浪与回归”。耶路撒冷最著名的地标是哭墙。犹太教把该墙看作是第一圣地，教徒至该墙例须哀哭，以表示对古神庙的哀悼。千百年来，流落在世界各个角落的犹太人回到圣城耶路撒冷时，便会来到这面石墙前低声祷告，哭诉流亡之苦，所以被称为哭墙。那么对于初平阳、杨杰、秦福小和易长安来说，花街大概就是他们的耶路撒冷，他们会从花街出走，在外面的世界流浪十几年，但是最终他们会回到花街，去哭诉自己的焦虑与忏悔曾经的罪过。余华在《在细雨中呼喊》中写道：“我突然发现了逃跑的意义，它使惩罚变得遥远，同时又延伸了快乐。”但是这并非永久的答案，也无法完全解救一个人。只有回到花街，去面对曾经的罪恶，自我才会被彻底救赎。所以当他们集体回到花街时，并不是面对过去的忐忑，更多的是一种被解救的释然。

马德州（中国人民大学硕士生）：小说中的人物都给我一种漂泊感。比如初平阳在北大读完博士之后，要到耶路撒冷去继续自己的学业。他之所以在故乡作短暂的停留，是因为要卖掉大和堂，以供自己去耶路撒冷的费用；再如秦福小大部分时间远离故乡，孤身一人在外漂泊，故乡成为她难以正视的地方。当他们终于回到故乡相聚时，又不可避免地重新再次离开故乡。这里展现出现代人与生俱来的漂泊感。另外，文中专门做假证生意的易长安，以及在《我看见的脸》中办假证的妇女，他们的职业是非法的，却耐人寻味。这让我想到与漂泊相关的另一个关键词是身份，它反映出现代人对于身份的焦虑感，通过假证来赋予他们身份，使他们得以“固定”，在这种虚拟中完成个人的归属，但这种虚假的归属终究无法挽回我们生命的疏离感。

徐祎雪（中国人民大学硕士生）：作者在创作时，试图对自身对生活的感受、体会和思考进行梳理的尝试，是建立在宏大的，类似史诗性的视野下的。初读这本书的时候，我感觉这是一个诗人在写小说。这里所说的诗人倒不是传统意义上史诗的概念里的创作者或者传播史诗的人。将《格萨尔王传》口口相传的人们，讲述的是很久很久以前英雄的故事，是他人的故事。而《耶路撒冷》则仿佛是作者自己的故事，也是每一个读者的故事，它充满真实的，带有饱满的细节，这是文人诗歌的特点。一切都真切可感，句子干净、清楚，在该绵延不断的地方绵延不断，该跳跃的地方抑扬顿挫。有时会忽然冒出一个相当精彩的有感受力和表现力的句子，这是诗人才有的体会和感受力。这让我想到苏童，苏童笔下的枫杨树故乡。我不知道这是否是来自江南的水边人特殊的本领，在情绪、环境的营造方面，能把文字控制得这么好。从写作风格来说，徐则臣比苏童有更强的历史感，立足点更为宏大，虽然视角是近切的，因此更有史诗的感觉。

这部小说里的人物，每一个是一种类型。给我感觉比较特别的两个人物是杨杰和易长安。前者是一个开悟了的人。他是整个小说里活得最明白的那一个，当然，或许秦奶奶与他不相伯仲。但杨杰的心理过程在小说中得到了比较完整的展现，作者也通过这一过程表现了自己对于信仰和宗教这两个概念的区别理解。相较之下，初平阳与“耶路撒冷”的关系似乎则有些虎头蛇尾。易长安的特别之处在于他身上的幽默和荒诞。幽默与荒诞是在小说中不断隐现的内容，在一些时刻，作者会有意无意地把一些事件的严肃性取消。耶稣的解放鞋也好，安插在故事当中的调侃也好，这种建立严肃性、重要性，同时又自我消解的处理方式，让我觉得，作者在透过写作进行与自我密切相关的思考，两者的关系是相当圆融的。

刘欣玥（北京大学博士生）：再次谢谢则臣师兄今天来参与我们的讨论，今天大家谈了很多，谈得很细，而且打开小说的面向都不太一样，这再次印证了《耶路撒冷》确实是一部很扎实、野心很大的小说。读完《耶路撒冷》的时候我想起的是写作《情感教育》的福楼拜，他说“我要写的是我们这一代人的精神史和道德史”，福楼拜做到了，则臣师兄无疑也做到了。大家已经谈到的我就不再多说，这里就补充两点。

首先回到“70后”这个媒体概念或批评术语这里来，则臣师兄建构70后的话语意识很明确。在我对70后作家有限的阅读经验里，直接把70后或者依据这种十年代际划分来批评的长篇小说，《耶路撒冷》是第一部。作者对这种代际划分的有效性的认可让我觉得很有意思。相比于80后、50后和60后作家，则臣师兄直接跳过了对这个命名的质疑或清理，一出手就是70后集体性的自觉。同样很有意思的是通过这部小说，我们会看到前后两辈作家很不同的创作姿态：如果50后、60后的写作可以称为是一种“受迫害意识的写作”，把所有的错误都归结到时代和历史身上，那么这里的70后写作显然是一种“原罪式的写作”，他们一方面拒绝被大历史随意收编，一方面把所有的错误都揽到自己的身上。景天赐的死是大家的合谋，这成为一群人成长的原罪，他们所有的焦虑和抵抗，都不是朝向外部的，而更多地朝向个人的内心，这是一种赎罪式的成长和书写。

我最想谈的一点是《耶路撒冷》在建构一种全球化时代的美学，全球化这个问题刚才没有人提到，但是我觉得对小说至关重要。“到世界去”是小说的一个文眼，连傻子也要到世界去，而且这一次的“世界”，是明白无误的全球化世界，人物空间位移的疆域被一再开拓，如果说国际性的北京已经隐约暗示了这一不可阻挡的历史进程，那么反复出现的耶路撒冷，无疑实现了小说视域从中国到世界重要的一跃。对于“耶路撒冷”确实没有太多在宗教教义层面上深挖的必要，它是象征纯粹信仰的应许之地。“信仰”虽然是一个古老的话题，一直以来却不是中国人的关键词。所以，当它以耶路撒冷的面目出现时，还是造成了很强烈的陌生化的审美效果。

当我们今天在谈论“全球化”的时候，首先想到的往往是贸易全球化，金融资本的全球流通，城市的同质化，网络媒体带来同步性等，却很少去考虑到信仰全球化的问题。

《耶路撒冷》的与众不同在于，它告诉我们在网络、金融资本之外，信仰也是跨越国界以至将人与人连接起来的重要媒介。从资本全球化到信仰全球化，小说的视点有了一个看不见的“华丽的转身”：这一次全球化的目光竟然不再投向西方的纽约，而是东方的耶路撒冷，回到了人类文明与宗教起源的地方。用耶路撒冷作为“缺席的在场者”讲述中国故事，这是一个东方古国和另一个东方古国跨越时空，在21世纪的全新对话。从纽约到耶路撒冷，正是这种目光的转移给予我们一个重新思考全球化，或者说建构全球化美学的启示，这其中也包含了重新定义“信仰”，重新定义人的“存在”的起点。我刚听了哥伦比亚大学宗教系的马克·泰勒教授的一个讲座，里面有句话让我印象很深刻：“What is to be? To be is to be connected. To be is to be related”，这是网络化全球化时代对于“存在”的全新定义，而且信仰的回归对于全球化、对于个体存在意味着什么？这是《耶路撒冷》在全球化视野之中需要处理的问题，因为每个人已经不能置身事外。

杨庆祥：请则臣做最后的总结。

徐则臣：刚才说到诗，我的确写过诗，很多蹩脚的诗人最后都成了小说家，有才华的就一直写诗。欣玥全球化美学讲得特别好，这也是我为什么要给舒袖单列一章的原因。一个是初平阳的戏份比较重，我必须要让舒袖给他分担一下，否则初平阳的章节会无比的长。第二个是，只有把舒袖引进来，我才能谈北京，否则我没借口谈北京，而谈北京恰恰是全球化的问题。在这样一个时代，你已经不能无视全球化和全球化背景下的北京，在北京又装作没看见北京，我做不到。

杨庆祥：好，因为时间关系，今天的讨论只能到这里，很多有意思的话题被打开了，还可以在后续的阅读和研究中进一步展开。谢谢大家的参与！

从爱中拯救历史

——文珍《我们夜里在美术馆谈恋爱》

11月

30日

2014年

中国人民大学人文楼

杨庆祥：欢迎各位来参加联合文学课堂的第六次活动，这次我们讨论的对象是青年作家文珍刚刚出版的小说集《我们夜里在美术馆谈恋爱》。

一

杨庆祥：我是年初才读到文珍的作品，从《十一味爱》开始，其中《气味之城》《北京爱情故事》这样的作品对我有打动。我不知道各位在读文珍的作品时是什么感受，我读她的作品时的感觉就好像在看王家卫的电影，像《重庆森林》《2046》等。小说的镜头感特别强，而且往往是慢镜头、长镜头。有特别充沛和浓郁的文艺青年的气息和情绪。这是她一部分作品的一个特质，在这样一个非常快的现代时间里面，用这样大量带有镜头感的书写，向我们呈现了一种爱和一种慢。我有时候感觉到文珍是在刻意恢复我们对于生活的一些古老的感受和古老的爱。《十一味爱》里面的爱看起来没有什么章法，其实背后都是有来头的。我们能够在一些古老的文本和古老的故事里面找到它的前身。

读者可能很喜欢这种细腻、婉转又风格化的作品。昨天晚上看微信，刘欣玥说她看文珍的作品看哭了。我能理解，这也说明文珍是一个善于营造小说叙述空间的高手，特别有代入感的，一不小心就被她的情绪左右了。我觉得这是特别重要的一点。有时候我们在专业里面待的时间太久了，包括硕士生、博士生，会失掉对文学作品的一个基本的感知能力。一个作品能不能感动人，这其实是一个基本的出发点，但是我们有时候往往把这种东西给忽视了。我们讲形式、讲内容、讲结构、讲逻辑，但是我们唯独没有想到的是一个作品首先要让人感动。你都不感动了，那你怎么对它进行判断分析？

但从专业的角度，我更关注像《录音笔记》《安翔路情事》《到Y星去》《我们夜里在美术馆谈恋爱》等作品，为什么呢？我觉得这些作品处理的是更复杂的经验、更复杂的关系。在这个更复杂的关系和经验里面，我觉得它们和我们当下直接产生了互动。以前我跟文珍有过交流，她比较喜欢讲一个词叫“情怀”，我觉得这个很少见。年轻作家在一起交流的时候，他们大部分都是跟我在谈文字、细节，或者是心里的某一个小东西、一个小情绪。但是很少有跟我谈情怀的。我觉得这些作品里面其实能看出文珍有一个更大的野心，或者对自己的创造力和想象力有一个更高的要求。在这样一系列更有情怀，甚至是大情怀的作品里面，她把她个人的经验和我们当下的生存状态勾连起来，提出了很多重要的问题。当然她不一定就是用非常完美的形式把这个表现出来。但是她提出了很多问题。

我看文珍的《我们夜里在美术馆谈恋爱》的时候，当时很想写一个评论，但是我到现在还没有写出来。我当时想的题目是——《从爱中拯救历史》，因为我觉得这里面涉及了特别重要的东西，就是我们这一代人，比这一代更年轻的人，目前的状况。什么状况？我个人觉得是一种被抛弃、被放弃、被驱逐，被刻意地遗忘的状况。没有人来收拾你，你想被收拾都不行，就完全是这样一个放任自流、不管不顾的状态。那么，在这种情况之下，我们怎么来拯救自我？这个特别重要。因为没有上帝来救我们，没有社会来救我们，也没有导师来救我们。导师已经死了，李洱写过《导师死了》。这些东西都没有了。那么这个时候怎么样来完成自我拯救？我不想讲“自我救赎”，很多人喜欢讲“救赎”。救赎是说你有罪，有罪才救赎。那么其实我个人认为我们没有罪，就是我们这一代人是没有罪的。我们没有原罪，我们没做什么坏事。我们没有对历史做错什么事情，但是我们要承担历史和世界的罪。这是我们最大的一个讽刺和悖论。

我记得村上春树在他的《海边的卡夫卡》里面，也讨论过这个问题。那个叫乌鸦的少年，他其实不需要去承担罪恶，因为这些罪和他没有关系，但是后来他发现他要去流浪，要去完成一个自我拯救和救赎。后来他碰到了图书管理员大岛，他问：我为什么要承受着一切？我母亲为什么要抛弃我？我为什么要承担这世界和历史的罪？大岛说，你知道俄狄浦斯王吗？俄狄浦斯为什么要忍受那么多的罪过，是因为他太优秀，因为太优秀了，所以要承担这个罪。所以大岛就说，这里面是一个巨大的反讽。所以我觉得看文珍的作品，不能仅仅是看到她那种情绪的东西、她那种自我经验的东西，更应该看到的是，这样的表面之后其实有一个巨大的反讽和荒谬的地方。她正是因为有这样一个反讽和荒谬的基础，她才想拼命地通过爱去抓住什么东西。在文珍的小说里面，人物都是自闭的人，但是这些人其实都有强大的爱欲。用一句流行的歌词讲，他们就是不停地要，但是又要不到，然后又不停地逃。这里面有循环往复的一种追逐、一种逃避、一种索取，在这个里面，我觉得体现了我们当下这一代人，包括我们这一代写作者，他们所面临的一系列的难题。我就先讲这么多吧。大家自由发言。

李云雷（中国艺术研究院副研究员）：先说几句吧。因为我刚从外地回来，我也看了几篇，因为我跟文珍算是比较熟的，她读硕士的时候我们在同一个学校，我觉得很难把《我们夜里在美术馆谈恋爱》单纯地当成一部作品来看，我会把对人的理解与认识，带到这部作品里去。所以我想先听听大家怎么说，再发表看法。我特别喜欢联合文学课堂，从第一期开始，我就特别关注。希望同学们多来。

丛治辰（中央党校讲师）：我是读着师姐的小说长大的，师姐的小说写得那么的好，两三位师兄和师姐都是我们可望而不可即的前辈。文珍到北大来读书时，我正在上大三，那个时候就读师姐的很多东西。前两天我又把《十一味爱》翻出来看了一下，里面有个别篇我之前没有看过。我把它们大概看了一下。我一直想问文珍，她是怎样编排她的文字顺序的？她的文字顺序显然不是按照写作时间、发表时间来安排的。如果说从质量上，反倒是见仁见智。有的篇目质量好一点，有的篇目质量稍微差一点。到底这种设计是如何实现对读者的召唤功能的，我也不知道。可能书的中间是最先写的吧，就是《色拉酱》和《果子酱》之类的，反正，这是我最早读到的东西。那个时候读到，当然很惊艳。听师姐讲过，那时候她特别喜欢读黄碧云，不管是不是黄碧云，都还是能看到许多的感怀悲伤和女性的意味。那个时候，几乎所有的人都说，文珍的小说是向内的。而且，那个时候我会觉得《果子酱》《色拉酱》的好是因为作者把一个方向做到了极致，也就是把向内的方面做到了极致，而且脱俗。但是后来文珍的小说写得越来越丰富，不像早期的时候，文珍笔下的人物只有单面。我现在觉得，处理这种双面的、异化的、分裂的人物，成为文珍的一个主题，几乎是每一部小说的每一个人物，都是这样的。那当然，与这个相关的，这种分裂的、异化的、双面的人物一定跟城市有关、跟现代有关、跟消费有关，等等。那我觉得，可能最重要的是回到文珍自己的关怀。

文珍也有大量的作品是以北京为题的，但我总觉得她写北京，跟一些男性写北京是不一样的。她不是从外部来看北京城市，她是从内部。她始终关注人性的那种复杂。从这个复杂撕开来，撕开的是一个时代的复杂。这是我觉得特别出色的地方。我再把《十一味爱》和这部小说结合起来看的时候，我就觉得特别佩服，也特别感伤。感伤的是，我在很早的时候，读着师姐的书长大，那个时候觉得，这部小说是我们可以企及的。但后来我发现，文珍的小说越来越复杂、成熟，拥有的东西是很多同龄人难以企及的。

同龄人的小说，我也看过很多。第一，我觉得他们做得那样精致的不多；第二，他们做得那样有情怀的不多。而且我觉得尤其难得的是从《果子酱》出发，接着到了《普通青年宋笑在大雨天决定去死》，最后到了《我们夜里在美术馆谈恋爱》。尤其这两个作品，让我觉得特别惊讶。

这两个小说集里也有一些小说我自己是不大喜欢的，也是有的。包括一些所谓的名篇，我也没有那么喜欢。这两篇是我特别喜欢的，与我的个人兴趣有关。我觉得原因是这两篇有武侠气。我觉得女孩子写小说最难的是有男子气，这两篇小说读起来有那种冷兵器铿铿然的感觉。倒也不是因为它讲了一个男性比较容易接受的大历史，或者一个大时代，而是修辞方式，包括观察事物的方式，包括那种构造情节的位置，我觉得都是跳出了原来的那样一个窠臼的。比如说《普通青年宋笑在大雨天决定去死》，首先那种叙述的节奏，与以前她的小说是不大一样的。文珍是非常擅长经营“慢”的。但她的这种慢还不是像我以前开玩笑说，怎么判断女性主义，女性主义就是缓慢的，乃至于停滞的。所谓女性写作，就是不断地慢、不断地慢，让人受不了。但是，文珍的慢，是一种微妙的慢。她会在大家想不到她慢的地方，一下子慢下来。

在《普通青年宋笑在大雨天决定去死》这部小说里，一开始两三页基本上就把小说的主题给讲清楚了。这两三页，就把这篇文章写干净了；把一个80后青年，一个现代青年，在这个世界上的那种困难都写清楚了。但后面仍然能铺陈衍生出那么多的内容，而且一步比一步难走，却还走得更扎实，最后他获得了一个心灵鸡汤般的结尾，但一点都不心灵鸡汤。最后是救赎，其实最难的就是那个救赎。宋笑到底要怎么办呢？最后他得救了，但我觉得这种得救是难得的、超越性的。

接着说那个《我们夜里在美术馆谈恋爱》，其实刚开始我读得非常不耐烦，前面两三页，似乎一下子又回到《果子酱》了，回到早期女性的纠纠葛葛之类，我记得最烦的一篇小说是《衣柜里来的人》，因为我对这个题目很期待，但读起来发现充满了一种让我非常不耐烦的自恋情绪。我在读的时候，不断从各个人的角度去想这篇小说的合理性，但最后还是无法战胜我对这个题材和这个故事本能的不耐烦。

我开始觉得《我们夜里在美术馆谈恋爱》这篇小说怎么回到了作者从前的叙述模式，但让我觉得漂亮的转折是，它兜兜转转、兜兜转转，然后讲述了一个非常大的故事。实际上，后半部分的很多东西已经不再是小说了，简直像《激荡三十年》的小说版。但是，如果作者不是一个小说技巧非常娴熟的人，这篇小说就会显得非常说教、无趣和僵硬。但是，文珍的本事就在于，她把这样一个宏大的东西和她个人的小表情结合得如此之好，并且如此通透。读到三分之二的时候，我也特别害怕这个本来是两个人在美术馆里很猥琐的故事，变成了家国大梦，但到最后五分之一的时候，作者忽然说，那些其实也是虚妄。就是她把撕开的大口子忽然一下子收束了，又这么的可信。她收束的一下子是说，哎呀，我说的那些东西都是我找的理由，实际上都是一个小姑娘的青春的虚妄，想要抓住青春最后的尾巴，但当她兜兜转转讲述这么一大圈，收束到这样一个位置的时候，你会发现，似乎收束起来了，又似乎没有收束起来。她之前讲的所有东西都在这一句话里面发酵了，使这句话变得复杂了。

处在这个时代里的这一代人的一个代表，她怀着这样一个梦想，去做了这样一个选择，实际上使之前讲的所有的故事、所有的细节，每一句话，都与这个选择“协奏”。她不是一线情怀，而是小说中的每一句话，都对一个关键点起作用。所以这个小说是越读到后面越觉得惊艳。

然后我还想讲一下，就是有一个小说也让我很关切，就是有一些情节是很恶俗的，就是通俗剧，用文珍的话说，叫作“小言”，我估计这个“小言”是“小言情”的意思。但我发现，从《十一味爱》到这个小说，师姐越来越厉害，让我不能望其项背，她把那种特恶俗的、特小言的东西加了自己的变化，这种变化是非常妙的。我读那篇《我们究竟谁对不起谁》的时候，我也觉得非常漂亮。从叙述层面上来讲，我是非常喜欢这篇的。这部小说没有什么大主题，但我觉得非常漂亮的地方在于，她讲故事那种能力比我们要强太多太多。一个故事出来，我能有各种各样的想象，而且让我觉得妙的地方在于，她牵出几个线头，每一个线头都是特别恶俗，就是每一个线头牵出来之后，你立刻就会有一个想象说：就是这个事。这样的危险就在于，她要收束这个线头，这个线头要收束得让人心里愉快，让人觉得有说服力。读者现在都很聪明，你不能让读者觉得：“什么呀，这就是我猜中的某一个答案而已。”但她最后用轻巧的两个情境，就把所有的线头收拾干净了，并且又留有余味，而且我觉得那个情节还是比较可以的。我觉得我在看到三分之二的地方，就已经猜到那个结尾了，但我读到的仍然是一个出人意表的结尾，就是从小说叙述层面上来讲，读到那篇的时候，我觉得师姐是了不起的，比过去了不起。我先拉拉杂杂说这些吧。

季亚娅（《十月》编辑）：这个集子给我之后，我印象比较深刻的是《录音笔记》。我记得文珍在 QQ 里跟我说，这其实是她的一个写作试验。她想写一个关于各种感觉的。我是这样理解的：色声香味触法，六种感觉。然后我当时看的是《气味之城》，这次看的是《录音笔记》。看了《录音笔记》之后，我觉得非常棒。

我读到这部小说的时候，想起去年我读的另一个中篇，那篇小说处理的是一个失聪的主题。就是我们这个时代如何听不见，丧失了听力。然后我在这想，当有很多比我们年龄更大的这些作家，由于他们的处境，由于他们已经获得了成功，他们听不到这些声音的时候，其实有一批人，在记录很细小的声音。我突然想起加缪好像有一个很著名的隐喻，他讲了一个打电话的故事。他说，“现代性”就好像是什么？就是一个玻璃亭里，有人在打电话，你看着他在那狂喜，你看着他在那大叫，但是你不知道他在说什么，因为你跟他隔了一层玻璃。可是能听到他说什么的人远在千里之外。看到这个之后，我在想，这样一个写作，这样一个叫小月的姑娘，她窸窸窣窣像一个小老鼠一样，谁都听不见她的声音。但有一个人听见了，通过写作的方式，文珍听见它了。然后有时候在想，在现在写作如果说还有什么意义的话，可能就是记录这些微小的声音。这是我读《录音笔记》时觉得特别好的一个地方。

我看到李敬泽前面写的“序言”，李敬泽老师是我非常崇敬的批评家，也是我们的前辈，但我觉得他说得实在不好。他说：“文珍是个小巫，祝她早日变大巫。”我觉得他没有把这个集子看完。没有看到那个《我们夜里在美术馆谈恋爱》。我看到这个以后，觉得同龄人当中能有人写出这样的小说，非常震动。最近在想一个问题，我总觉得，在我们现在所面临的大的时代，我讲一些空话，我觉得就好像以前我们从文学、从艺术可以获得一个东西，其实有一个向度，叫作“真”。就是求真，真理的真，这个向度其实在我们当下的生活中被极大地忽略了。因为不是没有这个真，而是这个真所导致的，我们所构造的那个叙事，已经早就被说得很疲劳，然后以前曾为真的东西现在已经变得不真，无法勾连起我们的行动。无法勾连起我们将来怎么办，我们的出路在哪里。这个真建构不起来。但是文学可以做的其实是另外一个东西，也就是美术馆。美术馆我把它看成是一个巨大的隐喻，那就是艺术它可以作为美的象征。然后当我们躲到这个美里面的时候，也许我们就获得了另外一个出路。然后我们今天只能在美术馆里谈恋爱，因为在现实生活中我们爱不下去，我们要离开，我们要到远方去。但是在美术馆里面，以及在《录音笔记》里面，其实我们就听到了这些声音。我们也触摸到了这些东西。我觉得这个写作，这哪里是小巫啊，这就是个大巫，这完全是大作。所以我觉得非常非常了不起。我觉得应该向同龄人致敬，表示我的钦佩和敬意。

饶翔（《光明日报》编辑）：因为以前不止一次写过关于文珍的评论，一些想法已经在文章里表达了。今天就先简略地说一下这些文章里写过的内容。我自己一直比较喜欢作家论这种形式，包括我刚刚出的一本小集子里面也差不多大半都是作家论。我比较喜欢细节，比较喜欢具体的事物，就算是最后要推演出什么宏大的思想、理论的命题，也是习惯从作家的具体作品出发来谈。另外一个是，我自己对文学评论的理解就是，当我们评判时代整体的思想状况时，会发现缺乏卢卡奇那样的思想，因此表现出经验的破碎。我觉得在我们诊断这个大的时代的精神状况和文学状况的时候，确实需要这样的思想，从而才能有一种洞察力。但是在面对具体作家、作品的时候，确实有许多细微的工作要做。因为创作本身也是一个很具体的工作，包括你怎么去讲一个故事，怎么去叙事，这些都是一些很细节、很具体的事情，它并不是一种思想理论的简单转化。因此，文学批评它的前提是要尊重作家的自我和个性实践，就像我们一句老话说的，“江山易改，本性难移”。我们在说一个人的时候，其实也是这样的评价。

我们在作一个文学评论的时候，如果是很外在的、置身事外的批评，可能对作家本身来说是难以实现的，因为这不是和他的创作个性相契合的。这样对他来说，可能是难以实现的一个要求。所以我们必须拥有面对陌生人、走进陌生世界的一种耐心和细心，我觉得这是一个基础性的工作。也就是说，我们需要搞清楚，这是怎样的一个作家，他的个性在哪里。当然，我这么区分，这种“整体和个体”的二元论也可能造成批评界的一种怪象，就是我们在说到整体性的时候，都是在批评这个时代，说文学整体都不好，但是在说到具体作家的时候却都说好。不知道为什么，所有的作家都很好，最后整体却不好。但是我觉得，首先我强调还是要尊重一个作家的个性吧。当然，具体的批评实践是每个人都在摸索的。以文珍为例，我觉得面对具体作家、写作家论的时候，首先我考虑的可能是要了解她创作的历程。在我之前的评论里，大体做到的工作就是这个。在这一过程中，了解她本身的写作体裁、风格上的一些变化，可能这也是一个很老套的方法。

我们知道文珍是2004年进入北大攻读硕士学位的，事实上这可能是她出道的一个标志性的时间段。我和文珍也很熟，我们聊过很多次，她也说她在本科的时候就已经是校园著名的BBS写手了。如果不是考入北大中文系，进行这种专业型的写作，她很可能已是日进斗金的网络作家。她虽然很年轻，但她有一个相对长的写作历程。我对她的创作状态可能也比较熟悉。我对她作品评论的题目叫《从画面到追求》，她自己也说她早期有很多写画面的作品。最后进入了《普通青年宋笑决定在大雨天去死》之类的作品，还是要在个人、自我之外，去追求一个更大的情怀。

二

吴自强（中国人民大学博士生）：读这本书，我有一个疑问：这本书是按照什么顺序来排列篇目的？我最初读到的是《银河》，读到最后注释的时候，我开始感兴趣。因为小说作注脚的不多，而且不少注脚是有知识性感觉的，我觉得这个饶有意味。读到第二篇《衣柜里来的人》的时候，我感觉跟《银河》是差不多的性质。的确，如果从小说的技巧，还有从人在阅读审美中注意力保持的能力，以及容忍小说家炫技的程度来说，我觉得《银河》可能更好一些。到了《录音笔记》这一篇，我开始非常感兴趣，因为《录音笔记》这一篇，她选择接线员这么一个对象，是非常好的一个点。因为作家创作作品，总要让作品自成一个逻辑体系。你得让你的故事能够圆顺下去，那么具体到接线员，她日常生活汇总接触到各种各样的声音，然后自己幻化出另外一个自身在录音匣子里面的人。这种处理，我非常喜欢，也觉得非常贴合她作为接线员的身份，把我们现代社会接触到的各种声音，汇集到了这个点上面，像扭麻花一样，但是一点都不乱。这种设计，让我很喜欢，或者说觉得很惊艳。而且读这篇小说的时候，我总是想起好像张爱玲有一篇小说，是写她在上海公寓里面，似乎中间也是讲到了她听见各种各样的声音，旁边是各种住户的声音。那么各种声音扭集在一起，以一个主人公，一个单线索的故事、情节进行开展。《录音笔记》这个小说基本上情节很简单，就是写人，就是挖掘内心，就是写各种各样复调的声音，各种聚集、各种缠绕，最后直到感觉突然间像是爆裂了一样，一个内心的声音砰然而出，第三维、第四维的世界的声音，突然到了我们这个世界。有点像星际穿越。这种设计我觉得非常有意思。而且读这篇小说的时候，你能感觉到人很容易被代入成为接线员，被代入进去成为主人公，这是一种感受。下面我还想谈谈《我们究竟谁对不起谁》。这篇小说也是一个炫技之作，作家要敢于炫技，《录音笔记》是语言上面的炫技，《我们究竟谁对不起谁》是内在结构，是一个比较纯粹的小说自己的事情，就是回复到小说怎么样像郭德纲相声一样，当面拿贼，最后突然间峰回路转，让人想不到，但是很高兴。终于，“哐当”一声，靴子落地，这种感觉。这篇小说我觉得结构上的这种处理、融合做得非常好。

李剑章（中国人民大学硕士生）：这回我打算选择的题目是《逃避与屈服——由〈我们夜里在美术馆里谈恋爱〉看文珍笔下80后青年劳动者们的命运》。之所以用的是“逃避与屈服”而不是“从逃避到屈服”，因为逃避与屈服之间的关系是很复杂的，不是简单地说“从一个到另一个”就能说得清楚的。因为在一些情节当中，他们从逃避到屈服，又由屈服到逃避，以这种逃避作为对屈服的反抗；也有的篇目当中，只有逃避，而没有真正的屈服。

乍一看手中的这本书，我还以为它是一部青春小说或者文艺小说，但我翻开仔细一看之后，发现这真的是很好的、很厚重的一部小说，远非那种青春小说、文艺小说所能比肩。这是一部值得很高评价的小说，一部真正能给我感动的小说。

也许我们可以说，这部小说写的是一些边缘人，或者说女性，或者说80后，或者说北漂，或者说都市人。但在我看来，最妥当的一种视角是劳动者。与其说他们是边缘人、80后、北漂之类，不如说他们是劳动者。他们虽然有逃避的一面，但另一方面他们也有自己的担当。比如《录音笔记》当中的曾小月，在劳动强度加大的情况下，干得昏天黑地，对着机器说话，就像一个应答怪物一样。包括《录音笔记》中形象不是那么正面的孙丽莎，她为了拿下一个单子，陪别人喝酒，哪怕喝出胃出血，这虽然是一种异化，但她毕竟为此作出了牺牲。其他的小说，比如《银河》等，还涉及了还房贷的情节。作者笔下的人物身上，劳动的一面要胜过有小资性格的因素。

这些人确实有逃避的一面，但无论他们逃避到何处，最终还是要归于妥协。他们有可能逃避到远方，这个远方可以是新疆、可以是西藏、可以是美国，或者其他什么地方。他们也有可能逃避到深处，比如衣柜，还有其他的地方，比如逃避到死亡、逃避到幻想、逃避到艺术，等等。包括小说中没有写到的，其实他们还可以逃避到乡土、逃避到民俗、逃避到学院。他们的这种逃避方式，其实是一种自我限制。当现实的强大力量向青年劳动者身上压迫的时候，那么那些青年劳动者就想："我先退一步，现实就不好再进一步了吧。"可是，虽然他们退了一步，现实还是往前进了一步，现实就是这么霸道，这么不讲道理。这样，逃避可能最终归于一种妥协，比如《衣柜里来的人》中，主人公想要留在拉萨，最终还是回来了。

从小说中能看到这一类BOSS，比如说银行，比如说房子，印象比较深刻的一句就是："房子吃我们，银行吃房子。大鱼吃小鱼，小鱼吃虾米。"真正强大的力量，是银行、是房子。作者能从自己的生活经验出发，切切实实地描写当代人的生存状态，这是非常可敬的，是值得点32个赞的。

董丝雨（中国人民大学硕士生）：在读完《我们夜里在美术馆谈恋爱》后，我的第一感觉是深深的恐惧，因为文珍笔下所描写的，就是几年后的我，被囿于一个固定的生活模式中，按部就班地找一个工作，结婚生子，按揭房子，赶在人山人海的黄金周去旅游，为鸡毛蒜皮的小事拌嘴，淡淡地生活，淡淡地老去。就像《衣柜里来的人》中的小枚，在即将步入这样的生活轨道时只想远远地逃开，来一场“说走就走的旅行”。我和各位老师的观点可能不太一样，我觉得《衣柜里来的人》写得很真实，虽然小枚在大家看来有一点懦弱，有一点“作”，但这就是这个社会上的绝大多数人。我不认为小玫和阿卡之间，在那个骑行纳木错的夜晚什么事都没发生是一种未超出期待的情节设定。生活不是偶像剧，按照文珍在博客里所说的，小枚的选择“是一种理性的回归，同时也是一种可能性的失去”。小枚不应该被指责，因为这是一个人人都会做出的选择。

我们应该认识到，小枚其实是一个很聪明的女人。她有着较好的教育背景，正因为如此，她深谙一个道理，那就是“到处都是庸常的生活”。是的，到处都是庸常的生活，我们谁都逃不掉的，无论是文艺青年深爱的新疆、西藏，还是再远一点的大洋彼岸，无论我们逃到哪里，生活都是生活。我想到王家卫的《春光乍泄》，想到那两个来自香港的恋人——黎耀辉和何宝荣，“逃”到了阿根廷，想去看一看伊瓜苏瀑布。王家卫曾经在接受一个采访时，被问到他为什么把故事选在阿根廷。王家卫的回答十分简单：“因为在地球上，阿根廷离香港最远。”但是两人来到了阿根廷，也未能逃避从前的生活，最后却仍旧和在香港没什么两样，黎耀辉还是煮饭、工作，何宝荣还是想逃。

回到《衣柜里来的人》，小枚逃到了遥远的拉萨，身份从京漂变成了拉漂，有一群貌似志同道合的朋友，每天喝酒聊天，很是快活文艺，有一个对自己念念不忘的浪子阿卡，随时随地可以奔走天涯，这样的生活对每一个蠢蠢欲动的女人都具有致命的吸引力，但是我们往长远想，拉漂难道就不生活了么？难道拉漂就不买房子、不吃饭了么？难道真能够浪迹天涯一辈子么？拉漂和北漂除了地点不同，其实没什么区别。所以小枚最后的选择不是妥协、不是懦弱，而是一种看开，她看开了即使跟着阿卡，其实最后还是会回到庸常，不如将阿卡连带着浪迹天涯的梦一起留在拉萨，不去破坏，在日后的生活里至少还有一份怀恋。

人人都有做梦的权利，王小波在《黄金时代》中说：“放声大哭从一个梦境进入另一个梦境，是每一个人的奢望。”我们要会做梦，同时更需要会生活。在可以做梦的时候好好做梦，在应该生活的时候好好生活，这才是一个人最理想的人生之路。

李壮（北京师范大学硕士生）：这本书里的作品做了一件事，这件事读者和评论界都在等，许多经典作家做不了，年轻作家做得有好有坏，这件事就是勾勒出我们这个时代新的都市主体人群的精神剪影。这是一个怎样的人群呢？他们是“新北京人”“新上海人”“新广州人”。正如小说里常常写到的，这群人，他们受过良好的教育，有一个完整独立的自我主体，这是他们进入这座城市的通行证。然而真正进入之后，他们发现这座城市却要求他们放弃自我。这里面存在一种巨大的悖论。文珍把这种悖论所导致的痛苦写出来了，而且她把这种时代情绪附着于大量真实、精确的事实细节上，里面的故事、人物、桥段我们都再熟悉不过了。这也就是为什么我们几个人会被这些作品打动：它们写的就是我们，是我们本应成为的那种人，也是我们未来必然要成为的那种人。其实我们每个人都在经历着里面写到过的那种生活，但那只是模糊的一片，你难以捕捉。文珍的小说则是通过情节、人物、语言，把所有这些烦恼团到一处，使它仪式化，变成一个异物，可以把握，就像一枚钉子，实实在在地嵌到你的肉里，见血，使你激动甚至亢奋。

当然如果只谈这些感性的东西，我觉得就太过亏欠文珍的小说了。从最基本的单元进行分析，文珍的语言就极见功力，非常到位、绵密、有力，但又富有内在的多样性。例如《银河》，这篇的语言力量很足，写得狠，一针见血，很犀利。我记得两处细节，一处是写一个招待所登记员，本来特别冷漠，在两人交钱住下后，她就要努力表示一点友善。文珍写她笑了，但是“那一笑着实吓着我了。她不适合笑”。这一下多么精确！两三个短句就勾勒出一种完整的戏剧性，有一种残酷的锋利。酷极了！另一处是有关汪峰《北京　北京》里的一句歌词：“如果有一天我不得不离去，我希望人们把我埋在这里。”文珍写道：“为什么要埋在这里呢？是因为我们的房子买在这里吗?”我觉得写北京房奴，很难再找到其他句子比这一句的冷嘲更到位、更自然、更一针见血了。到了《录音笔记》，则写得很节制、有控制力，但背后一种颓唐的感觉一下就带出来了。这两篇是我最喜欢的。《普通青年》《我们究竟谁对不起谁》，里面又有玩世不恭的语调；《到Y星去》则是两个人要贫嘴，但玩世不恭也好贫嘴也好，背后又都藏着辛酸与悲凉。《美术馆》和《觑红尘》在语言上其实很有文艺范，但是没有泛滥，而且《美术馆》那一篇涉及的东西很多，我觉得杨老师前面说得特别好，它里面有一个爱与历史彼此纠结的问题。我看昨天严彬老师在朋友圈还给这篇小说下了一个总结（其实是一个偷来的题目），我觉得也很到位：“这一代人的怕和爱。”文珍的文字是恣肆的，感觉都是顺着强大的才气喷涌而出，但这种喷涌之中，对情绪的控制又大都是精确的。

这种多变、强烈又精确的语言，其实起到了一种“缓冲剂”的作用。它把整个文本包起来了，使它获得某种审美意义上的自足，不会因与现实的正面冲撞而导致内部的失衡。正因为有了这种缓冲，文珍的这些小说就和那些直抒胸臆的通俗故事有了质的差别，它们将能够从现实纷繁的表象进入更深的层次，从“烦恼人生”一地鸡毛的现实焦虑切入某种普遍性的精神问题。这种问题是什么呢？我觉得可以总结为两个词：倦怠、逃离。我觉得这两个主题词我都不用解释了，看完这些小说这两个词一定会浮出来。说到“逃离”我们很容易想到爱丽丝·门罗。但两个人写“逃离”的方式其实是不一样的。门罗写《逃离》，实际上是把生活悬置起来写，把故事放到一个平静的小乡村，只有一个图腾隐喻般的小山羊在人物的叙述中若隐若现。“逃离”在门罗那里成为某种玄思性、本体论层面的东西。文珍则把这个主题引向了另一个走向。她明晃晃地把一切都直接亮出来，狠，而且敢，让文本、故事、人物直接与最真切的现实发生剧烈的摩擦，一时间火花四溅。门罗当然是大师，她的《逃离》也是经典之作，但文珍这样的写法，我觉得对于今天中国文学中的都市书写，其实是特别重要的。今天写北京、写上海，其实蛮需要这种写法，需要这种直接撞上去的文字。但敢这么写的人少，能写好的更少。在这种火光四溅中，小说中人物的内心被照亮了，我们看到了他们的精神困境，看到了他们灵魂中的裂缝。

这种困境与裂缝是什么？我昨天偶然读到一首佩索阿的诗，我觉得来回答这个问题简直太贴切了。里面有一句是这样的："我是我想成为的那个人和别人把我塑造成的那个人之间的缝隙。"文珍小说中的人物，大都是掉进这个缝隙里去了。读这些小说的时候我总是看到两个无形的圆圈，一个圆是自我，另一个圆是世界。两个圆都很好，本身都是顺境，但偏偏两个圆中间有一个小小的交集。结果这个交集是个困境，而人就是被困在这个小交集里面。自我与世界带来两种相反的力，撕扯他、挤压他、扭曲他，最后的结果，就是人在自己身上打开了一道深渊，并且深深地落入其中。文珍没有只纠结于世界如何地撕扯、逼迫我们。如果只写这些，也许这会是一部很好的社会调查纪实类作品。文珍的厉害在于，她还把那道深渊写出来了。

为什么一定要写出这深渊？因为纯粹来自外部的力往往是浅薄的。如果你挨了一耳光，你会说：你凭什么打我?！这是一部家庭伦理片。如果你挨了一枪，你会想：啊，是谁开的枪?！这是警匪片，复仇片，或者悬疑片。但当你写你坠入深渊，你想的就会是：这道深渊何以存在？我究竟何时能落到底？在深渊的底部我将会看到什么？这就是文艺片了。前面两种，可以是狗血美学、暴力美学，但说到深渊，就一定是一个哲学问题了。文珍写出了这道深渊，我们都能感受到小说中人物自我撕裂时产生的灼热的温度和巨大的疑问。这里面有一种纵深性的痛感，不仅仅止于银行房贷、婆媳内斗、办公室政治和恨嫁相亲。肤浅的痛感让人气急败坏，纵深性的痛感则让人激动，但又让人沉默。

最后说一点。因为是讨论会，我觉得还是应该说一点批评性的东西。文珍的这些小说，有一点我是觉得有遗憾的，那就是"塞得太满"。这其实也和刚才说到的"沉默"有关。这种沉默，在总体感受上无疑是出来了，但在具体行文之中，其实还有欠缺，原因就是作者自己的抒发、阐释偶尔容易过度，有些地方本来可以让细节、场景、人物自行说出，却被作者恣肆汪洋的语言才华一下子漫过去了。我觉得《银河》最后一部分有两处就处理得很好。第一处是女主角看到老黄走过来，知道终于要摊牌了，就在这一瞬间她突然觉得特别无助，她站在尘土飞扬的跑道和轰鸣作响的破音响旁边，突然不知道该怎么办了，竟然本能地想去找那个和善的塔吉克族老警察。这一下写得太传神了，没有太多的描写或说明，但无数的内容都包含在这一瞬间里面了。我当时读到这里，感到心都碎掉了。再就是小说的最后，女主角面对终于到来的结果，她没有抵抗，也没有立刻投降，而是最后疯狂了一次：她跑到赛马道上狂奔，这时文字犹如音乐一样节奏越来越快，她回过头来，看到雄健的白马、英俊的骑手，以及骑手衣服上细密精美的花纹，这一切都向自己的脸压过来——然后小说结束。这里面有一种巨大的毁灭快感，没有多说，但是读者都感觉到了。而在另外许多地方，这种“一切尽在不言中”的感觉会比较缺少，文珍自己太喜欢充沛的抒情了，以致没有留给“沉默”足够的空间，以使它发出回声。特朗斯特罗姆有句诗，说他的诗句在生长：“它把我挤出巢穴，而诗已完成。”我有时会觉得文珍是相反的，她自己写 high 了，似乎就会一脚把人物踢开，说：“你让让，我来写！”这样写出来的东西力量很足，而且文珍本人也确实才华横溢，但这也容易使作品显得过满、过实。我希望能多些像《银河》最后那种有空间感的处理。这是我个人的一点意见。

三

刘欣玥（北京大学博士生）：我也认同丝雨说的“恐惧”，大概因为读文珍的小说一个最大的体验是真实和亲近，接受起来没有任何障碍，很容易在情感代入后引起共鸣。读完这些作品后我常常觉得背脊发凉，会觉得自己受到了威胁：难道我们现在的选择只有这么一点了吗？难道我将来的生活就只能是这个样子？

关于《我们夜里在美术馆谈恋爱》我想从三个方面谈一下。第一，我把它叫作“重新发现北京的方法”。文珍一直有意无意地让北京各个地理坐标嵌入自己的小说，而且对这些地理坐标的描绘都非常明确，比如《银河》里的国贸旋转餐厅，《我们究竟谁对不起谁》里面的糖果盒子，有些还发挥了结构性的功能，直接参与故事的讲述，比如《美术馆》里的美术馆和《觑红尘》里的钓鱼台银杏大道、卢沟桥，还有之前获得老舍文学奖的《安翔路情事》里的盘古七星、鸟巢、水立方和安翔路。我猜这些故事之所以让我感到熟悉，很大程度上与故事发生在一个如此详细的北京有关，详细到某一条街，某一栋楼里的某一个餐厅。这样一来，北京的地理坐标或者说北京就不再仅仅是叙事背景元素，皇城也好，首都也好，北京的历史和文化在鲜活的当下经验中被唤醒、复活，重新变得充盈而富有光泽，进而获得了全新的魅力。北京的地理坐标如果可以被称为符号，显然他们已经被赋予了全新的所指，因为它与生活在其中的人的情感记忆和生命发生了无法割舍的关系。这一点很容易让我想起上海，在对“上海神话”和“老上海”的想象中，地理坐标占据了非常重要的位置，张爱玲、王安忆等人的写作功不可没，比如说百乐门、四马路。刚刚大家都提到王家卫的电影，我觉得王家卫镜头下的香港和上海有各自独特的质地，北京其实和它们是不一样的，那么北京有没有一种别的色调和感觉？比如说《美术馆》展现给我们的这种，是俏皮的、带女侠气的，同时还有别处不具备的皇城历史气。

第二，为什么选择把故事发生的地点设在美术馆？刚刚亚娅师姐把美术馆解读成美的象征与救赎，但是对美术馆，我有更多的理解，可以解读为一个致敬的小说，事关小说作为一种艺术形式的本体思考，一个年轻的写作者，一个年轻的艺术家能够在这个时代发出什么样的声音？女主角的“逃亡”是三重的，要离开自己的国家，自己的城，离开自己相守多年的男朋友，对每一个要逃离的对象她都爱恨交织，“国家—城—人”的三位一体，这种叙事的滑动也决定了对“逃离”这一行为解释的暧昧性，可以说是小资产阶级抵抗庸常生活模式的单一想象，但最说得通的是对爱情的厌倦，这就是一个非常非常通俗的故事了。文珍在小说里面也没有给出权威解释，如此一来“抵抗”姿态也就变得很暧昧，在“爱情”的层面上讲述一个抵抗的故事就变得很安全，这是不是也是 80 后的症候性或者局限所在？但总的来说，《美术馆》对话的是一代人的历史虚无主义，能够在 80 后作家里面看到这样的作品还是很欣喜的，在我的印象里他们大多不会强攻现实，触及历史的更是寥寥无几。

第三，作为混杂物的“爱情”，爱情在文珍的小说里扮演了非常重要的角色，这里的爱情是复义的，是一个矛盾体和混合物。首先，爱情是庸常的同谋，往往和家庭、男朋友捆绑在一起成为庸常生活秩序，比如《衣柜里来的人》《我们夜里在美术馆谈恋爱》。《我们夜里在美术馆谈恋爱》讲述的是一个“革命＋恋爱”双双失效的故事，在1930年代的左翼小说那里革命和爱情可以互为支撑，但是在这里革命记忆被参加过革命的人压抑和背弃，恋爱也最终不能成为支撑生活继续运转的信仰。就像《衣柜》对爱情发出质问：如果连爱情都不能相信了还有什么是值得相信的？但是另一方面，主人公似乎依然没有放弃把得救的期望寄托在爱情身上，文珍有一种知其不可为而为之的写作姿态，就像《银河》的女主角一样，明知道注定失败，还是要把牢底坐穿后才承认失败。

我一直在想，对于这一代人来说，爱情一定是一个“混杂物”，里面有很多复杂的单元，已经不仅仅是对一种传统的亲密关系的想象，爱情被寄托了更多的东西，别处的压力都被位移和投射到了爱情上，为他们摆脱孤独和困境提供了一线生机。

最后说一点点建议，《美术馆》讲了很多“逃离”的故事，这些男男女女想要逃离日常生活秩序，逃离的思路通常是“生活在别处”“在路上”，而最后往往以妥协和回归作结。如果逃离行动注定失败，那么我的期望是：在回归的时候，是否和出发的时候有所不同？在我们已经拥有当下生活的时候，我们所需要文学去做的也许不仅仅是一个对生活的复述，无论复述多么准确富有技巧而且精致好看，如何在真实地还原了生活之后可以超越其上？小说能不能冒犯生活，这是我对文珍创作更多的期待。

原帅（中国人民大学博士生）：我重点读了您的《录音笔记》和《美术馆》两篇，非常喜欢，前者处理的是80后的经验，表达了80后很强的焦虑感。您把这篇小说写得很精致。对于后者，我赞同杨老师的观点，对您应该有更高的评价，您在试图处理一个大的历史问题。我认为一个大作家还是要处理历史问题的。我赞同丛治辰前辈的第一个观点，说您从早期作品转型到了《美术馆》，是一个很好的转变。但我不赞同他的第二个观点，您对精致有意识的处理也是有价值的。仅评价您的这些（精致的小题材）作品，可能在未来的文学史中，会把您称作“北京的张爱玲”，但读完《美术馆》之后，我认为应该对您高看一眼，处理好了80后的大历史，您会成为唯一的文珍。

樊迎春（中国人民大学硕士生）：我选择的题目是《小资与非小资世俗化的悲歌》。我主要想说两点。

一是共同主题。为了准备这次讨论，我也专门读了文珍的第一本小说《十一味爱》。那里的十一个故事风格比较多样，有气味、绘画等比较后现代的元素，也有特殊职业、社会底层人物等现实主义题材，重要的是故事发展、情节设置都比较新颖，但其中文艺青年气息相当重，文笔娴熟度和自然度略欠，是才华大于技巧的创作。

《我们夜里在美术馆谈恋爱》是作者的第二本小说集，这九个故事的技巧和书写方面相比于第一本成熟了许多，但我至少在其中六篇中读到同一个主题：世俗生活永垂不朽。这里涉及的人物很多样，有中产阶级（《银河》），有白领（《西瓜》），有文艺青年（《美术馆》），有普通员工（《普通青年》），可以说他们并不是所谓的城市边缘人，他们正是城市的某种主体，正是他们构成了这个城市紧张、焦虑、漂泊的面目。他们历经所谓的波折、逃避或者外来条件的所谓救赎，最终实现的不是精神的升华，而是对世俗生活的回归：私奔的人为了房贷要回来，逃到西藏去的青年最终眷恋城市的温度，窝囊卑微的助理律师还是要屈服于单位的规则，幻想外在星球的年轻人要为两百块钱房租费口舌，他们以他们的理智和清醒为这个城市继续书写着隐忍和被同化的赞歌，也可以说是悲歌。

二是对当下生活的描摹方式。这个共同主题关涉的问题就在于这种写作方式对大历史的回避，或者说从中体现出的是青春写作对当下生活描摹的方式。唯一涉及所谓大历史的《我们夜里在美术馆谈恋爱》，其中的书写也是淡淡闲笔，没有更深的思考和表达。这似乎也是在告诉我们，如今的生活就是这么赤裸裸，柴米油盐酱醋茶，个人的跌宕起伏，家长里短，你情我爱，这倒是让我想到刘震云和池莉的一些短篇。文珍的特别之处在于，在对日常生活的描摹中，不关涉历史，却关注了个人及其特别和微妙的处境。

那么，问题来了：第一，文珍所书写的这种生活，所描绘的这些处境，是当下城市文学所需要的吗？这种对世俗生活的简单回归是否是单一的？或者说，文珍是否在寻找那条路而无所得？还是这就是她找到的路？第二，向世俗的回归是否如此轻易？对人性的微妙与复杂该如何更完备地进行书写？

沈建阳（中国人民大学硕士生）：我主要想讲小说文本和电影的关系。第一个感受是文本大量地引用电影，或者用来做题目，比如《衣柜里来的人》，侯孝贤有一部《风柜来的人》；或者在某一个关节点上直接引用电影来说明此时此刻的情感，《银河》甚至还有一点公路片的味道。我们几乎是随着作者的镜头走进这些城市青年的生活，走进都市空间，看见他们在单位、在情感、在生活上的挣扎。有人说“电视剧（美剧）可能是我们这个时代的长篇小说”，它几乎吸收了所有小说的表达技巧，我觉得反向的借鉴也是一种很好的尝试。

第二点可能和第一点也有关系，就是小说大多选择一个比较极端的情境，比如《银河》里的私奔；《录音笔记》结尾中的隐私被暴露出来；《普通青年》里宋笑遭遇了一个大雨天，而且正好和妻子闹别扭；《西瓜》里一对小夫妻一上来面临的就是下岗问题；《觑红尘》的缘起是一个偷窥事件。在极端情境下，温情脉脉的面纱被一把拉掉，我们得以窥见生活的内里，就像转到斑斓的画布后面去看到的是平淡无奇或者千疮百孔，在这一点上，小说体现出了它的严肃意义。

最后一点，小说的主人公大都想着逃离，以为“生活在别处”，《美术馆》里则向往国外的生活（我觉得不太完整）；《银河》里主人公私奔到新疆，结果晃荡了一圈，发现“生活在别处”不过是一个谎言，急急忙忙回去，生怕会晚了。主人公大多逆来顺受，他们是无可救药的循规蹈矩者，几乎是被生活追得四处逃窜，我们见不到他们掉过头来反咬生活一口。这无疑可以进一步加强小说的现实性，也可以说是严肃性，青年的状况本来就是一种时代的症候。不过我在这一点上有一点不满足，这可能是一点个人的偏见，我觉得极端的时刻正好是放飞想象力的时刻。

魏冰心（凤凰网文化频道编辑）：被大家广为诟病的《衣柜里来的人》，让我非常有零距离的感觉。确实，她描写的不是城市的边缘人，在我们这个年龄段，非常多的人，大部分的人，都在向往这种生活：我要去拉萨，我要去新疆。这可能也是作者没有把这部小说删掉的原因。

吕魁（作家）：大家都在说《美术馆》那篇，我的感觉跟大家不一样，刚刚谈到了革命、爱情，我认为这些都会过去，最让我感动的是“美术馆”这个场域。我想起《荒原》的开头：“我在古米亲眼看见西比尔吊在笼子里。孩子们问她：你要什么，西比尔？她回答道：我要死。”《美术馆》这部小说，在写 1920 年代、1940 年代、1980 年代流动感的时候，就像《荒原》的开头。

四

杨庆祥：《美术馆》这篇小说的美感，就在于一种毁灭感，我要死，都不知道怎么死，我要爱，都不知道怎么爱，死、爱、历史、他者之间，有非常奇妙的混合与交融，这才是它的悲剧性美感所在。这是处理历史或现实题材的高明的方式。为什么美术馆如此重要，因为它有方法论的意义。我们讨论了很多处理历史的方法，都不满意，感觉很“隔”，没有与我们本来的生命发生真正的关系。文珍知道在没有办法穿越历史和穿越他者的时候，真正的穿越就发生了。

这篇小说写道："我深深爱着的，不只是你，还有你身后的一切。用整整一飞机的人，殉我一个人的国。"这种毁灭感的境界，到这里真的是开阔了。飞机飞过太平洋，这个爱其实是虚无缥缈的，真正的爱还未发生。

吕魁：我想以一个读后感的形式来谈一谈。虽然这次是谈文珍的新书，但是我还是想从文珍的第一本书谈起。我最早看的是她的《第八日》，第一部集子里我比较有触动的，我和文珍也交流过，从《中关村》到《录音笔记》等，文珍小说就是从"小我"的个人的感受开始，渐渐扩大到关注一代人的情怀。因为不管是所谓的房贷、出轨，还是生活压力都是80后所面临的一些现实问题。感情稳定之后我们就不可避免地要遇到一些现实的问题。文珍最近开始关心北京底层人的生活，到这本书里面就是从《普通青年》到《西瓜》。

我想重点谈一下《西瓜》，因为刚才大家很少谈到这个小说。有人说文珍小说读起来很害怕、很恐惧。别的没有，但是这个《西瓜》的结尾真的让我觉得很恐惧。我读的时候就想千万不要把烟拆开。一拆开，最血淋淋的地方就显现出来了。但是我没想到这个结尾真的就是太太趁领导不在就把烟拆开给丈夫抽了。到这我觉得结局特别残忍，读到这里我就想我们这一代人真的已经到了这种地步了吗？被现实压得喘不过气来。所以我对《西瓜》的结尾特别有感触。

我是在一个夏天失眠的时候读了《美术馆》，当时看完也很激动，不仅有人去写这个东西，而且还写得这么好。当时已经凌晨三四点了，我还给文珍发了条很长的信息，说我没想到这篇小说能写得这么精彩，要我哪怕是命题作文也写不了这样的东西。我说服自己的一个借口就是从女性的视角去写可能比较细腻一点，如果让我来写可能就从男性的比较宏大的想法和野心去写。

相对来说，我对这个《普通青年》就比较期待。我们去年聚会时她就说写完了，名字叫《普通青年宋笑在大雨天决定去死》，但是这个小说，因为和《西瓜》《到Y星去》都有相像之处，没有给我太多的惊喜。

把这本小说集和文珍的第一部小说集相比，文珍就是从“小我”的情感抒发开始逐渐地像一滴墨滴到水中一样发展。她现在开始比较关注现实，关注与一代人生活相关的一个主题。我觉得文珍的进步真是太快了。

朱敏（中国人民大学硕士生）：我平时接触的更多的是经典小说，或者是类经典小说。刚才杨老师也提到如果我们专业的学生就这样沉浸在学院提供的环境中会不会失去很多鲜活的感知力。经典小说处理的都是历史经历，或者是作者自己的经历。而像文珍这样的小说是从我们这一代人鲜活的经历出发的，这样的小说我平时接触得比较少。我在读文珍小说的时候会很自觉地把她写的东西还原到我自身的经验中。比如她提到的一些交友方式，微信的朋友圈，还有一些流行歌曲、影视剧，还有刚才同学说的城市的地理坐标，我会自觉地将它们同我自身的经验匹配起来，感受非常独特。当然更重要的是我们80后这一代的生活状态、精神状态、心灵状态都被纳入小说当中。我自己好像同文珍有一个秘密的阅读契约，读到这些地方的时候我会会心地一笑。我们这一代人的经验和情感都由文珍替我们书写出来了。她甚至帮我们打开了之前不在意的或者是忽略的经验和情感的褶皱。

当然老一代的作家也在处理当下的经验，比如说像余华的《第七天》，但是我总觉得他们有点力不从心。文珍小说则让我觉得她处理起当下问题来有一种举重若轻的能力。我所指的“重”就是指文珍不愿意漂浮在时代的表层，她愿意进入到我们这一代人的内部，来书写我们经验和情感的复杂性。她也会自觉地联系起历史。比如说大家刚才提到的《美术馆》中，一百多年北京的历史都被联系起来了。我所指的“轻”就是指文珍小说的准确性。她对时代和我们这一代人的理解非常贴近我们的心境。这也是她的小说打动我的地方。

吕魁：我读到最后，结尾真是让我觉得在意料之中又是意料之外，可能我还是希望有一个光明的尾巴。两个人虽然在北京很不容易，但是能够互相取暖。也许从文珍女性的角度来看，这结尾是不是就是取暖的一种方式？从我的角度来说这太残忍了，两个失败者到最后把很珍贵的芙蓉烟拆开了，这是“日子不过了”的一种行为表现，是“今朝有酒今朝醉”，我们明天再去面对问题。

丛治辰：《西瓜》我们不提，是因为我们选择了讨论最具代表性、最具争议性的小说，并不是说这个小说不优秀。另外，《西瓜》除了结尾处惨的结局比较有意思外，文珍处理的那个过程也是一波三折的。整个故事非常复杂，最集中就体现在妻子的身上，两个人从一开始完全无法交流，到最后妻子以那样一种绝望的方式与丈夫沟通，是有一种温暖在的。看到最后的时候，可能每个人都能想到，烟可能要保不住了，因为礼物就没剩几样了，酒已经没了。我觉得这只是一波三折中的第二折，这一折是惨劲儿。最漂亮的是最后一句，妻子对他说了一句“我去给你找个打火机”。有过家庭生活的人知道，一个太太在老公抽烟时说去给他找打火机，一定是平常这个太太不让老公抽烟的。这个时候太太与老公之间距离的拉近又不是第一折可以比的了。

吕魁：我想补充一下，我之所以讲《西瓜》这一篇，是因为我觉得像《我们夜里在美术馆谈恋爱》那篇是比较大的话题，有一种“家国”的感觉，相较而言，《西瓜》就落得比较实。像前面提到的 1980 年代末池莉的作品和刘震云的作品，我之所以喜欢像《西瓜》这样子的作品，是因为我觉得我们的生活百分之九十九是这样子的事情，只有百分之一的时候，会发生喝多了去聊美术馆这样子的事。最残忍的，就是最后夫妻开始聊大学时候的事情。王朔有一篇小说叫《许爷》，主人公到了日本买春未遂，开始跟那个卖春的女孩儿聊天，他们追忆的竟然是同一条胡同里同一个卖冰棍的大娘，我觉得那相当残忍。在那样一种情况，竟然去追想最美好的事情。这与《西瓜》是类似的。所以我觉得《西瓜》里两个人在回忆大学时期的时候已经是够残忍的了，没想到到最后还是把烟拆了。因为把烟拆了以后还得重新买一包烟，还得巴结领导，这对于这个小家庭来说实在是太残忍了。我倒觉得最后那个结尾还是挺超越的。就是因为最残忍的时候，也是最飞扬的时候，就是我下决心了，就这样了，大不了不在这个单位干了，给领导的烟我就不送了呗。说通俗一点就是——人生没有过不去的坎。

杨庆祥：所以说烟是一个重要的工具，文珍的作品中，凡是有一个重要的功能性的东西的时候，她的作品就很好。凡是找不到的时候，她就只能复制，或者抒发一些经验中的情绪，这时候的作品可能就会糟糕一些。包括“Y 星”，“Y 星”是个功能性的东西，要是没有它，小说就只剩下两个人在聊房贷，境界大不一样。包括这个“美术馆”，如果那个男人不是在美术馆里面，而是在羊肉馆里面，那境界肯定是不一样的。所以我觉得这种功能性工具的运用，才是一个作家见功底的地方。

五

李云雷：我简单谈三点。第一点感觉特别奇妙的是今天看到很多 90 后，她们看待问题一些的看法角度、经验跟我们确实很不一样。像之前我们这一辈提出的一些问题，我都能很容易理解，很容易相互沟通，但是这些更年轻的人提出来的是另外的问题，来自另外的经验。这个问题我需要吸收消化一下。第二点呢，就是想说今天大家谈了那么多，每个人谈论的角度都不一样，就是应了那句话——当我们在谈论文珍的时候，我们在谈论什么。一开始我就说，由于我对于文珍比较熟悉，所以我很难对其陌生化和对象化的，因为你不拉开一定距离是很难客观地来审视的。通过你们的讨论呢，我就觉得，文珍对我来说变得陌生了，你们所说的那个文珍跟我心中的文珍不太一样。通过你们的陌生化，我把文珍陌生化了。在大家的讨论中，文珍一会儿变得很熟悉，一会儿变得很陌生，这种忽远忽近的距离感对我来说也是一个很有意思的体验。最后第三点就是我简单谈一谈我对于文珍小说的一个认识。

我自己写过一些文章，也就不再重复里面的观点了。刚刚有人谈到是看着文珍小说长大的，我可以说是看着文珍长大的，因为在文珍入北大的时候我已经是博士了，对于文珍小说的发展过程可以说非常清楚。文珍小说里有它变的因素和不变的因素，变的因素大家讨论得比较多；不变的因素，是一种诗意的对生活的态度，或者说是一种不知从何而来的对生活的乡愁，这种乡愁不是前现代的乡愁，而是我们当下的乡愁，可能文珍是用一种诗的眼光来看待这个世界的。这种乡愁也有一个发展的过程，它从一个自我走向了一个更开阔的空间，从一个封闭式的空间走向了一个公共的空间。

我认为文珍作品还需要加强个人生活的经验描写，但她特别好的一点是融入了诗意的、乡愁的因素，就会跟其他的作品不一样。面对生活的时候，有一种超越其上的感觉。

文珍：谢谢大家，我听到这么多年轻读者的声音，以往我经常和评论家交流，包括庆祥、丛治辰，因为很熟，所以很难为我的写作带来新意的冲击，最多就是求同存异，哪里给他们很大的冲击，哪里的批评是特别到位的。我经常会想，我的书会被什么人阅读，达到怎样的感性的共鸣，或者无感，今天这次讨论让我非常感动。

我想回答一下刚才丛治辰的问题，关于小说集的编排，为什么我把《衣柜里来的人》也放了进去。因为我觉得，这一部和《银河》《美术馆》是一样的主题，有的走成了，有的没走成。为什么要放在《银河》后面呢，是为了形成一种互文。如果选择不走会怎样？选择不走，她退回到安全区域，是一个懦弱的人；但走了又被拉回来，要还房贷。这还体现了另外一个人与你的爱情中的不确定性。《美术馆》是我中期的作品，写于2010年，跟《衣柜里来的人》几乎是同期作品。它们成为两个极端，一个被喜欢，一个被批判。我第一次的作品集没有选《衣柜里来的人》，因为它有很多失败，我写到中间的时候就知道它是失败的，但我想把它写完，虽然人物是失败的，她性格懦弱，不是一个完整的性格，但现实中是存在这种人的。她甚至比生活中的人还懦弱，这就是可怕之处，不仅要遵守外在的规矩，内心也被异化。

杨庆祥：我和丛治辰特别不喜欢这个女人，因为她和我们现实生活中的女性太一模一样了。

文珍：对。既然我没有办法让这个人物有超越性，那么就让她像。现在常说的“奋不顾身的爱情和说走就走的旅行”，这在现实生活中都不存在。这个人物整个是一个反讽，我特意把它放在《银河》后面，《银河》是我最新完成的作品，它里面的女生有种儒生的态度，知其不可为而为之，逃不掉也要走，哪怕是死。她在马蹄旁边是危险的，但她以一种自戕的方式表达了自己的壮烈。因此，这与《衣柜》形成互文。《西瓜》和《普通青年》一样，看上去没有改变，其实是变了。宋笑重新发现了太太——那条烟送不送出去都无所谓了，哪怕穷困潦倒，但是两个人在一起。庸常环境的人才最重要。我在《衣柜里来的人》中做了些修改，阿卡说：“日子过成今天这样你也有责任。”包括我们所有的人，都会抱怨不好的现状，让我们无能为力的东西，其实我们只需要做好自己的事情就可以了。我的态度便是，知其不可为而为之。

杨庆祥：好的，那我们今天的讨论到此结束。

异质性写作的可能

——李宏伟《平行蚀》

03 月

15 日

2015 年

中国人民大学人文楼

杨庆祥：我先说个开场白，上次和一个朋友聊天，他问我们联合文学课堂下一次要讨论谁，我说李宏伟，他说你们非常有眼光。为什么这么说呢？我想首先是因为宏伟的写作具有“异质性”，他这个年纪上下的青年作家，我们读了很多了，但是我觉得李宏伟目前是最难被归类的一个。70后写作我觉得大部分都是很物质主义的，就是通过物质主义来找到现实感。李宏伟恰恰是在这一点上跟他们都有区别，李宏伟其实是一个对精神深度或想象力有特别要求的作家。我读李宏伟的作品，从来没有想到代际问题。

一

杨庆祥：我先谈一点我的阅读感受，就是李宏伟的写作里面有强烈的虚构意识，最近十年，文学界更热衷于讨论非虚构，非虚构有它的问题意识和具体应对，但是我认为现代文学的基本面向其实还是虚构，你如果脱离了这个去讨论，非虚构其实也不成立，虚构文学脱离了虚构，那就更不成立了。所以我觉得一个作品，一个真正有现代感的作品，它虚构到了一种什么样的程度，作者有多大意识去实践这个虚构，我觉得这个是很重要的衡量标准。李宏伟的作品，一看就是“假”的，和我们现实没有关系，但是读后的感觉那是真的，是以假写真，我觉得这是一个很高的、很现代的美学。《并蒂爱情》，一看就是假的，两个人怎么可能长在一起？《来自月球的黏稠雨液》写的是世界末日的故事，但也不能轻易地说这就是一个科幻文学。这些作品里面有真正的虚构的力量，然后通过虚构，李宏伟创造了一个新世界。小说的本质是什么，就是创造一个新世界、一个不一样的世界，但是好的小说更在于，创造一个新世界，但是这个新世界又内在于我们，这个新世界是活的，是重构的，而且是在这个世界内部，这就是虚构主义，通过虚构找到现实感。我们都追求现实感，真正的现实感我觉得是要通过虚构来达到的。

其次，就是李宏伟的作品有强烈的结构意识，如《平行蚀》。我们知道中国当代文学写作一个大的特点就是没有结构意识，我们以为小说就是写一个故事，这是我经常反对的一个观点。它为什么是小说，就是因为它有结构、它有虚构，不是在简单地陈述一个新闻意义上的故事或事件。那么从目前来看，李宏伟的这几个作品里面，他使用了调查报告、书信、注释这些别具一格的形式，来使他的小说富有节奏感，从这个意义上他其实拓展了书写想象的空间，我希望他以后的作品里结构感更好、更娴熟。我觉得《平行蚀》结构相对于其他几个中篇来说稍微欠成熟一点，这个我们后面可以再讨论。

最后我觉得李宏伟的很多写作气质打动了我，除了我刚才讲的这个异质性、虚构意识、结构意识之外，我觉得他有一个总体视野，这个非常重要。这个总体视野就是说，站在一个人类的高度或格局去观察、去书写。为什么现在文学越来越没有力量了，就是因为文学代表的不是全人类的利益，如果写作仅仅是为某一代人写作，为某个意识形态写作，为某个情绪写作，那么它就没有力量，因为它的面向是非常单一的。我们知道现在最有力量的是什么，是资本。资本为什么有力量？因为资本代表的是全体，我认为在这一点上文学应该向资本学习，不管你有没有能力，文学就应在最大限度上为最大多数人的精神面向来写作，这样文学才能够有力量。宏伟的写作是有这个精神趋向的，《并蒂爱情》讨论的不是一个人的爱情问题，是我们这个时代普遍的情爱问题；《来自月球的黏稠雨液》讨论文明的问题，涉及“匮乏社会”和“丰裕社会”，涉及文明重构的问题，这些问题都很开阔。

赵天成（中国人民大学博士生）：李宏伟的《平行蚀》以及其他的中篇，实际上都是对人的生活以及对人与人关系的探索，他不是一种道德化、经验化的描述，而是说人和人之间究竟可以建立怎样多种的关系，而人又能不能够以其他方式来生活。我想我们可以从这个角度来看《平行蚀》里包含的个人经验以及个人经历过的大历史。

我们知道法国有“1968 年的孩子”的说法，李宏伟并不追求去概括一代人的精神成长史，这里面确实有具体的事件，但是他会对它做一种抽象的哲学提升，就像刚才杨老师说的，从“总体性”视野去看待历史事件和历史事件中的具体个人。比如说，对于《平行蚀》中的苏平来讲，该事件是一场盛宴，它是从“节日”的角度来理解该事件的，“节日”就是对于既有的生活秩序的一种否定，他是一种许诺，许诺我们用其他方式来生活的可能性。我想把这种东西提升为哲学是很正常的，但是融合在小说里，用小说去整合这些思想，实际上是非常难的。如果说李宏伟的小说有什么缺点的话，我想可能是因这个而产生的，他的难度就是既要抽象性地表达一代人的精神状态，又不想牺牲和否定的个人的抽象性、具体性、偶然性和复杂性，因此小说就必须包含很多相互矛盾的东西，总体的人与具体的人的矛盾，具体的人和具体的人的矛盾。

下面我再从两个小点来具体说一下这些矛盾，一是悖论逻辑，二是重复结构。我们从《平行蚀》中可以很明确地看到，在李宏伟的小说里有一种悖论性的逻辑，一个悖论就是可能性是孕育在不可能性之中的，在种种不可能性之中才可能生出一种可能性；另一个就是很多时候我们只能触到一端的底线，比如触到恶的底线，我们才能一点点再往善走。其实《平行蚀》这个名字就包含了一种孕育于不可能之可能性，我认为《平行蚀》是关于人和人互相理解与和解的这么一部小说，“平行”代表理解，但是平行线是没有交汇的可能的，因此它是一种平行的理解。而“蚀”是一种消逝，但是在消逝之中又有一种成长的动力，于是就有了一个和解的可能。于是在小说的最后，我们又看到在书中反复出现的一首歌，歌名叫 *All Apologies*，就是一种歉疚与和解的升华。在《平行蚀》里面也同样包含了种种矛盾的对立项之间的和解，比如大的来说就是自我与世界，个人与他者，也关乎善和恶，关乎缺乏和丰盈、拘谨与自由、上升和下沉，我想这个就是他的悖论的逻辑。

我想再说一下重复结构。我们去分析一个小说的时候，会非常注意那些重复出现的东西。我在李宏伟的小说里看到了一组重复的、结构性的东西，就是坐公交车去调查日常生活的这样一种行为，《平行蚀》里面有，《来自月球的黏稠雨液》也有。

也就是说，他总有理解日常生活的冲动，我们可以说这是一种漫游或是凝视的结构，可以追溯到本雅明所说的波德莱尔的“拾垃圾者”的形象，还有乔伊斯的尤利西斯的漫游，我想尤利西斯的内在精神和李宏伟的小说也有很多可以相通的地方。它是一种反秩序的东西，或是一种异质性的东西，内含了一种允许揭示各种沉默力量的关系结构。它否定了一种旧的秩序，日常生活中的丰富性就得以展现。生活当中总有那些逃逸在外、拒绝收编的东西，在某些地方顽强地存在着，那种坐公交车去调查只是我们接近它们的一种方式。我想李宏伟的小说也是重新启发我们思考的一种方式，至于其中的成败得失，我还需要再想一想。

李壮（北京师范大学硕士生）：我在读《哈瓦那超级市场》《僧侣集市》《来自月球的黏稠雨液》和《假时间聚会》这几篇小说的时候，发现以我们惯常的评论思路是完全无法进入的，你很少看到一个完整的故事，就是特别鲜明的人物其实很多时候也被虚化了。李宏伟的小说很多时候会有一种哲学的思维，从高处俯瞰，试图要整体把握，所以我在读的时候遇到特别大的障碍。这确实是一个异类，它突破了我惯常的阅读和评价的思维，我们长期以来都仰仗着这种思维，这部小说哪里写得好，它在处理一种同样的经验或者同样的事情的时候，为什么选择的角度用的方式比别人要好，我们谈的都是这个。这其实是经验的死局。

李宏伟的小说，我觉得在给予我们难度的同时也给予我们一种思维的震惊而不是经验的震惊。我们观看整体的经验，整体生活，我们存在本身，发现还可以以这种匮乏世界与丰裕世界的角度来看。我在读的时候画了一个图，我想我们平时看到的作品是一个圆圈，所有经验都被包在里面，不断互相碰撞发生化学反应，这个分子和那个分子不断拆解，组成新的东西，我们主要是讨论这个东西。但李宏伟的小说，尤其是这四篇，我觉得完全不是一个圆包住所有经验的东西，而是一条直线，直接插出去，有自己想要的一个点，单条直路把周围所有的分子都聚合在这个线上，然后一下冲出去。我后来发现这个东西其实像钟表，一个指针试图冲破一个圆。

在这几篇小说里面，其实有一个隐性的东西是他深层的秘密，他通过时间，把时间放置在各异的空间场景中，然后把这个东西给抬起来，就是说，里面涉及时间的意象非常多。我们看他这里面的市场，是一个放时间的所在，放个人记忆的所在，个人记忆的东西并不是像很多作家处理的那样作为书写的重点，作为一个工具、一个手段。李宏伟写时间，把它放在几个人物并不是特别清晰的一个人生轨迹里面，他把时间给抽离出来，那么这里面最终呈现出来的是时空自身的力量，包括后面像那个丰裕和匮乏也抽出来，包括《僧侣集市》。我本来特别期待看到一个经验或者说是诡异的故事，但是读着发现故事本身是虚化的，更多的是这个人、这个主角，他从小、从记忆起点开始流浪，然后到这个寺院，然后莫名其妙的因为和他本来无关的凶杀案进入了监狱，后面又加入了很多监狱里面的人的故事。这个过程我发现李宏伟是在抗拒经验，我们所谓的文学要直接处理的经验，他把整个经验背后的时空结构给抬高起来，在这中间不断地进行视角切换，在大的框架之下我们会感觉到他在处理一些更大的东西，比如说对文明的整体的反思。

李剑章（中国人民大学硕士生）：首先，《平行蚀》写的是一个知识分子群体，通过“知识分子群体”这一点来阐发，我也觉得，在这部小说的文本里有这样两种取向：一种是书斋的取向，另外一种可以说是市井的取向。这两种取向交相呼应，给小说平添了许多精彩的部分。书斋的取向，体现在小说里就是一些比较有傲骨的知识分子，他们在现实中，是对生活适应不良的人，但是也正是因为这种适应不良，更体现了某种文人风骨，或者说审美意趣。当然，那种市井的取向也可以说跟书斋的取向并立，能够看得出来李宏伟在小说当中有许多“活色生香”，或者说“感官之乐”的描写，例如在一开始的时候就写在繁华的集市中，人们熙熙攘攘的喧闹景象。不仅如此，小说里还有一些对景物的描写，以及颜色、声音等感觉的描写，写得都很有质感。同样由“知识分子群体”这一点来阐发，另外让我感兴趣的是，作者看待知与行的视角。《平行蚀》这部小说，让我觉得是在高扬“知”而贬低“行”，从根本上来说，似乎带有一种反行动的视角。当然，所反对的不是具体的某个行动，还包括抽象的任何行动。哪怕小说中有几个被称为“行动者”的人，他们这些行动被塑造，反倒是更能体现出一种“反行动”的倾向。比如苏平的同学胡子恩，他看似向往行动，向往做一件惊天动地、轰轰烈烈的事情，但是不知道该怎么行动，他拿不出任何方案，所以只能遵从苏平、麦出、窦学海等“思想者”设置的方案。还有当过消防员的俞晓磊，看起来像行动者，但本质上还是思想者，或者说是伪行动者。当俞晓磊在行动的时候，虽然是真的在从事体力劳动，当一个消防员，但他还是放不下那触不到的灿烂星空和虚无缥缈的道德律令。因此他对行动，只是一种叶公好龙式的向往。一旦真的经历了行动的大风大浪，就会抗拒不住心中的怀疑、犹豫、纠结、彷徨以及自我否定，这样的话往往会导致行动半途而废，归于失败，最终还是会回归到思想的领域当中。由此，作者似乎想要表达“思想高于行动”“思想多么重要”之类的观念。

二

陈华积（中国青年政治学院讲师）：我刚才听了大家对李宏伟小说的解读，觉得跟我的感觉都不大一样，所以我一方面是有些困惑，另一方面想谈一下读小说的一个感觉。刚开始读这个小说，读到“夜”的部分有些沉闷，感到语言不大顺畅；读到后面“编年”的时候，整个故事的脉络就出来了；再读到后面“纪传”的时候，觉得这样一部小说在形式上的循环往复的渐进中，故事主题和人的形象、精神，就慢慢具有立体感。越往后读，语言越顺溜，越有冲击力，跟前面笨拙的语言差别很大，我不知道是怎样一个原因，使前后语言风格会有这样大的差异。

刚才大家谈到小说的主旨，我也很同意杨庆祥师兄的说法，李宏伟的小说主旨有一个宏观的层面，大的层面。他探讨的并非日常生活琐事，故事性的东西，而是精神层面的。最近我在读贾平凹的《老生》，读完之后感觉是很失望的，小说还是贾平凹以前的风格，对陕西乡村世界的个性化解读，完全在叙述乡村故事、村言村语和精神世界。虽然有《山海经》的相关章节，但是读完后觉得故事本身就很破碎，没有一个中心性的东西让你去思考，所以我觉得相对于以前他的小说，《老生》比较平庸。读到《平行蚀》的前一部分“夜”的时候，我就想李宏伟是不是也要讲述平凡人的一个故事，刚开始是讲述兄弟俩，哥哥为了去北京参加盛宴这样一个故事。后面我们会看到他采用完全不一样的思考方式来构思这个故事，他有不同的侧面，有精神性的思考，让这个平庸的故事，立刻闪现出一种光辉性的东西。

我看完整个《平行蚀》，认为是讲述当代人精神危机的这样一个故事，这个小说的意图很清楚，想为一代人的精神立传。李宏伟写了不同的人在改革开放后，每个人所遭遇到的精神危机以及他们如何处理危机。这里最值得探索的是苏宁的精神危机。苏宁最初想去北京，但是被父亲阻止，在他的成长当中，苏平对他有一定的影响，但是更多的是他自己形成的东西。所以苏宁在大学毕业后有半年的“精神漫游”，这种漫游就是他最大的精神危机，在这个危机中他找不到出口，他想寻找一个意义。

杨庆祥：我觉得你讲的“精神漫游”很有意思，我想到塞林格《麦田里的守望者》，我昨天想到苏宁这个形象能不能在经典人物谱系中找到对应的形象。我觉得李宏伟不仅仅是处理精神危机，因为处理精神危机的前提是知道精神构造是什么样子的，我对他小说中人物读的书很有兴趣，那些书就是那一代人的精神构造。在这些精神构造里才能生发出精神危机，我觉得这是一个更重要的点，李宏伟可能试图把这个结解开。但我不太满意的是李宏伟最后都采用和解的方式来处理问题。比如让中年的父亲回归家庭，为什么他不能私奔呢？

陈雅琪（中国人民大学硕士生）：我对于“平行”的理解是平行又交叉。小说四部分：“夜”“编年”“日”“纪传”，每部分看上去是独立的，但其实相互渗透，有互文关系。因为每一部分对前一部分的补充，我们在阅读的时候对整个事件会有越来越清晰的感觉。倒叙，先有结果，再讲原因，一切显得是那么理所当然，主观抽象的感觉和细节描写好像也变得客观和真实。叙事人称也在第一、二、三人称间不停转换，“我”的成长是由不同的人来讲述的，具有丰富的个人历史感。

第一部分“夜”。使用第一人称“我”，初中生“我”代替哥哥苏平乘火车去北京奔赴伟大的盛宴未果。12 岁出门远行，“我”被夜的诡谲魅惑着，独自走出家门，怀揣着那张不知是通途还是迷雾的火车票，象征着暴力的弹簧刀，带有性暗示的赤身女人画像，以及心中父亲形象的崩塌，这些元素都是成长小说的要素。“我”在火车站做的两个梦也极富象征意义——意外流血事件和戴红围巾女孩的笑容，代表欲望和青春期的不安分与躁动。第二部分“编年”，有时间、地点，提供具体的历史背景，使用第二人称“你”。苏平的成长史：经历了婆婆的死，开始思考时间问题，发现父亲的秘密，“弑父”是其成长的必要条件。重要历史事件的发生是整部小说的中心，它是起因，是时代背景，也是流淌在每一个人身上的血液。第三部分“日”，使用第一人称“我”，叙述“我”和冬子的爱情：青年个体如何与他者、与世界发生关系，硕士毕业后我以观察者的身份和世界对话，“我”的同学、朋友以他者的身份出现在“我”的故事里。第四部分“纪传”，使用第三人称。出现在第三部分中的每一个人都有一个独立的故事，每个人前的一段文字都来自第三部分。丁楸、俞晓磊、武源、刘明、苏平、洪英、冬子。苏平，现实—回忆—回忆的回忆，一层回忆套着一层回忆，主要是三件事：一是苏平和徐媛谈论苏宁和冬子的恋情，二是苏平回忆小时候苏宁出走的那个晚上，三是苏平回忆苏宁前几天来家里吃饭的情景。这三件事是交替叙述的。

我认为“蚀”的意思是影响和侵占。尽管每个人的人生都是不同的轨迹，看似无关，实则息息相关，而且你愈想摆脱这种影响，愈是被拉得更紧。就好像“日蚀”和“月蚀”的发生，就是太阳、月球、地球三者的相互影响。尽管它们三者在不同的轨道上运行，但当它们不可避免地到达某个位置——运行到一条直线上时，当月球运行到太阳和地球中间，月球挡住射向地球的太阳光，月球的黑影落在地球上，就形成“日蚀”；当地球运行到太阳和月球中间，太阳光被地球所遮挡，地球的阴影落在月球上，就产生“月蚀”。月球本身不发光，但是当太阳光反射到它身上，它就发光了。我们每个人作为一个独立的个体，很难避免不受到他人的“照射”。

王德领（北京联合大学教授）：我觉得李宏伟是一个特别有抱负的作家，相比之下，现在的很多作家都没什么底线了，他们的写作都套路化了。应该把李宏伟的写作定义为学院写作。学院写作与一般的写作是不一样的，它有一种构型的能力，一种把日常生活提炼为一种结构、一种精神的能力。与之相比，很多写作仅仅停留在表面的、经验化的层面，升华起来会比较生硬，从社会经验角度看已经足够了，但是要想把经验往上提升的话，欠缺一个更大的东西。这一点上的差距，是很难弥补的。李宏伟的诗歌，我读了几首，不多，包括他翻译的作品，都是非常高端，是对我们的智力构成挑战的东西。我觉得他对这些东西的热爱，与他的文学观，与他对文学的体悟是有关联的。刚才杨庆祥提到一些对他的作品的看法，我是赞同的。

李宏伟的小说特别有精神性，大家注意到，特别有精神性的小说近几年很少了。大家都在讨论日常经验，或者城市经验，或者农村经验。但是从哲学层面讨论知识、讨论追求的小说，还特别少。我觉得可以把李宏伟的这部小说看作是讨论精神的小说。尽管小说的有些部分不太均匀，在语言上还没找到特别精练的叙述，但小说还是经过了精心架构的，这也是为什么我们很难进入这部小说，或者进入了之后还是感觉比较难。这部小说是关心精神向度的，讨论精神的问题，大家很难找到一个点：什么是我们时代的精神，我们的个人精神如何在这个时代中存在，怎么从自己的主体性中生发出强大的自我来包容这个时代。这方面我们还没有令人满意的小说，像托尔斯泰的小说，像资本主义在西方刚刚兴起时的那种小说，它们无论是对社会的批判，还是对个人精神的建构，都让我们觉得非常佩服。对这个问题的处理，作家或多或少都感到非常吃力，我们也觉得吃力，总觉得他们没有达到核心。

黄振伟（《天南》主编）：为什么我们现在探讨精神的小说这么少？我觉得这个问题提得非常好。我做过很长时间的编辑，包括小说编辑，后来我问过很多中国一流的作家，与他们展开探讨，只说精神，不说作品，他们自己的精神都很匮乏，又怎么在作品中表达很强大的精神呢？我问那些中国最好的作家，全是成名的大作家。我问他们：你自己在精神上到底有什么样的想法？回答这个问题的，十个里能有一两个相对很好，其他都很糟糕。这是让我特别意外的一件事情。

我看大家分析得都特别好，我自己没有太多理论的背景，就从一个编辑的角度来谈谈。其实大概是两年半以前，我第一次看李宏伟的小说，是《哈瓦那超级市场》《僧侣集市》《假时间聚会》，还有一组诗歌。当时我看完了那几部小说，一宿没睡，很兴奋。看完之后，我觉得是特别好的小说。他的小说有一个长度的问题，而且如果你不缓慢地进入他的这个叙述，不把这扇门推开，你会觉得这根本就是不好的小说。

大家分析情节都很多了，我要说的是小说意识。我觉得李宏伟的小说意识特别重，因为看了很多稿了以后，我发现包括成名和未成名的作家，都没有很好的小说意识，他们只是完成了一篇东西，然后让你看。而作为一个编辑，有时候我就问，为什么你选择这篇，没选择那篇？选择A，为什么没选择B？所以我选择李宏伟，我觉得他试图对小说的边界做出探索。他有这个意识，而且我觉得这个意识特别重要。昨天晚上，我见了一个摩洛哥作家塔哈尔·本·杰伦。我就问他：小说的边界在四十年以后到底在哪里？后来他给我回答了：真正的小说的意义还是要回到小说本身，你还得替他人说话。当然这句话是从法文翻译过来的，肯定有流失，大概是这么个意思。说到小说的意识这块，三十年以后会怎么样？你对小说的边界到底探讨到什么程度？这就是你的小说意识。你的小说意识，破坏性也好，还是边缘探索也好，你最终能不能写出好的东西？

看完李宏伟的小说，当时我就感觉，它要比我看到的那些小说高出一截。我喜欢的东西在哪呢？我们很多的作者、作家，总是试图为一代人代言。这个是不对的，就我的看法，这个绝对不对。你为什么老试图给一代人代言？你生命的经验到底有多大？这是很荒唐的一件事情。

杨庆祥：我们应该想象小说的新的可能性，就是什么是小说，而不是在既有的格局之内去写作。我们现在很多小说家还是在既有的小说概念里来写小说，其实就是有一个模子，我来往里面填材料。如果有作家想把这个模子彻底换了，这就是小说的自觉意识。我觉得需要有创造力的小说家来推动这个事情。

三

刘欣玥（北京大学博士生）：先说一下《平行蚀》，我特别喜欢这本小说的前半段，就是“夜”和“编年”的部分，对苏宁儿时记忆的书写充满了一种少年时代特有的敏感、丰盛和脆弱。前半段原本埋下了一个特别有意思的成长的框架，我觉得是一个齿轮结构，这背后又投射了一代人，层层连带着转动。但是写到后半段有些散掉了，我觉得很可惜。苏平对发生过的一切保持沉默，并过上了一种标准的中产阶级价值框定的生活，死气沉沉，他的成长是直接未老先衰。而苏宁我觉得是“一直没有找到成长的入口”，所以小说里面他一直找不到存在的意义，一直在延宕。所以这两个兄弟的故事到底是不是能称为成长小说，我是表示怀疑的。

李宏伟的中篇我读了《并蒂爱情》和《来自月球的黏稠雨液》。《并蒂爱情》让人联想到《会饮篇》里面喜剧家阿里斯托芬讲的那个故事，学哲学出身的李宏伟一定熟悉《会饮篇》，在我看来《并蒂爱情》里面的第一爱情就像是阿里斯托芬的神话的现代版反向操作，长相厮守是相爱的人最古老朴素的愿望，但作为现代人，大概怎么也想不到会以身体合二为一的方式实现。但故事里有两处我是有点意外的，第一是男女主角发现合体以后的喜悦和从容简直是超现实的，一点惊慌和羞臊都没有，这点让我觉得有些难以接受。第二是我很担心最后剧情走向会是两人彼此厌倦，最终分离，但是宏伟老师还是给了一个笼罩着幸福光芒的结局。两人对于爱情的理解、需求从头到尾都是完全一致的，这样的爱情未免有点太过于理想化和概念化，哪怕这本来就是一个超现实的故事，我还是觉得未免太光滑，显得失真。如果《第一爱情》想讲的道理是两人无论多么相爱，终究是彼此独立的个体，费了那么多功夫就是为了证明我们彼此还是保留独立空间，保持爱情的不确定性比较好，那我觉得这个道理大家都懂，小说终究没有超越我们在阅读之前已有的经验，所以觉得有些可惜。相比之下第二个故事显得更加饱满复杂，包括各种新闻文体的拼贴，通讯、网页新闻、深度采访，都将这则故事演绎得非常真实而且丰富，所以作为小说读者，我的阅读体验几乎和平时围观新闻事件的感觉相重叠，这种游走在两种文体之间的体验非常有趣。就事件本身而言，它给爱情打开的问题空间更加的开阔，爱情是内核，有形而上的哲思，新闻是外壳，又在现实层面讽刺了媒体的片面、盲视和不明真相的群众的围观行为。信息的获取看似容易了，一个人的隐私、履历随便都可以被人扒出来，沟通看似方便了，但很多时候产生的都是无意义的信息垃圾，真正的情感沟通却在这个过程中阻塞、抵消，并最终被时间淡化。张松的悲哀，在于他是一个发达信息时代的抒情诗人，在无数嘈杂的声音里他竟然找不到一个出口将自己的感情传达给对方。张松用的依然是最古老的诺基亚黑白机，一字一句打出的情诗让我觉得很感动，并不做作。爱情在信息向着四面八方爆炸的时代保存了一个古老的单向度的空间，它随时可能失败，被拒之门外，但它的失败，可能反倒证明了人性中亘古不变的一点真实，是人之所以为人存在的意义。这个呈现的过程很厉害，因为李宏伟基本是“一石三鸟”，用一次的时间做了三件事情：首先要讲故事，然后要议论思辨，夹叙夹议，自始至终还有叙事层面的文体实验，不同的文体又是为故事和思辨服务的。而且这三者之间是相互缠绕、相互生发、无法割裂的。文体实验在今天其实已经不是一个很新鲜的事情，这里的厉害在于他利用文体完成了叙述，我们现在常常在说小说说到底就是讲好一个故事，但是讲故事的方法特别难找，这部小说在一部中篇小说的体量里是很出色的一次实践。

《来自月球的黏稠雨液》的寓言性质很强，可以说是科幻小说，但也可以说是类型化的寓言小说。首先，总的来说感觉这会是一个很精彩的电影剧本的雏形。其实故事本身的叙事框架并不是第一次看见，读起来总是有些似曾相识，都是旧世界毁灭之后人类未来的生存方案的想象，统治者和被统治者的两极划分，因为资源有限，为了世界的稳定必须进行非人道的、残忍的牺牲。感觉很像《雪国列车》，头等车厢和末等车厢的设定，是一个世界末日以后幸存者的故事，也是一个严格等级化的封闭空间。但是两性和爱情的进入让这个文本变得很独特，前面读着读着会觉得有些太冗长，好在结尾的层层“审批”足够刺激，一下子就醒了，而且最后的判决完全出乎意料，几乎让人拍案叫绝——在一个禁绝爱情的时代让他经历极端刻骨铭心的爱恋再放逐到匮乏社会，实在很精彩。其次还是文体，实习生报告及其审核意见的这个设定是很出彩的，在管理者和实习生、实习生和匮乏社会之间嵌套了两重“看与被看”的框架，令这份实习报告处处有着自反的自觉。小说里包含两个社会，两个社会的呈现是从上到下倾斜的，因为从头到尾摄影机都对准了匮乏社会，没有人知道丰裕社会究竟是什么样子的，只有指导员和审查者的批注，还有最后的审核提醒着这台国家机器从来没有停止运转，像老大哥的眼睛一样无处不在地监视着这一切。这些冷冰冰的脚注，会不断地把作者从赵一的充满人性温度的观察和思考中拉扯回来，从混乱拉回到秩序中，在秩序和失序之间的来回拉扯构成的撕裂和张力是很有分量的。

袁满芳（中国人民大学硕士生）：小说里的“平行”很有意思。里面涉及很多的日常伦理关系，包括夫妻、父子、兄弟、姐妹、恋人等，作者在叙述苏平、苏宁、冬子的时候，常常穿插入主人公的父亲、哥哥、姐姐等人进行参照。我想小说题目里的“平行”或许就是人际之间的互相参照、互相影响和互相超越的复杂关系，其实就是个人与他者、个人与世界的关系的压缩和简化处理，每个人都生活在参照与被参照、注视与被注视、影响与被影响当中，无论怎么挣脱，终归是“平行”中的一环，他的思想、精神和行动力都是受到这个无限巨大的“平行”的限制。小说中有两个关键词：“观察”和“漫游”，这基本组成了苏宁的生活和生存。刚刚有师兄提到波德莱尔和尤利西斯的漫游，提到他们漫游行为内“反秩序”和“异质性”的“逃亡”性质。我觉得苏宁的漫游性质并非如此，他在精神上有着主体的自信和优越感，因此明确拒绝苏平的和解方案，也不寻求决裂地反抗世界，只是将“观察”和“漫游”当作个人参与世界的行动方式，他很安静，甚至理性。在一个普遍和解的世界和秩序里，这种非暴力不合作的态度或许是个人能做的最大挣扎和反抗。

另外，我对于小说里人物的普遍和解性的结局不太满意。作者想象力很充沛，但是小说表现得很收敛，人物的行动力都很收敛。而且在很多具体人物身上，都过于哲学化了，甚至有些平面化，我觉得作者有意识地赋予人物的哲学性的东西太多了，属于不同人物自身的东西太少了。最后，小说的第四部分“纪传”中，每个人物的问题性、典型性和差异性不够充分。既然是人物“纪传”，不同人物精神层面应该有很大的差异性和症候性，这一点在俞晓磊、刘明的章节中表现得很充分，但像洪英的章节中，人物过于单薄和虚弱了。

董丝雨（中国人民大学硕士生）：说实话，在第一次拿到《平行蚀》这本书的时候，我和其他老师和同学一样，花费在整本书上的阅读时间很长，同时阅读的过程也很累，因为不能有丝毫的走神，必须全神贯注，倘若稍微溜一下号，那么整个文本的衔接就会出问题。

当代文学一直不缺乏对新鲜形式和写作方法的尝试，李宏伟的《平行蚀》就是其中的一种，但我的疑问是，这种形式上的尝试，除了让人耳目一新之外，还有没有其他的意义。毕竟作为一部小说来讲，面对的读者并非全是受过文学教育的人，绝大部分是普通的读者，那么这样一部对于文学评论家来说都有阅读难度的文本，对于普通读者的难度更是显而易见的。那么这样的尝试是不是有其他的方式能够使受众面更广阔一些。这是我读完整部小说之后一个比较大的疑问。

四

马小淘（作家）：我昨天连夜看完了《平行蚀》，然后我产生了一个特别奇怪的想法，就是这个作品其实让我想起了李碧华的《青蛇》。其实它也是在讲两姐妹的成长，白蛇想变成人跟许仙在一起，然后小青就一直在里面起哄，白蛇最终就变成了会生孩子、会斗法海的一个庸俗得像人一样的东西，然而青蛇最后还是一个妖怪。实际上它非常像苏平和苏宁。因为苏宁最后就变成了一个成功猥琐男，他在物质世界是成功的，苏平则更像是在精神世界获得成功的loser，然后跟另外一个女loser同居。它实际上就是一个身体和精神的幻化成长。

然后，我觉得李宏伟刻意为读者造成了非常多的阅读障碍，整个《平行蚀》就是非常碎片化的。我听很多人都说喜欢小说的后半部分，但是我终于找到一个叫刘欣玥的同学跟我一样喜欢小说的前半部分。就是那个小镇生活的鲜活记忆对我有极大的打动。其实这在很大程度上是因为我是在城市里面长大的，我甚至没有见过动物园以外的鸡。我有一次和徐则臣也讨论过这个问题，然后他就说，在城市里长大没有乡村经验对作家来说实际上是一个巨大的短板，因为在小镇和乡村长大会有一个完全不同的体验。所以对于前半部分、对于小镇生活，在感官上能够处理得那么细致，我觉得很动人，而且对于两兄弟的心理啊都有很多交代。反而是后半部分非常深嘛，对于比较肤浅的读者来说就会容易犯困，然后它又是这样一个土洋结合的小说，后面的就是处理得太洋气了，喜欢前面的人就有点似是而非难以承受。

提一点小小的建议，就是整个小说是不是太主题先行了，兄弟的成长过程太过阴郁。我觉得所有的成长题材小说里面都会有童真中最宝贵的欢愉，《平行蚀》还是差那么一点这样的东西。从现在来看的话，我觉得小说前面的部分完全就是为了后面做准备，过于“高贵冷艳”。总的来说，李宏伟的小说还是缺乏一点凡俗的东西。因为刚刚庆祥说作家要为全人类写作嘛，我觉得也是得把普通的人考虑进去，我们的文学不仅仅是要一种精神的高贵，更需要一种休戚与共的打动，从现在看就有一点高山仰止了。

然后还有一个问题就是，人物的语言太书面了。一个要饭的都把自己的行为定义为“乞讨”，他其实是在“要饭”。比如冬子对他的男朋友说：“姐姐对于我来说就像记忆中一张张泛黄的平行影片，影片里面的情节已经枯落无从考证，更别说影片背后的那些跌宕与起伏了。”这是引号里的话，可是真的会有人这么说话吗？这样写出来就特别琼瑶，所有都是“你弄痛我了”这种风格。我真觉得人物的语言必须和描写叙述语言有分别。

我觉得李宏伟站得足够高，眼界也足够大。现在的问题就是手臂不够长，拥抱世界的时候还是会觉得有点吃力，但是这就是处女座的特点。像我和彭敏这样的作家，见到问题就知难而退的是达不到的。我们也想过对于结构上有一些创新啊，或者是对文学边界的突破啊什么的，但是后来想了想，还是算了。人生那么长，现在先写写习作以后再写代表作嘛。我觉得李宏伟绝对是一个严肃的作家，他把每一个作品都当作代表作来写。

然后就是，我更喜欢他的中篇小说。可能是这些小说大多都是我们杂志发的，所以我们都起了一个“助产”似的作用，看着这些“孩子”都特别顺眼。反正我是希望李宏伟再写点中篇小说。而且从一个务实的角度来看，一个作家在文学圈子里都是通过中短篇小说出道的，长篇小说反而很难引起人们的注意。

杨庆祥：马小淘说得特别好。不仅有文学的角度，也有编辑的角度。比如这个人物的语言，确实这是一个最基本的问题。就是你要塑造一个鲜明的人物，首先要有自己的语言。不能总是人物说的都是作家的话，这样问题就会很大。另外，马小淘刚刚也说到了成长的问题，她用了一个短语叫“童真中的短暂欢愉”，我觉得特别好。村上春树的《挪威的森林》其实也是一个成长小说，但是它没有李宏伟的这个阴郁。它里面写到了第一次遇见初美的那种对于美的描述，特别令人心醉。我当时看到的时候就觉得，这正是我高中时候看到漂亮女生时的感受，特别打动我。我觉得成长可能会很阴郁，但是一定会有别样的色彩，长篇小说需要更多的色调。

刘大先（中国社科院副研究员）：李宏伟的小说我就看了《平行蚀》。就个人趣味来说，我还是很喜欢的，我觉得这是一个非常有难度的小说。我个人不太喜欢那种读起来特别有快感然后阅读速度也会很快的小说，我觉得像宏伟这种小说才能体现出作家的匠心，他的技巧以及他的一种真正的真诚。

宏伟的小说，就像小淘讲的，他的格局很大。宏伟想说的是思想史上一个重大的变化，就是20世纪的终结。我们这一代人如何成长，以及人和世界、人和自然、人和自我、人和历史最后怎么和解的这么一个过程。刚刚也有很多同学讲到了和解的问题。宏伟的小说在形式上非常有特点，我没看完这个小说的时候就给宏伟发短信，说你的小说让我想起了略萨或者是阿斯图里亚斯的结构现实主义。但是我往后看的时候，就发现其实宏伟还是有所超越的。因为所谓的结构现实主义是把一种逻辑形式外化了、模式化了。我觉得后半部分好，实际上是，它给我们的混乱感实际上是世界本身的混乱感，它的这种碎片感其实是我们时代本身的碎片感。我们现在写小说经过了罗伯·格里耶新小说的洗礼，也经过了先锋小说的洗礼后，就已经不能像托尔斯泰他们那样写小说了，我们这个时代所写的小说，肯定有我们这个时代的形式。我觉得李宏伟在这个角度上体现了他在形式的意义。他的形式是有意义的形式，他找到了我们这个时代的形式、手法。

第二点我想讲的就是1980年代的终结。我想讲的倒不是这段历史对于我个体命运有什么影响，我想说的是，亲历者的记忆对于真实的历史，可能是有一种僭越，往往觉得自己的记忆就是历史的记忆。亲历者本身不一定就是历史的主体，他可能是历史的主体。在我们中国的历史中，1992年又开启了一种新的时代。那个1980年代的启蒙的、思想解放的时代，已经结束了。到了1990年代，就到了一个新自由主义的、经济主导的、消费主义的时代，而我们这一代人的成长是在这个夹缝当中。

我认为，现在代际划分的70后、80后实际上不太靠谱。真正有意义的代际划分应该是1976年到1985年之间，这应该是一代人。这一代人比较可怜的就是，它哪里都靠不着。我的意思是，苏宁跟苏平，实际上是两代人。苏平进入1990年代以后，不是以历史主体进入到历史和社会当中的，而苏宁这个弟弟，他实际上还有一个精神的困惑，他还在寻找当中。这个困惑把两兄弟隔成了两代人。

这个困惑也就引到了我要说的第三点，就是所谓的跟历史如何和解。因为你会发现小说里面所有的人物，这两兄弟也好，冬子也好，他们都带有创伤性的记忆。它不停地向周围辐射能量，不停地将苏宁带到黑洞的源头，他必须要摆脱黑洞对他的吸引力，也就是说，他必须要治愈自己。既然是治愈那就是一个寻找的过程，苏宁一直在寻找，最后李宏伟给出的一个方式是，让他进行体力劳动。他不再是一个在精神层面较劲的人，不是罗亭，不再是这些无用的知识分子，而是转向了肉体的生活。这不是一个结论，也不是一个结果，而是他要用这种真正的肉体方式，来一步一步达成跟这个世界的和解。

彭敏（《诗刊》编辑）：其实我对宏伟的诗歌更熟悉，比较他的诗歌和小说，我觉得他的诗用力更猛，力道更足。小说考虑的事情比较多。某些事件在小说中最后变成了若有若无的背景，被淡化了，变得更加温吞，这是诗歌和小说的不同。在我们真正想表达的东西和我们实际表达出来的东西之间，有一个移花接木和改头换面的过程，只要表达就会面临形形色色的禁忌，写作体现的其实不是自由而是禁忌，过于彻头彻尾地暴露自我也太危险。当我们写作的时候总会有一个东西在什么地方虎视眈眈，敦促我们自我检视。我觉得可以把这部小说当作路标和灯塔，阅读它不仅会给人带来震撼，同时还像冰山一角一样，向我们指出海平面以下更庞大更震撼的部分。不仅写作是这样，小说中的人物也是这样。

饶翔（《光明日报》编辑）：杨老师开篇的发言特别好，宏伟的写作其实有一种先锋气质，而当前流行的写作，特别是方才庆祥说的70后写作的物质性，其实更多还是回到了传统性。1980年代先锋叙事革命之后，中国的当代文学进行了很多关于结构、小说形式的探索，但是现在所谓物质主义写作，之前的探索我们都看不到了，更多的还是回到了讲故事的传统，贴着故事走。所以我在这个层面上说宏伟的写作可能过时了。但是过时的另外一面就是，他可能又重新探讨小说层面的问题，就像庆祥去年在《文艺报》专栏上组织的讨论一样，在新闻报道的框架之外，小说要如何去做，是要在讲故事的层面和新闻去竞争吗，还是说要回到叙事和形式的开发，在这个层面上，宏伟的小说是很出色的。

我觉得写宏伟的评论文章往往会“自取其辱”，宏伟的小说如何去评论？一般我们会说思想层面、艺术层面，思想层面上，我也没有底气跟一个哲学专业的人去讨论；在艺术层面上，宏伟的写作有自己的东西。特别是《并蒂爱情》，我觉得后来我的评论都是在宏伟的指导下完成的。《并蒂爱情》的结构很有意思，刚刚的发言者也有谈到，它包括两个故事，故事一和故事二，就像一棵树长出枝丫，后面还可能有爱情三和爱情四，都是爱情框架上长出的东西，我觉得这一点处理得很好。《平行蚀》这部作品在文学叙事层面上还有问题，描写得很好，不光是想象，还有细微的细节都很精彩，但相对来说，叙事的推进不是很好，长篇小说的体量中，这样叙事就会有问题，这是需要改进的地方。

最后一点，谈论70后的问题。我觉得一个人如何代表一代人，这是一个问题，事实上一代人总会有相似的精神结构。我觉得70后处在社会转型期，不像80后或者85后，对70后来说，历史至少没有完全终结或者完全远去，所以70后对历史还是有感情的，包括徐则臣在《耶路撒冷》里处理犹太史，二战史。1985年之后可能真的是虚空，庆祥在《80后，怎么办?》里也写到，80后没有历史了，但70后还有跟历史对话的冲动，处于一种悬置的状态，上不上、下不下。所以我觉得，70后可能也有一种典型的主题，这个说深了，很多人可能觉得70后有些悲情，或者说悲观的理想主义，他们的自我印象也是这样，用马小淘的话就是有点矫情，小淘刚才说得很好，宏伟的小说有一点过于沉重、过于端着，如何回到人生中的“短暂欢愉”，我觉得70后这样一个主体有必要进行一定的解构，要跟更多的主体进行对话，增强它的结构性，才可能有更丰富的主体。

杨庆祥：我觉得你说得很有意思。如果是单一的主体，以一个单一的思路进行写作的话，历史永远停留在过去的某一刻，那就是历史的虚无，真正的虚无不是没有历史，而是我们用同样的方式想象和书写历史。怎样让我们的写作丰富起来，就需要有不同的人、不同的主体，对历史进行复写，让历史变成复数。

李宏伟：首先非常感谢大家在休息日的下午来参加这个讨论会。作者在面对读者的时候，总是会感到紧张，尤其是面对这样专业的读者。刚才听大家讨论的过程中，我有很大的困惑，这种困惑可能是写作者和阅读者对作品认知不同所造成的，也是常见的。我虽然是哲学系毕业的，但我写作时并没有从哲学角度去设定与结构小说，我的写作在处理自己的经验，宽泛一点说，我感知到的时代经验，而不是处理思想。我对时代的精神状况有自己的认知，也希望能够把握这种精神状况，予以记录、传递，但在写小说时确实并没有把思想的表达放在第一位。

《平行蚀》是2003年开始写的，是我作为写作者的自我意识比较清晰之后写的，一直写到2005年完成初稿，后来又有过漫长的多次修改。我自己在小说上的想法是，我比较喜欢用不同的结构处理自己的素材，给出一个立体的拼图，这个过程中会有一些必要的省略，也会对读者提出一些要求。包括庆祥说到的第四部分“纪传”，有一点混乱的感觉，当时我个人是有意识地借鉴精神群像的东西，像装置艺术的原材料的堆积，有些粗莽，但开放更多可能性，至于这么处理最终是否能够成功需要另说。还有刚才聊到技巧，我认为当代文学不是应该从先锋文学往回退，而是应该往前走。先锋文学为什么在那个节点上，大家都不再做了，因为先锋文学只停留在技术问题上，不再从精神层面对世界进行把握与认识，所以读者最终发现这个东西与自己没有关系了。说到读者，每一个写作者都会想象自己的读者会是什么样子，但我在现在的阶段，也确实不怎么揣摩读者的期待，更没有去满足他们期待的意愿。写作者，可能更像一个感知器，他捕捉时代和经验，内化之后再传递出来。如果他的感知与消化足够强大，传递出来的，必然有很多与读者共在的东西。换句话说，作者对读者的侵蚀是缓慢的、有效的，而不是一个简单的供需合谋。理想的作者—读者关系，是借助作品互相敞开了各自的接口。所以我很高兴，也特别感谢大家刚才的解读，其中有很多我可以对接的地方。

现在回过头来看《平行蚀》，我最大的不满意是这个小说过于清晰地呈现了身体和政治的解读关系。当夏方的死给冬子带来幽闭；苏平因为怯于出发，又因为知道苏宁在偷窥而欢愉；苏宁在火车到来之前，因为梦见苏平的女朋友而有了人生第一次性冲动。这些密集的身体—政治关系，自然有其重叠的加深印象甚至冲击力，但是关系确实过于清晰与简单了。

再说一下刚刚庆祥提到的问题，为什么这个小说有那么多的和解？尤其是父亲苏建章不敢私奔，留下来继续重复的生活。这首先是我当时写这个小说的感知：往事与记忆一直在压迫这些人，逐渐占据了生活的中心，而使得真实的生活更像幻影，他们必须要解决掉这些事情，至少予以暂时的和解与放下，让生活继续。这也是我那时候的心理需要。苏建章的私奔起源于加缪的诱惑，他在《西西弗的神话》中说："人生是荒诞的，我们唯一能做的是获得更多的经验，活得更多。"但到了一定阶段，你必然会有疑惑，因为生活是无穷尽的，就像庄子所言："吾生也有涯，而知也无涯。以有涯随无涯，殆已！"你活得再久，获得再多的生活经验，对整个世界来说也是不到九牛一毛。因此，苏建章开始反转，他想要活得更深入，不求数量而求质量，不是要爱有限的很多个女人，而是要把一个女人爱够。这当然也只是追求一种"西西弗斯的幸福"，但不失为一种个人的解决之道。至少从认识论上来说，苏建章的"留下来"更具挑战，更让人踏实。不过可能问题也在这里，这种事情需要的是实践，不是认识。再次感谢大家的阅读和到来。

杨庆祥：好，我们期待你更好的作品。

乡土世界的消逝与招魂

——赵志明《万物停止生长时》

10月

10日

2015年

中国人民大学人文楼

杨庆祥：欢迎大家参加第11次联合文学课堂，这次的讨论主题是青年作家赵志明的新作《万物停止生长时》。做完第10次活动的时候我其实有点犹豫了，要不要继续做？假期也征求了大家的意见。我犹豫的一个很重要的原因就是感觉好的作家和作品很难碰到。暑假里看到赵志明这本书出来，张楚他们作家班又来了一批人，我就觉得还可以挑选一些好的作家作品，来继续做我们这个课堂讨论。昨天我把前面几期的讨论稿又看了一遍，发现我们这里和一般的文学研讨会有一个很大的区别，就是我们有交锋，而且有很多的对话，这个是特别重要的。所以我希望在接下来的一些讨论里大家还是可以互相有辩驳，有问题意识，而不是自己说自己的话。大家基本都比较熟悉了，我就介绍几个新面孔。张楚，著名的青年作家，程旸，南开大学的文学博士，他以后也会经常来参加我们的活动。还是像以前一样，大家自由讨论，在讨论里有穿插。谁先发言？

一

赵天成（中国人民大学博士生）：我先说吧，读这个小说集时，可以很明显地看出赵志明是在写乡土，写自己的家乡，也就是小说里的溧阳。阅读的过程中我就一直在想，我们可以如何来谈论他的这种书写，如何为赵志明的乡土书写找到一种打开它的准确方式。直到我看到这本书的“后记”，里面有这么一句话：“桑树林里充满了一些奇怪的声音、影像，就好像海市蜃楼一般，我更加确定这些都源起于我的记忆深处，并非我梦境所创造出来的。”这句话让我想到汪曾祺的《受戒》，落款是“写四十三年前的一个梦”。说是梦，其实我们知道，那是来自汪先生的记忆深处。

毫无疑问，当我们把赵志明的小说放在“乡土文学”的文脉上讨论，会是一种有趣的尝试。我们可以由此上溯到汪曾祺，集子里的前两篇小说，可以看到明显的汪曾祺的趣味。再上溯到沈从文，一直到1920年代在鲁迅和文学研究会影响之下的乡土小说，比如蹇先艾、王鲁彦、许钦文等。我们现在经常说“乡土文学”，从 1920 年代起就使用这个概念，在新时期以后又重新用它代替“农村题材”的提法，也就渐渐忽略了二者之间的差别。实际上“乡土文学”最初的定义，是鲁迅所下的，他说一个作家在北京以乡土为题材抒发胸臆的作品，这称作“乡土文学”，在北京这部分看就是“侨寓文学”，所以“乡土文学”最初是一种“侨寓者”的文学。我们都知道在 1920 年代的乡土小说里面，一个重要的主题就是批判国民性里愚昧、顽劣和落后的东西，但在那些小说里，也已经隐隐地有了一种乡愁。乡愁之“美”往往不是来自故乡本身，而是由记忆和距离所创造的，并不那么真实。就像鲁迅在《朝花夕拾》里说的那句话：他们也许要哄骗我一生，使我时时反顾。当然，这“乡愁”里面也隐含着对于乡土文明失落的忧虑。我想这种乡土文明失落之下的乡愁，肯定是赵志明书写乡土、书写溧阳的大背景。他在《乡关何处》这篇小说里做了比较清楚的交代。在《乡关何处》这种形式的作品当中，个体性的“乡愁”就变成了社会学、人类学意义上的“乡愁”，这也是赵志明的写作的重要意义。他书写的主题，在我所看到的这些小说中，都是那些已经消失或者正在消失的东西。在他的笔下，万物都是有灵性的，无论是飞禽走兽，还是鸟木虫鱼，也包括那些怪力乱神的东西。他写了很多鬼，而且鬼不是以符号的形式出现的，而是实有的，就跟小说中的人物一样。万物有灵就是一种伟大的平等，万物齐一，人、兽、鬼等而视之。同时我非常感兴趣的一点是，赵志明在书写那些所谓的“陋俗”的时候，他有一种契诃夫式的爱恨交织，甚至是敝帚自珍的情感复杂性，我想这就是文学的张力，也是小说的有趣之处。写渔樵耕读、风俗节庆那些本就凝结着美好的文化记忆的东西就不必说了，即使是写婚丧嫁娶，特别是婚丧文化中那些一直被作为旧传统而受到批判的旧风俗，在《头上长角的人》里有集中的展示。这些描写当然仍旧是残酷的，但赵志明没有把这种残酷的重心放在人物的命运上，也不去抨击所谓的“吃人的传统”，而似乎它们只是一种生存的天道。因而我们可以感觉到在残酷中所包含的惋惜，一种对乡土传统失落的惋惜。惋惜的核心，可能就是我刚才所说的人、兽、鬼间的平等，那种原始的公平。这样的平等，在今天看来就形成了一种“颠倒”。

我在这部集子里最喜欢的就是第一篇小说《渔夫和酒鬼的故事》，打鱼的和打猎的两个人是好朋友，打猎的是个酒鬼，水性很好，有一次因为跟打鱼的打赌，酒后游到河流的中心，最后被水吞没了，村里的人都说他是被一只鲶鱼精给吃了。打鱼的为了给打猎的复仇，去跟鲶鱼精搏斗，最后同归于尽。这个故事本来到这儿就可以结束了，但是这篇小说的结尾出现了奇妙的颠倒，是个神来之笔。因为我们看《西游记》和类似的神魔小说，妖怪都是绝对的坏的东西，我们一开始也以为这就是个渔夫三打鲶鱼精的复仇故事，但赵志明最后写的是对鲶鱼的生命的痛惜：两个凡夫俗子斗气打赌，死不足惜，却牵连了一条鲶鱼的生命，这鲶鱼真是太冤枉了啊！这个结尾余味无穷啊，既来自这条鲶鱼精本身，也来自它的象征意义，如何解释，因人而异，也一言难尽。我想这种余味，就是小说的意义，就是文学的价值。我们总是要面对一个问题，也就是小说和文学能做什么，这个问题已经是老生常谈了。我想至少就赵志明来说，小说是记忆和想象的天堂，它可以通过叙事让一些东西起死回生。“现代性”的理论和体验告诉我们，一切坚固的东西都烟消云散了。但小说以想象、记忆和叙述织成的故事让我们相信，一切烟消云散都是坚固的。这是赵志明小说的“颠倒”在叙事伦理学上的意义。

杨庆祥：我觉得天成说得很好。尤其是刚才你说的第一篇小说最后的余味，我看了也觉得眼前一亮，结尾说：“唉呀，那两个愚钝人类的想法殃及了池鱼。有的时候，人类的罪恶，真是一言难尽啊。”我觉得这个特别有味道。但是我有一个不同的意见，就是刚才你说到汪曾祺。我觉得赵志明的小说和汪曾祺的有一个很大的区别，就是汪曾祺的小说是一个士大夫的趣味，但是赵志明的不是。如果说汪曾祺是离得比较远来看那些生活的，赵志明则是站在生活之中。如果说汪曾祺是士大夫气，或者是文人气，那么我觉得赵志明是有乡野之趣的。这两者之差导致了他们本质上的区别，虽然他们写的都是苏南那一块地方。昨天我参加个活动，有个朋友说他读汪曾祺的作品，读了两篇以后就觉得读不下去了，因为他的趣味是高度雷同的，那种审美很重复。但是我在读赵志明的时候，我觉得在某种意义上每一篇的味道和感觉都是不太一样的，整体更开阔。所以我觉得这是一个特别有意思的地方，等一下志明可以谈一下这个问题，就是你肯定受到过汪曾祺的影响，但是你和汪曾祺之间的路径和取向，我觉得是完全不一样的。

程旸（南开大学博士生）：我想从经济发展背景的角度谈谈赵老师的作品。赵志明先生的这部小说集，令我印象颇深的是这几篇：《渔夫和酒鬼的故事》《小德的假期》《小镇兄弟》《万物停止生长时》。

《渔夫和酒鬼的故事》令人惊喜的是，作者构筑了犹如沈从文笔下湘西般浑然天成、不受都市文明喧扰影响的理想化的溧阳乡间世界。渔夫和酒鬼这两个主人公拥有着希腊神般的自然神力与聪慧的头脑。与沈从文作品不同的是，小说的故事背景选择在 1980 年代，与我们有亲近感。作者着力描写的是打猎的与打鱼的高超的职业生存技术，以及与这种生存技能相伴的洒脱自然的生活习惯，从中可以看出作者所熟悉的故乡人事与生活经验。尤其是最后一部分，打鱼的猎杀鱼精为打猎的报仇一段更是超脱出特定时代的特定乡土环境，而沾染上一层史前神话的色彩。这篇作品塑造了改革开放前期，商品化大潮还未滚滚而来相对原始生态的乡间生活。可以想见的是，这之后，打鱼的这类原生态手工业者将面临的是机器化大规模生产所带来的冲击。

《小德的假期》的年代背景比《渔夫和酒鬼的故事》往前推进了些许年。从文中的只言片语可以看出大概是 1980 年代末 1990 年代初。当时改革开放已经全面进入经济为重时期，文中的沿海南方乡村民众已经开始懂得利用世代相传的渔猎生存技能来获取更大的经济回报。文中小德被德婶一再催促去钓团鱼卖钱，作者细致描写了小德琢磨、模仿别人钓团鱼的工具制作与技巧，直至自己越加熟练，不断成功收获团鱼，以及伴随而来的经济回报。这篇作品最吸引人的地方就是运用线性叙事技巧来讲述小德整个暑假钓团鱼的经历，伴随着若隐若现的对时代经济发展的暗示。对于绝大多数读者来说，钓团鱼是个新鲜事物，读起来可谓是饶有兴趣，这样详尽的描写，不仅展现了江南乡村的风土人情，更为文学史留下了鲜活的、特定地域的时代记载。

《小镇兄弟》与前两篇不同之处，在于对经济发展背景的描写不再是若隐若现。文中向家两兄弟的成长经历以及对小镇街市、学校、生态环境的描写，都是为了揭示 1990 年代南方沿海地区经济高速发展所带来的翻天覆地的变化。例如，两兄弟全家从乡里人变成镇上人，老街的衰落与新街的崛起，民众们生活条件、衣食住行的不断进步。作品中向前进与向上进不同的人生轨迹所折射出的是 1990 年代以来两种不同的人生价值观：一种是循规蹈矩地读书，接受好的教育，将来做个体面的人；另一种是成为社会期盼的叛逆者，有机会成为快速积累财富的有产者，机会丧失则可能堕入社会的最底层，挣扎着谋一份生计。

《万物停止生长时》中时代经济发展背景再次作为次要因素在小说中体现，作品描写的是一户乡村人家数口人，他们环绕着一个先天性脑瘫孩子和一个健康活泼孩子的生活，其中的喜怒哀乐，体现了人生百态。不同于很多年轻作家对人性邪恶面的尽力展示，赵先生在这篇作品乃至以上几篇作品中所刻画的是人性中善意的一面，并不流俗于“人间自有真情在”这种常见的庸俗表达，通过故事中主人公的心理变化、言语行为讲述了多数人内心深处温暖善意的所在。读者阅读这些作品时，作者所怀念的逝去时代中家乡的一人一事、一草一木，乃至内心深处那一份萦绕的乡愁，读者都能感同身受。

杨庆祥：我觉得程旸的切入点很有意思，其实我在阅读时没有特别注意到这一块，就是他的作品背后的经济因素，还有时代的变迁。我们乍一看赵志明的作品，以为是完全去时代的或者说去历史的一种叙事，其实稍微留意一点，就会发现他的每一个细节处理都和时代性密切相关。而且他的这种时代性是通过很自然的人的经济活动和人的世俗生活所展现出来的，他不是说一定要写一个宏大的历史事件。比如刚才程旸讲的钓团鱼，我觉得这个确实可以用来分析1980年代和1990年代农村人观念的转变，就是钓团鱼突然变成了一个非常重要的生财之道。还有“鸭司令”那一篇，里面写到编草帘子，这其实是和1990年代初的乡镇改革密切相关，因为当时整个南方有大量的小窑厂。为什么我说读这些故事很亲切？因为这就是我家乡的故事。当时大量的小窑厂需要草帘子，这必然会催生第一批农村的小资本家，当时叫“万元户”“十万元户”。所以一个短篇小说里面同样可以折射出整个时代的变迁，这一点是特别值得我们去讨论的。

另外讲到《渔夫和酒鬼的故事》那篇，刚才程旸有一个很有意思的说法，说沈从文的作品里面也会出现这样的人物。我不知道大家有没有看过沈从文的《神巫之爱》这类作品，我不知道作家们是怎么看的，至少我认为沈从文写苗族的这类作品是很有问题的，非常生硬，因为他根本就不了解苗族人的生活。当年苏雪林说沈从文是看了一些非常烂的、通俗的小国家的电影，然后在那里乱编乱造，把那些东西移植到对苗族人生活的想象里面去。但是赵志明的这篇小说，虽然他也是说书人，好像是在讲一个遥远的故事，但你还是会觉得代入感很强，好像这些人物就是在我们身边。其实我特别担心他把这一篇处理成离我们很遥远的、带有蛮荒气质的神话传说之类的故事，但是他把人物一下子就拉到了我们的日常生活里来，我觉得这是一个特别重要的能力。

沈建阳（北京大学博士生）：赵老师讲故事的方式很任性，随兴所至，特别是每当篇目很长的时候，像在闲聊天，读了让人觉得很亲切，同时也很考验读者的耐心。他开始记录一代人的生活经历，比如录像厅、武侠书、碟片、租书之类的事，写少年成长的孤独体验，写得没有文艺腔，很节制也很冷静，不做道德判断。当然也不是每篇都如此，我比较喜欢前面虚一些的部分，包括神鬼谶纬之类的东西引发的效果，都还可以看出作者丰厚的生活经验。

这本书有一个很明显的“对仗”结构。大家可以看作品的目录页，以《万物停止生长时》为轴心，可以对折过来，它像一张地图，对如何进入小说做了说明，甚至对读者提出要求，表现在文本中就是捉对写——打鱼的对打猎的、成人对孩子、哥哥和弟弟（向前进和向上进）、喜庆对喜欢（痴呆哥哥对机灵弟弟），兄弟一般都是两人，两人各有不同；再有就是同一件事写两遍，犯中求避，比如小德前后跟不同的人去捕鱼。我比较喜欢《小德的假期》。在这一篇里，德婶、虎扣妈和小德、虎扣看起来刚好是一组对比。德婶小心思多，势利眼，斤斤计较，虎扣的妈也不失尖刻，小德就是一个无忧无虑的孩子，无可无不可，没有大人那么重的心机，这恰好是一组孩子和成人、天真和文明的对比。

这篇有一个小问题，我想和大家讨论。接近结尾的时候，永嫂逼问小德，小德想说的那句话，在第 44 页，他说“我还只是个孩子而已”。这句话可能有别的意图，但这句话真让人抓狂，我觉得这明显是矛盾的，一个孩子不该这么说话，当一个孩子告诉别人或者意识到自己是一个孩子的时候，他应该是一个成人，就像贵族不能告诉别人自己是贵族一样的道理。

赵志明：你说得对，《小德的假期》里面有一些东西是我过去的一些经验，其实这篇小说是我很早以前写的，2001 年左右。那时候写小说没有任何关于技巧方面的想法。我要说说预设与偏离，就是我为什么要写这个故事跟大家看到的故事其实是两回事。我为什么要写这个东西？是因为第一我确实有过这方面的经历，上初中的时候确实钓过甲鱼，那时候有种东西叫“中华鳖精”，非常火。所以当我想写小说的时候我肯定想写我印象最深的、最有把握的。但是《小德的假期》这篇小说跟我其他的小说，特别是《我亲爱的精神病患者》有点不一样，因为那些小说其实很讲究那些所谓的小说的技巧和规范，但是《小德的假期》没有。我觉得建阳说得对，通篇用了对位法，当然我写的时候是没有这个想法的，所谓对位法就是我总是要找一个对比、一个参照物来写。第二呢，当时我写这个小说，真的是想为自己留下一段记忆。我知道在我十五六岁的时候天光怎么变暗、怎么放晴，知道天将破晓的感觉。这里面有很多很多的细节，我想进入的是细节，比如说在七八月份的时候那种“流丝”，早晨的时候你也不知道是蜘蛛挂的丝还是什么，反正你经过一些树时会有一种丝挂在你脸上，还是凉的，有一点露水什么的。所有这些东西都非常非常的轻微，可能一不留神就再也想不起来了。所以我写《小德的假期》的时候，真的是想为自己留住一段我觉得蛮好玩的经历。

再回答建阳说的那个问题。我写小德，写他跟永哥去合作的时候，他肯定已经不是一个小孩了，他对他们的事情都知道，而且他有他的性幻想，所以他故意说自己是个孩子。这是我自己的小想法，就把它们放在里面了。当然，写这个东西的时候肯定有很多小说化的处理，有些东西真的是不愿意把它给说破，不愿意把它完全小说化，所以就留了一些私密空间，就像编码一样。

杨庆祥：这个其实特别有意思，小说里留下一些没有办法被小说同化的东西，保持一个在小说的内部的一致性，但是要有人能够把它读出来。

赵志明：建阳提的这几点都特别好。第一是任性嘛，我的小说里面确实有很多部分是非常任性的。这种任性可能导致小说写得不一样，就是去类型化。当然可能也是为了这个目的而任性。第二就是考验耐心。我看自己小说的时候，有时候也非常不耐心。我觉得我的小说对一般的读者来说，是看不下去的。如果能看下去，他们也肯定当成一个非常世俗化的小说来看。当然我也有意往这边去，就是所谓的雅俗共赏，也想能不着痕迹地把一些小说技巧融到小说里面来，而不是去使用具体的大家能看出来的技巧。不好意思，讲得太久了，我是受建阳的激发。

杨庆祥：对，这是联合文学课堂有史以来他发言最好的一次。可能是因为你的作品和他的经验有了契合，所以他对作品感觉比较准确。而且他说你带入了一代人的生活经验，其实和刚才我跟程旸讲得有互动，就是说一代人的生活经验其实有一个共同的背景和经验在里面，所以一看到就很亲切。我觉得这是这个年龄段的作家特别有优势的地方。

二

李屹（中国人民大学博士生）：初读《万物停止生长时》，我惊诧的是，小说中展现的乡镇风物与少年游戏，全是我珍藏着的美好记忆。1980年代，苏南、皖南的乡镇是缓慢发展的，这与阎连科所刻画的“炸裂”是完全不同的记忆。这是我们的共同记忆，朝向过去和现在。对未来的谨慎留白让赵志明的笔稍微轻松点，很多短篇的结尾多多少少都有着悲剧意味，但这不是真正的悲剧，赵志明留下了未来发展的路，不论是叙事者还是小说的主人公，从对过去的不断讲述中获得了丰富的生命力。从小说本身来看，把目光集中在商品化大潮、城市改革和农民务工大潮前的乡村，使小说有了“山雨欲来风满楼”的紧张感和美感，鱼虾满仓式的田园歌谣暗涌着种种冲突，最后一点乡村风物和波涛暗涌的生命力构成了赵志明独特的乡镇美学。

正如很多人说的，赵志明有着说书人的架势。这是他技巧成熟的表现，这本小说集里，充斥着某种呼之欲出的欲望宣泄，可以让人联想起赵志明这个说书人在讲故事时的激情，但也有种蓦然回首的控制感，这是可以从说书人进阶成为小说家的必要条件，赵志明做到了。但也有一些地方，可以见仁见智。《渔夫和酒鬼的故事》中，最后一段略显直白，有现身说法的冲动：“有的时候，人类的罪恶，真是一言难尽啊。”这声音，像是硬要把故事收起来，形式意义要大于内容。《夜雨蛤蟆》中大量出现说书人般的感慨，第一人称“我”的声音时不时显露出成年人的怀旧感，这对营造这个小说的气氛没有什么帮助，显露出些许枝蔓。

当代中国有很多人用本雅明的“story teller”来推崇“说书人”在小说中的复活，但本雅明所谓的说书人，到底是怎样的人，他们不一定弄得清，很容易与“曲苑杂坛”式的说书形式混淆。本雅明的脑海中，一直有一个朝向未来的艺术观，“story teller”的概念包含着异乡的知识，从外部拯救整体的力量，是文学家与其他门类艺术家所要共同承担的历史任务。赵志明能够成熟地利用说书形式，在说部驳杂的文类中获得小说资源，这是好事。但另一方面，将说话变为写字，更加精巧地利用说部，则是他接下来得失的关键了。

杨庆祥：我觉得大家都谈得非常好。可能是志明的小说写得很好，把大家的话题都打开了。刚刚李屹谈的有一点我是不同意的，他说《渔夫和酒鬼的故事》最后一句话不好，但我是很喜欢，有一种说书人的气质在里面。他说的《夜雨蛤蟆》我特别赞同，因为《夜雨蛤蟆》我当时是读不下去的。这其实在赵志明小说里面很少见。比如我可以念一下“还有青蛙，书上说它是益虫，能保护庄稼”，这已经完全不像是赵志明在说话了。还有一点，本雅明说的“讲故事的人”和我们传统的说书人，从比较文学的角度来看，是可以做论文的。这两种类型完全不同，是属于两种不同语境的，比如它们的表达方式、它们最终的目标等。我们的说书人可能是明清以来才有的一种形象，而本雅明那里的“说故事的人”可能要追溯到荷马那个时代，以及一种唱的方式和史诗的传统。

我们说赵志明是说书人，是从明清以来的那样一种传统出来的，而不是本雅明意义上的那样现代的概念。另外，我觉得李屹提供了几个重要的关键词，一个就是“童心”，而且一定是顽童的心。大家看刚刚赵志明说话的样子，就知道他是怎样的一个儿童。另外一个关键词就是“风物”。我自己其实也想讲这个问题，大家可以看到，我们把赵志明的小说的“人物”“物体”之前加上“风”字，会更有味道一些。这个“风”里面包含了更多的历史的、人情的、伦理的、鬼神的意味。这个词太棒了，它不是一般人所说的“风景”，而是“风物”。我们现在总是把这个东西忽视掉了，但是日本的很多作品里面还有这种东西。除此之外，李屹也对刚刚程旸所说的话题进行了回应，就是说小说中对于皖南、苏南这些地方的书写，它们和文学史上余华等人对1980年代末、1990年代初的书写构成了补充和对话，甚至与阎连科的《炸裂志》也构成了对话。我们对发展的想象其实还是比较单一的，特别是1990年代初的那种翻天覆地的变化。但实际上所有的变化都是缓慢发生的，它们有着另外一种状态。我觉得如果把这本小说放在文学史中的话，也是有它的意义的。因为有很多东西是被文学史遗忘掉的，比如在1980年代、1990年代的一段时间，农村是特别欣欣向荣的，是很有希望的。但是这一段基本上是被文学史遗忘的。打个比方，以前有段时间农村曾经大造沼气池，发展新能源，但是现在这段历史被忘记了。我觉得这些东西还是需要有赵志明这样对于农村生活非常熟悉的人把它们书写下来。

樊迎春（北京大学博士生）：我发言的标题是《万物生长的“焦虑”与“无措”——评赵志明〈万物停止生长时〉》。我大概说三点，第一点关于灵气。赵志明的《万物停止生长时》由9个短篇小说组成，刚读前两篇时有不小的惊喜感，有点汪曾祺的味道，又有点孙犁的感觉，清新明澈。《渔夫和酒鬼的故事》短小精悍，但其中描写的那种简单、真挚以及有点神话色彩的细节让人体会到一种细腻的情感，运笔轻盈。写好一个故事不难，写好一种主题也不难，当代有很多大家能写好宏大叙事，也有很多作家能写好乡土故事，难的是用一种清淡的行文写一个有感情的故事。这两篇让我体会到赵志明的灵气，我觉得这种灵气对作家来说是比经验、技巧、素材都重要的。

第二点关于焦虑。在这9个故事中，我也读到一个强烈的，似乎马上要跳出纸面的主题：焦虑，一种现代知识分子对乡村文明失落的焦虑。这也似乎是中国当代作家百书不厌的一个话题。我也能体会到赵志明在书写中的那种沮丧、怀念，在《小镇兄弟》中对老街上的店和人物的详尽描写可见一斑。但我觉得这里有一个值得注意的问题，即作家是否能在这样一个古老的问题中给我们提供新的思考，除了批判人类的欲望和表达对乡村失落的怀念之外，是否有新的角度和面向？比如乡村人的矛盾心理，乡村文明失落带来的复杂现状以及其他很多东西，这其实是时代的问题，应该有更广阔的书写空间。《小镇兄弟》里他以两个兄弟的不同道路展现时代的变迁对人命运的改变，但最后一部分有些散乱，没有扣住开始起的调子，后面描述的变化也属于“叙事者”或者说作者本人。赵志明此时以作者和叙事人的双重身份剥夺了兄弟二人性格和命运的发展。

第三点我想说的是短篇小说的品质。我觉得短篇小说有两个非常重要的品质，即精确和微妙。精确不是说叙事内容或题材的精确，而是指作家本人的语言叙述，要用最准确的语言表达出自己要表达的意思，或者说恰到好处地达到想要的效果；微妙则是遣词造句中要留有余味，让人回味，思索，且有惊喜。但这二者的根本目的都在于表达细致微妙的情感或者说复杂的人性。我最喜欢《小德的故事》，我觉得这篇真正做到了精确与微妙共存。一个学生的暑假，违背自己的意愿去完成母亲的要求，其中对于乡村夏季的描写，对不同人物性格的刻画，还有对苏南乡村的风物描写都很细致，而小德的心态，人物之间的心思又很细腻真挚。尤其是结尾，我觉得非常精彩。快开学了，小德突然想起了学校的那些同学，尤其是想到滕秋华的笑，心里痒痒的，特别舒服。这种感觉我觉得经历过儿时暑假的人可能都深有体会，一个暑假在结束之际突然就像“梦一场”，开学后是另一个世界。最后一段清新自然的描写和前面黏热难耐地钓鱼、等比起来，就像拨开云雾见青天，眼前一亮。我觉得好的小说应该是这样的，为你展现一个世界，让你沉溺其中，然后轻松地将你带出这个世界，让你觉得浑身轻松却又余音绕梁。

另外一篇《万物停止生长时》，我觉得题材和意象都很精彩，尤其是写到时光对于喜庆来说是日复一日、年复一年的重复，很打动人，其他人物的描写也很有特点。最后喜欢寻找喜庆的过程有点松散，尤其是喜欢找到喜庆，“故乡就回到以前的样子”这句有点画蛇添足、痕迹过重，一下子把小说本来的创意窄化了，有点可惜。《头上长角的人》也是，故事都很棒，但有一段：“诸位，难道杨户头应该过这样的生活吗……”作者直接跳进故事进行评论，让读者有点出戏。作者“说话”的欲望太强烈，遗忘了作者、叙事人和主人公之间的辩证关系。当然，这些都是一些技术问题，甚至可能是作者有意为之。故事本身还是非常棒的。

总体而言，这些题材、故事很棒，描写的人性、人情、传统、乡村、恬淡以及部分的怪力乱神都很有意思、很有灵气，但在主题把握上或许可以多一点稳重和坚持，在叙事、行文方面或许可以再多一点微妙和细腻。

三

杨庆祥：《小德的假期》我也特别喜欢。尤其是它的结尾，不仅仅是微妙。小说里说，现在马上开学了，小德的脑袋里冒出来几个人的形象，某某某，某某某，这些形象都是前文没有出现过的，特别有意思。就是在小说结尾的时候，它会突然打开另外一个向度、空间，就像没有写完一样。而且我看这篇小说的时候有一个特别明显的感觉，就是“小德的假期”这个题目，我当时就觉得特别像琼瑶、侯孝贤那种台湾的感觉，“恋恋风尘”的那种感觉。但是其实它的内容又特别乡土，这之间就形成了一个特别有意思的张力。“小德的假期”，几乎是“罗马假日”一样的高雅味道了，但是它本来的内容，如“揉菜籽”“钓团鱼”，这都是我们那边特别乡土的事，这里面的张力是特别有意思的，也是这个小说让我眼前一亮的地方。

《万物停止生长时》应该是这个小说集中特别重要的一篇。我个人的阅读感受是，结尾部分处理得太过仓促了。最后那一两段其实是好的，就是“喜欢说云”“喜欢说树”那两段，那个很好。但是再前面喜欢去找他哥哥的那几段，是小说中不太成功的地方。我觉得是作者有点急了，有点迫不及待地想把哥哥找出来，然后赶紧把小说结束掉。小说节奏太快了，它的速度快于我们对于世俗生活的感知的速度。这就一下子让读者产生怪怪的感觉。

赵志明：这个其实我自己也意识到了。我想交代一下这个小说的创作背景。其实我自己是不愿意写这篇小说的，但是我又觉得这个意象很值得写、很不错，以这样一个不会长大的人来处理现在的乡村经验，是很好的参照物。蒋一谈老师之前也说过我，就是我在写小说的时候会概念先行。其实这个题材好好写，可以写个五万字左右的东西出来，最后喜欢有没有找到喜庆都无所谓，喜庆可以经常出现在喜欢梦境里面，但是这样写就和我之前的预设不太一样，而且出版社那边一直在催着要稿子。你们批评得特别对，我觉得有时候就是需要批评家和作家一起来讨论作品，我们共同长进。我来之前确实是做好了准备的，凡是你们问我的问题我都说实话。作家有时候太任性不好，但是我觉得我有写小说的能力和权利的时候，我希望我能写一个“泥沙俱下”的小说。这确实不好，是我任性的一面，但有时我也会想，我为什么一定要写一个毫无瑕疵的完美的小说。

杨庆祥：“泥沙俱下”和文本中的硬伤是两码事情。

李琦（中国人民大学硕士生）：我读这本薄薄的书，是有越读越厚的感觉的。首先谈一个总体感受：作品有浓浓的乡愁。《小德的假期》《夜雨蛤蟆》让我读到童年。小时候，我也跟姥爷一起去河边钓过鱼，知道鱼咬钩的那种很细腻的感觉；小学时我曾经捉过一盆小蝌蚪，养了一个暑假，看它们一点点变成小蛤蟆，作者对蛤蟆的描述勾起了我小时候的记忆。《乡关何处》那一篇，讲过年要用素菜祭祀，很多跟我家乡是一样的习俗，总之这本小书的众多细节都让我感觉非常熟悉。因为作者的写作有生活的根基，并且他写作的目的不仅仅是为了自己，也是为了读者。艾略特说，只是为作者而写的诗根本就算不上是诗，我认为小说也一样，只为作者而写，但不能让读者感同身受的小说也算不上好小说。

我最喜欢的一篇是《万物停止生长时》，它涉及了很多方面，比如母子情，兄弟情，乡土社会中的邻里情。喜庆这个人物，贯穿了中国的几十年。题目特别有意思，“万物停止生长”，但其实停止生长的是喜庆，文本是以喜庆的视点来看的，时空被停滞，结尾写道：“当浑身千疮百孔历经磨难的喜庆回到故乡，亲口吹响魔笛的时候……

一切将重新焕发生机，栩栩如生，并被喜庆再一次命名。”命名这一行为，是作者赋予这个人物最高的主体性。“魔笛”这样一个功能性的道具，在西方童话里是很有魔力的，吹笛子的少年能把村里的动物都吸引过来。我认为这个道具设置得特别棒，一方面很小巧，最重要的是，中国文化讲“天人合一”，笛子是人自己的气息进入到这个乐器中，然后发出声音，跟这个世界有了联系，喜庆通过这个笛子就跟万物有了接触。对比阎连科式的“炸裂”发展，作者反其道而行之，说“万物停止生长”。喜庆跟喜欢是一对相反的人物设置，一个身心都停止生长，一个非常健康，我认为他们两个一起构成了一对现实的隐喻。我认为这篇写得很丰富，很大一个原因在于它的这种隐性同构和隐喻性。

李剑章（中国人民大学硕士生）：第一点想说的也是乡土。从前的那种乡土文学也许会用一种高高在上的视角去批判，认为乡土的东西各方面都不合理。他们采用那种自认为现代化的视角，鄙视乡土，希望将其改变。但是我们看这本小说集，没有高高在上的批判，反而是感同身受的悲悯，这是难能可贵的。分析这本小说集的乡土性，一方面有纵向时间的视角，另一方面如果拿出时间的一个横截面来看——因为现在也有不少乡土小说——那么赵老师的小说和他们那些小说的区别何在？我觉得一定程度上在于语言的翻新，或者说现代化。可能小说讲的内容非常传统，甚至有一些古典的韵味，但是有一部分的语言特别新潮。这种模式的弊端之前有的师兄已经提到过了，但是我觉得可能还有一些妙处，就是试图让小说拥有它自己的特点，能够和现在的其他小说区别开来。

第二点就是小说中的经济因素。这个之前也有人提到过了，但是我想说的是，这本小说集当中的经济因素并不仅仅作为背景，而且还作为情节的关键因素。例如《万物停止生长时》这篇，喜庆之所以被拐走，是因为人贩子出于经济利益的考量，认为这样做有利可图。而喜庆之所以被找到，也是因为喜欢跟着老尖，他们成为了资本家，拥有很多产业。他们是运用经济利益，来实现了这个“正义的复仇”。然后我们看《乡关何处》，其实更多的跟经济利益有关。赵老师通过小说的形式，引发了我们这样的思考，那就是：这种所谓的经济发展，是不是真能让人更幸福呢？是不是真的能让人们的生活过得更好呢？

第三，看到这本书的封面，我想到了有一门学问，叫“诗经博物学”。其实我觉得这本小说集里面也有博物学。《诗经》里面提到的各种动物，与我们日常理解的动物是有区别的。例如《诗经》里的兔子有时是奸诈小人的形象；野鸡则是谦谦君子的形象；老鼠有的时候彬彬有礼，有的时候则是不劳而获的硕鼠。同样，我们看这本小说集里有各种各样的动物，有猎犬、有鱼精、有团鱼、有黄鳝、有蛇、有蛤蟆、有青蛙、有鸭子等。各种各样动物，它们都有各自的性格，也有各自的故事，它们的故事会符合各自的特征，这些特征在这本小说集当中是独特的，是鲜明的，是无法取代的。

还要说一些关于具体情节设置的想法。《万物停止生长时》这篇，赵老师在故事结尾设置“喜庆被喜欢找到”的情节，其实比“没有找到”要更为悲凉和深刻。喜欢为了找到喜庆，用尽各种心思，准备极其充分，过程一波三折。赵老师的文笔以高屋建瓴之势奔向“找到”的结局，并且在故事结尾部分让情节像电影画面快放一样急剧加速，以至于已经超过现实生活中的速度。但是到了最后，喜欢不断向喜庆提示各种事物的名称，但是喜庆没有任何反应。也就是说喜欢看似已经得到了想要的一切，但是这一切已经不是从前的一切了，它的意义已经被抽离了。所以这看似是一个大团圆、皆大欢喜的结局，但实际上也许有更多的悲凉，这就是“得到了比没有得到更加悲伤”吧。想起有一首歌，叫《不见长安》，讲的是主人公特别想去长安，于是动身前往，在路上遍尝人间繁华，经历世事沧桑，最终到了长安，但是，抵达了比没有抵达更加悲伤。《万物停止生长时》的结局，与那首歌有异曲同工之妙。

杨庆祥：剑章说的有几个地方，可以供大家来讨论。其中有一个，刚刚李琦也谈到了，就是小说中的悲悯视角，有惋惜的情绪，并不是那种道德批判、国民性批判的那种态度，我想这个也是得到了大家的公认的。另外就是小说的结尾，我觉得你又把我们刚刚谈到的问题推进了一步。这个结尾可能让小说的内涵更丰富了。在以前的那个乡村世界中，这样一个智障儿童，他通过笛子，最后能被唤醒，可以辨认出很多事物，可以生活得很愉快。但是当他重新被找到以后，无论你怎样叫他，这个人都无动于衷，那么这里面其实就是世界已经分裂了，以前那个世界已经彻底消失了。我觉得如果我们来分析赵志明小说里的原乡文化焦虑的话，那么就可以说里面有两个世界，其中一个世界是彻底消失掉的。但是呢，就像刚刚剑章说的，作者试图通过博物学这样的方式，将那个消失的世界重新召唤回来。我觉得这个是特别有意思的地方。在赵志明这本集子的每一篇小说里，他都是在描述一个失去的世界。那个世界已经一去不复返了，我们只能通过小说家的招魂术、巫术，把它重新写出来，召唤出来。

刘欣玥（北京大学博士生）：我想谈的第一个主题是“泥土的挽歌”。赵志明是非常关注“土地”的，小说集里写了很多人，不知道是有意识还是无意识的，总的来说最典型的只有两种人，一种是“离开土地的人”，一种是“留在土地上的人”，而每一个故事都是从离开土地开始的。第一类人里面有年青一代的背叛者，也有老一代中的被放逐者，而后者一概是长辈和老人。比如《渔夫和酒鬼》里面的酒鬼其实原来是一个猎户，他之所以从猎户变成酒鬼，是因为山林被推平了，而他被赶到平原以后又没有分到田地；《小德的假期》里面，虎扣是钓团鱼的高手，但是遭到了父亲的反对，父亲是生产队队长，是种田的一把好手，所以教训虎扣“团鱼不可能钓一世人生，人不可能靠钓团鱼养活自己……人还要务实一点，是农民不会料理地头生活是不像话的。”总而言之，小说集中所有的人物，他们从事着不同职业，几乎都以各种各样的方式离开土地。中国的社会是乡土性的，土地对于农村社会的重要性不待多言。费孝通先生的《乡土中国》的第一章就叫《乡土本色》，一开篇就说，我们常说乡下人土气，语带讽刺，但这个“土”字用得很好。“土地”和“泥土”对于中国社会的根基何其重要，乡下人离不开泥土，因为种地是最普遍的谋生办法，多数人选择了“拖泥带水”下田讨生活。小说中的年青一代以各种各样的方式从土地上被剥离、放逐出去，此后演绎出一个个不乏悲情与哀愁的故事，则连成了一曲贯穿于不同篇目中的泥土的挽歌。

而这曲泥土的挽歌中有一个最核心的历史事件，就是“自然村的拆迁”，这在《乡关何处》《万物停止生长时》中都极其显眼，精耕细作的生活方式即将消失，土地要变成机械化、自动化的大农场。如果说有一个可以将这本小说集整个儿拎起来的“把手”，那么无疑就是自然村的拆迁对作者的冲击，及其触发的对消失的故乡和消失的记忆的思考。从前的乡土小说、底层叙事更多地讲述农民进城的矛盾，讲述“留不住的城市和回不去的家乡”，那么赵志明又把它轻轻地往前推了一步：如果以前是主动的离开，那么现在就是被动的剥夺。以前的问题是你们不想回来，而且这里也变得不伦不类，是城市的粗糙拙劣的仿制品，但是现在无论曾经离开的人想不想回来，你们都回不来了——因为你们的村庄和故乡已经要消失了。从此以后，你们连乡愁都失去了可投射的具体对象，只能是抽象的、想象性的，最后随着子孙繁衍，变成模糊虚幻的记忆而至于遗忘。对于已经度过了早期在面对现代转型时，种种失控经验带来的冲击和错愕的写作经验之后，这才是更深沉的悲哀。因此，《乡关何处》中鸭司令的死是有非常丰富的象征意义的。刚刚大家纷纷表示不能够理解为什么鸭司令必须去死，而且这起谋杀案的真相不能大白于天下，坏人没有遭到报应。我们不妨从小儿子王龙飞的角度来看，首先，这是一场突如其来的丧父变故，而且在父亲死后他仍要承受种种诅咒和折磨，为了留住他的性命，母亲必须选择把他过继给亲戚，这样导致继失去父亲之后，母亲和家都一并失去了——长大以后成为警察的王龙飞其实很清楚，丧父是失去故乡的开始，这里就诞生了第二层象征：父亲被亲兄弟所杀，已经暗示了王姓大家族的分崩离析，这是传统宗法意义上的家族的塌陷。直到最后老家也要拆迁，所有的人都要搬走，只有坟墓留下，一个值得注意的细节是，小说中写到家族的墓碑上死人和活人的名字挨在一起，却没有王龙飞的位置。这象征着故土的沦丧和血缘的彻底割裂——故乡即将变成一个没有人情味的工业化大农庄。王龙飞也成了一个无家可归的人，一个孤魂野鬼。小说的有趣和突破，是最后站在祖先的角度重新讲述了一次"即将消失的故乡"，所以小说家说，"我相信有命运之说，但我不相信诅咒和奇迹"，这个命运应该是工业化和城市化带来的必然结果。作者看得很清楚，小说中反复表达了对于遗忘的恐惧，因为害怕"什么记忆都留不下了"，因此作为小说家的赵志明赋予写作的功能是"记忆的抢救和打捞"。

最后，我想谈一下《万物停止生长时》中喜庆这个"病孩子"及其在当代文学中的形象谱系。毫无疑问喜庆是一个"疾病的隐喻"，是一个作者找到的特别精彩的一个寓言性形象。我们看到小说中喜庆和外在世界的对抗，其实是两套史观的对抗：进化史观与循环史观。如果说万物生长的世界是线性进化史观的象征，是外部轰鸣的工业化和城市化的怪兽，那么作为一个异类的喜庆，他不是静止的，而是循环的，作者要用一个相貌和智力永远停留在5岁的孩子来表达一种循环的乡土史观。值得注意的是，喜庆并不是痴呆，只是智力和外貌都停留在5岁，他是一个"长不大的孩子"，而5岁，是由懵懂无知的幼儿时期向对任何事情都充满好奇的少儿时期开始转变的过渡期，所以通过喜庆的眼睛看到的世界是好奇的，是前现代的，草长莺飞，万物都是新鲜的、生动的。喜庆曾经被"西湖雨笛"唤醒过一次，但无法被已经改变了的世界唤醒第二次，被伤害的喜庆最后只能迎来了一个麻木的结局。赵志明在小说结尾说"这就是他们和我们，以及你们的现实之一种"，其实已经表达了一种妥协和绝望。这样的"怪孩子/病孩子"，会让我想起《爸爸爸》里面的丙崽，也会想起《生死疲劳》里面的大头婴儿蓝千岁，他们都是乡土中国在20世纪遭遇现代性的过程中的"疾病的隐喻"，如今这个"病孩子"序列里又添上了一个颇具症候式的喜庆，这一形象谱系的繁衍更新中，藏着非常丰富的、可以继续被讨论的可能。

四

刘启民（中国人民大学硕士生）：《万物停止生长时》这本小说集，或许是一个久远的、浓郁的东方精怪传统在当下的投胎转世——尽管这个婴孩必然打上20世纪末小镇历史的印记，很可能处在千头万绪中的作者自己也没有发现这一点。

古代的精怪传统有着悠远的历史，它们连同所携带的代表着原始初民的价值、认识，避开了儒家道统的统摄，通过《山海经》《聊斋志异》一直留存于中国文化的血脉里。《万物停止生长时》正是处在这个家族史的末端的，小说集里随处可见的鱼、团鱼、蛤蟆、水，都是某种原始印象的象征物，或者说是文化基因。这些散现在小说中的文化因子背后，裹挟着一个古老的价值记忆，这个记忆当然不是三十年前的“无论黑猫白猫，抓到老鼠的就是好猫”，也不是五百年前的“善恶终有报”，而是两千年前的“天地不仁，以万物如刍狗”，“万物有成理而不说”。畸形的、经历了千疮百孔的磨难的喜欢，竟也能享到世间的恩惠存活下来，即将吹响他的魔笛；志庆的冤死竟也没有造成传统伦理下的“凶手”国庆遭到所谓惩戒。小说中的道德悄无声息地逸出了中国引以为傲的古代士大夫传统和现代传统，世间伦常再也无法收纳的疼痛，在那样的道德里得以化解；遭受自我与他人戕害的人物，生存在先人留下的温存记忆里得以安之若命。在我看来，作者用了一种内质化的精怪精神气质来网罗生活、捕捞现实，1980年代的经济利益纠纷也就自然而然地从属其中了。

从个人的阅读喜好出发，我是很喜欢这本小说集的。在中国的历史，特别是当代史中，怪力乱神及其背后的一整套话语逻辑很少进入主流文化视野中。而《万物停止生长时》是一个尝试，它召回了一些零碎的、远古的文化记忆，并可能是无意识地借用了这些记忆背后的精神资源，对当代中国图景的塑造给予了很好的补充。

杨庆祥：我在看这个小说的时候也有这种感觉，里面有一个精怪系列，写了奇形怪状的东西，有点像贾平凹最近的小说《老生》，里面用了《山海经》。但是很奇怪，他为什么要用《山海经》这样一个东西？一边摘《山海经》的一段，一边写一个革命故事，为什么要这样齐头并进地书写？其实在精怪的背后，有一整套鲜明的道德判断和价值判断，不仅有价值观念，而且有审美观念。世间的是非善恶，什么是好，什么是坏，什么是美，什么是丑，这就是《聊斋志异》的传统，从来没有把精怪看作是外在的传统，它跟我们是一体的。现代人的世界为什么这么贫乏单调，是因为我们视万物为刍狗，我们以人的法度解释一切的东西，导致想象空间不够。在古人的世界里万物是生长的，这个世界是平衡的，有非常多的组成部分。这是一个非常大的问题，怎样用书写的方式把失去的世界重新建构起来。我们经常讲晚明、晚清礼崩乐坏，但书写者并没有因此丧失对书写的追求。蒲松龄的时代，很多人也天天想着做官挣钱，他还想着书写，所以小说家的使命是不变的。

章洁（中国人民大学硕士生）：我还想谈谈小说中人物的特点。之前也提到当代文学中有很多以改革、城市为背景的作品，人的罪恶常有外部的源动力或依托环境，如《炸裂志》；主人公不幸的人生际遇由于和变革、历史勾连而具备了更深沉、更无奈的悲剧感，如《邢老汉和狗的故事》。在这部小说集中，乡土书写的背后有一个时代、城市意识，但更多的是一种隐忧，即大家刚才都提到的乡土传统和环境的失落。但作者没有将它们与人性、命运的书写紧密联系在一起，比如《渔夫和酒鬼的故事》里环境的改变造成猎人生活方式的改变，但不构成后续故事的动力；《万物停止生长时》提到城镇化破坏乡土则更多是在人物存在意义上去考虑的；《头上长角的人》中村人对杨户头的恶行只因异姓的“原罪”。作者对乡土世界中人的描写更关注于人本身的状态，人物的行为、人性的好与恶都在他们生存的环境中自足，与大时代、主流价值观没有什么关联。于是人物是审美对象，人性的小瑕疵、大罪恶和美好的一面都在小说中呈现出来，与风俗环境交织在一起。作为读者，我对那些行为罪恶、猥琐的人物并不厌恶，反而很佩服作者能把人性的阴暗面写得引人入胜，可以说是一种领略式的放松的阅读。我不知道这种感受和赵老师对人物的态度是否有关系，即“我对他们的态度，其实就是尊重。既要写出他们身上让我惊讶叹服的闪光点，也要毫不保留地晒出他们性格中猥琐的污迹”。

杨庆祥：章洁最后说的人物挺有意思，就是说人物的性格，他的悲剧命运，是他生活在那个时代自己生长出来的，而不一定是受到外面的影响，这也是一个观察的视角。我觉得这里面比较复杂，人物的本性当然是在他的世界里面生长的，但是人物的行动不一定完全由其本性决定，可能是受到时代、经济的因素影响，人物动因的复杂度更多一点。

张楚（作家）：《小镇兄弟》为什么要这么写？我觉得这是一个失败的小说，太像随笔了，写农民工大量涌现，有点像通讯报道，不像文学作品。《万物停止生长时》挺有以前作品的感觉，对人物的处理设置让我感觉到你是一个内心柔软的人。从小说家的角度来说，后面处理得有点仓促，后面弟弟找哥哥如果设置成另外一个场景，这会是非常牛的一个小说。

赵志明：稍微打断一下，很多人跟我说，读了这篇小说会想到余华的《活着》，跟这篇叙事的方式和指向都很像，但阅读感觉完全不一样，有人问我是不是很有野心，其实我没有。

杨庆祥：不能说余华那个有野心但你这个没有。

张楚：我觉得后面的场景应该再有一些生活的细节，会让它更饱满。把过程复原到大家都能懂的程度，而不仅仅是叙述。

陈华积（中国青年政治学院讲师）：我想回应几点，首先说一下说书人的角色，我在阅读过程中几乎没有感觉到这样一个说书人的存在，虽然它有明显的一些说书人的口吻，但是在表述的过程当中更多地被故事的内容和它涉及的一种新的小说理念所吸引。说书人角色几乎只是一种介入方式、一个叙说方式、一个引子，或者说是他进入小说的途径。我们过去的乡土小说更注重的是从人性的角度去定义乡村世界，赵老师作品提出了另外一个东西——从物性的角度来定义小说和世界，所以他呈现的世界观非常不一样。我读到第一篇时就感觉比较惊讶，读到《万物停止生长时》这种感觉越来越强烈，他其实是在用另外一种价值观在写这个小说。

第二说到第一篇《渔夫和酒鬼的故事》，在阅读过程中明显感到跟我们过去的写作习惯一样，但最后突然从鲶鱼的角度重新看待渔夫和酒鬼的故事。我觉得实际上它为我们提供了另外一个视角，以前我们从人类的法则看待这个世界，现在它从自然的法则重新看待这个世界，这个自然的法则和万物生长是在暗中对应的。我读这个小说感觉人物的被杀害、人物的生老病死，好像并非是很触动我的东西，但我确实又能从这里面读出这些人物可能是一种文化符号，它要表达的是古今杂糅的这样一个东西。读这本小说集的时候，我一下子回到远古洪荒的世界，但它又是在现实生活中发生的，把两种时空并置在一起，这种写作是非常有意思的写作。

第三我想谈一下风物，刚才李屹讲得很好，把小说中的风物描写讲得非常到位。这里我想加一点我个人的体会，我觉得小说呈现的是万物有灵的世界，这个世界的东西自由生长，它从物性的角度给我们提供了打量世界的眼光，所有的东西都很具有一种“陌生化”的趣味性。他不是在简单地回忆童年，而是在垂钓童年，有一些诗意化的、唯美的东西在里面，这个物性的角度给我们带来了审美愉悦感。这是我的阅读感受。

我最想讲的是《小镇兄弟》。其实我在阅读《小镇兄弟》的时候，我是非常有感觉的，我觉得这个写的就是我实实在在的生活。我不知道赵老师有没有这样一个地点和人物原型，但是我是 1970 年代生的，我的成长跟小说的描写是非常贴切的，我也是成长在一个小镇上，准确地说是在城乡接合部，但是又能充分感觉到小镇的变化。我感兴趣的是，小说并不是以情节取胜，而是以一种情绪取胜，这种情绪就是很浑厚清晰的历史感。在1980年代经济改革的分岔口，人出现分化、社会出现分化、层级出现分化，小说用两兄弟的不同命运很好地设置了社会的不同走向。1990年代以后，精英知识分子和街头混混构成了社会的两极。在变化的关键点，通过人物性格的分化、人的分化写出了社会的分化。

另外我再讲一点，小说的细节给人的感觉非常密实，而且真实。我觉得赵志明是有很大气象的作家，也是我特别期待的作家。因为他现在的短篇小说通过这种细节的营造，能很轻松地达到小说意境的营造。假以时日，如果能够给我们营造浑厚的氛围的话，那么小说的整个大厦就能建立起来。小说中的“物性”和“悟性”，这两种东西实际是贾平凹一直都在追求的东西，在赵志明的作品中能明显地感觉到。

刘汀（作家）：这个小说集里我比较喜欢的也是《万物停止生长时》。作为一个写小说的人，我会很妒忌他找到这么一个很有戏的构思。有了构思怎么做，每个小说家都不一样。志明自己也说了他没有写完，这不是他最后改过的小说，我觉得如果读一下改过的版本，会有一些大家没想到的东西出来。刚才大家提到的关键词，我比较赞同的第一个是“天真”，我读这本小说时，我觉得这是本性纯真的人的讲述，它不存在一个很世俗的作家要去建构一个宏大的或者一定要表达什么的状态。这里面有，但是很淡，这是一个朴素天真乡村依旧式的表达。另外一个，我想问志明的是，《小镇兄弟》《小德的假期》大家看起来像散文、随笔的东西，为什么没有写成散文和随笔，而是写成了小说。这个选择对小说家来说，可能就是在体裁处理上表明他的文学观念、小说观念，这个待会儿我们可以聊聊。他稍微变一点儿就可以写成标准散文和随笔，但是志明要写成小说。我们要留存童年的记忆，为什么不是散文式的记录，而是小说式的记录，这涉及了小说家一个关键的要素。

第二点是小说的讲述。大家讲到了物象的变化、时代的变化，后面隐含的可能就是社会关系、伦理的变化，特别是家庭，比如《小德的假期》《小镇兄弟》《头上长角的人》，家庭伦理如何从传统的伦理变成现代的伦理，这里面是很有趣的。我觉得这个关系实际上可能比其他的变化更重要，因为我们的文化最后都要落在人与人相处的伦理上，我们作为老师和学生，作为朋友、作为作者和读者的关系都会被加以伦理式的阐释。

另外回到我强调的作为北方人阅读的感受，我们提到乡土文化或乡土小说，在我的观感里，在我整体性的认识里，中国的乡土小说更成气候的是北方的，西北的、东北的，比如山东的……

杨庆祥：我打断一下，我评茅盾文学奖的250多部作品里，写乡土的基本全部都是北方的，没有南方的作家写出的长篇乡土小说。

刘汀：对，所以很有意思的就是志明的小说如果被定义成乡土小说，应该和我们常见的北方的乡土区别开来。如果北方是干燥的乡土，他的应该是湿润的乡土，他的语言雾气沼沼的感觉和北方的乡土绝对不一样。这个地方我觉得作评论的要阐释，他的乡土对整个文学生态的补充，有意义与有价值的地方。为什么志明的小说一开始在豆瓣上被追捧，我觉得它和中国的乡土小说不一样的地方就是我们看到的不是粗砾的、粗犷的，它变成了南方的小说，但是它也不是上海或者江苏城市的味道。之前我看苏童的“枫杨树系列”，他的故乡其实没有乡土那种东西，他讲的故乡其实只有八百米，童年的活动范围都在那个八百米，他站在楼上看到的就是这个区域。这和苏童的文本已经形成了很同步的关系。但是志明的故乡绝对不是八百米，他是八里、八百里故乡的感觉，他的水汽漫漫的沼泽地的气象出来了。这样的乡土，可能不叫乡土，是乡水，我觉得这是需要被挖掘、被阐释的。

杨庆祥：我觉得刘汀说得特别好，你刚才讲到的南方乡土和北方乡土的关系太重要了，而且你看到了赵志明和苏童“枫杨树”的区别。你看《小德的假期》，里面有一个地图，哪些地方有池塘、哪些地方有河流，我觉得这个是南方独有的地图，这种地图在苏童甚至汪曾祺的作品里都很难找到。

蒋一谈（作家）：一本小说集，如果超过近一半的作品都比较好，那么它其实是非常好的。志明发来文本的时候，我很快就看完了。其实在看的时候我没有想到说书人，但是我惊讶于我为什么看得这么快，而且这里面的东西我还能记得住。我生在河南，河南和陕西说书文化很发达，我经常在说书场听他们讲故事。他的语调、他的呼吸，跟现在的小说家尤其是70后、80后不一样，是一种放松的状态。说书人他们在讨钱的时候是讲完了再给钱的，那就是说要营造一种气氛，你是下面的听众，他们是你的亲人，这是一种亲近的状态。

另外，我想说一件我记忆中的事儿，我四五岁的时候，我姨带着我去听书，正讲着讲着，突然停电了，也没蜡烛，说书人还在讲，讲的是一个继母杀死孩子的故事。他的母亲去山里找，孩子叫小石头，母亲就喊：“小——石——头——，小——石——头——”黑暗里喊“小石头”的声音，我现在都忘不了。我之所以讲这个事情，是提醒赵志明，当你以说书人的方法讲故事的时候，你还要做一个幕后的说书人，前面没有人看得见你，也就意味人物的声音是多重的声音，所以说书人要有两面性。反正我对你有特别大的期待。

杨庆祥：我们都已经快讨论三个小时了，讨论得非常成功。每一个人的发言都特别有意思，也提出了很多问题。我再简单地补充一两点。第一点，赵志明在这个小说里很喜欢命名，比如“团鱼”，还有“孤老”。这些词我已经很久没有看到过了，看到的时候觉得很亲切，这实际上是南方口语，“孤老”指没有结过婚的男人或女人，还包括“鸭司令”“喜欢”“喜庆”。命名有一种重新召唤、再造一个世界的功能，这就让赵志明的小说不可避免地在叙述世俗生活的同时带有寓言的色彩。然后我想到了他第一本小说集里的 *I am Z*，就是给世界命名，在每一个东西上面画个"Z"。我觉得小说家和说书人不同的地方是，说书人是给这个世界讲故事，别人觉得很亲切，然后给他钱。小说家比说书人更进一步的是，尤其作为现代小说家，要给这个祛魅的世界重新命名，让它重新变得美丽、变得神秘、变得有意思。

第二点是两个世界的问题。赵志明的小说里有一个失去的世界和一个正在向我们走来的世界，小说里人物的命运和人物的悲剧正好在这两个世界的狭缝中展开。他的人物的悲剧在什么地方呢？他们的观念和身体有一部分还在失去的世界里，被那个世界的观念——鬼神的观念、伦理的观念所束缚，但他们不可避免地遭遇了崭新的世界，于是就产生了命运的悲剧。当一个世界和另外一个世界遭遇，悲剧产生于两个世界的相逢之处。怎么处理这两个世界的关系，这是赵志明小说给我们提供的一个话题。

谢谢大家。

现实的和飞翔的

——蔡东《我想要的一天》

11月

21日

2015年

中国人民大学人文楼

杨庆祥：今天讨论的是蔡东的《我想要的一天》。首先要特别感谢蔡东不远万里来到我们的现场，这是我们联合文学课堂第一次做外地的作家研讨。这是一个特别好的开始。

今天来参加的基本都是我们的老朋友，有几位我简单介绍一下：饶翔老师，就不用过多介绍了，他是蔡东的老朋友。要特别说明的一点就是，我以前读蔡东的作品是通过饶翔知道的，所以我是先读了饶翔评论的文章，然后再读了蔡东的作品。饶翔发掘了一批优秀的女作家。中国社科院文学所的徐刚老师，他也写过一篇蔡东的文章，写得特别好。季亚娅，著名编辑。张中江，腾讯文化的首席记者。

从这期开始，我们联合文学课堂与腾讯合作了，以后我们每期的内容摘录会放在腾讯上面，腾讯投入了很多，做得很大，谢谢中江。

我们的形式从这期开始也稍微有一些变化，作家会有更多表达的时间。现在我们作家有两次出场，开始的时候作家有8分钟左右的演讲，谈创作的经验和对小说、文学的认知，然后大家讨论，最后作家再作一个回应，大概就是这么一个流程。我们首先把时间交给蔡东。

一

蔡东：我自己其实不是很喜欢《围炉夜话》里的内容，但是我一直很憧憬那个意境和气氛。今天我们大家围坐在一块，天色又非常暗，所以也挺像“夜话”的。

就我自己的创作来说，其实我的小说几乎都是写“挣扎”的。写的时候我脑子里经常出来一个画面。什么样的画面呢？其实就像两座山峰之间架起了一座悬空的吊桥，人走在上面的时候其实是颤颤巍巍的。不管有没有风吹过来，这个时候其实都是晃荡不定的。而且人们在桥上受苦也是很茫然的，或者是很惶惶地去受苦，到处都是雾气，下面也看不清楚到底是石头还是河流，什么都看不清楚。我感觉我写的时候，我跟这些受苦的人是并肩站立的，所以我是很愿意在小说里去深究人生之苦的。我也非常喜欢玩味比较徘徊的、比较愁苦的这样的一段路。可能出于评论或者是小说集推广的方便，有的时候会命名我，说我写的东西是“城市文学”。对于这点，很多作家包括评论家，本身可能并不是很认同“城市文学”的这个提法。因为我们的文学观肯定是以人为抒写对象的，城市文学的提法其实很容易找出破绽来。我自己的理解是怎样的呢？我觉得这个提法并不是一个非常随意的命名或者是界定。它其实是提醒作家你能不能在写作中发现一个新的生长点，或者说，这个命名本身就是不求正确的，它就是要突显一种东西，所以它是不求正确的，它可能要强调或者是推动某一种文学方面的趋势了。

就我自己的创作来说，照我自己的理解，我觉得小说其实就是写人心的，写人心的小说是不会过时的。城市对人意味着，它可以让人心变得更复杂，让人心变得更不确定，更深不见底。因为城市往往是巨大的，而且充满理性，非常理性。它不是一个特别浪漫和感性的所在。所以人身处其间往往是不自信的。人会变得很渺小，没有尊严感，好像经常被一种沉沉的无力感所笼罩。而且在城市里的人经常会受到非常深刻的、非常剧烈的这样的一种刺激，产生非常强烈的这样的一种撕裂感。别人看我的小说都感觉我的小说中的人都挺分裂的。还有的人见了我会说，你的人跟你的小说之间是有距离的。当然我觉得这是非常善意的一个赞美了。我觉得城市对作家来说是很具有文学性的一个场域了，因为小说就是要处理一些微妙和复杂的东西。所以接下来我的方向，可能关注点还是城市里的人，这里的人的命运是怎么样的，或者人在城市里是怎样的一种生命的存在。当然在这个写作的过程中，我觉得难度其实就是怎么样去建立自己新的小说诗学。这可能跟过滤、萃取、领悟的深浅都是有关系的，像古典文学中很多物象经过沉淀生成了美。现在写城市，其实可能一书写城市，那种概念化的、没有美学发现的东西还是太多了，或者说一个非常天才、非常个体化的表达是太少了，反而让人觉得非常虚假。所以说美学发现是特别重要的，比如说“一苇渡江”，从生活真实的角度来说的话，它其实是立不住的，但是它让我觉得它就是真实的，我从来没有怀疑过，觉得非常优美。

当然对于我笔下的城市和乡村，比如说一个是深圳，一个是跟深圳相对应的虚构的地方叫留州。但实际上我写的时候我觉得城市和乡村根本不是一个对抗性的东西，我写的不是对比，更不是一种对立。因为深圳和留州根本就是一个地方，它不能形成对抗。这两个地方根本就是一个地方，怎么对抗啊？像留州这样的一些地方，从城市面貌到市民心态，到生活形态，都是在追随和模仿更大的城市的，这样一种沉浮的状态，所以城市化确实完成了前所未有的大一统。从某种意义上说，它会把人的想象力、人的诗意给禁锢住。比较典型的一点，是现在城市对自然的改写。所谓的沧海桑田其实就不是地质学上的一个名词了。我在深圳非常喜欢去的一个地方，就是在小南洋吃饭的那个地方，很高的一座楼，它其实就是一个填海区，是深圳最早的一批填海区，我们很多市民是居住在填海区上的。我们吃饭地方的下面曾经就是一片海。当然现在海没有了，全部都变成了差不多的写字楼、酒店，变成我在哪里都可以看到的地方了。我这里有一个数据是2013年的一个数据：深圳建设以后，它的填海面积已经超过了6个蛇口半岛，占整个深圳市海域面积的6.5％，也就是说，深圳的海已经有6.5％变成陆地了。古代没有能力去改写自然的时候，你经常可以感受到一种错落的美或者说一种纷繁的美。为什么人们在面对城市的时候往往会觉得，能够激发自己的东西特别少，这至少是我自己的一个思考。当然人在现代城市中生活，其实也很容易被惯性吞噬。同时我反过来想，是不是在越压抑的时代人的反弹力也会越强，会不会出现第二个魏晋时代。人特别压抑的时候反而就是，他特别渴望超俗的一面。我的小说《我想要的一天》，这个题目是致敬——“你不喜欢的每一天都不是你自己的，你仅仅度过了它”，佩索阿的一句诗，也是致敬米沃什的那首《礼物》。申霞艳老师对这篇小说有一个评价，她认为这篇小说能看到一个更高序列的价值追求。我能不能把这个路走得边缘一点，我能不能把这个路走得冷清一点，是不是在我们的主流审美之外，还可以有另外一个层面的这样的一种价值？

当然，我的东西，很多人看了之后会觉得逼真，往往会去联想这个东西是不是我经历的。其实恰恰相反，我也没有肥胖症，我也没有暴食症，我也没有照顾过风烛残年的老人这样的经历，我也没有孩子留学这样的经历。经验为什么是不能想象的呢？难道经验不能想象吗？不能通过观察得出来吗？他可能会觉得你写的这个是一个现实的东西，是不是你自己现实的一个经验。我觉得我的小说中一个真正让我想写的东西，肯定是有原材料的。比如说《我想要的一天》里面这个女孩子，我不认识她，是我的一个编辑同学认识的，《文艺报》的刘编辑。我们有一次在讨论文学对人的“耽误”，她就跟我讲，文学耽误了很多人，甚至是耽误了很多人的一生。她就讲到有一个作者天天给她投稿，但真的是不得其门而入，可以说关窍未开——这样的作家可能我们在现实生活中也有很多，那个作者天天打电话追问她，你觉得我的东西写得怎么样啊？你有没有认真看我的东西啊？是不是我写的跟别人是不一样的，你没有发现我吗？他甚至为了写作辞去了工作，跑到上海去租了一套房子。还有一个朋友跟我讲，在广东省作协开会的时候有一个60多岁的老人，在60多岁的时候加入了广东省作协，自费出了一本书，在开会的时候分送给所有到场的人。当时我们在谈论文学可以让人迷失。这两个人我没有见过，但是我不停地在想他们。我后来反复地想，假如说我仅仅是写这样的一个女孩子，我觉得她不足以支撑一部小说，因为她没有让我想要去虚构她的冲动。自费去出书的那个老者，你不要管他是不是很有才华，他是不是真的选择了一条正确的路，但是他既然这么热爱这个东西，首先这个人的状态应该是特别幸福、特别值得我们羡慕的。至于说他能不能把东西写好，这不是非常重要的事情。我反过来一想，觉得这个人物身上可能会有一点超越性的东西，他一生痴迷这个东西，最后拿出来一本自费出的书送给大家，特别开心，他不是特别幸福的一种状态吗？为什么我们不能从这个角度去理解人。

我的小说中是有非常悲观的东西的。还有一个作家他在持续地写深圳，邓一光老师，我不知道大家有没有读过他的东西。其实在邓一光老师的作品里，你是能够看到人的能动性，人的自由度，能看到那样的一种东西的。其实我也经常想，能不能不把所有这些人物处理得这么悲观。其实我最喜欢的鲁迅的小说就是《孤独者》，我最喜欢的就是魏连殳这个人物。因为我觉得从一个对孩子充满希望，到最后让孩子给他下跪去讨红包，当时看的时候太绝望了，因为他的这种转变真的是非常黑暗的。哥伦比亚电影公司的片头，那里边的女神举着一个火炬，自由女神也是举着一个明亮的东西，其实我也非常想让我的小说有这样的一种明亮的东西透出来，但是我现在确实做不到。包括《我想要的一天》，对于这个男主人公有更好的处理方式，他可以不走的，走的话反而就是俗套了。我可以处理成一场梦，或者说处理成他妻子的一次幻想。这样处理，从小说技术的角度来说，可能在读者的意料之外，就小说的味道来说，可能会更加浓郁一些。但当时写的时候我也有自己的一个任性的东西，我觉得这个人物写到这里，就让他走两天算了，所以我最后还是选择了这样的结尾。当然《我想要的一天》的由来，包括《往生》的由来，文珍在写我的评论的时候就说到了一句话，她说我笔下的人物其实是有“地狱不空，誓不成佛”的这样一种感觉的，他们身上的负累是很重的。我笔下的人物可能没有很笑傲的感觉，我也很想写那样的一种东西。但是我反过来想，像春丽这样的人物，就是《我想要的一天》的那个女孩，明明知道她自己写得不是很好，但是她把自己沉浸到文学中，也可以看成是一种人的自主，她可以拥抱自己的厄运，明明知道这是厄运她也要去拥抱。我觉得可能就是一个理解的不同，我笔下的人可能没有那么自主的、英雄的姿态，但实际上他们身上也是有人的价值的。读者看我的小说，我觉得大家理解得不一样是很正常的，有人觉得很温暖，有人觉得很残酷，有人觉得残酷中有温暖，这个都是很正常的。当然完全把我想写的一个东西理解得特别好，能够完全跟我呼应的读者也是有的，但是我觉得完全可以有其他的理解，甚至是一些所谓的误读。

今天主要不是来听我说的，主要是想听听大家怎么样去看我的小说的问题。我是特别想听到这样的东西的，因为在小说上有突破是特别难以实现的，想借着一个这么好的氛围、这么好的一个条件去努力实现这一点。

杨庆祥：好，我觉得蔡东讲得特别好。我感觉你是一个在日常生活里面隐藏得很深的一个人。当时因为要写她的评论，我百度了一下，基本上找不到任何关于她的信息，我就觉得很好奇。前两天在准备这次讨论会的时候，也很难找到蔡东的照片。但是她恰恰在小说里面提供了一个特别宽阔、很深邃的空间。如果说蔡东的文本和蔡东本人确实有分裂的话，那么这里就突出体现了这种分裂。她刚才说到一点我觉得特别有意思，就是上次我们在深圳吃饭的地方，实际上是在海上建起来的，我觉得这是对写作的一个特别好的隐喻，可能不仅仅是对于你的作品，而且是对于整个当代生活的书写。我们有时候看到的，其实只是表面上的一部分。我们以为我们看到了很多东西，其实并不是，更多的东西可能在没有看到的海底之下，那是一个特别丰富或者说无限广阔的空间。这种空间指向了文本中日常生活的黏稠性，也涉及刚才蔡东讲的“挣扎”，她小说里的人物、故事都处在一个挣扎的过程中。但同时在这个挣扎的过程里，这个世界又是向人物敞开的，人物还是会想象有另外一种存在，不管是《净尘山》，还是《往生》或者《福地》，另一种存在提供给我们一种写作的动力和想象这个世界的能力。最近我写了一篇文章，我在里面提到了如何看待失败者的问题。我觉得失败者并不是现在所流行的世俗意义上的，而是说我们总是让渡了自己的权利，这个权利是想象一个更好的世界和一个更好的社会的权利，我们让渡给别人了，我们让渡给了流行文学，甚至是通俗文学。因此，严肃文学就会遭遇它的困境，因为这是人类最基本的权利，想象一个更好的世界，想象一个更好的生活。我觉得蔡东未来的写作可以从这个角度来考虑。接下来我们请大家发言。饶翔先说吧，你是蔡东最早的读者。

饶翔（《光明日报》编辑）：我跟蔡东的渊源，是有一年《文艺报》让我写一个当年的短篇小说的综述。当时我记得我拿到了十二期的《人民文学》，就把短篇都翻看了一遍，对几篇印象特别深刻，一篇是笛安的《胡不归》，一篇是蔡东的《往生》。而且这两篇很有意思，都是处理死亡这个题材。蔡东的《往生》写得更实一些，我很惊异蔡东处理得怎么那样有劲道。我后来就向很多人积极地推荐了蔡东，所有读到的人都表示非常喜欢。我后来分析，可能是因为我们的圈子还是一个读书人或者说是一个知识圈子，所以大家会很喜欢蔡东的作品，喜欢她处理的形式，以及她关于我们这个时代读书人的现实氛围的书写，包括知识分子内心的挣扎。我蛮喜欢用“劲道”这个词来形容蔡东，她不断地往深里挖，而且她的“深”，真的是一般女作家达不到的一种，有些冷，也很酷。包括她刚才说她喜欢鲁迅，其实也有一点鲁迅的冷峻在里面。

其次是她的艺术感特别好。《无岸》里的受辱训练很能体现蔡东作为一个优秀作家的功力，受辱训练是日常生活的一种折磨，但是最后这种生活的折磨又演变成了一个知识分子的话题，就是对于脆弱的城市中产阶级生活状态的一种疑问。她的神来之笔就在于最后是让丈夫和妻子之间发生了一次受辱训练，就是自虐式的一个行为，这是蔡东特别天才的地方。我今天看到她最新的一个小说《布衣之诗》，其实也很简单，就是讲几个人内心的负疚，一辈子的负疚，要寻求一个解脱，最后她用了一个天鹅的意象去呈现那种败落的美。我觉得这是她作为一个作家，艺术感特别好的地方。

还有一点，有评论家批评她的重复，原因就在于她不断写城市的一对知识分子夫妻，讲他们内心的纠结。刚才杨庆祥也说到失败的问题，你会发现小说的主人公都是失败者。我觉得失败的问题真的是可以深入讨论，在什么意义上可以认为一个人是失败的？还有另外一个问题，就是欲望的问题。我发现蔡东的作品里面，她的人物实际上都有一点欲望，但是作者不断地用一个东西去评判人物的欲望，最后人物的纠结就落在了欲望的平衡与不平衡之间的那种状态。之前我们在讨论的时候也会说80后的欲望问题。我会觉得这代人的欲望为什么处在一个比较消沉的状态？我们看不到之前比如在《人生》里面高加林似的那种进取，哪怕他失败了，他也是奋斗过的，我们也能看到欲望迸发所造成的一种光华。我觉得在80后一代作家里面好像看不到这点。他们的失败好像都是一种先天性的，你看不到人物有激昂的状态，看不到人物奋斗的过程，好像他们一生下来就有一种现在的时代中的情绪。

赵天成（中国人民大学博士生）：我就从蔡东的创作心理开始谈起。刚才蔡东老师首先发言，说她写作的动力是来自于她内心的矛盾和挣扎，我的理解就是每一篇小说里面都包含了一些她个人的心结，在这个意义上可以说她的小说包含了很强烈的自我描述和自我分析的性质，也就是说，作者的心理状态和小说人物的心理状态具有高度的同构性。这个小说集里核心的部分都是一些男人与一些女人的故事。一些女人都是有共性的，都有那种情非得已的牺牲，我很喜欢这些女人；那些男人也是有共性的，都是一些中年失败的男人，我更爱这些男人。

蔡东：我也是！有人说我是在批判他们，没有。现实生活中有这样的男人的话，我是非常欣赏的。我一点儿都没有觉得他们没出息，我是怀着很深的感情去描写的，虽然最后可能是一个比较悲观的故事。

赵天成：这些女人和男人之间也有共性，都有相同的纠结和矛盾，这些纠结就构成了理解蔡东和她的小说的基础。简单地讲，里面有一些二元对立，我抽象地把它归纳为是“生活”与“文学”的二元对立，表现为四点：第一，这些人物都相信生活与文学是矛盾的、顾此失彼的；第二，生活是安稳的避难所，脱离生活是危险的；第三，生活也会带来强烈的虚无感，用文学来逃亡和反抗在某些时候是值得的；第四，所有的反抗都是失败的，所以我们在她的小说里面看到一个又一个失败的故事。在这个意义上，最能代表蔡东的就是《我想要的一天》这篇小说，尽管不一定是她最好的小说。以上四点，即使不说支配了蔡东的阅读趣味，也支配了阅读进入写作的角度。在蔡东的小说里有三个常被提及的小说：《红楼梦》《河流的第三条岸》《月亮和六便士》，这三者在蔡东看来是有非常强烈的相似性的，都探讨了人在日常生活中的“消失”。比如说在《净尘山》那篇小说里两个老头关于《红楼梦》的讨论，他们会说，贾宝玉应该挺身而出，进入到仕途经济里面，这样才能更好地保护大观园的姐姐妹妹们。

《我想要的一天》原来的名字叫《我们的塔希提》，从这个名字就可以看到它跟《月亮和六便士》的关系了。在某种意义上也可以说，《无岸》中的陈江流就是没去塔希提的高更，《净尘山》里的母亲就是《河流的第三条岸》中可能会上岸的父亲。这些男人、女人都是loser，他们的可怜之处在于他们都有很高的心气，不想循规蹈矩，但他们又都只是很平凡的人，没有可以不循规蹈矩的才华和本事，这就造成了他们的失败。我觉得蔡东老师越来越清醒地意识到，应该把这种失败从人物的性格、命运的失败逐渐外化为一代人的，外化为社会学意义上的时代的败退，也越来越清晰地书写个人的处境，个人的原子化和虚无主义，这两点和杨庆祥老师书写时代失败者的《80后，怎么办?》有很多可以沟通的地方。当我们把蔡东的小说，和《80后，怎么办?》放在一起看是非常有意思的，也更有挑战性。我们可以看到失败里面的复杂性。相比而言，杨庆祥的写作是思想性的、冷峻的，蔡东的写作是文学式的、温暖的。我看到李德南评论说文珍和蔡东是他见过的两个最温暖的作家，文珍是孩子的温暖，而蔡东是大人的温暖。其实我从读蔡老师的作品的第一眼开始，就看出在她的小说和内心中都有拒绝长大的东西，她要尽一切的力量保护和拯救内心中拒绝长大的那一部分，这是我理解的所谓的大人的温暖。

蔡东为她这种从内心挣扎出发的写作找到了一些合适的形式，比如极具体的细节，比如“深圳—留州”的城乡对应结构。在人物设计上我想再说几句。一是小说的阴气很重，女人完全掌管了男人，掌管了生活的走向。《无岸》里面蔡东一直压着男主人公——中年男人童家羽，一直被压着，直到第三章才让他出来。我不一定认同她的这种处理方式，但是我知道她想表达的是什么意思。二是最适合那些中年男人的出路就是当和尚，《无岸》里有人说最适合童家羽的职业就是和尚，这个是可以推而广之的，从这里可以看出他们失败和伟大的地方。

问题在于，蔡东小说内在丰富性的展开，依赖于读者有相似的困扰和反抗的冲动。如果读者没有类似“生活”与“文学”的对立想法的话，就不太能够理解小说的精妙之处，会认为你有高度的重复性。尽管在我看来，每个故事展开的时候都有不一样的超越性，但这需要作者自身的突破。我觉得您现在的写作还处于第一阶段，就是对自己有意义，可以安身立命，用您创作手记的题目来说，“在全世界找到一张桌子”就是把自己从失败中拯救出来。而第二阶段，就是能不能再给别人找到一些桌子。可以考虑在小说中添加一些更外在的复杂事物，一些包罗万象的东西，增加小说的宽度，写一些自己想象之外的东西，给读者留下更多的解读甚至误读的空间。

樊迎春（北京大学博士生）：读完蔡东的这本《我想要的一天》，脑海中不断重复的却是鲁迅的一句话：“绝望之为虚妄，正与希望相同。”小说中探讨的是“希望/绝望”等二元对立的概念和主题，蔡东的倾向很暧昧，对人物和情节都没有明确的价值指向，只是非常认真地讲述故事，也正是这种认真和平实让人内心觉得压抑和不安。我读完这本小说有一个感受，蔡东老师作为一个80后的作家，很少有那种特别炫技的地方，却用相对传统的写法在写作，没有浮夸的语言，也没有诡异的设计，甚至用词都很平实，这恰恰是最好的技巧——朴实而真挚。当然，类型化的人物，较为相似的叙事结构还是有一点局限性，视野和格局可以再大一点。

我想说说现实主义最为重要的两个方面：人物和故事。我自己归纳出了两类人物，一个是男人的群像，一个是女人的群像。我也发现了一个问题，刚才他们也提到的关于故事结构的重复。在后面的创作手记中，蔡老师说过这样一句话，“很喜欢零碎的，心无挂碍的，安宁而松弛的瞬间同时又深深地恐惧这一切。怕一不留神就会陷入没有尽头的死循环的过程中”，这句话是我理解整篇小说的关键。我觉得蔡东的写作有移情功能，她把这种恐惧赋予了她笔下的人物，而这种恐惧导致了他们的非麻木，也正是他们的悲剧性所在，因为他们内心的那种恐惧，让他们不甘和躁动，让他们想要坚持自我，却又无法抵抗现实，只能夹在理想和现实之间左右为难。往左一点，便是蔡东的男人群像；往右一点，便是蔡东的女人形象。全都有追求，又全都有妥协；全都想任性，又全都委身现实。蔡东正是以朴实的文笔描写这夹缝之中的日常生活的，写得平实，读来却是个顶个儿的尖锐。

再说故事。读蔡东的小说，单独读每一篇时会觉得有些气闷，故事中的人物总是在较为压抑的环境中挣扎，似乎在酝酿着一个情节的大爆发。但爆发总是迟迟不来，来了也并非是爆发，比如高羽的“离家出走”。所有可能导致当下生活秩序失衡的事情都没有发生，没有剧烈的变故如家破人亡，没有根本性的秩序重组，一切都还很平静。这种所谓的“逃离”便显得虚伪，或者说无效。这里我想问的是，蔡东笔下真正的逃离终点在哪里？小说中似乎对这种灵魂出逃找了一个答案，就是傅源所追求的“家乡的墓地”，当然这也是一种象征。“家乡”的概念在作家笔下总是频繁出现，也总被赋予特别的叙事功能。这种对归宿的寻找和认同，不能说虚伪，但起码也是无效的。这里兜兜转转又回到了希望和绝望的再次纠缠，所谓逃离是假，所谓归宿也是假，和希望与绝望一样，都是虚妄。

我相信蔡东也正意识到了这种虚妄，所以想要反抗或者说对抗这种虚妄，但虚妄之所以为虚妄，正因有其不可对抗性。蔡东以一个个精彩的故事叙述这种虚妄或许已经是最好的对抗。我觉得要把这种反抗继续下去，或者说去寻找最终的答案，就是“80后该怎么办”这样的一种答案。我觉得可能是道阻且长的。

程旸（南开大学博士生）：读了蔡老师这部小说集，我印象最深的是作品中人物对当今既定的具有普遍价值性的人生发展秩序的隐忍反抗。几篇小说中的人物，虽处于不同年龄段，但是有相似的籍贯与家庭背景，相似的城市奋斗背景，都对传统贵族化情趣生活与世俗意义上的成功有热切的渴望。他们希望二者兼得，却又无法完全放下中产阶级家庭出身所带来的自尊，去逢迎拍马以换来上升的机会。就在这种患得患失、游移不定的心态中自怨自艾，想全心地沉浸于业余情趣爱好中，但是无法割舍对名利的渴望，又不能做积极行动派来为自己争取应得的利益。

这些人物与故事的设定，折射出延续数千年的中国社会传统价值观。小说中的主人公都受过良好教育，经过努力奋斗在深圳过上了中产阶级生活。从作品中的描述来看，主人公并没有严重的生存危机，生活质量都还算不错。但可惜的是，在一次次被动的攀比中，自信心逐渐丧失，产生比较严重的精神焦虑，对生活、对伴侣、对自己出现自我怀疑。我的看法是，这一问题的根本原因在于中国社会中绝大多数人处于循环往复的互相比较、衡量、攀比的怪圈中，从小比父母、比自己，成家立业后比伴侣、比子女。令我印象最深的是，蔡老师的作品与绝大多数当代小说不同，在内心思维的挖掘上胜过同时代的大多数小说。

二

季亚娅（《十月》编辑）：同学们都做了特别详细的准备，我听到了一些话题觉得特别有感触。第一个，关于失败的话题。我觉得蔡东小说中有一个特别典型的当代情绪叫“消极性”。人有很多种划分方式，最典型的一个划分方式就是成功和失败。但是我想说其实在成功之外也并不仅仅是失败，有一个巨大的空间被成功和失败的划分给压扁了。在蔡东的小说里恰恰看到的是压扁的那部分怎么样被展开，被人重新看到。这个东西我把它称为“消极性”的，这是当代特别典型的情绪。刚开始蔡东讲到一个特别有意思的问题：在今天这个有那么多压抑的时代，有没有一种可能是新的魏晋时代。把消极放在这样一个心态中去看的话，它有可能会延展出一个东西：因为消极泛滥了，我们品尝到更多丰富的滋味。这不一定叫失败，而是挫败的滋味。这是蔡东小说特别有现实感的部分。

第二个，她的小说其实是很现实主义的，她写得特别扎实，细节上不管是她关于城市美学的发现还是关于人物的逻辑都特别严密，每一个细节都有一个伏笔。但是我想说最新的小说、最新鲜的东西其实就是用现实主义的方式，在你打量生活的时候，新的东西会出来。我恰恰在蔡东的小说里面看到这种心智。罗兰·巴特说小说是什么？就是提出问题。所以你只有立足于这个新发现的基础上，才能去追寻形式上的新，也就是我们提问的方式。不过很多写作者，恰恰是把前面给丢掉了。

然后也回应一下刚才蔡东讲的“一苇渡江”这个新的美学发现。我觉得这个新的美学发现在城市文学中，就叫新的提问方式。我看《无岸》时有一处印象特别深：有一个家伙，坐在疯人院里面接受心理治疗，从一个特别小的窗户里面望出去，对面是一个特别美的梦幻的物质世界，琳琅满目的商场，像仙境一样。那是一个很小的窗户，防止人家跳楼。从手掌这么大的窗户，看到了无限欢心的新世界，我觉得这就是新的城市美学，看到这里时特别打动我。

蔡东一开始说起深圳和留州这个城乡对立，她说“其实我并没有想写这个对立，我想说的是统一性”，我觉得特别启发我。刚才我说我觉得你用“消极性”去提出一个当代典型的情绪，我觉得其实在“深圳性”和“故乡性”之间，有一个当代的、非常典型的心智。这个心智是一个什么心智？是一个城市职业女性打量这两种文明。她对乡村其实是很有保留的，她这种心智应该是极度理性的，对城市的生成、城市的运行法则的认同。同时对旧的那套文明的伦理，她是有所抵触的。她写得特别多的是女性，而且是职业女性、知识女性。那么女性的社会性，尤其是在《木兰辞》里写到了，女性在这个城市中如何遭遇这个丛林社会，她的社会性和她的挫折感带给她的特别的感受。我觉得这种心智是以前作家们比较少有的。

蔡东：我先回应一下，因为她刚才说的话题特别好，正好是我自己一直在思考的。其实在我读研的时候，我是颇有一批现代主义的习作的，比如说幻想的、象征的、现代派的、变形的、多角度叙事的、迷宫的那种，但是直到现在我都说服不了我自己把它们拿出来。现在大家一说现实主义的写法，就好像它其实品质不高或者怎么样，我不知道会不会有这样的一种看法。

杨庆祥：1980 年代以来，在美学的等级上面，现代主义高一点。

蔡东：可能是会有这样的一个所谓的等级之分。但是我是有自己的困惑的。因为我经常看到很多人写作，前面的故事都是发生在我们很熟悉的现实里的，最后给了一个现代派的结尾。可以这样说，这种写法真的是特别特别容易写的。现在我们所能看到的，所谓的一些特别注重技巧、特别形式感的东西，其实在我看来它恰恰是符号化的，它是一个已经冻僵的形式。除非你这个作家特别有创造力，可以把它重新激活了，但实际上他们那种可以说就是一个纯模仿。

当然小说中可以有比较写意、空灵的东西，就比如说《红楼梦》，一上来就告诉我们有一个太虚幻境的，第五回就建了一个太虚幻境出来。曹雪芹是非常注重形式感的一个作家，他一上来就有一个很超拔的追求。但是我特别想说，《红楼梦》对我的影响是，曹雪芹在具体的写作中是步步流连的。不是说他在这个命意特别高远，格局也特别的阔大、繁华的世界之外一定要有一个太虚幻境。他是站在高处的，但是恰恰在他的具体写作当中，他营造出了生活的无上质感。什么样的小说我会把它拿出来？可能是我自己想要捍卫的东西，这些东西是不轻灵的，也是不取巧的。但是我经常想，在小说写作中是不是有一个势能，势能是跟重量有关系的，是跟密度有关系的，是跟质感有关系的。有些东西我也可以把它处理得很轻飘或者说形式上很花样，但是这种东西我说服不了自己把它拿出来。

杨庆祥：我觉得这部分小说你可以发给我们的同学看一下，这个是特别好的研究素材。这个太重要了，你作为一个有过现代主义训练的作家，但是后来完全把这个给放弃了。这实际上是很有意思的话题。

蔡东：实际上这是我特别有意而为的思考。《红楼梦》别人可以模仿它，也去弄这幻境那幻境，很多人都可以做出来，但是它日常生活的质感你模仿不了。包括像托尔斯泰、陀思妥耶夫斯基的东西，你模仿不了的。包括卡夫卡，主人公早上起来变成甲虫，这是一个盘古开天式的开头，或者说，这是一个石破天惊的开头。但后边卡夫卡怎么写的？他是由虚到实的呀，后面卡夫卡那么实实在在地去写这个人的腿怎么去动，他怎么跟他妹妹交流，他父亲和母亲怎么去做，完全回到家庭生活的场域当中了，他恰恰是由虚到实的。其实作家在写的时候，哪怕是现代主义的东西，也是下了很多笨工夫去写的。他不像我们现在所谓的对现代派的模仿，就纯粹地只是模仿到一个空壳，只是把人家的形式拿过来了，看起来好像很洋气。我不是说这样的东西别人不能写，当然可以去写。可是卡夫卡的《变形记》为什么可以让我们迅速地进入到他小说设定的情景当中去，就是因为从变成甲虫之后是非常现实主义的写法，他能够说服你。这个小说为什么伟大，就是因为它的质地是那么扎实，它是那么吸引你。这个绝对不像我们现在很多作家一样，前面写现实，后面搞了一个很现代派的结尾，认为好像这样就是一个很洋气的或者说在小说美学上非常高级的东西，这样的写法是特别浮夸的，恰恰也是非常取巧的。我真的还是喜欢笨拙一点，有点“密”的写法。可能就我自己来说，我挺迷恋写作的力量感的，我觉得你的密度达不到的话，你的势能是出不来的。

杨庆祥：我想到新小说的代表作家罗伯·格里耶写的《嫉妒》，同学们可以去看一下。如果从现代主义和现实主义来区别的话，它肯定是高度的后现代主义的写作了。但是大家看一下，他在描写生活的质感、生活本身丰富的层次性上，比现实主义，就是我们讲的这种本质化和概念化的现实主义，要现实主义得多。所以在这个意义上一流的现实主义和一流的现代主义都是一样的。我们现在经常讨论的是一种三流的现代主义或者三流的现实主义，结果发现很糟糕。再举一个例子，卡尔维诺在写《寒冬夜行人》的时候，他写银杏树叶飘落的时候有六个层次，我记得他写了大概十几页。我们可以用一流的现代主义和一流的现实主义来比照我们当下的一些写作，你就知道哪一种写作是有质感的。你在此世界里面对此世界表现的质地，决定了一个小说真正的美学等级。你没有这个质地，你里面的人物、情态其实完全都表现不出来。所以我觉得这是一个很重要的标准。

沈建阳（北京大学博士生）：我发现一个比较有意思的地方，蔡老师写的城市是没有声音的城市，而且没有色彩，她的城市基本上是在个人内心里呈现的城市。在我们的印象里，至少相对于乡村来说城市是要更喧闹的。但是她的城市通常是通过主人公的内心活动表现出来的，而且内心活动特别多。我就想起好多年前读《罪与罚》的那种感受，刚好蔡老师也说到陀思妥耶夫斯基。

蔡东：其实陀思妥耶夫斯基对被评价为现实主义是很介意的，他说在最高的意义上他承认他是现实主义，在最高的意义上。

沈建阳：而且他们都喜欢折磨自己的人物，喜欢把人物压到水里、泥里去折磨。女作家特有的细腻，作为男生读起来其实还是挺难受的。有一篇文章讲到减肥，而且有一个地方，有一点惊世骇俗，就是拿食物的味道来写性爱。但是严格地讲，这个也是食物的味道，我的意思就是说这个食物的味道也不能说是城市的味道。我从感官的角度来说，是因为我发现蔡老师的小说的一个特点，她是从她自己内心感受来写的，相对喧嚣城市来讲她自闭而且敏感，而且多是防守和抵御的，节节败退。结果就是要么接受受辱训练，要么就逃走。老师一开始就说不接受城乡的对立结构，但是一直都有一个出逃的结构。这是我讲的第一点。这个城市是在内心的城市。

第二个我想讲的是，我发现她的小说里面有一个特点，文学青年大量归来——童加羽、高羽、潘舒墨、江流、傅源，等等。这些人按照我们今天的定义，我们不说贬义还是褒义，基本上都属于文学青年。我觉得这是一个很有意思的现象。

还有一个想讲的就是城乡这样写在一起，如果不说城乡对立，叫它“出逃”的话，我还是觉得这种城市抒写是有一点情绪化的东西在里面的。这样我就觉得有点简单化。这种“出逃”的结构其实从鲁迅就开始写了，贾平凹也写了很多，蔡老师的小说里还有一个这样的结构，这种模式确实延续了特别久。我觉得城市里面也可以有鬼故事，或者像巴尔扎克还有他的伏脱冷呢，城市书写可能还会有其他的表达方式。

杨庆祥：好，食物和性的那一段我很喜欢。我以前一直觉得年轻的作家不太会写性，因为他们的感觉其实是不够丰富或者细腻的。我觉得在我目前读到的作品里面，蔡东《净尘山》里面对性的描写应该是非常好的，非常有张力，蓬勃而又不是文艺腔的性爱，不是“无边的深渊”“黑暗”“刺痛”之类的。还有一个很有意思，她没有把它变成一种恶趣味的抒写。有的作家为了表现自己的凌厉，会故意用一种恶趣味的方式来写，写得很糟糕。大家接着说。

三

刘欣玥（北京大学博士生）：我读完这本书以后印象最深刻的是小说人物身上的“屈辱感”。我猜到了很多人会谈“逃离”这件事情，但是我觉得就这本小说而言，与其说蔡东想要谈的是一种逃离，倒不如她想要说的是一种“无法逃离”的屈辱的感觉。这种“屈辱感”是我进入这本小说集的“把手”。现在对逃离日常秩序的，日复一日的生活的已经有很多人写了，但是我还没有见到有人像蔡东一样如此之深刻地把这样的一种被羞辱的感觉给写出来。这种羞辱感是从何而来的呢？刚刚谈的都是女性，这些女性在本质上都是很心高气傲的，她们拒绝庸俗的生活，但是因为丈夫在事功上的无能和逃避，她们只能被迫放下身段，投入到很乌烟瘴气的世俗里面去张罗和周旋。所以她们其实已经认命了，我刚才说“无法逃离”，就是她们已经不准备出逃了，但认命之后又无法心甘情愿。正是在认命于现实跟她们内心无法屈就这两者之间，蔡东用一种非常之敏感和脆弱的，而且有极高的个人自尊的笔法，刻画出了她笔下人物的羞耻感，这种对很现代的情绪的捕捉和深描，在小说中非常亮眼。

第二个我想要谈的是一种贾宝玉式的困境，这个刚刚天成师兄已经有了很精彩的分析。因为我前一阵子看《布衣之诗》时就注意到蔡东可能非常喜欢和熟悉的《红楼梦》。这本小说中很多的标题是佛家用语，很多精致的饮食器物，还有种种风雅的礼仪，都会让我想起《红楼梦》里面的大家族末世的颓废和华丽。《红楼梦》两次出现在这个小说里面，一明一暗，一个是刚刚师兄讲到的，在《净尘山》里面，张倩女的父亲张亭轩跟他的老友在聊秦钟的遗言。在《红楼梦》里这是一个很重要的片段，秦钟的谐音就是“情种”，秦钟不仅是和宝玉志同道合的人，而且也是他情感上的一个启蒙者。可是在秦钟死的时候，他对贾宝玉说，其实我们都错了，我原来以为我们都会是这个世界上很不一样的人，我们可以不用去走追求功名的路。但是我现在要告诉你，还是要去走那条路。

蔡东通过张亭轩和这个朋友的一个对话也揭示出来，其实是一个贾宝玉式的困境。这种很委顿的，徒有才华但是不愿意融入污浊世事的男性形象，正是这本小说里面许许多多男性的形象。这样的一个结果是什么？贾宝玉不愿意去拯救大观园中的姐妹也就是这些小说中的女性。于是在这本小说里面，这些女性，宝玉说的是像水一样的人，她们只能够去代夫出征，个个都变成了花木兰一样的人物。她们变成了精明能干、面目可憎的中年妇人，像麦思、柳萍、劳玉，哪怕是邵琴也不能够免俗。还有一个地方是在《木兰辞》里面过年的时候下大雪，陈江流看到那个大雪时说这个时候特别适合消失，消失在白茫茫的世界中，只留下一个背影，最后变成一个黑点。这个地方虽然没有说是宝玉，但其实大家都知道，这就是一个贾宝玉的原型，看破世事，最后在空白大地上消失。所以从《红楼梦》进入蔡东小说的时候，我想到了布鲁姆的《西方正典》，他用莎士比亚构成了一个衡量经典作家的标尺。那么反过来说中国有没有这样一个像莎士比亚这样的标尺？我觉得曹雪芹的《红楼梦》可能是非常合适的。特别是对于中国当代作家的写作来说，与其去借鉴国外的典故和资源，倒不如在本土的遗产中发掘这样一种资源，说是对读也好，说是误读也好，都可以。这样引入一个经典的维度其实我会觉得对于小说的技艺来说是一种考验，但同时也是对于小说世界的一种丰富。

李屹（中国人民大学博士生）：我就想从语言和内容的关系上谈一谈，为什么我会特别喜欢中间的和后面的，不喜欢前面两篇。我看完整本书之后，觉得这里面有 80 后在谈论自己的肉身经验，这是一个很重要的经验，她处理的是 80 后这代人 30 岁以后人生道路的问题。

季亚娅：我觉得他们是一种旧的眼光，恰恰不是 80 后的眼光，蔡东有一个来自很远地方的眼光。

李屹：让我解释一下，我觉得是以 80 后特殊的经验去看现在生活着的人，她夹在上有老、下有小的特殊时期去思考人生和死亡的问题。“生命中不可承受之重”，各种被侮辱、被损害、被变形的肉体，在各个小说里面都得到呈现。刚才老师说到了消极性，说到了一种不可能性。但是我总觉得，蔡东刚刚谈到的很重要的一点，是“沉淀”，她希望在城市化的过程中发现一种沉淀下来的美。这种美可能就是古代的眼光，是种古典之美。但是这种古典之美和 80 后对肉身的经验非常完美地凝聚在一起，它抗拒了时间、城市化、资本化对身体的碾压，使这些肉体不灭。所谓可能面临死亡、可能会被种种情况吓到，但是他没有死，蔡东笔下所有的肉体都异常鲜活，而且继续抵抗着生活的各种压力。这是我看到的一种坚守。这个力量有很大一部分是中国传统道德的力量，但是我觉得这些人物在城市生活中完成了成长的历练。在这个意义上我想把蔡东老师的写作看作 80 后成长小说的影子。还有一点很重要，蔡东的小说并不是虚无主义的哀伤，她有明确要反抗的东西。《无岸》里柳萍夫妇要接受官场的规训与惩罚，这是全本小说一直隐身在场的对立物，是蔡东以 80 后的眼光所看到的社会。他们面对的失败是等级制，是掌握资源分配权力的长者们设定下来的世界秩序。很有趣的是，我读这本小说的时候，读完以后又重读杨庆祥老师的《80 后，怎么办?》，我也在采取一种对读的方式，我想问的就是，如果长者们确立下来的游戏场是全本小说一直隐身在场的对立物，如果这是蔡东以 80 后的眼光所看到的世界。那么 80 后怎么办？她的写作用种种比喻构成了一个个真实的身体，那种减肥后的身体、老去的身体等。被侮辱和被损害的身体变成了现代生活的修行道场。蔡东在书中有一个说法是“生活就是道场”。我看蔡东写的受辱训练，看到最后我觉得有点欢愉，有种狂欢从身体中升起来抵抗受辱训练。

杨庆祥：我打断一下，抱歉。因为你说的这个我就想起了她写的那个张倩女，我印象最为深刻的是男人与她激情过后突然想吐。我觉得这个写得很惊悚。

李屹：对，我觉得这种感觉我不太想用悲哀和讽刺的角度去理解她的写法，我想的是从一种超脱的、苦中作乐或者我刚才说的肉身道场的角度出发。我觉得整本小说有大俗大雅同在，这是我的一个观察。

蔡东：邵琴她其实是庸俗但是以高雅为包装的。说真的，我想写的是李燕，这个女性把自己弄得俗不可耐，但这是最难的一个修行。对于邵琴那种很庸俗但是包装成这样，那很容易的。恰恰是李燕这样的女性她把自己搞得这么俗不可耐，其实这个才真正是最难最难的一件事情。

李屹：对，这个写法就是邵琴是由雅到俗，李燕是由俗到雅的。

蔡东：这个说得特别好。

李屹：在蔡东笔下，肉身的姿态千变万化。而且这些肉身在千锤百炼中熠熠生辉，在污秽与洁净中依然有着自己的形状。性爱是其中的一部分，吃喝拉撒也是其中的一部分。“狐假虎威”是在这个等级社会中不得已的肉身伪装，对同代人和长辈感同身受才是蔡东的真功夫。这也是我为什么强调这是一种 80 后经验为主导的纳入古典当中的一个范围，所以我觉得在没有大历史激情的年代，大家都在说另外一种

80后趣味，80后的欲望在哪里。但是在没有激情的年代，我觉得蔡东创造了一代人默默忍受生活的不堪，用这种肉身的欢愉去改变自己对不堪的体验。所以肉身造就一堵高墙，抵抗商品社会和等级制度对自身的异化和侵蚀。所以尽管柳萍服从受辱和惩罚机制，然后张倩女又开始暴饮暴食，康莲被吓出心脏病，邵琴最终也变成大俗人。但是这些人无一不在守护自己的心中那个尚未崩坏的地方。这些未崩坏的地方是用语言所炼成的。蔡东的语言像水，让主人公如鱼儿般畅游在过去、现在和未来，但是这种语言也是我不喜欢《我想要的一天》的原因，我觉得这个语言如果失去了肉身的感觉很容易落入俗套。我举一个例子，她用精确雕琢过的语言来表现80后的迷惘和想要另外一种生活的时候，我总觉得有隔膜。她有很多比喻，比如用“慷慨悲壮”来形容辞职的感觉，文青投稿失败又找不到租房的地方，她说：“用手指捏起一点眉心，来回搓捻。她的皮肤透着隔夜茶的颜色和气息，还是揿过一堆烟头的隔夜茶，衰败不洁。”我觉得语言和要表现的内容之间存在很多隔阂。

杨庆祥：当年我租的地方被房东退掉，我很想骂人。

李屹：要用杨庆祥老师写《80后，怎么办?》的语言来写这个小说我会更喜欢。我最后想说一句话，孔子的一句老话：“文质彬彬，然后君子。”我觉得我不喜欢第一篇的原因就是“文胜质则史”，这是我的一个感觉。

蔡东：有的地方可能感觉不对，我明白你的这个意思。

杨庆祥：我接着你这个话来说，因为这个问题很重要，刚才其实也讲到了。我本来是想放到最后来说，但我怕忘了，就是说最新一代、更年轻时代的作者，在面对我们这个庞大世界的时候，应该发现一个什么样的新问题，就是怎么在写作中面对生活的问题。而在这一点上，我对小资产阶级美学以及文艺腔特别地持批评的态度。我觉得刚才你把这个问题打开了，也就是说用一种华丽的语言，经过高度修辞的语言和形式，包括我们刚刚说到的二流或者三流的现代主义，来表达我们对这个世界的关切，它其实是没有力量的，它本身导致了文学和我们心灵的双重匮乏。所以在这个意义上我特别强调在我们这个时代，新的问题可能要更直接，它甚至可能要更粗糙，所以在这个意义上我高度肯定刘慈欣的写作。你看大家都说文艺青年都不喜欢刘慈欣，我觉得应该写篇文章来批判豆瓣体，豆瓣体和豆瓣酱是什么关系？就是他们把很多问题搞混在一起了，其实就是一个豆瓣酱。他们用什么样的东西把问题混在一起，就是一种我们看起来非常优美的、小清新的、自怜自爱的语言，这是对我们这个世界的不负责任，也是对我们心灵的不负责任，我觉得这个是很糟糕的。

蔡东：我也怕忘了，先回应一下。刚才天成同学说我小说里边所有的男性可能应该去当和尚，这个其实一下子把我藏得很深的东西打开了，《木兰辞》里的男主人公叫陈江流，陈江流其实就是唐僧，我当时就是这样想的。还有刚才欣玥她说的屈辱感的东西，这真的是我小说的一个本质，它可能还不是说这些人渴望在俗世中获得成功，不是的，它其实就说屈辱感这个东西。为什么一个人他要进行受辱训练呢？因为他的屈辱感特别强，他才得训练受辱。一个人如果他的脸皮那么厚的话，无所谓受辱训练，训练他干吗？

包括刚才说到，我是不是有这样一些心结，其实我自己也是非常厌恶事功的，我厌恶事功不是说因为我很清高，而是因为我太懒了，太没行动力了，而且我也是一个屈辱感特别强的人。反正刚才他们几个，包括欣玥说到受辱这一点的时候，我觉得真的是我小说的一个特别重要的一个内核。还有李屹刚才说的“肉身”，包括建阳同学提的，现在我们还这样写，这个意义在哪里，我自己也特别困惑。但是我想不到在形式上能做出一个什么异质的东西，或者我自己原创一个东西补充进来，现在出不来。我要弄的话，就故弄玄虚了。所以我现在只能踏踏实实地写我观察到的一些东西，出来一个原创性的东西，我觉得可能是一个作家应该追求的方向，但我现在确实是有点无能为力，我也是一直在想这个问题。

杨庆祥：还有几位，你们说。

四

李剑章（中国人民大学硕士生）：在今天的讨论中，我打算说三个关键词：一个是“庸常”，一个是“资本”，还有一个是“文艺”。“庸常”，小说里与之相关的情节俯拾皆是，这里也就不赘述了。第二个关键词是“资本”。“资本”是“庸常”背后的根本原因，相比之下“庸常”仅仅是表面现象。蔡东老师笔下描写的人物，虽然兢兢业业、吃苦耐劳，但往往与各种好处无缘。这反映了激励机制与分配方式的失灵。蔡东老师虽然主要把小说描写的笔触伸向小资产阶级，可以看出蔡东老师对真正的劳苦大众是不乏同情和关怀的。资本造成的压力，更是内化到了人们的心中。第三个说到“文艺”，或者说“人文”。蔡东老师的这部小说集里，那些男女主人公往往有一种人文情怀，怀有高洁傲岸的节操，以此作为对资本压迫的一种反抗。当然，这种反抗并不彻底，很多时候是半推半就、欲拒还迎的。繁华的生活，或者说消费主义，它们与文人情怀可能存在着某种联系，但是这两者不完全是一回事。虽然说小说里的男女主角有时候会把它们混为一谈，仿佛文人的心境是通过“买买买”来实现的，但这种想法也有些缘木求鱼的意味，毕竟人文情怀也有安贫乐道，也有箪食瓢饮，并不一定非要涂一层奢华的色彩，并不一定非要与消费主义等同起来。

章洁（中国人民大学硕士生）：我主要谈两点，一个是对生命的重新认识，一个是生存的自由与尊严。这篇小说和我的期待视野有矛盾，主要是表现在对康莲的认识上。小说主要用第三人称，不过很多时候它贴近康莲的内心和视角。给我的感觉是康莲是一位青中年女性，所以当我看到她已经 61 岁的时候，特别吃惊，后来在作品中看到了这么一句话——“康莲上过班，有文化，爱脸面”，算是一个回应，但是没能够说服我。

直到后来再读作品时，我发现它谈的是关于生命和死亡的问题，我恍然大悟，接受了这篇作品。任何生命只要没有丧失思考的能力、安排生活的能力和对生活的热爱，就可以对生活有自己的设计和想象。所以我很感谢这篇作品丰富了我对生命的认识，提醒我尊重他人的个性和内心，不要被世俗的共识所束缚。

《往生》和其他作品一样，主要写的是平凡而琐碎的生活。但是它不限于在康莲的生存挣扎里展开，触及了一个比较严肃的问题——关于生与死的尊严。所以这篇小说我觉得格局是最大的。所以“往生”一词不仅仅是死亡的另一种比较温和、仁慈的说法，还透着一种对生命的崇敬和敬畏。这篇作品体现了对临终生命的关怀，我觉得它非常温暖。

陈华积（中国青年政治学院讲师）：我觉得蔡东老师这个小说非常好读，而且深入人心，她能够点到我们平常人当中一些庸常体验之外的那种东西，就是一种很虚幻缥缈，但是又必不可少的这样一种东西。她写出了平凡人中他们内心的那种呐喊，内心压抑之后的那种呐喊。下面讲讲我对小说的一些理解。

首先，我觉得蔡东老师非常热衷于写人物的生活，生活永远处于第一位，而且刚才她自己也解释，她非常注重对人性、对人心的探索。而城市呢，她说城市让人心更加复杂，更加深不见底的这样一种存在物，类似一个外壳的这样一个东西。她一层一层地撕开这些裹挟着的外壳，然后深入到人心的痛处。她在写到人物痛处的同时，我觉得她也是能够打动我们每一个读者的，有相似经验的人都会很容易被打动。虽然有一些同学不大认同《我想要的一天》，但我觉得她可能想追求另外一种向度。我觉得这篇小说是对这种假面生活的发现，人与人之间的关系已经到了需要靠假面才能存活的这样一种阶段，人不能够真心相见，要非常小心翼翼地相处，甚至是夫妻之间。你看高羽最隐秘的那一部分秘密，他不会轻易地展示给他结婚多年的妻子。这种假面生活的发现，后面是她对这种生活的力度不断地推进。刚才庆祥师兄提到一个很好的词，生活的“黏稠性”。她这种黏稠性在于她是书写了这个城市当中一种比较特殊的群体，不是我们以前小说当中所见到的成功者或者失败者，这样一种属于两端的人物，而更多是那种中等资质的，中等偏上或者是中等偏下的。就是说努力一下就可以上去，但是你可能还得付出一些代价。中等偏上的那些又过于心高气傲，又不愿意向生活屈就，我觉得像这样一个群体的这种写作，在过去的小说当中，是比较少见到的。

蔡东老师这个小说还有很强的温婉性，她赋予了生活这样一种黏稠的东西，它可以黏合撕裂的东西，然后继续过这样一种人生。刚才迎春讲到她小说中的人物逃离之后，你会期望能够看到一个有变化的东西。我觉得这种转折性的书写可能比较多，但她在这里给我们呈现的恰恰不是这种，就是人物只不过是偶尔的一次精神出轨，这是一种幻想，他很快地恢复到正常的生活秩序中，好像又过着那种波澜不惊的生活，但其实在他的内心已经发生了翻天覆地的变化。我觉得这也是能够让我们看到平静下的风暴的一种美学的书写。在这样一个小说的架构之下，我觉得它还很深地隐藏了人物的禅性，这个刚好就构成了人物的一种精神出口，或者说是作家期待或幻想中的一个出口。

徐刚（中国社科院助理研究员）：刚才很多人都提到庆祥那本书和你小说的一个对读，我觉得庆祥可以更好地用蔡东小说的素材来谈你的问题。我今天要谈的是“出走作为一个小资产阶级斗争的方式”，我觉得这是一个很有意思的问题。蔡东的小说里面很多次谈到了出走，不光是80后出走，包括一些很大年纪的人，也会幻想着找一个地方躲起来，然后无所事事地虚度光阴。有一天的时间能够无所事事地虚度光阴，就是“我想要的一天”，实际上就是这么回事。我想找个地方躲起来，什么事也不想，什么事也不干，我要逃避我的家庭，逃避我的婚姻，逃避我的工作，这些东西都是难以忍受的。实际上他要面对的问题就是我们这样的现代生活，现代生活对我们来说是一个牢笼，是一个无法忍受的东西。我发现蔡东的小说里面有一种趣味，她非常迷恋那种古典、传统的那样一种已经逝去的美好时光，而对现代文明非常恐惧。可能跟你的工作有关系，当一个老师，每天重复地劳动，你觉得很不爽，然后你希望能够找一个地方躲起来。

但是出走作为反抗现代生活的方式，是不是有效？我觉得这个是可以探讨的。因为出走它是小资产阶级的一个权宜之计，最重要的是在这个过程中要寻找生活的意义。蔡东的小说里面，每个人都竭力寻找意义，包括短暂地到某一个地方去挥霍时光，过所谓“我想要的一天”，但那天结束以后你还得回来，你要继续生活，在这个里面找到一种残存的意义，支撑你继续生活下去，我觉得这是最重要的。比如说我们的父辈，他们上山下乡，他们面对的可能是一种生活的艰难，但是他们是有意义的，就是时代赋予了他们自身的意义。包括像我们过去所熟悉的，比如说个人奋斗的农村青年，他在这个奋斗的过程中，他的意义自身就已经有了。我发现蔡东的小说里面，每个人都在竭力地逃脱过去，逃脱个人奋斗的那帮人竭力追求的东西。他们的个人奋斗无非是为了得到一个稳定的工作、休面的生活，蔡东的主人公一出场就已经有了这样的生活，但是他要竭力逃脱它们，去寻找他的意义。也就是说，在一种虚无的历史构架中，他无法找到意义，所以他要寻找意义。读你的小说，我会想到毛姆的《刀锋》的主人公拉里，他是一个不合时宜的人，他的原型是哲学家维特根斯坦，他是一个无所事事、自由自在的人，他拒绝别人给他安排的工作，拒绝别人给他安排的婚姻，他拒绝一切资产阶级的生活。他就要周游世界，去寻找他的意义，实际上这被赋予了拯救个人的意义。蔡东也谈到《红楼梦》里面的贾宝玉，他对功名的态度，实际上我们会很自然地把这个所谓的逃离当作小资产阶级自我拯救的一种方式，但是实际上这种逃离是否有效，这种反抗的方式是不是有力量，我觉得是可以讨论的。

我就随便想到一些，实际上在我看来，小资产阶级是一个非常自私、非常可怜的一群人，又想逃脱，又不敢做一个很大的拒绝，不敢用很激烈的方式来进行反抗。

当然你的小说提出来一个很有意思的问题，我的这个阐释只是说结合庆祥的写作做一个对读，是偶然想到的。

蔡东：是，我的小说里边这些男的身上是有一些拒绝的力量，但是不能贯彻。我更信任隐忍的力量。我就觉得童家羽无意间的话那才是惊心动魄的，好像是很随意的，不是以大哭大闹的形式呈现出来反而是最好的。

对我自己来说，我写小说是绝对不可能致富的，我有我自己的工作，不靠小说来挣钱，也没有什么社会知名度。但我觉得是好事，我对外界的索取值是非常低的，这可能让写作真的是有一个比较单纯的状态。我也不需要去赶一些东西，除非碰到一些我自己特别想写的东西我才会写，没有外界给我的一些压力。我真的没有很逼迫自己，我觉得这种状态很好。这个作品讨论会，可能是谈我的作品谈得最贴切的一次。

杨庆祥：因为参会者水平最高。

蔡东：真的，因为很多人在谈我的作品的时候，我不觉得是在谈我的作品，但这次真的无论是大家提出我的一些问题也好，或者是肯定我的一些写法，我自己都觉得特别充实。

杨庆祥：我想最后讲一点，就是出走这个问题是个很重要的问题。我觉得出走分两种，一种是小资产阶级的出走。我们现在大部分的描述或者是我们大部分想要写的都是在这个层次上，其实很大程度上是重复这个问题，就是在出走的过程中并没有形成一个新的意识和新的主体，原因恰恰是我们对旧时代理解得不够深。我们现在不敢说我们这个时代是旧时代，但是它就是一个旧时代，我们对这个旧时代的部分，对于我们所在的时代理解得不够深，所以我们对新时代和新世界的渴求就没那么强烈。我觉得就是这样，我们现在的作品处理的都是这么一部分人。对自己的时代和自身理解得并不深刻，所以他没有办法也没有能力去想象一个更好的世界。所以我回到刚才季亚娅说的这个问题，就是说写作能不能真正提出和这个时代密切相关的问题特别重要。那么我觉得出走或者是抵抗，它的形式和它的主体是我们目前写作里面特别重要的一个问题。你看刘慈欣，我上次在北大的时候跟他交谈，我说我最感兴趣的是他作品中的旧人。他想写新人，他作品里面有很多新人，就是那些冷冻的人，他有一类人就叫新人，这些新人是非常孱弱的，在灾难面前立即就完蛋了，所以最后抵抗的都是那些经过旧时代的人，就是在旧时代生活过的人，又到了新时代，然后他们都有强大的抵抗能力。

蔡东：我特别喜欢章北海。

杨庆祥：对，章北海就是这种人，他对旧时代的理解特别深刻，所以他对新时代的理解或者是抵抗力是非常强的，我觉得这是一个时代特别重要的一个问题。我倒是有一个想法，我们除了单个作家的评论以外，以后就想每三四次做一期问题的讨论。我们提出一个问题，比如说我们这个时代写作的最本质的问题是什么，大家都来讨论，然后一个一个化解，我觉得这个特别重要。

回到蔡东的作品，我觉得她的作品首先给我的感觉是肉体感，就是刚才李屹说的问题。那为什么首先是肉体感呢？因为精神的痛苦，或者刚才几位说的虚无，虚无的东西必须通过一个“实在”表现出来，那就是肉体，那就是细节。所以这是我特别欣赏她的地方。你不能首先就给我一个精神，首先就给我一个绝对精神，首先就给我一个空，而是首先给我一个“有”，给我一个“实在”，然后你在这个“实在”或这个“有”里面，去探讨我们的溃败和匮乏，我觉得这是写作应该走的途径。然后通过这种对肉体的书写，达到我们精神内部真正的本质性问题。是否能够说我们这个时代就是个魏晋时代？我觉得你今天讲的这个很有意思，你回头再写一下这个，是不是真的有一个新魏晋时代？

蔡东：因为我笔下这些人物，他们都不彻底，都不是像魏晋的那些人物，或者说我还没有力量把他们写成具有魏晋风流的状态。当然我自己在想，能不能写，有一个现实的依据，就是必须能够说服我。因为这样的人，一定是要立得住的，我现在写不了这个。我也觉得虚无其实还是从《红楼梦》里来的。你说《红楼梦》它不虚无吗？但是你看曹雪芹他那么沉迷地去写每一次聚会，他那么虚无的一个人，第一回他就告诉你，“好就是了，了就是好”，他就不停地唱《好了歌》。我就觉得这个作家悟透了，悟透了之后他还能从很具体的一个小果子、小盘子里去写，源源不绝地渗出来。庆祥这点把握得特别好，我的虚无就是从“有”里渗出来的这样一个东西。

新魏晋时代如果说写长篇，除非就是从这个角度去写，就是说现在人非常压抑，但这个反弹力还不是那么大。按理说越压抑的时代，一般越容易出现参差和多彩的东西，能出来一些狂野的人。但是现在至少我的身边没有，可能我还没有机会接触到。但如果说我要写的话，我觉得这是长篇的一个格局。

杨庆祥：好，今天就到此结束，谢谢大家！

普通人和普通生活

——任晓雯《生活，如此而已》

12月

18日

2015年

中国人民大学人文楼

杨庆祥：任晓雯的这本书大家都已经看过了。今天这次活动的第一项议程，就是请任老师先做一个简单的发言，讲讲她对小说的看法。接下来我们就进入讨论的环节。

一

任晓雯：我觉得让作者自己讲自己的作品，其实是蛮难的。比如有些人会说，你为什么写这么一个人物？但其实有时候作者自己都不知道为什么写这个人物，只能瞎糊弄一点理由，深层分析可能还是评论家的事情。《生活，如此而已》这本书，就是一个小制作吧，篇幅和切口都比较小。我后来也学习过杨庆祥老师的《80后，怎么办?》，我觉得我的这部小说的主人公蒋书面对的也是“80后怎么办”的问题。杨庆祥是作关于一整代人的比较大的思考。

小说的写作，并不是说要去概括什么，还是要回到单个的人的上面。所以我就写了这么一个小姑娘，她身上有普遍的东西，比如她的生存的压力非常大。她少年时候的家庭，处在社会价值观的转变过程中，社会的发展影响到她父母的婚姻，也导致她后来长期的不安全感。对于她个人来说，她是一个很普通的都市小白领，一个失败的小人物。其实我觉得她蛮难写的，因为在中国当代文学里，很多都是写农村，因为农村几十年的历史当中，有很多有意思的东西可以写。但是写当代，又写都市，又写一个小女孩，会觉得很轻，这是一个天然的劣势，所以我自己写的时候会有顾虑。我其实比较喜欢写大篇幅的东西。这个长篇在我自己几个长篇当中也是切口和年代都比较小的东西，在我自己的写作当中也是比较特殊的。这样一个小作品，要有意义的话，就一定要写我所表现的这个人物精神的最隐秘的病痛、病灶。

有些人会觉得我是在写上海，因为市井的一些风物，包括沪语对小说语言的影响，让小说有地域的特色，有一种南方的味道。但我还是希望写一个人，她在上海或者在北京都没有关系。我希望地域在我小说里面是随手取用的一个背景。这个小说也是我自己写作当中比较特别的，之前也没有列明确的提纲。然后在写作过程中，有很多是靠细节和人物的性格、动机推着走的。因为它篇幅小，所以允许我这么干。生活的细节比较密集，最后的结尾是开放式的，就是一个对生活一直很隐忍的人，突然爆发，那后面会怎么样，我没有写。因为我觉得对于这么一个年轻人以及这样一件事情，有很多人夹在其中，它有一切的不确定性。

写当代都市还是挺难的。其实美国或者欧洲的一些小作家，都会写中产阶级的生活，比如门罗、理查德·耶茨，或者约翰·契弗，都写普通的小人物，写波澜不惊的生活，以及下面一些暗潮涌动的东西。我觉得中国很不一样，社会在很迅速地往前走，几十年飞速地发展，但它把很多人碾压在下面，把有些人甩出去，这种人性层面的普遍的挫败感，和婚姻的沉闷那种感觉还不一样，我觉得这个很难写。我觉得中国很难出门罗那样的作家，她就是在一个比较单纯和封闭的生活环境里面，在中篇这样一个文体上一直写，非常劲道。中国的作家可写的东西太多，在题材上转移了很多书写的注意力。我有写很大的历史和社会的野心，但我经常会压低自己的这个野心，觉得一定要恢复到人性和文体等更深的东西上来，所以我自己也很矛盾。我一方面觉得，我就写一个都市小白领的精神的困苦，这是值得写的；但另一方面，自己又会觉得，这是一个小东西。这是我的矛盾。

杨庆祥：任晓雯老师虽然很谦虚低调，但是说得挺好。尤其是讲到中国作家，因为题材的纷繁复杂导致了文体意识的淡薄，这倒是一个特别重要的症结。包括她说的和卡佛、耶茨的关系，在这种比照之中有什么区别？这些都是作家敏感地意识到的一些问题。下面我们就进入讨论的环节。韩老师你先说？

韩敬群（北京十月文艺出版社总编辑）：我先简单地讲一下我们出版社怎么发现任晓雯的，很有意思。微信广泛使用之前，都是用微博，我们正是在微博上发现她的。我最初注意到她不是因为小说，是因为一些文学批评的随笔，还有一些谈宗教的文章，让我非常敬佩。我本人也喜欢读一点基督教的东西，也思考一些这方面的问题，会思考基督教的精神，或者说宗教的精神，在中国的知识分子、学者、作家的精神生活里面，占有一个什么样的分量。任晓雯谈宗教的那些话，说得很有力量，很有感觉，很能打动我。因为这点，我觉得晓雯老师是很有意思的一个人。

晓雯老师给我们的感觉是，她是一个非常知性的，内里有非常雄厚储备的作者。后来跟她聊天的时候，我发现她对于西方文学知识的了解之深厚，在中国作家里面是非常少见的。我曾经这样评价任晓雯老师：她是一个早晨四五点钟，雷打不动起来写作的作家——她确实是每天写到中午十二点左右；是一个核查历史细节，巨细无遗到会查瞎眼睛的作家——她对细节准确的追求，有的时候会达到非常苛刻的程度；是一个追求小切口、大力道的作家；是一个喜欢托尔斯泰、陀思妥耶夫斯基、契诃夫、耶茨、门罗、拉希里的作家。编辑有的时候也很幸运，就是在跟作家们交往的过程里，会发现大家在阅读趣味方面有一些惊人的相似。古人有云“相视一笑，莫逆于心”，也确实有这样的经历。比如刚才说到门罗，门罗获奖之后不久，晓雯老师就写过一篇《为什么是门罗?》，对门罗有特别准确、深入的解读。还有一个美国作家叫拉希里，是第二代孟加拉国移民，她的第一部作品叫《疾病解说者》，是一个短篇小说集，一举成名，得了普利策奖。她写得非常好，但是很可惜，国内关注她的人很少。但是有一次，我跟徐则臣聊到对拉希里的感受。则臣后来就跟我说过一句话，他说你也喜欢拉希里，我把我的作品交给你就放心了。后来我发现晓雯老师也写过拉希里的《不适之地》的评论。晓雯还是一个视福楼拜为写作导师的作家——这点让我印象深刻，一个会把福楼拜作为自己写作方向的女作家，是一个心中有信仰，视写作亦如信仰的作家。

我们编辑看待作家，更多的是看他的可能性。晓雯老师这部作品，当然写得非常好，但是我可以肯定地说，这个是小制作，不会是她最好的东西。我非常坦率地讲，对于出版社来讲，我们做晓雯老师的小说，还是看重她的可能性。这部小说展示了她的可能性的一鳞一爪，但是距离最大的可能性恐怕还差得很远。我们在这部小说里会看到一个作家对语言的打磨，对细节下的功夫。大家也都知道，现在一个普遍的情况是，作家语言都比较粗糙，很多年轻作家都不注重细节，浮皮潦草、大步流星的。比如说描写一个月夜去见一位女士，我们会发现作家写的这条路，这个晚上没有什么特点，完全可以把它置换成任何一个晚上、任何一条路，就是说他写的都是可以替换的场景。这就是我说的需要细节和语言的功夫。在《生活，如此而已》这部小说里面，晓雯老师的语言和细节的功底，我们能看得非常清晰。我刚才也说过，晓雯老师背后的那种宗教情结具有悲天悯人的情怀，以及西方文学知识中的人本主义情怀，在她这部作品里面，可能因为篇幅的问题，还没有来得及施展，却具有无限伸展的可能性。语言细节的功底，背后的悲悯和人文情怀，这都是一个好作家的非常重要的基础。所以我们还是期待任老师在这样好的基础上，有更大的制作。

还有一个问题，我也是希望一会听到大家的意见。我特别坦率地认为，任晓雯老师很多方面都非常的优秀，但我略有一点点担心，其实也是很多人对中国年轻一代作家的担心，就是我们会担心他们的阅历相对简单，生活相对比较优越、从容。我们可能有一颗悲天悯人的心，对世间的苦难有同情心、同理心，但是好像我们自己无法真切体会那种复杂。当然我不是说作家写苦难，就得把自己扔到苦难里面去，但是总是感觉会有一点点疏离和隔阂。这方面我也是希望大家能来探讨。

还有另一个问题，就是从长篇写作的角度来说，我觉得任晓雯老师在这种绣花针式的精细的功夫之上，是不是可以适度地增加一点点粗糙感？一点点即可。我举一个例子，比如说同样表现“安史之乱”，《长恨歌》是一种表现方式，元稹的《行宫》只有二十个字，但那也是一种表现方式。我觉得这里面的区别可以做一个比较粗糙的类比，《长恨歌》像一个长篇小说，《行宫》可能就相当于一个短篇小说，那我们就不能用元稹《行宫》的方式来写长篇小说，硬写当然也可以，但是会很累。《长恨歌》里面有很多地方就是一般性的叙事和铺垫，有的地方只是为了交代。比如说“汉皇重色思倾国，御宇多年求不得”，其实就是一个铺垫。但正是有了这些铺垫，包括有一些很土的地方，这样它精彩的地方，你才会记住，它整篇形成一个浑然一体的结构。所以我可能会期待任老师在她后面的写作里，可以在波澜不惊的生活下面，有一些暗潮涌动的东西，希望她的写作可以多一些节奏的变化，包括情绪的张弛。有的时候可能不一定要通篇精致，通篇精致你写得也累，读者也会不满足。

总之，对晓雯，我们出版社是充满期待的，我们是把她作为我们最重要的作家来对待和维护的。也希望大家可以帮助晓雯，多提建议，作家可以择善而从。

二

程旸（南开大学博士生）：任老师的这部作品，我初读的感觉就是极其顺滑流畅又不落俗套。作品没有使用繁复华丽的辞藻却吸引了读者的注意力，让人联想起王安忆、张爱玲等同样上海出身的女作家。小说以自然的语言讲述了土生土长的上海女孩蒋书从幼年到大学毕业以及进入社会数年间的人生经历。其中夹杂着她的父母、大学同学、恋人的人生片段。虽没有惊心动魄的大时代背景或者说是跌宕起伏的传奇化故事，但在娓娓道来的叙述中，我们仍可看到50后以及80后典型的生命经历。

作品前半部中，我最感兴趣的是蒋书父亲开小餐馆的经历。这段描写对于特定年代开办小餐馆的时代背景与社会体制阻力有非常详尽的刻画。还有一家人经营餐馆的详尽过程，这些都是当代文学中比较少见的对于大城市个体户的描写。蒋书的母亲林卿霞是小说中另一个的重点人物，虽然不是故事的主线，在小说中只是间隔性地出现，有些若隐若现的味道，但是她的生存轨迹反映出的是上山下乡回城知青中最广大、最普通的一群人的命运。她们没有能够走进大学的课堂接受良好的教育，做着最普通、最平凡的工作，早早退休，领着不算多的退休金，却是社会这个大机器运转中最不可或缺的基座。当代文学中出现的知青形象，往往被塑造出一种偏于精英化，并且命运具有悲剧感、跌宕起伏的味道。似乎他们中的大多数都上了大学，在几十年后的今天成了各行各业的精英，有着励志光环般的人生轨迹。任老师的作品可贵地塑造出了林卿霞这样烟火气浓厚、生活气息十足的昔日知青形象。

任老师的思想境界远高于绝大多数写作城市普通工薪阶层人物的作家。原因在于，蒋书虽然从小到大经历了诸多不顺，或者说，她已经接近于世俗眼光定义下的失败者。但是，作品中却很少流露出自怨自艾，或者说哀叹的情绪。她的心境远比追名逐利的两个女同学平和很多，不强求，也不过分抱怨，自己该有的有，不该有的也并不十分嫉妒别人。还有一点，小说中三位女性人物——蒋书、沈盈盈、朱晓琳，恰如其分地反映出在一线大城市生活、工作的三类年轻人形象。一位本地普通工薪阶层女孩；一位来自外地省会，家境不算差，但是不甘于二线城市平淡生活，一心想去上海，但是有退路；最后一位来自外省经济落后地区的小城镇，与家人关系不好，在上海，没有退路。我想，这三类人物正反映了一线大城市活跃年轻人的主要构成，也是当代社会的时代缩影。

杨庆祥：我也觉得上半部分的那个小餐馆很有意思，是一个亮点。卜半部的那三个人物设置也很重要，但是让我想到了《小时代》，它和《小时代》相对，构成了另外一种书写的谱系。它们是处在完全不同的层面，但是这个设置本身是很有意味的。

李壮（中国作协助理研究员）：我们评价很多青年作家，在写当下的都市青年的时候，经常会提到一个词，叫作“弥散”——一种弥散化的经验、碎片化的经验。它肯定不是唯一正确的方式，但肯定是正确的方式之一。关键的问题不在于是否“弥散”，而在于怎样将其叙述进来。因为“弥散”不是无序，我们写的是已经摊开的状态，但它曾经是聚合的。如何把情节和经验给聚合在一起，那么可能更加讨巧、容易的方法，就是说有一个理念、一个问题一直困扰着“我”，它是写作者，也是人物，也是大家在阅读小说的时候想要解决的问题，它能够把经验的碎片暂时汇总在一起。我觉得在晓雯这里是一种非常聪明而又具有才华的另外一种方式：就是语言。用语言这种气氛来笼罩着一切，实现一种情感的自动化写作、一种语言气质的自动化写作，这是非常难得的一种尝试。

最后我稍稍有点失望的，首先普遍困扰着我们当下写作的、一种近景经验的写作问题。我觉得这部小说的上篇非常灵动，到了下篇，个人的亮丽色泽相对少了很多。下篇的辨识度降低了，尤其是写到都市生活，写到咖啡馆，写到出租屋，我的脑中跳出很多同样写得很好的同龄作家的作品。我们现在都是这样，我们的视野都差不多。这个问题是不是仅仅就靠作家的语言天赋或者气质的天赋，就可以解决？可能需要无数的写作、不断的探索，甚至年龄的成长、时间的延长来解决这个问题。

第二就是结尾。主人公一直都是处在没有哭也不打算哭的状态，一种平静而凌乱的情感状态。最后突然跑出来一个我们常见的网络新闻式的结尾。我是觉得有点突兀。

第三点是关于结构。这本书的结构是类似人物列传的方式，确实，我觉得这种结构方式，不是最适合于这种故事的方式，但是能想到的最好方式。如果这部作品再扩大，创作出一部更有信心的长篇，结构应该怎样变化呢？这些问题其实是所有年轻作家都在考虑的问题。我在这里提出来，算是抛出一个期待。希望未来能够看到它被更完美地解决，不是不得已，而是找到它最好的解决方式。

杨庆祥：说得很丰富，尤其是说到后面结构的问题。因为上篇林卿霞的生活还是呈现得比较多的，不是讲述一个人的故事。但是下篇好像变成了蒋书一个人的故事，其他人物的故事，我觉得没有足够呈现。这导致了很单一的结构呈现。

赵天成（中国人民大学博士生）：“一边吃煎饼一边哭的女孩”，这个场景是很重要的，是任晓雯老师的创作动机，是她最初的触发。我联想到的是莫言讲他为什么写《丰乳肥臀》的事情。他就说他写《丰乳肥臀》有一个触发，在 1990 年一个秋天的下午，他从北京的地铁口出来，一个台阶、一个台阶地往上走，突然看到地铁口上有一个农村的妇女，正在给自己的两个孩子喂奶。两个孩子都很瘦、很小、很黑，一个叼着她的左乳头，一个叼着她的右乳头。然后莫言哭了。我想说的是，这两个故事对作家的触发，从创作动机上讲是相似的，就是对于苦难和失败的关注意识，对于失败者的关注意识。任晓雯老师的这部小说，写的都是失败者的故事，不光是蒋书，小说中的每一个人物，其实都是大大小小的失败者，或者说是那种被侮辱与被损害的人。我觉得对于一个青年作家来讲，从写自己的亲身经历，到讲述别人的事情，本身就是一个很大的跨越。特别是这部小说是写青春和爱情的，写青春和爱情的小说如果完全逃离开自己的经验，其实很不容易。这是我对这篇小说非常肯定的一个地方。

我们知道中国的当代小说中，有一个非常庞大的写“被侮辱”与“被损害”的人的序列，也有一个叫作“底层写作”的概念。在这样的人物谱系里面，充满了特别多的善良而不幸的人。但我认为，这个谱系里有过多的善良和过多的不幸，而且我觉得中国的作家往往都不太会写不幸。真正的不幸应该是一些人生中十有八九的不如意，不会写的话往往会把它们写成一些飞来的横祸。比如说那种外在的、人无法控制的灾难，或者绝症一类苦情的东西。

我想说的是，有很多遭受不幸的人，他们个人是非常善良、非常努力的，不需要为自己的不幸负任何的责任。但是在《生活，如此而已》里面，每一个遭遇不幸的人，都有自己的性格缺陷，也都犯过一些错误，或者都伤害过别人。我觉得这可能更接近于我们真实的生活经验，所谓可怜之人，必有可恨之处。从这一点来讲，小说是比较真实的。而且任晓雯老师的笔是非常节制的，对于自己笔下的人物，没有那么多的同情，而是拉开了很大的距离。我作为读者，不会喜欢这个小说里面的任何一个人物。即使我再同情蒋书，我也不会爱上她。没有过多的不幸，没有把自己过多的爱和同情心投射到人物身上，这是我觉得这部小说在“被侮辱”与“被损害”的写作序列里面，比较独特的东西。

最后提一点，昨天我跟一个同学交流，他说看完您这个小说以后，就会觉得生活毫无希望。我由此想，这个小说里面的每一个人，都在沉入深渊。而且在结尾处还在继续下沉，看不到任何希望，没有任何上升和向善的希望，甚至没有看到希望的机会。我想到周作人评价陀思妥耶夫斯基，他说陀氏的人物都有“抹布的方面”，就是堕落人物的灵魂，都像抹布这样肮脏丑陋，但是又时时能露出美与光明。在这方面，我觉得可能是晓雯老师创作继续发展的可能性所在。

至于说我们这一代人的阅历方面，确实相对简单。但是当我们把关注点投注到跟我们不一样的人，去写他们的故事的时候，一方面可能确实是需要时间的拉长，需要阅历的增长。另一方面也需要一些同情心和想象力的。而且我始终还是相信一个人的思想，是可以背叛自己的。一个人的思想是有背叛自己的出身、背叛自己经历的能力的。这一点也是我对任老师写作的希望吧。

谢尚发（中国人民大学博士生）：实际上，最后我们会发现，很多那些悲惨的、不幸的生活，事实上就是现代性的网，他们这个掉入这张网之中，其实就是他们的矛盾性。我后来想想，蒋书真的那么悲惨吗？没有，她收入也挺高的嘛。沈盈盈、朱晓琳也是，小说里面展现的那些所谓的不堪的生活，其实是富有的贫困。她们一方面拿着高工资，一方面又感觉到在这个社会中的失败。其实相比那些进城务工的人员，那些打工仔和农民工，她幸福多了。她们一方面享受着这种生活带给她们的丰富，一方面又感觉被生活抛弃。我极其赞同韩老师的话，就是如果缺乏生活经验的话，写小说可能很多东西都是想象的，可能就不扎实，即使很多细节做得很漂亮，总的而言，跟我们的生活不相符。我突然间想到莫言获诺贝尔文学奖之后的演讲，他说我刚开始就写我自己的故事，当我的故事都写完的时候，他们的故事，我怎么写呢？我就听他们讲他们的故事。就是说，你要成为生活热情的参与者，还要成为一个冷静的观察者。因为我自己也写一些小说，我就觉得生活经验可能对人很重要。

韩敬群：我接他一个话，因为特别有意思。谢同学讲的，让我突然想起好多年以前我上学的时候，在北大参加一个观影的座谈会，是根据史铁生的小说改编的电影。我们看这个电影，觉得生活很美好，人和人之间有友爱、有宽容，但是我走出电影院，发现生活还是那样沉重，一切都很绝望。座谈会上说的和谢同学说的一对比，特别有意思，他们都是说我们的生活的现状是这样的，但是我们的作家是那么描述的，我们希望它是另外的。这个很有意思。我最近有几回跟社科院文学所的陆建德老师一起参加评审，他对中国文学的一些看法，有一点我还是认同的。他说中国文学太狠，缺少爱，缺少温暖、宽容、宽恕的东西，一切都是歇斯底里的、非常残酷的东西。我不知道我们的写作伦理是不是也有一些问题，这也是为什么我会对晓雯有特别的期待。我们有的时候会更加期望，能看到一些像刚才说的陀思妥耶夫斯基的“抹布”的一面，“爱与光明”的一面。但是这些“爱与光明”的东西，不可能是我们虚构出来的，我希望它是从我们内心自然地流露出来的高大。文学真正打动人心的地方、高贵的地方就是这个。所以我特别喜欢库切的一句话：“设身处地为别人的生命着想，这是文学的高贵。”杜甫为什么伟大，因为杜甫的精神就是这样的精神，所以我特别期待晓雯在以后的创作里面写出爱的光，爱的宽恕，当然千万别拼贴上去，为了做一个姿态，出于内心的对人物的悲悯这样的东西，不是装出来的。

三

傅逸尘（《解放军报》编辑）：刚才韩老师说到1980年代的东西，我觉得那个年代可以说是文学的黄金时代。现在这种物质条件，我想韩老师当年上学的时候不会有，那个年代大家谈论文学的时候，我觉得精神状态一定跟现在不一样，所谈论的话题也是不一样的。为什么会这样，如何来认识和把握我们这个时代？庆祥有个访谈说，当今时代应该是出伟大文学的时代，我恰恰有不同的观点，我认为这个时代是不可能出现伟大文学的时代，因为我们的创作主体是不一样的。

刚才韩老师讲到杜甫，我们确实应该好好梳理一下，这个作家到底是依凭什么在写作。有的作家依凭才华，比如语言很好，文字感觉特别出色。有的作家靠思想写作，但我说作家也要靠生活来写作。我们古代的那些文人都是在从事政治，毕生以政治为追求、为理想，先天下之忧而忧，后天下之乐而乐，要改变世界、改变时代、改变民生。现在我们的作家，没有这样的野心，也没有这样的抱负，就是自己一直从事写作，通过写作赢得一些什么东西，然后改变自己的生活，仅此而已。在鲁迅那一代，无穷的远方、无数的人们，都与“我”有关，现在我们的很多作家确实少了这样的一种情怀。再就是，想写出对于这个时代进行概括的，有穿透力、有超越性的伟大的作品，这个作家一定要对时代有精准的把握和认知，从这个角度上，我认为庆祥的《80后，怎么办?》这种写作的伦理让我非常敬佩，其中的观点我也理解。从某种意义上来讲，晓雯老师这部作品是小说版的《80后，怎么办?》，至少把这个问题提出来了。但我觉得仅仅提出这个问题还不够，在这个小说里面，我们看到的是已经在我们这个时代被高度常识化的一些价值判断。我们对于父母那样的年代，或者对于我们当下生存的这个年代，我们已经觉得这样就是一个习以为常的，生活原该如此。所以这个小说的标题让我也觉得很绝望——“生活如此而已”。

生活就是如此而已，但是作家不能这么看，文学不能这么看。有人说我代表不了其他人，我概括不了这个时代。我说好，如果文学做不到这个事情的话，如果作家没有这样的精神担当的话，可以说这个社会里，我们的国家就没有人在做这样的事情。因为我们现在的专业高度细分，别人不会去给你概括这个时代，医生不会，工程师也不会，各行各业的人都不去认知和概括这个时代，我们如何去了解这个时代？很多时候我们通过文学，当然也可以通过历史，但历史只告诉我们过去时代是如何的，我觉得只有文学、只有作家可以给我们同代人指引出一个方向，哦，这是我们的时代，我们的时代原来是这样的，我们可以这样去想象我们的时代，我们可以去这样认知和把握我们当下的生活。为什么刚才很多同学说上半部分写得扎实、深厚，我可以不客气地说，那是因为你们没有经历那个时代，你们对那个时代只是一种想象，那个时代不属于你们。你们没有痛切的、生活的经验和体验。

她说的这个生活我是有体会的，因为我家里也开过那样的餐馆，我也曾在那样的餐馆旁边嬉戏玩耍，那个生活场景给我留下很深的烙印。为什么大家会觉得下半部分我特别能说出一二三来，因为那是你们的生活，但不见得是晓雯老师的生活。我们评论家评判作品要有我们的概念，即我在这个时代中对一个小说所描写的同代人的生活，应该如何看待，作家也是这样的，晓雯老师写的肯定不是自己的生活，但这里面可能会有她的情感和投射。所以如果作家写的是别人的生活，那作为批评者谈论的是经过二次创造的别人的生活，那我们读者在阅读的时候还是在谈论别人的生活，那这种文本与我们到底有什么关系。如果说在生存经验、生活经验这个层面上没有关系，那我们不要写了。这就是我们为什么总是要去读那些 19 世纪的小说，对巴尔扎克那个年代，我们有什么样的体会？什么都没有。为什么大家还会说他写的那个时代很真实也很扎实。我强调一点，作家自己的投射，就是说你描写这个生活，需要你给我一个作家你的影子，你对这样的生活、这样的时代到底是什么样的判断和态度。否则的话，我觉得这个文本就与我无关，与我们当下所面对的这个时代就脱节了，我可能只读到了一个故事，你给我的是一个常识性的判断。我们现在这个时代，小人物是绝望的、无奈的。

我觉得这个小说的语言特别有特点，都是短句。我觉得现在的小说家不会用短句来写小说了，评论家也不会用短句来写评论了。能把一个句子写得特别短，是要有功夫的，也是需要有才华的。我从阅读的角度，对于文字、对于语言都是非常有快感的，但是整个读下来，我觉得我的精神是受到了虐待，至少是受到了打击的，我在想为什么我们对于这个时代会有这样多同质化的认识。按道理来讲，不应该如此，我们的生活的物质条件如此优越，我们为什么会在精神层面充满了绝望、充满了愤懑，为什么是这样的一种状态，我感到很困惑。我想是因为作家自己没有想清楚，没办法给读者提供一种相对清晰和完整的价值判断。当所有作家都不去做这样的事情的时候，我们这个时代的精神都是混乱的。当我们进入到一个更高层面的文学生活的时候，我们需要思考的应该是，我们这样写作，意义何在，价值何在，它需要给更多人提供、传递什么样的信息？现在很多很优秀的作家，无论是 50 后、60 后、70 后、80 后，他们有一个当代中国人共同的问题，每个人都是站在“小我”的立场上书写私人的经验，建构自己那样一种“小我”。我们可以看到普希金，看到莱蒙托夫，看到别林斯基，为什么他们能在生命中留下那么多的思想财富、精神财富？他的整个生命投入到了一种斗争当中去，或者说一种政治生活和他的生命经验是高度统一的，所以他的写作完全是时代化的，是民族化的，是国家化的，是社会化的，是一种更为广阔的文学经验。我觉得至少我会有一种期待，因为晓雯老师的语言感觉如此好，应该在一个更高的层面上也让读者获得特别的享受和舒服。

杨庆祥：逸尘站得比较高，我觉得讲得非常好。昨天《凤凰读书》的严彬给我做专访，他给我提了一个问题，他说，前天一个女生跑去寺庙里修行，然后他又说到张铁林“坐床”。他就问为什么会出现这样的事情，我把我的回答给大家读一下，可以和逸尘说的这个互为参考。我说：

> 这个非常复杂，但是简单说，人的精神需要归属，而当下中国又没有真正有效的精神生活形式。我们的人民不得不去求助于浅薄的偶像崇拜，但我想强调的是，人民本身没有错，真正的责任在于精神工作者，在于一批接受过高等智力训练，被这个社会认为是文化精英的这一批人，真正的责任在我们身上，包括我和逸尘，也包括在座的每一位，因为我们没有提供有效的产品和观念，那你让我们的人民怎么办？你不能叫每个人都像尼采一样，说静坐5个小时，你就离神近了一步，这是不可能的，因为这是对神的要求。那么这个时候，对我们中国的精神工作者，必须提出更高的要求，不能随便放他们过去。前几天我在长春开“新世纪文学创作十五年”的研讨会，我也做了一个长篇发言，大部分人都是唱赞歌，因为是总结新世纪文学的成就嘛。但是我是持很多否定意见的。

这十五年的写作都存在巨大的问题，包括刚才各位提的，我相信晓雯自己可能也会意识到这个问题。这个问题不是一个人能够完成的，可能是一个很系统的工程，但是我们要意识到这个问题。当时有人觉得我讲得有道理，说在中国做一个作家太容易了。由此可以推演出来，在中国做一个批评家更容易，就是中国的精神工作者太舒服了，所以这个时候其实还是需要有自省的东西在里面。就像上次晓雯老师讲到帕斯捷尔纳克，你想帕斯捷尔纳克真是在火里，就像《圣经》上讲的一样，洗了多少遍以后，最后才有一个真正坚实的东西出来，才真正能够把命运升华到一个全人类的高度。我觉得中国作家特别缺少的，就是这种自我反思和自省的能力，它不仅仅是一个能力问题，首先是一个态度问题。我们很多人现在不愿意来谈这个问题。

傅逸尘：还有另外一个问题，就是宗教感，宗教感跟文学应该是一种什么样的关系？宗教对于作家到底意味着什么？是不是文学加宗教就一定会产生更大的精神力量，对此我表示怀疑。因为宗教对人既可能是一种支撑，同时也可能会是一个框，可能会把你的很多东西过滤掉，也会把很多东西升华起来。但是我在想对于一个作家来讲，他的精神那种蓬勃的、那种旺盛的、那种毛茸茸的东西，会不会被洗涤掉或者说被禁锢住。这我确实不了解，就是随意说几句。

樊迎春（北京大学博士生）：我每次读完一本小说，总喜欢自己给它定个名字，这次我给晓雯老师的这部作品定的名字是“双重悲剧下的‘成长小说’”。成长小说起始于18世纪末期的德国，歌德的《威廉·迈斯特的漫游时代》被认为是这一小说类型的原始模型。成长小说进入当代中国之后，有代表性的，我们又比较熟悉的应该是《青春之歌》。但这和西方的成长小说有很大的区别：西方的成长小说主要是叙述主人公思想和性格的发展，即人物具有“成长性”，还带着启蒙小说的色彩。中国式的成长小说则多有精神上被动、逆反的因素存在，比如林道静。这种成长是被认定为积极的、向上的、进步的，我在任晓雯的这本书里读到的是一种另类的或者说逆向的成长。

蒋书从小乖巧懂事，渐渐学会曲意逢迎，对母亲，对吴叔叔，继而对男朋友，直到变得冷漠无情，性格扭曲。从我的直觉来说，她的童年应该还是挺快乐的，起码她的性格是非常好的，但随后她经历许多的黑暗和压迫，承受到性格扭曲。在成长中，她不是像林道静那样从低处往高处走，而是从高处往低处走，是种逆向的成长。所以在结尾，她看到孩子们玩耍的场面时，突然间仿佛看见自己的一只手或者是一条腿，我觉得这个场景给我的冲击很大。我可以想象，蒋书看到了自己的童年，而且是所有人都对她有所亏欠的童年。她找到了自己成长的起点，就是从那个时候开始，自己开始这逆向的成长，从“好”到“不好”，从“懂事”到“扭曲”。如果可以，她是想回到那里重新成长一次的，她想找回自己的那只手、那条腿。我觉得这是这部小说非常动人的部分。

关于人物的性格。刚才天成说得很好，晓雯老师笔下的人物并不是传统意义上善良完美的，或者说不是必须把他们的苦难怪罪于社会的，他们个人是有责任的。悲剧有两种——性格悲剧、命运悲剧，晓雯老师便是将二者结合并强加到她的人物身上。田晓琳是典型的都市奋斗白领，却也面临着潜规则等阴暗面，沈盈盈则是另一类人，追求物质、理想，放弃尊严、自我，她们俩更多的是一种性格悲剧，或者说只是社会普通的一员，当今社会像他们一样的青年可能到处都是。而蒋书看似是loser，其实连“失败者”都称不上，因为要“失败”，首先要有奋斗过的痕迹，但蒋书几乎是始终没有登上社会舞台便被击倒，而且她的苦难更多是一种“不作不会死”的性格造成的，是命运悲剧和性格悲剧双重变奏导致的。这种对都市底层人物写法的创新值得更多关注。

最后说一点问题。整部小说第二部分处于阴暗的、矫揉造作的气氛中，当下的生活真的是这样吗？没有任何希望和正面的东西。记得杨老师在一个会上曾说过，作家写虚构的故事，但看起来要是真实的故事，任晓雯写的可能是真实的故事，但看起来有点像故意作假的故事。有现实的人文关怀，故事很满、很紧凑，但我觉得恰恰缺少空隙，缺少与主叙事相应和的多元一点的东西，也缺少一点对出路和未来的伏笔与想象。小说结尾于当代的网络闹剧，结尾于人性最不堪、丑陋的暴露。当然这是有相当大的冲击力的，而且对人物性格的最后一步发展有很好的效果，但好的小说不应该是封闭的，而应该是开放的，对读者来说，故事结束了，但对故事里的人物来说，生活还在继续。读完这本小说的感觉是遗憾、苍凉，看不到故事中的人物将如何继续生活。当然，这是我个人的趣味所不满足的地方。或者说这是任晓雯式的成长小说故意为之，可以和大家商榷。

杨庆祥：迎春说的“性格悲剧”我觉得还是挺有意思的。这个和刚才天成的发言有呼应。刚才天成说他没有办法爱上这个小说中的人物，我觉得这个也挺有意思的。如果现实生活中确实有蒋书这样的人物，我大概不会去亲近。当然对于作家来说就不一样，她可能是一个被正常人排斥的一类人物，但是她身上可能会携带着很多人性的、社会的信息，那么作家怎么来处理这样的人物。所以你的这个点显得还是非常重要。

傅逸尘：其实她的身上背负了整个当代历史当中悲剧化的元素，她的父母的悲剧，那个时代的悲剧，在她身上都是有投射的。

杨庆祥：除了以上这些之外，很重要的一点就是她个人造成的悲剧。就比如说，她是一个没有办法控制自己体重的人，这是非常重要的一点，她实际上是一个不能够管理自我的人，小说中也写到，她最后是索性放弃了，算了，就还是吃。我还发现最近这一段时间，当代很多小说里都会出现这样一种形象。蔡东有一篇，文珍也有一篇写胖女人的，都是写一个没有办法控制自己体重的女性。那么其实就像刚才逸尘说的，她一方面是在历史的层面，继承了父辈的包括整个时代的悲剧；但是在一个共识性的层面，她是承受了我们当代的一种审美判断的悲剧。比如说我们都认为胖女人都是不好看的，这是一种意识形态，但是你会发现在小说里她会对意识形态做出反弹，这是这个人物比较丰富的地方。

四

沈建阳（北京大学博士生）：我就说一点轻松的，就说“铅笔盒”。大家都不会陌生，就是之前铁凝写过一篇《哦，香雪》，里面也写到了铅笔盒，当然有很多解释，可能有一个所谓的现代性的档次，或者说城乡差距，或者说城市化带来的阵痛。我想讲的是，这个铅笔盒其实有一个消费意识的产生。就是我们会发现其实铁凝写的那个香雪，她并不是没有铅笔盒，因为她父亲给她做了一个木质的铅笔盒，但她带到公社的学校去上学的时候，她发现别人有的是塑料的铅笔盒。这时候她并不是没有铅笔盒，只是她发现了更好的铅笔盒，这里面实际就有一个消费的这样的欲望产生。现在我们对这块逻辑基本已经非常熟悉了，比如我们在看广告的时候，广告它不会告诉你一定要给你什么东西，它就会告诉你说，可能别人已经拥有了这样的东西，给你造成一个心理上的落差。而且刚刚也说到了明星，明星并不告诉你说你能变得怎么样，他就告诉你别人是那样的，像别人那样会更好，而且大多数人都是这么认为的。所以我想说的是，就在这个消费逻辑下，其实人和人之间是很相似的，如果你进入这个逻辑的话。

小说当中，她做梦都想得到一个铅笔盒，他们那个同学，叫韩小兵，他有一个米老鼠的塑料铅笔盒，而且刚刚大家也提到，任老师的细节做得很精细，她写出了她的铅笔盒多么不堪。我觉得这是相同的消费的逻辑，同时还有一个，大家看到后面有一个情节，她甚至觉得，她可以换一个爸爸，因为别人的爸爸更好。并不是因为她没有爸爸，而是在大家看来那个人在这个时代，或者说在这样的情况下更适合做她的爸爸，所以她羡慕。因为我们之前流行的一种说法，叫“羡慕、忌妒、恨”，我觉得大概就是这么一种心理。首先是“羡慕、忌妒、恨”，可能会有虚荣的东西，接着会去追求，等到你满足的时候，你很快就会厌倦，厌倦了之后又会开始追求，所以说这是一个心理不断循环的过程。这样的结果就是，人和人之间会变得相似，就是在这样的逻辑里面，人和人是非常相似的。

作一个比较，我也是觉得上半部写得好，下半部我觉得基本就是上面那个逻辑的展开，下半部分的人，就是天成刚刚说的，都不算是一个十足的好人，或者说是一个完全善良的人，大家其实都是在这个逻辑之下的。

小说写到一个长得很难看的男朋友，任老师有一个语句特别精彩，说他拿着锁的钥匙，像米其林轮胎。而且和他吵架一次，就发现他更加丑，丑得吓唬人，他也不知道丑到什么境界。她说她肥胖，我也不知道肥胖什么时候成为一个问题。她把自己吃得很胖来保护自己，大家说她男朋友娇惯，她就有一种将就的意思。她觉得其实这个男的配不上她，所以她实际上还是不满足。后来很快她就厌倦了，对他都是各种各样的挖苦，说他是个丑男人，越看越丑，每次吵架发现他丑得更加厉害。到最后他被抢走的时候，她就被彻底激怒了。她其实是很自负的，而且也很软弱，不堪一击。我觉得就是这里面的人物关系，其实是在一个消费者群体下的一个人物关系，我就说这么多。

章洁（中国人民大学硕士生）：在刚才的讨论中，我非常认同一个观点，就是蒋书是一个时代和历史的承载者。上篇虽然只专注讲述了童年的一个片段，但是它的叙述非常厚实。我觉得这里应该体现了任老师一开始提到的她写作时矛盾的地方：就是想写一个人，一个小人物，但又有“史”的意识，有写社会的野心。这在上篇是有体现的。在时代方面，时代的变局导致了蒋书父母的离异。他们最初结合时被看好的性格因素，在这个时代已经不能成为他们婚姻继续的理由了；金钱与美貌的结合，似乎才是合理的，但现在它同样被证实是不可靠的。这给蒋书带来的影响，是与父母反向而行，拒绝美貌。

在小说的上篇，生活在叙述的首要位置，同时它有时代和历史在背后浮动。在历史方面，有意味的是吴叔叔这个人物形象。他一出场，就有一些只言片语暗示他来者不善，但是他始终都没有进一步的行动，所以整个上篇都有一种悬而未决的紧张感。直到上篇结尾，前文的积蓄起来的报复欲望，才最终得以出鞘。从细节看，吴叔叔写着“千万不要忘记阶级斗争”的搪瓷杯，和他身上的伤疤，让我觉得这个人物隐约指向的是与特定历史相勾连的有关蒋伟民的往事，这个特定历史就是“文革”，但是它始终都没有浮出水面。小说似乎无意去纠缠这个历史往事，而微微触及了在生活的表象下不为人知的人生和人性的秘密。它写出了上辈人因时代造成的恩怨，并没有随着时间消逝，遗留的重担让与此毫无瓜葛的蒋书无辜承受。

另外一点，大家都提到蒋书的个人失败与时代的关联。但是我读这部作品的时候，如果不去把这个人放在时代背景中去考察，而是着眼于这个作品的话，我看不太出来她的失败和时代的关系。我看到的反而是她自身的一些问题，比如她自己过着随意的生活，甚至有一些自我放逐；她在情感和财务上依赖男友，但对他缺乏真正的理解和关怀。所以它写的不是一个鲜明的个人奋斗失效的故事，也不是个人与外界戏剧性冲突的故事。所以它算不上一个典型的悲剧，也不是一种现实的控诉。她写的就是行走在泥淖生活中的一个小生命。

李琦（中国人民大学硕士生）：我给这本书总结的关键词就是“逃离”。沈盈盈这个人物有一个非常纤盈的名字，但是她的整个生活就是陷在泥中，非常混乱的，所以我在想，这几个女生为什么会有那样一种很混乱的生活，我觉得跟她们的童年肯定是有关系的。朱晓琳的父母是离异的，然后蒋书也是父母离婚的，包括她与后母相处的各种经历，多少给她的生活造成了一些影响。她之后跟男朋友相处的过程中，也是有一种不安全感，老是问“为什么不要我了”。

用“逃离”做一个定位：她们都想离开自己现在的生活。朱晓琳想要去美国，这让我想起于连、拉斯蒂涅，他们其实也是逃离自己的阶级，也曾经作出努力过。蒋书和他们的区别在于，蒋书并没有非常努力地逃离她现在的生活。在蒋书又一次被老板“炒”了之后，作者就写她感到无法忍受了，她做出一个决定。我一开始真的以为她要奋发图强，不想再跟以前一样了。结果她作出一个决定是要搬回前男友的家，还是要依附到男人身上去。当时我就有一种终止感，其实生活真的是如此而已。我就觉得前半部分这个逃离，其实是她自身的一种性格缺陷也好，童年的创伤也好，给她把这样的一条路堵住了。后半部分给我的感受是，她们既然是逃离，在向外的层面上做不到，那就只能向内去寻求一种自我的救赎，就是和解。我觉得蒋书跟她妈妈林卿霞的关系，有一点让我想到张爱玲，《小团圆》里面也有投射张爱玲跟母亲的关系，母亲很美啊，然后对她造成了一种阴影跟焦虑的感受。在这个书里面有一个细节，小时候的蒋书拉肚子瘦了，然后妈妈说，“书书瘦了，变得像我了”，然后她在那以后就经常期盼拉肚子。在后面还有一处地方，蒋书回想起生命中最恨母亲的那些时刻。作品改名字之前，原名是“我的妈妈叫林卿霞”，我觉得这个比“生活，如此而已”更能体现出人物关系。

李屹（中国人民大学博士生）：刚刚大家在讨论的时候，我注意到一点：前面发言的全是男批评家。其实我有一点点不满，因为有些解读是代入一个男性成长经验的，我一开始觉得这个小说很简单，就是个人成长的故事，这个小说不就是在现代都市生活中呈现了王琦瑶和她妈的故事吗？它把《长恨歌》的故事时间往后推了几十年。对我来说这是一种很容易自圆其说的批评方式，把任晓雯放在写作谱系里面，去操作我的批评技巧。但是我很快否定自己，因为我觉得蒋书这个人太重要了，所以任晓雯写的，其实是非常非常独特的一个主题。刚才大家提到的荧幕形象里面，站在公交站台等车的那个场景，其实是写了一个与前人不同的当代女性生活的场景。它既不同于王琦瑶的形象，也不是一种普通的“作女”的形象，不在十里洋场的气氛中。任晓雯写出一个都市新女性的形象。

我觉得这个形象需要更深入的思考，而且她的很多行为方式和语言，实际上是任晓雯的独创。刚才我们说一个胖女性的形象，其实我觉得在这个小说中，问题不是她是一个胖女孩，而是“想”变成一个胖女孩，这个女人不是自己不能控制体重，而是她很用心地向她妈妈的反面走。任晓雯在这个书里，专门用了一章去解释这个事情。我一直觉得蒋书是一个非常早熟的一个人，从上篇到下篇，她的所有表现都是超越年纪的，她的很多做法，都可以说是用意很深的。就这个反抗自己成为母亲的意图而言，她故意把自己变得很胖，然后在很胖的情况下，怎么去拿住一个男人？这一系列行为以及她对生活的判断，和她从小到大的处境其实是有紧密联系的。小说一开始，妈妈和同伴都在打麻将的时候，妈妈对父亲说“你快去把东西洗了”。结果蒋书默默地放下铅笔走出去，人家都以为她去上厕所，但其实她是把碗洗了。这些细节非常细腻而冷酷地把女孩的早熟和对父母、对这个人世间的关系与感受写了出来，这是一种不易的、不堪的生活体会，非常深刻地影响到她的成长。

某种程度上说，在成长小说的序列中分析这个小说是有效的。但是我更想引入一个女性主义的视角，蒋书不是王琦瑶，也不是作女，小说里也没有铁凝笔下的“玫瑰门”。我觉得蒋书的成长经历非常独特，但又和我们每个人生活经历中的某个关键点有着隐秘的重合，我们应该更加用心地去体会。我不同意说这部小说里面没有拯救，我也不能同意说这是一个没有立场的写作，更何况不能要求所有的写作都存在拯救的维度。蒋书跟试图杀害她的吴叔叔在一起时，“她故意笨手笨脚，撕扯泡泡糖”，“故意”两个字一出来，这里面对人性善恶的判断，还有一种对暴虐者的缓和态度，一方面是蒋书的早熟，另一方面也是写作者的怜悯与拯救。

我想说的第二个方面，就是刚才大家都说到的结构。如果照我的想法，你把吴叔叔试图杀害蒋书的故事放到最后写，而且最后是吴叔叔把蒋书推下去了，你最后用一个死人的事件，采取倒写的或者幽灵的叙事方式去讲述故事，小说在刻画人性方面会更好。把吴叔叔拉回来、对杨天亮的判断以及最后的一些议论，其实暴露出你的同情，是一个温柔的笔调，或者是你想要这样一种人物出现在你写的故事中，这个和要揭破历史伤疤、生活不堪的意图是难以融合的。这种“柔情”是不是就破坏了本来可以有的深刻？或者说小说中有一些矛盾存在？我觉得大家看这个小说表示“心塞”的原因，可能是因为很多时候应该是往下推、下笔再狠一些的时候，你却收回来了。大家都说更喜欢上篇，这有点像我们对《兄弟》的讨论。任晓雯其实在这本小说里一以贯之地对蒋书有一个早熟的设定，上部的早熟是对人事的早熟，下部的早熟是对经济生活中人际关系的早熟，这两个早熟如果串在一起的话，总有一种“看破太早”的悲凉在里面。所以我刚才说要不要把上下篇颠倒下，整个叙事是一种逆写的。从冷写到热，而不是从热写到冷，会不会更好一点，这是我的一个思考。

杨庆祥：最后请这本书的责编韩晓征老师说几句。

韩晓征（北京十月文艺出版社编辑）：作为责编呢，我非常荣幸。《生活，如此而已》这本书是任晓雯作为一个作家，给自己设定的大的写作格局里面的一个稍微小切口的作品。它能显示出作者的潜力，可能以后在回观这个作品的时候，有些问题会看得更清楚一些。

我先谈一谈任晓雯给我的启发，再说对她的希望。以前在和任晓雯用微信聊天时，说到她的一个演讲。我觉得在文学史上有两种不同的方向：一个是大人物造就大作品，一个是大作品凸显小人物。任晓雯她自觉地把自己的写作定位在写小人物上，这是一个作家给自己的一个基本定位，任晓雯对比了《日瓦戈医生》的自我定位和小说的写作。我觉得这两种写作方向，实际上是两种意识形态的冲突。一个是把文学作为依据，另外一个就是把文学作为文学，或者文学本身就是目的，如果文学指向自由，那自由是目的。

我们能看出来，任晓雯是写一个非常小的人物。但是她的雄心很大，她是要通过小人物来写一个时间段，比如 1921 年到 1995 年一个自卑女人在上海的故事。任晓雯在《南方周末》上连载的文章也是这一系列，她花了很多心思做采访。我觉得她给我的感觉是本人很阳光，但写的作品的整个色调是黑暗的。这里面是很有意味的。我是非常赞赏任晓雯她站在失败者、站在弱者的一面来写作的立场。我编辑任晓雯的这个作品的感受是很愉悦的。

韩敬群：我打断一下，大家可能不太了解韩晓征老师，她本人就是一位作家，她是比郭敬明他们成名都要早的少年作家，在我上大学的时候她就已经成名了。当时她有一篇《夏天的素描》，我们当学生的时候都知道。她是一个特别认真的作者，也是一个特别认真的编辑，所以我觉得大家也可以看到她不光是作为一个编辑来谈一个作者。其实还是一个写作者在谈对另外一个写作者的感受。

韩晓征：另外回应一下讲到宗教感，我非常同意傅逸尘的观点。我看《生活，如此而已》这个作品，有的地方已经透露了一些宗教感。写一些人在和煦的那个春风里面，他们就是享受着皮肉上这一点点舒服。这其实已经使我有宗教的感觉。如果说运用得好，宗教感是有益的。如果用得不好了，有可能是有局限的，我非常赞同。我对任晓雯的希望呢，就是要把这些感觉顺其自然地融化在血液中。任晓雯她在探讨究竟什么是文学时，包括她看《日瓦戈医生》的小说结尾，她一直在思考究竟什么是文学。我非常看好晓雯的一点，就是她是一个学者型的作家，她有一个特别的知识储备，然后又那样勤奋。所以呢，我更多的是寄希望于任晓雯的未来。

就人物形象的话，我觉得如果顺应作者原来的题目，那么在下半部分可以同意刚才几个人的观点，就是妈妈林卿霞还需要更厚实一些，更多的人情需要加进去，因为原来对蒋书，批判的眼光多一些。我觉得这个小说引起我的兴趣的是写母女情感的部分，因为母女情感其实非常难写，弄不好的话，就会弄成甜蜜蜜的、热乎乎的东西。实际上我很欣赏一句话——“母爱是一件湿棉袄”，我觉得任晓雯在小说中写湿冷的一面多一些。但是这个湿棉袄在真正的大冬天，也会让你觉得暖和。这个“暖和”如果能在下半部分表现得更突出一点就好了。其实我原来给这个小说定的一个腰封，其中的一句叫“充实的胃与空虚的心”。我觉得任晓雯的写作以节制的笔法，写出现代人内心的苍白。

任晓雯：谢谢大家，我很感动大家花时间看我东西，准备发言。我这个小说其实是两三年之前写的，现在回过去看，作为一个读者，我对它也有保持一段距离的一个看法。这里面的人物是比较绝望和比较阴暗的，这个也是我之前没有信仰的时候写的，那里面的人物也都充满了绝望。

然后我回应一下大家提到的信仰的问题，其实信仰跟每个作家结合的方式都会不一样。就是我自己结合的方式，比如我刚刚完成的《好人素描》，包括我那个《浮生》系列，我觉得我对人物本身有一种温暖在，这个温暖不是说改变人物的行为，或者美化他的行动，而是说我对他有更多的同情和怜悯。可能评论家和作者的角度不同，所以看问题会不一样，我觉得首先是作家本身的改变，她会改变文字，而不是说时代变了，要怎么样去抓住外在的东西，它是内核本身的改变。你看西方很多经典的作家，信仰在他们身上发生的东西很不一样。像托尔斯泰，我一直想写一篇书评关于《安娜·卡列尼娜》，其实他讲的是一个人生完整的生命的一个状态，安娜是一个不断堕落的状态，列文是一个仰慕的状态。这跟《忏悔录》里面的托尔斯泰本人是一个高度同构的角色，他把这两个人放在一起，其实就是想表达人性堕落的人，即使是堕落的，也是不断仰望向上的。他有时是安娜，有时是列文，包括他在扉页上说："伸冤在我，我必报应。"就是他知道，安娜犯的是罪，罪的代价是死，所以在上帝的道德秩序里面，安娜和她的情人伏伦斯基，最后必须走向死亡，这是上帝的道德秩序和生命秩序里面的必然结果。但他作为一个人来写另外的人，他充满了同情和怜悯。否则的话，他为什么要写一个列文在里面呢？其实你看他的《忏悔录》，你会知道是他的宗教信仰，导致了他写《安娜·卡列尼娜》。否则的话，这就是一个很俗滥的故事，就是一个女人出轨了，然后她死了，一点别的意义都没有。所以托尔斯泰，他是不断仰望的，而且他对自己的道德是有要求的，所以他看陀思妥耶夫斯基，他说这个人是我看到过最邪恶的基督徒，简直把用人不当人，把人家骂得都想去寻死，他说这个人真是道德恶劣。

但陀思妥耶夫斯基也是一个基督徒，你会看到信仰在他身上发生另外一种作用，就比如他写《地下室手记》，原名叫《忏悔录》，他认为卢梭的《忏悔录》老讲自己那些事情，带着虚荣的显摆，好像显得自己很诚实，他觉得不真实。包括你看他的《卡拉马佐夫兄弟》，他都有一种对于人自身“恶”的挖掘，他也是个基督徒。成为基督徒最重要的是，就是你知道你自己也是个坏人，你不可救药，所以你只有仰望。托尔斯泰侧重的是仰望，陀思妥耶夫斯基是对自己内心的幽暗，进行一种深不可测的洞察。包括奥康纳，他也是一个天主教徒。他对人性的幽暗的描写，那真是到了无以复加的地步，导致教会都发出抗议。但我认为好的基督徒，就是要对人性的幽暗进行挖掘。所以我觉得我的改变，从内心到文字的改变是有一个过程的。但我对自己内心的幽暗的洞察，能够导致我对笔下人物的人性复杂性，有一个更深的体会。第二点就是说，我对他人的幽暗有一个怜悯，我想一个作家的爱和怜悯，不是说都要像主旋律那样的。现实生活当中，确实有那些阴暗的存在。我觉得唯一改变的，不是我要去改变他们行动的方式，或者去美化他们的行为，而是我带着一种怜悯和体恤去写他们。

写这本书的时候，我的人生是在一个低谷，一个人被投到生活当中去，被他人恶意伤害的时候，我感觉自己是受害者，所以我有种激愤在里面。但是现在信仰给了我一个恒定的价值标准，让我看到自己不过如此。就是所有对他人的怜悯，都是来自对自己内心的体察，我觉得这是我一个很大的变化，所以我一点都不担心，就是说信仰不会窄化我的写作，我觉得会更宽广。

我认为，中国作家写宗教是有一点难度的。比如说我最近在重读《卡拉马佐夫兄弟》，里面23岁的卡拉马佐夫和19岁的阿廖沙，在那里聊上帝、聊死亡。《卡拉马佐夫兄弟》里也有一个牧师，这是你拧开他这部经典作品的一个钥匙，在中国你不可能设计这样的人物，因为没有。但是我觉得关键的一点，是人内心的改变，包括我上次说的文学的回归，我说帕斯捷尔纳克怎么写历史，有一本书叫《日瓦戈之死》，其实他并不是写时代和历史，他是回顾人的死亡问题，这里面也有一个信仰的背景，他是重新理解死亡、重新理解福音书，用帕斯捷尔纳克自己的话说，历史不过是对个体生命、对个体死亡的一个解释和答案，这是他的原话。所以我觉得就是说，作家没有权利垄断对整个时代的判断权。我觉得好的情况，就是每个作家都有他的一个评判，我认为我们不是精神上的沙皇。谢谢大家！

杨庆祥：谢谢晓雯老师精彩的回应，她的回应和她的小说一样，都非常有意思。包括刚才韩老师提的一些问题，也说得很好。今天的讨论非常的圆满，也有很多争议，现在在我们的语境里面一谈政治，我们立即就想到意识形态，或者是国家这样一些很庞大的东西。我觉得这是一个误会。因为这里面有很多是我的学生，所以我就特别推荐大家去看马克斯·韦伯的那一篇文章，叫《以政治为志业》。他描述的状态，和我们中国目前的状态是如此的相近。他认为政治是每一个思考者、有理性的人，都应该去面对的问题。那么在这个意义上，政治是一个广泛意义上的，就是你怎样去参与人类的事务，包括自己的事务——包括自我的管理，这都是政治本来的要义。但是现在我们从 1980 年代以来，尤其是在自由主义那里，他们会把政治窄化为一个简单的意识形态。这是我觉得我们思想界一直没有厘清的问题。写作者和人文社科的从业者一直没有好好地去清理这个问题。

所以在这个意义上，有很多的作家会刻意地回避这个问题，我觉得在某种意义上，不能说我的任何一种回应都是政治，这是一种很偷懒的说法，我觉得这个政治，应该关心人类最重要的精神难题，在这个意义上，政治和文学是同构的。其实我们去历数西方所有的正典，比如布鲁姆讨论的《西方正典》，每一个正典背后都有一个庞大的政治谱系。大家如果去看另外一个西方的政治哲学家，另外一个布鲁姆——我以前老是把他们混淆，他写了一本书叫《莎士比亚的政治》，那你就知道了，莎士比亚每一部话剧里面，他的政治的影射和投射是如此的强大，以至莎士比亚的作品现在被西方的政治哲学家作为重要的解读的文本，而且西方的政治哲学家，在这个里面为政治立法。就是说莎士比亚的剧作，是可以为政治立法的。比如说他描写凯撒被刺杀的那一幕戏剧，就引起了百年来政治哲学家讨论的一个问题：刺杀凯撒在政治上是正义还是不正义的？这涉及一个特别重要的问题，是法理学一个特别重要的问题，所以这就是莎士比亚伟大的地方。伟大的小说，不是我们从故事的层面、从人物的层面，就可以把他解读尽的。伟大的小说是我们可以从任何一个角度去解读，都能够得到东西，这是伟大的小说。当然这是一个登峰造极的要求，但是我们应该有这种要求。所以希望晓雯老师的下一部作品是伟大的小说，我们可以从任何一个角度都能进去。

我再说几句，我刚才讲在我们这个时代，政治是要处理和关心人类最重要的精神难题。但是我觉得中国当下最重要的精神难题，是我们没有精神难题，我们找不到精神难题。我们认为所有的事情，都可以通过世俗的方式把它解决掉。所以大家说中国人太聪明了，聪明到我们可以解决世界上所有的问题，不管是精神的层面，还是物质的层面，我们都能想个办法，轻而易举地就把它解决掉。这个会投射到小说的写作里面，我们会发现，很多小说里的每一个人都能够轻而易举地找到解决人物命运的方式、方法和出口。这是特别糟糕的地方，我以前写过一篇叶辛的文章，我就讲他的作品最大的问题是，怎么能轻而易举地就让作品的主人公死了呢？哪有这么简单的事情，生活没有那么简单，历史也没这么简单。只有当我们小说的写作和我们的想象到一个什么样的境界，就是说我们完全没有办法解决这个问题了，我们一直写、一直写，写到一个死角了，我们敢写到这个死角，我们解决不下去了，这个时候一个新的想象的方式和一个新的召唤的结构，可能就会出现了。我们的作家不敢这样做，不敢把一个东西一直写到“死”。这个“死”不是死亡，是无路可走。这个时候，他会在这种逼视之中，呈现一种新的世界，或者一种新的想象的方式，而且是自然地就会涌现出来了，也可能是一种宗教式的东西。因为我是一个无神论者，所以我不能奢谈宗教，但是我觉得这里面可能会涵括了一些特别复杂的东西。

所以在某种意义上，我对中国当下的小说写作，目前是不满意的，但我还是抱有高度的期待。

80后与小镇书写

——林森《关关雎鸠》

11月

06日

2016年

中国人民大学人文楼

杨庆祥：今天是我们17次活动。非常荣幸请到了来自祖国最南方的80后的林森，来讨论他最新的长篇小说《关关雎鸠》。今天我们的活动请王德领老师来主持。

王德领：感谢让我来主持，我可能不称职了一点，因为我对林森的作品还不太熟悉，读《关关雎鸠》是第一次读他的作品，读完后我是很吃惊，发现80后作家还有另一种类型的写作。今天的各位嘉宾，来自全国各地的高校、研究所，以青年为主。首先请作家林森发言。

一

林森：感谢庆祥组织这次活动，感谢各位朋友的到来。这部小说的故事，发生在一座有河流经过的小镇边上，镇上每个人在生活中所发出的欢喜或悲伤的鸣叫，混成了一曲“关关”的交响乐，生命不止，鸣唱不息——这当然也是这小说叫这么一个题目的原因。

我老家在农村，但这部小说并非书写乡村，而是把目光放在一座边陲小镇上，这当然是由于小镇在中国社会里如此独特。它不是城市也不是农村，而是处于交叉地带，是农耕与现代的重叠处——我们从农村进入城市，要路过它；从城市返回村里，也得路过它。小镇是我们整个国家现代化过程中的驿站与半途，也就因此混合了人间百态。当然，能够完成这部小说，和我初中以前多年的小镇生活有关。我的同学里，有不少人走上歧路、犯罪，人生彻底毁了。小说中有一个叫潘宏亿的人，吸毒后被关在一个大铁笼里——那个原型就是我的堂兄。现实里的铁笼是我爸爸亲手焊好的，我在铁笼外给堂兄递过解闷的武侠小说，陪他说过一些心里话。

当我开始动笔写这部小说的时候，所有的少年往事汹涌而来，但我需要做的，并非仅仅写少年的成长或者沦落，我有更大的野心，想写下从1980年代中后期到2000年的二十多年里，社会发生了什么。小说的开场，流传数百年的军坡节仪式停办；小说的结尾，这样的仪式试图恢复。在“停办”和“重新开始”之间，发生了什么？这些身处其中的人，经历了怎样的挣扎与洗礼？

琼州海峡之隔，海南岛保存着很多地方性的民间习俗——也就是我们称为“礼”的东西——这种“礼”在现代化的进程中，消失得比内地很多地方要慢。可也正是这种慢，让生活其中的人愁肠百结。旧的“礼”在消失，新的生活方式并没建立，于是我们看到，一个孤岛的小镇上，“礼”消失之后，各种乱象与不安开始层出不穷，我们当然也可以看到乱象中生命的坚韧与不屈，却又不得不面对无奈的现实。老一辈骨头硬朗、话语铿锵，可更年轻一辈难以避免地，要么在荒诞的现实里迷失，要么没法寻回自己的根——书中的张晓峰，就是一个无根而寻根之人。

这本小说，是用这两家人，思考我们怎么来的，又得去哪里。当然，从某种程度上来讲，我之所以写了老潘和黑手义两个老人，不外乎心怀不忍，希望这两个孤独的老人，在深夜面对空荡荡的小镇街头的时候，能有一个说话的伴，有呼叫、有应答，才是“关关”，才是“和鸣”，才是生命此起彼伏。

声音，是这部小说的一大元素，不仅题目，全书的结构也与此相关。书有五章，五个小标题叫《闹军坡》《南风云》《酬宴会》《弄手花》《喜盈门》，这些都是海南民间的乐曲，在民间办喜事、丧事、斋事时常常能听到，这是和普通人的悲喜联系在一起的声音。因为是这么一部贴着现实血肉的小说，我以声音协奏的方式，把结构隐藏其中，不让读者出戏。当然，也正因为这样，这部小说就显得有些沉重，不但增加了读者的进入成本，也成了我这个作者最不愿意重翻的一本书。

我知道，大家在读这本小说的时候，有一些关于习俗的描述，可能会让一些人觉得这是写乡土的小说——可写乡土，不是我的本意，我不过是想写下某些人二十多年间的悲喜，只是他们的悲喜，恰好和那随着时代飞速变化而飘零四散的以往的生活方式有关而已。

下面听大家发言。

王德领（北京联合大学教授）：林森说得非常好。他把我们在小说中捕捉到的很多东西都说到了。林森说他的小说是关于生命的小说，这一点我非常赞同。这里面不论是“关关”的叫声，还是其他的声音，是一个丰富、绵密、复杂的大曲子。我一直认为80后作家没有整合历史和现实的能力，但是在林森身上是不一样的。下面请李少君老师发言。

李少君（《诗刊》主编）：莫言曾经形容林森的小说，“像走进了一个原始森林”。热带的原始森林的特点，首先是各种植物是互相交织、纠缠在一起的，有可能兰花会长在树的上面，其他的藤蔓也会纠缠在树里面。林森的小说就具有这样一种特点，他有一种整体的、全景式的视角，人物众多，事件烦琐，历史时段很长，在其他80后小说家中，这是很少见的。老一代作家中如陈忠实、张炜等有这种能力，而年轻一代作家，这种能力正在丧失，他们是没有历史感的。许多80后作家主要关注的是当下此时的生活，而且多是都市生活。他们的小说可以称为“情调小说”，人是在城市中漂泊的，一种游离的、飘浮的情调很浓，喜欢讨论虚无、死亡、情爱等话题，是游荡的，也是空洞的。而林森的小说，在80后作品中，应该说是一个很另类、很成熟的作品，他恢复了长篇小说的荣誉，在体量、容量上都很到位。

“原始森林气息”的第二个方面就是，它很原始，是一种本能、一种欲望。林森小说中的人物比较有意思，基本上是过一种本能生活，今天有什么诱惑，他就扑上去了，明天有什么新的东西，他又过去了。他们不会想自己的生活的意义到底在哪儿，如果说有，正如林森在小说中说的，就是生命传承的问题，是一种家族意义上的生命繁衍。老潘、黑手义就特别强调这一点，但是年轻的一代基本上是满足于本能的欲望，过一种原始的、野性的生活。当然，也可以说，这种生活充满了生命力。如果从这个角度来看，林森的这个小说还非常的了不得——在一种历史感下面，在一种大的视野下面，关注人的生老病死，时间的来来去去，生活的日升日落。这就是在一个大的时代背景下面，一个人物的挣扎，或者说人物是不由自主地被时代推动着，往前走。这就让林森的小说，充满了一种广阔感。

林森是一个对家乡很关注的人，虽然他居住在城市中，但是他回到乡村去很容易，这在海南岛是很常见的。这样，他就能够保持一种和土地、和民间的紧密关系。比如小说中说到的风俗习惯，以及林森对当地家族意义的强调，如祭祖、祭祀等。还有在民间节日中，有一种人神对话的关系在其中。这和林森与土地、与祖先、与民间保持联系是相关的，然后放在一种大的全景视角下，就显得特别有意义。

书名“关关雎鸠”就相当于是一种大的合唱，一种生命不止的合唱。可以说，这个小说有一种重新回到小说叙述的抱负，当其他作家都在写小清新、都市的时候，林森回到了土地、大地、民间，或者说回到一个原始森林里面，表现了一种大的关怀。我觉得这个小说的复杂性、多维度，在80后创作中是独树一帜的。这个小说对中国二十年来整个历史进程的转变，都是一个很好的记录，可以说是一幅当代乡镇的风俗画，有很多进入的角度。

王德岭：谢谢李老师。很多写当代生活的小说，往往陷入一种道德化评判的无趣里面。林森的小说是比较丰富的，把一些生活的枝枝蔓蔓都说到了，在这种叙述中我们就看不到道德化的评判，尽管小说中也有一些。这就提醒我们，如何把小说写得再芜杂一些，更接近原生态一些。下面接着发言。

谢尚发（中国人民大学博士生）：我主要说三个方面。第一点，关于作品中的乡愁。在这部小说中，林森所表达的乡愁和现代文学的乡土小说传统是不一样的，如果说现代文学的乡愁是一种由空间距离阻隔而造成的体验，正如鲁迅所说是一种“侨寓的文学”，那么林森在《关关雎鸠》中所提供的乡愁，则是来自于时间的流逝所带来的体验。林森用了一种“小镇记忆术”的方式，结构了这种乡愁——在历史进行到21世纪的时候，在小镇已经衰落的当下，小镇居民只能够通过记忆来重温过往辉煌的乡村生活。从大的方面来说，军坡节作为风俗，提供另一种“集体的小镇记忆术”，而当这种“集体的小镇记忆术”分化到私人领域，就产生了“个人的时代记忆术”。以老潘和黑手义为代表的一代，他们的相处方式、生活方式以及对往昔里古雅的风气的怀念，恰恰提供了这种“小镇记忆术”的个人版。然而随着新一代的成长，这种“关关雎鸠”的古风生活，必然将会消逝不见，浓浓的乡愁也于焉而生。

第二点，就是在“日常生活的常与变、乡村命运的时与势”的历史进程中，乡镇的现代命运问题。这实际上牵涉乡村现代化，在这一过程中，“乡村命运的时与势”可以看作是滔滔的历史洪流，是裹挟着乡村前行的力量，也是一步步掏空小镇记忆术所保留的种种温馨画面的力量。正是因“乡村命运的时与势”的存在，才会有小镇“日常生活的常与变”。小说中，“乡村命运的时与势”就是小镇上发生的种种变化，赌博、打架斗殴等，但最重要的仍旧是通过城市而传来的现代性的种种。“日常生活的常与变”则在小说中三代人身上得到了体现——老潘和黑手义所保有的亘古如斯的“常”的一面，潘江和许召才等所代表的正处于转变中的一代，以及已经被时势所改变了的潘宏亿一代。孙子辈的人，总试图着要有所改变、突破，总希望冲破小镇生活，杀出一条属于自我的新的道路，然而那道路上却充满了陷阱和死亡。

第三点，现代庸俗生活中的“英雄幻梦”。对于生活在小镇上的人们而言，小镇乏味如斯，枯燥如斯，每一个“有志青年”都试图要冲出这样的“牢笼”，去外面的世界闯荡一番。但是，就算他们真的走出去了，也顶多只不过是从村子里搬到小镇上，从小镇去往三亚和海口，用老潘的调子来说，就是“从一个小笼子里，搬到另外一个大一点儿的笼子里”而已。这无异于把“活着之为活着，到底为何”这样一个问题，和盘托出，捧到每个人的面前，逼迫每一个人都思索着同样的问题。或许这就是一个作家的伟大之处吧，他的书写总是在将“当代生活历史化”——以最为真诚真挚的态度，来书写这个时代的事无巨细的变化。

二

樊迎春（北京大学博士生）：读林森的《关关雎鸠》，很难想象这是一位80后作家的作品。故事架构、语言叙述都极为老练成熟。“小镇”其实是比较特殊的存在，既具有传统乡土社会的属性，又具有现代城市的属性，也使得它在乡村伦理冲击与现代性浪潮冲击中始终处于前线。

林森的小镇书写似乎可以概括为市场化、现代化浪潮中小镇中人与事的变迁，读后我想到贾平凹的《秦腔》。“秦腔”作为传统文化的象征暗示着乡土中国的一种终结，贾平凹的方法似乎有挽歌的悲剧美，但他又是不断通过秦腔的呐喊来宣泄，还有疯子引生激烈的自我阉割行为。林森的小说却是压抑的，贯穿全文的声响是小号发出的低沉的声音。我注意到每一章结束的时候都有小号的声音。在前四章，小号声其实都是和老潘相关的，或者说他作为小镇变迁的见证人，他的情绪也代表着整个小镇的发展走向。但在最后一章里，出场听到小号声的却不是老潘，而是张小峰。张小峰的身份是很尴尬的，是被这个小镇或者说被乡土中国传统宗祠抛弃的，后来又不伦不类完成“回归”，他对这个小镇，对这里的文化和传统其实是没有认同感的。而让他在整部小说结束之时听到小号声，我觉得至少说明了两个问题：第一是人们信仰的传统的关于“查黑”“斋事”，认祖归宗等传统仪式已经丧失了其有效性，张小峰正是以自身来实践其无效的；第二是被以市场化和娱乐化的方式继承下来的传统文化已经进入现代化的操作进程，张小峰作为承前启后的见证人与亲历者正是这个小镇、整个海南、整个中国的缩影和代表。

我说的第二个问题是林森的“伪老年化”写作。小说的人物比较立得起来的是老潘、黑手义，再接着是潘宏亿、张小兰，是老的老，小的小。真正的中坚力量，上有老下有小的比如潘江、召文、召才，他们的面目一直是比较模糊的，没有细腻的心理和性格描写，他们这一代显得孱弱无力，他们被父辈控制，被子辈威逼，只剩下符号化的面孔。他们本身和“小镇”这个中间物一样，对代表传统的祖辈是既言听计从又有欺骗，对代表现代的外面的世界是被诱惑中也被伤害。这是他们继承传统和面向未来的方式，也是我们今天大部分人的写照。林森作为80后，我觉得他更多笔墨应该在于这一代，但最精彩的人物描写还是老潘和黑手义，所以我大胆给自己自创的概念作一点辩护：老潘和黑手义这两个人物才是林森本人的态度和立场。老潘和黑手义的复杂和深沉、细腻和微妙正是林森的复杂和深沉、细腻和微妙。他只是借虚伪的年龄赋予自己的文采以宣泄的空间。我们都知道，不管是现实中的还是小说里的青年、少年一代，面对现代化进程的选择其实没有太多疑问和犹豫的空间，所以我对林森关于“父一代”的写法表示钦佩，同时表达一点不满足。青少年一代，或者中间一代，是否不那么简单粗暴，是否有更复杂的面向的可能？

总之，我还是看到了很鲜明的属于80后或者说林森个人的东西。那就是在可能已经不那么新鲜的主题中开掘新鲜的写法，“伪老年化”的写作方式，还有对王科运这一革命遗产的另类处理，我觉得还有非常多值得阐释的空间。

陈若谷（北京大学博士生）：尚发说表达“小镇是一个牢笼”观点的次数过多，我有一些不同的意见，正因为小镇青年会频繁地表达这种厌烦感，才会发生后面的一切。影视行业流行一句话叫作“得小镇青年者得天下”，小镇对于青年而言是一个黯淡的存在，青年向往着外面的光鲜刺激的广阔天地。迎春说的“父一代”的缺失，我反而觉得要让最小的孙子和最老的一代人直接发生有偏差的对话，父一辈的“结构性缺失”是不可少的。王科运的大字报也不是“革命”的遗产，在他用大字报揭露一些家长里短的东西时，这个信息过剩的时代就已经把大字报抛弃了，时代和他自己共同消解了大字报的意义。

我想说的是当代与“脱离”的关系。黑手义、老潘和歪嘴坤，还有处于壮年的陈梅香等人都操着一口熟练的方言土语，他们将本地语言的爆发力发挥到极致。有的方言很有力量，《关关雎鸠》里的语言，也有一种对抗力量，对抗的是一种现代理性的文化和生活方式。林森弥补了因被普通话“转述”而丢失的方言内核，帮助读者进入那个充满另类意义的世界。最重要的恐怕是“脱离”这两个字。在瑞溪镇的语言里，离婚就是“脱离”。“脱离”指的是离开一种固定的集体或者稳固的状态，往往不是两个人相互之间离开，脱离指的是离开一个更大的共同体，上一次黑手义和前妻的“脱离”，直接导致了家谱的断裂以及后续的一系列悲剧，他们脱离开的是一种牵动着祖孙福祉的特定关系。

林森本人说过，《关关雎鸠》则与“我本人”是更纠缠不清的，也就偏爱一些——这种偏爱，包含着“我”对难以抽离的生活的某种敌意。这种敌意从何而来？“装军”“降童”，其实代表了一种原初的秩序，尤其是他们热衷的“穿杖”，其实就是平凡生活里被期待的神迹而已，提醒我们作为人的情感和长幼有序的秩序，他们是非常相信进化和进步的。

乡村劳动力流动形成了民俗演绎和传承的断层——衰败早就在衰败之前，在我们能意识到并且对它加以言说之前，就已经发生了。如果黑手义和老潘家的子孙争气，他们总会离开小镇，汇入外面的大世界，村庄就不可避免地会经历空心化的过程。与这种读书成才的愿望同等具有正当性的，比如人们的致富愿望也同时在生成。人们无法剥离对于现代生活本身的迷恋，他们在指摘它的同时，亦对它惺惺相惜。

每一个时代和社会都重新创造自己的“他者”。这也是为什么身为青年的我们，不可避免地认同了这两个颇为硬气的老头。而青年反而是我们制造出来的对立面，在情感上，把自己处理成了历史的剩余物。这样才能成为一个真正的当代人。

李壮（中国作协助理研究员）：“关关”这个声音指的是两个老人的谈话声和小镇里的各种声音，我想到格非老师的《望春风》——“村庄没了，但声音还在”，这句话确实涉及文本本身的秘密。《关关雎鸠》这本书里不仅仅有具体的声音，还有抽象的声音，贯穿了整个文本。有喇叭、唢呐、丝竹管弦之声，但是也穿插着杂音——金属的混响，我们都知道这种声音是异质，但是势必会替代原来的主体。就像

《关关雎鸠》里两代人的纠葛，这种声音的记忆、隐喻和象征其实就是文学要处理的东西。好的文学是什么呢？就是有两个人坐在屋子里，外面有风声雨声，有推土机推倒旧房子的垮塌声，这两个人彼此都非常清楚对方有心事，但是都不直接说出来，只是东一句西一句闲聊。这背后蕴含着无声的魅力。

我想谈的首先是小镇生活，无论是老一代的还是新一代的小镇人，他们的经验的铺展都是非常宽敞的，但是又写得非常的“实”，就像刚才各位老师们说到的“成熟”。关于小镇经验的书写，自从70后作家开始之后，好像就变成了一个巨大的文学富矿。惊喜的一点是，每个人写都有自己的角度和特点。这些经验如何写到作品里并且形成一个有机的小说文本，刚才少君老师提到两个词：原始、丛林。小镇就是当代中国一个巨大的“本我”，它的冲动、欲望、苦闷和骚动，都是存在的，只是在北京这样的大都市里，被欧标的乳胶漆掩盖住了，但是放在小镇里能够被全部写出来。我写过一篇文章《后抒情时代的都市边缘人》，当下是理性为要的时代，房价和投资都是数学问题，在这个时代，抒情何以成立，如何表达我们的身心？李敬泽老师有一篇《为文学申辩》，他的观点是：文学并不是写大家都认可的东西，你也不是通过故事不断去确证它。文学就是要提出异议，讲述边缘的东西。后抒情和边缘都在《关关雎鸠》这个文本里有呈现，对我们当下人整体的生理状态和经验的底色进行反观和内省。这是我看重小镇书写的一个地方。

其次，我觉得这篇小说贯穿在一起的是两种时间，一种是祖先的、家谱的、血缘的时间，一种是子孙的、魔幻的、游戏厅的时间，这两条时间的线索实际上是以时间为隐喻的思维的纠缠，它们打成了一个巨大的绳结。两代人的困境如此纠缠，这是现在写出好作品的契机，这种状态前推几十年可能是没有出现过的。出于这个原因，我觉得今天应该是出大作品的时代。

最后，我还是想谈一点我的困惑，或者说我认为这个小说存在的问题。主要是结构方面，这是一个“非”字形的结构，一条线是黑手义，一条线是老潘，他们面对着各自的心结，比如黑手义有一个没有入家谱的儿子，扯出了方方面面、丝丝缕缕；老潘这边从一个炮楼来写出对逝去的老伴的怀念，这边的线索比较弱，前后呼应的要少一点，既然选择了两个人物的并行，这样偏向黑手义对结构造成不稳。对于小一辈的潘宏万、张晓兰他们，是不是在试图通过他们把两家人更紧密地联系在一起，比如一直到张晓兰嫁给了黑人，潘宏万看到当年的红桶内心还是很澎湃，这里还是有突兀的或者说力度不够的地方。作为人物本身的动力是存在的，而且很充足，但小说文本自身的叙述动力还不够完整。

李屹（中国人民大学博士生）：我不太同意刚才各位说的一些观点。我觉得这是一篇非常重要的新小说，非常新，我们不能用陈旧的、关于乡村的、关于启蒙的、关于小镇的概念去理解这篇小说。

首先，我一开始不知道林森老师是海南人，但是我能感觉到它不像内陆作家写出来的小说，充满了异域的感觉，同时也不像这些年出现的怀念乡土的小说那样有可疑的怀乡症。最重要的一点在于，他不是像鲁迅先生“五四”那一代去批判乡村，他没有启蒙和被启蒙的视野。为什么没有？他非常好地接近了现代。在现代如何理解传统？小说里面出现了很多神怪、预言者、傻子、先知这些角色，但是这些角色到最后成为什么样的人？一个最普通的人、最平凡的人。他们被拉到了一个很现代的叙事当中。他的小说里没有怀乡症，这是特别值得欣慰的地方。现在很多类似题材的小说不加反省地怀念乡村生活美好啊，好像美好的人际关系只能在怀旧的乡村里有，现代生活条件下的乡村就没有。这是一个可疑的“叫魂”，背离了鲁迅一代以同代人的身份怀着复杂的感情批判乡村时的可贵精神。林森说到一个近时代的乡镇生活的方方面面，传统承袭下来的既有好的一面，也有必须继续以现代文明的目光进行文化批判的一面。

另外，我其实想直接问林森老师一件事，在这个小说里面，是不是对张小峰特别同情，或者是你在这个人物上投入的私人感情最多？因为我感觉在描写张小峰的时候，你有不忍之心。我觉得迎春抓住了很重要的一点，就是这个小说最重要的人物，不是老潘和黑手义，恰恰是张小峰。这个没有写得特别重要，但是反而显得犹疑和有不忍之心的人恰恰是最重要的。为什么？一、他乖；二、他最为贴心。我在读小说的时候会觉得张小峰是作者。

我是觉得这篇小说对我来说最打动我的就是你刚刚说的“关关雎鸠”的声音。但我不是去理解声音的喧哗，而恰恰认为声音是一种心事。我觉得整篇小说都在写两个字——心事。而这里面心事最大的人，或者说最耐心去听心事的人是张小峰。所有人都是有心事的，因为心事要自查、要查黑，因为心事要生出一些祸端，因为心事使人变疯了，人生病了，人变弱了。我觉得这个小说为什么“新”，在于它的批判。它对传统文化的承载不是在于我们所谓的一条什么启蒙传统的线索。它的线索就在于两个字：心事。它不同于之前的乡土小说，它对人心态的了解和一些小事在人心里投影的了解是极为敏感的。而这个心事我觉得是倒转了启蒙批判之力。它把一些很重要的细节不落在我们的文化里，而落在现代叙事里，最重要的恰恰是生活的细节，生活在你身上留下的、在你心上留下的一些细小的痕迹。这些痕迹很可能就拉开了你和平静生活之间的距离。所以在我看来平常人最细小的心事对小说家来讲很重要，正是这些心事慢慢积淀下来，产生了重要的影响，成为个人“心史”，把历史的宏大叙事直接通到人心里面去了。一桩桩心事、一桩桩留言都成了几代人的历史。这个小说极为精彩的地方就在这里。我不想把它拉到什么乡村小说、小镇小说上去谈论，我反而想提的是刘震云老师的那个《一句顶一万句》。我觉得在这个层面上，《一句顶一万句》和《关关雎鸠》都创造了另外一种关于历史、关于小说的叙事方式，它把人和人最低的、最小的心理的需要，和历史、和现实连接在一起了。这个就是心灵的连接和小说创新的所在。

所以我不太能同意说这个小说关于传统有多大的承续，或者是对传统美好有多大的怀念。我们这些接受过现代知识的人都知道，对传统的批判和启蒙是一直以来的任务，传统里面的糟粕我们必须抛弃。所以我最感动的不是那些神怪重新出现，而是你让他们全部都变成了正常的世俗的人。我觉得这个是很精彩的一点。另外我想回应一下谢尚发，反复出现的地方恰恰是我们需要留意的地方。最后想说的一点是结构，回应一下李壮，我觉得小说结构很流畅。如果要说缺点的话，林森以后肯定还要出新的更好的长篇，那时候语言风格需要更明显点。

王德岭：你谈到的这个小说的心事和心史，确实这个角度非常新。我觉得林森这个小说总体感觉是一个特别圆融的一个小说，他把生活处理得像“关关雎鸠”那种声音一样特别碎的感觉。但碎的同时，把我们的一些观念揉进去了。他那种观念有时又是自我否定的。它是不断增殖的，他达到了我们对当下生活探讨的一个新的途径。

三

徐刚（中国社科院助理研究员）：我就简单说几句。我也是第一次读林森的小说。70后作家徐则臣写小镇，有很多技术性的处理，但林森不同，我把他的小说命名为“一个小镇的社会风俗史”。他通过这样的一种方式，实际上把自己的经历给写出来。我不太同意刚才李壮老师说的结构的问题。可能从你的角度来看，确实是一个问题。但是从我这个角度来看的话，我觉得他就是比较松散的这种写法，反而是他的一种方式。比如你看小说里面所有人物都轮流出场，每个人来这么一段。这几个部分之间实际上看起来就好像彼此独立的一个个中篇小说，我是比较喜欢这种结构的。这种结构实际上就是你刚才谈到“正面强攻”这种形式，通过这样的小说的方式一定把自己交代进去。所以在这个意义上，在选择结构的时候，他的小说不是那么刻意地去经营。

我们习惯把这一代人的写作命名为80后写作，所以觉得他们不应该写出什么什么样的长篇小说之类的。但是我觉得林森的角度确实是在处理历史的一种整体性。他从1990年代开始写起，一直写到了21世纪以来的十多年的变化。他在里面又写出了个人的东西。刚才有人谈到乡愁的问题，我最近有一些文章也是处理这个话题的，所以我就想借这个小说正好来谈一下这个问题——“文化乡愁”。我们可以非常清楚地看到这种全球化时代下特殊的文化乡愁。首先，小说处理的是一种地方性知识。我们过去谈80后，都觉得他们想要用全球化的场景，比如说世界名牌，全都可以放在一个时空。但林森写地方，从全球化到本土可能会很自然地发现地方的风俗。我觉得这种风俗的发现，包含所谓的秩序的混乱、人性的溃散、乡约伦理以及鬼神传说等一套东西的消失。我觉得这是一个地方经验。实际上回应的是全球化时代的文化身份问题。现在我们经常谈到“中国故事”，作家如何体现中国故事的身份问题。林森正是把这种身份危机的问题通过地方性知识进行想象中的解决。他把这种所谓的家园意识，那个抽象的根，归结为一种传统意义上的宗族伦理。通过这样的中国伦理来维系传统之根。

第二点，我觉得这个小说叙事中需要有一种稳固的东西，通过这种稳固的东西的消失来呈现秩序的维系和一种危险的信息。我们很明显感到作者是把它预设为传统。过去认为具体的、稳固的、流传至今的传统，在某一个时间，它已经崩解了。这种崩解，它所带来的后果是小说中的人物，必须面对的一种命运。然后就同时需要有一种神秘的东西来实现对人物命运和情节走向的一种主宰。但是，我觉得很多小说这么写的问题在于，把这种现实的问题伦理化和道德化，然后把它投注于一种，在我看来是有文人情怀的东西。实际上，我们对小说的批评意见就是在于，这里面的所有问题并不是伦理消失所带来的问题，而恰恰是资本的入侵带来的，就是在这样一个封闭的地方，随着资本时代的到来所造成的伦理的消失，而不是人物面对伦理秩序消失所承受的命运。这种伦理的变化恰恰是这种资本的厚度。所以，我是觉得作家会很自然地在小说里把乡村的宗族的一套价值观，赋予一种不容置疑的文化之根的意义。但是这种理念我就觉得是有一些问题的。刚才有同学谈到现在的发展和他所要固守的价值之间，有一种巨大的分裂，这种分裂肯定会有挣扎。所以我们写小说的时候，我觉得不应该把那样的一种传统的东西视为一种不容置疑的价值。传统东西在历史潮流面前，它必然会消失的。这种消失的悲剧性，我觉得也是可以呈现出来的。以文字的方式呈现那样的焦虑，对自我和文化变迁的焦虑，这种角度当然是可以的，也是成功的，但是我对这里面的价值有疑惑。当然了，我的这种疑惑也只是我的疑惑而已。

李屹：我有点不赞同徐刚老师对于全球资本化和小说内在价值的解读，我觉得这部小说不能放在全球化和资本入侵这个角度去看待文化的地方性经验。小说里资本不是问题，资本是现象。大家可以理解我为什么觉得这是个异域的小说，原因在于海南的情况极为特殊。资本入侵的情况和刚才有老师说到的时空问题有关，从小镇到农村的距离之短，已经打破了我们现在持有的所谓的从城市中心到外省、再从外省到农村的这个时空的想象方式。那这么短的距离之内，一家人可以在小镇里面去吃饭，同时马上去大城市里面去赚钱，然后隔天就可以回到乡下去，在乡下劳作。这里面确实呈现了一种新的或者说是早期资本进入农村时与农村融合的现象。资本不是问题，而恰恰是那些传统如何迎接或者在传统自身转变时抛弃或改变它与资本不适应的地方，这在一些人看来成了问题。所以，如果用全球化来判断的话，我们会不自觉地想到后殖民，会想到所谓资本及其强大的力量去改变人的生活方式。但这个小说呈现的很重要的现实是在资本下的现实。它提出的就是为什么会焦虑，为什么资本一到来就会诞生那种人的堕落，传统的人际关系何以如此脆弱，我想更重要的是，这个小说在资本现象的深处，发现了真正的人。发现了在变化中个人的选择，人的一些细小的想法。如果真的要改成对“经济至上”问题的描写，或者金钱变成小说进展的唯一动力的话，我们会发现这个小说简单了。

谢尚发：我插一句，其实“军坡节”并没有被恢复，我们发现最后是什么样子？又取消了。所以你不能说传统没有转化好自身或者怎么样，它是被拦腰斩断了。实体资本的转变导致了它根本不可能坚持下来了。就是最后想恢复，也只能用资本的方式、用市场的关注，作为文化资源，大家来旅游。

崔曼莉（作家）：因为我自己也是写长篇小说的，我对大家说的它进行了一次“正面的强攻”比较感兴趣。我可以看得出作家对这部小说用的心理力量的程度，我觉得你是毅然决然地完成了这次创作。长篇小说就是这样，过了就是过了，爬到了二十楼，就永远不会站在十九楼。我想说的第二点是林森写诗，但诗歌创作和小说创作真的是两个星球的事，我在《关关雎鸠》里能明显地感觉到是一个小说家在创作。我也读过你的诗，你的诗和这本小说一样，都有一个特点，就是文气特别充沛，你的诗歌里面可以读到一种敏感、脆弱以及对很多事物的挣扎，你内心的冲动是很明显的。但我觉得你的小说创作是极度理性的，你可以同时进行两个系统的创作，这是非常难得的，而且你也完成得特别精彩。但是我还有一点意见，就是诗歌有“虚”的部分，小说是“实”的，你这本小说就非常“实”，如果你能把诗歌中“虚”的一部分放进小说，或者把小说“实”的部分降低，有些表达和描写可以做到八分或八分半，就像写诗一样给它一个空间。长篇小说写“虚”是很难的事情，但是因为我读过你的诗，所以我在读的过程中会有期待。如果你能在一些地方给我留一些空间和余地，那我觉得这本小说会更好。另外非常遗憾的是小说里没有关于海南景色的描写，海南的景色又非常具有特色，如果你写的话肯定可以写得非常好。

四

饶翔（《光明日报》编辑）：今天的论题抓得很敏锐，是关于“小城镇”的书写。小说的时间选取很有意思——1994 年。在 1992 年之后，此时经济正面临转型，相应的，写作面临的问题就是，要怎样把放开市场之后，自己的生活经历，透过乡镇里面人物的行为表现出来。小镇是个政治实体，也是经济实体，但作品最后要呈现的是一个文学空间实体。这些年很多新作家，像张楚、阿乙一直在写小城镇，就像张旭东通过贾樟柯的电影去分析县城，但我们的文学对它的描写是缺席的。林森在此却以一个回头的方式去书写乡村，提供了一个在地性的书写，这也就引出我的第二个问题“我们应该怎样去写小城镇”。

刚才很多同学也谈到，之前我们的乡村小说大概是这样的书写模式：一种是“归去来”的模式，走到外面再回来之后看到什么，都是用一种批判的眼光；第二种就是一种个人奋斗模式，像《人生》里的高加林这样。我比较关注的是现在我们的青年作家怎样去书写城镇，我个人比较乐见的是一种在地性的书写，我觉得这样的书写姿态至少在文学层面给我们提供一个我们不太熟知的空间的生存状况。

第三点，我们其实是在描绘小城镇的转换。如果站在经济发展的角度，可能会得出一个乡土必然终结、“军坡节”必然会消亡这样的结论。在这个历史的争议之上会有一个文学的争议：我们在面对一个无法避免、无法回避的历史进程时，我们的作家应该做什么，在社会学和经济学之外，我们的作家该怎样书写生命。我们去年讨论了罗伟章的《声音史》，它是特别明确的关于乡村声音的记录，其中有一章跟《关关雎鸠》非常像，它也是讲两个老人一起喝酒，喝酒的时候他们回忆起他们关于乡村和声音的记忆，其中一个人完全是身怀异禀的人，他可以惟妙惟肖地模仿各种各样的声音，他通过这样一个方式去保留住乡土的记忆。哪怕城市化是一个不可避免的过程，但是我们的文学家用一个声音史的方式去执行一个所谓文学的正义。可能站在这个角度去考虑，我们就能明白我们的文学在这个时代的意义。

最后一点就是关于作品的题目，刚才樊迎春也讲到，《关关雎鸠》是《诗经》的第一篇，无论怎样理解，它事实上是以一种诗教传统去美化社会风德。作为一种引申，这个意义上的“关关雎鸠”跟前面所写的“军坡节”有一种对应，其中对于“礼”的思考，我个人非常欣赏。

陈华积（中国青年政治学院讲师）：林森老师的小说给我很大的触动。首先是内容，这个小说写的是关于南方的风俗和小镇的变化。以他的眼光和我的经历看，非常真实地记录了南方在1994年市场经济确立以后所经历的一些变化。一直以来看到的关于南方改革开放的作品，要不就是比较隔膜，要不就是以外地人的视角，很难切入小镇土生土长的内部特性。林森老师作为一个当地人，而且有乡村生活、小镇生活及在海口生活的大城市经验，呈现当中有一个笼罩性视角，有一个透视的眼光存在。《关关雎鸠》带有很强烈的地方色彩，探寻的意味。我在读的过程中，感觉跟《百年孤独》的结构非常像。《百年孤独》主要讲一个家族的历史，一个封闭的乡村不断植入现代性的过程。黑手义和老潘也分别承担了奥雷里亚诺和阿尔卡迪奥的角色。写到黑手义，都是关于家族方面的，以叙家谱为故事的中心。写到老潘，就是以各种家变为中心。

真正把小镇写活的，是谣言。小镇的生活范围很小，每家每户大大小小的事情第二天就会传遍全镇，小说就借助谣言来推动叙事，把谣言和鬼神迷信的东西糅合在一起，实际上真正把小镇写活了。这个才是小镇那些人的生活方式，其他人强加的一些意义，都不是小镇人原本的想法。小说在这个层面上，很好地呈现了小镇人物的半新半旧东西的存在。小说要借助现代性这个框架，把这个小镇居民的生活情感呈现出来。最后写到老潘两个孙子在到外面打工，儿子要出狱，非常感人，真正的落脚点是放到了写温情上，不是对现代性求新求异的展现，而是回归到传统之中。这样的叙述才能够打动人。

邵部（中国人民大学博士生）：读完林森老师的作品之后，第一感觉是写得很成熟，是一部可以改写我们对 80 后成见的小说。林森小镇书写的一个意义在于，他对边缘文化的发现和书写，为我们当下越来越同质化的文学写作提供了异质性的经验。他从本土文化中寻找文学资源，提供了很多新鲜的信息，比如海南小镇的风土人情、民俗文化。孟繁华老师有篇文章叫《总体性的幽灵与被“复兴”的传统——当下小说创作中的文化记忆与中国经验》，写到了当下创作中传统的“复兴”。林森对于海南民间信仰和神秘事物的书写就是一种被“复兴”的传统。《关关雎鸠》写到的“装军节”“降童”以及鬼神等隐秘事物，与读博、舞厅等在某种程度上可以视为现代化化身的事物在小镇中并存，使小说形成了一种对话、复调的色彩，一个被复兴的民间传统就具有了反驳现代化这个新传统的意义。

章洁（中国人民大学硕士生）：这部小说，丰富了我阅读的文学版图。提起海南，我会想到两点：岛屿、贬谪文化和化外之地。所以在阅读之前有一个隐隐的期待：小说会不会勾连起这方面的历史与文化，会不会体现出一种由大海形塑的文化性格和地域特征。

“关关雎鸠”发生的声音，完全是另一种调子，充满了转型时期的杂芜、阴暗、痛苦、纠缠。它的内容既普遍又特殊，普遍的是小说写的是一个常见的大主题，特殊的则是，它交织了海南特有的地域特征和民间文化。小说没有选择一个成长视角，而将年迈的老潘和黑手义作为主人公，以不变观万变。老潘家更多地表现了社会变局的一面，黑手义家则更多地体现了乡村文化的强大力量。

老潘家的内在结构是从一个点向外四散开去，黑手义一家的内部结构则是从离散向中心靠拢的倾向。两家最后又都落脚于鬼神信仰、宗族观念，其本质是人的无力感和绝望感，是人在迷茫中寻求生路和方向的隐喻。作为第三代的张小峰，虽对此无多少认同，却在耳濡目染中继承了寻根愿望，不停地确认自己的生命位置，试图在家庭的历史中寻求对往事的确证。

在小说中我们发现，其实没有所谓真正的真相，围绕“军坡节”这个创伤性的记忆之场，黑手义和张小峰都只能在彼此的叙述中去重回或想象一个并不可靠的现场与真相，比如黑手义后来认定是召文、召才阻止了大儿子，并以出走的方式作为惩罚、促成了张小峰认祖归宗。张小峰在乡村伦理上回归了正位，但同时对身份的归属更加茫然，对个人的存在而言，什么是“真正的生命之根”仍然是一个悬而未解的问题。

五

杨庆祥：谢谢德领兄的主持，最后我来总结一下。我与林森认识比较久了，我一直觉得他是一个非常有创造力的作家，是一位不能简单地用80后的代际来界定、区分的作家，这部作品更加证明了这一点。

这部小说让我非常有感觉的一点是年代的刻度。小说有一个特别重要的功能，尤其是在这样一个影像时代，文学如何能和这个世界保持同步性、同构性？所以我特别希望能够有作品同时代地记录我们这一代人的生活，同时又和历史有对话、有精神的沟通。以前我在年轻作家的写作里看不到这样的作品，他们要么是日记性的写作，封闭自我，或者封闭在一个简单的少年、童年时代；还有一种是虚构一个景观化的世界，在这样一个世界我们看不到真实的生存经验，以及经验带来的痛苦与爱。这些年改观很大，因为开始有这样的作品出现了。最近我看了两部作品，一部是林森的《关关雎鸠》，另一部是双雪涛的《聋哑时代》，双雪涛的这本书是由很多中短篇组合起来的，双雪涛说他非常后悔，他觉得这本书写薄了，没有真正呈现出那一代人真正的经验。在这个意义上，林森的写作对这个时代的记录往前推进了，而且在时间、空间的维度上大幅度地扩展，这是很少见的、难得的优秀长篇作品。小说也存在这样那样的问题，刚才各位都指出来了，不过世界上没有完美的艺术作品，你要看它在这样一个维度上怎样推进，在整个写作的生态里，怎样用文学化的形式将经验凸显出来，而且能够有自己自洽的逻辑。这里我正好可以回应一下徐刚说的"情怀癌"，它没有自洽地把逻辑说好，情怀是需要的，而"情怀癌"是糟糕的。所以这部作品特别重要，它对1990年代以来的社会进程，对我们这代人的价值观影响最大的一段历史进行了文学的处理和表达。

1990年代在某种意义上是一个平衡被打破的时刻，真正有创造性的小说的起点都在某一个平衡点被打破的时刻，在这个时刻才可能产生故事、思想、价值观。这部小说里，市场经济转型是公共刻度的时刻。另外一个时刻是林森个人经验到的，我们这一代人经验过从那个遥远的终端传递过来的信息，而这个信息最终落实到每一个个体身上。我们为什么需要文学，因为大多数人意识不到终端传递给我们的信息，时代的改变会投射到每一个身上，但很多人在麻木地生活，只有艺术和文学能够有这种敏感性，并将其呈现出来。当个人的时刻和公共化的时刻交织在一起，这就是一个文学和艺术的时刻。每一个作家如果找到了这样一个时刻，就找到了进入经验的、公共的世界，并与之对话的途径。林森的《关关雎鸠》以这种方式，通过小镇、海南，找到了跟1990年代对话的途径。所以“海南”特别重要，它是一个特别的、异质性的个人化的时刻和空间。现代化的信息传递到这里一定会发生变异、位移，在这个过程里，现代化进程本身的丰富性就被撑开了。所以海南是作为地方性与外在的“大他者”对话的基石。它不是主动加入这个历史时刻的，它是被动性的，于是产生抵抗。刚才陈若谷提到阿甘本的观点，什么是真正的同时代的人？不是那些热烈拥抱这个时代的人，恰恰是小说中的老人，他们没有立刻认同这样一套价值体系，他们在抵抗，恰恰是在抵抗过程中产生了文学、美，产生了乡愁、伤怀。而抵抗的过程越绵长，越有宽度和厚度，作品就越有力量。林森的作品就是在加强抵抗的宽度、力度、厚度，因而是立体化的。当然我觉得最重要的是，小说提供了一部分无法被征用的人和文化，没有被1990年代意识形态、价值观念征用，他们是在自己的思想谱系上跟这个世界进行对话，这些无法被征用的人和文化恰恰是小说提供的最有意义的价值。

小镇就是江湖，小镇就是“野”，“礼失求诸野”是中国一个重要的传统。在小镇的江湖里寻找另外的道义、信仰，与另一套红尘滚滚的价值观进行对话，你会发现小说不是简单的怀旧与哀悼，恰恰是在对话中，新的可能性、新的历史的生成性就产生了，其中的欲望、挣扎也被凸显出来，这是小说可能最有意思的地方。小说最后写“军坡节”，我特别害怕林森将“军坡节”写得很盛大。他没有，他最后写了人们各自的命运和归宿。《儒林外史》最后的结尾写了祭庙，“礼”就求回来了，通过这种方式，吴敬梓完成了一个乌托邦式的文化的想象。林森比吴敬梓更加体会到世界的复杂性，不是想象出一套文化的礼仪，世界就解救了，而要生活在世界里，并与之对话，它可能会破败，会有这样那样的东西，但新的东西在其中生成，而不是简单地假想出一个文化的幻影出来。

总而言之，我觉得这是一部非常优秀的长篇小说。

林森：一路听下来，大家的赞扬我就当作对我的鼓励，大家的意见我是听得比较认真的，意见中所反映的问题我用一句话来总结，就是我也没有对小镇问题考虑得很清楚。这个小说写得比较早，2012 年写完时我才二十七八岁，构思是在更早之前，小镇的那种变化、复杂性，我们想用一种概念把它做一个总结，其实没有那么简单。我比较认同刚刚庆祥所说的——“小镇是一个江湖”这一观点。我这个小说其实也借鉴了一些武侠小说的一些经验，小镇出现了问题的时候，作为掌舵人，如何去应对这些问题？我的这本小说确实写得非常密集，会造成一定的阅读障碍，景物也的确是没有空间的，我自己也意识到了。这本小说是我现在最不愿意翻看的，它在文字处理和结构上面的确有着很多瑕疵，但是作为一个作家，我也很难把写出来的文字推倒重来，同时也没有必要，同一个题材，一个作家只能写一次，错过了就是错过了。

刚刚樊迎春同学提到，小说当中的第二代人形象比较模糊，我想做一个简单回应。实际上在现实生活中，这代人，也就是我们的父辈就是一代没有形象的人。我们会更认同我们的爷爷那一辈的人，他们经历了很多历史。父亲和我们离得太近，我们看他更像是一个完全没有用的男人。“沉默的父辈”——我给他们塑造的就是这样一种形象。

我就说这些，谢谢大家。

城市传奇与历史想象

——邱华栋《时间的囚徒》

12月

04日

2016年

中国人民大学人文楼

杨庆祥：欢迎大家参加联合文学课堂第18次的活动，这次我们的主题是“城市传奇与历史想象：邱华栋作品研讨会”，首先请邱老师谈谈。

一

邱华栋：今天参与研讨的都是最年轻、最有活力的文学同行，我想讨论的风格一定大不一样，特别感谢在座的朋友。

作为一个作家，我写作的时间虽然很长，但是因为自己一直在工作，所以影响了部分写作的质量。我积累了几百万字的创作量，在文体上也广泛涉及——小说、诗歌、散文随笔以及没写成功的剧本。对我个人来讲，用心较多的是小说，其次是诗歌，尤其是最近两年又开始写诗了。

我的小说大概分成两类，一类就是刘心武说的“与生命共时空的文字”，这句话提醒了我怎么根据生命成长的感觉来写。每隔一段时间，我就会把自己的经验重新清理一遍，把对当代生活的观察写进作品。我发现从十七八岁写中学生生活开始一直到现在，我的写作基本上都是“与生命共时空”。我有五分之三的小说都是这样诞生的。

2000年之后，我进入而立之年，看了大量的书尤其是历史典籍，我觉得写作不能完全跟着体验走，因为这样很容易无法继续。我读的历史材料、历史小说，尤其是几个历史小说家的观念对我影响很大，比如法国的尤瑟纳尔，意大利的翁贝托·艾柯。我也读了很多外国人在中国的活动资料，从汉到唐的历史材料以及西域的历史，我都想把它们转化成一种带有“想象的甜蜜”的小说。我最近对历史小说的兴趣越发浓厚了，今年出了两本，其中一本是前前后后写了四五年的长篇《时间的囚徒》，是“中国屏风系列”系列长篇的第四本，写了三代法国人和中国的关系，从1900年一直写到1968年。这是一种零度的叙事，把人物放到一个特定的历史场景里，不做过多的判断。我们可能是时间的囚徒，作为个体生命，也没法选择时代。

历史小说在我未来的写作里，会继续扩大空间，尤其是我最近一直在琢磨从汉代到唐代的历史。但其实历史小说不好写，因为材料看多了以后，特别难以找到一个切口。我想过各种的构思，比如说想写一个活了900年的人，后来读到了波伏娃《人都是要死的》里面有一个人物奥斯卡活了400年，还有弗吉尼亚·伍尔芙的《奥兰多》也是一个人变男、变女在历史中穿行，类似的构思都曾有过。但是我觉得面对历史能展开特别有意思的想象，看尤瑟纳尔的小说，罗马皇帝用声音给自己画一个肖像，翁贝托·艾柯的小说既有侦探小说的外壳，也有像《鲍德里诺》里一个意大利的古代国家里的“韦小宝”在皇帝跟前来回跳跃的那种想象的甜蜜。所以，我觉得历史小说的写作也是要努力拓展的。

总之，小说方面的写作基本上是一方面写当代题材，与生命共时空。我是一个非常敏感的人，我要不断地感觉这个时代在我身上打下的烙印，把它以小说的方式呈现出来。另外一方面，就是要展开对历史的想象。这是我现在正在做的事儿，也是未来的计划。

关于诗歌，我最近写了一些禅诗，另外我想尝试一下诗歌的叙事性，所以写了28首关于飞机的叙事诗，关于空姐，关于一次环球旅行……我会用诗歌把当时的感觉甚至胡思乱想写下来。其实有十来年我一点点写诗的感觉都没有，被生活摧毁了，日常生活非常的可怕。但是后来我又萌发了写诗的热情，所以我现在对诗歌的热情特别高涨。这就是我写作的主要面貌。

杨庆祥：说得非常好，邱老师特别幽默。邱老师是一个在不同文体之内穿梭的人，他是一个不愿意受到限制的人。我觉得这其实在他的小说里也非常明显地表现出来了。这种自由感，不同文类的穿梭，以及把个体生命纳入同时空或者历史时空中的想象，我觉得都很重要。下面我们就开始来讨论邱老师的作品。

谢尚发（中国人民大学博士生）：在分析邱华栋的诗之前，我先说一个现象：

当时把邱华栋的作品拿来挑选，等所有人都挑完了，最后剩下的就是《光谱》这部诗集。这不是说邱老师的诗写得不好，而是大家一看是诗就都不读了。我们这个时代，对诗太隔膜了，好像写诗、读诗，已经很本能地被读者排除在文学之外了。文学慢慢地被单一化为小说的世界。海德格尔在分析荷尔德林的诗的时候，说了一句话，“哪里有危险，哪里就有拯救”。诗歌在它最没落的时候，我觉得恰恰应该是关注它的时候。

我想以《重回镜中》这首诗为核心来阐述一下我对邱华栋诗歌的理解。因为这首诗基本上展现了邱老师诗歌的几个主题，“重回”至少包含了三层意思：

其一，梦的主题。既然是“重回”，肯定有一个所来之处。因此，在邱老师的所有的诗中，有一个经常出现的意象就是梦，通过这个梦，重回当年的故地。然而是“重回镜中”，意味着它肯定有一个原乡的想象。于是，对原乡的想象成为邱华栋诗歌中较为密集的意象。与梦相关的，还有黑色，恰恰是因为生活中有黑的这一面，才会在梦中去渴望光明的东西，这就是邱华栋诗歌的精神指向。

其二，归返的主题。“重回”意味着一个“回”的动作，亦即诗歌中的归返。这个词比“重回”可能更重要。归返一定要有一个很好的地方，作为空间的存在；也一定要有一个很美妙的记忆，作为时间的存在。我认为，这个原乡更应该是精神上的原来之乡。这个原乡意象，就成为空间上的代表。但是同时，归返也有第二个意思，即时间上的归返。在诗歌中，邱老师一再说，我希望我做梦，梦里面，我往下掉，一直掉到我的童年。在童年我看见美妙的经历，然后，坐在这个童年人的身旁，跟他谈一谈我现在的处境和往日的旧时光。这个童年记忆，就是诗歌中时间上的代表。

其三，主题是当下的生活。“重回”的意思中包含着对当下的不满，这是重回的原因。诗歌中于是就出现了邱老师在他的小说里普遍表现的一个主题：城市。在书写城市的时候，邱老师用的笔法，我觉得是一种“非诗之诗”。也就是说，这个“非诗之诗”表面上看过去，根本就不像诗。诗人要表现当下的城市，但这个城市并不那么美妙如初，不是抒情性极强的浓情蜜意，他看到了生命在城市中的一种脆弱性，或者说，生命在城市生活中的极度贫乏。比如写了一只猫在过马路的时候被车碾碎，诗句就相当于讲故事。但你觉得他表面是在写猫，而恰恰就是在写人。

整体上而言，读这些诗的时候，我的感受就是如此。当然这类诗歌可能也会遭到别人的误解：这些诗是诗吗？它在哪种程度上是诗？在非诗和诗之间，该如何平衡文体本身所具有的特性，可能是很多人会有的疑虑。但是解读《重回镜中》的三个指向和主题，恰好形成了邱老师诗歌中的三种境界。

杨庆祥：尚发说的有一点很有意思，就是说从诗的形式里，从诗的语言修辞里怎样看出诗人对世界的认知。邱华栋采用那样一种口语化的方式，其实恰恰是因为他意识到，只有用这样的方式，才能表达他对这个城市的理解，就是“非诗之诗”，这个是很辩证的。

张莉（北京师范大学文学院教授）：我说一下近几年来对邱华栋作品的整体看法。首先在我的印象中，他应该是博览群书和博览生活的人。博览群书，对一个作家来说特别重要，这意味着他的路会走得很远。博览生活的意思，是我觉得他是一个兴致勃勃的人。他对生活有一种热情，有一种好奇之心，我觉得这是一个有天赋的小说家天生具备的感觉。在华栋兄和他的文字里都有这种东西，吸引着读者靠近。第二个想法，他是一个“别有所想的写作者”，就是所有的材料、素材在他那里是有不同的理解和不同的书写的。第三个想法，他是一个“在不同的文体间的跨文体写作者”。我心目中最好的写作者一定是凿壁者，就是说一个写作者天然没有文体的边界意识，凿掉各种文体之间的壁垒，这个在邱华栋老师的写作里面，具有强烈的标识性。

在 2008 年，我就写过《教授的黄昏》的书评。我当时非常欣赏邱华栋的敏感性，他意识到群体的整体堕落。但那时候我觉得他写的教授和我心目中的教授是不一样的，所以我觉得他写得不那么真实。多年以后，时光流逝，我们看到了更多专家在百家讲坛和各种媒体里侃侃而谈，另一方面，又能看到腐蚀的、被腐化的东西。

这个长篇小说实际上是一个图卷，给我们展现了一个生活图景，在今天看起来依然触目惊心，依然具有启发性。这个我想也是邱老师说的“与生命共时空”。写作者写他所在的时代，我们不能要求他完全赞美，或者是完全批评，但是我们可以要求那些优秀的写作者，有能力去回应他的时代，要对他所处的时代，心有悲哀，心有思索。所以有时候，好的小说其实具备一种预言性。

前两天华栋兄送我一本《十一种想象》，我特别开心看到他另外一个面向——“关于历史的写作”。关于这本书，我来说几点。

首先，小说家写什么、怎么写，其实都代表了作家自己的价值观。作家选择什么样的人来写，是有自己的文化立场的。邱华栋选择的就是李渔、鱼玄机、韩熙载、利玛窦。这些人不是生活在正史里，而是属于民间的一种力量，当然他们也不是属于那种被遮蔽的，而是处在正史里的灰暗地带。在这个地带里，每一个人又潜藏着人性的复杂，每一个人都是有趣的。所以，当他选择这些人物的时候，实际上他是在传达，他要写的就是一种有趣的、鲜活的历史。他写的是短篇小说，通过几个简单场景，你就会发现人物所处的历史和他身上所附着的人性，所以他的小说就像是人性的一个个切片。我们写论文也好、小说也好，经常会说以小见大，见微知著，他的小说正是用了这种方法。

其次，我觉得他选择历史的方式，最有意思、最让我觉得迷人的地方，就是那种文化的交集。比如他写关系韩熙载生活的三幅图画，这三幅图实际上是对韩熙载的人生三种不同的理解，他既是艺术的，又是生活的。其实写作最重要的就是作家要发现两种文化的交集处，我们写论文、做研究也是一样，交集处才是细菌增生、风光无限的地方，而邱华栋找到了这样的一个地方。把他的小说放在一起，你就会发现，他写的是陌生的人物，采用的是陌生地进入人物、进入历史的路径。比如说，他写李渔的时候，是从一个花豹的回忆来折射李渔的人生。还有个例子是，玄奘给唐太宗讲故事，我们会发现每一个故事都是一面镜子，玄奘讲述的是域外的故事，像一个镜子照映给了唐太宗。他们两人之间，通过异域的故事，构成了臣子和皇帝之间最有趣迷人、曲径通幽的对话。通过这样的方式，我甚至觉得玄奘的故事里有宗教的意思，他让一个皇帝在某种时刻进行了一次反省。此外，通过对利玛窦整个人生的叙述，小说讲述了中国文化慢慢被接受、中国文明慢慢被打开的过程。

当然，我也觉得这本小说有一个遗憾之处，就是我们读这个小说集的时候，看不到它的顺序……

邱华栋：篇和篇之间的确是无序的，我就是想写上十来个跟历史有关的故事。

张莉：对，我觉得当你书写历史小说的时候，应该有一个大的谋篇布局的历史时空的概念。如果这个编排能够更完美的话，其实它就变成了我们几百年历史的一个个碎片。每一个碎片通过你有逻辑的拼接，变成了你笔下的一个有趣人物的历史，这样会更好。

最后，我想说写作者首先都是很感性的人，但是如果要成为一个优秀的小说家，或者是独树一帜的小说家，他一定要有思想的穿透力。这也就回到刚才我所说的，华栋兄另有所想，对他所面对的生活、历史是有穿透力的。这种穿透力来自哪里呢?一方面在于作家的敏锐性，另外一方面恐怕在于作家的博览群书。所以在某种程度上，一个写作者，他一定是个大量阅读的人，但是这种阅读不是完全像海绵一样吸收，而是说有目的地吸收，然后内化成自己的一种观点，形成穿透力。我觉得我从这本《十一种想象》里看到了这种东西，特别祝贺华栋兄有这样一个新鲜的、令人别有所见的路径。谢谢。

二

樊迎春（北京大学博士生）：我读的这本是《西北偏北》，大部分是新疆题材的。邱老师是在1969年出生的，在1983年正好是小说中多次出现的少年形象。我们不能说这就是邱老师自己的经验书写，但是可以看出老师想象和书写历史的方式。我注意到非常重要的一点，在涉及人物的非常重大的一些情节都非常的简略，细细描写的恰恰不是那段历史给人的震撼，历史往往只是一个淡化的或者虚化的滤镜，真正成为文本中心的恰恰是在事件边缘的少年的精神和心理，甚至是事件之外的少年的生理变化、精神创伤，还有对季节、天空、大地、河流、月光等景物的刻意描写。这就是我要说的第一点：在酷烈的历史背景中发生的故事，有着非常浓厚的抒情味道。艾布拉姆斯对抒情的定义：抒情是对充满感情的思想的复杂发展变化，进行细腻的延伸描写；抒情还可以表述自己力求解决某种精神苦恼的漫长的观察体会与沉思冥想的过程。邱老师的写作正是这种意义上的抒情，一种基于笛卡尔式的沉思的抒情。小说中多次出现的少年形象，他们或者历经自己的成人仪式，比如第一次对女孩产生性的幻想和冲动，或者历经家庭、生活的变故，但邱老师不是带着同情或者悲悯去写的，同情和悲悯写出的或许是感人的故事，比如邱老师写出的是美，是在西北偏北的空旷空间里，在自然风物的烘托中，体察他们的精神苦恼并真的陷入沉思和冥想。我觉得这种抒情方式是“进行时”的写作，是非全知的、非后设的，真诚而自然的。这种方式也使得邱老师对环境、空间、意象的描写有一种抒情目的论的诗意。

第二点是关于什么是“现代意义”上的短篇小说。对这种语言和抒情的关注也让我想起黄子平老师论述过的一个概念，就是关于“短篇故事”和“短篇小说”。他说用字数区分短篇、长篇是不准确的，他认为如果只把短篇小说看作长篇小说的片段，那么其实这是“短篇故事”；短篇小说是写横断面的，重视抒情的，弱化情节的，讲究色彩、情调、意境等，爱到诗和散文那里去串门。我觉得这段话非常地贴合我对邱老师这篇小说的整体感受，邱老师的小说是现代意义上的短篇小说，但我也坦率地说，有时候我也会觉得邱老师去隔壁的抒情和散文那里串门，去得有点多。我觉得抒情和诗话的语言都很好，但“文胜质则史，质胜文则野”，其中有不少小说的抒情和语言过于压制了小说本身应有的细腻和精致。

最后我就说一下这些小说中非常难以遮掩的一种感觉，就是我读到了一些先锋的遗产的感觉。正如陈晓明老师将邱老师划归到“晚生代”，在小说的形式开掘确实接近于枯竭时，邱老师和同代人的写作更多依靠的是对生活理解的不同方式，叙事视点的别具一格，而这可能才是文学永远不枯竭的终极动力。

《西北偏北》整部作品充满着抒情诗人的影子，才气逼人，顽劣不羁。但西北偏北、季节河这样的地理空间又让这种冲动和青春蒙上沉重和苍凉的抒情味道，所以我想给邱老师一个命名：“河边的抒情少年。”

杨庆祥：我最近上课的时候，讲了沈从文，有的人就觉得沈从文的抒情是比鲁迅更高妙的一种表达方式，当然我不太赞同，但是这个说明抒情是非常重要的一个传统，所以不要放弃初心。

李蔚超（鲁迅文学院研究员）：我认为邱华栋的职业身份，某种程度上阻碍了他的文学作品被客观地认可。因为他是一个文学编辑，鲁迅文学院的院长，是一个文学的组织者，所以他庞大体量的文学创作被这些身份所遮蔽了。这种阻碍跟我们中国对作家的想象方式是有关的。我们认为作家的想象是有经验的，那对于邱华栋这种城市传奇的、利用想象写作的作家，我们就缺乏一种认知。另外，还存在一种情况，就是知识分子作家，或者是学院作家被认可的难度。我们更喜欢像贾平凹那种，有一个文学原乡的作家，而对于像邱华栋这种突破疆界的作家的研究和评价，是有一定的难度的。其实这种大体量的写作、多文体的跨度，真的是有才华的积累才能做到的，而且这是一种非常国际化的写作方式。

我今天主要谈他的小说《时间的囚徒》，我真的觉得非常惊艳。这是邱华栋四部历史小说的最后一部，有极其娴熟的叙述技巧、语言能力，还有非常清晰的问题意识。他用了三个时间线索，一个是八国联军的时间线，一个是 1950 年代到 1964 年，一个是 1968 年法国的五月革命。三个时间线的主人公是三代菲利普，三代人的法国血统越来越稀释。每一个时间线都采取了非常精妙的叙述手法，采用讲述的方式，爸爸给儿子讲爷爷的故事，亡灵讲述自己的故事，这个故事富有一种现代小说的疏离感。

像张莉老师说的，邱华栋喜欢选择一个他者的眼光来看一个历史时段，而这三段历史都关乎西方和中国的关系，涵盖了整个20世纪上半叶中国的国门被打开、不断地被卷入的现代性的历史进程。这部小说有非常多的知识含量，特别是历史知识含量，读者如果没有足够的现代史的知识储备，很难跟作者形成对话，也很难去理解文本叙述的肌理。以我现在的知识储备，只能率然来谈论这个小说，但是我今天要说的，是中国当代作家的世界想象问题。因为现在中国经济的崛起，使得中国作家的世界想象是可以被接受和关注的。

但是，对于我们中国作家来说，如何看待西方意义的东方视角的内在化的过程？西方的东方视角，是将东方世界殖民化、他者化，并且将东西方文明的关系，由一个空间的碰撞，转入一个时间的线性的结构：就是西方是进步的，我们是落后的；西方是文明的，我们是愚昧的。而这一种文化心态，特别在冷战之后，是逐渐内化在我们中国人的社会文化心态之中的，我们进行自我他者化和以自觉的侵略者逻辑来审判自我，所以我们在高喊打倒帝国主义的同时，也怀着“落后就要挨打”的自卑情结。这种文化逻辑和文化心态其实也是一种主流。这部小说是以一个外国人的视角来看中国百年历史，所以在看小说的时候，我就想看看邱华栋是如何来处理第一代老菲利普，作为八国联军的一分子来到中国，来到紫禁城，进入那个晚清的历史格局中来绞杀义和团，他是怎样表现的。从叙事的方式来说，在第一时间线，邱华栋是用家族式、口耳相传的方式。那么作为一个家族叙事的话，本身就不会丑化第一代菲利普，这就决定了这个菲利普是一个道德忠义者。所以它会和我们的现代史讲述是不太一样的，但其实这也是我刚才说的那一种主流的历史观念的呈现。所以像小说中的一些情节，比如八国联军进入紫禁城的时候，美国人见到的第一批人是太监，而不是真正的男人，其实正是这种文化心态的表现。

接着想谈一谈当代历史小说的问题。从1990年代以来，中国大陆电视剧里的主题是清宫戏，在今天，我们的电视剧和网络剧，基本上都是古装的、古典的和架空的。很多网络小说多是靠一个女人的穿越等形成一个诠释帝国的演义。这正是1990年代以来我们对权威、势力的敬畏又戏谑的一种消费心理的呈现。

像邱华栋这样的严肃作家的长篇小说，则偏爱通过家族叙事来讲述百年中国史，特别是以《白鹿原》为代表，会通过家国同步的方式来重新讲述一个革命的故事，从而形成对1950年代到1970年代革命历史小说的解构。

但当我读到邱华栋的《时间的囚徒》的时候，我还是非常的惊喜。他的三条线索中的第二代菲利普，因为血统原罪——带有法国血统——而被打入监狱。他被改造，辗转于各个劳改农场、监狱，看到了很多跟他出身相似的外国人。这是一个独特的面向，在我们以前的小说中没有，但是他的逻辑其实还是跟《白鹿原》以来的新时期的历史关注一样。他对那段历史是一种批判的叙写；过去的小说的主人公是知识分子，因为他们有知识、出身太好，所以出身是“原罪”，知识是“原罪”，在邱华栋这里，法国血统是“原罪”。这是一个很独特的视角。

使我热血沸腾的，是文本中独特的和创新的方式，也就是他的第三条时间线——他走出了中国的领土空间到了法国。第三代菲利普的外表非常中国化；他从中国离开，回到了法国，参与了著名的五月革命——被欧洲称为最后一场革命。然而这场在西方马克思主义学者那里被预言为在高校中心由知识分子引导的革命，最后以彻底的失败告终，完全没有引起任何一丝资本主义根基的动摇或裂隙。在这个革命之后，整个革命的资源就变成了思想的、理论的和话语的革命，就像罗兰·巴特说的，在文本中革命。这些资源形塑了我们今天对文学和艺术的想象，比如说打开了身体和欲望的界限。

邱华栋的这部小说，让我觉得敬佩的是他带领我们去叩访一段形塑了今天世界格局和文化格局的失败的、悲壮的革命。所以每当我读到他的第三条时间线，都会被他“站在街这边”形成对抗的学生和工人的革命姿态所感染，它是非常壮丽的，富有诗意的。当然他更多的是呈现了革命的复杂和艰难，以及最终的失败。

所以第三维度就使得这部小说超出了刚谈到的那两个维度，一个是自我他者化，一个是我们当代史的历史观，他在这个维度中，把整个中国革命和世界革命连在一起。

小说的名字叫《时间的囚徒》，听名字就知道是对革命告别的一种姿态。所以，在小说结尾，小菲利普醒来了，他意识到自己的记忆被封闭在空间中，像琥珀一样，让后人观看。所以，他最后结尾的“我醒了”，是来告别革命的苦难，而醒来之后面对的其实是今天的现实。

就像邱华栋开场白自述的那样，他认为这篇小说表现的是一个个人不能摆脱时代，也就是克罗齐所讲的“个人是历史的人质”，这就是他的小说的主题。所以我觉得这个小说应该被给予更高的评价。

赵天成（中国人民大学博士生）：之前对于邱华栋老师的认识，主要是他是最早与“城市书写”的概念联系起来的作家。特别是他对于书写城市、书写北京有非常强烈、明确的自觉意识。可能是因为邱老师还有新闻人的身份，所以他的写作总是与时代最新鲜、最时髦的事物和话题纠缠在一起。在我看来作家的身份和责任之一，就是刚才张莉老师说的“春江水暖鸭先知”，作家要回应自己身处的时代。邱华栋并不是个先知先觉的人，他总是作为一个当局者或者是与时代共时空的人来写作。我想，当他所描写的那个时代，稍微远去一点，开始沉淀出一些我们看得清的东西的时候，我们可能也更能看清邱华栋城市书写的意义。

我拿到的是《大鱼、小鱼和虾米》《鼹鼠人》《黑暗河流上的闪光》《平面人》等8篇小说，大概都发表于1996年到2005年之间。这一段时间，不管是在文学上，还是在社会学上，相对来讲都缺少深刻或者是有穿透力的描述和表达。这段时间正是“科学技术日新月异，知识经济已见端倪”的时期。

我如今来读这些小说，首先是唤醒了我童年的很多记忆。现在来看，那个时代的重要的特点就是旋生旋灭、方生方死，随着网络的兴起，资本力量的介入，很多新的东西产生了，只有很小的一部分最后成了事，更多还是像泡沫一样破灭了。这些泡沫如果没人记录，就会被忘记，我想这就是邱华栋城市写作最重要的意义之一。比如《平面人》里，写到了一个仟村百货商场，那是我小时候最喜欢去的商场之一，但是很快就关门了。这些事物，可以记录和牵连出一些可能会消失的，并且很难再被人想起的记忆。但是更让我欣喜的是，邱老师对待这些新生事物的姿态，主要是批判性的，同时又不仅仅是批判性的，从中可以发现他对生活朴素的热情和好奇心，还有那种按捺不住的兴奋感。我认为这种渴望和兴奋，是不能简单地用理论的话语，用异化、物化、商品拜物教、资本力量等这些术语来简单地打发的。

总体来说，邱华栋对于城市、资本、现代化，还是持一个批判性的态度的。所以我在他的小说中，看到了一种游侠的气质和游侠的情结。“游”是一种游离，“侠”代表正义。在这本书的封底，写着观察城市可以有几种角度，最普通的一种就是站在地平线上去看，一种是可以飞到空中看，还有就是走到地下去看。我觉得很重要的一点，就是这些小说提供了一个水平面之下的视角——里面的很多人物，生活在地下管道中，和城市的废水、垃圾生活在一起。这一点值得进行更细致和深入的阐释。比如《鼹鼠人》的主人公，生活在城市的地下管道中。我把他命名为“游侠”，是因为他同时是一种游离于社会的秩序和规范之外一种暴力的力量。邱老师对这种暴力力量特别感兴趣。把这种形象命名为游侠，会比多余人、局外人更精确一些，因为他身上有一种“正义”的东西，就是他们对社会的发展、改革的进程，有他们自己独立的判断和思考，这种正义同时也牵连出了传奇化的东西，我认为它们不是一种机械式的现实主义，而是用传奇化的想象和虚构去充实了我们的现实。在邱老师的最好的一些小说里，这种游侠的精神得到了最为彻底的表达和贯彻。

最后，我还有一点小小的遗憾，就是邱老师的小说整体，已经具有很大的文学体量，它们基本上以系列小说和人物群像的形式呈现。这样不管是作家的自我表达，还是批评家的评论，一般都采用一种排比的句式。但是到目前为止还没有一个可以和邱华栋这个名字紧密地接连在一起的代表性作品和代表性人物，这可能是一种小小的遗憾，但也可以是一种未来的方向。我觉得一个真正的大作家，还是需要一部大作品，作为自己一生的注脚。

三

崔曼莉（作家）：我对华栋兄的理解完全是基于一个写作者的理解。他的小说和诗集我是陆陆续续读的，大家都觉得他写作的体量很大，我说他是全能冠军。

我想的第一点是，每个作家都有他创作的根源，比如对于1950年代的作家来说，他们通过乡土来看整个中国的进程，在这一过程中受到西方文学和思想的冲击，作家都还是会回到他自己的根中去挖掘创作的源泉。我对华栋老师的理解是，他写作的根源是面向城市的。他作为一个资深的作家也好、编辑也好、批评家也好，在文学进程中，是一个深入的体验者，不是一个边缘的作者。他为什么能写出这么庞大的作品，而且保持这么旺盛的好奇心和乐趣？他没有一个功利心，他基本上是极有乐趣地去谈，永远兴致勃勃。他作为一个深入的文化体验者，把自己放在一个旁观的位置上，既深入体验，又全面旁观。所以在他面前是整个时代，光怪陆离也好，五光十色也好，这个时代有一个全景被他留下来了。这不是每个作家都能办到的，因为深入体验之后很难把自己完全摘出来。这个取决于他真的是有一颗少年的心，心灵的能量、活跃度和纯真度导致他能够保有这样的立场，他是不被污染的。我自己作为一个写作者，发现通向华栋写作的路是这样，他是这样一个少年——在体验所有之后还是纯真的，而且持有写作的梦想，他在写作和观察中都有乐趣。这是他独特的写作来源，与自我生命紧密相关。

第二点，文化进程走到城市文学的创作的时候，他是一个实验者，提供了大量的文本。提到城市文学，是没有办法把邱华栋绕过去的，今天讲到中国故事也好，讲到萃取历史精神也好，他都提供了大量的文本，这些文本对于研究者是一个资源，也许对很多创作者来说也是资源，因为没有一个作家进行了这么多的文本实验。

第三点，在“非虚构”这个提法出来之前，我就感觉邱华栋是在用虚构的方式对整个时代做一个非虚构的阐释。我通常读一部小说，会完全进入它的虚构当中，我会思考它的语言和叙述结构，但是邱华栋的文本让你感觉这个时代画卷非常真实，完全可以当作时代资料进行研究。在写作过程中，他的提炼非常特别，没有别的写作者像他这么写。可以说，邱华栋用他的文学创作对整个时代进行了一场人类学的当下的复原，人类学的研究是复原场景，邱华栋是用小说进行虚构式的当下的复原。

陈若谷（北京大学博士生）：刚才天成和曼莉姐都说了城市小说的问题，我看的这本《花儿与黎明》也是讲述2000年左右北京城里一对中产阶级夫妻的故事。我特意去网上寻求，我们现在对城市文学的认识是什么角度和立场。孟繁华老师说，他觉得城市文学的缺陷有三个，其中第三点是说城市文学因为新闻性和纪实性，导致虚构的品质缺失，缺少有超越性的虚构能量。但是您的这部小说已经证伪了，比如“花仙子”和“香女”传说是完全飘忽和虚构的。孟老师还说了两个缺陷，第一个是没有突出的人物，像人们所熟知的西方文学谱系里的局外人、零余者，第二个是缺乏青春的气息。孟老师的评论客观说来也是对的，但我不能完全赞成他的说法。因为我觉得我们在认识城市文学的时候，已经不能再用人物和气息来作为理论的抓手了，靠这两点把不准脉。

我们需要有新的认识去重新阐释城市文学，城市文学写的不是个体的人，而是人群。因为城市就是一群一群的人，这个样本非常繁杂，而且不能分类。城市本来也是以人群的面貌出现的。个体都消失了，那么青春的气息也不应该理解为社会主义新人的那种朝气蓬勃的气息，群体性的孤独和迷惘不也是青春的气息吗？

邱老师的城市文学没有一个传统的参照物，对城市的观照是不是应该以一个外来者的眼光，比如说边疆少年或者乡村青年？但是邱华栋的城市小说，视角之间互为参照。我小时候看过一部动画片《魔方大厦》，只要转动，每一个魔方里面的国家就会改变自己的邻国。城市文学的文本，其实是像魔方大厦这样在转动，讲的是人与人之间的关系。你行走在不同的场景里，以不同的身份，处理不同的关系。所以不可能有一个特别突出的正面人物和一种特别昂扬、积极的气息。这跟我们的城市文学本身的衍生地有关系，城市本身就是要求我们快速地处理各种信息，我们必须要压抑自己感性的能量，而用理性的认识去处理多变的世界。所以我们才会产生那种厌倦感。

我看的这本《花儿与黎明》，讲的是2000年左右伴随互联网兴起，各行各业都可以在互联网上发展。就是因为高效和便利，所以我们的个性化缺失了。暑假里看过一篇网络红文《残酷底层物语：一个视频软件里的中国农村》，它讲的就是一些底层人物，在用一种很残酷却很同质的方式博出位，本来博出位应该是让自己显得与众不同，但是他们采用的手段非常统一。因为在城市扁平的空间里，个体彰显个性的方式会逐渐趋同。刚才天成说，他觉得邱老师的城市文学文本里有一种批判的视角，我觉得不对，更应该像曼莉说的，他为时代提供资料，作者本人是旁观的。这是我看待邱老师的城市文学的感触。

杨庆祥：若谷说得不错。你说城市不应该写人，要写人群，这个观点就非常重要；另外你说的《魔方大厦》，它是一个状态式的描写，而不一定非得典型式描写，我觉得你可以写一篇关于城市文学的文章。孟繁华老师在用19世纪现实主义的东西来要求城市文学，你可以写一篇文章与他对话。

陈华积（中国青年政治学院讲师）：刚才天成说，希望能够看到邱华栋老师一个集大成的关于城市文学的文本。我觉得《教授》应该可以成为邱老师的代表作，它涉及的很多城市生活内容是我们所熟悉的，但邱老师给我们提供了一个非常不同的视角，来让我们重新观察城市的生活，以及改革开放三十多年来的变化。我认为邱老师有着一个整体的设计，相比于早期的短篇小说，它把之前一些比较零散化的对城市人群和现象的书写，很好地聚合到了一个城市的链条中。其实我们现在讨论

“城市文学”概念，很多时候都将它狭义化了，或者说是固定化了。邱老师虽然写的是城市现象，但是他给我们提供的思考，其实是关于整个时代的。城市仅仅是其中一个载体，它里面试图去建构的，是一个城市伦理。我对邱老师的书接触得比较晚，所以很多想法也没有理清楚，我就谈三点看法。

第一，邱老师三十多年的创作历程，给我的感觉是从比较奇观化的写作，逐步进入到本土化的写作。什么是奇观化？早些时候的邱老师会受本雅明“城市游荡者”等城市理论的影响，邱老师最早给我们描述的，更多的可能是来自西方社会，或者是西方眼光的一种对城市概念化的理解。那么到2000年，邱老师对城市文学的观察，其实已经从个体的、线下的，延伸到了群体的、现场的，并且开始涉及背后的城市伦理。再到《教授》这本书，它写于2007、2008年，我认为它是一个更加本质化的城市写作。

《教授》这本书里，设置了一个很重要的视角：一个人文知识分子即一个中文系的教授，跟一个当红的经济学教授的对话和辩论，然后在其中展开对整个社会图景的铺画。我们对社会的认知，往往是停留在现象的层面，但经济学家会给我们解释，为什么当下呈现的是这个样子，并在抛开道德层面后对人类社会、城市建构和经济发展进行数学建模式的推演，给我们提供了一个实实在在的城市观察。这种客观存在的城市发展模式和人类对社会的美好想象，发生了很强烈的碰撞，这里面就有着一个经济伦理和道德伦理的冲击。我在看《教授》这本书的时候，就感觉到了它有很强大的经济学背景，邱老师在这种经济学分析基础之上建构了这样的一个基础文学样态。这样，就能够更好地阐释我们当下的社会乱象的深层原因。

第二，《教授》这一本书要探讨的，是道德底线的问题。社会改革开放以后，人心的变化能很明显地从主人公赵亮身上看出来，他从学中文改为学经济学，道德底线一截一截败退。整个故事，大部分是以这位经济学教授的经历来串起的。这里面讲到了代孕，代孕事件在2007年还是比较轰动的社会新闻；讲到了双面间谍，这个间谍既接受了妻子对丈夫的侦查委托，同时也接受着丈夫对妻子的侦查委托，而这位侦探竟然可以顺利游走于两个委托人之间，但又不会感到丝毫的道德压力。邱老师还在文本中描述了其他毫无道德可言的社会现象。

道德底线问题是以普通人的思维出发的，在文本中对应着人文知识分子的视角，也就是作为叙述者的“我”。“我”对于道德堕落现象大加鞭挞，对教授的行为有很多的嘲讽或者是批判。经济学教授自己反倒会有很多怪论，从经济学的角度为其开脱。我觉得这为我们提供了一个更加多元化的对于道德的、对当下社会变化的思考。

所以这也就涉及我要讲的第三点，邱老师作品并没有固定的观点视角，《教授》里面虽然有对道德堕落的批判视角，但是对于整个改革过程，经济学家认为其是必须要付出的代价。持这种言论的，实际大有其人。很好的一点是，这位经济学家很坦诚，他没有在文本中回避自己的道德瑕疵；与此同时，他确实提出了人类社会发展必须要面临的一些问题，并对如何解决这些问题给出了思考。所以，我们不是说一味地要持道德大棒，对一些人的道德堕落进行剑拔弩张的对质跟批判，而是需要真正从那个人的本身去理解，道德堕落是如何形成的，其内里的逻辑又如何。

我觉得邱老师其实非常有耐心地跟我们展示了各种经济学理论，并提供了一个开放性的思考空间。如果要以全新的知识系统来建构全新的社会，这些都需要有一个很大的思考空间。邱华栋老师作品的好处就在于，它没有对道德问题设定一个单一的否定视角，而是提供了一个多元化的思考场域。

最后说一点我对于《教授》不满意的地方，就是结尾还是过于温情主义了，其实我更想看到赵亮这个知识分子的进一步撕裂，这个人精神世界的演变。

四

章洁（中国人民大学硕士生）：我读的作品是邱老师早期的城市文学作品《白昼的喘息》，写的是1990年代中期的北京，一群北漂流浪艺术家的生活和精神境况。上次林森作品研讨会上，杨老师提到他特别希望看到一部同时代的记录，同时代地记录着一代人的生活，同时又与历史进行对话、有精神的沟通。这部《白昼的喘息》正是一次与1990年代同步性的书写，它诞生于1990年代的文化语境之中，带有鲜明的时代烙印和时代情绪，而且独特的是，它以艺术家群体为叙述主体，社会图景和故事情节不那么鲜明，更多的是精神性的思考，我称之为“一部知识分子的精神记录史”。由于它是一部与生命同时空的作品，小说的情绪尤为混沌、激情，充满了鲜活而真实的时代症候、彼时的生存状态与精神思索。

作品的创作初衷已经在小说中借主人公之口充分表达出来：我，一个个体生命，一个观察者、创造者、闯入者、体验者，我会把这个时代的什么东西抓住，并恰如其分地表达出来，这仍是我的任务和我需要加以仔细考虑的，这也是我的计划，以感受这个时代。这段话中的这几个身份特别重要。1990年代的北京，多元和可能性在生长，上升通道打开，新旧混杂、不断更新的城市就意味着机会和梦想，流浪的艺术家也纷纷汇聚于此。主人公作为外来的“闯入者”，怀着艺术创造的理想，在北京体验和观察着时代的巨变，从而表达出个体生命面对一个时代、一座城市所遭遇的顿挫与困惑以及沉思、追问、辩驳。

在我看来，整部作品统一于一种精神性的思索，这一过程必然会蕴含着丰富的思想资源，因而小说具有很强的互文性，比如对法国荒诞派戏剧的理解和排演。小说的历史感很强，1990年代的社会现实大众文化、商品交换欲望勃发，标志性的文化议题如西方霸权主义下中国走向世界的焦虑，乃至荒诞派戏剧、20世纪八九十年代的中国诗坛，纷纷摄入小说的图景之中，形成了一组多声部的大交响乐，仿佛进入了一个1990年代的文化空间。小说不以呈现它们为核心，而是深刻地显露着这些变化和事件传递到一些心怀梦想、认真生活的艺术家群体心中后，所带来的艺术使命感，所造成的茫然与痛苦，看到穷困潦倒的艺术家在时代的变迁中如何由为艺术转向为利益，由生而死，由正常到疯狂。

另外，我觉得这部小说应该是作者在一种激情和灵感状态下的写作，节奏和情绪都变化多端，时而喧嚣混沌，时而静默孤独，时而玩世不恭，时而沉重庄严，因而小说有大量内心独白、哲理思考和情感宣泄。它们统一于一种精神性的思索，是我最喜欢的部分。

刘启民（中国人民大学硕士生）：我读的作品也是长篇小说《教授的黄昏》，我简单谈三点阅读感受。

第一，我觉得它有一种传统批判现实主义小说的气象，刚刚华积老师也提到这部小说可以成为邱老师的代表作，我想其中一个考虑首先就在于，文本的信息量非常庞大，它能把当代社会里非常驳杂的生活反映到小说文本里来。另外，这个主人公也具有典型性。赵亮这个经济学家，从我个人的角度来说，我觉得可以把他当成是一个中国当代的于连。而且通过这一角色，作者还能展开对北京多层次生活的体现，展示给了读者北京不同阶层的人的生活。

同时刚刚华积老师也说到，文本还设置了对话视角，段刚这样一个人文学的教授和赵亮这样一个经济学的教授实际上是两套不同的价值观念，这位人文学教授的观点、立场，我觉得有着作者的影子在里面。邱老师以段刚为第一人称来叙述，他跟赵亮有着亲密的私人关系，也就对赵亮所展现出来的那样一种伦理、生活有一个长期的观察视角。

第二，这部小说有很浓郁的批评家气质。刚刚华积老师也谈到了"道德底线"问题。小说原本要由情节来谈论的问题，实际上也一直在被两位教授所争论，而且他们两种话语的争论，实际上比作为读者的我来说，思考得要深刻、要饱满。一个比较夸张的例子是，小说最后赵亮跟他的妻子离婚的案件的判决阶段，叙述者让赵亮有了一个忏悔，我能感觉到是邱老师您想让他说的话，但这段话实际上只是叙述者的一段想象，在事件情节层面并未发生。所以我觉得这部小说，有一个很浓郁的思想气氛。从这个角度来看，这是一个作者高于角色，也高于读者的小说。作者通过古典文学教授和经济学教授关于商业伦理和道德伦理中的博弈、争论，也可以带动读者进行思考。

第三，这部小说有很浓烈的媒体人气质。刚才崔曼莉老师说邱老师的作品非常像非虚构的作品，我也有这种感觉，许多情节都带有新闻的性质，而且小说里也有着一些真真假假的影射。特别是作为整部小说情节的原始触发点的“代孕事件”，本身就很有新闻性，在2008年也是一个社会热点问题。

总的来说，我觉得这部小说非常饱满，对于我这样一个没有太多社会经验的学生来说，它确实丰富了我对当代社会的认识。这两位教授之间的对话、他们的思想内容，也已经高出了一般读者的思维范围，实际上对我也很有启发。

那最后我再说一点不足，就是对于这部小说在思想性上的升华，我其实有更多的期待。给邱老师提一点建议，您对现实的讨论，放在了一个系列的小说写作中，而对历史的思考又是放在另外一条线来处理的，有没有可能把两种思考放在同一个作品中来，是不是能出现一部更好的作品。

陈莹（中国人民大学硕士生）：我读的是《十一种想象》这部书，讲的是11个中短篇历史故事。我今天发言的中心词是“有趣”。

第一个“有趣”首先体现在历史上：这部小说集是对历史的探秘，用书写赋予历史人物一种生命力。首先是历史的存疑给予了作家一个想象的空间和可能，在有限的、有记载的、庞杂的史料中抽丝剥茧，然后用自己的想象进行缝合拼接。而且作者选择的这些历史人物和历史事件都是有一定的迷雾性的，在这种基本的历史事实上，能够发挥自己的想象力，然后塑造一个既陌生又熟悉的人物。作家自己能够进入到写作人物的内心，给予他们鲜活的生命。其次是作家能够抓住历史关键点的碎片和小细节来呈现真实感，这是因为历史的结果是既定的，但是它形成的过程是未知的。这11个小说有种亦真亦假的感觉，在于作家有丰富的阅读背景和丰富的材料，能找到非常真实的落脚点。比如说丘处机去见成吉思汗的每一个确定的时间点、地点，以及他每一首确定的诗，作家就是在这种真实中赋予了想象，建构出了一个亦真亦假的世界，建构出一种可感的历史。这就是历史小说和历史的不同——通过对历史事实的具象，变历史的抽象为具象，使历史有趣。

第二个就是在作家的城市小说和历史小说之间有一种空间的置换。第一个空间置换是作家在历史小说中还有对都市思考的碰撞，在历史的书写中有一些出其不意的插播的、特别现代的意象。比如说《鱼玄机》里提到李亿赶考完之后，去龟兹人的卡拉OK厅唱歌，以及鱼玄机作为一个古代女性，她会自己大嚷女性主义也是很现代的表述。第二个空间置换，是在历史的空间和时间中去叙述当下的心理状态，用历史想象的方式在阐述现代人的生存指南。作家试图重现在都市小说中被磨灭的一些诗意和一些真善美的东西，比如说李志常对于长生的“道”的追求，鱼玄机对“女性主义”的追求。历史世界中有一些未崩塌的、具有永恒的意义的东西。

第三个就是对作家写作的一个感觉。我觉得这11种想象，有一点像11个习作，这个习作不是贬义的意思。作家在试图掌握短篇的张力，在短篇小说中赋予一个庞大的时间长河。还有就是作家写作手法、叙事手法的多种尝试，像是《李渔与花豹》中的庄周梦蝶式的叙述，《鱼玄机》的女性心理独白式的叙写，《长生》那种行徒见闻式的写作。在特定的历史情景中，给予不同的叙事的可能。再就是作家题材的丰富，作家在采访中也有提到过自己试图寻找在《二月河》之外的写作空间，就是我讲的“习作”，作家试图寻找新的历史事实、历史背景，去赋予一个新的写作的可能。

最后一个就是作家写作人生的有趣。作家在这11个故事中，有一种生命的抽离，一种灵魂的旅行。作家在11个故事里，把自己放入到这11个灵魂中去，有一个游侠般的感觉，富有正义与热情。作家通过写作完成自己思想、知识的整合，完成价值观的传达。作家的这11种想象，不一定要追求什么文学的意义，更像是私人的赏玩，是作家的写作热情使自己的写作人生更加有趣的一种反映。

周晓（中国人民大学硕士生）：我读的是《花儿与黎明》。这本小说打破了我们对生活、对人的一般性的想象，而把生活的残酷、人性的隐蔽呈现出来。小说对爱情和婚姻都有非常现实而残酷的描写。爱情并不像理想中那么纯洁，精神的爱恋和肉体的结合经常是失衡的，而且爱情会被现实消磨殆尽。婚姻也并非我们想象的那么美好，特别是小说中写到婚姻其实是两个家庭及其所代表的社会关系的结合，双方的物质观念和物质条件是影响婚姻的关键因素。周槿一家对“金钱至上”的奉行，很大程度上导致了周槿和马达婚姻的破裂。

小说还写到周槿作为一个大学老师——这个在我们看来是非常稳定、不错的职业，一心想要出国，其实是在追求物质。人对物质的追求远远超过对精神的追求。小说中人物的矛盾都是由欲望引起的，他们能够达成和解，也是因为对欲望的认同。在这里，我觉得小说中反映的爱情观，就是“爱情是虚无的，只有利益是永恒的”。

第二，小说写了一群无根的人的漂泊状态。小说写外来者——主要是中产阶级、知识分子，在都市的漂泊。他们尽管外表光鲜亮丽，但精神匮乏，内心孤独而空虚。都市是分裂和不真实的，人们企图寻找出路，逃到其他城市或虚幻世界，比如网络，通过欲望的满足来麻痹自己，但不管他们逃到哪里，内心的隐痛和生活的虚无都是永远存在的。

作者给马达安排的结局是让他像名字那样，自由地驰骋，可能在任何地方。他一路西行，在克里雅河上神奇地偶遇了香女，在那个没有被现代都市污染和侵蚀的地方找到了治愈自己精神疾病的药方，也找到了生活的勇气。在那里即使语言不通，但人和人之间能用真实的心灵来沟通。所以，虽然他最后仍然要回到都市，但他认清了生活中重要的人和事，与生活达成了和解。这个世外桃源或许就是作者为生活寻找到的新的可能性。

第三，就是小说里这个非常重要的象征性物象——花儿。花仙子象征着纯粹的爱情，只有真爱降临，它才会存在，花朵才会旺盛地生长。因此，马达和米雪在一起之后，植物又重新活了过来。那为什么周槿也有爱情却养不活花呢？我认为这里反映了作者的情感倾向，他认为周槿的爱情并不是真爱，她和穆里施的婚姻中物质的满足是最主要的。周槿的欲望得到了满足，而马达找到了真爱，这反映了作者的男性视角。

事实上，我在读这部小说的时候，叙述者好像总是用一种男性的眼光来打量女性。叙述者对周槿的设定就是红颜祸水，而香女这种未被污染的、只有人的自然欲望、能够治愈任何疾病的天使般的形象，只是一种乌托邦式的想象。不过我觉得作者也想要修正自己的男性叙事，就是设置米雪这个人物。米雪不仅有知识、有文化，而且追求真爱，冲破家长对她命运的安排，不在乎对方的经济实力，也不在乎身体的背叛，她不能接受的只有精神的背叛，这都是作者进步的地方。

第四，小说中有很多关于花卉的知识，不仅增加了作品的信息量，让作品更丰富，也有一种“文化小说”的趣味。还有一点非常有意思，就是克里雅人和香女的传说，我觉得非常富有传奇性，让小说在现实主义中有了一些虚幻的东西，达到了虚实相生。最后，我很好奇关于克里雅人的描写有多少真实的成分。

高敏（中国人民大学硕士生）：我读的文本是《刺客》，属于“历史想象”主题下的作品。前边很多老师都提到邱老师的小说语言饱含诗意，但我在阅读这部作品时并没有很真切地感受到这份诗意，所以我在想是不是邱老师的写作风格有一个转变的过程，现在更侧重于写故事，而非展现诗意。《刺客》这本书最吸引我的是其间所展现的广阔的想象空间，我主要从三个方面简单谈一下。

第一点是魔幻现实主义手法的运用。首先是情节展现富有魔幻色彩，小说的第一章“夏天异象”写仿佛突然一下子从地底下冒出来的红蚁，写它们在一场大雨过后悄然消失，以及后文描写太平军在攻打南京的过程中，从天而降的青蛙雨和莫名出现的秃鹫及乌鸦群等，这些描写都会让人联想到马尔克斯的《百年孤独》。其次是小说在结构上跟《百年孤独》也有相似性，都采用了倒叙结构，小说一开始先写1870年的南京，让马新贻出场，由他的回忆概述其一生，一直写到他被刺杀。小说第二章却从1851年太平军的兴起引出对张汶祥的叙写。总体上采用了倒叙的方式。

第二点是小说采用了新派武侠小说的写法。《刺客》一书与其说是历史小说，不如说更像是一部武侠小说。作品在具体描写太平天国运动的两个主要人物张汶祥、马新贻的过程中，都赋予了他们的生命历程以传奇色彩，过程中实现了“政治”与“江湖”的结合，而政治和江湖两者本身的复杂性使得作品的想象空间又进一步得到开拓。值得一提的是文中关于武打场面的描写笔触精微，很见作者功力。

最后一点是小说把人物命运与重大历史事件编织在一起。老师之前写的“中国屏风”系列里也有故事以太平天国运动为背景展开，但《刺客》这部小说的独特之处在于它并不是把太平天国运动简单地作为故事展开的背景，而是把整个太平天国的兴起、发展、到达全胜，直至最后灭亡，跟两个主要人物的命运起伏编织在一起，使得历史事件的推进跟人物性格的发展纠结在一起，这就进一步拓展了作品的空间。

小说描写过程中运用的多种书写策略使得作品具有广阔的想象空间，进而使得小说场面浩繁、悲壮大气。

朱明伟（中国人民大学硕士生）：第一次读到邱华栋老师的小说，是2011年在《小说月报》上读的《4分33秒》，当时的印象是，语言的体量和密度很大。读《十一种想象》时，我心里很愉快，完全是一件赏心乐事。我发现理工科的学生大多数都非常喜欢王小波的小说，因为他们觉得有趣、有知识性。这也是邱老师的写作特点。《时间的囚徒》是一部历史小说。小说没有王小波的《唐人传奇》那样极端的文体游戏和反讽戏谑，似乎有些平淡。但是回溯到邱华栋本人的自述中，小说陆续写作五年之久，而其发生的契机则是作者有关“中国屏风”的描写，小说中的历史资料也与作者杂学旁收的阅读史相关。

如果我们读大仲马的小说，会觉得传奇性太强，但是当代中国作家的一些历史小说，或者过于拘谨于历史题材，或者文化意淫的成分太重。《时间的囚徒》通过三代人也是三个叙述人的解构，敷衍成日常生活的传奇。尤其是有关五月风暴的部分，还引入了新闻、报章穿插其中，赋予了文本强烈的时代感。有关菲利普劳改的部分，还原了三年困难时期的饥饿经验。阅读该小说有观看剧情纪录片的感觉。小说虚构性最强的，还是儿子（小菲利普）的叙述，呈现出革命与激情的梦幻交织。小说中经常出现老菲利普对陈设自鸣钟的房间的回忆，以及对于人与时间，就像昆虫封存在琥珀中的比喻，这也是人与时间、人与历史的关系。这是一个《存在与时间》一般的题目。

五

李剑章（中国人民大学硕士生）：首先，在邱老师的小说中，不乏对那些所谓“专家学者”“经济学家”的批判。虽然这种批判之中有理解、有同情，但是这种理解与同情本身也是批判的一种方式。其实这与当下的现实形成了互文。也正如在座有位前辈的发言所说，与其用道德的方式来评判，不如“解铃还须系铃人”，直接用经济学的方式分析：现在那些所谓的“经济学家”，他们所主张的，并不是一种对资源进行更高效配置的方式。

另外还有邱老师作品当中的历史感，这既是对历史的关怀，同时也是对当下的关怀。历史与当下不是割裂的，而是有某种对话关系。历史一直持续，我们现在看从前的人，将来的人也会用类似的视角来看我们。然后，我还想问一个问题。在“人生经验书写”与“历史书写”这两类作品当中，您更满意哪一种作品？

邱华栋：其实我觉得差不多。当然，生命经验还是跟自己近一点，重读的时候你会觉得它不断唤起你的记忆，让你想起自己成长的往事。只在我个人的记忆里，可能感觉更亲切一点。

张楚（作家）：其实我很早就读华栋老师的小说，刚大学毕业我就买过你的《城市新人类》，那本书也是你二十多岁的时候写的，那时候我就特别喜欢那本书。因为那时候我自己在县城里，就特别渴望知道城里的生活是怎么样的，在你的小说里想象城市里青年人的精神生活和物质生活。我也曾模仿过你写小说，但是县城经验没有办法来复制北京生活。

后来我又读过很多你的小说，比如《夜晚的诺言》《正午的供词》。我觉得在《正午的供词》里，华栋老师基本上把小说的技巧都穷尽了，你用了各种各样的小说技巧，包括互文、隐喻，你是一个小说文本的实践者。到了2000年左右的时候，我读了很多你的短篇，这些短篇跟以前的那些城市小说又不太一样，比如《黑暗河流上的闪光》，我印象特别深，好像是在《作家》上发表的。我到现在都记得，在小说里那个人开车，不小心开到河里面，在被淹没的瞬间，他想起了很多的事情。后来有一个短篇叫《红木耳餐厅》，写得特别短，是写一个女孩等他的男朋友以及跟男朋友的对话。我觉得华栋老师对都市人的情感的描摹写法，还有专一的度，在中国作家中，都是很少见的。

孙频（作家）：华栋老师在我心目中的形象是“文学界的超人”，他的精力太旺盛，好像身体里有个发电厂在不停地发电，他真的有可以从20岁写到80岁那种的精力。我有两点要特别向华栋老师致敬：第一是博大的阅读量，他浩瀚的知识体系让我非常惊叹；第二点就是对他那种对现实社会的批判精神表示致敬。

沈念（作家）：刚才我跟一个江苏文艺的编辑说我们正在讨论邱华栋的作品，提到了《时间的囚徒》这本书，他给我回了一条消息：华栋这本书很好，是有担当的、有视野的、有历史忠诚的，可惜不知道为什么今年没有太多人提起，就这么悄无声息，感觉很遗憾。

所以，我希望在座的青年评论家可以好好研究一下这部长篇，因为我觉得不是说他没写出可以和他现在的创作相匹配的作品，而是说可能确实是有一些被遮蔽了，因为他自己做文学工作很低调、谦虚，老是把机会让给别人。

邱华栋：我觉得特别受益。首先，人看自己，自以为很清楚了，其实还是看不清楚，他人真的是自己的一面镜子。我觉得在座诸位的发言都特别认真、真诚，而且还没有重复。所以我已经记了 16 页了，这次回去我自己可以整理一个记录了。

其次就是我能感觉到大家都是喜欢文学的。就是因为我们喜欢文学，我们阅读的时候，不管是感受他人的经验，还是唤起自我的神明的感觉，文学的能力、能量就在这个地方。在座的各位都非常优秀，姑娘漂亮、小伙子俊朗，我们在一起谈文学是件非常美好的事。而且雾霾在今天下午研讨的过程中逐渐消散了，恰如文学终将驱散时代的雾霾。最后，谢谢联合文学课堂，谢谢大家。

杨庆祥：大家都非常辛苦。我就补充一句话——经过我们今天的讨论，可以认为《时间的囚徒》是本年度最重要的长篇小说之一。

新乡土写作的可能

——付秀莹《陌上》

01月

07日

2017年

中国人民大学人文楼

饶翔:这是联合文学课堂今年的第一次讨论，我们迎来了重磅级的作家，就是我们的付秀莹老师。她最新的长篇力作在去年年底推出来之后，取得了很好的反响。今天我们就来讨论付秀莹老师的新长篇。

一

饶翔（《光明日报》编辑）：前几年我专门给付秀莹写了作家论。作为主持人，我就先说一下我当时写作家论时的观点。我当时谈的是秀莹小说的艺术，标题叫“付秀莹的美学天地”，大体是，我觉得秀莹是一个开创了独特的空间美学天地的作家。首先，它其实是接续了荷花淀派的文脉，我当时第一个标题就是——“荷花淀派又见传人”，这次《陌上》单行本的腰封上也提到了这点。可以很清楚地看到，她的小说跟荷花淀派之间的联系，不仅是她生长在燕赵大地这样一块有深厚文脉的土地上，还有她的美学风格，她平淡而自然的叙事方式，她对于抒情的强调，对意境的营造，那种描写人的细腻程度，我觉得都可以看到这一脉文学的影响。

第二个，我谈了她的芳村这样一个文学地理空间的“常”与“变”。这里的“常”，一方面是说日常生活，另外一方面说的是她刻画的农村风俗画，这样的一个地理学意义上的“常”。而她通过乡村的日常去呈现一种变化，也就是我们现在的社会对乡村的一种深刻影响，这种影响可能造成乡村社会的一种裂变，我觉得她有去写这个。而之所以秀莹有她的“常”与“变”，是因为我觉得，用本雅明“进步的天使”的话来说，文学可能是一个奔向未来的天使，就是被所谓进步的风暴一步一步吹向未来的过程。所以，她其实是用文学的书写，至少在美学上去弥补那个“变”，是这样一个东西。

第三，她的小说是有性别意识的，但是我没有用“女性”或者“女性主义”这样的词，我觉得女性主义这个词更现代化、更社会化，我用了一个“阴性书写”，我觉得她的那种细节更像是阴阳中的“阴”，是这样一种女性，更带有自然属性，这大概是我当时评论的一些主要观点。用这些观点现在来看《陌上》，我觉得也仍然能够符合她一些写作的特征。

今天的主题叫“新乡土写作的可能”，就是我们今天的青年作家怎么样再回到一个乡土或者是新乡土的叙事中去，这当然有一个社会学的意义。但是我更期待听到大家谈秀莹作品不光是社会学的意义，而是文学或者美学上的意义。我们现在可能乐于谈美学的意识形态，但是我觉得大多数人谈论的其实是意识形态，而根本还没有到美学的层次。秀莹作为一个具有独特美学开创的女作家，她作品的美学意义应该需要被大家重点谈论的。

还有我觉得，其实我们可以讨论一下她关于长篇小说的写作。很多人可能看到这个小说会有疑虑，说这也是长篇小说吗？它没有长篇小说的结构或者情节的设计。但是我读完的时候，觉得它好像是一个交响乐，会听到多声部的声音，它呈现的是一个乡村的“里”和“面”，每一个人活在外面的是一个面子，但是她又写了每一个人的心事，她的每一个故事其实是内聚焦的。她怎么同时把里和面呈现出来，我觉得这也是一个特别吸引我的地方。

那我们就正式进入讨论环节，先请付秀莹老师讲。

付秀莹：这本《陌上》，最初登在《十月》杂志上，后来在北京十月文艺出版社出版。“芳村”也是我文学上的一个核心的地理空间，这么多年我一直在围绕它写。我最深的一个感触是什么呢，那次韩老师说，好多新闻在说付秀莹出了书——《陌上》，好像我没出过书似的。其实这些年，我的集子也在不断地出，但是，《陌上》好像是第一本真正意义上的书似的。我自己的这种深刻的感受是，可能《陌上》让我拥有了更多的读者，这是我始料未及的。

我觉得乡土写作这一块，已经特别成熟了，一个比较年轻的作家，在这个领域里还能做出一些什么新的东西来，我自己本身也不是那么自信。但是这本书出来以后，它的反响也是出乎意料地好，认可度比较高。我觉得对我个人来说是一个特别大的收获，所以我也在反思这个问题。像我们这次讨论的题目，“新乡土写作的可能”，新乡土写作，它的“新”在哪里，我特别想听听在座的各位的看法。因为我这些天，包括今天上午都是在接受访谈，都是我在说或者记者在说，他们的角度还是不大一样，他要挖你背后的个人生活，甚至是作品的背景，村庄里的各种纠葛。但是真正文本内部的东西，好像几乎很少有人问得到。所以我对这次联合文学课堂特别期待，很想听到专业的、高端的、学术化的对于《陌上》的阐释和理解，这对我个人肯定会有特别大的启发。我就说这么多，多听大家说，谢谢。

韩敬群（北京十月文艺出版社总编辑）：《陌上》最初叫“芳村”，后来在《十月》发表的时候改为“陌上”。实际上，我一开始觉得“陌上”这个题目不好，因为“芳村”是非常直接地触及小说的核心。这部小说其实没有一个非常明确的主人公，《十月》的责编说主人公就是“芳村”。但是“陌上”给我们的感觉是在村庄之外，是进入到田间去了的感觉，所以那时有点不接受这个名字。但在我三审书稿，对秀莹的美学风格做了比较深入的思考之后，我反而觉得个名字特别好。出版社跟作者实际上是命运共同体，作为一个出版者，我很高兴大家能够一起努力，把一个作家在文学上的成绩和以后的方向明确下来，这是特别有意义的事。今天就和大家一起来讨论《陌上》，通过《陌上》来谈论中国乡土文学的过去、现在和未来，还有秀莹的个人写作问题。

“新乡土文学”是挺有意思的话题。在 2009 年，北京十月文艺出版社出过高建群老师的《大平原》，那本书很有意思，它的结尾是平原消失了，成了高新区，然后在当年平原的遗址处建了一个平原公园，把西北的拴马桩都搜集来放在那儿，作为一个历史遗迹。其实这是很有意思的一个意象。在讨论秀莹的作品的时候，我想的就是，平原成了公园，那么中国的乡土文学，是不是也要随着乡村的消失而面临终结。但是我觉得，所谓的“乡土文学的终结在中国”很可能是一个伪命题。当然我们会受到一些奇怪的误导，包括外国的学者。外国的汉学家经常说，他们对中国的乡土不感兴趣，尤其是在年轻一代的写作那里，他们对城市题材更感兴趣。现在中国年轻一代的写作纷纷转向写城市，他们也觉得这更面向世界。这是一个很有意思的问题。但是秀莹的长篇小说刚刚评了一个金榜，那个榜有五部小说上榜，其中四部都是乡土文学。所以也许“乡土文学的终结”是一个伪命题。在人类生活经验没有终结的时候，我们永远不能说对生活的表达会终结。当然它是，套用饶老师的话——“常和变”，怎样变出一些新意，这是特别有意思的事。50后特别擅长写乡土，那么70后能写出什么样的乡土之变呢？

还有一个话题，就是秀莹的写作跟中国的文脉的关联。刚才饶老师说到腰封上的那句话——“荷花淀派又见传人”。我读这个稿子的时候就有这个感觉。后来，我很认真地看了关于秀莹以前的评论，发现饶老师也这样说过，跟我的阅读感受是一致的，我就大胆地把这句话借用到腰封上来。

现在中国的作家，尤其是年轻一代的作家，很多都是在学西方，我对学西方是特别保留的。首先我觉得，一个民族采取什么方式书写自己，是跟其世界观连在一起的。我们如何书写世界是因为我们如何看待世界。《尤利西斯》那么写，跟乔伊斯他们西方人看待他们生活的方式是有关联的，包括拉美文学也是如此。我们面临的生活现实不同，文学也应该有所不同。其次，中国大部分作家外语都不好，大都通过译本学习西方，事实上有很多似是而非的东西。我觉得我们自己的民族文学传统，不管是古典文学还是现当代文学，都有特别丰厚的内容，只是被我们屏蔽掉了，我们都被引导去另一个方向。我特别希望中国的作家能够从我们自己的文脉里去找到他们的艺术发力点。秀莹这部作品在文脉上，跟中国的传统有所传承，这是很有意思的地方。

当然，还有饶老师说到的《陌上》的小说结构。我坦率地说，我个人意见是有所保留的。其实在书稿编辑过程中，我也和秀莹老师很认真地聊过一次，我还从一个编辑的角度提出有可能弥补的方式。刚才徐刚老师提到这部小说的《十月》的版本和十月文艺版本是不一样的，不一样的不只是篇幅，最明显的就是小说单行本加了一个尾声。这实际还是结构的问题。

当然可以有一些不同的看法。有很多人，包括付老师自己也说，西方有《米格尔大街》，有《都柏林人》，但是我还是觉得，我们更多是把它们看成一本书，而不是长篇小说。西方人很少会说，《米格尔大街》是一部长篇小说，基本上只说它们是很杰出的作品。长篇小说有它独特的结构方式，秀莹的这种结构方式也是可以的。但是我希望通过探讨，看看有没有可能在这样的基础之上，找到更好的连接方式。

李云雷（中国艺术研究院副研究员）：我觉得新乡土文学“新”在两个方面，第一个是我们现在乡土文学的题材是新的。1980 年代的那些作家，比如贾平凹、莫言这些人，他们面对的乡村问题跟我们现在面对的乡村问题是完全不一样的。那些 50 后的老作家其实还是在写自己印象中的 1980 年代农村的一些问题。我觉得秀莹的小说好的地方就在于她直面当下乡村的最新经验，并且不同于非虚构作品，她把乡村经验进行了艺术化加工，把它当作一个美学经验来处理，最终呈现出《陌上》这样的作品。这是特别难得的，一方面你要有新的乡村的经验，另一方面要有美学上的相对化，从这两个方面来说，《陌上》确实是我们现在所能看到的新乡土文学中的一部代表性作品。

第二点“新”是开创了一种新的诗意。我觉得秀莹的《陌上》是体现传统文化美学精神的一部重要作品，而且秀莹不光是传承，她也有自己的一些新东西。抒情传统从废名、沈从文、汪曾祺等一直流传至今，其实这个传统就是作家面对乡村和周围变化时的一种抒情性表达。秀莹跟他们有相似的东西，也有不一样的东西。即秀莹和他们面对这个世界的变化，其诗意和抒情性的态度是相似的；但不一样的地方在于他们面临着不同的时代具体困境，秀莹面临的是一个乡土终结的时代，是一个城市化、资本下乡的时代。在这样一个时代里，我们怎样从残酷的生活中发现诗意，并把它表达出来，我觉得这种诗意跟传统的诗意还是不一样的，它是一种比较复杂的、比较纠结的历史整体变化的一种诗意。

最后，我还想谈一点，其实刚才韩老师和饶翔也都有提到，就是从“五四”以来，我们在如何表达我们中国人的思想和感情这一方面还没有形成一个相对成熟和稳定的标准。之前我们有《红楼梦》，从中我们可以看到我们中国人传统的生活方式是什么样的，两百年之后的现在，我们面对的一切都发生了变化，在这样的情况下，我们怎么能写出一种相对稳定的中国人的情感、中国人的生活经验，我觉得这是我们中国当代作家面临的一个很大的问题。

我们现在看 1980 年代很有名的作品，比如说先锋文学等，我看的时候时常深感诧异，我会想我们在小说里写的那些人的情感、感觉、生活是我们中国人的生活吗？包括复仇的故事等，我觉得可能不是正常的、普遍的中国人的情感。所以正常的、普遍的中国人的情感应该用什么样的方式来表达呢？我个人觉得秀莹的小说在这个方面算得上是一个探索。她传承了传统文脉，然后又来探索我们应该如何表达当下中国人的情感。

这次作代会上，我碰见苏童跟几个 70 后作家聊天，苏童对 70 后作家一个不满意的地方就是，他们写了这么多年，但还是没有一部能“立得住”的长篇，我觉得秀莹在这方面已经做出了很大的探索，这也是我推荐大家读秀莹小说的原因。

徐刚（中国社科院助理研究员）：首先，《陌上》对当下乡村的写作有非常特别的意义。长篇小说选刊金榜选的 5 个作品，除了《陌上》外，是《极花》《望春风》《夜长梦多》和《下弦月》。这四部作品全都是写乡土的，《极花》反映的是一个社会事件，《望春风》《夜长梦多》《下弦月》都是从历史的维度来谈乡村，但没有一部作品描写正在发生的、在现实秩序的变动中的当下乡村。而《陌上》是描写当下乡村的。这样的写作是比较有难度的，更能够体现作者对乡村的情感。50 后、60 后的作家，可能更习惯于在历史的维度中来观察历史背后关于个人抱负的东西，社会事件在某种程度上，也是作家以旁观的心态来发现乡村中的奇怪事件。但是《陌上》这个小说，它能不断去尝试打开当下的乡村。作者非常细致地一个人一个人地去写，写家长里短与鸡零狗碎，例如偷人养汉这样的事件，但是这种破碎的事件背后有一种整体感。这种整体感就是当下乡村的命运，指向道德、精神，以及围绕金钱、权力所展开的现实秩序的变化。过去写乡村的小说，在谈乡村的命运时，容易用一种寓言化的方式来呈现这种变化。但是秀莹的这个小说，实际上是通过对人物性格的描绘与命运的展示一点点呈现出来的，这样的呈现使我们自然地接受。

其次，就是对中国传统小说的致敬。《陌上》中可以看到她对《红楼梦》写法有非常明显的模仿、致敬以及内化。不光学腔调，而是把写人物的方式内在地体现在这个小说里。《红楼梦》最精髓的是人物关系，是琐碎的人情世故，其背后有一种微妙难言的东西。这种微妙难言，是中国人性格背后复杂的、凶险的、残酷的，甚至是惊心动魄的一面。所以，读这部小说，会发现每一个地方都会让你读得非常慢。因为每一个地方你都忍不住要评点几句，比如人物之间的关系、关系背后的利益纠葛，以及矛盾的埋伏点，所有的故事背后都暗藏着很深的心机。我觉得恰恰是《红楼梦》的写作方式对她的影响，使她的小说更有韵味和厚度。

另外一点，我读这个小说会想到《金瓶梅》。《陌上》整个小说里基本上都是女人，而在为数不多的几个男人中，我觉得大全是核心人物。在某种程度上，他实际上是这个小说背后的主宰。大全这个人物让人想起《金瓶梅》里的西门庆——西门庆是又开药铺，又开当铺，与官员勾结，欺男霸女，这样一个 16 世纪的商人形象，一个中国文学中前所未有的形象，在《陌上》里又复活了。大全在芳村是一个经济学意义上的主宰，所有的女人都讨好他，所有的男人都畏惧他。大全开的皮革厂，在政治经济学层面上，直接带来了芳村这样一个古老乡村的文明变化与道德滑坡。这种对精神的腐蚀力量，实际上在某种程度上就是大全背后的一套社会关系所带来的。付秀莹以大全这个人物写出了乡村文明的变化，是很有意思的。大全这种对金钱和性充满欲望的人物，在我们当下的乡村写作里会经常出现。但是这个小说把这样的人物升华为一个主宰，整个故事中几乎所有人物命运的力量都由他支配，这是令人惊叹的一种写作方式。

我也认为《陌上》这部小说存在结构上的问题。她从一个人物到另外一个人物，几乎把乡村里所有人物都写了，好像就无限地蔓延开来了，似乎可以无限制地写下去。但是这些人物所指向的精神背景在某种程度上又是相似的。虽然人物的性格是迥异的，命运也是不同的，但是某种程度上他们也是相同的。这可能是一个问题，即通过更多的人物来表达的同样的乡土文明崩溃、道德滑坡、精神衰败的主题，是不是有必要。我觉得使人物之间有一个更明显的回环会不会更好。

王德领（北京联合大学教授）：秀莹的作品是非常独特的新乡土小说，是对当代乡村的独特叙述。当代的乡土，一处理起来当代经验，往往落入想象的圈套。我觉得《陌上》书写的就是自然状态的、当下的生活。另外一个就是小说的结构。小说不一定有独特的规则，把人物作为情节的一部分，这种结构未尝不可。当然这个小说里人物在第一位，用人物来串情节，我觉得这一点是很独特的。并且我认为，现在很多小说写得很满，付秀莹的小说留白很多。同时，这个小说我觉得很雅，包括她的语言和情感。好多作家写乡村的话，写乡村的野性，特别是那种不能说是粗俗，就是给我们的城市经验完全不一样的东西。但是这个小说不一样，从语言层面上看，就是雅。这里面有很多句子都是充分中国化的，很抒情，特别短小，有的一两个字，三四个字，显现得比较碎，我觉得这是符合我们汉语表达习惯的一种写法。我们现在很多的小说都是有翻译体的。这里面一些句子，像每一章前面都有一个像小诗的形式，这个形式不知道是你先写出来的，还是后面加的，每节有一个小诗。其实我们现在经常把乡村进行纪实化的表现，进行非虚构，而把乡村丑化了。这里面很多乡村的诗意的东西，我觉得乡村的诗意还是不能忽略的。虽然我们现在的乡村有污染，有人心的破败，但是乡村里，也有很多我们感到城市缺乏的东西，这个诗意的东西，在每一节里都有，随时和人物的情感融在一起，不是割裂的。风景、人物，和情感、和小说的叙述，都能够完美地结合起来。

二

李蔚超（鲁迅文学院研究员）：刚才各位老师已经讲了很多《陌上》的独创性以及这种风格写作的难度，的确，这是我们认可它的最重要的原因。我要大概谈两个问题，第一个问题叫作文体风格与对象的选择之间的关系，用一句话总结，用这种《红楼梦》风格来叙写社会主义新农村的方式，这种文体风格和描写对象之间的适度性到底有多大？

我觉得《陌上》是一个非常典型的《红楼梦》式的社会主义新农村的故事。文本里的人物、情节、措辞，都让我会读出《红楼梦》来。这是秀莹的一种创新意识，用这种文体风格来写这样的东西，很有难度。这个小说的诚挚就在于用这样的风格自建了一个乡土文学世界。《红楼梦》是一个贵族世界，所以对于饮食日用的描述都有先天的审美价值。但是乡土的话，很多人的经济条件不好，服装也比较简单，还略显土气。但是秀莹就用她的文学方式写出精致和典雅，把芳村写出宅门气来。这其实是一种非常罕见的文学品格和写法，这一点要充分认可。但我的疑惑自始至终伴随着我。《陌上》用《红楼梦》的笔法，用世家的眼光扫向乡村世界，一切的普通农妇身上都有宅门气质，这是否就是所谓的赋予底层乡村人物尊严与贵族精神呢？《红楼梦》写刘姥姥进大观园，其实有一定的丑化和戏谑，但当刘姥姥与王熙凤来分享小姐生病的智慧时，反而就显示了小说对这样一个人物的厚道。所以，我们如果要给这样的人物一种尊严，我们要不要用贵族的生活方式来描写他们的生活？

当然，这个小说其实特别有当下性。我认为这个小说呈现了中国乡村的一种状态，就是云雷说的乡村城镇化。《陌上》里没有孙犁那种对于农业生产的场面描写，它不再具有农村的生产性了，其实这也是我们农村的一种现实状态。它也没有像《平凡的世界》那样对于乡村工厂、乡镇企业的描写，就是大量书写具有贵族气质的日常生活，这可能也是农村生活的一种现实状态。但我对于这种生活的真实性有质疑，小说里年轻女性的留守比例太大，年轻媳妇基本都在家。我在北京接触的乡下姑娘，只能是服务行业，她们都很年轻。我印象里农村已经没有年轻姑娘了，都出来了，所以才有核心家庭离散、重组隔代家庭的社会学现象。但在小说里，村里有了企业之后，年轻姑娘都没有远走，她们都留在了乡村。

付秀莹：真实情况还真是都留在了乡村，因为有工厂，她们就不用外出，大全是一个代表，完全可以满足就业需求。我们那边基本是这样，可能各地情况不太一样。

李蔚超：对，所以你的文本是符合逻辑的，但如果要评价整个中国的乡村状态，其实大部分的姑娘是要到很远的地方去打工。

其实我在看这个小说的时候，不断拿它跟《繁花》比较。因为它有一种旧体白话小说的风格，转换使用直接引语和间接引语描述日常生活状况。《繁花》的那种语体对应的是《海上花列传》，对应的是上海，它使用的语体是日常的闲言碎语。《陌上》的文体和描写对象也是比较贴切的。《繁花》因为有了繁华破灭的虚无，所以具有一定超越性。但在《陌上》里，我就比较少看到一种超越感，每一个人都是沉醉其中的。

第二说结构的问题。这个小说的结构是一种串珠式的结构，每一章都是一个珍珠，每一个都均匀地散落在大地那里。每一章都以一个人物的心理、视角描写为主，也会穿插描写其他人物的反映。每一章的叙事结构真的是相似的，相同的人物出场方式，人物的对话、行动，以及叙事语言都非常相似。这可能是付秀莹自己的审美追求，也可能比较符合我们传统小说的风格。

更重要的是，这种结构导致每一章、每一个人物的欲求和烦恼基本上是一样的。小说里的基本矛盾是婆媳关系，没有媳妇就急着娶媳妇，有媳妇的基本上婆媳关系比较紧张。要不就是婆婆着急要孙子但媳妇生不出来，要么就是有孙子的婆婆抱怨媳妇难伺候。第二个关系就是夫妻关系，这里面写了很多懦弱的丈夫，妻子嫌弃丈夫赚不到钱，这个女人就会出轨，献身于村里的“权贵”。如果丈夫是“权贵”，就当心丈夫出轨，而且丈夫肯定出轨。人物的烦恼都是一样的，都是受限在家庭关系中。刚才饶翔很聪明地回避了性别问题。因为如果从女性角度来说，这个小说其实非常不女性文学，完全是对男权的美化。男性“权贵”比如大全就是芳村的中心，小说里讲了芳村里的女人特别爱看《甄嬛传》，我觉得她们也在扮演那样的角色。小说采用散珠式结构，使人物的性格很相似，互相构成镜像。

但是问题就在于小说的章与章之间会出现雷同的结构和细节，秀莹是有细节描写才华的作家，但我至少在两章里都看到了人物午睡后脸上压着席子的印子，至少在两章里都看到了谁买了一个真丝的料子，但是被粗糙的手抚过后滑丝了，至少在三章以上看到人在睡梦中梦到深渊时惊醒。这种重复，我不知道是不是故意的，这可能是结构所造成的。

另外，这个小说为什么有传统感？细细分析起来，每一章节，就像波浪小小地前进，这就是很古典的写法。前现代的时间观让我想起戏曲艺术，戏曲艺术中重复是很重要的，大家都要这么演，因为在生活世界里，没有革命、战争。普通人看似是自生自灭的，但随意而为的生活中，有一种力量在支撑。刚才好多老师都提到了，现在的文学要去寻找文学力量的建构。这个小说其实有这种建构的努力。

我最后只说一句，秀莹的文学才能和储备是很独特的，但你用它来写乡村，形成了这样的文体。我很好奇你以后的作品会是什么样子，你怎么处理古典文学的内在精神和现实乡村二者的对应问题。

韩敬群：我想插一句，蔚超刚才说的某些细节的重复问题，我也注意到了。有些重复可能是作家有意为之，但有的重复连作家自己都没意识到。我也跟秀莹说过，那种睡梦的写法我大概是看到过三次。还有秀莹描写闹中取静的时候，经常有窗外的鸟叫，她特别喜欢说“叫了一声，又叫了一声”。这种无意识的重复对作家的挑战特别大。我觉得我们对秀莹这样的作家要提更高的要求。

李蔚超：我觉得秀莹采取的结构决定了这种重复的出现，她有意选择这种叙事结构，这未必不好，这是她的追求。

付秀莹：这个贵族气，我个人还是不承认的。因为我的眼光决定了我看待事物的方式。你说的精致，我觉得并不精致，我非常同情她们，她们的生活一点都不精致。我的《陌上》肯定没有贵族气。我们都是平民，而且我是更平的民——乡村出来的孩子。如果在我的身上，或者是我的文字里能读出贵气来，我觉得那肯定不是我，或者是我没表达得当。

赵天成（中国人民大学博士生）：刚才各位老师提了很多我非常感兴趣的话题，我的想法可能略有不同。首先是乡土文学这个问题，乡土文学这个概念在中国现代文学中诞生以后，一直就有两个主要的传统和方向。李健吾 1940 年代《咀华集》里的《里门拾记——芦焚先生作》一篇文章评论师陀，他将沈从文的《湘行散记》和师陀的《里门拾记》进行了对比，说这两个人都是书写乡村，但是他们的方式是背道而驰的。从李健吾此篇文章其实可以整理出中国乡土文学的两个传统，一种是师陀那种偏向于现实的，一种就是沈从文的田园诗的、牧歌的，对应于英语文学的 pastoral 的一种传统。到了新中国以后，乡土文学开始被农村题材所替代，师陀的这种偏向现实主义文学的传统，开始变成一种绝对的强势话语，甚至是唯一合法的话语。到了 1980 年代以后，沈从文的传统才开始慢慢地复活，两个传统之间又有了通融的可能性。

近些年以来，“中国故事”的提法变得越来越通行，但我觉得中国故事讲多了，也是一种限制。就像夏志清批评中国现代文学的“感时忧国”一样，如果我们把“中国故事”里的“中国”强调得太多的时候，也会限制我们写作与批评的丰富性，压抑另外的可能性。当前我们提中国故事，当然是因为中国社会问题的复杂和深刻，但是这并不意味着，我们只能用一种苦大仇深的方式去描写乡村，描写我们中国的社会。我觉得也不应该把“中国故事”变成一种文学批评的排斥机制和美学等级的差序标准。

我读《陌上》最大的感触，就是它可以提供一个机会，让我们去重新认识乡土写作，和乡土写作新的可能性。在更大的意义上，它重新振兴了牧歌和田园诗的传统，包括我们把它归到“荷花淀”的传统，其实也是一种相似的指向。如果要为今天我的发言拟一个题目的话，那么应该是“乡土写作可否超越中国故事”，或者是“乡土可否超越中国”。《陌上》反过来也让我们去重新检视“中国故事”的提法，是否可以是一个开放的概念。

这部《陌上》，无处不包含着对现实的指涉，但是如果我们过分地把《陌上》在现实层面加以阐释，也许反而遮蔽了它最重要的新颖性，遮蔽了付秀莹写作的伸展性。当我合上这本小说的时候，我找出《陌上桑》重新读了一遍，我发现当把这首汉乐府和小说放在一起对读，对于小说里面的韵味，和那些无法言传的妙处，就可以产生一种新的理解。《陌上》里的节令、天气、农事，女人的闺怨，女人的委屈，女人的心事，这些东西就都有了重新理解的角度，所以刚才蔚超姐提到《红楼梦》和《繁花》，我是非常理解的。既然我们可以把它说成是用《繁花》那种城市小说的写法，去写一个绝对的、百分之百意义上的村庄的故事，那么也许《陌上》恰恰是这样一部小说，它可以在某种程度上打破我们把乡土和城市文学对立起来的思考框架。所以，关于这部小说可以有很丰富的理解的面向。如果让我最后用一句话来阐述这个小说的主题，我觉得它是关于“村庄的露水和女人的泪水”的小说，是一首关于露水和泪水的抒情诗。

三

谢尚发（中国人民大学博士生）：我主要说三个方面。第一是文体和结构，《陌上》的文体是孙犁的传统。相似的还有废名，用唐人绝句的方式来写小说。后来有了沈从文、汪曾祺，包括孙犁。这些人的文章好像都没有长篇，最长的也只是一个中篇。为什么会出现这样的情况呢？是因为这种诗意的方式不适合长篇小说。诗意被拉扯得很长，就会出现审美疲劳。《陌上》作为一个长篇小说，就必须面临这样一个问题。但付秀莹很巧妙地用了一个好的结构，将这一问题化解。即“村庄列传体”或“乡村列传体”。这个结构像《史记》的列传一样，一个人一个传，或者是几个人合传。然后用这种列传的方式，把同一个地点，同一个时段的人放到里面去。

第二是故事和人物。小说写的是一群中年妇女，她们爱嫉妒、小心眼、吵架、争风吃醋，完全是中年妇女的心态。小说将这些女性，写得惟妙惟肖，十分生动。但男性会显得脸谱化。有权有势的人绝对是左拥右抱，女人不断。像根生这样的能力比较弱一点的男人，都是媳妇出去偷男人干什么的。这就让人觉出差异和断裂来，影响了整个小说的品质。好的小说，必须要有同中有异的人物形象，一个人就是一个人，哪怕你们做的是同样的事情，所采用的方式和手段也不相同。故事是零散一地的“中年妇女闲话录”，人物注重女性而忽略男性，既是《陌上》的优点，也是《陌上》的缺陷。

第三是意境和气韵。从意境和气韵方面来讲，整个小说采用的是一套诗意的笔墨，非常优美、诗意。但实际上，小说中的诗意和人物与故事的讲述，又有些相互矛盾的地方。一方面是院落里的花朵，转眼就是骂街、争吵，并未更好地协调起整个小说的意境和气韵，诗意的笔墨是一套，故事的讲述是另一套，一种话语，两个方向，略显分裂。某些地方的重复，比如口头禅“怎么说呢”等，都在一定程度上破坏了小说的诗意表达。

李屹（中国人民大学博士生）：我感觉谢尚发和付秀莹会有很多的对话，因为我感觉他们写的小说很像，他们都在写农村的日常生活。我很期待他们在作家意义上的对话。刚才谢尚发的批评大家也听得出来，他讲到的抒情是否适用的问题，我也有同感。

我能感受到小说中用细腻的笔法对农村人际关系鸡零狗碎的一面做了写实又写意的白描，这很有才华。但我觉得我不能接受的一点，就是这个小说把什么都写得太满了。对我来说，这就像一幅诗意山水画，在空白的地方加了很多不必要的风景和花鸟。对我个人来说，这种“话赶话”式的插语，我有点不太喜欢。

刚才说到，中国当代的乡土小说都会面临一个如何去接续抒情传统，如何在农村题材里把抒情现代化，让抒情面对现实的问题。《陌上》用心理描写，采用的不是西方意识流，而是用中国传统的直接引语和间接引语的交换去塑造一个真实的、现代的农村女人心事重重的状态。问题就在于这种以抒情为外壳的心理描写写出了多大的深度，这是一个很重要的问题。最近，我读一些乡土小说的时候会遇到一个困惑，所有的东西好像都是在尝试用抒情来净化，所有的东西都是尝试用抒情去弥补悲痛。《陌上》中所有的风景描写、所有的这种铺满画面式的心理描写，让我觉得都是为了要描写自己不愿意面对的丑陋的人性或风俗，这就导致了谢尚发说的那种分裂的诞生。所以我觉得最大的问题不在于每一章的重复，我认为作者有这个权利，她可以这样去铺排文章。对我来说，接受《陌上》的困难就在于它弱化了这个小说的思想程度，这么多风景和这么多人物心理描写，都没有出现一个“内面的人”。

樊迎春（北京大学博士生）：我主要说三点。第一是“乡土叙事的新变”。当代文学中的乡土叙事本质内核一直在于“土地”，比如贾平凹《秦腔》、莫言《生死疲劳》，不管写多少人事，贯穿始终的是关于“土地”的二元争辩，即是以土地作为农民和乡村的根本，还是抛弃土地投奔市场经济的怀抱。但在付秀莹的叙述里，这种二元争辩消失了，“土地”变得罕见，所有出现的和庄稼土地相关的，都是“风景”，一种具有小资产阶级情调的、被观赏的风景，它们不再与农民息息相关，而是成为农民的心事、故事的陪衬。“芳村”其实已经不是真正意义上的乡土农村，这里面所有的人、所有的事关涉的已经不是土地和庄稼，村民也不是农民，而是现代意义上的市民。这种变化是乡土叙事一种根本性的改变，也直接导致了乡土中国最重视的“礼”的消逝。小说中人物对所谓“礼”的每一次维护都带功利心，只具有“礼”的形式而消弭了“礼”的内核。这是一种“人情中再无真情”的“礼”的现状，但我作为读者读出来的不是批判，也不是惋惜，而是坦荡荡。我觉得付秀莹的可贵正是在于这种坦荡，坦荡揭示出每一个家庭的污点。“礼”已然成为做给别人看的道具，“活在别人的眼光中”一直是我认为的中国乡土社会最值得挖掘和书写的恶疾。付秀莹在这个意义上的书写我觉得是很成功的。

其次是“通奸”的现代意义。恩格斯说一夫一妻的婚姻制度必然以通奸和卖淫作为其补充；福楼拜说所有的名著的主题都只有一个，那就是通奸。付秀莹的小说中的“通奸”随处可见。通奸的男女双方也不是固定类型的，比如大全、建信、增志等是传统意义上的“男人有钱就变坏”的类型代表；香罗、望日莲是被歧视的天生水性杨花的类型代表；还有春米，似乎是被逼无奈小白菜类型；我们还要注意到的一类是小鸾、瓶子媳妇，她们是看起来老实本分的良家妇女，但她们也是有通奸行为的，而且并不后悔，甚至带着美好的回忆。所以可以思考的是，“通奸”这个词本身携带的问题，是归结为人性的、原始的生命力本身，还是要从后设的人为构造出来的伦理维度去审判，可能都是不合适的。起码在付秀莹的书写里，“通奸”有一种心甘情愿的意思，变成一种变态的“水到渠成”。这种通奸没有“不得不”的为难，因为他们都是有别的选择的；也没有很想要去做的迫切；谈不上本能，也谈不上纯粹的爱情，就是在这个位置去做这件事。这种不扭捏也不批判本身就是非常坦荡的态度。所以我给付秀莹的总体评价是“坦荡的写作者”。

与这种坦荡相对的是付秀莹的小说艺术，恰恰是不那么坦荡的婉转与曲折。我喜欢她的很多细节和心理描写。那种九曲十八弯和婉转低回，读起来一点都没有冗杂繁复之感，反而能顺着这种逻辑，体会其中的微妙和不确定，我觉得这种委婉、微妙的美可能是文学最单纯的美。最后说一点关于“在地性经验”的题外话。中国作家是幸运的，因为地大物博，每个作家都有自己的一亩三分地，他们都可以书写自己独特的“在地性经验”，就是哈罗德·布鲁姆所强调的文学创新本质的陌生化，这当然是值得骄傲的，但也需要追问，这种书写还有多少活力？作家如何去书写自己舒适区之外的普遍性的文学？如何在“在地性”之外和世界文学对话？

陈若谷（北京大学博士生）：我觉得大家都在找问题，在某个话语体系里，那些问题确实能够充分得到说明，但是我想找一个点，以解释《陌上》如何是完美的，就用一句话——“我是人间惆怅客，知君何事泪纵横”。要从这样的感情立场上来解读《陌上》，我会觉得它很完美。因为理论是灰色的，而生命之树常青，要想顺畅舒服地去读一部书，一定要剔除你的文学史脉络和大块的理论，就把自己当作一个普通读者，将感情投注到里面。

刚才韩老师说这里面有很多重复的叙事和细节，比如夏日午睡后被凉席压出纵横纹路的脸，还有徐刚老师说，《陌上》没有一个回环结构，整体看起来很散落。我觉得如果你能够对人物有更多包容的理解，尤其是站在女性的立场上，就能感受到其中流淌的温馨。比如我跟迎春聊天，我们可以用一下午从A这个人聊到B、C，甚至一直聊到Z，我们都不会再回头聊A。这对我们来说是很正常的，女性就是这样。

为什么付秀莹写这么多的梦境呢，尤其是在感情上不如意的那些小媳妇和中年妇女。她们如何自如并且深刻地表达自己的绵绵思绪？她们自己可能难以言明，因为表达的障碍和交流对象的缺失，作家就只能绕着写，写她们的做梦与哭泣。我们都看见了，芳村的女人们常常哭泣，有时候是低低的，有时候是歇斯底里的。这涉及了一个非常重要的性别书写问题，就是女性如何“浮出历史地表”，其实不像丁玲的那种方式，在大闹一场之后，或者是大哭一场之后，要逃离家庭、摒弃一切温情，去斗志昂扬地加入革命，或者为了拯救自我奔向一个未知的远方。日常生活中的女性，可能只能在每一次哭泣之后得到一点释放，用这种方式重新稳定自己的荷尔蒙。

因此，小说是把女性从“性”的角度拉回来，而把它放到性别之美里去，让读者遇见平凡女人们的那种感伤和感性。所以说，在这个内容和情绪的角度上去理解《陌上》的结构形式，我觉得它可以说接近完美了。

邵部（中国人民大学博士生）：我最为直接的阅读感受之一是付老师对服饰、器物、饮食的描写，这类描写细节特别多，而且非常有美感。在我看来，这本小说是用古典小说如《红楼梦》写深宅大院、豪门贵胄的眼光来写当下的乡村生活的。关于这种写作风格，我们还可以把《陌上》的这部小说，和付秀莹老师之前的《朱颜记》对读，后者是写一位民国女性豪门内的生活，有许多类似的笔法。但是因为处理对象的不同，《陌上》作为乡村题材的作品，明显要更有难度和挑战性，呈现出来的文本效果就是能把乡土的日常生活给提起来，但又不是把它提升到一个完全雅观的程度。在写到乡村女性的审美时，“雅”里面也不乏“俗”的东西。

比如第163页，写大全的媳妇挑自己的配饰，蟹青色丝绸的裙裤，水白真丝小衫，还有松绿色镶水钻的发卡，这个其实是有一点淘宝风格的装扮。再到她穿金戴银，手腕上雕着“福、禄、寿”的老银手镯，还有刺青的戒指，露着一个“福”字。从这些细节能够看出来，大全媳妇作为芳村女性中的“贵族”，她的审美以及对生活的趣味。再加上乡村饮食的细节，就形成了当下生活特有的风韵。

关于结构，我其实有一个问题想请教付老师。我之前看到这部小说的一部分是发表过的，像“大全”这部分，我特别喜欢，以前叫《溅罗裙》。我读完《陌上》之后，感觉这里面的每一章拿出来都是一个特别精致、完美，语言风格很优秀的短篇小说。但是当这些短篇小说放在一起的时候，我没有看到长篇的体量激活了其中的每一部分，反而成为一种压抑性的设置。所以我想问一下付老师当时的写作情况，是有一个计划从头写到尾呢，还是单独地写一部分，然后串起来？

付秀莹：我当时考虑的就是以这种结构写，而且我非常坦率地说，它确实是发了几篇，几篇出来都获了奖，后来我就不敢再发，因为我要出书。当时我肯定是想写成长篇的，而且我还确实对这些人物有挑选，肯定不是漫溢的。当然跟读者的感受不一样，可能表达得不够好，但是我的初衷不是这样的。

邵部：是按照长篇中的顺序写的吗?

付秀莹：基本是按照这个来写的。

邵部：或许因为之前读过《溅罗裙》，在读到长篇之后，我发现这个小说其实还可以有另外的读法，就是你可以以其中的任何一章作为开头，它对这一个小说整体的认知不会有太大妨碍。我想原因可能是您这部小说是重人物，轻情节的，有意消解乡村故事的整体性。总的来说，我特别喜欢付秀莹老师的小说，尤其是之前的《爱情到处流传》等作品，别具一格，在当下的小说里形成了个人的辨识度。抛开我们大家认识上的分歧，至少有一点可以确定：这部小说拿出来，我们就知道是付秀莹老师写的，而不是其他作家写的，作家能做到这一点很难得。

四

陈华积（中国青年政治学院讲师）：这部小说虽然写农村里一些鸡零狗碎的事情，但主体还是整个乡村，看似只写了芳村这个小地方，但视角是宏观、长远和历史化的，或者说是以“不变”，来关照乡村人物之“变”。这部小说非常注重芳村的环境、风俗、时令、节气，这些东西在其他小说中可能只是背景性的，但《陌上》恰恰把这些东西当成“不变”之主角，而芳村的人事伦理，则成为“不变”之中的

“变”。在这些变化里面有一些固性的东西，集中到了人性的恶上。小说里最能体现这一点的就是男女关系引发的冲突矛盾，以及呈现了内心的涟漪状的扩散。所以我的理解是，付秀莹要写的就是这样一个抛开了历史的乡村叙事，是这种日常性的本真性的东西。

另外，我特别想看到小说中没有延续下去的一个主题——土地具有很强烈的、神奇的修复能力。这里发生了很多的是非，但是是非之后很快又恢复平静，乡村产生的伦理的冲突过了一段时间，相关的家庭突然之间就回归到一个和谐的状态，或者是表面的和谐。这一点是我在其他乡土小说中不曾看到的。但是为了小说的叙事，作者可能更注重人事冲突这一方面。这种土地的能力可能只被作为一个背景，所以我觉得作为一个本体，我们对土地本身、对乡村的伦理式的透视，仍然还有所欠缺。

刘启民（中国人民大学硕士生）：我说两点。第一个，我感觉这个小说的语言来源比较复杂，韩老师刚刚说，《陌上》是一个多声部的小说。在人事情节的部分，我的感觉是一种古代对白，写得比较活泼生动，像古代的说书人，或是唱戏那样的语言。而写到景物的时候，付老师用一种非常干净的现代汉语在写，特别是每一章的小诗，都会用以景衬人的手法，每一首小诗都是在写人。而景物描写的部分，是有很好的情景交融：素台为自己的生命感到难过的时候，夜里的雨就像是这个人物在哭；家家户户过得非常红火的时候，草木茂盛，阳光热烈，这是一个很古典的情景交融的写法。在我看来，这种语言的多声部性，包含了古典语言和现代文人的两重特征。所以我会把这个小说看成是一个永远回不去故乡的现代知识分子，或者是现代文人对乡土的一种审美、一种乡愁。我也想用这个东西来解释，《陌上》形式上的美，与乡村伦理沦陷的现实之间的一种撕裂。因为乡土的现实伦理是沦丧的，而这种形式上的辩证的美，在我的解读中，是一种所有人都回不去的一个乡村，芳村就不仅仅代表作家的故乡。正是因为这种撕裂，我感觉是所有现代中国人都回不去的一个乡村，是那样的一种乡愁。

第二个，我想谈一下这个小说的结构方式。我想与之对读的不是《红楼梦》，而是林斤澜的《矮凳桥风情》。他写的是1980年代温州的一个乡镇，同样触及商业化、现代化。他的书写方式跟《陌上》也有类似的地方，每一个人物是一章。文学史上对《矮凳桥风情》的定位是一个短篇小说集，跟您的不一样，您写的是一个长篇小说。但是他处理得好的一个地方是，他这个短篇小说集会对每一个人物都有对应的一个书写形式。

汪曾祺对林斤澜的这个小说有一个评语，说他“有话则短，无话则长”。《陌上》里，我最喜欢的两个情节也有类似的地方。一个是老莲婶子的自杀，在有情节的地方，她就是简笔写；但是没情节的地方，她反复用那种景物描写的铺叙。我觉得这样一种写法，能够表现出一种余韵悠长的审美效果。包括建信的去世也是，就是之前写了很多他和大全打电话也好，或者是怎么样也好，他后面的去世实际上是一个简笔写法。这样的写法，有一种传统的东西在里面。但我对于小说的叙事，也有感觉不太舒服的地方，付老师写的是一个长篇小说，我觉得中间有太多情节是被略掉了，好像是这些情节的位置都被景物描写所占领了。我刚跟章洁也讨论，就是我问她说，我有时候会忘记前面那个人做了什么，会返回去看。章洁说她也是这样的阅读体验。所以我对您的期待就是，希望您在一个长篇小说和短篇小说集之间，能有更好的分辨。

章洁（中国人民大学硕士生）：我主要谈三点。第一点是结构、题材与笔法的独特性。长篇乡土小说更喜欢写长时间跨度下的人事变迁，而《陌上》完全不依靠故事情节的纵向发展来支撑。小说不是要写一个故事，而更想展现一种状态，于是以细致的日常生活为切入点。小说专注于小小的芳村、平凡渺小的人尤其是女人，做了一次横向的铺展勾连，女人心事、街谈巷议，是是非非，卑琐平凡，没有惊心动魄的大事件之感，却也处处令人心惊。合卷之后乍一想，似乎什么也没发生，再一想方发现，人生悲剧、时代症候都在其中了。在这部小说中，时代是隐退在人物和村庄日常之后的，而一切人物的思想和活动又是由时代浸染而成。作者不直接在这些问题和症候上用力，但这一切由这些鲜活的小人物在日常闲谈和行动中展现出来，方觉它们已经司空见惯、深入骨髓。这种日常和平凡，更让人无奈和失望。

第二点是小说塑造了乡村女性群像。由于生活阅历的限制，我对这些形象比较陌生，而最有共鸣的则是最后一章从北京回乡的小梨，她受到的热情款待，乡里人绵里藏针地对工资和工作的窥探，她对乡里人家长里短、拌嘴争吵表现出的无奈和厌倦等。小梨的视角可能更贴近我阅读这部小说的视角，我想也或多或少是作者本人的视角。小说如茫茫流水不知所止，选择以返乡者小梨做结，正是一种必要的安排。无论芳村对作者来说有怎样的意义，作者于芳村而言至少是半个外人了。也正因此，作者才能和小梨一样，在返回的同时，有自己的判断。另外，作品前半部分的女性形象，总让我觉得是1990年代的人物。作者写当下，而又有一定的历史感，或许也正意味着乡土之人的新旧混杂、变与不变。这应该也和作者已经离开故乡很久有关系，是在他乡对故乡进行的一种追忆式的书写和想象。

第三点是小说的景物描写。“融情入景”的诗文笔法在《陌上》中发挥得非常精彩。芳村的风景是清净素雅的古典自然风景，这种风景也与人物的情绪乃至故事的叙事融为一体。首先是景物的象征和虚实。在小说第36页，春罗上了大全的车后，紧接着是两段风景描写。这段实写的风景准确道出了乡村五月的风物特征，同时也是意象化虚写。风吹麦浪、鹧鸪之声、云雨象征的古典意蕴，从动作、声音、氛围各个层面虚写了这段风流事。而且两者的结合非常自然。这种笔法，有点像汪曾祺《受戒》的结尾，用含蓄之笔留下想象空间。其次是景物推进小说叙述。第310页，写蝉蜕落在绿布上，布已褪色，一句之内流淌着岁月流年，暗示老莲婶子的衰老。接着写阳光照在相框上，进而通过相片回忆家庭和儿女，从静物转到人事，通过视觉的光线与颜色写心事、写时间。此处用笔让人想起张爱玲。最后是景物浸染人物心绪。第266页，当春米的情绪激动起来时，作者从凌乱的光影、聒噪的声音、起伏的物体来加以渲染，有虚有实，视听结合。而这一处描写很有凌叔华的味道，她的作品多以女性为主人公，且尤其擅长以光影等细微景物来衬托人物心境。以上提及的三位作家都与中国的传统审美渊源颇深，我并非在付秀英和他们之间刻意寻求关联，而这种相似，正说明了付秀莹中国性的书写方式。

杨庆祥：第一点，这部小说从技术层面来讲是非常成熟的。例如第25页，写翠台去找她的儿子回来吃饭，她有一个反复的过程，想喊儿子，但儿子在睡懒觉，最后，她刚要举手叩门环，想想还是罢了。只有一个成熟的小说家，才能把这个节奏控制得这么好。这个控制的力度和戏剧的张力，一下子就把翠台跟她儿子，还有整个乡村的微妙关系体现了出来。对于母亲和儿子，母亲和新儿媳之间的关系的体悟，一定要对乡土中国的人情世故和人心有非常微妙的把握，才能做得到。

第二点，尽管《陌上》与当下关系密切，但是从它本身的想象空间来看，其实包含了更悠久的对于乡土中国的想象。小说里的场景、人物，包括风景包含了更多的关于古典，关于乡土中国的东西。所以我说应该往前推，这里很多的描写是1980年代以来的东西，甚至是民国的风景。这个风景在当下可能不现实，但是依然构成了我们想象当下中国的一个重要的质地。这有想象成分的风景，恰恰是小说作为艺术需要的东西。这个风景其实是一个能携带更多历史信息和症候的风景，它从遥远的过去到当下，到了当下又被变形。所以说这里面所呈现的向度不仅仅是当下的，而是有一个更悠久的背景。在这个大背景的参照下，我们才有可能发觉小说本身的独特性。

第三点，中国传统小说其实没有太多心理描写，人基本上以动作来表现。但是这部小说里有大量心理描写，而且大多是女性的心理。这里就有一个非常重要的问题，即中国乡土世界的普通人有没有精神维度？如果有精神维度，那这种精神维度应该落在什么地方？这里就回到了蔚超刚才讲过的问题。首先，从一个接受了现代教育的主体角度来看，中国任何一个普通人都应该有其精神维度。付秀莹比50后作家，即莫言这一代作家描写的乡土世界往前更推进一步的地方，在于她在有意识地建构一些普通人的精神世界。这个在以前的作家那里是很少见的，他们基本上写得很粗糙，人大部分是被政治，或是被现实的欲望所驱动的。这样的精神世界实际上非常单一和贫瘠。在这部小说里，人物的精神世界相对来说更加的丰富、精微。所以我觉得这是一个贡献。

但另一方面，像蔚超刚才讲过的，这个精神维度是否就一定要用《红楼梦》或者《金瓶梅》的方式来处理？在处理过程中，它又流失或遮蔽了哪些东西？这是需要去讨论的问题。我们整个当下的文化都应该去回应我们的生活和我们的精神之间是怎么样对接起来的，怎么样才能找到一个真正的、和我们日常的经验相对接的精神形式。我觉得这是付秀莹想要去做的。刚才邵部说小说里有一些"淘宝风"，这恰恰是一个新的可能性。乡土中国是一个中心点往外扩散，其他文化的建构也是这样，有一个位移、传递的过程。这里就涉及，《红楼梦》和《金瓶梅》的那样一种文化，是通过怎样的沉淀方式最后落足到了乡土中国的。乡土中国的人也会向往那样一种文化，都会去学最时尚的、品质高的文化，但在这一过程中不可避免会变形、扭曲，也可能创造一种新的不伦不类的、"四不像"的东西，这个东西可能就是和这样的一个现实的世界、现实的结构相对应的文化形式。

那怎样把这样的文化形式写出来？我觉得在中国的剧变过程中，正在生长这样的一些文化形式。我们怎么样去把它描述出来，是我们目前面临的一个特别尴尬的状态。表面上这是部圆融的小说，它在自己的世界里是自洽的。但我觉得恰恰是在自洽的背后，有一个精神性分裂的东西。我们总是愿意用付秀莹这种形式，就是《红楼梦》的形式，或者是《金瓶梅》的方式去想象、去书写当下。另一方面，我们知道它其实已经发生变化了，怎么来处理这样一个中国文化在其位移过程中的变化，实际上是一个大写的提问。当然，你可以说这个小说不真，因为它的语感可能和当下中国的乡土经验不太相符。你也可以说它完全是真的，因为它是在想象的层面，通过付秀莹个人的视角、触角和感官来书写的乡土乡民。所以我特别理解你。

我也同意蔚超刚才说的不对称。我在乡村生活过，但我从很小就觉得那个乡土世界不是我的，我的世界在更大的外面。以致现在我特别排斥看乡土小说，因为我担心它和我生活过的世界不一样。我可能是用《红楼梦》的方式去思考和理解乡土世界，但我又非常残酷地意识到，这完全不是我生活过的那个世界，这是非常分裂的。这是作为一个从乡村走出来的知识分子，接受过现代教育的人，生命当中很尴尬的东西。乡村的生活结构在洁和不洁之间是并置的。你会发现小说从表层来看非常“洁”，但是在背后，“洁”恰恰是因一个高度“不洁”的层面伸展出来的。

所以不管是从肯定还是从否定的层面，这都是一部可以引起很多话题的书。并且我认为我们还没有写出一部真正和我们生命密切勾连的、关于乡土中国的大书。我甚至都想写，我在城乡间的内心纠葛。怎么能够把这种纠缠整理出来。秀莹的下一部小说，我觉得“芳村”可能还是你很重要的文学世界。怎样把这样一个大写的“尴尬”放置在里面，我觉得特别重要。这是整个中国当下文化处境很重要的面向，现在还没有人正视它。

付秀莹：这次研讨会真的是特别珍贵。这种坦率与直接，特别有针对性，非常诚恳，对一个作者来说特别重要。我觉得应该是我所有的研讨会中最难忘的一次，感谢各位的批评。我觉得比赞美更为珍贵，因为我还要写，路还很长。其实我知道我有很多需要解决的问题，就像庆祥说的这些。我个人的内心也在不断成长。今天的研讨会对我个人的触动一时还不能总结，但是每一种观点都听到心里去了。

俗世欢愉与戏剧化变异

——鲁敏《荷尔蒙夜谈》

06月

14日

2017年

中 国 人 民 大 学 人 文 楼

杨庆祥：各位老师，第 22 次的联合文学课开始了，这次特别请到了鲁敏。她最近出了一本我个人认为特别好的小说集——《荷尔蒙夜谈》，里面的故事很有趣，今天的讨论就主要围绕这本书。

一

鲁敏：首先很高兴我这本《荷尔蒙夜谈》能够进入联合文学课堂的视野。作为写作者，我一直觉得有些尴尬的是，我似乎既不是新作家，也不是老作家，虽然也在跑动，但是从大的格局上看仿佛又是静止的。我在这种写作状态之下，能够有一本小说进入联合文学课堂，由各位老师和青年研究者阅读，我觉得挺温暖、挺快慰的。

我这本书是一月份在北京十月文艺出版社出的。每个作家出完书后有几个月的宣传周期。在宣传周期里，同行媒体会有一种互相帮助式的赞美与褒奖，这时候做的很多对话与讨论，都是比较正向的，好像要尽力把一本书的美好之处挖掘出来。那个阶段我经常谈的一些东西，跟大家简单交代一下。

首先是主题的选定。出版社帮我这本书做的推广语是“直面肉身的出格之作”。通常我们会说，直面我们的情感或是理智，这是人类文明一直重视与声张的东西。我这本书就是想抛开部分的理智和情感，集中探讨肉身本身的力量。这不是什么新鲜的主题，荷尔蒙也好，身体冲动也好，《红与黑》《红楼梦》这些名著里面都有。我也会跟读者介绍，我的这十个小说里面，有六个是我道听途说来的真人真事。我特别欣赏与佩服这些真实故事里身体的力量。我以身体的主题创作小说的动力，就来自对身体的这种敬意。

其次是对于素材的处理。我的灵感大都来源于日常生活。以前我喜欢写宽广缓慢的那种细节，但这本《荷尔蒙夜谈》已经不那么写了，小说的戏剧化倾向更明显。这次我有意地把这点做了夸张。当然大家会有不同的意见，有的人觉得戏剧性过分大了，或者说作家的权力过分强了，没有尊重生活本身的规则。但是我觉得尊重生活的规则与作家对素材做更多的调整，这是两种对文学的理解。

最后我想说的是，如何理解荷尔蒙。它其实不是简单的、单一的元素，不仅仅是性与色。其实我很想把荷尔蒙处理成一种故乡、原乡那样的东西。我总觉得它具有很大的包容性。它甚至是一种方法论和世界观，我们为什么不能把生存交付于身体，为什么一定要用头脑做判断。这好像也是我在中年之后一种观念的变化。这些是我前期在新书推广时的一些想法，现在想想也不见得很对。到联合课堂来做这个讨论，我特别想冷静和客观地自我反省，也想让各位同行帮我一起审看这本书。

我自己还有三个方面的反省，也是我当前写作的一些困惑，分享给各位。第一个困惑就是我刚才提到的，宽广缓慢的日常生活和尖锐动荡、戏剧化的文学要素，这两种文学风貌之间如何取舍。我的这本书里面，《幼齿摇落》和《西天寺》是那种缓慢流淌式的，还是比较注重生活自身的规律的；但是像《三人二足》和《荷尔蒙夜谈》就能看出来，我像导演一样导着这些人在行动，虽然小说家有这个权利，但我自己也是有反省的。上次去上海思南做读书会，郜元宝老师就说这个小说读者觉得看了非常过瘾，满足了他们对故事的要求，但是从文学角度来看就觉得用力过多。

第二个困惑就是关于现实主义和现代主义的问题。现实主义大家提得特别多，它的一切逻辑都是可感知的。现代主义就会稍微放淡一点，象征一点，或者做夸张和戏剧化的处理。我这本书里有几篇是这样的，像《大宴》可能写得特别夸张，反复把人物推到不可理喻的境界里去。我以前写的《不食》和《死迷藏》也是这样的。这种现代主义的写法，会造成作者的自我期望和读者阅读感受之间的落差。我是想建立一个可信任的内在逻辑，可是大部分读者还是倾向于用现实主义的逻辑来考察文本。虽然我们在读很多西方现代主义作品的时候，会相信作者的逻辑，但当我们自己在小说里建立这种现代主义风格的时候，读者似乎很难接受。

第三个困惑就是技术与文学感受之间的平衡。我已经写了很多年，技术比较成熟了，但是浑然天生的、那种很饱满的东西不是特别多。我承认我在技术方面是很用力的，当然我希望你们看不出来。人到中年的时候，好像浑然天成的那种文学感还蛮难达到的。有时确实是技术推动着我在走，在这本书里面体现得比较明显。

杨庆祥：郜元宝老师的观点我不太同意。我并不认为故事性和戏剧性是低端文学的特征。上次我去山西开会的时候，和宁肯对话，我们都认为现在对汪曾祺尤其是他后期的作品评价过高，而对孙犁的一些东西，现在承认得不够。所以不能从这个角度去判定一个作品的优劣。现在最要命的问题就是我们在盲目地排斥读者，在一个所谓的纯文学圈子里想象一种高级文学。连读者都没有的文学怎么可能是高级文学呢，最后导致的结果就是，所有的阅读都被那些更低级的作品填充了。

韩敬群（北京十月文艺出版社总编辑）：鲁敏在我心目中是特别重要的作家。北京十月文艺出版社这些年陆续出版了一批中国1970年代、1980年代出生的这一代作家非常重要的作品，鲁敏的《六人晚餐》现在也仍是这一代作家的长篇小说里非常重要的代表作。我一直在关注他们的写作，所以我对鲁敏的困惑还是蛮有体会的。我和鲁敏在两年之前关于她创作转型的思考有过交流，我也一直在旁边通过她的一些作品在观察，包括她今年即将推出的新长篇。

《荷尔蒙夜谈》开头那篇写得非常好，我看到了鲁敏在困惑之中寻找她的创作突破的方向。我在《大宴》这篇里面已经看到了她的努力方向，包括《当我们谈起星座》里也有类似的努力。对一个作家，作为出版人的我始终会考虑她的实力和潜力，她的已然和未然。实力和潜力是什么意思呢？鲁敏是一个实力派作家，从她已然展现的，就可以说明她是中国70后中最优秀的作家。

这一代作家中很多人确实在面临着一些问题，这也是鲁敏的困惑。面对困惑很重要，困惑真不用紧张。有时候不困惑意味着实际上我们是顺着已有的轨道在滑行。但是是不是要去寻求一些突破？从这个意义上来说，艺术就是克服困难，是战胜自己内心困惑的一个过程。我特别期待鲁敏能够从她的困惑里面走出来，所以我们今天在这儿讨论需要互相坦诚、各抒己见，特别真实地去面对我们的作家，把她的长和短都摆到桌面上大家一起讨论。

从这个意义来说，虽然鲁敏已经是一个一线的有实力的优秀作家，但在她跨过自己的困惑期后，我还认为她有着未然的、没有展现出来的地方，我还愿意把她看成是有潜力的作家。

所以作家需要听不同的意见。尽管现在你们都是在收获赞美，但我实事求是地讲，现在的赞美有很多是不真实的、廉价的。在这种时候，我认为还是要回到真实的文本去讨论、去倾听，认真地阅读文本，且愿意跟作家一起成长的批评家、编辑等的声音。

赵天成（中国人民大学博士生）：鲁敏老师的作品我之前接触过不少，我想她作为一个写了不少作品的作家，已经到了一个略显疲惫的时期，这时候会想去做不一样的尝试，写一些具有异质感的小说，把一个正的小说写成怪的方式。我觉得《荷尔蒙夜谈》如果用一个北京话的词语形容，应该是一本很“尖儿”的小说，“尖儿”是用来形容罕见的漂亮女孩时用的词。在这本小说集的十个小说里面，《荷尔蒙夜谈》《三人二足》《拥抱》可能更能够体现出《荷尔蒙夜谈》这个小说集本身的意义，所谓“肉体的暴动”，也就是我所说的那种异质感。我觉得从一个作家的创作生涯，和她对于自己的期许来讲，这几篇小说更具有重要的意义。

我看到有些评论说，这是一个书写人的“暗疾”的小说。用疾病这个词来形容小说集里人物的精神状态，我觉得过重了。比如《荷尔蒙夜谈》里艺术家对于性的想象，用疾病来称呼不够准确，它们是未到达疾病的，是一种准疾病的状态。或者说，《荷尔蒙夜谈》书写的是一些病字旁的人的状态。像张岱说的，“人无癖不可与交”“人无疵不可与交”，“癖”和“疵”，还有“瘾君子”的“瘾”，都是病字旁的准疾病状态。准疾病和疾病的区别在于，我们说起他们的时候的表情和态度。拿桑塔格的《疾病的隐喻》来比较，她说当人们想象和谈论癌症、肺结核和艾滋病时，态度或许是同情、畏惧或者是愤怒。但是当我们谈论恋足癖这种准疾病的时候，我们首先会想笑，而且是那种偷偷的、坏坏的、阴阴的笑。这就说明，准疾病既是一种社会禁忌，外在于社会规范，但我们又不是以绝对的道德批判的方式谈论它，这个很有意思。这本小说集的一个重要意义，重要的异质性表现，就在于它集中处理了一些准疾病的精神状态，这是此前小说中非常罕见的文学题材。

我也有一点困惑。我在读的时候，很有阅读快感，但又不是像读通俗小说那种完全的快感。如果要去做解读，又感到不好分析。直到我看到何平老师写的《散说〈荷尔蒙夜谈〉》，尽管他的观点我不是完全认同，但是我觉得那是一篇高质量的评论。他的观点如果简单概括，就是他认为《荷尔蒙夜谈》是一部不太彻底的小说，首先是写“色”写得不够彻底。比如《三人二足》，完全可以把卖鞋店的老板处理成一个真正的恋足癖；或者说，他本来不是一个恋足癖，但由于他经常和这个女人的脚发生联系，就变成了一个真正的恋足癖。当“色”写得不够彻底的时候，人的绝望也就写得不够彻底，这个人物身上的复杂性就没有得到完全的展开。第二个“不彻底”，是说鲁敏爱护自己作为作家的公众形象，所以她只会把这种题材当成对于叙事的解放，而不是价值观和世界观的解放。因此，当故事情节摆荡到马上就要逾越社会规范的时候，它会迅速收回到日常生活里面，收回到现实主义的逻辑里面。

我想结合鲁敏刚才提到的三个困惑，把“不彻底”这个问题抛出来。其实这种“不彻底”，是一个很有历史感的范畴。我想到张爱玲当年写《传奇》的时候，她就说她笔下的人物不是英雄，他们都是凡人，他们都不彻底，但是都活得很认真。我想问题在于，如果说《荷尔蒙夜谈》不彻底，那么它是作家想要赋予人物的不彻底，还是作家本人的不彻底？这可能是一个非常重要的、值得辨析的问题。如果是作家想要赋予人物的不彻底，那是另外一种情况；如果是作家本人的不彻底，那么鲁敏是否愿意变得彻底，或者会有怎样的考虑。

杨庆祥：我觉得天成说得非常到位。尤其你刚才提到了“不彻底”的两重性，到底是哪一个“不彻底”，这就很有意思了。根据故事的逻辑，这个人物到底应不应该彻底？作家在什么层面上应该彻底？这是两个问题，应该分开讨论。我恰恰觉得《荷尔蒙夜谈》比较可爱的地方，就是鲁敏已经在往“彻底”走，尽管没有探底。我们也不会知道每一个作家的“底”究竟在什么地方。回到文本来说，《三人二足》这篇我特别喜欢，我刚刚把它推荐给了一家影视公司。

梁鸿（中国人民大学教授）：鲁敏的作品我也比较熟悉，看得比较多。她近些年的变化我是看见的，但是我觉得每一个作家都有一个起点，这个起点也可能是你的终点。我的意思是你有可能会返回到最初的那个文学母题，但是已然不是之前的那种状态了。每个人的内心都有多个角落、多个世界，不同时期对这些世界都有不同的看法。鲁敏之前的“东坝”系列我是很喜欢的，里面有两种非常“纯”的东西，那个“纯”并不是简单的单纯、纯洁，它里面确实包含着人生最初的某种向往，我觉得文学到最后也需要初心。

文学可能在不断地丧失和产生，在丧失和产生的过程中，不见得对以前的丧失就是好的，也不见得产生新的东西就一定会排斥原来的东西。这几年鲁敏写的“城市疾病”系列非常棒，但我稍微感觉写得有点过密了，有点密不透风了。比如那本《九种忧伤》。密集的疾病书写是否还要有缝隙？还有一点点光亮所在？《九种忧伤》我感觉太密了，塞得太满。

当然，她对城市里面每一种疾病的样态，都做了特别好的探查，这个探查不仅仅是人性意义上的，也包括物理意义上的，我指的是身体，它们是一样的。我觉得今天的作家其实对身体反而忽略掉了，我们总是探讨抽象的疾病，就是对物的描述反而少了。我觉得鲁敏在这个层面是非常棒的。因为这种物理层面，这种物质层面的身体和物质层面的书写是一个文本的基础，如果没有这个基础，文本会显得太过抽象、太过概念化。《九种忧伤》就在一个物质和精神之间找到了一个平衡，这点我特别喜欢，包括这本《荷尔蒙夜谈》也是。

但我觉得第一篇稍微有点区别，和后面的故事有点不一样。集子前面的一些作品会更端正一些，我还是挺喜欢这种端正的，我觉得这种端正是必要的。我们有的时候太不彻底了，这个不彻底我刚才也想谈。《大宴》这一篇的端正在于，它其实有一种怜悯。这种怜悯不是用那种悲悯去表达，现在作者写东西特别容易进入这样的状态，所谓用底层的眼光看待那些人物，鲁敏则与人物之间保持了比较好的距离。这点距离也挽救了这本书，所谓的没有用悲悯的眼光去看人物。我觉得我们特别容易把之前对于人的理解作为一个原始风景来看待。就像劣根性之类的，这点鲁敏写得特别好。

刚才有一位谈到了不彻底性，我觉得就对性主题的探索来看，鲁敏确实有些蜻蜓点水，就是太端正了，和前面的那个端正不太一样，确实是没有真的放下来。也就是作家的端正妨碍了作品的不端正。

鲁敏：作家要处理人物，又怕留住作者本身的动作性，所以有一种自我的戒备。

梁鸿：确实是作家的身份感和价值感影响了这部小说人物的身份感和价值感，实际上你没有把它们割裂开来。我感觉你没有放开自己，你没有完全进入到人物的内心世界来写。当你放开你自己的时候，两个人物可能更加自由，表现在作品里的他俩的关系，他俩的性格可能会更加自由，也可能是更残酷或更温暖。作家很难抛开自己，因为塑造各种人物背后是有线的，你本身就像风筝线一样。抛开自我是每一个作家的课题，所以我觉得你没有完全地抛开自己。

这几年 70 后的女作家包括乔叶，都处在变的时期，人到中年，写作那么多年，都希望有特别大的变动。那么怎么样变？它涉及你对世界的看法，涉及你对人的看法，当然包括具体的你对性的看法。《荷尔蒙夜谈》本身就包括了你对性的看法、对身体的看法和对身体在人身上位置的看法。但有的时候，我觉得故事对于作者思考的承载有点太明显了。比如《荷尔蒙夜谈》讲的中年危机。我觉得中年危机是我们个人的事，但是当你把这个投射到人物身上去的时候，会发现人物的思想太单一了。

我非常喜欢你作品里庞杂的信息，各种知识的混合、生活的混合，并且你对生活的纹理抓得越来越深，从《九种忧伤》到《荷尔蒙夜谈》，很多时候那种生活的褶皱是追查不到的，或者说，它需要作家把这个褶皱一层层地展示给读者。因为城市生活并没有那么简单。《荷尔蒙夜谈》虽然算是一个短篇集，但是展现城市生活复杂而多维的面向。

希望有一天鲁敏重新回到“东坝”，发现的也许是一个不一样的“东坝”。近来听你们谈到孙犁，谈到汪曾祺，我都特别有感触，汪曾祺确实是一个老年人在写那种生活的恬淡，那种去情节化、去戏剧化的东西，但这种文学是不是唯一的追求？也许我们在乡村可以搞一个惊天动地的故事出来，我们重新回到故事，重新回到戏剧性，重新回到东坝那样一个地方，我觉得也是挺好的。

杨庆祥：刚才梁鸿老师有几点说得特别好，包括生活的纹理，我一直觉得中国作家写作有一个问题就是非常粗疏，但是最近几年情况好转了。像《陌上》就处理得很细，鲁敏的也是。我刚才翻到了《拥抱》这一篇，里面的一些细节处理得特别好。包括里面的一些论述性的话，像“女人话多就觉得特别可怜”，我当时觉得写得很好。这就是生活的纹理。鲁敏的短篇里面有很多灵光一闪的话，这样的一句话之所以有力量，是因为它建立在了非常细致的纹理之上和生活的观察之上。

所以你会发现鲁敏的所有写作都有一个特点——活色生香。就是整个生活的那种温度、那种细腻的东西扑面而来，这个特别重要。我们现在老是强调中国的社会生活特别需要戏剧性，对于作家来说有一个更高的要求就是你能不能把这种戏剧性转化成为一种更高的戏剧性，把它变成一种文学的戏剧性而不仅仅是新闻的戏剧性。新闻的戏剧性是缺乏质地的，文学的戏剧性要高于生活的戏剧性。这就对作家提出了更高的要求，你要写出更有故事感、更有戏剧性的作品出来，而不是说你要回避这种戏剧性，然后你来装恬淡。这样的一个时代你怎么能装恬淡呢，用静态书写这个时代是有问题的。

二

李壮（中国作协助理研究员）：先切着今天的题目谈谈这本小说的“俗世欢愉”，我觉得特别贴切。这本书基本上以城市为背景，把城市生活里面的真实经验跟戏剧化的情节结合在一起，这背后又有身体、性和欢愉。我的个人感受是，比欢愉更重要的是它写出了俗世欢愉背后的俗世悲哀。

鲁敏：还有一个词叫“动物型忧伤”。它是一个生理学的学术语言。

李壮：我觉得这个特别好。毕飞宇的小说《叙事》也写到类似的东西。这种感觉《荷尔蒙夜谈》里也有，它很多时候会写到人的肉体老去之后的焦虑和疲惫。最后一篇有一个细节特别打动我，写那个空姐年轻时被一个老男人包养，但是是不完全的包养，那个老男人只是雇她跳绳，让她只穿一件运动衫光着脚跳，跳得满头大汗。老男人看着她跳，一会儿特别欢喜地笑，一会儿又泫然流泪。这个场景特别有诗性。这就像刚才说的，俗世欢愉背后有特别深沉、难以言说的忧伤。

文学的价值就在于此——写出欢愉背后的忧伤。这种东西由纯粹的肉身宣泄而来，但又是一种非常精神化的反应。身体经验一直被作为俗世的核心，它是我们每个人与这个世界产生关联、能量交换、意义交换的一种最直接的方式。我们现在生活在一个富足的时代，可能吃的、用的不会有那么大的差距，但在性的问题上永远有差距。我拥有怎样的身体，我能够占有怎样的身体，这永远都是一种相互体认甚至自我体认的很关键的角色道具。

我最喜欢这本书的一点是它写出了丰饶年代的饥饿体验。这是我特别期待在70后、80后年轻作家的小说里面看到的，也已经慢慢看到的。《荷尔蒙夜谈》里的艺术家何东城，他提到飞机上发生的那件很猥琐的事情，这里面有一种隐喻，就是漫长的死亡状态，人在慢慢衰老，欲望在慢慢枯竭。我读出了挽歌的情调，人们已经很熟练地融入了俗世欢愉，但是在这种欢愉的享受之中，感受到了一种深沉的悲哀，这种深沉是讲不出来的，而且是已经永远失去，再不可能挽回的了。这本小说写出了这个东西，就真的打动了我。

第二个话题想谈谈谱系。关于身体与70后的问题，从鲁敏本人的写作中其实能看出内在的脉络。我的硕士论文的题目就是《70后作家小说中的身体经验》，有很大篇幅是关于鲁敏的。我记得鲁敏有一篇小说是《铁血信鸽》，写一个男人在俗世之中很熟练，但又很疲惫。他站在阳台上，可以看到对面住的是一个养信鸽的人，像一个有点自闭症的隐士。他对隐士和信鸽特别着迷，但他的妻子却是特别世俗的人。于是这个男人便在中间来回摇摆，内心波澜起伏。我还会联想到徐则臣《跑步穿过中关村》，会想到《如果大雪封门》，会想到曹寇的《躺下去会舒服点》，写的都是俗世生活中特别疲倦的人。我当时就在想，为什么70后这代人会对身体特别感兴趣？这其实是一代人的写作真空，就像是一个很孤单的个体卡在两套巨大的齿轮之间，左边的齿轮是关于社会历史的，有漫长强大的谱系，但是这个时候已经在慢慢地瓦解，力量已经不足够支撑作家通过写作寄托他全部的东西。于是另一边的齿轮是个人纯粹内心的、私人经验的东西。到今天为止这种纯粹的个人经验化的写作，也已经出现了危机，这代人不仅是70后，还包括很多80后，他们都卡在中间，通过身体的经验来连接这两套不能够完全咬合的齿轮，然后分泌自己的荷尔蒙，以使这两套磕碰的系统能够在这里逐渐运转起来，并逐渐形成完整的东西。其实在这本书里，我觉得鲁敏又往前更推进了一步，就是开始没有了那么多的束缚，房子可以很大、很宽敞，但背后的东西更加深沉、更加无助了。这种谱系的问题其实很重要。

最后还是谈一点我作为读者不太满足的地方。以《坠落美学》为例，小说开始写空姐在飞机上想象坠机之前要读的那段话的时候，我知道最后肯定会出现死亡，当然这死亡和她整个生活的破灭是有关系的，但是我还是觉得最后死亡出现得过于直接。小说中有处描写让我心里一震，就是刘先生砸了两个花瓶然后对妻子说，你跟小田睡过了，你是不是爱上他了，如果你真的是爱上了小田，你就不会再跟这个人睡，如果你想证明自己没有爱上小田，你就再跟他睡。这其实是一个很极端、很悖论的情景，两边都是罪，但同时也都是救赎。我特别希望看到这个悖论如何解决，即使是完全偏向一边，也是一种解决。但最后我看到的是空姐把西柚汁换成了夹竹桃汁，选择了死亡。这当然是一个可以理解的结局，是一种写作的完成，但是这个完成不一定意味着真正完整，至少就我而言，她的死亡在小说本身的叙事没有推进到必然的结果，而且没有被酝酿得很充足。她不同于《包法利夫人》中爱玛的死亡，或者是《安娜·卡列尼娜》中安娜的死亡，她们让我们觉得如此不可避免，又如此痛彻心扉。我觉得在今天的小说里面，尤其是很多青年作家的小说里，死亡已经变成一件很平淡的事了，甚至觉得不把主人公写死都对不起读者，一个小说都无法完结。在这种情况下，我们去寻找一种相对来说平淡，甚至是无奈、不可解决的解决，可能会变得更加可贵。从这个意义上讲，我会更喜欢《幼齿摇落》最后的结尾，很平淡，但是很惊人。

梁鸿：关于中年危机我想到奈保尔写的一部小说《斯通与骑士伙伴》，写一个人老了、退休了，他是单身，他要找一个老伴，他怎么样在他新的工作里面寻找自我。如此小的一个题材却写得非常大，一个人简单的衰老到最后展现了宇宙与生命的感觉。而中年危机就是生命的衰老，是人的肉体和整个生命突然间的某种醒悟或某种抓紧。我觉得奈保尔这篇小说最大的特点在于它有抽象的东西在里面，它用了非常细致的手法写了无数的细节，到最后呈现出某种抽象的意味，让你感觉到生命在衰老，是一种巨大的逝去，而不单单是个体的局限。

鲁敏的《坠落美学》这个题材也非常好。虽然是非常普通的题材，但是她通过这种非常具体的、戏剧化的故事，通过对情欲的追求、情欲的丧失和身体的丧失来达到一种大的逝去，达到一种活力、生命力的丧失，完成了一个人类永恒的主题。一个作家就要在一个简单的题材里面包含更宽广的东西。

杨庆祥：这部作品中有一个问题，就是死亡的问题。《铁血信鸽》《坠落美学》《三人二足》，最后主角“咔嚓”就死了。要把人写死其实很简单的，要把人不写死就特别难。

鲁敏：让书中人物继续“苟活”，我觉得更难。

杨庆祥：这个可能更真实，因为对大部分人来说会继续活下去，而且还会面对一些新的欲望。我以前写过关于上海作家叶辛的评论，我当时就认为他那么简单把人写死了是不对的，把人的死写得太简单了。一般情况下不要轻易地写人死，要用最恰当的方式，这是一个很重要的问题。

李壮：鲁敏这个小说的结局把漫长的死亡变成了仪式化的死亡，用了一个很青春的方式来解决中年危机。如果最后她（主人公）想象自己是放了夹竹桃，但事实上放的还是西柚，吃完之后生活还是要继续，或许更好。

鲁敏：继续面对新来的教练，我觉得那样才更好，确实是这样。

刘大先（中国社科院副研究员）：刚才讲到中年的问题，我觉得鲁敏本身自己作为作家，或者在题材当中因为中年变化有自觉的冲动。我想是不是有一点自我放大？我觉得她想强调的是身体，可能恰恰反倒是一种精神上的焦虑。这里面我最喜欢的是《三人二足》，我觉得这才是真正戏剧化的小说，因为情节很充沛，细节的文字写得特别好。还有一个是《拥抱》，这两个是这个集子里面我特别喜欢的。我又注意到她的小说里面，比如说《三人二足》中一开始邱先生解放了女孩的脚，获得了解放的脚实际上是被唤醒的。这本书的英文名字叫 *Hormones Awake*，他通过唤醒了她的身体，实际上带来一定的解放，这个解放是带有思想性的。邱先生在跟她说的时候，有一段他俩交锋的话语。邱先生说，难道这就是不正常的？虽然我是处于一个类似于少数人的癖好，但是这也是具有合法性的。照这个思路来，我觉得还挺有意思的，类似于西方主义话语式的。但是后来我发现她很快进行了自己的反讽，这个邱先生只是利用她。在这个意义上这个女孩并没有真正意义上的身体觉醒，身体并没有觉醒，反而最后变成了情感性的东西，甚至爱上了邱先生，或者是那个年轻的男孩。

《拥抱》这个小说也是，为什么我特别喜欢《拥抱》？因为她真正写出了一种共情感，就是人的孤独。这个情节特别让我想起了黑豹乐队原来的主唱秦勇，他的孩子也是一个孤独症患者。男人也许有落魄不羁的青春时代，但是后来进入了中年之后有了责任感，或者是其他种种承担，他变得小心谨慎，脑海中整天琢磨他儿子的事，这种琢磨可能是南辕北辙的，也可能他儿子并不是这个样子。

在这个过程中，我就感受到其实并不是身体的问题，最后变成了一种情感性的问题，这实际上还是一个情绪的焦虑。

第二点，中年的焦虑当中又包含难以收放自如，就是难以彻底放开来的矜持感，这种矜持感是有不彻底性的。这种不彻底性就表现在尽管小说写了大量幽微情绪的变动，以及身体的触觉，但是写得真正脏的东西反倒不多。身体当然是有欲望、有美的部分，也有肮脏的部分，这些肮脏的部分、混乱的部分、淫秽的部分反倒是促使了身体的完整性。鲁敏写的身体我认为是不完整的，就像脚、足一样是部分的身体，这个部分的身体可能是仅仅体现在欲望上面，应该还有我们所厌弃、憎恶的东西在里面，我觉得可能还没有写出来。因为身体没法靠精神、靠理智、靠情感来使它完整，身体要靠自己来完整。我觉得小说里面有个故事，两个人对话，中年男人开始回忆他青春时期遇到的中年女人的那段有个细节特别好：两个人在脸盆里面撒尿，尿的腥气是有气味的，这是肮脏的。更多时候我感觉到鲁敏确实有一种中产阶级美学给她带来的舒适感，就是真的没法写到肮脏的东西。最近《猜火车》电影续集出来了，《猜火车》第一部里面有一个人爬到肮脏的马桶里面，马桶还出现大海洋的镜头，我觉得小说要有这样的东西，在肮脏里面发现一个新的世界。

杨庆祥：道在屎溺。其实我认为中国人的身体一直是没有被解放的，更不要说女人的身体了。所以谁能够把中国人的身体推到极致的状态，就推进到《金瓶梅》的状态，他也会成为一个非常伟大的作家。我看《荷尔蒙夜谈》的时候，首先想到的是《十日谈》，《十日谈》的尺度就挺大的，而且有启蒙的意味。其实我们的肉体和精神都需要新一轮的启蒙，但是现在这个工作没有人来做。中国人的启蒙老是从历史的层面来，但是历史是一个抽象的东西，历史的启蒙需要落实到具体的肉体上面来。

刘大先：我想接着你这个说一下，身体的解放，这个解放肯定是双重的，应该走出"盆景式"的、"茶杯里面风暴式"的解放。我觉得肉体自我无法解放，这应该是要有综合性合力的。《小流放》和这个集子给我的感觉真的很精致，技巧上无懈可击；但是有一个很大的失落感，我看不到在关注自我、关注身体、关注欲望之外，还有在关注他人。实际上这个时代有自己的共性，比如那些被李壮归纳为"丧"的东西，就是无聊，除了着眼于身体以外，没有其他的了。

杨庆祥：刚才大家反复提到中年危机，我觉得这是一个误导。作品里写的不是中年的危机，你会发现一个十岁的小孩也会出现"丧"的情况，一个 80 岁的老头可能完全不"丧"，每天去跳广场舞。其实"丧"是精神层面的东西，背后有社会结构性的问题。

三

李剑章（中国人民大学硕士生）：首先冒昧揣测一下，这部小说虽然叫《荷尔蒙夜谈》，但其实是反荷尔蒙的。正如这本书上写的，“用文字的虚妄来对抗生活的虚妄”。何况更多的时候荷尔蒙也只是一个傀儡或借口，其实，真正让人幸福，让人有存在感、归属感、价值感的分泌物并不是荷尔蒙，而是多巴胺或内啡肽。可惜的是，小说当中的许多人物选择了荷尔蒙，放弃了简单纯净的幸福与归属感，于是暴露在金钱与权力之下。他们获得的是一时的虚荣，代价轻的则是长久的痛苦，重则的是人生的毁灭。这些人决绝地选择了荷尔蒙，荷尔蒙也“负责”地把他们推下深渊。

第二点，谈一下这部小说当中的一种结构，我把它命名为“猎人—兔子”结构。无论是猎人的比喻，还是兔子的比喻，都在这本小说当中多次出现。“猎人”作为大boss，他们非常清醒，为了利益不择手段，不会受到感情的束缚，而且几乎从不失败，不管怎样都能活到最后。虽然在《三人二足》这种例外中双方同归于尽，但这未必是一个有效的案例。再说“兔子”，他们固守感情，或者虽然有时候固守的只是情欲，但至少也是像《三人二足》当中所说的“纯真的情欲”。

第三点，小说当中涉及的一些怀旧因素，可以归纳为三种类型：一是回顾童年，二是怀念从前相对纯朴的时代，三是发掘一些中年男女身上的魅力。小说当中提到了各种挽救中年危机的方式，以及这种挽救的必然失败，还有人们面对这种失败所表现出来的自嘲以及自尊——这既是一种逃避，也是一种升华。

陈若谷（北京大学博士生）：正好前几个月，我看到了鲁敏老师的短篇小说《火烧云》，写了一篇小文章。但是在看了这本书之后，我发现之前对《火烧云》的理解有点简单化了。《火烧云》里讲一个在世俗生活里遍体鳞伤的姜女士想要靠上山当居士来重整自己的人生，我断定了这个女人并不了解真正的生活是怎样的，她以为隐居的象征意义可以解脱尘世中疲惫的自我。但是男居士就是因为真的放下了、看开了，所以他可以悠游自在，无论到哪里都有过客心态。我觉得这个女人最后的结局必须是死亡，但我现在发现在这个思路里，死亡就变成了一个太粗糙的事情。

这本书里的短篇小说，呈现了两种很不一样的生存和死亡。第一种是刚才大家都说到的《幼齿摇落》和《西天寺》，与我们生活最相似，我们就是这样无聊地消磨着自己的时光，等待着衰败和灭亡。另一类人，他们的荷尔蒙非常激烈，大喜大悲大绝望，都不断地产生破坏性的势能，甚至最后被死亡驱动，走向毁灭结局。

看《三人二足》，如果我是主人公空姐的话，肯定不会去找邱先生对质，我会跑到国外躲起来。因为我很害怕，警察哪一天就会突然出现带走我。这是比较正常的俗世生活的逻辑，但是戏剧化的处理是让空姐与邱先生一起从高楼坠落。

向60万亿细胞致敬，致的是什么敬？致的是这种明可以保存自己的肉身，但是向死一跃的勇敢吗？但是如果死亡和生存仅仅是在这个矛盾的范畴里，其实是没有离开西方理性合理化学说的，比如说马尔库塞就对死亡有一种整体性的贬抑，他觉得如果爱欲得到了满足，爱欲会来吞没死亡。如果我们在现实生活中非常自足，那么我们是不想死的。也就是说，死亡是作为一种反抗，比如说卖鸭子的对杨副主任的反抗，他放弃一切物质诱惑，就只想要死。另外还有《大宴》里的杨早，他也是在努力地修改命运。

这样理解起来，会比较明晰。但是透明的荷尔蒙又变得很没有文学的意思了。所以我觉得理解小说不应该只是看“荷尔蒙”，应该是看“夜谈”这两个字。这里面至少有一半的篇幅写的是选择死亡，我们对于死亡的理解肯定不是因为身边突然有一个人倒下断气，“死亡”是在阅读中和想象中产生的，死亡应该作为一种符号式的理解。我觉得人生的第一大意象就是坟墓和废墟，那种烟消云散的感觉。只有把死亡符号化，才能够去理解我们所有讨论“诗人之死”题目背后的以启蒙或其他现代思想意识为主导的思维。

死亡在作为符号确立起来之后，即便肉体消失了，我们也知道自己还没有这样快就灰飞烟灭。也就是因为这样，即便我们和那个丧气的年轻人符马何其相似，我们也不会深刻地记住他，可是我们记住了那两个空姐——柳云和章涵，在这个角度上理解这本《荷尔蒙夜谈》会不会好一点。

樊迎春（北京大学博士生）：鲁敏的小说给我的最直观的感受是这是“成年人的小说”。我大概分为三点来讨论。第一点是关于经验。文学本应该超越我们对于生活的想象，需要有日常经验之外的书写和寄托，但文学又应该在非日常经验的书写中符合日常经验的逻辑。日常经验如小人物偶然发脾气、姐弟恋、出轨外遇，非日常经验包括飞机上的自闭症约会。鲁敏对于这两种经验的结合书写得很巧妙，有一种浑然天成的味道。

第二点是鲁敏小说的气质与立意。很长一段时间以来，我们的文学和影视都是靠“青春”市场来支撑的，我们依赖这个庞大的群体，也是因为我们依赖一种所谓的年轻和希望，依赖一种共鸣和经验的共享，因为每个人都曾年轻，这是我们寻找归属的一种方式。但鲁敏的这几篇小说，给我的感觉是充满着对这种安全感和社会融入的排斥，充满对社会的不信任，对亲情、友情、爱情的直接放弃，这种不信任和放弃带来的是文学作品中常见的孤独、隔绝，但鲁敏的犀利在于小说在这种孤独隔绝中体现出可怕的坦然，一种理所应当。比如《大宴》中对容哥这一不明身份的人，集体看似盲目其实是很理性的崇拜，每个人都意识到容哥更有用，大家的蜂拥而至不是跟风，而是一种理性思考之后的经济人的行为；《坠落美学》中对牛先生按顺序追逐空姐的理解和默认，对外遇和出轨的宽容淡然。鲁敏将这种观念轻描淡写地置入她的故事中，给人一种沉默的绝望感。今天的生活没有普希金所说的那种“假如生活欺骗了你”的诗意，没有之前都市文学中那种多余人、失败者的挣扎和不甘，没有底层工作者的悲悯和凄惨，更没有青春书写的那些明媚和忧伤，而是成熟的、理智的、默认所有的规则和潜规则的——坦诚相对的，成年人的生活故事。

第三点是关于鲁敏小说中缺少的东西。文学不管在形式和技巧上如何创新，还是需要人性和情感作为支撑的，但人性和情感又都是多元和复杂的，鲁敏在表现多元方面有一种极为个性的吝啬。10篇小说中几乎见不到任何正常的温情，都是讽刺的、残酷的、绝望的故事，或者是得不到满足的欲望，畸形的情绪宣泄，极端的自我疗愈或者自我放弃，所有的人和事都是在这样的滚滚红尘之中，有的是千帆阅尽后的八面玲珑、机关算尽，或者是对他人的幸灾乐祸、虚与委蛇。鲁敏展现了多种多样的阴暗角落，可能这也确实是真实的都市生活。在当下许多写作者眼中，我们的世界血腥、暴力、虚伪、唯利是图，一无是处，我们会怀念以前的时代，比如唐朝，但在唐朝，他们也是期待另一个世界的，现实的世界永远是让人憎恨的。我们的写作是否已然沉迷于过分的道德修辞和情感诉求？文学的崇高和美，或者说人性的纯净和温情是否已然全部淹没于荷尔蒙的泛滥之中？荷尔蒙是否只有单一的面向？是不是这样的人和事中就真的不存在值得书写的正面情感？正如我们的作家开始寻找人性的幽暗和微妙一样，在都市书写已经成为一种显性写作的当下，也是时候让我们的作家在都市文学中寻找温情和闪光。文学在审丑和猎奇之外还是应该要有温度。

最后表达一点我的期待。在人性和情感之外，我也很关心这些故事最终走向何方？每篇小说结束的时候都太完整，所有的疑惑都得到了解答，但我没有看到作家的旨归与追求。小说我读完了就是读完了，可能和我关系不大，也没有引起共鸣，过几天我可能会忘记，但文学需要有东西留存在读者记忆里。

四

李蔚超（鲁迅文学院研究员）：我一直在想鲁敏的这本小说应该用什么样的方式来打开，第一种方式就是用一种文学性的方式来打开，比如看作品的语言、看叙述。如果从这个角度来谈，其实这本小说集并没有给我特别惊艳的感觉，因此尽管这部小说叙述得恰到好处，但是还没有好到让我觉得形成了一种美学或者新的美学。

这么多年来，我不断在期刊上看到鲁敏的写作，她的细处处理得非常好，她作品中的很多细节因为有现实感和生活感，而让我为之动容；但是我也会反思自己，反思我为什么会被这种东西打动，当然是少不了语言和艺术的魅力，但更多的原因我想放在第二点来讲，这也是我想打开这本书的另一种方式——用文化的方式来看待我们作家的作品。

我时常有这样的困惑，我们现在到底要不要在意读者？或者说我们和其他艺术门类，和网络、多媒体应该如何来回应今天的现实问题？我个人认为就是把文学作为一个文化的理念来看，而不能仅仅停留在文学本身。回到《荷尔蒙夜谈》，我觉得这本书之所以能给我熟悉感、现实感和生活感，其实就是因为鲁敏的写作方式是跟生活同构的，她的节奏、人物、处理的方式跟生活高度结合。所以我说这次讨论的主题“俗世的欢愉”非常切题。

“俗世的欢愉”特别像现在社会的主流——现世安好。这部小说中的人物要么是在现世安好的基础上，寻找一种不同的东西，借此来摆脱自己的中年绝望（《荷尔蒙夜谈》）；要么是想着向现世安好的状态来发展（《大宴》）。尤其是《大宴》这篇小说，它特别像我们时代的同构，而不是一个寓言或反讽，它讲的是狂欢式、沉醉式的故事，但是其中的人物又都在呼唤权力，且这种权力是不需要显现的，只要它本身存在就够了，而这一切正是我们这个时代最大的特征。

《荷尔蒙夜谈》这本书可以说是彰显了这个时代绝大部分中产阶级的趣味，这一点其实是好的。文学要想和电视、电影媲美的话，在写作中也要写这样的内容。这是没有错的，因为这可以满足大量的读者群体，中国社会中的大多数人，他们的困扰、焦虑需要有东西来安放和承担。从这个意义上说，鲁敏的写作是我一直在等待和期待的。

再就是前面说到的“茶杯里的风波”，如果我们真的是囿于自己的茶杯中来处理自己的问题，而不能意识到我为什么不是这样的，也不会自反式地来认识自己的境遇、自己的审美和自己故事的写法，这样我们可能会和鲁敏一样开始困惑：我们既要回应长辈们的说法——现实不是这样的；我们又要回应我们这代人的看法——我的困惑是这样的；同时我们又觉得有一点无力，好像我们的写作与现实的问题无法连接。这是我们这代人都面临的问题——如果我们局限在中产阶级趣味里，我们的想象力和视野会非常局限。

杨庆祥：李蔚超提的问题非常重要，如果我们仅仅把中产阶级趣味的写作作为美学旨归的话，肯定会导致作品的社会学想象力的丧失，最后导致的是对人性和自我想象力的丧失，这两个是互相生产的。如果没有一个更开阔的社会学想象力，那对人性和生活本身的想象力也会有限，而最终导致的是作品格局的狭窄。

但是我不认为鲁敏的写作完全是中产阶级的写作。有一篇完整度不是很高，但是我觉得那篇特别好，就是《万有引力》。《万有引力》试图把整个社会学的想象力打开。《万有引力》里面作为生理学意义上的荷尔蒙的因素不是很多。荷尔蒙不仅仅需要被理解为生理性，同时也是社会性的荷尔蒙。当一个社会的阶层固化，社会参与渠道非常狭窄的时候，社会所产生的荷尔蒙会累积到个人的身体上。所以有时候我们往往会把性欲理解成完全生理性的东西，这是不对的。性欲是一个高度社会化的产物，包括性的想象和消费，性永远是文化高度参与的事情，不是一个简单的生理的状况。性的冲动、想象和社会文化，是有强烈秩序的。如果完全局限于身体之内，没有把这个秩序写出来，那你这个想象可能就是中产阶级的。

李蔚超：我再说一句，鲁敏在“东坝”系列的时候因为有情感的牵连，所以有更多的视野。她现在是自觉地想要回应现在的生活。比如在第一篇小说里面，在描写公交车到城乡接合部的时候，她描写的是一种熟悉的想象力，但是迅速用一个反讽。包括在《万有引力》中，一旦触到中产阶级以外的人，过去天然的情感就出来了。

杨庆祥：所以我觉得中国当代作家有一个很重要的症候性问题，就是要高度锻炼自己的社会学想象力。如果没有这样一种社会学想象力，就要有他者心。这个他者心不是读佛经练就的，他者心是你真正和那些人生活在一起。

我觉得传统的小说正面临着困境，但散文反而有更多的可能性。散文的书写非常自由，在社会学想象力的层面呈现得更加游刃有余。我之前在看李修文的《山河袈裟》，竟是如此自由，如此深入，如此怜悯。我一直强调，多年以后如果一个作家的年谱里完全是这个作家哪一年出了个作品，这个作家是不合格的。他的履历一定是他走过很多地方，爱过很多人，被很多人揍过也可以，然后他有很多作品，这才是一个作家。你需要用脚去走。这种命运性的东西在创作时是需要的。如果作家们安逸于自己的中产阶级生活，可能就只能做一个中产阶级的作家。

徐刚（中国社科院研究员）：首先，这是非常典型的短篇小说的写法，追求非常尖锐、非常戏剧性的东西。这篇小说有精巧的构思，最后有一个情节的扭转。我们能够非常轻松地被调动起来，被代入到情景中，最后在结尾的时候了解到故事就这样了。

第二点，她写性写得非常深入，写到了精神分析的层面。虽然故事谈不上是精神探索，但是是非常出格的。因为她有一句话，“向衣冠楚楚的世界做一个冒犯的鬼脸”，确实能够实现她这样的说法。我读她的小说，就想到大先写过的一篇文章《猥琐》，他用“猥琐”这个词来描述我们这个时代的一种文化。但是我觉得鲁敏的小说背后有更深广的社会历史内涵，是试图把握我们这个时代的文化特征，就是“猥琐”。大先的文章里面谈到的“猥琐”有两个层面，第一点是淫秽、下流的中产阶级趣味；第二点是非常卑鄙、非常可怜，可怜之人有可恨之处。

我觉得这两个方面正好可以概括这个小说里面单篇小说《荷尔蒙夜谈》这一篇的内涵。实际上这一篇小说有两个层面，第一个层面是有非常淫秽的东西，主人公非常出格，实际上“夜谈”行动是特别有意思的，因为齐泽克说过一句话，“谈论性其实比操持性更有快感”。

齐泽克有一篇文章题目是《女人为什么不存在》，他的意思是说实际上最销魂的性事不是两具肉体之间的交欢，性的快感要诉诸幻想，但是肉体的交欢，你就要借助肉体或者说中介来实现幻想，而幻想则去除了这个中介，是非常彻底以自己的方式来做这种活动。这个小说非常深入地实现了这样一个对于性的极致描写，达到了精神分析层面的极致。

另外一个层面是卑鄙和可怜的层面。我们从性的活动里面打开来看小说，这种夜谈的安排是这几个人为了安慰出现丑闻的人，貌似关心，但实际上还是想探听他的隐私。所以这背后的行为是一个非常卑鄙的行为，就是通过交换自己的丑闻来窥探他人的丑闻和隐私。通过这样的行动，实际上写出了中产阶级生活里面包含的非常卑鄙、非常猥琐的层面。

第三点，我其实特别喜欢里面的两篇小说，一个是《西天寺》，一个是《幼齿摇落》。实际上这两篇小说写出了这样一个时代，因为猥琐而产生的个体孤独和无聊感。你看她在《西天寺》里面谈到所有的人其实都是在抽象的牢役中辛苦而无知地跋涉，他只能非常徒劳地回忆自己童年那样一种非常卑微的欢愉。这里面就有一种非常悲凉的骨感，我很喜欢这篇小说。

《幼齿摇落》这篇小说也有非常舒缓的节奏，没有那么戏剧化，但是最后又出人意料。这篇小说里面这个女人最后不愿意和这个男人结婚，她本来是为了结婚而来的，但是她不愿意和这个男的结婚。不是说因为这个男的隐瞒了他过往的一段情史，也不是说这个男的家里是多么清贫，而其实是来到了人群中的她一眼看到了这个婚姻的本质，婚姻是如此无趣，她看到了生活自身的一种无聊感。

小说当然非常颓丧，确实能够写出在这样一个时代的个体，能够非常切身地感受到一种情绪。当然还是在刚刚李蔚超说的中产阶级趣味的框架内，但是她能够把它做到一种极致，然后来探索一种边界的可能性。我是觉得这个是鲁敏的小说非常可贵的地方。

杨庆祥：我很赞同徐刚的观点。我是觉得我们在突破之前，首先要探索一种写作本身边界的地方，这个很有意思。这个边界有可能是移动的，那你在追逐边界的同时，其实你就在拓展自己的美学或拓展自己的向度。你在拓展过程中，最后可能会成就更丰富或更复杂的写作的面向。

当年我看《六人晚餐》的时候也有这种感觉，我对《六人晚餐》的感觉是鲁敏收得有点紧，因为那个题材我当时是特别感兴趣的，而且里面的人物也是比较庞杂的。但是后来发现整个重心的点是落在了家庭里面，所以后来我就觉得收得还是有点紧。而对于《荷尔蒙夜谈》我为什么感兴趣？我是觉得作家是在往外冲，这一点非常重要。因为一般作家写作都有惯性，觉得这种写作方式很舒服或者得到认可以后，他就会不太愿意再改变。现在作家最重要的，就是要敢于把以前贴在头上的标签撕了，要跨界乱写，这样才能出好东西。现在作家都不敢乱来，作家都不敢乱来了，现在谁还敢乱来，这个社会的想象力完全靠作家乱来了。

沈建阳（北京大学博士生）：我发现小说里面有一个一直出现的意象，就是“时间”。在《西天寺》里写到有个人准备去跟一个女网友约会，觉得手机放在屁股上像虫子在咬他，写得特别形象。还有一个是《徐记鸭往事》里写寻仇的丈夫，他特别生气，但是他有点神经质，还没有复仇就想着赶紧回去卖鸭子要开张了，不能落在别人后面。虽然要复仇，特别生气，但是时间一直在脑袋里想着在什么时候一定要赶回去。在《坠落美学》里的教练也觉得时间在催逼着自己。

刚才徐刚老师说到了偷窥，偷窥也是一个特别有意思的行为。首先偷窥是说明承认与观察的对象之间是存在距离的，就是因为两个人有距离才需要偷窥。那偷窥最后写出来为什么绝望呢？就是因为你偷窥后发现那个人也是跟自己一样的，没有什么好偷看的，在同质的时间里面是同质的人，就觉得我无聊，我想偷窥大家，但是发现其他人其实跟我一样无趣，跟我一样在中年心态里面，一样孤独、无聊。

其次，我发现有几个东西其实在作家那里像“原乡”一样的存在，像童年、乡村、青春，还有爱情。这些东西最后没办法被说成一个特别完整的爱情故事，童年、乡村、青春、爱情，可能再也找不回来，可能那个故事再也说不圆，但是那个东西一定是美好的，我感觉作品一直有这么一个情感结构在。这个问题可以从两个角度看，一个可能是因为作家的中产阶级趣味，姑且这么说；也可能因为这个时代给我们提供的大量的经验都是这样的，这么看就会有一点批判的意味出来。

杨庆祥：建阳这个角度还挺有意思的，尤其是他讲到我们这个时代给我们提供的都是中产阶级的经验和叙事，这也很有意思。但是这里面可能是景观化的表现，而我们没有把景观化的东西戳破。为什么说时代给我们提供的都是中产阶级的经验、中产阶级的想象？那是因为我们被媒体、社交媒体景观所控制。但是一定会有不同的美学散落在世界的各个角落，虽然我们不知道。你没有自己去经历，结果就都是被同质化的经验。

谢尚发（中国人民大学博士生）：现在，许多人都认为“代际划分”是一个讨巧而不实用的批评方式，而且认为对于研究女性作家来说尤其不适用。但代际划分之所以总是被提及，就因为这个简单的方式背后，可能隐含着中国古代人经常谈论的“知人论世”的东西。毕竟，一代人成长的环境对他们的思想、心态、情感等的塑造，是非常重要的。这就是为什么，将鲁敏的小说放在70后创作的背景中来分析的理由。这一代作家，比如说像田耳、戴来、姚鄂梅、刘玉栋等，把他们的作品跟80后的作品进行对读、对照之后，会发现确有过人之处。比如说他们的叙述都很从容、冷静，拿捏得很准。经过这种对比，鲁敏小说的优点，也就不言而喻了。相比于同代人，鲁敏的从容和冷静中，还带有一种厚重感。

我要说的第二点是，整个小说集看似以性为话题，却带来更多值得沉思的东西，性只不过是把当下的生活困境给展现出来的那个突破口。这很容易让人想到福柯——性事不是说古往今来怎么处理性经验，身体、精神、灵魂的，而是要揭示性是怎么被压抑的，如何在话语权力的覆盖下丧失了正常言说的可能。实际上，当我们谈论这个小说里面不正常的、病态的癖好时，就是在用一种被规定的伦理，一种已经压抑了性的话语的方式在看性及其病态呈现。这些小说同样会让人想起萨特的《存在与虚无》，尤其是最后一句话：“人是一种无用的激情。”其实，这部小说集里面，许多性的话题也可以做萨特式的理解，说白了就是一种无用的激情的消耗。

第三个问题，我想谈一下作家写作的资源问题。当我读完《大宴》的时候，首先想到的是贝克特的《等待戈多》，《大宴》里没有来到的容哥就跟没有到来的戈多一样，这当然是荒诞派戏剧所呈现的一种绝望，或者是一种虚无的东西。读《荷尔蒙夜谈》，我又想到了柏拉图的《会饮》，这篇小说几乎和《会饮》是一模一样的叙事手法、结构方式，像《三人二足》等也可以找到某种外国小说的影子。我不能确定鲁敏就是受到了这些外来资源的影响，然后进行的小说创作，但这种平行的比较本身，就可以彰显出某种小说的特质来。只是一个有待追问的问题是：这样，如何定位我们自身的创作？这或许是鲁敏应该处理的一个比较棘手的问题。

最后再说一下我所认为的这个小说集的缺陷。其中之一是，拎不出来一个特别鲜明的人物形象，读完了总觉得了了，拍案而起没有，念念不忘更没有。这样，小说就很容易会被读者、批评和文学史“遗忘”。这当然是现下小说的一个比较普遍的问题。另外一点，太看重“自我”，对他人的关照太少。写的都是身边的事，甚至都是自己的东西，视野有些狭窄，情感有些单调，也难怪大家会把这些小说往作者的身上引。怎样在自己的内心把自我给抛弃了，是作家重要的修养之一。“自我”是一个陷阱，容易把我们囿于一个很狭小的范围之内。

乔叶（作家）：鲁敏的小说，我基本上都读过，我主要说问题的所在。首先，说《大宴》的问题，她是很努力想扩张自己文学表达的领域。她的扩张和现实的逻辑性解决的问题，还有她的中心思想模式问题，我觉得我这方面甚至更突出。我们看着不太一样，但实际上是在一条线上。70 后有相同的成长背景，我们有很多共通的东西，包括中心思想的模式性问题，对某些想当然的题材的偏执性选择，还有戏剧性夸大的问题。

其次，我不太认同鲁敏某些故事性的构成。她的逻辑很成问题，包括有失控，她小说中蛮想失控的，失控当然是一个技术型的问题，关于坠落美学、失控美学的问题。如何更好地控制失控这也是一个问题。

还有不彻底的问题。鲁敏选择叛逆性，但是逃了一下课又乖乖回来了，就是不彻底。

陈华积（中国青年政治学院讲师）：鲁敏老师1991年就开始工作了，然后干了很多行业，接触过形形色色的人，并在1998年发表了作品。这样至少有7年时间是在社会上摸爬滚打，这一段经历我认为对她小说的沉淀是非常重要的。她前几年拿出的《六人晚餐》也可以说是重量级的作品。小说的叙述给我的感觉是有很强大的把控能力。这可能来源于她的一些生活经历，还有一些对社会的理解。

我首先从《六人晚餐》谈起，她对整个社会结构的把握能力特别强，从生活层面到社会层面到个人精神的隐疾。在精神隐疾层面，她能够非常自由地进入，能够把整个结构张开，这就是她的小说带给我的一种震撼性。

再来看《荷尔蒙夜谈》，她在《荷尔蒙夜谈》当中也引入性的文化，引入身体的道具，其实是再来跟社会结构进行再结合。在小说集当中，她集中处理各种性的话题，写出了一种蝴蝶效应式的小说。恰好通过这样一种最为日常的性的书写，跟社会结构结合起来打通精神。小说的整个思维结构确实是非常像《万有引力》的结构，体现了题材的稳定性，特别是呈现这个社会深层结构当中精神隐患的东西。所以，鲁敏的小说是非常关注精神世界的。

第三点，谈谈小说中的一类人，像《坠落美学》里面的刘先生，刘先生是一个富翁，他盘踞在社会食物链的高端。在鲁敏的小说当中出现，恰好是打通了上层和下层之间的关系。这样把底层和高层的顶层设计连贯起来的时候，我们会发现这个小说是具有这样内在的张力的，能够形成一种内在循环。

杨庆祥：你谈到的上层与下层的关系，我觉得很有意思。鲁敏小说里面有食物链顶端的人，有大量食物链中端，他们之间是什么样的关系？他们在精神层面上还是都会面对这个社会的暗疾和创伤，这可能是他们的连接点。

鲁敏：今天听到了很多对于这本书的不同解读，我蛮有感触的。乔叶她是和我一个代际的写作者。某一个代际的写作者，他既有个人的气息，还有代际的气息、所在阶层的信息。比如像大家刚才提到的阶层，你可能像个棒槌一样，你在这个棒槌的中间观察到的问题就是一个折射。但是因为折射了就一定要排斥，好像也有一点不是平常之心。有很多的问题，有的我也非常赞同，比如刚才讲到的对死亡的处理方式。我虽然想克服惯性动作，但实际上还是会不可避免地出现一些惯性。不通过他者的眼光，其实你有的时候是很难看得到的。

这是我今天很有收获的部分。我觉得不成熟才是一个作家的动力和动态的呈现，说明我是一个跑动的人，我会继续跑，会拿出不同的东西，希望下次再来联合课堂。

一意孤行的写作

——乔叶《藏珠记》

10月

15日

2017年

中国人民大学人文楼

杨庆祥：这是第23次联合文学课堂，今天我们邀请到著名作家乔叶，来讨论她的最新作品《藏珠记》。她有几部作品非常重要，比如《最慢的是活着》《认罪书》，《藏珠记》是她最新的长篇，稍后我们将进行讨论。首先请乔叶说几句。

一

乔叶：我特别开心能够在这里参加讨论会。我参加过讨论鲁敏的那期联合文学课堂，感受过这个气氛。我非常喜欢和青年学者探讨问题，也很期待听到大家的声音。若谷的文章我看过了，我觉得写得很好，但还是蛮客气的。我自己有一点纠结，因为我预感到大家的批评和不满足的地方会比较多。这个作品其实是我的一个意外的作品，不是按照常规的写作习惯或期待来写的，是一个任性的作品，所以说是一意孤行的写作。我很喜欢"一意孤行"这个词，它既可以针对女主唐珠，也可以针对我自己的写作心态。这本书还处于宣传期，非常热闹，但我自己有比较清醒的认识。我接到很多反馈，所有非专业读者的表扬都非常正常，他们有什么批评意见，我倒觉得很意外；但是对专业读者，他们表扬我，我就觉得很意外，批评反而正常。这部小说发表以后先是在《长篇小说选刊》转载，最近又有两家选刊，《中华文学选刊》和《江南长篇小说月报》也表示很喜欢，我是蛮意外的。我觉得接受风雨雷电很正常，专业读者很喜欢是出乎我的意料的，这是我对批评界的一个心理基础。那么为什么要写这个小说，"后记"里也有所表达，就是我写完《认罪书》以后，思考下一步写什么。

大概2014年的时候，我当时看《来自星星的你》，有了写作的念头。这个小说很好读，其实是有这个根源在的。我觉得它的人设蛮有意思的，如果我要写这样一部小说，女主要来自大唐。因为我很喜欢大唐的气度、风格和文学成就，喜欢大唐那种很开放、很自信、很绚丽的气质。我们河南洛阳等地和唐朝关系密切，唐朝是我非常亲近的一个朝代。其实女主活了一千多年这个梗不新鲜，但是别人的想象是别人的，不能满足我的想象，我自己很想写这个东西。

2015年我到作协工作，有空的时候就想一想、写一写。这个小说的篇幅不是很长，半天就可以读完。邱华栋写了一篇文章，认为这部作品就像“从时间深处引来的一泓活水”。这部小说一直写到现代，和当下有关，如果我想展现一个广阔的社会生活，就不是十几万字能够表达的，而我又不想去扩展，我个人的兴趣也不在这里。所以这个小说的表达重心都在女主这里，女主占了绝大部分篇幅。小说当然也和当下有关，赵耀的反叛，还有男主都是为女主服务的，主次是清晰的，比例是失衡的。这个小说里常规文学审美所说的毛病我是清楚的，但我就是想这样写，我想表达我的困惑或者好奇，就是人活了千年后怎样认识生活，生活中什么是最重要的，什么是最想要的，活着有没有意义。这些问题让我的想象力跟随着唐珠，在心理上尽可能无限地接近她。这是我特别想探寻的东西。所以其他故事的发生有一个轻重大小的失衡，也在我的控制之内。最近做了很多访谈，专业的读者其实是很挑剔的，比如他们觉得“U盘”的梗也很常用。所有梗提出的时候都是陈旧的，它不过是个道具，我拿来用它，并没有什么特殊意义。如最近诺奖得主石黑一雄，他的很多作品都是第一人称，我也常用第一人称写作。角度的选择是不新鲜的，重要的是作品本身，就看作者怎么选择它。另外，我是个中年作者，有中年心态，对于小说中的爱，中年读者很难去相信它。爱的理想状态是全身心付出。我把自己带入唐珠去感受爱情纠结的时候，其实我也说服不了自己全信这个爱情，所以唐珠才会经常进入自我怀疑、质疑甚至鄙薄的状态。因此，我才会强调赵耀的重要作用，他作为一个恶人，他会怎么样？我觉得恶的存在是非常有意思的，他其实是以恶行来成就这个事情的。我觉得这是自己写作中有意思的地方。

我认为之所以像“从时间深处引来的一泓活水”，最重要的是水本身，我的重心放在水身上，就决定了重心的失调，但是我也没打算遵循常规的写作伦理，就是一个任性的小说，但是这个小说没打算按正常的方式写作，之前的各种宣传都是蛮世俗的。我觉得正常的文学批评都在我的预期之内。

陈若谷（北京大学博士生）：看这部小说的时候我就在想，作为研究型的读者，我们是否一定要按照自己的批评思路来解剖作品，还是完全尊重作者，投入感情去体察作者的创作意图？

乔叶在“后记”里也说了，说这是为了寻找一段轻松的时光，可能遇到各种各样的批评，比如“幼稚、可笑、肤浅”等，这是动笔之前就设想了的，唯独对于好评“没有期待”。就这么一下釜底抽薪，我这种批评者就变得很被动了。但我还是粗浅地发掘了一下，发现这个文本里有很多类似于“纯文学”的小装置。

第一个就是极显眼的题记，纳博科夫的“通过那个索引的窗口/一株玫瑰爬了进来”，一下就用一种比较正式的态度把这部“游戏之作”框起来了，把它与自己日常的写作状态隔绝开了。

根据这种态度，里面有那么多诗词会不会有点刻意？比如，“而此时，在金旺墓前，我却更喜欢白居易的这首《寒食野望吟》：‘乌啼鹊噪昏乔木，清明寒食谁家哭’”。这是为了减少口语化和浅主题的叠加，增加小说的纯文学品质吗？

乔叶：我解释一下引用诗词这个事，还是比较符合逻辑的。因为唐珠在青楼谋过生计，青楼女子都会那些诗词曲的。古代士大夫主要写文章，诗歌都是抒发自己情怀的东西，后来词成了诗余，曲成了词余。所以它本身就不是一个高大上的东西，就在市井阁台间传唱，所以唐珠会背很多。而且她会哪些诗词，我都严格地挑选了的。

陈若谷：纯文学作家一般喜欢设置好几个主观视角，《藏珠记》也是这个写法，金泽视角、赵耀视角，甚至还有金泽的姑妈，这是一种常见的叙述手法。另外一个特点就是高度的互文性，比如有《独异志》《广异记》，还有《资治通鉴》。这部现代的恋爱小说是从古代史书记载延伸过来的。

网络文学当然现在也这样用，好像在技法方面，纯文学作家没有什么多余的空间了。网络文学的作者也会认真地添加很多历史的细节，让故事重新演绎历史。

所以我们的纯文学和通俗文学、流行文学如果主题和技巧都差不多，那么在文学性上有高度的差别吗？

不过我还是认为这个小说，在好读之外，还是能看出来作家自己本身的文学气质的。本来女主角不会死也不会老，生完孩子的她会怎么样？“因为睡眠不足，我经常挂着硕大的黑眼圈，眼角也新生了一些皱纹。这让我有些矫情的小烦恼，虽然在心里一直暗暗恭迎着它们大驾光临。”这句交代得太多情了。宿命就这样被爱和爱的结晶所扭转，温柔地轻轻一笔带过，不加重笔墨，这点儿就特别的纯文学。

总的来说，困惑我的是，作家任性的时候，批评家是否应该把它作为一种“非常态”而保持缄默。

杨庆祥：但是你写文章了，你发言了啊。

陈若谷：我写的时候就有感觉，我的解读完全背离乔叶自己的创作意图。她是想写得很轻松，可是我把我自己代入唐珠的身份里，我就发现她人生的轨迹实在是刻意为之的，换作我自己的话，“我”都苦闷死了。既然活了一千多年，怎么会一共只结识了那么零星几个像金泽一样可爱的直男呢，唐珠都该死好多次了。

乔叶：有啊，也有好几个男人出现，但是什么都大不过爱自己。

杨庆祥：里面有几个比较动心的，轻描淡写写了几个。但是都没有铺开他们和唐珠之间的故事。

乔叶：铺展不开。

陈若谷：唐珠只有 14 岁，每 200 年加 1 岁，最后只有 21 岁。十几岁花季女孩的恋爱经验，您书写的时候是从哪里得到的？是您回忆年轻的时候还是别的小女生说的？

乔叶：所以说我自己是“老妇聊发少女狂”。这是人类普遍的感情，应该是可以通过想象力抵达的。

杨庆祥：若谷到了 40 岁肯定会爱得更热烈，爱完全可以是很纯粹的。一个人一定要到了一定年龄阶段和阅历层次，才会迸发出纯真的爱。

乔叶：唐珠对金泽的爱其实是非常复杂的，有朋友的、情人的、父亲的、兄长的，甚至孩子的，对各种男性身份的爱混合在一起的综合的爱。爱是丰富混合的。

二

谢尚发（中国人民大学博士生）：看了今天的研讨题目，我突然有些感慨。我始终认为，这绝不是一个“文学常识”普及的时代，甚至可以说，它在某种程度上意味着“文学常识”的匮乏。毕竟，在这样一个时代，处于式微境地的文学，在影视、网络咨询等的挤压之下，已经退守于社会一隅，虽不至于是“文学界自说自话”的一家言，但失去轰动效应也是不争的事实。读图时代的来临，对阅读提出的挑战，已从虎视眈眈变成了既定事实。因此，留给文学“任性”或“一意孤行”的空间已经十分狭小，它可能并不需要谨小慎微，但假若试图肆意妄为，折腾起来，恐怕带来的也只是一场“内耗”。当然，存在着“大众”的文学，也就存在着“小众”的文学，期望作品横空出世，洛阳纸贵，多是一种幻象。然而，同样可怕的是，当一件事情无可无不可的时候，那么也就意味着它存在或者不在都无所谓的命运的到来。可惜的是，单就这一文学常识而言，不仅仅对普通的阅读者意味着匮乏，甚至对写作者和批评者来说，其状况也同样是堪忧的。

就《藏珠记》而言，阅读是轻松和流畅的，它故事本身的委婉曲折以及爱情的千转百回都是引人入胜的。但需要追问的是，倘若文学只是提供一个好的故事，那么文学别致的特征是什么呢？一个阅读者，要消费一个好故事，他完全可以备一个水果盘，拿着牙签，一边轻松地吃着，一边欣赏一个电视剧，或者电影，甚至是某类综艺节目，都能满足他的需求。那么他何以仍要坚持阅读文学呢？文学之区别于影视、综艺等的东西，难道是一个好故事？这其实就是阅读者内心里“有所得”的追求。因此，小说的创作本身，理应在“有所得”上给出一些回应，而不管这些回应是宏大叙事，还是通俗故事，是命运、人性、道德，还是时间、日常、男女。乔叶完全能够在千年岁月的时间宽度和厚度上，做进一步的思考，把由时间积累而来的深度和高度带出来，从而让唐珠与时间共存的故事，不是穿越的戏码，而是站在云端的思考。当然，这可能根本就不是乔叶的追求，她所信托的就是一个偏轻的文本，一部率性而为的小说。只是偶尔，小说中随处可见的廉价的成功学教条和从办公室政治得来的心灵鸡汤，背叛了她任性的初衷。

就这个小说的“饮食与男女”来说，看上去更像是割裂的。在小说中，唐珠是一个吃货，千年的经历使她看透了诸多人世间的万象，却唯独无法勘破食欲的存在。由吃而精做，便有了小说中大段的关于取水、食材、火候等的详细描摹。以至于日常生活中每一顿饭菜都详细列上菜单，以及时不时地跳将出来的食谱式书写，人间烟火味十足，但总觉得这吃法是游离于人物之外的存在。吃这个菜和吃那个菜，本质上是没有任何区别的，这不得不让人想起，彻底的日常也就意味着缺少了日常。同样，金泽是一心想当厨师的帅哥，论起做菜来，总能头头是道，以至于“物性”“厨师课”“鼎中之变”等，直接把小说写成了饮食文化，尤其是对豫菜大呼其神的笔墨，不但阻碍了小说本身的发展，显得冗余而庞杂。同样，饮食文化本身的描绘也显得是一种“照搬照抄”食谱、饮食文化史，缺少了文学关怀下的独特性。

小说的两大主题便是“饮食”和“男女”，但两大主题几乎是各行其是、自说自话，导致了小说叙事的分裂和游离，完成度自然大打折扣。就饮食和男女的契合度问题而言，可以略举一例《红楼梦》，便能见出究竟。在《红楼梦》中，林黛玉和薛宝钗都因身体不适而吃药。林黛玉是常见的病症，吃的却是“人参养荣丸”，用的药材又极其普通，人参、白术、茯苓、当归、甘草等。这一味药恰好应和了林黛玉寄人篱下，需要“养荣”的身份。因了这，她只能服用普通药材，简单易得。但薛宝钗吃的“冷香丸”则大为不同，药材极其讲究，白牡丹、白荷花、白芙蓉花、白梅花的花蕊，以及雨水节气的雨、白露节气的露、霜降节气的霜和小雪节气的雪，其所彰显的贵族气，可见一斑。冷香丸所治疗的，又是“热症”，而且是“娘胎里带来”的。如此，薛宝钗的高贵身份、热衷于仕途经济的个性和思想，也就被烘托了出来。同样是一味药，却能起到画龙点睛、恰到好处的作用。

这部小说中，最显特色且最能将文学的切身性表达出来的，仍是作为女性作家的乔叶最拿手的女性叙事。作为一个女性，尤其是一个“千年老处女”，唐珠命运中所注定的“失贞即死亡”，几乎成了女性身体全部秘密的核心所在。她还对自己的身体进行仔细地观察，对女性的月经体验有着私密的体验。在这个序列中，对女性进行贴身书写，从“处女膜、私处和月事的三位一体”中，《藏珠记》命名了女性的“受难、罪责与成全”，偶尔的一笔看上去随意为之，却成全了“千年少女”的人物形象塑造。落实在女性及其身体上，唐珠不老、不死的遭际，就和她不能爱、不能生关联了起来。说白了，“女性的全部命运，系于她的身体”，唐珠在千年的岁月中，体会最深刻的领悟。从这些引用文字中，文学的切身性便淋漓尽致地展现出来了。文学依赖于写作者的私人经验，并尽量把这种私人经验朝着更为宽广的领域扩展——用老腔调来说，叫作体验生活；用现代话来讲，便是文学的切身性。

杨庆祥：我纠正一点，我觉得不适合用“小作品”和“大作品”来讨论这个问题，我倒不认为一部轻的作品就是小的作品。任何作品无论轻重它都可以是“大作品”，都可以是很好的作品。这不应该成为作品的区分标准。

还有一个问题就是，即使作家也认为自己的作品是一个小作品，但有可能这个小作品恰恰是他最好的作品；他想写一部大作品，反而没有受到认可。很多作家都是这样，歌德的《少年维特之烦恼》就是好玩的作品，在他的作品谱系里是非常重要的。所以好的作品不一定是写伟大的历史、写宏大的题材，我们要看这部作品本身的完成度。所以你刚开始讨论的问题非常重要，即这部作品它是怎样完成的，作家是如何把主人公从时间深处召唤出来的，作品中的人物和食谱恰切到什么程度，这些才是评价一部作品好坏的标准。

再就是我觉得这样的作品还可以继续写，就像乔叶说的，《来自星星的你》写了穿越，那我也还是可以写穿越。刚才若谷也谈到这个问题，网络小说可能也是这样的写法，但是尚发也可以这样写，写的结果如何完全看作品的完成度问题，所以我从来没有把网络文学当成是什么特别的一类。无论什么作品，只要你写得完成度高，完成得恰如其分就可以。所以我也提醒大家一个小细节——“惊黄瓜”，什么叫“惊黄瓜”？就是恰如其分。

乔叶：谢尚发说的关于饮食/男女的黏合度不够好这一点，我个人觉得我在这方面是不随意的。虽然我写的时候是任性的，但不代表我不认真。我用心地使这两个因素尽量契合，虽然这种契合的质量难说，但我个人的态度还是好的。比如说文本中唐珠很爱吃，所以我安排了厨师的出现，这不仅是为了弘扬豫菜文化，而是因为唐珠的贪吃，所以波斯人让她尝一尝，她就吃下了那颗珠子，这是有预设的。而且因为她生活了一千年，她的人生是很无聊的。因为她在青楼工作过，所以诗词是她的基本功，但她又不是一个知识水平非常高的人，对政治、经济没有更高的见识，能够表达她的感受的只有这些随手拈来的诗词，当然这些“随手拈来”的诗词是经过我的严格挑选的。对于她这么一个庸常的女子，“吃”是她每天都要接触的，而且是唯一带有新鲜感的东西，是她保持生活热情的渠道和出口。另外，厨师的魅力是我很想体现的，拥有专注态度的男人是非常性感的。

杨庆祥：尚发说得有道理。他讲的《红楼梦》的例子，说明在一个百万字的文本里大量放入食谱是恰切的，但是在《藏珠记》这样一个篇幅中放入大量的食谱可能会有失平衡。

三

樊迎春（北京大学博士生）：首先我想谈谈关于小说中使用的永生这一“技能”。作者“后记”里说是因为看了韩剧《来自星星的你》受启发开始写这个故事，其实有这种技能的影视剧很多，包括很多穿越剧其实是一样的逻辑，简单地说，是人物身份与阅历和真实的时代不符。这确实能激发少女心，但我注意到的是这些剧的走向和结局其实都在告诉我们永生的痛苦，那种知道得太多，活得太久的孤独、绝望，而且这种超能力最终都是被世俗情感打败，比如亲情、友情、爱情。不用看韩剧，我们看中国古代的传说，牛郎织女、三圣母，还有“只羡鸳鸯不羡仙”等说法，都在讲述神仙和永生是一种无止境的虚无与绝望，有滋有味、值得过的生活在人间市井。哪怕短短几十年，他们也不惜代价、放弃永生、誓不回头地扎入人间，品味酸甜苦辣和悲欢离合。这其实很有意思，永生这一技能本来就是人类对于不能实现的能力的一种意淫，或者学术一点叫建构，但人类又在这种建构之上再加解构，对这种能力进行大胆乃至肯定的揣测。这里其实有一种自我建构与自我解构的矛盾。我觉得这是人类最狭隘也最智慧之处，对一种永远无法拥有的能力的渴望，以及毫不犹豫的摒弃。这是对自己拥有的不完美的人性和有欠缺的能力的最大的尊重和认可。代替大多数人思考和想象的作家依然保持着对人类与人性的大爱。

第二点我想说的是一种写作的逻辑，即“真爱无敌”。《来自星星的你》里面都教授一定要冒着生命危险留在地球，《鬼怪》里男主即使活了900年也在一瞬间被一个高中生吸引，织女不惜被天庭惩罚也要和放牛郎在一起，《藏珠记》里千年少女被一个单纯善良的官二代感动而愿意放弃永生，这种逻辑当然是对收视率的考量，也是对人类情感的礼赞。但我觉得文学的视野还是应该更宽广一些，当然要好看，但也要耐看。我觉得每一部小说都应该在自己形成的逻辑和空间中处理一个既定的目标，并将它完成，哪怕是道德教化和歌颂“真善美”这样简单的主题。《藏珠记》在这个意义上当然是得到了有效完成的，但这毕竟已经不是仙女下凡的时代，已经不是我们会迷信或者相信韩剧真实性的时代，“真爱无敌”的逻辑显然是简单化了，通过下一代的诞生来实现最终悖论的解决，我觉得这是一个看似可行实则过于完美的方案。如果没有赵耀的强迫，这个千年少女会怎么做？我觉得这个逻辑是有延伸空间的，永生和爱情的抉择没有得到很好的发展，却屈服于赵耀这一意外事件，虽然也合情合理，但我认为这是对更有效的逻辑的一种降格。

第三点关于地域特色，这点就必然联系到地域文化自豪感和焦虑感。小说中有多处直接、间接地对豫菜制作的描写，一个爱情故事的架构似乎总是需要厚重的基石。所谓“食色，性也”，对食物物性的尊重与某种哲理，可能难免有对现代文明的批判意味，对工匠技艺与精神失落和传承的焦虑，对某种地域特色和文化被低估和忽视的不安。我们当代的小说是不是必须有这样的寄托？作为小说“fiction”的本义其实是虚构，小说的魅力也正是在于虚构之中的那种真实的可能性与不可能性。《藏珠记》除了千年少女这个不真实的不可能性之外，作为虚构的小说，它原初的意义在哪里？是建立在厚重深沉的中原历史与文化之上吗？文学追求的那种不可能经验与文学真实，那种震撼人心、触动心灵的情感和逻辑在哪里呢？这可能是我对小说不满足的地方。告别地域色彩和传统文化与精神，中国当代小说能否跳出窠臼，找到普遍性或者说自己写作的独特性意义？这也一直是我个人的困惑。

沈建阳（北京大学博士生）：我跟大家的感觉一样，刚开始读的时候以为是一个殉情故事，类似《白蛇传》或者《海的女儿》，最后为了成就爱情自己要变成泡沫，后来发现不是。其实这个小说的完成度是很高的，它把好几个因素都糅合在一起，比如志异小说，类似唐传奇的故事；还有都市言情小说，比如男主角的出场基本是一个霸道总裁的形象。乔叶老师刚才介绍灵感来自《来自星星的你》；还有一个反腐小说的影子在里面，这也和当下的现实有联系；还有就是对河南菜的描写和宣传。这本小说有一个童话的影子在这里，而我们会发现童话恰恰是写给成人看的，孩子是看不懂童话的。从这个意义上讲，童话写的是成人的困境。所以，我们不管这部小说是纯文学还是通俗文学，要看它能不能说出我们当下的困境，触及当下的问题，触碰到我们的情感结构。同时我们也不对读者做分类，分类本身是暴力的，暴力的东西就有权力关系在里面，这也是文学史写作本身需要反思的原因。乔叶老师说想写一部“轻”一些的作品，但是读的时候感觉她还是有很沉重的现实勾连。

其实这部小说主要写了两个东西，一个就是饮食，一个就是男女，都是很世俗的东西。这个女主人公活了一千年，她发现时间绵绵无期，对她来说是没有意义的。她想到一个解脱的途径，虽然她自己一直很犹豫，想通过一段轰轰烈烈的爱情来解脱，但是对于爱情本身她自己又是很怀疑的。这是我们当下的一个困境，我们如何从历史的长流中摆脱出来？在世俗的空间里我们能不能找到自己的寄托？所以到最后，像迎春刚刚分析的，要是没有赵耀的出现，最后这个爱情也成全不了。虽然小说的结尾很温馨，唐珠成了郑州街头的一个小妇人，一个“移动的奶瓶”，一个小饭店的老板娘。这让我想起周星驰电影的很多的结尾，男女主人公在经历了生生死死之后，决定将就，在凡俗里安生。从当代文学史来看，我们从历史的大叙事里挣脱出来，想在凡俗里安生又心有不甘，我觉得这是当下困境的一个写照。

杨庆祥：他的观点和迎春有所碰撞。

乔叶：我当时是纠结的，如果让唐珠义无反顾去爱着金泽，我觉得是昧了我写作的良心的。当一个人活成唐珠这种程度后，她是豁不出去的，所以我安排了赵耀这个角色。就像希区柯克的“炸弹比喻”一般，唐珠吃下的这颗珠子最后一定会出来，但她又不能为了爱而全身心地付出，所以我也为最后的结局思考了很久。

杨庆祥：这就是你的选择。如果墙上有一把枪，你有两种选择，一种是把枪拿下来打死一个人，另一种是这把枪就不管了。所以迎春和建阳就给出两种选择，一种是一条路走到黑，珠子不出来，走向永生的深渊；另一种是珠子出来，做一个俗世的妇女。这跟周星驰 20 世纪八九十年代的电影很相似，在告别家国、革命之后，个人怎样安置自己的困境？即 1990 年代后中国的普通人如何安身立命，这个问题始终没有解决。所以这个作品可以说是很轻，也可以说是微言大义。

徐刚（中国社科院研究员）：我觉得这部小说非常具有传奇性，又具有通俗言情小说的轮廓，非常精彩。但作为一个正常的批评家来说，确实不太容易讨论。这部小说不谈革命，不谈启蒙，不谈历史的创伤，也不谈作家自我的抱负，这超出了我的知识框架。我是一个受新文学遗产影响比较重的研究者，当我发现这部小说和我关心的一些话题毫无关系的时候，我觉得无所适从，最后只能回到这个故事。从故事的层面来讨论这本书，我觉得还是有几点可以展开的地方。

首先我觉得唐珠这个人物确实非常独特。因为我们过去谈穿越，讲的是一个人到古代去，参与到历史中，比如我们比较常见的“九子夺嫡”被反复地使用。而唐珠从历史中来，她携带着历史，但是她要拼命地逃脱历史，做回一个普通人。这回到了我们常见的一个主题，神仙要做回一个凡人。所有血肉丰满的故事是从这个人设来的。我们不是谈人物塑造，我们谈人设。

另外一点就是迎春刚才谈到的爱情神话，我觉得很受启发。这个故事的内核是一个千年的处女成了精，里面巧妙地融合了贞洁、永生、干净的爱情。通过爱情，作者引出了“爱与死”“纯洁与永恒”这一类严肃命题，而且是无法指责、特别有效、特别正确的。王德威最近又来北京了，他从 20 世纪激烈的中国革命中提炼出一个具有解构性的话题，“有情的历史”。他觉得“情”的重新强调或者重新发现，在今天我们对世俗生活充分肯定的基础上，成为一种不可辩驳的流行。我们会觉得人生短促，唯有留下“情”才能在历史中留下痕迹。

唐珠活了一千多年，她始终是无情的，永远旁观历史，但她会发现只有有情才能参与到日常生活中，才会有生死爱欲，才会有留下痕迹的历史。这样的东西是一种男女之爱，是一种爱情的神话，我们会觉得只有爱情才是合理的，只有爱情才是这个故事足够支撑的核心。这种爱还存在第二层面，就是家庭之爱。好莱坞的电影永远是回到一个中产阶级的家庭，泛滥着对于子女的亲情，这种爱也是一种流行。

但我们的作者不会去谈爱的第三种层面，从男女之爱和家庭之爱中抽身出来，向更远的领域推进，成为众生之爱。这就是我们过去所说的“无穷的远方，无数人都和我有关”。我在思考我们谈爱的母题，怎么把它打开，谈出更丰富的东西。所以面对这样一部小说，我觉得超出了我的知识。它一定是正确的，一定是令我感动的，但是除此之外我无法讨论它。因为我觉得一定有比这更重要的东西，对这个家庭之爱、伦理之爱以外的众生的爱。从这个层面我觉得这部小说是一个我无法讨论的作品。

谢尚发：我接着徐刚说一句。其实文学作品所谓的“好”和“重”不仅仅指历史、革命这类东西。当我们读一部作品时，是要消费一个故事，还是要从这些故事里获得一些感悟？可能“重”的东西，恰恰是感悟就够了。并不是说写作“重”的作品就要写生死、命运那样宏大的题材，我们在日常生活中就足以获得那些感悟。所以读这部小说比较难的是，故事阅读起来很好，但读完之后呢？读完后的追问可能就是“重”的东西所在。这是我的理解。

杨庆祥：徐刚说自己没办法讨论这本书，我建议他写一篇文章，题目就叫《这是一本无法讨论的书》。徐刚因为这本书超出了知识框架而无法讨论，但我觉得小说本身就是超越知识的，所以我们不愿去看一本向我们传授知识的小说。当一部新的作品诞生的时候，它会要求我们也创造出一种新的知识来应对。

我对徐刚讲的众生之爱也很感兴趣。《唐璜》的爱应该是不正确的，而《唐璜》成了伟大的艺术作品。我觉得乔叶的爱可能太正确，我们可以再讨论。

乔叶：《燕赵都市报》曾发过一个整版的访谈，题目是《我常常为困惑而写》。很多写作的人想得特别明白，要表达给人高调的洞见。但我其实是个愚蠢的人，我因为自己的困惑去写，因为自己的恐惧去写。我恐惧人的死亡，所以会写永生。我对爱的本质感到困惑，所以在写作的过程中探讨爱。我是为困惑而写，为恐惧而写的。

四

朱明伟（中国人民大学硕士生）：先承认我还是喜欢这部小说的，因为我不是个严肃的人。我认为在未来重写当代文学史的时候，一定会追溯一个游戏精神的传统，这个谱系中的作品还非常少，比如王小波的一些写作，像“唐人故事系列”。乔叶的作品也是从唐传奇里找灵感。今天听到“一意孤行”的说法，我更加赞赏这种坚定游戏的意志，小说家还是要有自己的天地，不用理会批评家的束缚。我读开头，是一个女人藏珠的故事，然后一直焦虑怎么收场；读到最后发现通过生育的情节解开了这个结，非常漂亮。我没有把它作为一个穿越小说什么的，而是更愿意把它看作一个女人生育之前各种经验综合起来的梦呓，这也强调了小说的虚构性。因此，作品里点缀着那么多的话题，比如饮食男女、反腐新闻、婆媳矛盾等，这给予了小说严肃的读法。

杨庆祥：把它的这个谱系追溯到王小波，这还挺有意思的，这是一种创见，你可以再讲一讲。

朱明伟：我们现在给小说定的坐标基本上还是宏大叙事和微观叙事，从主题的层面来说，并没有从小说的写作者发生的精神、从发生的层面上来说。自从小说家成为一个独立的职业，游戏精神是很重要的。即使像乔叶老师这样写作了很多年的，如果没有游戏精神，恐怕也很难支撑下去，如果只单单作为一个职业，那太无趣了。

小说中我特别关心的一点是这里面有很多的现实题材，比如婆媳矛盾，镶嵌得很漂亮，其实这一段本来可以不写的，但反而给小说添加了许多现实的东西。

杨庆祥：小说的情节里让我觉得特别惊讶，我当时看了觉得特别有意思的地方就是讨论守山粮的部分，姑姑问“你是不是一个鬼”。这个地方我看到的时候觉得很有意思，心里一惊。

乔叶：对，需要有人印证她，唐珠她是一个很奇怪的存在。

杨庆祥：唐珠是一个历史中来的人，她是一个幽灵般的存在。所以我觉得这个小说中有两点：一个是她作为一个现实中的人，一个是她作为一个幽灵般的人。这两者是虚实相生的，如果这方面你做得更好，小说会更有意思。虚的层面其实还不太够，你把虚的层面做得太实了，唐珠会背词、会弹曲子，这还是一个很实的东西。她是一个幽灵，她是从远古时代穿梭过来的，其实有很多奇迹的东西都可以在她身上展现出来。虽然写得很通俗化，但情节你做得还不够，奇迹的层面还可以加深。比如说小说里写到她要洗“雨雪浴”，这些东西其实可以更多，因为她是一个幽灵，这个幽灵是可以召唤出来很多东西的。

乔叶：但是我不能像韩剧一样说她可以突然就穿墙而过。

杨庆祥：不是，这个幽灵并不是一个技能，而是一种气息。这也是从唐传奇中来的，我们的《聊斋志异》和“唐传奇”的传统，里面的人都是幽灵，对现实会产生很惊讶的东西。小说里的姑姑也是一个有历史的人，她突然碰到一个更加幽灵般的存在，她会发问说：“你是不是一个鬼？”这个时候我就觉得特别讶异、特别陌生、特别惊艳。这是小说特别重要的地方，这一块你放得不够开、展示得不够，你太着力于去写河南菜……

乔叶：就像明伟说的，我觉得我有游戏精神，但游戏精神不够，不够从容自信。写这样的一个人其实我自己也不够自信，要反复地证实她：她真的是这么过来的，真的存在这么一个人。反复地说服自己，以此来说服读者，可能需要这些写实的东西。

王德领（北京联合大学教授）：我说以下几点：第一，听到庆祥谈的，我想到拉美魔幻传统，文中的想象太实了，比如淋雨的处理，因为是紧贴人物的，如果处理好，会更好。第二，饮食有点游离，大段铺陈饮食不加处理，会有问题。第三，传奇志异写法很好，在网络文学中很多这种写法，这种写法在纯文学中很好，如果再多糅合一些魔幻现实主义会更好。大饥荒的处理略浮光掠影，目前文本呈现的是现实的集合，还有爱情问题，我们70后对爱情是迟疑的，不能全心投入爱情，千年处女的爱情更好，但是对象金泽是功能性存在，赵耀也是功能性的存在。

最后，小说谈到了死亡，对死亡有恐惧，对爱情也有恐惧，唐珠没有爱过几次，也不敢把爱情进行到底。小说对死亡没有探讨太多，点到了，但是不够深入，这方面外国小说探讨得就比较多。

杨庆祥：这部小说里没有跟唐珠匹配的人物存在，如果有这样的人存在的话，可能对永生、爱情等问题会探讨得更深。金泽是功能性的存在，太卡通，如果加深一点，小说的深度会更好。

谢尚发：松爷和姑姑就可以深入地延伸。

杨庆祥：我觉得这本书如果要再出一个版本的话会很有意思。这部作品可以往通俗小说写作，故事很完整，比如最后的结婚生子，符合世人的审美。但这部作品如果你想做成批评家谱系里的作品，也是可以的。比如开篇你是引用了纳博科夫的话，唐珠活了千年，在不同的时代见过不同的人，可以在每章前加一个引语，写一段故事，比如她当年见李白或者纪晓岚是什么样的场景，和自己的观感，再在小说中对此做一些呼应。这样就有探索性的先锋文本的意思了。

很重要的一点，唐珠是“反穿越”的，是从过去穿越到了现代，“现在”是她的根本，现实是可以证伪的，这个难度就高得多了。所以这部作品是可以写成既通俗，又纯文学，既先锋，又现实的综合性的文本，但需要花时间来经营。一本书的重写，也是很好的宣传点。《认罪书》好像就是这样的，在书的前面有很多引文，但是男欢女爱的比重太重了。这部书让我很满意，完成度很高。

邵部（中国人民大学博士生）：刚才徐刚老师谈到，这是一部超出批评界惯常认知的小说，面对它无从下手。关于小说，他用到的一个词很有意思——人设，不是我们常说的人物。“人设”不是批评界的用语，是这几年流行于网络上的一个词。相对于人物来说，它背后指向的是一种故事类型。我赞同杨老师说的文学不应该做类型的划分。但故事是有的。这本书就可以归纳到“永生”这个故事类型中，在网络上有很多相似主题的作品。其实，面对这样的故事，读到开头我们就能想到的结尾，肯定是永生的终结。大家都知道故事不会沿着这个永生模式没完没了地进行下去。可为什么即使如此，我们还是能够兴趣盎然地阅读呢？一个没有超出我们阅读期待的作品，结果却被大家愉快地阅读，这背后应该有许多可以解读的东西。

大家的发言谈到一个问题，就是女主角太强大，没有人物能够与之对戏。最出彩的人物是出场很少的姑姑，只有在她身上能够见到面对唐珠时的锋芒。为什么会这样呢？我想是因为在时间的长河中，唐珠本身就成为一段历史。在当下这个具体的时间点上，时间的长度被换算成了时间的厚度。当下是故事发生的时间，这样一个共同的时空，却汇聚了很多层次的时间。唐珠的阅历使她看待问题的方式不同于金泽他们。书里也有一部分谈到时间的宽度的问题。这几个词放在一起来看很有意思。

小说处理得很好的一点是赵耀的设计。如果把唐珠安排成以死献身的模式，最终和金泽回归到日常生活，这种大团圆式的结局就太俗了。有了赵耀这一节，唐珠和金泽的爱情给我的感觉就有点像杨过和小龙女，插入了尹志平的一笔，使得他们天残地缺的爱情故事更加震撼人心。有赵耀这样一个波折，故事就有了冲击力。

李剑章（中国人民大学硕士生）：我在看了《藏珠记》之后，也想到了“魔幻现实主义”这个词。小说当中一方面有饮食男女的现实情节，另一方面也有长生不死的魔幻笔触。之前我曾经看过一些“高仿”马尔克斯风格的小说，里面写到很怪异的人以及很怪异的物，结果写得中国不中国，拉美不拉美。对于那样的作品，我实在没法给予很高的评价。现在看了乔叶老师的作品，才发现魔幻现实主义小说也可以写得很耐看。要想把握“魔幻”与“现实”之间的关系，重要之处在于世界观的架构。这意味着小说当中的魔幻色彩要能够落到实处，小说的逻辑也要能够自洽。有句话叫“画鬼容易画虎难”。因为画鬼的时候想怎么画就可以怎么画，反正没有谁知道真正的鬼长成什么样子，但是要想画一只老虎，就要了解老虎骨骼和肌肉的结构，如果随意发挥就容易画虎类犬。乔叶老师的这部《藏珠记》的逻辑就是可以自洽的，并且还有生动得足以乱真的细节描写作为支撑。这让读者觉得，如果真的有一个叫唐珠的女子活了一千多年，那她的言行和想法就应该是像《藏珠记》当中写的那样。《藏珠记》当中不仅有足够的想象力、创意和脑洞，还有对生活的敏锐洞察，和对人情世故的深刻体悟。再加上悬念的设置，多线的叙事结构，以及节奏上的张弛有度，因此可读性非常强，让人很想知道后续的情节，愿意一口气读到尾，根本停不下来。

第二点，《藏珠记》采用了这样一个结构，就是一方面有爱恨情仇的故事情节，另一方面配上某个领域的专业背景。这种结构在一些小说及影视作品当中也有所体现。比如说，像《中华小当家》同样是讲厨艺的，《围棋少年》里有围棋，《四驱兄弟》里有四驱车，《网球王子》里有网球，《穆斯林的葬礼》里有玉器，计文君老师的小说里有瓷器。借助这种结构，《藏珠记》表现出了对匠心的重视，或者说对匠人精神的重视。这种信念有点类似于专业主义，就是强调用专业技术，把一件事情做到极致。但是我也不免反思：匠人精神是不是解决问题的一把万能钥匙？是不是被美化了？会不会在某种意义上也是一种虚妄？精通一门手艺固然很好，但是手艺之外有没有更加重要的事情？就像《藏珠记》里面提到拜伊尹，伊尹是厨师的鼻祖……

乔叶：厨神。

李剑章：伊尹不仅仅是厨师，他还有比厨师更为重要的身份——作为商朝的开国宰相，他辅佐商汤推翻了夏桀的暴虐统治，并把商朝治理得井井有条。这也许是一种不弱于匠人精神的担当吧。

杨庆祥：邵部和剑章讲得都特别有意思，很活跃。好，那边高敏。

高敏（中国人民大学硕士生）：我主要简单谈一下我的两个疑惑。我读书有这样一个习惯，一定会先看书的“序”和“后记”，所以这本书我看完“后记”和“目录”大概就已经明白了故事的框架，它是在讲一个穿越的故事。对于“穿越”我有这样一个认知，它总会牵扯到“前世今生”，故事中的主人公可以活一千年，但是一般来说，可能在第一百个年头，男主和女主就会出现交集。比如说《来自星星的你》，在前世，女主曾经救过男主，所以到了今生，男主会小心翼翼地保护女主，其中有种宿命感在。但是在《藏珠记》中，根据故事的推进，我不太能接受，为什么是遇到金泽，唐珠的所有问题都得到解决？

杨庆祥：这也是我的一个小疑问，我总是觉得金泽与唐珠不匹配。

乔叶：其实我也没办法说服自己，所以金泽一直是怀疑的，需要赵耀来推动他。

高敏：我的另一个疑惑就是，刚才也提到的“纯粹性”问题。乔叶老师在讨论的一开始就提到这本书是一次任性的写作，在书的“后记”里说这本书是在有意识地写“轻”，我在读的过程中，读到的还是轻的表面之下所承载的重，书中有对现实问题的大量呈现，比如说官商勾结、司机给领导开车的一些道理、俗世的爱情观等。这些话题点的存在就不能使这部小说成为一部纯粹的、足够“轻”的小说。

杨庆祥：我觉得纨绔子弟的爱是让人迷恋的。他爱起来不管不顾，无后顾之忧，女孩子很容易被这种爱所打动。

乔叶：因为他们没有被伤害过，所以他们原初的心态是比较饱满的。

杨庆祥：谢谢大家的精彩发言。今天的讨论到此结束。

中国故事还是中国奇谭

——刘汀《中国奇谭》

01月

08日

2018年

中国人民大学人文楼

杨庆祥:这次是本学期最后一次联合文学课，又是2018年的第一次。这次请到了青年作家刘汀带来他最新出版的短篇小说集《中国奇谭》。刘汀其实是三栖作家，他写诗歌非常平实朴素、生活化，写散文非常深情温暖，写小说非常奇绝，那么这三重因素是如何统一在“刘村长”（刘汀外号）身上的，我们等会可以展开讨论。我们先请刘汀自我陈述一下。

一

刘汀：谢谢大家，谢谢庆祥！其实这本书出版以后，我参加活动和采访说了很多话，有些是真话，有些则掺杂着噱头。因为媒体和宣传的活动总是需要一些东西来吸引人的眼球。但是今天的研讨会，我觉得自己很踏实，参会的绝大部分都是很好的朋友，大家可以实实在在地讨论作品。

我希望今天的研讨会能成为帮助我们认识短篇小说写作的一个小小切口。作为编辑，我经常考虑什么样的短篇小说才是我应该编辑的小说；作为作者，我考虑什么样的小说对我来说有吸引力，值得我写作；作为读者，面对多样态的短篇小说，我考虑如何辨别它们的价值。

这本书包括12篇小说，大概有10篇写于2010年左右。到现在，时间比较久，中间到庆祥这边参加过一些研讨活动，我对这些小说做过一些小的修改，对它们的认知也发生了一些变化。在看清样的时候，我觉得没法大改，但很多地方还不是很满意，处理得过于简单，很多题材还可以扩充得更加丰富和饱满。

现在这本小说有了一点小反响，我还是很欣慰的，这至少说明这些小说的路子，是有意义的。作为一个编辑，我觉得这本书还是可以打动我的，书中有一些新鲜的东西，值得我关注。但这本书在技术上、叙事上还有很多不完整，甚至是匆忙的地方，这些也只能是遗憾了。

另一个比较特殊的地方是，这本书其实从写作之处就有设计，要写以“某某记”

为名的一系列小说。包括比较重要的《旅行记》，其实那应该是整部小说集的第一篇，要帮我打开整本书叙事方式的路子。我觉得那篇比较有代表性，是我当时一个比较自得的处理现实问题的作品。

所以这是一部相对有规划的小说集，不是把作品临时收集在一起的。这也是为什么我要在书后面写一篇“后记”，有两个方面的考虑。一方面是我害怕别人抓不到我最着力的点，就好像炒宫保鸡丁，我很着力地勾芡，但害怕大家过于喜欢其中的花生米。所以要这样自说自话地答辩一番。同时也是为了让读者看到作者的态度，当然这也构成了一些意料之外的东西，甚至和文本错位。

这就是这 12 篇短篇小说的情况。我就说这么多，请大家来谈谈，来批评。

杨庆祥：我最早读的刘汀小说就是《旅行记》，非常震惊。内容写的是矿难和解救，但一瞬间又跳到了另一个时空。我后来把这个小说放到了《今天》上。《中国奇谭》这本小说集一出来，我就认为这是一个有规划的小说集。很多榜单对这个小说集感兴趣，因为它不是杂糅无章的作品拼凑在一起，而是有规划的一个系列，呈现出整体性的风格和特征。刘汀刚谈到其“后记”的“新虚构”，这个概念我以前曾跟宏伟电话交流过，希望提出一个新的概念，就叫“新虚构”。我觉得这很有意思，未来我们可以做一个对话或者讨论。

刘欣玥（北京大学博士生）：在一个非虚构前所未有地引人瞩目，现实主义卷土重来的时刻，重申“虚构”的力量，实际上是在重申艺术想象力的重要性。《中国奇谭》给我的第一印象也是种种离奇的情节，想象力的大胆演绎，比如烧不烂的尸体、灵魂互换、死神收割并以人们对于死亡的恐惧为生、劝死者，每一个离奇的现场，其实都包藏了刘汀对个体和当下社会现实问题的观察和思考，这是刘汀的路径和才能，某种程度上，已经可以初步读出他的个人辨识度。小说技艺的求新求变，原本就是一种本能，在一个写实趣味日渐浓厚的当代文坛，刘汀能在《中国奇谭》

中大量使用变形、夸张、怪诞、鬼神，这样诚实的、彻底的虚构，要到日常生活的逻辑之外去重新寻找言说的逻辑，这本身就是一种冒险，需要考虑能否取悦读者，这就不仅仅是对非虚构的反拨和对话。《中国奇谭》提醒我们在“虚构”和“求真”这一对相互背反的小说冲动下，究竟何谓“小说的真实性”，或许从来都没有一个确切的答案，只有不同的写作者不同的创作取向，以及文学场域和读者在不同时代对于作品的倾斜和甄选的趣味。

在读刘汀的作品时，我想起 1980 年代余华曾写过一篇创作谈《虚伪的作品》，其中也谈到了小说的真实与形式的虚伪：“所谓的虚伪，是针对人们被日常生活围困的经验而言。这种经验使人们沦陷在缺乏想象的环境里，使人们对事物的判断总是实事求是地进行着。”

而刘汀以如此平静的、真实的口吻讲述神鬼的一切，又不同于阎连科的“神实主义”或余华“死无葬身之地”的悲情想象。不是流言蜚语，不是坊间传闻，而是真实的中国故事，在这种实感和信念感的经营上，《中国奇谭》是很成功的，我认为很大程度上得益于作者娴熟的叙事声音。干宝《搜神记》里所说，创作《搜神记》的意图之一是“发明神道之不诬”，也就是相信这一切都是真实的，并不追求它的真假性，也是“志怪”满足读者的猎奇心的用意所在。也许是受到文学史训练的影响，我觉得从小说的理路上看，《中国奇谭》像是中国的笔记小说和志怪传统与 20 世纪西方小说荒诞或魔幻现实主义的糅合。“奇谭中国”如果是一个创作计划，是可以继续经营和打磨下去的。

小说的“后记”给我一个很有趣的印象，一般小说家的“自序”或“后记”会追溯自己的生活状态或创作历程，刘汀却做了一份批评家的工作，以“新虚构”进行一番夫子自道，将《中国奇谭》定义为一次对形形色色的“虚构”的鼓励和尝试，也为这 12 个光怪陆离的故事做了一个集体限定。但是读完全书，我反过来思考的是“小说的发生”在不同的小说写作者那里呈现出截然不同的样貌，感到很好奇的是“小说的发生”对于刘汀而言是怎么一回事。更具体地说，对于青年写作者而言，写小说的冲动到底从何而起？小说的发生学，这个问题落实到具体的写作者身上，从来都是很有趣的。有些人起于对日常生活的观察和把握，有些人可能是生命和情感际遇中的起念，有些人可能纯粹是出于按捺不住的想象力的翻涌，为了过一把“编故事”的瘾。我记得君特·格拉斯在《巴黎评论》的采访里说，他写作小说的缘起是儿时非常擅长撒谎。那么对于刘汀来说，求新求变的创作理念和“不得不说”的冲动，到底谁在前谁在后？一切都是为了强调虚构而虚构吗？因为小说中打动我的瞬间，还是那些写得特别真实，对现实的把握非常刻骨的地方，比如老洪如何攒够180块钱藏在内裤里，只为了去看一场德云社的相声，又比如另一个老洪迎着灿烂的朝阳决定把公交车开往秦皇岛的那个瞬间。相比之下，在一些篇目里面，的确少了一些讲故事的原始的真诚感，而更多的是理念和技巧的操演，有些比如《制服记》，或者视角和形式的创新如《虚爱记》，读起来又有些刻意求工的勉强感；而在一些篇目中，有时候也会感到训导或说教意图压过了故事本身，比如《倾听记》《归唐记》，甚至《神友记》。如果说变形和虚构本身不构成意义，使种种想象和怪谈获得意义的是它们包藏其中的寓言性，也正是这种寓言性最终能够穿透生活。如何兼顾故事性和寓言性？在作者写作中，到底是先有了理念才有的故事，还是先有的故事才有理念和意图的编织？这是我很想请教刘汀师兄的问题。

杨庆祥：谢谢欣玥的开场发言。你刚才的发言让我想到了一个问题，你刚才说到为什么在读刘汀的作品的时候，是奇谭，但我们读来却感觉是真的，并没有感觉特别假。我前几天读了鲁敏的《奔月》，包括志明之前的《万物停止生长时》、*I am Z*，宏伟的《国王与抒情诗》，里面都出现了这些怪谈式的东西。志明《中国怪谈》我还没有读到，你们两个可以放在一起写篇“奇谈怪论”的文章。《国王与抒情诗》是科幻，但是你会觉得读来是真实的，没有什么疏离感。《奔月》读起来完全不符合现实逻辑，但是它符合我们的情感逻辑、心理逻辑和价值逻辑。我们这一代的作家在处理现实的时候、思考问题的时候，出现了共同的现象。我觉得在这个意义上，这一代人其实在重建一种小说的本体性。以前我们认为小说应该书写现实、反映现实，刚刚欣玥也说到这个问题，我们长期被这个问题所困扰。所以我们会拿日常生活的真实性来要求小说、比对小说，觉得"真"的就是好的，否则就是"假"的，就是不好的。我觉得这里犯了一个很重要的错误，小说不是在摹写生活。我们一定要把这个关系重新颠倒过来，小说是在重新创造一种契合我们想象的生活。我们上次在另一个会上曾经讨论到，亚里士多德说过一句很有名的话——"诗摹仿自然"。后来清华大学的刘东专门考证了"摹仿"这个词的意义，这个"摹仿"不是"摹写"，不是"copy"，而是"创造"，是重新创造出一个自然来。这个自然同样巧夺天工，但是这个自然同时跟我们的生命密切相关。很有意思的是，很多理论的资源从一开始就有问题，我们的理解一直没有矫正过来，一直以来的误读影响了我们的美学观念。包括波德莱尔说的那句著名的话，"现代性的一半是短暂、瞬间，另一半是永恒"，其实是我们的翻译出了一点问题。其实原文是"艺术的一半是现代性，另外一半是永恒"，主语被搞错了。所以由你的发言我想到的是，我们这一代人正在重新建立一种新的小说的观念，小说具有本体性的意识，它不是在摹写现实。在摹写现实这个观念里，现实是本体性的，小说是对它的反应。但小说本身就具有主体性和总体性，本身就具有认知世界的能力，具有独立的认识和理解。那么在这个意义上，我们可以重建小说的整体性。

陈若谷（北京大学博士生）：我事先不知道赵志明老师今天也在，恰好我看了志明老师的《中国怪谈》，那里面撒旦君所画的插图非常有意思，因此刚才我回翻了一遍刘汀老师的《中国奇谭》，都是讲奇异事件的，这里面却一幅插图都没有。从内容上解答，我想是因为这些小说对于中国当下现实的倚重性太大，很难用图画表达。就我个人的阅读经验而言，这些故事的价值在于，我确信现在并不是非要依靠长篇才能进入当下，这些一闪而过的、短促的奇异形象和事件正是开启现实的钥匙。

在《阅微草堂笔记》中，纪晓岚说："天地之大，何所不有？"这说明我们曾因为对自然科学的未知而让自然天然地具有魅性。不过在这些生死鬼神的故事里，我们得到的阅读感受绝不再是纪晓岚的那个“天地之大，何所不有”的结论。因为，我们现在都知道了，鬼故事都是人编的，何况我们早已见识过先锋派们的那种鬼神志异入虚构小说的现代笔法，比如余华的《鲜血梅花》和格非《隐形衣》里面都有浓烈的奇异气氛。那么这部小说里的这些奇艺形象特殊在哪里呢？

说一个我印象最深的，就是《神友记》里的死神，很奇怪，死神穿黑袍子，手拿镰刀，这是一个西方形象，并不是我们文化传统里的黑白无常甚至女吊，是不是因为我们无法想象女吊如何坐地铁呢，还有在现代都市人声鼎沸的，黑白无常与他们要勾魂的对象不可能有充分的辩驳。也许，在现代的环境下，黑白无常自己首先就是一种不合法的存在，它们的形象意味着尴尬。这就是说，我们现在很难再返身用自己的文化书写死亡这个命题。传统的志异叙事好像与时代格格不入，无法实现创造性的转化。

原因是什么？我认为是因为我们现在对于死亡的认识整体变化了。科学是用生命体征来界定人的肉体生命的，甚至墓地啦、骨灰盒啦、火化场这些词汇也是现代语言世界为死亡匹配的新词汇。但根本上，死亡之于人类的“悬临”状态还是令人恐惧的，所以他们才会质疑所谓的“常识”，通过刻意地引“鬼”上身，形成一种对那个被祛魅之后的澄明世界的对抗性力量。我想一些电影比如《人鬼情未了》《胭脂扣》，都是在这个逻辑上才如此充满魅惑力的。文学该如何回应早已被祛魅的心灵世界？也许答案之一就是，通过鬼神怪异的再次降临，来复魅。

这部小说里的奇异叙事，刘汀还用了一种非常传统的复魅方式，那就是讲死亡经纪人的这一篇。他和他周遭的人所见所做的那些匪夷所思的事件，其实一层层剥开，我们看见，他最终还是承认，从一开始自己就爱上了女孩。是他对女孩的一见钟情，才会有后面那些探索和呈现。这就是重新寄希望于爱。这可能是一种比较简单的写法，但是我想这个路径仍旧是有说服力的，因为我们对于爱的经验和想象永远都不会褪色。

杨庆祥：若谷提的这个问题很重要。我们自己文化里的“鬼”或者死神形象在哪里？好像确实没有，到鲁迅他们那里为止，社戏里的那些东西就再也进不来了。因为古代的那些东西不再适合当代情境了。对于现在的奇异和鬼神，我们还没有构建出来这个谱系，这是需要我们特别研究的话题，如何用现代观念重写传统。文学语境是一个新的东西，怎么传达时代现实的焦虑？

赵志明（作家）：刘汀写了一个《中国奇谭》，我写了一个《中国怪谈》。但是我可能更多偏向一个“不正经”的写作方式。我的《中国怪谈》写成后，出版社让我写一个宣传文案，写的时候我发现了一个有意思的事情。我在梳理《山海经》故事的时候，本来想写一个主题叫“人的变化”，写从女娲造人开始人是怎样变化的。后来我突然迷上了杨任这个形象，他是一个眼中长手、手上长眼的角色。这个形象我们都看过，但后来就压到记忆的箱子里了。但是杨任这个故事在日本的《百鬼夜行》里复活了。《百鬼夜行》里有个瞎子，被别人杀死后回来复仇，就是眼中长手，手上长眼的。杨任死时是官员，所以他既有臣子之心，又必须帮助姜子牙。但是在日本的故事里这些都被剥掉了，就是一个人的生命被剥夺之后追求正义的过程。所以我在想，为什么杨任这个传统到后来就没有了，直到被安到太岁这个牌位上，为什么我们的文学里没有再现这样的东西？

回到刘汀的小说，我发现刘汀的《中国奇谭》里有一个主题就是死亡。我觉得城市、爱情和死亡是这本书的起点。虽然写的有城市和乡村，但其实里面都有爱情，导向的是死亡。我觉得现代小说家都有计划性，但像刘汀这样每一篇都讲死亡还是很难得的。我看的时候觉得很悲凉，指向的都是底层的小人物，基本上都是很灰暗、很枯槁的。我再说说小说的本体性。刘汀做得非常好，有很多技巧性的东西。但我觉得文本的本体性虽然已经产生，但是还不够。以《换灵记》为例，这部小说分成十等分的话，大概有七分在写诗人无所事事的生活，后面三分在写他和别人互换身份后马上成功，后来看到那个人写的诗后就跳楼了。假设是我来处理的话，前面可能是三分，后面是五分，结尾是两分。因为一个诗人在世界上遭受苦难是大家经验范围里的事情，但是当诗人变成了一个世俗的成功人士时，这个转换会产生很多的空间。小说在务实与务虚之间的转折已经很漂亮了，如果务虚的台阶能更高一点的话，我就可以通过务虚的文本去尝试更多的东西。

还有一个就是《炼魂记》。我从逻辑上来质疑一下。我觉得老洪这个卑微的生活和他后来灵魂的苍老之间没有必然的导向。其实我看这个小说时想到的是朱文的《丁龙根的右手》。朱文的小说是反其道而行之的，讲的是一个人被撞死后还按惯性生活，在世界上多活了几个小时。所以当我们后来发现他已经死时，这种阅读的反刍就把我们包裹住了，我们会想他怎么能这样，他的欲望牵引他一定要完成这个事情。《炼魂记》里的细节特别好，但是在火葬场烧的时候，我感觉又打开了一扇门，到底是火会把老洪的躯体一吞而尽，还是火苗会跳出来，这里面有很多其他的联想被放弃了。刘汀的奇思妙想特别有趣，但是如果在这个前提上再往前转折，那么每一篇都会妙不可言，在本体性上能延伸出很多东西。

杨庆祥：志明说得非常好。我在读《炼魂记》和《换灵记》的时候其实也有这种感受。比如卡夫卡写《变形记》，他是从哪里开始写起的，他没有写那个人以前的卑微生活，而是直接从他变成甲壳虫的那一刻写起的。我们并不要求刘汀一开始就写诗人换了灵以后是什么样的，但是这个篇幅确实可以加长。我当时读完第一篇写了个笔记，感觉结尾老洪死得不合逻辑。老洪死得太快，或者说在他被烧的时候有很多东西可以写。这个小说篇幅增加的话会写得更好。另外志明也说到一个问题，这个小说集里的小说有两个部分，上半部分是中国故事，下半部分才是中国奇谭。所以中国奇谭构成了对中国故事的解构。这里面有个对位的关系，而且这种对位是寓言性的。这个对位现在还不够，恰恰是你要用中国奇谭把这些东西解构掉，建立起自己的本体性的东西，这个是有世界性意义的。

二

沈建阳（北京大学博士生）：像刘老师在“后记”里交代的，12 个故事里的人物的精神状态基本就是两个词：孤独和无聊。他们像“多余人”一样，找不到生活的意义。我觉得其实人物更大的问题可能是人物都没有未来，他们要么纠缠过去，要么纠缠在当下。我们知道，很多时候生活的意义是通过想象未来获得的，因为没有未来的话，线性的叙事是没法成型的。线性的叙事其实是把空间时间化，是一个把空间整合到时间里去的过程。如果没有未来，线性叙事就会散开，我们因此就会看到各种各样的空间，就像“十二记”里给我们展开各种各样的空间。这同时也使得文类也变得很自由，能把侦探故事、“穿越”的奇幻故事、“多余人”故事都囊括进来，达到一个“陌生化”的效果。小说里还借助了很多小装置，比如《炼魂记》的“创口贴”，比如《制服记》里的“制服”。刘老师在“后记”里说，我们在认识生活的时候都要借助一定的中介，我觉得他的中介就是小说里各种各样的装置。通过这些小的装置，把这个世界颠倒过来，就会发现另外一片“风景”。大家刚才在讨论鲁迅小说里的鬼魂，比如女吊，黑白无常，来的路上我也想到鲁迅，但是是他《野草》里的那句话：有我所不乐意的在天堂里，我不愿去；有我所不乐意的在地狱里，我不愿去；有我所不乐意的在你们将来的黄金世界里，我不愿去……呜呼呜呼，我不愿意，我不如彷徨于无地。现在我们发现未来是无法想象的，因为我们对未来的所有想象都在改变未来，未来其实处在不断的变化当中。

“十二记”里我比较喜欢的是《制服记》，我觉得是写得相对节制的一篇，但也觉得结尾结得有点实，说囚服要穿十五年，不知道什么时候能脱下来。我想能不能做得更虚一点，比如说衣服变成了人的皮肤，或者类似的什么结局。关于“鬼”的叙事，我觉得现在还是有很多“鬼”的，在线性的时间遭到解构的同时，“成长小说”就变得不可能了，大写的“人”也没法再生成，人的主体性开始变得流动化、碎片化，就像《制服记》里的主人公，我们可以是任何人，但不再是那个大写的“人”。包括现在特别流行的“丧尸片”，我觉得都是一个很有时代症候性的表现。

杨庆祥：建阳的发言提到几个很重要的话题。我们刚才说到的“要发明一批现代的鬼”，后来发现人要是没有未来，不在线性的时间叙事里面，就没法获得自己的意义，我们本身可能就是“鬼”，还有现在流行“丧尸文化”，都是一种“鬼”的状态。也就是说，我们以前通过所有的人文话语建构起来的大写的“人”现在已经不复存在了，没有办法再次建构起来。没有未来以后，我们的空间开始并置，“成长小说”已经坍塌了，这很有可能导致一种新型的写作。没有未来可能是文化意义上的，因为未来出于一定的文化建构。这么来看，如果说“中国故事”是一种线性叙事的话，“中国奇谭”或者“中国怪谈”可能都会是对这种线性叙事的对话和补充。

严彬（作家）：首先，我很意外这本小说集是刘汀在七八年前写的，这本集子在整体上很注重设计感，里边的每一篇小说也很注重情节的设计，很多想法都很好。

我读的第一篇是《黑白记》，写一个要退休的老头儿遇到一个年轻的女子。这种情节设置会使我自己产生联想，虽然故事并没有朝着我预想的方向发展。这个故事就是讲了一个日常出轨的故事，算是按部就班的作品。

后来我又读了《换灵记》，初读会觉得这篇小说是一个刚接触小说的人写的，但是慢慢你会意识到这可能是作者有意为之，比如故意把辞藻写得很华丽，把诗人极端化。

《秋收记》是我不太喜欢的作品，里边的方言让我很难进入。

整体而言，这本小说的整体性是很多人达不到的；但是我也会思考，里边有些篇章的设计感是不是有一些强？比如说《归唐记》《神友记》，故事发展到最后一定会有一个结果，就像传统小说的处理方式。

刘汀：跟我当时对小说的观念有关。

严彬：最后拿赵志明的《中国怪谈》和你的《中国奇谭》做一个对比。你们的不同在于，你是从平淡入手，中间忽然有个反转；而志明是从“怪”入手，所以我九岁的女儿特别喜欢读《中国怪谈》。但我觉得如果给她《中国奇谭》，她可能读不下去，阅读这本书需要大量的日常经验。

杨庆祥：刚才严彬讲得几点都很有意思，比如谈到结尾的时候说“不必有一个封闭性的结尾”，再就是提到《归唐记》这个小说。我很喜欢《归唐记》这篇小说，初读会觉得很严肃，但它有一种游戏精神在，我很欣赏《归唐记》的整个结构和姿态，整个叙述非常自由。但是最后对位的结局又让人觉得很失望。小说自由就要从头到尾自由。

三

李宏伟（作家）：村长（刘汀）的小说是我喜欢的路子。最初拿到这本书，我也是从“后记”开始看的，首先是“新虚构”的这个概念，我当时猜想村长是不是会把它作为一个延续性的话题往下探讨，但其实他的观点还是不太一样的。他的虚构提到的一个是像“创世”这样的高度，这个大家基本上其实也认可，但是我感兴趣的是这里面说的一句话——“新虚构应该是那种可以为现实赋予灵韵的虚构”，他谈到“现实”与“灵韵”的问题。最近这两年，我的一个感受就是我们的同辈，尤其是一些75后的小说家，确实有非常大的道德压力，好像你不关注现实或者不处理现实，你就会心有愧疚。所以我当时想我会用“新虚构的轻与重”这个话题来讨论村长的小说。

“重”当然就是现实的“重”，现实的压迫，你每天接触到的现实要求你必须去处理现实。在村长这个小说里面，所有的灵动的东西或者说鬼神鬼怪，所有变形、变异的地方，基本上都是对应现实的。《神友记》让我印象很深，首先它给了我一种很刺激的感觉，因为它和现实贴得非常紧，这其实也有一个处理的问题；它还给了我一种很奇妙的感受，对这个小说在时间当中的可传流性提出一个很大的挑战——当我们处理社会现实的时候，该用什么样的方式来处理。就像之前余华的《第七天》之所以给大多数中国读者和西方读者的感受截然相反，是因为我们就在这个现实里面，至少我们在身处现实的这个阶段是没法接受虚拟的梦境的，其实梦境对我们本人来说已经飞速被甩到前面了。

《神友记》对现实的贴合程度就是这样，这个“重”本身有一个自设的感觉在里面，它要求着你怎么来处理。那么新虚构的“轻”，至少在村长这里肯定不是卡尔维诺那个意义上的“轻”。在虚构和现实之间的肯定有距离，甚至是处理方式。村长在后面也提到卡夫卡的问题，就是怎么切入虚拟小说的问题。《神友记》让我比较感兴趣的就是开始的时候死神出现的方式，其实也没什么道理，但是我觉得这个出现好像是可以接受的，但是到后面的一些地方，例如它需要收割恐惧，包括喝酒、眼泪，这些细节都过于拟人了，这是过于模拟现实的虚构。我觉得有些时候虚构和现实之间的距离可能需要更远一点，回旋的这个幅度更大一点。

杨庆祥：我也赞同宏伟说的，比如说《归唐记》里面你写那个人最后回到唐朝了，我们看前面觉得特别爽，后面你主要的功力是在解释前面他为什么会归唐，你说是被雷击了一下，对吧？我觉得这些细节就像刚才宏伟讲的，是太过拟人化了的虚构，你还是在给它找一个非常现实的理由，其实你没必要找，他就是突然回到唐朝了。为什么要找一个理由了？

赵志明：我补充一点。有一次在讨论课上，我们班最年轻的吴纯，一个 90 后，他就说了一句话，他说很多 70 后的小说家其实都在为自己的这个叙事找一个理由，但是在 90 后那里他们已经放弃了找理由。不是说他们不会找理由，而是他们就觉得为什么要找理由。比如说从“零”开始或者从“一”开始最终都是指向“四”，那为什么我们非得要把从“零”到“一”这个阶段自圆其说呢?

谢尚发（中国人民大学博士生）：拿到刘汀的小说集《中国奇谭》，阅读之后的确有一个很大的感觉，就是“奇”，各式各样的“奇”和各式各样的“怪”，混合在一起，竟然十分神奇地把当下中国的种种生存面向给表达了出来。这不得不让人想到中国传统小说中源远流长的“志怪小说”谱系和“传奇故事”的序列。整体上看来，《中国奇谭》既不是全然地走了一条志怪小说的路子，也不是亦步亦趋地走了传奇的路子，因为在这些小说中它还增加了现代主义与后现代主义的诸种手法，从而使得整个小说的文本，更显得丰富而别致。为了更好地进入这本小说集，我想从几篇小说入手，来谈一下自己对这部小说集的认识。

其一，小说的写法与形式问题。整个小说阅读下来，最让我感到惊喜的是《虚爱记》一篇，一种 1980 年代先锋小说的写法重新回归到当下的文学创作中，因为在《虚爱记》中仿佛读到了当年孙甘露的《请女人猜谜》这篇小说。在《虚爱记》中，整个小说文本呈现出既是“叙述的复调”的东西，即小说虚构的人物的叙述与小说文本的叙述，以及小说虚构的作者的叙述与真实作者的叙述纠缠在一起的缠绕状态，其中包含着英属、隶人和刘汀三重声音。但三重叙述声音之间互相辩驳、交错，甚至是互相反对、质疑、猜测，从而使这篇小说显得是一部“众声喧哗”的、“叙述的复调”的小说。同时，在小说文本中，虚构人物英属的叙述与同样属于虚构人物的隶人之间，文本的交错形成了一种相互的印证和说明，在语气的互相拆解中，实现了碎片的重新黏合，从而形成了一个完整的文本——它所诉说的是一群寄居于北京的年轻人，以及他们卑微的爱情故事，他们的城市体验、爱情压抑以及必然而来的死亡。

之所以提到这样一篇小说，感觉它令人惊奇，是因为当下的许多小说创作侧重故事的一面，却逐渐忘记了“讲”故事和讲“故事”之间的互动与印证。如何讲述一个故事，比起讲述一个什么样的故事来，重要性丝毫不会变少。甚至有时候，一个重要的故事，必须用独特的属于它的讲法来进行叙述。在这方面，整个《中国奇谭》都走在了前列，那些显得神神道道、稀奇古怪的故事，那些讲故事的独特手法，把中国当下生活略显荒诞、卑微与低贱的一面，给呈现了出来。形式的重要性，在得到强调的同时，也让内容同时获得了升华。这是刘汀的一大贡献。

其二，中国故事的奇谭式讲法。12篇小说中，几乎每一篇都是如此的故事，把当下最常见且容易被忽略的精神的颓废、生存的艰辛等，用了一种志怪与传奇的形式讲出来，读上去饶有趣味，在内里却是一种生存的苍凉感与命运多舛的时代卑贱感，不管是落入到底层的普通民众，还是按部就班的公交车司机。《神友记》和《黑白记》可以看作是这一类中国奇谭的代表：前者用死神降临的方式，勾勒了一个连死神都不忍的良心故事，连死神都在良知中反思了自我的冷酷、残暴与草菅人命：“无忧如此，人何以堪?”“天地不仁，以万物为刍狗”的无奈与悲凉，顿生心头；后者在荒唐中略显正规，看上去是对“按部就班”的一种嘲讽与挑战，实则是用那个整容的女孩的毁容，来让唯一一次不按部就班的冲动，反证按部就班的日常生活的必要，但按部就班的日子背后所隐藏的是人的机器化、生命存在的无趣。

故事讲述的方法有很多种，但指东打西、南辕北辙的方式，看上去更能令人深思。整个《中国奇谭》都用看上去荒诞不经的故事，加以独特的讲法，把一个个日常生活的片段故事化，再把故事传奇化、志怪化，从而让中国故事变为中国奇谭。但明白人一眼就能够看明白，中国奇谭有多么的荒诞不经，中国故事就有多么的深入骨髓。这是刘汀独特的讲述方式，也是中国故事内里所包含的质素，只是，刘汀用了别一番方式把它呈现了出来罢了。

当然，也有需要反思的地方。比如《虚爱记》中，最后“刘汀”的出现，就会让整个美妙的魔术，忽然亮出了底儿。晓得了这种玩法之后，魔术的神奇性也就消解了。这是一个方面，即“奇谭”的方式太过于奇了，反而会妨碍它奇的效果的达成。另一方面，“奇谭”的讲述方式，本身就充满了一种对势能的耗尽，或者说这种书写方式本身就是一种“消耗性的叙述”方式，只要看一下现代主义和后现代主义内部资源耗尽而留下的残破的景象，就不难理解，12 个中国故事，12 次奇谭的讲述方式，会造成一种叙事文本内部的损耗，越发使得“奇谭”有些跑偏的感觉。当然，志怪或传奇的刘汀式书写，还可以继续，但需要警惕这种讲述故事的方式内部，对自身势能的消耗。

朱明伟（中国人民大学硕士生）：刚才提到《炼魂记》里浇汽油的细节，我觉得即使这个细节需要商榷，它的结尾也不容忽视，它有一个非常了不起的细节：那个女人送丈夫火化回去的路上，一路打嗝回去。这太杰出了。接下来我按照学院的习惯继续讨论一下虚构和非虚构的关系。昨天我读了黄德海先生的一篇文章，他将虚构和非虚构退回到技巧的层面，认为二者是相互竞争、彼此蔓衍的关系。我们没必要一直把二者符号化，毕竟即使是最纯粹的虚构也通往历史真实，比如张旭东分析格非的元小说，他发现文本其实携带着当时的历史背景和政治信息。差不多去年此时我们课堂在讨论邱华栋的小说，他的《时间的囚徒》虽然是历史小说，里面还是有很多回忆录、新闻、报章这样“拟非虚构”的技巧的完成，我以为就是很好的虚构与非虚构的平衡。

来具体谈刘汀的作品。我非常喜欢《炼魂记》——这是一个极端的 80 后的中年危机叙事。如果说张悦然们写出了 80 后的小资产阶级梦的惊醒和中产阶级梦的破碎，那么刘汀写出了更普遍的 80 后的生活溃败史。它没有太多巧合的突转和发现，杰出之处在于没有和解地完成了一个普通人一生的悲剧。小说对一个科层制下的小公务员老宋进行了平铺直叙的描写。他的危机并不是普通的婚姻危机，而是景深拉长的时代的伤痕。他被压抑到连婚外情都不敢了，在看到两个同事婚外情的时候，居然觉得男同事是在替自己出轨。这不是一篇结构取胜的小说，而是一篇以细节取胜的小说。有一些机智的细节，比如在内裤上缝一个口袋藏私房钱，比如听郭德纲的相声就哭了，还有紧张压迫小夫妻日常生活的那些精细的数字。

至于别的小说，多少有寓言性太盛的问题。寓言性是很多批评家爱用的词语。但是当寓言大于故事的时候，我会觉得离杰出有了一段缺憾的距离。在《制服记》里，作者对人、对制服的感觉描写非常精彩，但是整体结构就太简单，就是把警察和城管的权力位置又反转了一次。这是一个现代社会的权力关系的小寓言。我更喜欢《牧羊记》：小说的故事背景简单，但是人性的呈现非常具体。结束我的发言，我还是觉得“奇谭”应该避免寓言化，而是追求更高的虚构和非虚构的综合。

杨庆祥：谢谢明伟。我插一句，我觉得《炼魂记》确实是一个具有症候性的文本，这个文本的细节处理得特别好，我读的时候划了很多记号，比如那句“我来了，纲哥”，这个太逗了！这么简单的一句话却特别有爆破力，他在内心“喊”这句话，一下就把人物内心的欲望呈现出来了。按照明伟的想法来说，就是基本上它还是一个症候式的文本，这在文学史上倒是经常会有，比如说你刚才讲的《人到中年》，还有刘震云，池莉《太阳出世》、“人生三部曲”都是这个路子，但是我觉得刘汀还是对他们有所推进，有一个颠覆的东西。

四

陈华积（中国青年政治学院讲师）：听大家刚才的发言，我觉得很有启发。我觉得在这本书里，刘汀为我们贡献了几篇非常棒的小说，有些印象非常深刻，像《换灵记》《倾听记》《归唐记》《神友记》，还有后面的《制服记》。今天我要讲的有三点。

第一点是我觉得刘汀是一个非常有文学情怀的作家。我们在书中读到了很多对苦难、对危机的理解。他对现实密切的关注，是我觉得非常重要的。他对人物内心的探索，非常真实，也很贴切，对文中的表达我在很多方面都感同身受。

第二点是这些短篇小说的形式。刚才师兄讲到上卷是故事，下卷是奇谭，我很同意这个说法。前面的叙述很诚实，后面则突然出现一个逆转，我把这概括为“现实—抽离”：前面在讲述现实，后面则完成一个抽离，把现实中的人物的空间抽离出去，以另一种神话怪谈的形式来对现实进行发展。我觉得这种形式在叙事上是一个非常漂亮的转折点。

就像刚才宏伟讲到的“轻与重”的问题，它是以一种非常亲民的方式，来带出一些很沉重的社会话题，包括人的生存现状的思考。在形式上，它的这种方式，它的这种对现实的介人，是非常精彩的。像刚才师兄提到的，我们很多作家都没有办法处理现实问题或者说处理得不够好，距离太近，而用这种神话幻想的方式，看起来是怪谈，但其实句句针对的是人内心的焦虑和社会问题的症结所在。这为我们提供了一种新颖的形式，也为我们提供了更多角度的思考，同时也打开了小说的一种可能性。就是刚才有人提到作者的文体很自由，这使他的写作变得很自由，于是他可以挪用很多资源来讨论自己所要面对的问题。这点我觉得《神友记》最有代表性。刘汀借助死神的形象，进入到现实中的问题，通过死神和人的对话演绎出人和现实紧张的关系。这种神话怪谈的方式是一种非常有力量的方式。

第三点是我在书中读出了很沉重的现实批判性。我们看起来非常亲民且夸张的神话，它进入现实进行批判的地步一点也不弱于新写实主义等流派，而且更能实现一种对于灵魂的拷问。其次是这些小说的叙述简介，进入主题很快，在某些问题上确实像志明说的那样，不能为我们提供二转甚至三转的变化。但是这种直截了当地对人性问题进行拷问的方式，其实是非常有力量的。这些看起来很怪诞的方式，其实面对的都是我们非常真切关注的问题。我觉得作者通过这种方式重新介入到我们的现实生活中，可以为我们提供一种很强的介入性的思考。

李剑章（北京大学博士生）：首先说虚构。如果从类别或者谱系来看，刘汀老师的这本小说集虽然披着魔幻现实主义的外衣，但实质上更接近荒诞派。比如《神友记》当中，虽然“外国死神”的元素乍看上去颇有些魔幻现实主义的色彩，但小说结尾主人公发现仇敌竟然没有被杀死，这样的风格跟余华的《十八岁出门远行》或者《空中爆炸》比较相似。另外，为了让荒诞得以实现，刘汀老师运用了视角转换以及通感等创作方法。

第二点，刘汀老师这部短篇小说集里面的12篇小说，不同的篇目之间存在内部的张力，有相同之处，但是也有很大的不同。先说一以贯之的地方，让人想起了之前听说过的一个桌游，叫《祸不单行》，用于表现人生当中的各种厄运。《中国奇谭》里面的12篇小说也与之类似，充满了各种不幸和死亡。读到《牧羊记》开头，不难把故事的情节走向猜得八九不离十。如果有人工智能，能够做到彻底地、冷静客观地分析推测，也许看了三四篇就能把之后的剧情猜得更准确。当然，这12篇小说也有差异之处。如果划分的话，也许前三篇代表着一种风格，让人想到“新伤痕”的概念。第四篇《归唐记》是过渡，后面的小说是另一种风格。也许是前三篇写得太好，让后面的小说显得有些黯然失色，除了其中的《牧羊记》是不弱于前三篇的作品。

第三点，从小说当中的“人物版图”来看，《中国奇谭》的不同篇目都呈现出这样一些共性：权力往往雄踞于食物链的最顶端，可以任意鱼肉众生。相比之下资本在小说当中往往是“可恨之人必有可怜之处”，似乎文本当中不乏替他们开脱的笔触。至于那些受苦的可怜人，在小说当中似乎是“可怜之人必有可恨之处”，这一点尤其明显。比如《炼魂记》里面，老洪似乎心甘情愿被谋杀而没有反抗；比如《劝死记》当中，男主角并没有抓住机会把资本家干掉；比如《牧羊记》里面，阿歪在小幺被虐待的时候并没有出手相救。目前还不是很清楚，刘汀老师这么写是“哀其不幸，怒其不争”呢，还是对那些可怜人的高级黑？记得刚才有人提及了古代的传奇和志怪小说，其实无论是《干将莫邪》还是《韩凭夫妇》，无论是《商三官》还是《田七郎》，虽然往往不是美满团圆的结局，主人公也非常悲惨，但他们在条件极其有限的情况下做到了能力范围内的一切，并且还超常发挥，惨烈悲壮，可歌可泣，很有尊严。这与《中国奇谭》当中各篇小说的情节也许有明显的不同吧。

杨庆祥：现在的传奇、志怪和古代有什么区别，我们可以思考一下。志明，我们也可以考虑一下这个问题。古代的传奇、志怪它的这种结构设计，包括里面的人设，是怎么样的，对我们会不会有些启发，现在怎么去设置人物的脸谱、他们怎么样去行动啊，这很有意思，像日本就有《百鬼夜行图》之类的东西。

李宏伟：现在日本的妖怪文化又复兴了。

杨庆祥：我们的也一定会有复苏的。

赵志明：就是因为现在时代在一个拐点上，包括在国外的科幻小说，写作的题材也是往母题上靠，回到母题上面，结合科技来重新演绎以前的元神话故事，而不是一味地靠想象力。

杨庆祥：我们以前谈论小说的传统，基本上是从 19 世纪到 20 世纪的内容谈得比较多一些。它们的前提其实就是刚才陈若谷谈到的“祛魅”，是通过日常科学机械主义这一套东西来描写生活，通过乌托邦的想象来激发意义。但是我觉得现在乌托邦解体以后，其实小说出现一个很重要的问题，就是：未来解体之后，你怎么来给当代生活复魅，重新赋予它意义？然后你会发现，志怪在这个方面，它至少有趣。

刘大先（中国社科院副研究员）：中国故事分成两个脉，一个是顶层设计的中国史诗，另外一个脉络我们可以称之为中国奇谭。中国史诗可能是一个内在于现代性的话语系统，我们基本上是在这个脉络里面来写，但是现在面临的一个问题就是我们这个现实确实出现了新的局面，这种新的局面跟我们在有机生物学或者是机械大工业时代的现实已经不太一样，那我们应该怎么写？现在的很多青年作家像李宏伟、黄孝阳等，他们已经做出了一些自己的尝试，就是通过科幻文学，它实际上找到一种新的方式——想象现实、想象社会、想象时代。所以我对这种可能是不完满的写作充满了期待。

其实我对这种充满着怪谈意味的小说是比较欣赏的，而有些按照老的叙事方式来写的小说虽然技巧娴熟，作为文本本身比较完美，但是我不觉得那是可行性的一个方向，它其实还是在一个老的脉络里面写。但是在刘汀的写作当中，有个点就特别好，它提到为什么我们的死神的形象还是在这种基督教文化里面或者是西方文化里面，为什么我们之前中国本土传统里面那种无常鬼怪进入不了，这确实是我们进入现代文学的这个大语境——其实是西方，而我们如何恢复我们本土系统文化资源，可以考虑的一个方向。

现在我们面临的是刘汀这样一个比较有理论自觉的作家，他提出了“新虚构”这个概念，但“新虚构”也好，“非虚构”也好，其实都是对我们怎么样认识时代现实的真实性交流。我们这个时代的现实是一个增强现实，不再是那种反映式的，或者说镜子似的呈现，但是我同样不认为它是一种现代主义式的主观现实，刘汀阵营的资源还是按照现代主义的这个脉络来的。这个大系统就让我们认为要创造出一个小的世界，在艺术范围内创造另外一个世界，跟我们所谓的现实世界进行反驳和对抗，就是这个世界是一个自足的、完满的世界。但我认为在这样一个增强现实的现实当中，表象和本质的二元式的分裂，其实是在慢慢消弭何为真实、何为虚假，它的界限在弥散、在弥合。

这就是我经常讲的所谓的景观社会时代的道理，我们面临的是一种美容性质的现实，这种增强现实呈现出来的其实也是人生，只不过它增强了。面对这种现实，文学如何来表达它，这是比较困难的事情。

我最喜欢《炼魂记》和《黑白记》。像《黑白记》既是现实主义，又是玄想；《归唐记》太完整了；《制服记》的理念大过内容。我觉得你的方法论特别明确，有时候可以把这种方法论抛弃掉，回到一种就是类似于这个《神友记》的结尾，比较含混，这种含混里面包含着文学的可能性。不过我也没有想得太明确，因为你看我们现在在所谓的科幻写作里面，有人写过百鬼夜行的原因，还写过验尸，他把古代那个验尸的传说重新进行科幻的创造，我觉得他试图创造一种东西，这种东西可能现在还不是特别成熟，《中国奇谭》倒不一定要跟顶层设计的中国史诗构成一个对应关系，它可能是一个互补的关系，因为它讲的就是我们现在这个新时代的史诗，比如改革开放几十年，这种大的发展波澜壮阔，我认为这也是真实的，这个东西不矛盾，这个历史主体的主流叙事之外，有着无数的丰富多样的没有得到张扬的那些无名的角落，那些角落依然存在于我们所谓的被现代性照亮的之外的那部分空间。

现在这个电筒的光柱子照了一部分内容，这部分内容也是真实，但是它没照的那部分本土的小传统也是现实，怎么样把它们平衡起来是我们可以考虑的。我觉得《中国奇谭》其实是一个很好的录像。

杨庆祥：我要补充几点，第一就是你说史诗的是主流叙事，但是我觉得它不一定就是主流叙事。也许过了很多年以后，我们再回过头来看，中国怪谈、中国奇谭之类的叙事对文学的意义可能是最重要的，你所谓的手电筒没照到这个部分其实可能更重要。

现在世界文学是一个整体性的情况，中国也是在这个社会之内，怎样建构自己的传统或者建构自己的话语权？我觉得就是你刚才讲的本土《搜神记》《封神演义》等志怪小说。中国古典诗文，包括整个东方的东西，我们可以把这些全综合成一种，所以我们的“现代性”就是我们的“现代性”，不一定非要是18世纪以来西欧为中心的“现代性”。

其实我们所有的观念都是从那个地方来的，但是我觉得这是对中国作家最大的挑战，你最后真的能够立足于世界文学，你必须把这两者之间结合起来，能够在西方时间内部来改变西方实践，这是我当时用的一个形象的比喻。我不是生活在这个西欧时间的内部，但是我们可以用我们东方的、用我们本土的东西来改写，结果发现这实际上是在按照我们自己的节奏走了。我觉得这个是对更年轻世代作家的挑战，就是你最终要找到一个方法，这个方法非常重要。

刘大先：对，其实我们应该把思路放得更开，就比如说因为我本身是搞民族主义的，民间的东西现在其实更多地从书里面边吸取。

赵志明：我举一个例子。万夏有本小说写于 1980 年代初，但是拿到现在看我都很吃惊，那个小说是每一段可以重新作为开头，就是比如说它一个中篇是可以完全打乱的，每个段落打断它是可以重新读的。他为什么想到这个节点，因为他那时候对中医脉络很感兴趣，人体的经脉从任何一个点进去都可以顺行天下的，就是大小周天嘛，但这个具体我也不太了解。他说小说就是模仿人体的内部构造，所以小说应该从哪个点都可以进去，形式感很强。

杨庆祥：我现在知道他为什么能写出这个小说了。后来他们还出了很多医学方面的书，都卖得特别好。

徐刚（中国社科院研究员）：刚才大家讨论的都很有意思，用现在的观念来重写中国的传统，这个叫奇谭。中国传统里面有奇谭、怪谭、夜谭，甚至有艳谭，用中国的现代观念来重写中国的传统文类，有很多故事可以写。刘汀的小说，不是走极端，基本上还是传统纯文学的路子。但这是一个特别有意义、有意思的文本，比如新闻的嫁接，某些现实的片段，让人看了不觉会心一笑，感叹：“啊！这就是中国。”让一些小人物把个人的故事讲述为一个民族国家的故事，这是新文学以来的一个传统，永远有一个在场的中国。这是最有意义的一个地方。

杨庆祥：比如说第一个老洪的故事，具有一代人的症候。你会把它放到很多谱系里面来讨论，比如《人到中年》《一地鸡毛》《单位》等，甚至可以把这个故事追溯到郁达夫的传统。

徐刚：对，一个病态的自我来自个人境遇。刘汀说最早的小说是写于2010年左右的，那个时候他对个人与世界的关系的理解是“紧张”的，是来自自己的某种境遇，某种自己对世界的理解。他是一个很自然的年轻作者，会很自然地去诉诸这样一种方式。但它永远有一个中国在场，这是一个有利的地方。

第二是这个文本特别有意思，就是奇谭。通过传奇的方式写奇思妙想，就是一种“新虚构”。“新虚构”这种命名的方式，可能是全新地理解他的小说的一个桥梁。但另外一方面也可能迫使读者以“新虚构”的方式来理解他的小说，但可能他的小说并非如此。因为就我来说，我会追问这个新虚构的“新”在哪里。这种“新虚构”背后就是重新为小说胡编乱造的权力做出证明。他在“后记”里面说他把小说给母亲看，母亲说了一句“编得不错”，就一个“编”字，就是对小说的一个理解。包括后来的《虚爱记》，其实就是一个人物和他笔下的斗争，最大程度地暴露了小说的虚构性。通过这种虚构的方式来发挥他的奇思妙想，推动小说的一种特权，这是他最有意思的地方。

但是当我读了他的散文，再来看他的小说，会发现他是一个把散文和小说分得非常开的一个作家，这是一个很有意思的现象。他的散文是很深情的，但是小说会有刻意地凸显的一种虚构性。当我把读到的李云雷的小说拿来比较后，会发现李云雷的小说，它是最大限度的节制内容，一种非虚构的行动，就是原小说。小说的一开头，就是“那个时候怎么样”，写小时候的故事，但实际是以散文的方式写出一种新的小说的样式。刘汀就是一新虚构的虚构，背后就是写这种奇思妙想，有寓言的层面。这里面有很多先入为主的一种理念，它通过故事去演绎这个理念，他通过这种叙事的方式，通过这种编织，然后进行最后的收尾。每一篇故事的背后都有一个非常明确的理念。比如《炼魂记》，它最后道出，原来80后是有一个老灵魂的，并不是那么年轻的一个人。《虚爱记》讲的是没有人理解这个虚构的人物的那种绝望的爱情。所以他的很多小说，是可以用一句话概括的，他的这种理念是非常强的。

李云雷的小说是非常自然的、朴实的，笔调是跟着人物在走的，有一种营造出来的真切感。而刘汀的小说，是有一点冷峻、戏谑、讽刺、荒诞的，他对人物是旁观的，没有同情。所以他的故事就看着不太走心，人物有一种符号化，只是为了服务于理念，尤其是前期的一些作品。林梅通过散文的方式，最终达到一种冲淡平和的内在，一种从容的状态。刘汀是要体现个人与世界的紧张的关系，他切入社会热点，并不是以一种从容的方式来进入世界的。

12 个故事，12 记重拳，确如雷如电，非常冷，有一种社会批判的力量，但是背后缺一些让人思考的东西。我很喜欢后面几篇，比如《黑白记》。我很喜欢《秋收记》，因为他最大限度地发挥了散文的长处，融入小说里面，一种情感的带动，文字更加的内敛，理念的东西有所淡化。

刚才提到越往后面的小说是越好的，所以这就提出了一个问题，你所认为的新虚构，究竟意味着什么？接下来的写作是需要再往前走一步，继续去落实所谓的新虚构呢，或者是后撤一步，将散文的风貌和小说结合起来呢？这可能是作者将面对的一种选择。

杨庆祥：这里面其实涉及小说观念的问题，我觉得小说有各种呈现的形式。比如我们会觉得一部小说好看，那好看的标准是什么？可能会说有故事、语言好，那这是一个标准。很多女性读者会说，首先就不想看，因为文字不好。这个观念其实是比较单一的一个评价的标准，理念本身也可以成为一种小说呈现的形式。比如我最近在看贝克特的《自由》，戏剧其实也是表达生活，具有表演性，就是要表达自己的观点，问题是你的观点本身是否庸俗。如果是一个不庸俗的观念，我觉得是没有问题的，怕的是表达的是庸俗的观点，那就是失败的。所以小说的样态有很多种，可以从不同的角度来谈。刘汀可以继续把这个观点做到极致，一篇小说表达一个观点，但是这个观点不能落俗。或者用另外一种方式来处理，比如说用散文的东西。其实我是更喜欢用小说的方式来写散文，如果散文既有叙事性、戏剧性，又有冲突、人物，这个散文就有意思了，像张岱的散文。

刘汀：我今天收获颇多。今天大家的建议和更多的可能性，让我对自己的文本有了新的认识。我来讲几个事情吧。第一个就是《中国奇谭》这个书名和我的“非虚构”的“后记”对于这本书有很大帮助，也给自己挖了两个小坑。宣传的时候会把这两个点放大，否则无法让文本直白地被注意到。“非虚构”的“后记”是编排的时候才形成的想法和概念，它不是突然出现的，只是放在这个小说“后记”中有它独特的切入点。当然我也承认很多概念在学术上是值得推敲的。我希望将我的文本和这两个点做距离化的处理。

第二个是关于徐刚所说的是否要在这条道上再往前一步。事实上这个活动对我来说有些“迟到”，这部作品的创作大概是在五六年前，很难再回到当年的位置。现在的我是能意识到这部作品中还存在的问题，有观念化的问题、过于追求戏剧化的问题等，但我并没有去彻底改掉。一个原因是不悔少作，另一个原因是我的任性与故意。比如《换灵记》，“换灵”后的生活可能更有意思，但当时我想留住的是被打击、坠落的那个瞬间的状态，与我刚参加工作的心态相对接。至于是否要再出一个《中国奇谭 2》，还需要考虑。“奇谭”给了大家思考现实与自身关系的新路径，但同时还有很多其他作家也在以“怪谈”等的方式提供其他路径。我们意识到我们的创作为当下打开了一个小缝隙，这让我为自己五年前的创作感到欣慰。

第三个是我担心这部作品得到了超过其分量的解读。比如“中年危机”“80 后”等等，我有意识地进行处理，但很多我没有意识的部分则得不到很好的处理，比如情节、结尾设置等。很感谢大家的建议，我收获颇多，让我在将来写作上的意识会更完整一点。“奇谭”在我后来的写作中其实已经被放弃了，不会再进行专门处理。我后来写的《夜宴》等关于吃饭的小说，在期刊上获得的肯定事实上比《中国奇谭》这部作品多，但我还是要警惕我所选择的路径。《中国奇谭》反映了我当时写作的精神状态，但关于“吃饭”的问题事实上也是我当下的一个精神状态，这个问题我们可以私下讨论。

最后谢谢庆祥，谢谢大家。

先锋及其所塑造的

——李浩《封在石头里的梦》

04月

22日

2018年

中国人民大学人文楼

杨庆祥：今天是第28次联合文学课堂，我们邀请到了著名作家李浩来到了现场，就他的新书《封在石头里的梦》做一个小型的研讨。

我认识李浩很早了，印象特别深刻的是在现代文学馆的一次活动上，李浩在那里侃侃而谈，我就很惊讶：这个人不是个作家吗，怎么比理论家还理论？后来陆续读了他的一些作品，像《会飞的父亲》等，印象特别深刻，是一个非常重要的写作的存在。后来我跟李浩接触了几次，包括在一起吃饭，参加一些活动，觉得他是一个特别分裂的人。他在日常生活里面是一个大熊猫一般的存在，大家都逗他玩，他自己也特别随和。但是如果看他的作品，你会发现，他又是一个特别有奇思异想的，非常冷峻的，进行各种探索实验的作家，我觉得这些东西非常完整地结合在李浩身上，这也是一个很有意思的现象。下面首先有请李浩做一个简单的发言！

一

李浩：首先感谢大家的到来，我作为一个写作者，写了这么多年，非常愿意在这样的场合聆听各位朋友和同仁们的批评。我更看重批评，因为哪怕这本书我付出了再多的努力，那也不是终点。希望我能够在文学上有更多的精进，这远比听到几句好听的话重要得多。我之前给庆祥兄发了一篇我去年写的关于石黑一雄的文章，希望大家像我写的批评那样尖锐和犀利，我这个人脸皮比较厚，能受得住。如果说得我脸红心跳非要反驳的话，那只能说你说到点子上了，说到我的痛苦了，说到我难以掩饰的部分了。下面更多的时间留给大家，我在后面的时间里面就应当充当一个“被告”，谢谢大家！

杨庆祥：每一个到我们这里的作家都希望被批评，但是没有一个人像李浩那样求批评，那就希望大家能够像他批判石黑一雄一样批判他。接下来大家自由讨论发言。

沈建阳（北京大学博士生）：如果把这个集子放到文学史里面，按照我们受的那些训练来看的话，我们可以在这个集子里面读到特别多熟悉的意象，比如噩梦，萨特式的恶心，卡夫卡式的城堡和迷宫，还有影影绰绰的新写实主义的影子在里面。一方面，我们能够想见李浩老师有一个特别庞大的资源储备，阅读量很惊人；另一方面，我想到的是自现代主义文学以来，我们的文学的整个构成就是很复杂的，从现实主义创作到现代主义文学的兴起，这可能不仅仅是写作方式上的变化，可能同时对研究者或者对阅读者来说都会是很大的挑战。

我有一个困惑。因为在这个集子里面读到了很多东西，我在想这些被囊括进来的话语之间会不会有矛盾的地方？比如我们说新写实主义小说，虽然是回到日常生活，写一个凡俗的日常，但是“日常”本身也是携带着它的“政治无意识”的，所以我们会在新写实小说的阅读里面感受到一个特别精英主义的主体。而我们的现代主义文学又有特别强的解构色彩，我想这两种话语之间，会不会有彼此矛盾的地方？比如萨特的存在主义小说也有这个问题，我们知道福柯那一批人的出现，他们的主要目的就是为了质疑萨特的那个所谓的大写的“人”，他们一上来就和他较劲，在他们看来这样的“人”是不存在的。

我特别感兴趣的是其中的两篇，一篇叫《封在石头里的梦》，就是这个集子的名字，还有一篇是《给母亲的记忆找回时间》。我觉得这两篇和其他的六篇不太一样，如果我们说其他六篇有一个解构或者说祛魅的话，我觉得这两篇好像又重新给小说赋魅。比如《封在石头里的梦》，其实采用了一个类似科幻小说的结构，一个一个的石头背后有一个空间，打开来甚至有一个世界，会带出来一个完整的东西。大家想科幻电影《黑客帝国》其实就是这样的，它打开了一扇门，发现后面的另一个世界。其实这篇小说写的事情很简单，就是一个寻访作家故乡的活动，其实讲的事情无非就是不断地登山、吃饭、聊天。看起来平淡无奇，但是就是用这样的手法，通过砸开一个一个绿色的石头，发现里面的梦，就同时打开了很多空间，我觉得这是一种赋魅的写法。

《给母亲的记忆找回时间》，我们看到是重新将叙事时间化的努力，就是重新把一片片碎片化的叙事又重新结构起来的尝试。这里我想到另一个问题，“先锋写作”其实是一个很矛盾的存在，就是先锋不可能很持久。那么如果当先锋变成一个套路，或者说，先锋变成一套相对圆熟的话语的时候，或许这种先锋本身就会变成一个负担。这两个问题我想得还不是太清楚，我抛砖引玉，供大家讨论！

杨庆祥：我觉得我们对先锋其实是有偏见的，或者一直在误读先锋。我们其实是把20世纪的现代派先锋写作普遍化为一个整体的先锋写作了。所以先锋其实有两类，就是刚才建阳讲到的，先锋不仅仅是在解构，其实先锋同时也是在建构；先锋不仅仅是在祛魅，同时也是在赋魅。我觉得我们当下的先锋作家，应该跳出20世纪的先锋，重新构建一个当下的先锋，这是最重要的。

樊迎春（北京大学博士生）：首先说说今天的主题——先锋文学。李浩这本小说集中，《封在石头里的梦》《迷宫中》《给母亲的记忆找回时间》这三篇都和先锋有着较大的关系，不只是语言形式，也是精神气质。今天我们经常谈论先锋的方式是问先锋文学到今天留给我们的是什么？提出这个问题本身其实就代表先锋文学已经不存在了，因为先锋本就是军事概念，是一种最新、最快、最酷炫的东西，当我们讨论它的“遗产”时，代表它已经丧失了其最根本的特征。所以，我觉得我们今天要做的首先是要重新清理先锋的概念，它不再是，或者说，不只是1980年代的文学思潮，而更多地应该被理解为一种不断更新的精神和姿态。“先锋及其所塑造的”这个题目很好，先锋应该是一种不断更新自我一直不曾停滞的概念和特质，1980年代的那种对文学语言形式近乎登峰造极的创新以及对中心、主题、主流的解构到今天其实应该有另外的流变和新质，但不变的应该永远是对一种“极致”的追求。李浩的小说就是在追逐这种极致，是极致的孤独、自我、困惑、迷失，是人类最细微的恐惧，是历史和时代之外的人类情感和精神的脆弱与不堪一击之处，是众神或者说人类腐朽的细致观察。另外值得注意的一点是，先锋作为现代主义的一副面孔，拥有现代性最值得骄傲的本质特征：反思。在追求极致的过程中，先锋不断进行自我的反思与确证。我们关注的这些极为幽微细致的东西，我们所抵抗与不屑的所有外在又如何在无形之中影响和侵蚀了我们，这是先锋一直在警惕的东西。《封在石头里的梦》是与前人的梦产生共鸣，这其实是“寻梦”的过程，是寻找丢失的记忆，是人类对自身的一种反哺和救赎，是要用回忆和唤醒回忆的方式来实现真正的遗忘。《给母亲的记忆找回时间》也是一样的主题，我们终究要与我们的记忆和解，要以这种重新访问记忆的方式实现最终的遗忘。《迷宫中》带着古希腊的隐喻，而现代性的想象其实起源于古希腊、古罗马的国家民族建构，这里的反拨在于集权者荒谬，众神荒谬，人类建造迷宫保护自己却也困住自己。这三篇都在说的问题正是对起点的返归，正是先锋和先锋所塑造的极致与自我反思，确证与自我确证。

先锋之外，李浩关注的另一个问题同样有意思。比如《失败之书》和《匮乏的生活》两篇，看似在写理想主义的幻灭，但塑造的不是以往熟悉的失败者，而是传统与现代交错而生的人。《失败之书》里看似个人的失败最终联系上了“时代”，我倒觉得这是败笔，回到了传统的古老的失败者的路上，成了披着现代外衣的传统的失败者，“现代”变得虚伪。小说中对哥哥当下的描述更具有症候性，他的问题是脱离了重大的历史事件的，我们的小说能否在这种意义上有效建构？新的现代的时代是否可以造就一个不同于与历史事件相勾连的现代的失败者？《匮乏的生活》描写的是完全的现代生活、现代人生，没有活力、阴郁，曾爱好文艺的人，那这样的人是现代失败者吗？我们可以思考的便是，什么样的才是纯粹的现代失败者。或者说，在失败者的塑造上，是否有传统和现代之分？所谓的“失败者”是否可以有与“当代性”相勾连的特质？在现代性的进程之中，在先锋的确证和反思中，作家塑造的人物如何处理历史与当下构成的双重的精神困境的关系？

《哭泣的影子和葬马头》《丁西，和他的死亡》《使用钝刀子的日常生活》对现实社会的放肆想象与微妙反讽虽然笔力不俗，但新意略欠缺。

最后，我想要总结的是我对李浩作品的整体感受，即“是否存在一个无过错的灵魂?”不管是先锋的还是传统的、现代的，每个灵魂都有阴暗的面孔，我们精神的困境是源于我们的阴暗和孤独吗？这样的我们要与历史、记忆、自己和解是否可能？是否有资格？正如我们批判现实、反讽隐喻，我们也都是其中的一分子。以先锋的手段深刻剖析和反思是不是一种有效的途径？或者只是在一遍遍重复挖掘更深的需要救赎的深渊？救赎之路究竟何在？这可能是“先锋及其塑造的”都需要谨慎回答的难题。

李建周（河北师范大学教授）：我之前看了叶兆言的《早春的故事》，这篇小说1981年就写了，反复地修改，结果成了先锋小说了。先锋肯定是一个他者，是对文学重新定义。但是我觉得我们建构一个他者，然后反对，这种姿态本身就变得很可疑，因为你无论反对什么，都会陷入一个圈套。刚才谈到暧昧性，可能这是一个暧昧性的所在。假如我们站在高姿态、低姿态或者是痛哭流涕的姿态，那就是一种表演。李浩不是那种表演性的作家，他是守旧的。当然守旧背后有一种志向，他其实是在以自己的方式定义文学。我一直想找一个能够和李浩的精神追求、精神结构相对应的作品，《封在石头里的梦》就是这样的一个感觉。

《封在石头里的梦》这篇作品很好玩，这篇作品里的人好多我都认识。它有非常清晰的生活层面，也有非常暧昧的生活下层不清晰的部分，小说里面有迷宫、镜子、障碍，甚至是阴间，这些构成了他观察生活的两个层面。这两个层面特别强调的是一种现实感。他和这个时代有一个共振点。当然最纠结的是可能每个人感觉不一样，我读这个的时候，觉得这不就是在形容今天吗？这个共振点是非常重要的一个东西。

这部作品有一种内心的焦虑。他想通过自己的文学方式，用一个岩层把焦虑固定下来。他动用了很多文本资源，包括历史的、理论的、文字的，等等。加入这些文本资源，他其实想固定住这个时代心灵的复杂性。李浩的精神主体建构是不断飘移的，不是找一个固定点，而是不断地在漂移。庆祥的《80后，怎么办?》是另外一个方式的，是现场版的，和这个时代直接面对的，李浩则是正常版的，一直在做表演，加入了很多服装的、道具的东西。

《封在石头里的梦》有的部分写得太清晰，每个层面都清楚地交代了出来，这个小说太清晰，其实就少了一个不可触摸的部分。李浩试图建构一种暧昧性，但是他非常清晰地呈现出这种暧昧性。我们想从中找一点惊喜感，但是消失了。

杨庆祥：建周说的李浩的非表演性和守旧性是很有意思的。非表演性我们是可以看出来的，但是守旧这一点很少能看出来。我一直有一个担心就是李浩这种风格写得下去吗？下一个该怎么写，还有没有什么花样？后来发现李浩还能一直往前推进，这是他天才的地方，是最值得我们去探究的。

我觉得《匮乏的生活》是写得最差的一篇，这一篇就像它的名字——“匮乏”，本身没有被展开，算是不成功的新写实的片段，放到整部小说中有点突兀，风格有些不协调。我们要把李浩放在一个具体的语境中来讨论。先锋的位置是不断位移的，不断位移中面对的是“他者”，我们要明白李浩到底在反对什么。所有先锋作家都是为了一个反对之物在写作，有这样的反对之物才能建构起他的先锋性，先锋作家往往是对流行的写作的意识形态的反动，在这反动中建构起他的先锋意识。所以这种先锋性一定是此时此刻的，不是1980年代的，也不是卡夫卡的那种先锋性。卡夫卡有他反对的东西，余华、莫言也有他们反对的东西，那么李浩反对的是什么？李浩面对的困境是，他有时候不知道自己要反对的是什么，这可能会导致他的先锋的暧昧性。

我可以先抛出我的一个观点，李浩是在反对一种视觉意义上的写作。我们这个时代流行的就是一种视觉意义上的写作，就是写大量的我们看得见的生活，李浩试图去写我们看不见的生活，或者说我们看得见的生活背后的东西，它弥散开来的东西，我觉得这点很重要。《匮乏的生活》就没有把这种东西写出来，从作品的完成度上看就不够，就像是一个片段。《封在石头里的梦》《失败之书》，还有纯粹先锋的《迷宫中》，我觉得就很棒。

二

李蔚超（鲁迅文学院研究员）：李浩其实是个很矛盾的人，他私下特别谦虚，但在谈论文学时志向很宏大，他谈论的都是稍稍有些过时的 20 世纪现代主义作家。回应庆祥刚才的话，我不知道“先锋”是李浩自己的命名还是庆祥的定义。假如说李浩是先锋，我们看到的不是苏童那代人的先锋。他受翻译文学影响，直接师承 1990 年代后大批翻译到中国的现代派作家。他不是从莫言那里学来的，而是直接从博尔赫斯、马尔克斯、卡夫卡那里学习的。所以首先我想说，李浩真的是在接续着一种世界文学的传统。

杨庆祥：就是那些伟大的世界文学的传统。

李蔚超：特别是 20 世纪现代派的传统。我最开始读李浩的小说是在《十月》上，当时觉得特别困扰和眩晕，有很强的距离感。特别是和《十月》上的其他作者比，其他作品携带着我们的经验，我们很快进入那些真实的小说中，而李浩的小说是直接作用于我们的思考和想象的。我在去年认真读了几本 1970 年代出生的欧洲作家的小说，李浩和他们相比，毫不显弱，真的是伟大的现代派传承的 70 后一代。而且李浩的创新性特别强，这些短篇小说我们看来，每一篇都有不同。它们特别烧脑，特别时尚，特别不接地气，带给我们一种类似东野圭吾的语言挑战。就像刚才庆祥说的，李浩身上是存在一种矛盾的。作为他的好朋友，我知道李浩是一个农民的儿子，他的经历、教育和生活没有任何时尚之处。所以也是一种天赋，世界上会有这样一批作家，他们在图书馆里读书，可以准确想象另外一个世界的人的状态。就像纳博科夫研究蝴蝶，他可以准确类推出七种种类。李浩既是链接世界前沿的中国作家，又是一个农民的儿子，这是我对李浩的特殊感受。

然后我想讨论一下他的这本小说集和他的创作对于我们的重要性。庆祥的命题是“先锋及其所塑造的”，不管出于什么层面考量，庆祥首先肯定了其先锋性。我觉得李浩的作品确实不同于我们1990年代以来新写实和某种现实主义回归后的文学传统，那他写出的究竟是什么呢？下面我先说两点想法。

第一是文本层面上李浩的小说技巧。就以小说集里第一篇为例，也就是《封在石头里的梦》，我觉得这个写得非常好。其实故事极其无聊，我翻第一页发现里面的人自己都认识。

杨庆祥：说实话，我当时看过第一眼都不想看了。

李蔚超：可能大家都不太喜欢这种充满身边人的小说，但是李浩写出了一种不一样的感觉。他没有像很多小说家那样写一个复杂的故事，而是用特别简单的人物关系和日常的故事，制造出博尔赫斯那样的语言迷。这是李浩的本质，他随时制造障碍。比如他突然转入到叙事上的一个对话，然后插话、想象、语言的叙述，这是很有天赋的。而且李浩的小说很烧脑，其实有着很精益的结构，我认真分析后发现里面每一个人物都对应着一种意象。比如黄土路一定跟石头有关，他重复叙述着石头；而林白联系着历史，而且他的历史是一个民族史，比如日本鬼子和知青；弋舟就代表着酒，他一出来要么敬酒，要么喝醉了，是一种酒神的状态；还有一个女孩子是摄影，她一出现就拍照，就有图像的记忆；而“我”这个叙述人不断和梦结合起来，有杀人，还有笔、书法。这篇小说很有诗歌的意思，每个人物对应着一种意象，意象代表一个人的文化行为。李浩从头到尾这样连接起来，搭建了一个特别精巧的世界。李浩的小说和他这个作家，经得起学院派学术和理论的研究，因为他对汉语的表达是有贡献的。以他《封在石头里的梦》来说，怎样进行搭建，让一个采风故事变得复杂，而和我们的精神世界相关联，我现在还没有结论，但我可以做一个比较学术的研究，来推进对李浩的评论。因为李浩的小说不太具有批评价值，而有学术和语言的研究层面的价值，他创造了不同的汉语的构造。

第二，回到先锋的问题。李浩的小说看不到现实因素，但他真的是一个土地上生长起来的作家。他对于农村、对于人有很深刻的理解，但他的小说刻意回避了这些东西。刚才庆祥说先锋一定要找到一个“他者”，他讲李浩写的是看不见的生活，我姑且认为是成立的。那他看不见的生活是什么？是20世纪以来长期被重复的人的精神世界吗？如果是精神世界的话，他的精神世界到底跟我们这个媒体时代有什么样的关系，这是怎么理解的？是否还是现代主义的虚无？这个精神内涵，你到底有没有一个理解？有没有一个答案？看不见的生活是一个特殊性的东西，需要文学来表达，我不太能感觉到李浩知道。

看不见的是生活吗？是在我们中国生活之下的那个权力结构吗？我知道李浩知道，但是我看不见他的文学里有讨论这些。看不见的是历史的潮流吗？我们未来会怎么样？我们的过去又如何？这是日常的，这也是李浩不处理的。所以我觉得，李浩处理的可能还是这种异化的历史情境下人的精神。但对于这种精神李浩没有特别超越出我们时代给出的语境，他是否有一个答案和一种感觉，是否有一种困惑？这也是我的困惑。

我觉得先不先锋无所谓，你真的要有所创造。我感觉李浩的所有小说都是本雅明意义上的寓言式的，就是在一个个碎片中试图来表露出自己的东西，李浩的碎片做得很好，表征的迷宫也很好，但他要表达的对于真理的对象是什么，在哪里？我觉得是没有的。所以我觉得，先锋不先锋无所谓，重要的是有所创造。作为一个现代主义的中国的继承人，李浩应该创造出我们中国人的精神内涵和状态。

杨庆祥：我觉得蔚超说的非常重要。我私下里也跟其他朋友讨论过李浩的作品——李浩一个至关重要的问题在什么地方？就是蔚超最后的这个追问。我们说的那些伟大的现代主义者，也就是李浩的先生们，其实他们的时代，反对之物相对来说是比较明确的。而刚才说到，要么我们的反对之物是非常不明确的，要么是我们很容易落入圈套中将自己虚化。这个时候我们就需要这样一个先锋作家，他首先要碎片化，而在碎片化的基础之上，可能还需要一个整合或者一种创造。你需要再创造出一种东西，即使这可能会成为别人反对的对象。如果能把这个做好，李浩的写作就会有一个大的飞跃。

李蔚超：李浩批评石黑一雄的文章，其实正是他自己心虚的地方。李浩说石黑一雄的小说是演出，他评价石黑一雄演砸了，出现了很多非现实因素。其实我觉得李浩太懂得石黑一雄的演出了，因为他也演，他们演的一样。其实这篇文章深深地反映了李浩的潜意识，就是他万一也演砸了呢?

韩敬群（北京十月文艺出版社总编辑）：就我们现代常规做文学编辑读到的作品来说，李浩真的是很有挑战的。我们一般把读者分成两种，普通读者和专业读者。我们作为编辑，可以说是普通读者里面的高级读者，或者是专业读者里面稍微普通的读者，编辑大概是这样的，就是介于这两个交界的地方，进入确实需要相当的耐心。

我看了四篇，前面两篇我看了两遍。我为什么看两遍?就是因为眩晕。我必须要让自己更清晰一点，所以我再读。里面有些话，也跟李浩特别汇报一下，有一个特别细小的发现，比如说在《迷宫中》里，我居然发现中国作家这样来用典。因为我学古代文学，知道中国作家喜欢用典，中国的作家还有这样一种用典的方式，用洋典。卡斯是从福克纳的小说里面来的，整个这一段都是福克纳的小说，原文原句，第59页。我不久之前刚刚看过《我弥留之际》，我说这个《迷宫中》好熟悉，我首先看到，我说这好像是《我弥留之际》里面的老大。我昨天把那本书找出来，后来我就发现，这些完全是福克纳的原文，一个字没动，证明我读得还比较细，很明显是这样的。

确实，先锋作家是为了在手法上有一些创新，无所不用其极了。还有一篇是大家批评的《匮乏的生活》《使用钝刀的日常生活》，我的看法可能不太一样，我不一定像建阳说写得很失败。我可能是看到的，一个作家书写生活的两种笔墨，《匮乏的生活》确实是比较写实的，有点不太像李浩，但是我觉得从另一方面来证明，相对来说是比较写实的。而且证明，实际上李浩是具有这方面的。假设他想像其他人一样去写，比如像张楚、弋舟那样去写东西的话，他也是能做到的。当然，说到这两个作家，我也顺带着说一个我自己非常粗浅的看法，这三家作家放在一块很有意思，张楚、弋舟和李浩大概就像一条线，一端是形象，一端是观念，非常粗浅地理解，可能张楚是落在人物和故事最靠近这一端的，弋舟是在中间的，逐渐地发展到李浩。我觉得好像是有这么一个感觉。

杨庆祥：你这个很形象。

韩敬群：弋舟是介于中间的，越往后那个形象的东西，看得见的生活越来越减少，看不见的东西越来越多，大概有这样一个演进的过程。李浩他其实引用了一句话，好像说文学就是一个游戏，它只是一个有思想的游戏，好像有这么一句话，“是严肃的游戏”。

我们读李浩的东西，读这两篇好像陪着你玩游戏，但是我们知道其实是一个严肃的游戏，比如我在突然看到《封在石头里的梦》的时候，表层是大家到一个地方去采风，喝喝酒，聊聊天，扯扯闲篇，实际上拨开石头，里面那些梦境的呈现是非常严峻的，是非常残酷的。李浩是不是在试图制造这种对立？就是在这些作家的表面上轻松活泼的表象之外，其实在他们的意识之下潜藏着一些对现实的，也许是他们的恐惧，也许是他们的反抗或者是什么东西。我们旗帜鲜明地在我们的写作里面表现一种对某些东西的排斥、反抗和逃逸，试图又要去建构一些什么样的东西。

在当代，我觉得中国当下写作整个的趋势是回避这种东西的。这就是为什么我觉得中国现在的写作实际上是缺乏这个的。海外的作家有一本书叫作《疯狂的贞子》，我看到我们当代文学缺少的东西，在海外的文学里面是有的，就是那种启蒙的精神仍然还在。其实我们这个国家，我想这样的东西仍然是非常需要的。我希望这一块，李浩也好，包括我们作为出版界也好，我们还能在文学里面以这样的语气，有这样的空间做这样一些探索。从另外一方面来说，我觉得对于一个作家来说，尤其对于李浩这样的作家是一个很大的挑战。因为他可能会面临着失去读者，失去很多的东西，包括失去各种各样的奖项，当然李浩已经得了大奖了，鲁奖已经得过了，而且那么早，虽然很低调，这是很重要的一块。即使表现现实，有很多的方式，我们现在可能有一种是正面强攻，也可能是一种明修栈道，暗度陈仓。其实我认为，《封在石头里的梦》也不妨理解成其实也是梦，是一种形式对现实的反映，所以很有意思。

蔚超一开始说的一个问题，她只是说了一句，没有往下说，就是关于李浩对于翻译文学和中国 20 世纪通过翻译文学里学到的这些对他们的影响。我个人一直对这个东西是持质疑的，我特别质疑中国作家受这些东西的影响。李浩可能也听到我说过一次，有一次河北作家到北京来开长篇小说的研讨会，我就在那次会上说过。包括他的作品《在我头顶的星辰》，李浩头顶的星辰全是外国的星辰，他没有一个中国的星辰。

有一年国际书展，我设计了一个题目，就是关于中国小说怎么写的问题，请了一些作家来谈中国当代小说的可能性，包括李浩、范文等。那天特别有意思，我整理出来发现，他们所有人，他们的文学影响来源全部都是西方的，这是一个特别奇怪的事情。我为什么觉得奇怪？我觉得我们去质疑石黑一雄什么的是困难的，我对这些作家从来不信任。首先是文化本身，我们都有点学外语的习惯，但真正接近人家那个灵魂的内核是一件多么困难的事情。再经过翻译的重组和误读，我觉得差距是非常大的。所以我们中国的作家不断地去谈他们，确实他不是受外国作家的影响，是受译者的影响，其实里面很多的一些细节都会造成很大的偏差。

给大家举一个很好玩的例子，有一个小说、有一个细节，说两个人在冰球场看冰球，突然一个细节说黑鹰飞过红枫林，他觉得大家会觉得很神奇。实际上是两支冰球队的比赛，是黑鹰队对红枫队的比赛。就是这种翻译，造成我们认为作家的意识那么神奇。我们可以想象，翻译里面这样的问题是比比皆是的，这不是一个个案，因为那是一个很好的翻译家，很认真地翻译的作品。在今天我们的出版速度那么快，包括翻译水准又是大幅度下降的情况下，实际上再去谈翻译文学其实挺危险的。

我其实特别希望像李浩这样好学的作家，能够更多地把眼光放大，我们不能忽视外国文学，这个还是很好的，当然还是能够转移到我们自己的文学传统上来。在我们的文化里面，有非常多的能够激发他们想象力的东西。同样一个梦，说实在的，他说《封在石头里的梦》，中国人写梦的有一些非常神奇的东西，有很多梦的解释，其实能够生发出很多的想象力来，我们这么好的资源。而且关键我们的基因是相通的，内在是相通的。

李浩的《封在石头里的梦》，大家看实际上他偶然一两个闲笔，他的写实的功底其实是非常好的。我为什么这么说？比如他这个小说的结尾，突然说到了从弋舟的房间里这个，写弋舟写得非常传神，所以他写实的功底是很好的，他写得太像弋舟了。

杨庆祥：韩老师说得非常准确，有点犀利。我觉得当下不管是作家还是研究者，问题都挺大的。第一是我们其实很简单，我们古文读不懂。现在的出版社特别流行把古文翻译成白话文的版本。不要说普通的读者去读，很多的学者也会去买这个读，因为实在不想读古籍版的版本。另外就是我们其实懂外语的作家非常少，你其实不是受的作家的影响，你受的是翻译者的影响。

韩敬群：一个70后的女作家，姓张，她现在在美国。我听她聊，因为她是可以直接去阅读的，就讲一些问题，比如从哪些作品切入，甚至她可以说你先从托宾的一本书入手，他的哪部作品相对是最好的，但是你可以从哪个作品来。我觉得如果是这样的是比较真实的，而不是通过咱们这样的。当然我们现在也没有办法，因为比如李浩老师说我现在去突击学外语，好像也没必要。显然这是一个很难解决的问题，无非是选择好的译本，选择好的译者的问题。所以我还是说，另一方面还是希望你们多从中国自己的文化上面去找我们的思想和想象力的资源。就像我们一直聊灶王爷的传奇，跟当代生活的关联，我觉得也许会更有意思一些。李浩把握起来，可能会更靠谱。

三

胡景敏（河北师范大学教授）：我是河北师大文学院的，李浩是我的同事，现在是我们的教授，在文学院开一门选修课“小说创作”，200 多名学生，是非常受欢迎的明星教授。

其实我了解李浩是从《将军的部队》开始，那个时候他得了鲁迅文学奖。第一次读《将军的部队》感觉到特别“硬”，阅读感觉是新历史主义那个路子，读起来很“硬”。我觉得更能打动我的是李浩的诗歌，还有他的评论。读了他的评论之后，我就觉得李浩应该到我们这里来当老师，后来逐渐地把这个事情做成了。那个时候因为要考察他，就多读了一点李浩的作品，读后的感觉让我对李浩最初的定位就是：李浩是一个温和的新历史主义作家。

庆祥跟我说要讨论这本书，其实这是我第一次特别系统地、特别心静地来读李浩这个作品。阅读过程很惊喜，我觉得确实写得非常好。这个集子让我对李浩的感觉有了很多新的变化，第一个是刚才我们几位老师都谈到的：在文学史概念的先锋文学其实已经结束了。但是我觉得可能是两个问题，一个是文学史上的先锋文学，另外一个是文学的先锋性的问题。这个先锋性对于文学来讲应该一直是有的，李浩本人也一直在探索，就是这个先锋性是流动的，是不断变化的，它的内涵可能不是一直稳定均匀的状态。这个集子我觉得它新的地方在哪呢？刚刚谈到比如《封在石头里的梦》中，作家们是一直很无聊的状态，喝酒、聊天、爬山等，但是封在石头里的梦是令人惊心动魄的，给我印象最深的是兄弟相杀的故事，还有讨论谁像哪个角色、各自就位的问题。

比如《匮乏的生活》，刚才大家讨论觉得很弱，但是我并没有这种感觉，可能和我一开始进到《封在石头里的梦》，由这个印象一直读下来相关。我思考另外一个问题：如果说三国里面兄弟相杀的故事感染了我，这是一种所谓的朋友关系，由传统的仁义导致的一种关系在人性的挑战之下会有一个什么样的异化或者蜕变，那么比如说《匮乏的生活》，还有《迷宫中》父子的关系，《失败之书》家庭伦理的关系，到《匮乏的生活》同学的关系，《使用钝刀子的日常生活》同事的关系，我觉得这种是用“关系”的角度来思考我们的生存状态，这个体验特别贴近我们，这种体验的新奇性让我感到非常惊奇。我觉得李浩能够体察入微地把这些东西写出来，这是很新的地方。

我读完《匮乏的生活》这篇小说后，第一个想到的是《儒林外史》里面的马二先生游西湖。当时在大学的时候读这个小说、读这个情节，它用了那么长的篇幅来写马二百无聊赖游西湖，一个一个小店去看，看有没有他选的那个作文范本。我感觉到确实他是这样一种状态，这种状态你说他是古典的还是现代的？是先锋的还是传统的？所以如果说像庆祥定位的，它是一个新写实主义的作品，就归在池莉、刘震云的那个系列，我不太同意。我觉得他们不一样，在这里更是在无聊的状态下发掘出一种精神的空虚，因为他此前的生活不是匮乏的，李文民以前是一个诗人，曾经写诗的时候不是这样的，后来离婚了，当然婚姻可能并不幸福，整个生活是一种相当空白的状态，就跟马二的状态是一样的。从这里我就想到第三个新的地方，就是文学的先锋性跟传统性仅仅是一墙之隔，或者仅仅是一“纸”之隔。因为我对电影这方面比较感兴趣，后来我有一个想法，就是把获得奥斯卡大奖的优秀影片从现在开始回溯来看，我看了有一个月左右。

回溯看之后就明显感觉到一种视觉艺术上的古典性。用这个先锋的东西再回溯这个古典性的东西，你就看到其实这两者在艺术形式上是有差别的，但是内里是一样的。我觉得李浩他写的是一种很慢的生活，比如作家不知道到底是喝了一场酒还是几场酒，不知道在那个地方坐了一天还是多少天，那些都是虚的，而实际的生活是实的。我们所有的传统艺术都有寓言化的特点，包括《三国演义》这些，《儒林外史》本身我觉得可能更有一点现代性在里面。就是所有的古典艺术跟寓言化的东西是邻居，先锋跟传统也是邻居。说李浩就是一个先锋作家，我倒是觉得李浩在《封在石头里的梦》里面有很多古典性因素。包括他把熟悉的作家这些人写到作品里面去，用一种慢的生活在背后表现出一种焦虑的东西、一种现代的生存体验。

还有一个感觉就是，比如我们认为《丁西，和他的死亡》穿越阴阳两界，《使用钝刀子的日常生活》中有所谓的割肉的情节很新奇，但如果我们把穿越阴阳两界的东西去掉，把《使用钝刀子的日常生活》割肉的情节去掉，他这些东西就都是一种慢生活的东西，没有什么新奇的。但是你读完之后，你会感觉到很新奇。其实我对文学的一个口味是从思想进入文学，跟他读很多理论做他的作品是一样的。确实我觉得李浩这个东西像他的《封在石头里的梦》"我"在墙上写的那几句诗"坎坷人生拼命酒，大胆文章断肠诗"。先是"人胆文章"，这种文章的危险在哪儿？不喜欢的就完全不喜欢，包括就像我以前的感觉，我觉得很"硬"。但是我读完这个之后就觉得很好、很惊奇，他一步一步让你感觉到他总有一个新的视野给你打开。虽然这里面有让你觉得很理性的，他对于生活细节、人心的揣摩，他的细节的到位、描写关系的到位让你很新奇；同时，他的形式是古典的，故事不新奇，就是慢的生活，不管是新历史的，还是像《迷宫中》那样新神话的，都没有特别新奇的地方。他这个新奇我觉得在于有一种古典因素能不断打开的现代困惑和细节，这是我的一个想跟李浩交流的感觉，以前都没有这么系统地跟李浩交流过。

杨庆祥：我觉得胡老师说得非常到位，包括前期对李浩的定位，还有现在对他的新的认知，尤其是谈到古典性和现代性，我觉得这个是很有意思的一个点。在李浩的作品里面，至少在这部小说里面处处都能够看得出来他在这样一个古典性和现代性之间做的一个切换的设置手法。比如说刚才胡老师谈到《封在石头里的梦》，我最感兴趣的那个梦其实就是那个三兄弟。通过这个其实很容易就把历史的"内面"

打开了，就是在三兄弟仇杀的背后其实有另外一个文本在那里，通过这个方式其实形成了一种互文，我们由三兄弟就会想到《三国演义》，立即就想到整个历史上很多的这种“兄弟”。

胡景敏：可能李浩如果以前写三兄弟的故事就可以写一个小说，但是现在把它放在一个缓缓的流水里面，突然就出现了长江里滟滪堆一样的东西。

杨庆祥：包括《丁西，和他的死亡》也很有意思，从死开始写，这是比较困难的，当然这个会让我们想到中国很多古典小说的传统，就是死亡以后到阴间去，有一系列惩罚的过程。当然这跟西方文学传统也很有关系，比如《神曲》。

徐刚（中国社科院研究员）：我们今天讨论“先锋及其所塑造的”，但是实际上李浩并不是特别的先锋。重新反思1980年代先锋文学遗产的时候，我们会发现1980年代的先锋文学运动，实际上就是补上了中国的现代主义这一课。他要反对过去的传统的现实主义，就是把中国和世界对接。我们今天的文学实际上就在现代主义文学的范式之中，某种程度上是1980年代先锋派文学所塑造出来的。在这样一个脉络里面来理解李浩的创作，我们觉得他这种创作非常的熟悉。他虽然很新奇，但其手法、隐喻、修辞对于今天的读者来说已经很熟悉了。

所以你会发现，我们今天的文学教育，某种程度上就是在一个现代主义的文学范式之中。正如韩老师所说，从那些翻译出来的现代主义文学，到昆德拉、卡尔维诺，到20世纪欧美现代主义文学这一脉的作品，已经成为我们今天的一个统治性的文学形态、一个范式，一种被塑造起来的文学的美学霸权。

我读过今天和李浩同龄的一些作者的不少作品。70后的很多作家，都是先锋小说的作品喂养起来的。李浩就在这样一种脉络之中。某种程度上，李浩是一个现代主义文学非常乖巧的儿子，他跟在经典的背后亦步亦趋，不敢反对一个美学暴君的父亲。

在这个意义上，我认为先锋文学的政治性在于，它应该对这种文学制度有所质疑。今天我们来讨论1980年代的先锋文学，它的意义在哪里？就是对于现实主义美学霸权的一种颠覆。我们在1980年代经过先锋文学的洗礼后，突然觉得之前那一套已经不合法了，这是非常重要的遗产。我们今天重新讨论先锋，有没有对这个文学制度进行质疑？今天的中产阶级美学成为我们根深蒂固的观念，我们是不是要对它进行质疑？我觉得这里面涉及非常复杂的问题，比如说你愿不愿意让你的读者失落？

去年有一次去南京，我接触到一个90后的作者，叫陈志伟。我读了他的作品之后发现，我们80后的人已经成了老人了，我完全读不懂他的作品。是不是说，一个时代有一个时代的先锋，到了今天，李浩的这种方式，已经成了因循守旧的，要被新的先锋颠覆的东西？李浩有一篇小说用了希腊神话的梗。这个梗有可能是一个经典的文学作品，也有可能是非常冷僻的作品。你不了解这个背景，就根本无从理解他的小说。那么这背后是不是有一种新的观念？我觉得是有的。他这种写小说的方式，就是我们同仁之间的一种游戏。通过这样的方式，文学成为一种游戏。这种游戏的方式里面可能有一种新的观念。

我们今天来看李浩和陈志伟的作品，会发现不同的时代有不同的先锋方式。陈志伟的小说最后走向了一种自我封闭，不向外展开，不指向社会、历史和个人。李浩的作品最后还是回到了我们传统文学意义上的社会、历史和人的维度。他有一种世俗意义上的妥协，还是不想让读者失落。像陈志伟那种创作，完全是一种非常孤立的创作，他寻找的读者是另一个自己，就是一定要知道这个梗才能理解这个作品，不知道这个梗就不理解作品，但是李浩可能还是一个传统意义上的写作。

我是比较喜欢《丁西，和他的死亡》这篇小说的，这个作品非常有意思。李浩写人死了之后，到阴间地府，看到里面有很多景观。通过人物的漫游，阴间就是阳间，他写的就是我们今天的现实，实际上他就打开了这样一个可能性。但是特别有意思的地方是，他提出了一个疑问，就是我们今天怎样来树立我们的一种价值取向。故事里丁西要认死理，一定要讨回公道，这就是寻求正义。但是寻求正义往往不成功，处处碰壁。最后有人劝他，你就不要认这个死理了。所以这里就有一个疑问，我们究竟要不要认死理？要不要向系统讨回公道？还是说向现实妥协，去寻求一个妥善的安置方式。

这里面有我们今天的一种价值的游移，我们今天究竟需要勇敢地反抗，向系统讨回我的公道，去坚决地反抗，还是去做一个精致的利己主义者，这个里面提出了一个非常重要的问题，但又没有给出一个确切的答案，因为这个叫丁西的人始终是游移的。他没有寻求一种简单的解决方案。这个小说做了一个价值的悬置。这种解决和悬置之间有一种张力，他没有做一个简单的解决的方案。我觉得，这一点是很有意思的，通过寓言的方式来展开我们这个现实中最重要的问题。但是他做了一种价值的游移，让我们去思考。所以我觉得这个小说特别有意思，这一类的方式是非常好的。

杨庆祥：谢谢徐刚，徐刚看问题非常敏锐。我特别赞同一点，就是作为先锋，他应该反对当下的美学霸权。这个其实很重要。我在我的文章里面也谈到了这个问题，就是李浩所认可的那一帮大师们，像卡夫卡他们其实已经内化成一种自动的审美范式了。也就是说，现代主义变成了一种最基本的表达方式。那么这个时候我们的先锋性该从哪里建立起来？这个问题是很重要的，就是先锋在不停地反对他自己的体制化。比如我在读《失败之书》时，有好几个地方我打了圈圈，上面写上“残雪式”，就是这个描述与残雪是毫无二致的，实际上李浩还是在那个圈套里面没有走出来。所以我觉得，李浩可能需要把你的这些大师们，就像韩老师说的那样，把他们扔到垃圾堆里面去，安安静静地想一想，让你的生命、你的经验直面当下。如果你能够从最直接的经验出发，而不是借助大师们的这种二手经验来看我们当下所处的现代的世界，可能会有一个新的先锋性在你面前。

李馨（中国人民大学硕士生）：我同意刚刚徐刚老师和杨老师说的，就是我们其实生活在一个现代文学的范式之中，在经过先锋文学将近30年的训练之后，后设叙事、荒诞感等这些技巧都不是在看小说的时候会让我们感到新奇的东西了。这本小说吸引我的是其中那种真实的情绪和对世界的冷峻看法。这个书的书名是《封在石头里的梦》，第一篇也是这个，我感觉它整个虽然是一个中篇小说集，但是第一篇《封在石头里的梦》更像是一个序言或者暗语，其实它后面的几篇都可以看作是封在石头里的梦，这些梦也正如第一篇里面作家们对于梦的讨论：这些梦是关于情绪的、恐怖的东西，有逃跑的梦、无奈的梦和躲避的梦。后面的几篇也都是，比如《迷宫中》儿子对父亲的反叛的梦，《失败之书》是压抑和颓丧的梦，《匮乏的生活》是无奈的梦，《丁西，和他的死亡》是一种寻找的梦，我觉得这个在结构上是很有意思的，我们不谈技巧，它传达的这些情绪都是非常真实的。

老师刚才说您觉得《匮乏的生活》是不好的一篇，但是我恰恰觉得这里面传达的情绪是非常好的。就是写人内心的干涸，写情绪被压抑，离婚、朋友死亡这么大的事情，他自己觉得他应该有反应，可是情绪没有反应。其中一个很有趣的意象是“像一根落在水中的火柴”，这么大的事情都难以冲击心灵，激动的情绪泛起又消失，这种可燃烧的东西熄灭了，这种诗意、理想和激情都在忙碌的生活中日渐消失，我觉得这种情绪的表达是传达得很好的。另外一个我认为比较精彩的小说是《使用钝刀子的日常生活》，让我想到了卡夫卡的《变形记》，格里高尔变成了一个甲虫，但是他的情绪、性格和感受世界的方式都是非常正常的。这本小说恰恰相反，他讲的同样是一个小公务员的日常生活，钩心斗角和权力的挤压，只有这一处不正常的地方，就是钝刀子割肉。卡夫卡写的是变形后的日常生活，这个小说写的是日常生活的变形。故事当中非常不动声色地写了一个诡异的事件，而且事件的人物都对钝刀子割肉这件事习以为常，可能稍微有一点小的疑问，但是大家仍然都在心照不宣地做着。这正显示出了在我们非常习以为常的生活中，事实上有令人惊悚的、非常不合理的、荒诞的，甚至是血腥的东西。

我看杨庆祥老师在《“新伤痕时代”及其文化应对》中提到我们生活在新伤痕时

代，就是这种新的伤痕，这种新的时代对人的伤害是隐性的、不具体的、绵软的，是一种可以称为“天鹅绒”式的伤害。我想这篇小说讲得也是如此，这种钝刀子是绵软的，表面上看起来伤口的愈合非常快速，但是这个背后每个人习以为常又备受折磨的状况都因为钝刀子割肉这个意象表现出来了，这是令人印象深刻的。同样是这篇小说，我个人觉得这个小说最后的结局有点问题。钩心斗角的女同事因为割肉住院，而且科长表示以后要停止割肉这项活动，这好像有点太做实了，使钝刀子割肉这种比较高空的、变异的意象落到了实处，变成了有点明显的讽喻小说，我觉得这个好像设置得不太好。我不会写小说，我也不知道应该怎么样结束，但是我觉得这里有一点点问题。

杨庆祥：李馨有一个说法提醒了我，其实我们对先锋的想象，觉得它是非常有难度的，同时是复杂的。作为一个小说集，我觉得它的结构上其实是可以更有难度，或者更有力量的。刚才李馨说你这个前面的《封在石头里的梦》是序，后面每一个都是前面的一个梦，这很有意思。如果说每一个小说最后都像一个圆环一样，能够回到一个起点或者回到某一个中心去，这个可能会更有张力。

四

刘欣玥（北京大学博士生）：我们曾在联合文学课堂遇到过很多小说集，最常见的讨论方式不外乎几种，一种是从整体上评价这部小说集，进而推演到对作家写作风格、题材、主题、技巧的讨论，必要的时候会勾连作家所处的代际、地域或题材脉络；第二种是喜欢或不喜欢哪些篇目，是个人阅读趣味和阅读经验的交流，更多时候可以从具体的篇目里，提出写作中尚存在的问题和令个人的阅读感到不满足的地方；第三种偏向于一种学院派或文学史谱系的讨论，比如上节课我们会将左小词的作品放进乡土写作的脉络里，又或者这一次李浩老师与先锋文学的讨论。毫无疑问的是，《封在石头里的梦》在这三种讨论路径里都非常成立，但是最吸引我的，还是李浩的写作与狭义的先锋文学的遗产，以及广义的先锋精神的关系。

看到这个题目的时候，我想到的是，首先我们必须对1980年代后期那个作为文学潮流的“先锋文学”概念，以及更广义的先锋精神或先锋文学精神做出区别。1980年代的先锋文学曾经在纯文学理念、写作技巧，还有现实与虚构的想象性关系上，都造成了革命性的颠覆和影响，这个狭义的“先锋文学”早在20世纪八九十年代之交就终结了。但在终结之后，追问它带来的观念和技巧的革命，还有通过阅读与模仿传递给后来者的文学资源，是如何被后来的追随者继承、吸收和改写的，是今天依然有效的批评工作。

但是我也会怀疑，不断地返回先锋文学的现场，将当下作品与当年的余华、残雪、马原等人的作品进行对照式的阅读，是不是只是为了得到一种方便展开讨论的工具？这样显而易见的文学史纵深会不会变成小说家的一种“讨巧”？都令我对先锋文学在21世纪的落地，它是不是一个伪命题感到有些迟疑。

相比之下，我认为广义的“先锋精神”对于讨论今天的文学创作的价值，或许更为有效也更为重要。我所理解的“先锋精神”可能比较老土，也比较理想化，是像卡林内斯库在《现代性的五副面孔》中的那种“勇敢的战斗精神”，认为一切必须做出改变，冒犯体制，反叛既定的文学范式，能够在审美和想象力上提供一种超前于我们时代的，面向未来的前瞻性和超越性。先锋必须不断造新、反抗旧制，并最终必须反抗自己。“先锋”的有效性正在于它的变动不居，这个是我觉得先锋文学最有魅力的，尤其是对于年轻的写作者和年轻的读者来说，一直非常具有精神吸引力的地方。

杨庆祥：所以一个先锋作家最不应该被风格化，就是因为你不可能十年都保持一种风格，然后说这就是你的先锋，我觉得这是对先锋作家的一个嘲笑或者一个侮辱。

刘欣玥：对，虽然韩敬群老师从出版的角度谈到了今天这种冒犯式的写作会面临的困难，但是假设这种“先锋精神”的客观存在依然成立，那么今天如果一个作品可以称得上是先锋文学的话，可能不取决于它里面这些故弄玄虚的技巧，或者在价值上不太经得起推敲的游戏精神，而应该落实到艺术和现实的关系上。会重申如何将艺术重新结合到现实之中，并且介入现实和历史。我认为李浩老师在这一点上做到了，我们能够看到，对于现实生活，当下城市里面的经验，包括对于一些重大的历史事件带来的影响。

因此，回到这本小说集上来，我并不是持一颗如白纸般的心，而是怀着一种对“先锋精神”的期待来阅读《封在石头里的梦》的。在我看来，在先锋文学遗产与先锋精神的传承上，《封在石头里的梦》提供了一个很好的“标本”，收录在其中的小说的丰富性和多元性，恰恰展现了今天的小说创作与先锋文学进行对接时可能产生的样貌：这里面既包括对 1980 年代后期那个狭义的先锋文学的回应和超越，比如《封在石头里的梦》，也包括在复杂的、本体的小说艺术迷宫里，重述神话这种纯粹的虚构、戏仿的探索，比如《迷宫中》；同时也包括以更勇敢的方式介入当下社会，或者清理重大历史创伤时出现的或成功或失败的尝试。在封闭的虚构王国里进行先锋的内部探索，或者是以先锋精神介入外部现实，可能代表了现在两种不同的先锋写作的路径。我个人很喜欢《封在石头里的梦》这一篇，也更认同李浩老师这种承担现实批判和历史批判的立场，不是“为先锋而先锋”。但是会对其中一些介入现实的篇目感到不满足。《丁西，和他的死亡》里的阴曹地府和现实世界别无二致。如果二者之间是如此简单明了的对位和影射，没有超出庸俗社会学式的认知，那么为什么还要虚构一个地府，一个死后的世界？《使用钝刀子的日常生活》里的“割肉”仿佛一个外挂在故事上的装置，如果剔除它，这个极为写实主义的故事依然成立，那么这个装置可能没有发挥出超现实的能量，就是无效的。相比之下，写实的能力非常高超，讲故事的节奏弓马娴熟。

我对小说的先锋精神感到迟疑，还有另一点原因。里面的人都很“弱势”，要不然就是一个没有参与能力的孩子，要不然就是对一切逆来顺受的被动的弱者。面对离婚，面对行尸走肉的家人，面对无法解决的欲望，面对强权，面对地府里密不透风的权力机关，李浩非常擅长找到这种人与外部世界的形形色色的紧张关系，却没有让他的人物进行回击。在这样的意义上，我不知道应该是做像徐刚老师理解的，是一个价值的游离和悬置邀请读者进来做一个参与和选择，还是应该说这是小说家突围和冒犯意识不够导致的这样一种不足。我同意杨老师说的，就是你看到《失败之书》的时候想到残雪，我也会觉得，他讲家人之间的那样一种紧张关系，家人的那种心理上的暴力，包括三兄弟的梦，我想到的不是三国，而是余华《现实一种》《在细雨中呼喊》里那种恐怖的血肉相残。但是在这样的一种暴力或者是血腥的继承上面，我又觉得好像没有超越当年的力量。这里面的弱势和不抵抗，或许也是李浩写作的一种症候性吧。

杨庆祥：说得很清楚。其实我觉得，对专业读者、专业作家来说确实构成一个挑战。说实话我在看《丁西，和他的死亡》这篇时，包括《迷宫中》，会感到有些尴尬。因为我们有太多经验会被唤起，想起其他作家也曾这样写过，然后你又来这样写，我就会觉得很尴尬。该怎么去读这一篇呢？这是一个很重要的问题。刚才徐刚讲到陈志伟的时候，我也想到这个问题，目前我们对先锋的界定太随意化了。并不是因为我们不同，有差异，就可以称为先锋。20世纪伟大的先锋终结于嬉皮士运动，这是一个历史误会。我们知道嬉皮士当然是很严肃的，他们是为了反对现实政治，反对中产阶级美学，但是后来嬉皮士变成了一种流行文化，就像切·格瓦拉变成像章一样，先锋文化变成一种流行文化的时候就不能叫先锋了。所以我觉得，要在非常严格的历史学、社会学意义上来建构先锋。先锋一定是对整个的现存的政治秩序，以及那种控制我们的心灵的那样一种意识形态，进行嘲笑、反讽、疏离、反对，这才是先锋，也就是说，一定有一个历史、政治的层面。

我今年看到最好看的话剧是以色列国宝级的艺术家列文的《雅各比和雷弹头》，

太精彩了。第一场的时候我没去，因为我不相信中国人能够改编好，第二次去了以后，发现太棒了，在北京喜剧院。当时看了以后，我整场没停，一直哈哈大笑，这就是我们当下最有力量的文学形式，因为在嘲笑中，把一切的权力，这种政治经济结构全部都解决掉了。列文的话剧里面本来是三个人，三个主要演员，但是中国的导演把戏改成了一个演员，一个男性，他一个人演三个角色，从头到尾都是他一个人唱独角戏。全场都疯狂大笑，但是笑里面真的是有强烈的解构、反对，直接跟我们当下的现实发生对话关系。我当时就想，这就是我们时代迫切需要的文学形式和艺术形式。在这个小说集里，我觉得哪个是先锋呢？《匮乏的生活》我觉得不够先锋，《失败之书》是先锋的，因为它直接面对大创伤。《封在石头里的梦》也是先锋的，因为它直接面对的也是我们的历史。我们会想到鲁迅作品里面这种反复上演的“人吃人”的传统，这个才是真正的先锋。所以鲁迅他一直是先锋的，《故事新编》今天看来依然是先锋的。

陈若谷（北京大学博士生）：从感性的阅读体验讲起，第一篇《封在石头里的梦》，在思路、思想和一些细节的设置上，这个文本站在我的前面，引领我阅读，很有先锋意味。其他的篇目，我觉得似曾相识，很容易就为它们找到一些参照物，比如说《丁西，和他的死亡》，我会想起余华《第七天》和刘汀《倾听记》，它好像没有超越过别人写的那种范畴。我不是很喜欢《匮乏的生活》，我首先反思自己，是不是对中年人闹离婚不感兴趣。但是有了对比之后我发现，我不太喜欢它的原因不是主题，因为《使用钝刀子的日常生活》讲的也是办公室政治这种庸俗的主题，可是我喜欢那把钝刀子的叙述。因为《匮乏的生活》没有提供一个比较丰富的路径，去表达一个中年人在生活之中触碰到迷茫的质感。但是钝刀子提供了一个比较新颖的意象，它是日常生活的纲领性的东西，是笼罩着我们的无助和盲目氛围。

在我们这个世界，谁有底气说自己是先锋。因为旧的传统可能都没有足够多的精力和足够大的视野去穷尽，又怎么判断自己创造的是新的东西呢？比格尔意义上的先锋，引入的是那个体制。如果我昨天写一个很边缘的东西，今天得了一个奖，那它已经把我消化了，体制的胃口很好。我拒绝领奖，体制的另一张脸紧接着又给我一个奖：最佳斗士奖。体制就这么狡猾，让你陷入一个无法反抗的境地。因此也需要反思，我们是不是被萨义德骗了？他在《知识分子论》里说，知识分子要拒绝体系化，警惕自我循环，比如福柯就喜欢重复那些让读者上瘾的文字。一方面是我们对这种境界心向往之，另一方面，我们永远不可能抵达。今天看到《失败之书》的时候，我意识到作家没有必要刻意地忘记和摒弃一些看似旧的东西。一块磁石向北极飞行时是自由的吗？黑格尔会说，如果它能意识到是北极的磁力控制了它，它就会感到不自由。伦理学家斯宾诺莎也会完全否定掉这种自主性。他说，一块石头在空中飞行，它可能会产生那种自主意志的幻觉，以为自己可以控制轨迹和落点。我在想，我们也无法决定自己什么时候起飞什么时候降落，但是我们应该承认，有一些东西决定了我们这样。这就是我为什么说，前面这几篇小说定义为先锋的话，从起源上看有点牵强。

杨庆祥：颁一个最佳反对奖，可能会击破那个先锋姿态。这个值得我们思考：你怎样永远保持在一个边缘，一个他者的游击状态？这对我们是一个很大的挑战。知识分子更是如此，很难正常地行使自己的自由意志。

陈华积（中国青年政治学院讲师）：今天讨论先锋写作的问题，看了李浩的这本书后，我还是不大同意把李浩的写作定义到先锋概念里，我更愿意说他是一个有先锋经验的写作者。读李浩比较早的小说，感觉是模仿1980年代先锋写作的。到今天我读到李浩的小说集，我觉得李浩的创作可以分为三个阶段：第一个阶段是对先锋写作的模仿阶段；第二个阶段就像是刚才胡老师提到的，他把李浩定义为是一个温和的现实主义写作者，第二个阶段写作是先锋的一个转型，还有后撤，即慢慢地努力后撤到现实主义的写作中来；第三个阶段是用先锋的经验来写现实。关于这个阶段的写作，我跟大家的讨论有一些不一样的看法，我认为李浩这个时候的小说更着重于探讨小说需要解决什么样的问题。李浩会更加注重人性阴暗面的探索，所存在的问题是，怎样在一个常态的生活中展开一种更深入的精神探索。

这个跟他三个写作阶段有很深切的关系，他要在书写现实层面努力地做到很现实主义的一种书写，他是要在一种很常态的这种生活当中来展开他的一种探索。有些探索是不大成功的，有些是很成功的。我拿三个篇章来讲，一个是《封在石头里的梦》，大家都认为是比较成功的一个作品，其他两个是《匮乏的生活》《失败之书》。这三篇连起来读的时候，我就会发现李浩的创作在精神开源层面会有一些变化。我们普遍认为《匮乏的生活》不太成功，主要是没能给我们展现更深层面关于主角的精神世界，日常生活当中的一些非常惰性的东西和精神体验，没有深入下去。所以我们不管用先锋的标准来读还是用现实的标准来读，都会觉得有不满足的地方。

《失败之书》是比《匮乏的生活》更好一点的作品，它是介于《匮乏的生活》和《封在石头里的梦》之间的一个作品。为什么说是之间呢？刚才若谷表扬了《失败之书》，能够展现各个层面的人的一种精神现状以及人的反抗。但是我的不满足在于，他在主角人性书写上，还是没能够继续进一步推进，没能把人物的令人更加震惊的体验揭示出来。为什么没有？我觉得这个还是跟李浩的一种写作观念有很大的关系。因为在第三个阶段的写作当中，他拒绝了一些巧合的写作，拒绝了一些意外的、节外生枝的写作。他一定要在这种复杂的现实层面当中，努力地要把这种人的精神逼到一个最大的限度。但是很遗憾，恰恰在这个层面，他没能够给我们更多的推进。

《封在石头里的梦》是他用先锋经验来探索现实写作非常成功的作品。它是借助了梦境的形式，把一个非常奇异的、奇绝的东西嵌进现实层面当中来。所以这里面能够做到第三个层面，比前面两个作品更深的层面，能够在人的精神空间里面，继续往下探索人性恶的，更深一层的东西。我们往常所理解的桃园结义的故事，也是徐刚讲到的那个老梗，“梗”这个东西把我们传统当中的故事结构完全颠覆了，揭示出人性当中非常丑陋、阴暗的一面。讲到二哥准备要杀大哥的时候，突然大哥醒来了，就说我在给你看这个斧子，这个斧子生锈了，讲到这么一个细节。梦境当中老三死了。大哥、二哥他们也需要杀掉对方，吃对方的肉才能够继续生存下去，这个就是完全颠覆了我们对以前的故事的一种体验。所以在写作的层面上来讲，我觉得是能够借助这种先锋的经验，把看起来是平淡无奇的，有限制的写作，能够更深地推进下去。所以这种写作大家都会觉得非常惊艳，很惊异，这部小说给我们带来了不一般的体验，非常新奇。同时，也能够有很多其他意味的发掘，这益于先锋经验跟现实的结合。借助传统的文学形式，或者说一种传统当中的手段，用这种梦境的方式来把先锋的东西介入到现实层面当中来，这是李浩的小说给我们带来的一个很新的东西。

我觉得李浩的小说当中主要体现的是想要把传统观念努力地进行一种颠覆，进行一个多次的裂变。在《封在石头里的梦》小说里面，能够给我们显示出一种多次裂变以后产生的美学效果，这种由观念带来的一种意义上很开阔的挖掘，这是一种很好的实验。另外一些篇目真的是需要借助另外一些形式，把这个空间再打开。

杨庆祥：看来你读得比较多，有三个阶段的总结。

五

谢尚发（中国人民大学博士生）：正式讨论李浩的小说之前，我们有必要梳理一下1980年代发端的先锋文学。如今，大家回过头来仔细进行梳理，可以看出的是社会环境的变动以及文学自身的律动，促成了先锋文学的诞生，当时他们需要反叛占据统治地位的现实主义，不管这种现实主义是披着伤痕文学的外衣，还是改革文学或反思文学的外衣。所采取的方向有两个，其一是在形式上做到一个先锋的极致，比如像马原，后来就直接弄出了一个马原的“叙事圈套”。比如孙甘露的《信使之函》，它是一部小说，但它又不完全是小说，它是诗，甚至比诗还诗，是真正纯粹的语言实验。其二，是在主题或者题材的选择上进行反叛，比如像余华的作品，就写残酷，血里面都是冰渣子。像残雪，就是揭示这种现实生活当中不为大家所知的，或者大家不愿意去面对的黑暗面，把温情脉脉的东西掀开，让你去看到隐藏着的那些大家不愿意看的负面东西。正是因为这两个方面的存在和差异，导致了大家在讨论先锋文学的时候，意见和标准不统一。作为形式上的先锋，我以为它就是文学表达的一种方式，是进入文学或者说表达现实的一种路径。还有就是思想的先锋，刚才大家也提到了先锋中所隐含着的反叛姿态，它可能更多的是一种立场、一种态度，一种看待世界的角度，而不是一种进入的路径。

第一，李浩的小说中，先锋是一种感觉。不管是文学的先锋，还是思想的先锋，其实都是一种你如何对待世界的方式。就这个小说而言，与其说能得出什么重大的关于人性、现实的反叛，关于解构、嘲讽这样的主题来，不如说它所要传达的是一种感觉。比如《失败之书》，失败不是一种结果，而是一种感觉。就是我们处在失败的这种感觉当中，你会发现整个的人生你不能用绝望、亲情的背叛这些东西去轮廓它了，它或许仅仅只是一种感觉，而且这种感觉可能是彻骨的。这种感觉怎么样用一种更加妥帖的方式表现出来，我觉得这可能是李浩选择先锋方式很重要的原因。

第二，这部小说集中反映了先锋与重复的关系。在米勒的书中，他说重复可能是两种类型，一种是大家处在这种根本的，像弗莱《批评的剖析》里面所说的那种人的原初的类型，导致了这种重复。另外一种重复的方式就是一种很新颖的重复。什么叫新颖的重复？就是完全相异的两个东西、完全不同的两个东西也可能是重复的。当我们读这个小说的时候，我们总是似曾相识地找到了余华、残雪，甚至马原的东西，这其实不是模仿，或者说不是一种我们所说的像他们那样一种对传统影响的焦虑或者说回归，而它本身就是小说，小说就是这样一种相异的重复。这种重复背后，可能就是小说所诉求的东西。当我们说找不到新鲜感的时候，其实陈旧的感觉，当它被唤醒的时候，它实际上也是一种新鲜的东西。时尚其实是同样一个问题。这种媚俗，当沉渣泛起，再翻过来，可能恰恰是先锋的。所以小说可能就是一种重复，不需要给你带来那么多完全创新的、完全不同的那种陌生化的经验。

第三，我觉得这个小说里面经常出现一种意象化的东西。《封在石头里的梦》中的石头、梦，《失败之书》里面的书，《迷宫中》的迷宫，在这些意象的选择跟编织的过程中，一种诗意的韵味流淌着。诗意、意象使得人们相信，不管是梦，还是文学书写，现实生活就是梦，梦就是现实生活，达成一种“庄生梦蝶”的境界。因此，看了这个小说之后，我在想小说能不能成为哲学的一种形式？就是小说到底能够在多大程度上给我们提供故事以外、娱乐以外更加深邃的、思想的东西？像《封在石头里的梦》，或者说《迷宫中》，你与其说它是一个小说，不如说是一个思想的随笔。尤其是《迷宫中》，17 个段落，我突然间觉得好像曾经读过的赫尔德林的小说《许佩里翁》，摆脱了传统小说的要素，而是直接穿透思想，是一种哲学的思辨。所以我想，如果是这样的话，那么“黑夜给了我黑色的眼睛，我却用它去寻找光明”，我们就应该把这句话改变一下，为什么我不能借助这个黑色的眼睛把黑夜看得更清楚？先锋是不是就是这种用黑色的眼睛，反过身来把黑夜看透的那样一种方式？

马淑敏（作家）：我就刚做的一个调研讲讲。在这本书出来的第一天我就买了六本，给了非作家来看看他们的接受程度。而且同时送出去的有《天行者》《失败之书》等。结果是出乎我的意料的，大家对《失败之书》的认可程度非常高，而且引起了特别大的争议。大家认为不能够接受的东西，其实非作家的读者比我们想象的要聪明多，他们已经懂得特别高的一种选择方式。我陆续的推荐都是给非作家的，作家反倒不怎么看。

说到李浩老师的作品，我个人有一点看法。我觉得跟李浩老师有点分裂型的人格有关系。像蔚超老师说的，他一方面是非常柔弱柔软的，另一方面他非常坚硬。他的这种软弱和坚硬，体现在他的作品里面，就是有一种向社会的妥协。另一方面，他也很坚硬，他经常说的是：“我的作品就是写给小众读的，大众可以不这样读。”但是其实作家和非作家之间，是可以发生一个重大的交融和转换的，我本身是作家，也写小说，也接受很多的批评和批判。

前一段时间有一个特别著名的编辑在跟李浩老师辩论，他说你为什么写那些不接地气的东西？你们那个语言能不能更接地气一点？后来我们在旁边就想了一下，如果都接了地气的话，都按照大家的想法去写，可能李浩老师就不是今天的李浩了。这就是个性和坚持的结果，要有自己，才可能得到自己的读者群。李浩老师的作品我读得非常多，我认为他是中国最好的作家，这是我非常坚定的。

杨庆祥：没有之一是吗？

马淑敏：有，肯定有之一。通过我们的系统测评，李浩老师的作品中奖率是很高的，这本书还是很有价值的。

杨庆祥：谢谢马老师，提供的信息非常重要，看来还要加印。

李浩：首先是很感谢，我承认我的小说不好读，让大家能够在这里谈我的小说，而且这么认真地看，我真的觉得我应当好好地请大家吃饭，对大家表示感谢。同时，我也想向张老师和韩老师表达感谢和歉意，因为我反复地说，包括出我第一本长篇的时候，我说这一类书肯定是“票房毒药”，我的书不会好卖，你能给我出，我极怕让你们经济上受损。因为我的书确实不是一个很好卖的、很流行的作品。我这里回应三个问题。

第一，先锋性的问题。先锋在我的阅读里是有缺项的，十七年文学我基本上没读过。我们国内的先锋文学基本上没读过。1980 年代我进入文学场域的时候，我进入的是西方文学，还有诗歌。我是 1990 年代初接触卡夫卡的小说，我当时是愤怒的，我说这样的小说还能写吗？后来逐步地拓展，构成了某种趋向。我更愿意从感觉上来谈论先锋，我觉得在某种程度上，相对于汉赋，唐诗就是先锋。相对于之前的小说写作，巴尔扎克就是先锋，因为他重新定义和认知我们的城市。所以在我的先锋里面，技术层面的经验是表达的需要。我是美术专业的，在某种程度上来说是随物赋形。我认为所谓的先锋是对未有的一种补充，可能是思想的，包括技术层面的。还有一部分，是对于我们习以为常的日常生活的某种警告，我认为也属于先锋性的。在某种程度上来说，我认可所谓的文学史是文学的可能史。文学史对我来说是我的阅读史，阅读史构成了对我有影响的，对我的经验构成冲击的，冒犯我的，溢出我审美的东西。在我这里，最终文学的存在都具备某种先锋性，但是技术的标准肯定不是先锋性的一个核心性的标志。我们不断地尝试让我们的话说得好和更好，在好和更好之间选择。

第二，我解释一下《失败之书》，它恰恰真不是属于先锋的。我认识的一个朋友给我讲的故事，然后我写的，写于2004年。她讲的这个故事里面，对我的启发是什么？这个人也是和我们一样的一个知识者，经历了三个失败：社会理想的失败，艺术理想的失败和生活理想的失败。这不光是一种单纯的失败的问题，最终是怯弱的，他所有的施虐的方式，是把家里所有的空气挤掉，让你们不能呼吸。他所有的强悍和强迫的部分，都是施虐于对他好和更好的人的。在中国人里面，在我们的人群里面，有巨大的代表性，所以我觉得我应当书写他们。确实，我承认我没有更好的办法，但是我想可以提供一种可能，那样的人阅读到的时候也有那种可能，我们该如何选择我们的生活，我们非如此不可吗？我们有没有更好的选择？有没有更好的可能性？在某种程度上来说，我愿意用这样的方式来完成对习以为常的日常的认识。

第三个，谈到“反对”的问题。我没有更多地想过关于反对的问题。因为我觉得在某种程度上来说，我的小说往往不确立具体的反对，甚至本质上我轻视“反对”。我觉得没有一个什么特别值得反对。随着人类缓慢的进步，某些人类的不公总会解决掉一些问题，但是人性里面有些隐藏的秘密，不可能随着时间的推移而让我们人变得如何，我愿意更多地和那一部分的问题来发生一些关系。我也没有过多地想过民族性的问题，我觉得一个个人不突出的话，那么你的写作也不存在什么民族性。从这一点上来说，米兰·昆德拉对我来说，真是一个塑造者。

我很少考虑时代，我甚至觉得和时代的流行性有一点小的敌意或者对抗，我愿意在我的写作当中消灭掉具有时代特征的影子，我更愿意追问影响我们这个时代和影响我们以后的时代、影响我们这些人无法真正在他的生活的里面位移的东西。当然了，时代特征是我想去除也去除不了的，我承认是这样的，有的时候我也要有某种很好的回应。我的小说里面有一些问题，包括像《匮乏的生活》。感谢大家的阅读，非常感谢，真诚感谢大家的批评。刘欣玥刚才对我最后结尾部分的纠正，我认为对我来说是有启发的。假设我重新进行这篇小说的写作的话，我会修正的，谢谢大家！

杨庆祥：感谢大家，今天的研讨就到这里！

80后写作的新变

——周嘉宁《基本美》

06月

10日

2018年

中国人民大学人文楼

杨庆祥：我们来开始第29次联合文学课。今天的主题是周嘉宁的中短篇小说集《基本美》，这个书当时还没出版就寄了一个试读本给我。我倒是很少看试读本，但那天还真是坐在办公室里看了，我当时看的是其中的《了不起的夏天》，看完以后大吃一惊，周嘉宁的小说已经写得这么好了！

我当时就说，我们想要做一个小范围内的对话，要更深入地讨论她的写作所呈现出来的问题，还有目前她的这种格局，未来有可能的这种状态，我觉得都特别重要。周嘉宁从“新概念”出道以来，一直是一个非常重要的青年作家，而且她的写作一直呈现非常多的变化，随着她写作时间的延展。早期我记得特别深刻的一个短篇小说是《密斯特保罗》，当时我就觉得她是一个写短篇的高手。后来就看到她的长篇《密林中》，也觉得很棒，但那个时候总感觉很难找到一个特别可以去拓展我的问题的地方，但是在《基本美》里面，发现它抓住了我所关心的问题。我觉得这是特别重要的时刻，这一代的作家，包括周嘉宁在内，可能他们的写作都要面临这样的一个变化，这个变化对我们来说非常的重要。

我觉得周嘉宁这一代作家，他们已经不愿意把自己局限在当年给他们贴的那些标签上面，什么“新概念”啊，什么“青春文学”啊，或者是“青春作家”啊，这个早就是他们需要摆脱的一个东西，他们只有通过具体的文本、具体的写作来把这个东西摆脱掉。现在我们先请周嘉宁简单地讲几句。

一

周嘉宁：我就稍微简单讲几句，因为其实会有很多人问我说，到底这个书名为什么叫《基本美》？所以我就先稍微解释一下，这样方便大家之后可以不用再思考这个问题。因为这个词组的搭配看起来稍微有一点奇怪，不是一个非常常见的搭配。

《基本美》这个同名小说，是我在这个书里面的最后一个中篇，它写的是一个香港的乐队的主唱和一个内地青年之间的一段友情，这个友情可能持续了有十年的时间。在这十年当中，我们内地发生了一些变化，香港那里也发生了一些变化，一些私人的原因也好，时代的原因也好，导致这两个人的友情遭遇了一些问题、一些阻隔，又有一些误解和一些和解。小的时候可能会受到很多港台文化的影响，因此在写这个小说的时候，我是做了挺多的准备工作的，这个准备工作包括我和香港的一些年轻作家有一些通信的往来，然后我提了很多问题。我也找了两个在香港上学的朋友，询问了一些他们在香港上学时候的状况，与内地年轻人文化之间的差异。

我本来的这个小说，或者是我写这八个小说的初衷，除了描写青年人，除了描写这个时代以外，也想要描写一个非常抽象的、有关美的状态，或者说有关审美的状态。看到“基本”这个词的时候，我觉得应该把这两个词语组合在一起，所以就有了“基本美”这个书名的产生。

所以就有很多人问我，这个名字到底什么意义，我觉得我是很难把这个意义再重新做一个定义以及做一个局限的，我愿意把这个阐释的空间留给其他人，或者说留给读者，或者说是为这个词语本身留出一个更大的空间。如果说我可以定义、可以局限这个词的话，其实我就没有必要写八个小说来给它搭建一个空间去容量这个词的存在了，所以说基本是这样的。

那我就继续说一点我对于美的看法，因为之前也在“理想国”的公众号上发了一篇文章，当时其实也是因为编辑需要我对“基本美”做出一个进一步的解释，那我也很尴尬，我也只能用一个讲故事的方式再去解释这个词。

因为我在几年前的时候，其实会一直感慨说，我觉得美是一个没有意义的东西。我最初的时候为什么会有这样的感慨，就是有一次跟我父母去爬山，在爬山之前，我就知道一旦爬上这个山，你就可以看见非常美的一片海，那个是在一个海岛上。所以我就抱着一种顽强的信念，我觉得我不管怎么样，我就一定要爬到这个山上去，一定要看到下面的海到底有多美，是不是图片当中呈现得这么美。结果我就一个人去爬这个山，那个山又特别特别难爬，就是一个没有人工道路的山，最顶上都是石头，又是很炎热的夏天。等到好不容易爬到山顶的时候，反正就当时个人体力来说，就觉得自己快死了，但你会看到那个美景，确实是非常震撼的美。但是问题是那个震撼的美，跟你之前这么强大的决心相比，跟你之前所付出的努力比起来，那个美变成了一种，你没有办法记住它，你没有办法记录下来，你甚至没有办法用照片来体现这样的美，你也没有办法把这个美传递出去，这个美很快就消失了，这个美在你下山的途中，就已经被你忘记了，它变成了一个只是在那一刻，片刻存在的，对当时的我来说是毫无意义的东西。

所以说我后面那几年就一直抱着一种这样的看法，就常常会觉得，美是没有意义的。但等到我写这个小说的时候，等这一批小说写完了以后，当我回过头去再去考虑这个问题的时候，我发现不是这样的，我为什么会觉得那个美没有意义，是因为那个美是怀着过分强烈的决心、过分强大的愿望，和一种非常明确的目的性，是在自己非常野心勃勃的衡量下，一定要去取得的一种美。这样的美在我的生活当中也好、人生当中也好，确实与实际的愿望是完全相反的。所以我觉得，不是因为美没有意义，而是因为当时我对于美的定义、当时我对于美的理解是有问题的，就是那个东西对我来说，未必是我想要记录、我想要呈现的、我想要传达的一种美。

虽然说现在我没有办法用一个概念去说“基本美”是什么，但是我可以说“基本美”是我刚才所说的那种出于强大的野心、强烈的愿望以及明确的目的性，所获得的美的完全反面的一个状态。其实也是在写这批小说的过程中，我也会意识到说，我作为一个作家的责任到底是什么？因为我的编辑也在书的腰封上面提了三个问题。

张诗扬（广西师范大学出版社编辑）：“我们的理想是什么”“我们的责任是什么”“我们如何在下沉的世界建造自己的纪念碑”，我觉得这三个问题特别重要。

周嘉宁：对，其实这三个问题是我这本书中所提出的三个问题，而我并没有明确地给出一个答案。我也是希望比如说在类似于今天这样的讨论当中，能够听到在座的各位是如何看待这些问题的。就是我的这本书其实里面有一个非常明确的时间点，我的小说描述的时代是2000年到2010年之间的内地，青年人的生活状况和精神状况。我为什么要选这个时间点？因为对我来说，2008年奥运会和2010年上海世博会这两个节点导致了我们整个社会，特别是大城市的社会格局有一个非常明显的变化，有很多规则是在那之后建立起来的。我在这些小说当中其实描述的是整个社会格局的剧烈变化，有很多事情正在慢慢地发生，那些变化所带来的结果，其实目前并没有完全地呈现出来，它还在一个改变的过程当中。我把节点选在了2010年，是因为我在说的是这些变化发生之前的最后的那段时间，之后的那些事情并不是说我不想写，而是对我来说，我依然有很多疑问，我有很多犹豫和不确定的地方。我觉得我还在思考，或者说我也希望能够通过这些小说，或许我可以得到一些朋友们的回馈，或许我可以因此从其他人的创作当中得到一些回应。如果是这样的话，可以给我的写作带来一些意义。

杨庆祥：说得特别好，而且也特别真诚。尤其谈到两个节点，一个是奥运，一个是世博会。像日本、韩国，他们都有一个后奥运时代，其实这个后奥运时代就是他们的精神和物质都发生了巨大的改变。但是中国的后奥运时代，其实我在我的另外一篇文章中也提出来这个问题，我们没有对它进行非常有力的书写。所以我看到这个《了不起的夏天》的时候，我当时特别激动，我想总算有人把我们经历的重大的历史时刻变成了艺术品。我们以前看茅盾“三部曲”、《子夜》等，茅盾说他当时有一个基本的写作法则，就是把那些还没有成为历史的当下时刻，在它成为历史之前，先把它写出来，让它成为历史的一部分。

所以刚才周嘉宁说的这个我非常有同感，怎么来处理这个巨大的历史时刻，用什么样的方式来处理，肯定不是用茅盾那种方式，而是用完全不一样的方式来处理。

赵天成（中国人民大学博士生）：其实我也有点拿不太准，我觉得周嘉宁老师的小说其实是非常挑剔的，她的门槛设得挺高的，我觉得至少有两点，一个是像

《盛夏的远足》里面写的，里面有两个人，他们之间有一个对话，有一个说其实我们这一代人差一点就实现我们的理想，另外一个人说，我们的理想是什么啊？我们的理想就是毫无压力地浪荡。对于这种理想，首先不说认同，至少得有某种程度上的理解，这是一种意义上的门槛。除此之外，可能我们必须得有一点，或者是曾经有过一些不健康的癖好，比如说沉迷于打游戏，比如说酗酒，或者玩摇滚，总之就是有些糜烂的生活，至少是认识一些这样的朋友。我想如果没有这两个条件的话，这个小说其实不是特别好进入。作为写作来讲，这个可能应该是缺点吧，因为它会排斥掉很大一部分读者。

但是我看了《抒情消亡简史》以后，我觉得这是周嘉宁老师对自己写作进行反映的作品，通过主人公来表达了自己对写作的态度。我看了那个小说以后，我觉得她是一个可以清晰地察觉出一个作品问题的作者。所以我觉得这里面我们谈太多消极的层面没有什么意义，我就主要来谈积极的一面。我觉得最重要的是，这部小说让我意识到有一种人，有一种我们身边的人，有一种态度和一种生活，是可以被书写和被讨论的。我觉得这一点非常积极。我不知道我的判断对不对，周老师的写作态度里面，她的生活态度里面，都有一种让我很羡慕的东西。比如我看她写小说，不像一些其他作者的态度，她写小说就像写歌一样，就像创作音乐一样，每篇小说就像一首歌，这一个小说集拿过来就像一张专辑。具体的、实际的创作状态当然是冷暖自知的，但我觉得写歌看上去要比写小说显得更自由和更快乐一点。我想这种态度是让人很羡慕的。

小说的实际内容不是特别地容易把握，就像刚才周老师自己对于“基本美”的理解和解释，其实“基本美”的实际意义是无法被穷尽的，它的核心理念是无法被描述的。我觉得她写的是一种很抽象的东西，就是最终无法抵达的一种抽象。虽然它是一种很具体的抽象，某种意义上，它把我们正在经历的历史时刻做一个美的层面的提升，像刚才杨老师所说的，在他们成为历史时刻之前，我们用一种审美的方式去抒情和生活。

我觉得很重要的是，我非常欣赏这本小说集和这本小说集里面的主人公他们对待历史的那种态度，我觉得她写的是一些曾经声称自己要拒斥历史、要离历史很远、拒绝历史的人，这些人他们如何被历史打上时代的烙印，我觉得这一点很重要。一方面我们经常说青年一代要去参与历史，但是另一方面，其实无论个体是否具有自觉的参与意识，无论我们个体对待历史的态度是面向它还是背向它，其实历史最终都会作用于我们每一个人，历史的烙印还是会刻在我们的身上。

我觉得这一点周老师的小说的重要性就在于她把这里面的那一层曲折、那一种张力和那一种辩证，写出来了。就是我觉得在我们谈论时代与个人的关系的时候，把这种东西写出来，就是说，无论我们对待历史是什么样的态度，历史最终都会作用于我们，历史也会作用于那些背向历史的，把这层曲折、张力和辩证写出来，我觉得是我们谈论个人与历史的关系，特别是在这个时代，谈论个人与历史的关系的时候，是一个非常重要的提醒。这个我觉得是非常重要和积极的一面。

最后我还是有一些拿不准的地方，我也在这里提出来，就是我觉得比如说我们在谈论的是一个商品，比如说是一个奢侈品，一个包，我们说这个东西是小众的，作为一个商品来讲，小众更倾向于是一个褒义词，而我们如果谈论的是一个音乐，说这个音乐、这个歌手是一个小众的，它也是一个特别让人兴奋的形容词。但是如果我们谈论的是一个作家，一本小说集，或者是一种小说风格，我们说它是小众的，可能就不是一个特别正面的评价。

就是在我们今天这个时代，我们如何来界定“小众”在文学层面的意义，它的价值还有它的局限在哪里？我觉得这个也是我看这本小说集时感受到的一个比较重要的问题。

杨庆祥：这个问题你可以再阐述一下吗？就是小众问题，我觉得周嘉宁以前应该属于大众文学，她早期的小说应该是在大众的层面接受度比较高的。你这个“小众”是不是说她的作品有一个特定的读者群？我觉得应该是这个意思，就是说她会有一个特定的基本盘读者，这不是“基本美”嘛，她有“基本读者”。这个基本读者就像认购商品一样，只要周嘉宁写的，我就来读，不管其他的状态。

赵天成：她是一种风格或者说什么东西的象征。在文艺界，特别是当代文学，“大众”和“群众”这两个词的关系非常紧密，彼此也会有限制。我们谈论的时候经常会说，写一个东西还是要群众喜闻乐见的，不要写阳春白雪的，要写雅俗共赏的。跟这些所谓的当代文学史的问题，我们怎么样能够发生关系？尤其经过了 1980 年代，经过了先锋，最开始也是被某一种基本理念所接受的，被大家所激赏的，到后来它耗尽了自己的历史能量。经过了先锋的这么一种实验，到今天我们怎么来看待这样的一种有极端个人风格的写作形式？

杨庆祥：我觉得这个问题挺有意思的，等一会儿我们可以讨论。这个涉及作家的一个自我认识和自我定位。你到底想成为一个什么层面上的作家，或者是你想成为接受度在哪个程度上的作家？我觉得这个其实跟作家对自我的要求有关系。

你刚刚说的那个历史我觉得特别有意思，因为我在读周嘉宁的这本书的时候，也意识到这个问题了。她小说里面的人，刚开始的时候基本上都是吊儿郎当的，就是你刚才讲的，曾经有过一段糜烂的生活，一段吊儿郎当的生活，浪荡的生活，他的理想就是浪荡地、自由地活着嘛。后来他发现他不能够浪荡、自由地活着了，他就开始反思，为什么会出现这种情况。然后再开始意识到，他其实不是一个人孤零零地活在这个世界上。

我觉得我们这一代人一直都面临着变化，就是我们曾经以为我们可以浪荡、自由地活着，然后我们到 30 岁的时候才发现错了。我曾经的理想和周嘉宁一样，就是想自由、浪荡地活着。我在高三的时候就知道这个生活已经不可能继续了，我必须面对生活的残酷性。对，你其实没有办法离开你的社会、你的历史时刻。所以我昨天在另外一个活动上谈了这个问题，我说张爱玲那一代人，借“五四”狂飙突进，是不停地在解构一些东西。我们今天其实面临的问题是什么？我们一边还要沿着张爱玲那条路走，我们还在继续解构，把历史、民族、国家、社会都解构掉，然后我们以为我们能够生成一个完全强大的自我的主体。到了我们现在这个社会，发现不行了，一方面这个解构还没有完成，另一面我们又需要建构一个东西把我们安置进去。其实我们就是处在一个特别尴尬的、两难的境地。

周嘉宁：我们一直只有解构，没有建构……

杨庆祥：解构的同时我们没有建构起来，其实我觉得对我们这一代作家来说，一方面解构还没有完成，另外一方面建构还没有开始，这里面就出现了巨大的空白。

所以我当时看了周嘉宁这部小说，我说："这是重大写作诞生的时刻。"这个话其实非常重，我写了很多推荐语，但第一次这么写，就因为我觉得这个非常重要。当我们意识到这个空白的时刻出现的时候，或者面临深渊的时候，我们怎么样把自己捞起来，重新来建构，把自己立起来。

二

唐伟（中国作协助理研究员）：我看这个小说是很舒服的，你会感觉得到这是一个作家的素养和她的基本功，是很全面和到位的一位作家。她的语言是诗性的光芒和哲理的锋芒交织在一起，很喜欢，很舒服。

我们来看整个小说集，它所处理的这种时间、地点、人物，你会发现它这个小众，比如说北京啊、上海啊，甚至里面提到了香港、伦敦、巴黎，从故事场景——咖啡馆、酒吧，是带有某种标签化的，不一定是某种小资标签。你会看到，比如说这里面的摇滚、后摇，我们就会想到"果儿"，所以我们得承认，这个跟作家的生活经验或者说她的生活经历是有关的。我们不是说你非得下沉，我非常喜欢这个词

“下沉”，只是说你下沉到了，才能再建构。

杨庆祥：到底下沉到哪个层次？

唐伟：对，所以这就回到庆祥老师说的解构力度不够。我们的尴尬就在于：解构力度不够，又没建构起来。所以我非常喜欢庆祥老师在这本书的推荐语里说的“不知所以的讽刺和热望”，而“不知所以”这个词，它能够非常精准地概括我们这代人的生存处境，以及我们的精神处境。我们怎么来处理我们跟历史的这种紧张的关系？周嘉宁在小说里，有她独到的理解。我看这个小说我首先感觉到人物的情感障碍，就是说他跟现实、友情，包括亲情也好，在这个小说里面，写到主人公和他父辈一代的感情，一般都是离异家庭的孩子，父子之间、母子之间、母女之间的感情，就有点类似于加缪《局外人》中的关系一样。在《你是浪子，别泊岸》这个里面，你说他们之间有很深的友情吗？好像是那么回事，但是又不像闺密。

周嘉宁：他们没有很深的友情。

唐伟：所以我会感觉到这里面的人物的情感障碍，也许是主人公跟现实、跟世界的一种姿态。如果这个小说我有不满或者是感觉不满意的话，就是它的社会化程度不够。所谓“社会化”就是用了一个“下沉”，就是我们刚才说的，你处理这个人物也好，故事场景也好，用天成的话讲，都是带有某种小众意义的一种标签化、类型化的这样一种东西的存在。

所以在这个意义上说，怎么去解构历史，或者是参与历史，它的分量是不是足够，这就是问题所在。

杨庆祥：唐伟说得很精彩。我想回应几点，第一个就是你刚才说的那个历史态度，其实我在周嘉宁的小说里面看到她很犹豫，就是我所谓的“不知所以”。但是我考虑的是另外一个层面，你要下沉到哪个地方去，这是作家自己自由的选择。但是下沉到这个层面，在这个层面是否能够做到极致，我觉得这个是最重要的。这个“下沉”就一定要写底层生活？不是。去写农民工？不对。而是说你要下沉到你的这个层面，把这个事情最大程度社会化。

周嘉宁小说里，我觉得非常有意思的地方是她把自己历史的态度或者历史的价值观，变成了一个有效的艺术形式。这里所有的小说基本上都没有一个完整的故事结尾，它总是戛然而止，不知道怎么就断掉了。历史的价值观念，最后具体成为一种艺术形式。这个艺术是非常独特的，是读别的小说读不到的，因为我们惯常的表达是有因有果，是在一个因果链上，但这里面是找不到因果的。

《了不起的夏天》我看了两遍，我就很想知道它到底发生了什么事儿，没有，不知道，它已经悬置了。这是一个最有意思、最有创造性的表达，我们生活在这种无穷无尽的暧昧和不清楚的历史关系里，最后都有一种情感的障碍，或者都有一种精神疾病。而这种精神疾病最后其实是需要有一个政治经济学的解释。我们现在可能会寄希望于周嘉宁，她能够通过她的方式给出一个政治经济学的解释。其实她已经触及这个问题了，比如她这个“基本美”，这就是一个非常有意思的政治经济学的解释。

张诗扬：我来说一下，因为封面的腰封是我写的，所以我稍微解释一下“下沉”那个词。“我们如何在下沉的世界建立我们自己的纪念碑”，“下沉”这个词可能是我自己写得不好，我当时是这么想的，这个“下沉”不是说下沉到某一个社会阶层，也不是说下沉到劳苦大众，而是说在这个时代，不同的人，有一种往下坠的现实的力量，比如说房子、车子、钱，就是那些最严酷的现实的东西。咱们为什么现在这么焦虑？就是因为有很多下沉的力量，很多现实的问题在问你，房子你买了吗？有钱娶媳妇吗？

周嘉宁在小说里面写的2000年到2010年之间青年人的社会状态之中，我觉得在现在这个十年，就是21世纪的第一个十年里面，年轻人遇到更多的问题其实是这些下沉的问题。有没有可能保存一种腾空的热望？所以说是“向上的纪念碑”，是这个意思。当我们太过注重物质问题的时候，那些最感动的、最鼓励人类腾空的那些希望，那些理想、创造、美、青年、革命、城市，这些东西还能存在吗？其实我觉得周嘉宁这本小说她主要解决的是这个问题。

唐老师说小说里面的人是有情感障碍的，我不否认，我觉得唐老师说这个话有自己的道理，但是我在想这个是不是“障碍”？我在写新书文案的时候查到一个资料，就是古希腊作家赫西俄德有一个很有名的理论，他把人类分成黄金时代、青铜时代、黑铁时代。诗人说他自己住的那个黑铁时代是最黑暗的一个时代，就是因为潘多拉的魔盒打开之后恶魔横行，“希望”却被关在它那个盒子里面。

当时我跟周嘉宁讨论“黄金时代”这个词要不要用在新书文案上，周嘉宁说“希望”这个词蛮好的，她说她想要做的事就是释放希望。确实这个时代就是存在一些情感障碍，这些情感障碍是怎么产生的呢？比如杨庆祥老师跟我很久才见一次面，或者说我跟周嘉宁很久才见一次面，但是其实我们天天都在聊天，天天都在发短信，就是说其实我们是有地理隔阂的。咱们是跟着互联网，跟着微信，跟着SNS社区成长起来的一代人，地理的距离也许很大，现在就是这些科技的发展，确实是在改变我们的生存环境，在重塑我们跟人之间的沟通。就是周嘉宁所谓的她要释放的是什么希望，当咱们都变成原子化的人，都变成那种很悲惨的单面人，都觉得自己很孤独的时候，在面对这一种科技现状，有没有一种可能的好处？其实我觉得周嘉宁是有的。

这里面她写了很多感人的友情，在我看来他们恰恰不是有情感障碍，比如说像《基本美》那篇小说里面，她写的致远和洲之间的友情是非常非常真诚的。但是也许他们很长时间没有见过，科技把那些在过去，在前互联网时代，大家是要用物理见面，是要用“肉体”见面的这些东西排除之后，过度挤压的爱，或者是过度紧张的关系都去除掉之后，有没有可能留下来一些非常美好的、非常伟大的友谊？周嘉宁的这本小说其实是说有的。面临着原子化、数字化的时代，我们也有可能在这个时代去塑造一种很好的关系，我们并不是很可怜、很悲惨的单面人，要保留向上腾空的热望。这是我为什么这样写这个腰封的原因。

蔡郁婉（中国艺术研究院助理研究员）：我是想回应一下刚刚唐伟老师跟赵天成说到的“标签”的问题。我觉得你们可能是过分地着眼于小说中的标签了，我觉得像咖啡馆、摇滚乐队这些，只是提供了一个生活的环境。

我是从初中开始看周嘉宁的小说，一直到现在。我是一个在小城市长大的人，是没有所谓的这种不健康的生活习惯和体验的。但她所描写的标签式的建构生活，再上升到生活体验，我是有的。青春期时叛逆，虽然表面上我是一个很规矩的小孩，但我想去突破周围那些，想要一个自由自在的浪荡的生活，不要有谁来束缚我。后面年纪越来越大，就觉得这个浪荡是不可能的。所以我在《基本美》这本书里面看到的，可能不太合适——叫“中年危机”。

《基本美》中所描述的这些人，如果放在她的写作序列里面，确实可以梳理出这一类少年的成长轨迹。她早期的《一九九三年的火烧云》写的是战斗姿态的那种少年，想冲破周围平庸的世界。近年的《荒芜城》，她是表现少年在不得不进入这个平庸世界之后，受到挫折之后产生的一种迷惘。《密林中》是提出面对迷惘，突破平庸世界，同时坚持自己的信念的一种可能性。《基本美》是提出了面对迷惘的另外一种方式，即去适应这个所谓的“正常生活”。她以前可能并不想要这样平庸的生活，但需要面对这种生存的压力，就要去进入现实生活。因为自己本身还要保留着这种少年心性，所以她不知道如何把自己陷入那个社会。她采取的一种面对方式就是认可自己是这个正常社会的失败者，但是这个“失败者”并不是一种妥协，她一边按照正常的标准生活，一边还有浪荡的一面。所以我其实特别喜欢《假开心》那一篇里那个表面上特别喜欢可以运行规则的 IT 男，但他另外一面是可以恣意喝酒到酒精中毒到股骨头坏死。在《基本美》中一个应对迷惘的方式，就是我假装自己是正常的，我不能改变这个社会，但是同时又不让这个社会来改变我，我自认为是正常社会的失败者，同时尽量地去保留少年的状态。就像《抒情消亡简史》里面，有一句说："A 的作品里自然有一些难以言喻的动人，笼统说来，那种动人大致就是不断受挫的天真。"还有就是她早期引用过的里尔克的话，就是"哪有胜利可言，挺住意味着一切"，特别有力量。

从她早期的作品到现在一直有一个贯穿的感觉，就是她其实一直是一个"战士"，一种战斗的姿态。好像这些战士都已经妥协了，但骨子里还是一个战士。

杨庆祥：你老讲战士，让我想起了鲁迅，周嘉宁跟鲁迅到底有什么关系？

蔡郁婉：她是一个应对平庸生活的战士。

杨庆祥：因为你讲的这种战士就很容易让人想起来鲁迅的"韧性的战士"。面对这个平庸的生活，你要有更多的韧性、耐心，要跟它战斗。不是那种少年式的战士，那种天真的叛逆。

蔡郁婉：她可能还没有到鲁迅的那种程度，只是保存个体的精神。唐伟老师虽然年轻的时候没有去过这种咖啡馆、酒吧，但是可以在这个里面体验。

我的意思是可以突破所谓的标签化的东西，而抵达一种生活体验的层面。我是经常在这种体验上面产生一种共鸣的感觉。

杨庆祥：我觉得蔡老师说得非常有意思，而且她一看就是周嘉宁忠实的读者，从早期的作品研究到现在，她甚至有一个谱系都可以梳理出来。所以你从这个里面能看出时间给写作者带来的痕迹和影响。我觉得这个是会有明显的变化的，无论再怎么天真，那个少年还是会长大，他还是要跟这个世界发生关系。

蔡郁婉：只要我这个个体还努力保留少年的心性，那种感觉。

杨庆祥：对。大家现在反复提到“标签”，比如说咖啡馆，我就想起来周嘉宁作品《密斯特保罗》，其实作家眼里的咖啡馆很有意思，它是一个多层的空间。比如说那个小说里的女服务生，是一个处在社会底层的形象，咖啡馆里面并不都是小资产阶级。有人对她态度不好，她就往那个咖啡里面吐唾沫，再搅一下，我觉得这个情节特别好，吐完唾沫当时就让他喝。

所以说咖啡馆是有不同的社会的层面和社会的身份等级，它是一个场景式的小社会。俄罗斯 19 世纪的作家喜欢写沙龙，一个很大的沙龙，或者是一个很大的舞会，然后各色人等，粉墨登场。但是现在写一个我们这个时代有症候性的场景，其实很难。如果觉得周嘉宁这个还不够的话，我们还能提出另外的场景，或者我们帮着周嘉宁一块儿想一想这些场景我们还可以延展到哪一方面。

周嘉宁：我很喜欢《繁花》，前段时间我读了三四遍，上个礼拜，因为我要采访金宇澄老师，我就重新读了一遍。对于他来说，《繁花》里面的一个很重要的场景，就是饭局。我后来就问他说，你们在 1990 年代真的吃这么多饭吗？你怎么能够有这么多饭局呢？饭局上还有这么多八卦，你还能在饭局上认识来自世界各个层面的不同类型的、各种各样的人、各行各业的人。金老师还跟我说，你也要多出来吃饭，饭局上面可以看到很多很奇怪的人。但是问题是，我所处的这个时代，这些年轻人不是 1990 年代这样，没有大家成天流连于饭局的那种文化了。饭局和咖啡馆它的本质上面的区别到底是什么？它是有时代性特征的转变。

蔡郁婉：但是它有很多东西，你如果说它是一个“标签”的话，它其实有的时候是不以你的个人意志而转换的。

杨庆祥：它是一个社会性的症候，是一个社会性层面的转变。就是说我们这一代人，比起金宇澄老师他们那一代人，我们其实并不是特别愿意去参加更多的饭局，即使有的话我们也没有他们那么热衷。那一代作家对于这种复杂的社会性的关系更感兴趣，而我们这一代人，更喜欢面对自我。咖啡馆是一个相对而言更容易面对自我的场所，咖啡馆里首先安静一点，它是一个相对私密一些的场所。这其实涉及我们这一代人和上一代人对人与人之间关系的定义已经发生了变化，这个变化会影响到我们的审美、我们的美学。这里面发现了周嘉宁的“精神分裂”，一方面很喜欢吃火锅，还要求很多人在一起吃火锅才好，另一方面发现她又喜欢咖啡馆。这是两个不同的面向。

三

谢尚发（中国人民大学博士生）：今天我准备从阅读者的角度谈谈小说写作的问题。当然这可能是吹毛求疵的，也反映了我可能比较传统落伍。

第一，语言的问题。我反复地读了我随机抽取的孙频、赵志明、徐则臣等人的小说的开头，和周嘉宁的《基本美》的小说进行比较，结果发现，倘若单独地来阅读，你会觉得这些小说的语言都很好，但如果你把它纵向地放到这一代人身上，从语感上来说，会发现他们的语言都是一个调子，似曾相识。在“小说的口气”上，语感也好，用词也好，语貌也好，包括修辞，实际上是文学的基本功，但恰恰是因为文学的基本功，倒不是作家不具备，而是作家可能会忽略。老一辈的作家中，比如说鲁迅的文字跟沈从文的文字比，读起来很快就能从中听出他自己的特色。再比如当代的莫言，尽管大家会说莫言的小说很粗糙，但就是有自己的风格，比如说《红高粱》，小说一出手就觉得是他的。这或许是一代人共有的问题，他们努力在创建自己的“叙述风格”，可是一不小心跌入同时代的旋涡之中，忽略了对自己“风格”的经营。叙述语言的诗意与审美，对话语言的本色，在周嘉宁的小说中，我以为体现得都不是很明显。你让咖啡馆的招待说着和喝咖啡的人一样的话，我觉得那是不真实、不诚恳的。反正我读这个小说，我觉得里面的对话好像也都是一种调调，它的职业、它的身份，它处在特定时刻之下应该说出什么样的话，好像并没有刻意的标识。

第二，小说的结构问题。这也是一个老问题。大家都觉得长篇小说非常强调结构，如果一个长篇小说没有好的结构，那么这个小说肯定是要失败的。我自己感觉中短篇小说其实更强调结构，因为那么小的篇幅里要表现那么大的主题，没有一个好的结构，只是很顺畅地讲故事，是承载不了的。往往大家写中短篇小说的时候比较随意，就觉得这个东西很好把控，就写几千字，随便就可以写的，因此雕琢就不多。不多的话，你会觉得所有小说的感觉、层次、结构都是类似的，讲故事也都是从前到尾。鲁迅的小说一出手就标志中国现代小说的成熟，和它独特的结构是分不开的，《药》的双线结构、“离去—归来—再离去”的结构等。在《基本美》中，我以为结构的考量是不谨慎的，也许她有自己的侧重，但故事叙述在结构上如果是凌乱的，那会导致一种理解上的偏颇。

第三，这也是大家经常会忽略的，即小说中能不能出现一个立得住的人物。当我们讨论50后作家时，我们会想到白嘉轩、庄之蝶等文学人物的存在，当我们说到70后和80后的时候，哪个文学人物是可以立起来的呢？我觉得如果真的要在这个“下沉”的世界建造一座“纪念碑”的话，人物肯定是应该镌刻在这个纪念碑上的重要构成部分，不管是浮雕还是直接用它作为一个雕塑。如果在这个时代没有标志性的人物，我们怎么去记住这个时代？怎么去将这个时代进行“历史化”呢？作家应该塑造他所属时代里的一个大写的人物的纪念碑。

杨庆祥：尚发从另外一个层面给我们提了很多的基本面问题。语言的问题就不说了，因为每个作家还是会有自己的风格。实际上更年轻的作家其实对语言更加敏感，更加强调语言的密度、质量、丰富性，当然最后能不能做到每个人都有自己的语言，这是非常高的要求，每个人都朝着这方向努力。另外一个问题是结构问题，我和你的观点不太一样，我恰恰认为，故事构造在小说里面我们不能过分强调，故事是最基本的东西，不能把故事的功能放大，包括结构的问题。我恰恰认为《基本美》里有一种特别有意思的结构，这个结构并不是没有完成，或者说没有精雕细琢，这个结构如此对应了它的故事情绪，或者说这个小说要表达的东西，这里我们需要仔细地辩驳。另外是人物问题。有一段时间我跟尚发的观点非常接近，我觉得我们要谈人物，后来发现确实出了问题，一谈到19世纪的文学，我们就会说有什么样的人物。谈到老一代的作家也会有那么几个人物，其实也不多，老一代人写那么多的作品才写出了那么多的人物，相对而言我们已经比他们成功多了。我个人认为，70后、80后作家的作品，人物可能不是最核心的问题，这一代作家需要有另外一个方式来处理时代和历史，作家自己的形象比作品人物形象更重要，这和西欧文学后来的发展是一致的。

黄平（华东师范大学教授）：关于你们的发言我先做一点回应，在文学批评意义上来说，我们会比较看重作品的评价，会讨论作品的好坏优劣。抛开这个框架来谈的话，我觉得有一个特别打动我的地方，打动我的不在于它的次序落座在哪里，而是这种文学是否能够有效回应这个时代的竞争，无论是人物的塑造还是作家本人对时代情绪的回应。

在《基本美》之前我就阅读嘉宁的创作，我觉得她是一个“小”作家，就是写“小”的作家，《基本美》则是她带着原来小作家的痕迹而成为大作家的作品。我们看《了不起的夏天》，这个短篇像非常遥远、非常陌生的作家屠格涅夫写的，但不是写《猎人笔记》的屠格涅夫。这个感觉确实非常惊讶，我没有想过周嘉宁会写这样的小说。这个小说有一个特别打动人的地方，不是语言问题，而是它是一个思想型的小说。我们知道周嘉宁原来不是思想型的作家，现在她是思想型的作家了，这个非常难得。一个青年作家在什么意义上算成熟，我觉得这是标志之一。

《了不起的夏天》是很典型的思想型作品——“我和我的师父的对话”，其实是很严肃的，抛开那种戏剧之外它是非常严肃的思想型对话。我们看老一辈好像都在讲国家大事，他们的作品是无法承担思想型的对话的，没有真正的交锋。《了不起的夏天》里有非常严肃的思想对话。小说中有句话甚至可以作为一个时代的箴言，即“2008 年会怎么样呢”“会越来越坚固”。这样的对话出现在周嘉宁的小说中。她的很多比较美的场景，其实也包含着思想的痛苦，比如说师父在彼得堡，去机场开车遇到大雪，那个雪越下越大，回也回不去了，雪很大，路都断了，那一刻好像突然间轻松起来，而且在大雪之中的感觉非常好。

在这个意义上，我觉得周嘉宁的《基本美》越来越忠实她对应的目标群体。作家有时候像政治家一样，得有选民支持。在周嘉宁这里，我们知道她一直对应的是《密林中》这样的人物，这是她的核心读者群，她为这个群体而写作。只是说在原来的写作之中，周嘉宁的写作一方面高度的具体化，另外一方面是抽象化，她在《基本美》之前的抽象是比较小资化的，还没有真正在历史的思想层面抽象起来。这个小说一方面还是高度的具体化，她写师傅在酒馆吃饭，上菜多了一勺麻油，就讲得非常清楚，但是这个具体和抽象的博弈是具有高度思想性的。小说处理的永远是具体和抽象的关系，在这里嘉宁把它提起来了。我们说小说家有一种力量，这个很重要。在这个意义上我们理解时代的青年，可能绕不开《了不起的夏天》这个作品，只有阅读这样的作品，真正在文学的意义上理解它的思想，它的很多思想性的描述，就是很自我、很个体化的。这个是对的，但这种描述无法深入，文学的描述永远比哲学的描述更深入，但要看你是什么样的文学家。你说这代人颓废吗？不是的，他们是很颓废，师傅这样的当然很颓废，但是他很骄傲，我觉得读到颓废没有读透，他们是逃避吗？是逃避，但是嘉宁在这里有对抗，师傅他对自己人生道路的决断是一种非常骄傲的对抗，因为师傅应该成为部门主任、地区主任。这是一个非常坚固的时代，但它不是以喊口号的方式来写，它是以周嘉宁的方式写出来的。

所以在这个意义上，小说提供了非常丰富的东西，这个小说的意义不是纯文学的，不是学术体制意义上的。它帮助我们理解我们的时代，这是我个人非常喜爱的。无论我是一个研究者，还是一个普通读者，我觉得《了不起的夏天》很棒。当然，如果这个小说再收一点，可能会写得更好。这里的人物一方面是生活中的人物，一方面又不是生活中的人物。《了不起的夏天》本身是反讽的，但又不是用现实主义的方式处理出来的。坦率地讲，原来周嘉宁的写作是可以被一流的文学批评家所覆盖的，但是到这里的时候有的批评家好像有点跟不上了，这个非常有意义。在这方面确实是非常重要的转型，我们不能以原来看待周嘉宁的眼光来看待周嘉宁了。她非常愿意接受挑战，在这个意义上小说不一定很美，但力量很好。

杨庆祥：黄老师提醒了我，也提醒了诗扬，这本书的营销要加大力度。这个不仅仅是转型之作，这本书非常的重要。我读完这本书之后立即有一个冲动，想编一个最杰出的短篇小说集，第一个就是《了不起的夏天》。我读了一个短篇之后很难这样激动，它颠覆了我对作家前期所有的看法。这个作家可以跟你对话，可以讨论这个时代，讨论我们的精神传统，周嘉宁已经没有办法被覆盖了。周嘉宁的小说开启了用文学来讨论思想的闸门或者路径，这个路径是值得其他小说家去思考的。我在最近这几年的阅读中，发现青年作家们都有这个倾向，但是目前这一篇是很有力量的。我们完全可以在这个意义上肯定中国当下的写作。

邵部（中国人民大学博士生）：刚才黄老师发言给我的启发很大，我还是从人物这方面来谈。小说中人物的命名非常有意思，都是不完整的，比如秦、洲、白等。

杨庆祥：稍微打断你一下，嘉宁以后起名字要稍微注意一点，这个名字要多琢磨一下，太多的单字会让这个作品感觉有点怪。

邵部：这个命名也是能够理解的，我们从现实主义出发可能会追求一个人从生到死的过程，会追问他是谁，从哪里来，要到哪里去。但是在这个小说里面，人生是一段一段的，朋友也只是在某一个生活环境上参与了彼此的生活，在某一个时刻成了朋友，但是对于彼此而言都是模糊的。小说整体的感觉是模糊的，没有明确的人。当人物明确起来的时候，其他就不再是他的朋友，也被这个作品放到文本之外。比如小马是一个明确的人，她在四合院里面住的蒙古包，对同志的生活感到焦虑，她会拒绝公众的东西，但正因为她的明确，她又不能适应这样的生活。我觉得这个东西其实代表了一种片段性的东西。很多时候我不了解这种人怎么来认识自己，怎么来认识跟他人的关系，怎么来认识自己跟这个时代的关系，这种理解的状态是模糊的。关于人物对于外部的理解，有时候我能想到另一个小说，就是吴玄的《陌生人》，他说他理解的文学有两种，一种是没有吃饱的文学，另一种是吃饱了撑着的文学，没有吃饱的文学就是关于胃的文学，关于生存的文学，关于现实主义的文学。这种吃饱了撑着的文学可能就是后现代的文学，他认为无聊是存在的一种基本困境。我觉得周嘉宁老师的这本书，也是吃饱之后的文学，不解决吃饱的问题，可能更多的是关心吃饱之后的文学。这里的主人公也有封闭性，他们的交往始终是两三个人在一起，或者是在一个小团体里。其他人可能是排在外面，好像不跟人说话。在相对封闭的环境里，这个团体的寿命比较小。但问题是这个团体里面的人是怎样被认为是一个团体的，人与人之间是怎么理解的？比如秦想从自己的内心走出去，走到其他人的里面，进而介入到社会的时代里。我们发现他最终又回到了自己的内心。比如当“我”理解了师傅时，其实“我们”已经离得很远了，但“我们”有一瞬间是在一起的，好像是彼此理解的，等最后发现时也就离开了。《基本美》追求时刻的意义，对于这些人来讲时间是没有什么意义的，时刻才有意义，他想通过时刻把自己投入到大的社会里面，但是他发现投入后又不断地在销毁这个意义。关于《基本美》的概念其实是模糊的，我感觉周嘉宁老师也提供不出来一个坚持的东西。但是她把这个问题能够处理好了，关于未知的理解。我想到的是“共同美”，“共同美”

就是要实现社会的和解，但最后我们发现和解是达到了，但没有达到理解。我理解《基本美》的一个命题是，如何实现人与人之间的理解和人跟社会关系的理解。这可能是能够借助的一个支点，但这种支点又是模糊不稳定的，它非常的脆弱。

这里还有一个内外的矛盾，就是人的内在自我性跟外在的社会性达不到平衡，最终还是发现外在性没有合适的地方能够安放住我的位置。我们发现小说其实没有提供结局，这个人不知道继续往哪个方向发展。这种情感状态就是不知道最终达到什么样的地方才能够终止，我是来这么理解《基本美》的。

杨庆祥：我觉得这个分析是挺有意思的，就是我们的文学长期停留在吃不饱的文学和吃饱了撑着的文学。

四

刘欣玥（北京大学博士生）：今天可能是一个小众读者的发言。我从初中的时候开始读周嘉宁，在我的理解中，周嘉宁提供的是一种你稍不留神就会忘记她写了什么的写作，只留下情绪、细节，因为她会无限向内收，收到把自己藏起来。所以我特别高兴可以以这样一种郑重、认真的方式来讨论《基本美》，因为周嘉宁是一个非常需要，也非常值得细读的作家，否则我们会很容易错过她藏在小说里那些更核心，也更隐秘的问题。所以我想从问题的角度进入，分享我所读到的《基本美》中的三个关键概念。

第一个是精神世界或精神生活。我所指的是周嘉宁写的从来不是宏大叙事，也不是一般意义上的日常生活，而是文艺青年的精神生活。在周嘉宁的笔下，她对“文艺青年”这个群体有持之以恒的欣赏和认同，是因为他们始终有着形而上的追求和形而上的苦闷。这些文艺青年或老去的文艺青年在一起游荡、无所事事，她的笔很细很细，故事情节也不是很强，但你会注意到，真正支撑周嘉宁小说的核心是对话和心理活动，是那些有关于精神生活的苦恼。杨老师刚刚说到《了不起的夏天》里对师傅的具体背景都悬置了，因为她直接要讨论的就是精神世界的问题。比如自我与世界，比如“彼岸的冒险和滩涂”，比如何谓理想生活，而现实生计的东西的确不对他们造成困扰。这些精神难题，非常抽象，却又非常具体地内在于80后这一代的成长语境里，比如整体性话语的瓦解、原子化和网络化的人际关系，比如空前绝后的独生子女式的孤独和自由体验。沿着这些文艺青年的对话和交往，如果要往深去挖掘的话，我们是可以非常清晰地看到，精神世界的困惑到底落脚在何处。而这种对形而上的思考和表达的坚持，在她的同龄人里面，其实是很少见的，可以看出周嘉宁始终有自己的准绳，也是她的写作具有辨识度的地方。

第二个是年轻人的美学趣味。《基本美》特别明确、集中地写了一批年轻人的故事，写作时间跨度大概在2015年到2017年前后。周嘉宁曾经在很多场合说过自己有过一个无忧无虑、漫长的青春期，无论如何漫长，这两年都可以称得上是告别青春期以后的写作了。因此值得强调的是，这些年轻人，并不是孩子，不是青少年，而是保持了少年心气的成年人。对于《基本美》里这种“年轻”的内核，如果实在要定义的话，应该是一种热情的无序状态，它是反抗秩序的，是越界的，还有后来到《基本美》里提出的青年人重新燃起的对社会参与的向往。在这样的讨论里，“年轻人”可以置换成“青年”或者是作为话语范畴的“青春”。我想说的是，作为“新概念”出身的作家，包括悦然老师，我发现他们书写青春的热情和能量，还有打开问题的复杂性，一直到今天，远比我们对所谓“青春写作”的讨论更具有创造性和生命力。而在年轻人中普遍弥漫着怀旧、感叹脱发和精神早衰的今天，对这种青春哲学的自信，是周嘉宁式的向上和抵抗方式。

最后是新世纪或世纪初意识。《基本美》里的故事都发生在新世纪，尤其是新世纪的第一个十年。这个十年里我们能数到中国发生了多少历史事件，它们对每一个个体的影响，可能要到很多年以后才能够意识到和看到，甚至在今天讨论它们可能依然显得为时过早。在《基本美》里，周嘉宁很敏感地捕捉到了世纪初的那种自由散漫，它上承世纪末的、末日的颓废狂欢，下接一个越来越保守和坚固的当下。比如那时候大城市的房价还没有疯狂上涨，北京的车子还没有限号，比如金融危机还没有来。那时候我们对于“成功”和“年轻人”的理解，还没有今天那么的狭隘。我印象很深，周嘉宁在《荒芜城》里写过，2007 年来到北京，“见证了一段从无序走向有序的历史”，世纪初的散漫与后来“秩序”建立起来以后我们的恐惧和失望，“奥运”之于北京时间、中国时间的划分界限，或者仅仅是周嘉宁个人时间里的一个断代，但是今天写出来，大家是有共鸣的，是真诚有效的。关于书写我们亲历的重大历史时刻，周嘉宁从前对自我之外的、宏大的这些东西是很警惕的，但是《基本美》里尝试以个人日常生活事件化和重大历史时刻个人化的方式，有效地重现一些重大历史时刻。它们之所以真诚，是因为触碰到了一些周嘉宁自己的精神结构里的迷思。书写个人与时代的共振可能正在成为一种创作共识，特别是当代文学对于历史与“深刻”的偏爱的引导。从前我们觉得在消费主义、虚无主义的时代重建历史感很难，现在更难的或许是，如何将这种共振写得真诚和复杂，不外挂、不隔膜。

最后，我愿意在媒介变革的框架下去理解周嘉宁和她笔下社会交往空间、同代人的友谊和亲密关系的变迁。1994 年中国接入互联网，一系列空前的媒介变革，让他们的青春期亲历了完整的网络在中国的建成。从早期的 BBS、MSN、OICQ 到微信的关系和纸质媒体的衰落，当然还有作为赛博空间的游戏世界，不是咖啡馆，不是音乐节，也不是饭局，它们作为现实世界的补充或替代物，一直在发挥着如何安置精神和寻找共同体的作用。我相信在周嘉宁这里有过一个从自发到自觉的书写过程，是有意义的。

杨庆祥：欣玥是很早就写了《基本美》的评论文章，嘉宁也很喜欢这篇文章。你刚刚讲的历史时刻很有意思，其实我们的课堂一直都忽略了这个问题。一系列的历史进程对我们来说意味着什么？它背后有一个政治经济的走向，尚发用的是“经济基础决定上层建筑”的马克思主义的经典表述。我们这一代人其实经历了层出不穷的重大历史时刻。但是因为层出不穷，导致我们以为自己没有经历，其实这些历史时刻就是我们的日常生活。我觉得最出色的作家和思想者，应该是以非常日常的方式展现这样的历史时刻，并且在展现的过程中，呈现一种思想上、精神上的较量。所以我觉得这是周嘉宁小说里呈现出来的非常有意思的地方。

陈若谷（北京大学博士生）：《基本美》里的青年真的有情感障碍吗？他们所谓的跟外界历史有隔阂的感觉是哪里来的呢？那些沉默和回避也许是我们在保持自我本性的同时，所能达到的最大善意。“一路无话”仅一句“你好”，这种看似浅尝辄止的交往，对我来说就是一种诚实。

杨庆祥：你们年轻人的这种交往方式让我觉得压力特别大。我都不知道你们在想什么。

陈若谷：我想说说我认为思想方面最深刻的三篇小说。《你是浪子，别泊岸》其实是展开了另一个“18 岁出门远行”的时刻。但是前辈作家写的是，一个青年面对成人世界的未知的恐惧和战栗，小元却带着一种天然的同情心和敏捷的行动力，对自己的父亲有大包容，但她不是脸谱化的善良，因为正是对于父亲的好奇才展开了她对外部世界的关注，她观察到的不是不公、耻辱、被损害和斗争这些东西，周嘉宁写出来的文字一点也没有刻薄或者刻奇。《基本美》也提供了一种典型性的样本。我不想在《致玛·哈克奈斯》的意义上谈论“典型人物”，我想在对个人体验的意义上借用这个马克思文论的概念。朱明伟说他觉得周嘉宁的人物都太模糊了，我想他指的是不及物性，跟社会历史相关联的强度不大。我们在包法利夫人身上还指望什么呢？她的幻想坠落感是真实的。小资产阶级女性想起她时带着嫌弃、同情或者恐惧的情绪，其实是害怕自己也会经历同样的命运，那都是因为她在我们身上成功地投下了影子。

我最喜欢的其实是《了不起的夏天》，有一点个人回忆录性质，但是的确勾连起了许多人的回忆。小学时代每个星期一的升旗典礼，WTO、申奥成功，这些中国故事一直伴随着我们，我们也乐观地相信自己会汇入到大潮流中去，到现在我也没有放弃这个想法。你不能去否认所经历的那一段，你曾经认同过的、携带着你的希望的历史。周嘉宁的写作也是这样的，有一点岿然不动的意思，虽然暗流涌动，但她的反思不是对社会，而只针对自己。

其他的80后作家写作，可能会回到父辈所经历的历史，最小的落脚处可能也是计划生育政策。周嘉宁只回到自身。我又想到《基本美》里头，洲的歌词是中文，但是组合起来却成了另一个世界的语言。罗兰·巴特说，"马拉美说'改变语言'和马克思说'改变世界'是同时出现的"。在塑造青年一代形象这件事上，周嘉宁扭转了一种写作的惯性，她写的是洲、致远、小元这些诚实可靠的文艺青年，建造的是另一种精神的世界。

霍艳写的《失败者之歌》里那个女孩，她反思人生的结果是，父亲是一个失败者，所以自己身上流着失败者的血液。失败者的脸谱是令人印象深刻的，但也是片面的，因为它否定了另一种青年精神的存在。

杨庆祥：若谷是认为不论社会状况发生了什么转变，我们每一个人都应该对自己有要求，不能因为环境的变化放弃自己。所以周嘉宁的小说里，确实不能简单地用失败者来概括里面的人物。不知道批评家什么时候发明了这样的词，失败者，大家都去写。这个脸谱定位有一点不准确。其实没有谁是所谓真正社会意义上的失败者。每一个人在他的社会资本或者是历史的配置里面都获得了很多的资源，自称失败者，一定程度上是矫情的表达。真正的失败者一无所有，而且不可见。这是另一个问题，怎么把这个不可见的失败者表达出来？

沈建阳（北京大学博士生）：我觉得周嘉宁老师的小说刻画了当下大都市青年

的一组人物群像（或者说精神面貌），比如《了不起的夏天》里的师徒、《假开心》里的小山、《你是浪子，别泊岸》里的小元。他们流连于酒吧、音乐节、艺术展览会，这些人物有一些相似的地方，比如敏感、颓废，葆有一颗少年心，或者说拒绝社会化、拒绝长大，绝望、沉溺在自己的内心、孤独、面对时代的挫败感（欣玥文章讲的内面人，无法和时代建立有效的关联）、疲惫的、抑郁的，这些情绪都是相互联结的，彼此联动的，当然也焦虑。他们既沉迷于日常的安稳，又不能忍受日常的平庸、琐碎、无趣和功利主义，这里也证明了我们所谓的“日常生活”并不总是温情脉脉的，它也有压迫人的另一面。因此，我们必须把“日常生活”放到引号里去，类似的词还有“青年”“青春”“历史”等，因为不同历史条件下的人对历史有不同的理解，用来表达青春的也有不同的方式。

在书的第 31 页，《假开心》那篇，“我”在评价小山的时候做了一个类比，说“他既是霍尔顿，又是盖茨比，又是渡边彻”，我觉得这可能是故事里的“我”对小山的最高赞美，这三个人物和我们之前列举的小说里人物的性格气质是相近的。这里有一个青年精神偶像谱系的问题，许子东在 1980 年代有一篇文章，讨论 1980 年代青年的外来偶像，他列了三个人，前两个是保尔・柯察金和于连，最后一个是霍尔顿，刚好和这里接上。和 1980 年代青年偶像的频繁更替相对照的，我们再来看“十七年文学”里的《创业史》，当时梁生宝的形象引起了很大的争议，大家觉得人物扁平，概念化，没意思，从山里回来就仿佛得了神通，就开始带领村民参与两条路线的斗争。在和严家炎的争辩中，柳青坚决替梁生宝辩护，大意是说不写梁生宝我还写什么创业史啊，自己工作的意义就是为了塑造一个新人。我觉得和柳青当时的情境相比，这里有一个新人生成的困难的问题，因为从气质上说，《基本美》里面的人物更像是“旧人”“多余人”或者“零余者”，是一些和社会脱节的人，无法和社会建立有效联系的人，比如《了不起的夏天》里对 2008 年的情感症候就很典型。

这里还有一个问题，我想得不是太清楚，就是我们想象世界的方式问题。如果说我们所谓的历史是一种历史观，文学史是一种文学史观，我们都知道鲁迅之所以能在文学史上有那么大的影响，很大部分的原因是借助了民族国家的启蒙主义话语，像“国民性”，像“救亡图存”。那么当我们面临的外部世界发生巨大变化，我们的世界观或者说我们想象世界的方式本身也随之发生变化的时候，我们如何想象我们这个时代的精神偶像？还有没有可能去想象？或者有没有必要去想象？

杨庆祥：建阳说得很深刻。我觉得他说得最好的是鲁迅，这提醒了我，也和前面尚发说的对接起来了。鲁迅那一代的作家，现在从技术层面来看，其实是非常幼稚的。但是他们的作品为什么能够被阐释得那么充分，而且那么的经典化？其实经典化的前提，是作者本身就含有深刻的意图，否则不可能凭空生发出很多东西。鲁迅那代人依托的是从晚清到现代以来的民族国家叙事。而 1980 年代的先锋文学，依托的是中国文学加入世界文学中去的叙事。而且这个叙事在整个社会层面已经建构起来，先锋文学也就获得了很快的发展。现在讨论问题的焦点是，我们这一代人背后有没有一个大的叙事背景的依托。如果有的话，他们的很多作品可以得到完全不同的解释。这是一个很重要的问题，我们可以先讨论这个叙事背景从哪个节点开始。是从 1994 年接入互联网，还是从加入 WTO，还是从奥运会？这个叙事到底是一个什么样的叙事，它是怎么和文学叙事联系起来的？我觉得这可能是对批评家提出的挑战。

张悦然（作家）：我今天是以嘉宁的好朋友的身份出席这个活动的，所以我只能以小说家的身份、以嘉宁朋友的身份来说几句。

我跟嘉宁认识 15 年了，跟嘉宁一起做杂志 10 年了，确实是特别特别久远的友谊。我是觉得我们还是应该接受嘉宁是文坛一个很独特的存在，她其实一直都在关注一种精神生活。这种精神生活也跟她个人的精神生活的实践有非常密切的关系。所以我觉得嘉宁的小说离自己是比较近的，我觉得可能不都是自传型的关系，是她对精神生活的实践会和她的小说有特别密切的关系。

我是觉得像《基本美》这本书大家会讨论到“年轻人”这个词，它是跟嘉宁身上的一种赤子之心的品质有很大的关系的。只有一个自己保持不变的人，才能够特别敏锐地捕捉到周围环境的变化。《基本美》有很多十几年间世界发生的变化，之所以这种变化被嘉宁而不是其他的作家，比如说我捕捉到，就是因为嘉宁自己身上有一个恒固的东西，她有一个特别属于年轻人的品质，就是赤子之心。大家如果去看嘉宁的小说，嘉宁的小说里面没有什么善和恶的较量，嘉宁的小说里面有过恶人吗？从来没有过恶人，没有善恶的较量，没有设计、圈套，也没有尔虞我诈。她的小说真的是用一个赤子之心，就像是从一个窗明几净的玻璃看出去的一个世界。所以我觉得当我们进入这个世界的时候，可能就要进入这个世界的语境和规则，它就是这样的一间房间，它就是这样的一个特殊的存在。所以其实当我们进入它的时候，其实就进入了嘉宁这样一种逻辑和这样的一个世界。

这本书我觉得和前面的书相比有一个很重要的作为旁观者的视角的感觉，我猜想嘉宁在这样的阶段，希望用这样的视角能够把这个事情看得更加的清楚、深刻。我觉得这是代表着她这段时间的一个精神上的站位的选择。至于杨老师怎么把《了不起的夏天》带到《了不起的盖茨比》我就不知道了，我来的时候已经听到这儿了。我觉得《了不起的夏天》的一个比较好的参考文本是日剧《火花》，我相信那个电视剧对嘉宁产生过比较重的影响，我们可以看一下《了不起的夏天》里面两个人的关系，包括他们所探讨的理想和现在仍在坚持的这种状态，可参照的文本是《火花》。我们现在应该把我们的参照物给拓展一下，各种方面的文本都可以纳入进来了。

我觉得其实要珍惜嘉宁这样的一种特殊的窗明几净的存在的状态。嘉宁一直说我的小说特别不接地气，我觉得她的小说才不接地气。我们两个的小说到底谁不接地气？这是贬义词，她说我的时候是贬义词，但是我说她的时候是褒义词。所以我觉得这其实是很珍贵的一种品质，为嘉宁感到高兴。

周嘉宁：我没有太多的要说，但是我今天下午觉得有很多感触，但是一时没有办法说出来。其实我最近手上是在写一个中篇的，但是经过这两天的种种交流以后我觉得我可能会停一停。因为得到的反馈是多方面的，并不是说指向好或者是指向不好，这些东西投射到我身上以后是会触发我的一些意想不到的思考。我自己也没有想到，所以说我觉得还蛮开心的。

杨庆祥：太好了，如果能有这个效果就是最好的效果了，能让一个作家开始对她的写作进行一个旁观者的思考。有时候作家会很沉溺在自己的情绪里面，所以福斯特说一个批评家的眼界应该开阔，应该什么都能够兼顾到，他说一个作家要不一样，作家要非常固执，就觉得我这个就是最好的，才能最后写下去。但是如果一个作家长期处于这个状态，他有可能会变成一个作茧自缚的作家，有时候他也需要抽身出来，所以有时候这种研讨会或者是交流会最大的作用可能是这个。一方面我们作为一个批评家，作为一个读者，能够有更多的阅读的视野来交流文本。另外对作家来说，他可能会暂时性地放弃他的偏执，站在一个旁观者的角度来看一下他自己写的东西，把它当成别人家的小孩来看，因为自家的小孩都是最好的，看一下别人家的小孩有什么缺点，这个时候效果就完成了，互动就完成了，我觉得这就是一个特别有意义的工作！

县城、女性和小说

——张楚《中年妇女恋爱史》

11月

18日

2018年

中国人民大学人文楼

杨庆祥：这次联合文学课堂是和《人民文学》杂志社“圆桌派”读书沙龙合办的一次活动。请青年批评家赵依来主持。

赵依：非常开心，咱们在这与这本小说集《中年妇女恋爱史》发生关系，因为我们不是要变成中年妇女就是要与中年妇女发生关系的一群人，所以不可避免地要与这本小说集发生联系。张楚老师是一个致力于中短篇小说创作的作家，他不写长篇小说。他对文学体例的坚持和在每个文学文本中呈现出来的世界，成为张楚的小说世界。他始终把他的小说世界以一种“虚掩的门”的方式为我们敞开，这也是我们围坐在这里的原因。首先有请今天的主角张楚老师谈谈他的这本小说集。

一

张楚：首先给大家道歉，因为唐山高速有雾，让大家久等了。这个小说集收录了一部分我这四五年的中短篇创作。跟我年龄相当的一些朋友们特别不喜欢这个名字，因为这个名字从某种形式上让他们觉得非常不爽。当时起这个名字也跟编辑商量过，这篇小说我个人感觉是很喜欢的，也是很真诚的一篇小说。这个集子里面一共收录11篇，除了《风中事》是中篇之外，剩下10篇都是短篇，所以应该叫中短篇小说集，它不是纯粹的短篇。它基本代表我这几年对这个世界的一些思考和一些看法，虽然有的很幼稚，却是真诚的。

前天凤凰网读书频道想要推荐一下，可能是为了吸引人眼球，名字叫“除了打麻将就是性生活——中年妇女恋爱史”，底下就有好多读者吐槽。《新京报》也有一个记者在采访时问我：“为什么你的小说里面有很多性描写?”我说，性描写不是为了性，而是体现人性，它该出现的时候必须得出现，不能因为精神的清洁或者其他因素就不写它。

这个小说集里面还有两三篇比较奇怪、从前没有写过的，就是关于河神的几篇小说。这和我的生活环境有关。我们县里面有一条上千年的河流，有一年差一点断流。它是内陆河，但经常有新的泉眼冒出水来，所以它一直活着。这两年因为房地产开发，在两边盖别墅，挡住了泉眼，大家特别害怕它消失。一条河流的消失比一个人的消失更让人值得深思，所以就写了关于河流的几篇小说。

我的小说和我的写作都很散乱，没有一个具体的主题，没有一个长远的考量。生活中某一个点触动了我，我可能就会写一下，就是一个稀里糊涂的写作者。不管怎么样，这本书也出来了，封面还是我所有书里面最漂亮的，感谢江汀。

希望大家多批评，因为写了二十多年短篇，发现越来越难写了，很多的可能性已经被作家们呈现殆尽了，当你想通过自己的技巧达到新的点的时候是多么困难。所以我希望多听大家批评的声音，虽然我已经是很老的中年人，但是也希望自己还能够进步。

另外谢谢庆祥，跟庆祥也认识好多年，我认识他的时候，他是一个少年，我是一个青年，现在他是青年，我已经是中年了。我非常高兴跟赵依合作，再次谢谢大家。

赵依（《人民文学》编辑）：谢谢楚哥。刚才我还在跟庆祥老师说凤凰读书推的这个题目，由这个题目引起了大概有六万多的点击量，下面还有很多读者的评论。其实这引发了我们思考一个问题：一句话就能够诱导你对一个作者写作初衷的揣测或者对一个文本判断的变化，那么我们今天应该以什么样的态度来批评一个文本呢？我后来又读了一遍《中年妇女恋爱史》，我觉得读者形成两种截然不同理解的原因是，楚哥写这个小说的时候没有情绪。不喜欢这个小说的人恰恰愤怒于作者怎么能没有直接的悲悯之心体现在字里行间，而是以非常冷静的眼光去写这些理应让人愤怒的事情呢？这可能是我的一点揣测。接下来请徐晨亮老师发言。

徐晨亮（《中华文学选刊》执行主编）：跟楚哥有一个前缘，之前单位出过一个小开本的集子，就叫《风中事》，收录了他的两个中篇小说。从张楚的创作来讲，虽然相隔七年时间，里面有一些变化，但是有小说语言上的连贯性。张楚自己可能对《风中事》的预期、判断以及后来产生的反响有一点点错位，这就回应刚才赵依说的那个话题。我们今天判断一个作品，有时候作者自己主观投入的热情或者主观的设定，跟产生的效果也不一致。可能自己会觉得语言跟之前的不太一样，现在更放松、更接近于时下年轻人的语言方式？但实际上产生的阅读效果会比他自己预期高得多。我之前在《小说月报》工作的时候，得知这篇小说在中篇小说评选里面得到非常多的票数。有很多人问《风中事》的结尾是什么意思，也是这篇小说带给大家的阅读期待，读者有自己的读法，我还是想听张楚再聊聊你对这个结尾是什么样的想法。

之前在你和弋舟的一个活动上有一个说法流传甚广，弋舟说张楚是靠一手经验写作，而弋舟是靠二手经验写作。我不太认同，张楚的写作经验或者处理现实的经验要复杂得多。我相信看过《野草在歌唱》这篇自述文章的人都可以体会到张楚在县城里面作为一个文学青年的那种生存状态，包括他写作的出发点。张楚在县城里面真实的生活经验是一方面，另外县城是一个相对封闭的环境，很多人向往走出去，县城之外所谓蓬勃的高速运转的现实中国，构成他自己真实生活的背景。

除了这两层之外，从买文学杂志来看，文学给他提供了一个窗口，除了县城里面现实的具体生活和县城之外高速运转的所谓的现实中国之外，还有第三个层面，就是由文学构成的世界，三个层面共同存在于张楚的现实经验里。他的很多作品都有这样的结构，《中年妇女恋爱史》里面也很典型，除了主人公的生活之外，也有补白性质的，除了人物的经历之外还有重要的历史节点。但是补白里面又有一个外星人的视角，即宇宙的视角，我觉得也是三重的结构。

他写到外星的视角，这也不奇怪，因为大家看他的《夏朗的望远镜》，包括《七根孔雀羽毛》，它跟主人公的经验或者经历没有关系，但是遥远存在着的外部世界和小说里面的人物遥相呼应，这是小说特别有意思的点。他的小说里面除了主人公的生活外，还有构成主人公生活的时代语境、现实中国的时间节点、历史大事构成的现实中国生活，还有第三个层面就是遥远的星空，三个层面在一起构成他的小说内容结构。

《中年妇女恋爱史》里面提到的几个重要历史时间节点和人物之间的关系是不好处理的，一不留神可能就会写成人物的轨迹和外在的历史轨迹寻找呼应，但是他在这个短篇里面做得特别节制。大家有时候希望小说与时代之间激活各种各样的关联，用小说来说明外部时代的一些重要因素，会有一些取巧的做法，比如一张火车票上的信息，用这样的方式去提示人物行动之外有一个更大的时代的存在。但我觉得张楚的小说始终还是有所恪守的，他不是把时代的东西当成抽象的火车票，他去观察和探寻的是每个具体时间点、登上具体的列车、赶赴具体目的地的旅客的轨迹，跟他内在的心理、行为、动机，这可能也是他的写作跟现在很多流行的写作方式作为互相对比，产生出更多有意思的话题来。

赵依：谢谢徐晨亮老师，他刚才说楚哥小说节制的地方，之前楚哥有一个创作谈，他本来想写到 2018 年茉莉进敬老院，老干推着她。他非常理智地没有要这一段，是因为那时候茉莉进入老年不再是中年妇女？还是到 2018 年的时候这个时代和人物的关系不好处理？还是说已经不符合他们还在苦熬，她进敬老院可能已经熬不动？这个创作谈引发我很多揣测。刚才晨亮老师也说，我们都期待在每个中短篇小说里面看到经验之外的装置，经验都是大家共享的，这个小说很大的成功可能取自你的叙述和装置，除了晨亮老师说的他可能用悬疑的方法以外，其实是一种窥探，也是一个推理，然后把一个事情铺开来，我觉得这是很重要的，也是楚哥小说的一个辨识度。接下来有请翟永明老师。

翟永明（辽宁师范大学文学院教授）：我想用时间来串一下这本书，当然也可能有谈得不太恰当的。时间是这个小说的一个框架，它是情节展开的线索。我们说一个小说的核心是讲故事，故事的存在形态就是一个时间，所以我觉得怎么讲故事就是处理时间的问题。

我从三个角度来谈，第一，这个小说里面的时间，它的形态是圆形的。从叙事时间来看，这个小说大部分是以自然的时间顺序，就是我们所谓的顺序讲这个故事，比如《中年妇女恋爱史》讲茉莉从少女到中年少妇的经历，很明显是以年龄的自然时间往下推，从 1992 年一直推到 2013 年。包括《金风玉露》也是，讲美兰怎么和男人相亲，也是一段一段往下走。

我觉得这是表层的，隐藏在自然叙述背后的是圆形的循环世界。比如《中年妇女恋爱史》用五个片段或者五个横断面写茉莉的五段情感，虽然这些情感有的懵懂、有的庸俗、有的勉强、有的放纵，她就是不断地失败，不断地失败，到最后人财两空。虽然这是开放的或者没有结束的故事，还可以继续写，但是我觉得再写可能也是不断的重复。重复就是一个时间的循环，不断地从起点起来，结局又回到起点。

这一点在《金风玉露》更有意味，主人公美兰在相亲的时候竟然遇到两年前醉酒时候发生一夜情的男子，这个小说不断地叙述现在的时候，还交叉过去的回忆，也就是说昨天还没有消失，昨天进入了今天，和今天同时并在小说里面。包括《直到宇宙的尽头》和《风中事》，最后尘埃落定的时候，发现主人公根本没有动，还是在原地停着。

这样的时间设置消解线性时间的乐观或者明朗，因为线性的时间相信现在比过去好，未来比现在更好，张楚的小说里面的时间是很稳定的凝滞，一种琐碎的日常，沉重的现实，压抑的灵魂，就像春夏秋冬四季循环一样周而复始，就是在这种循环的梦魇里面非常令人绝望。所以张楚说他是悲观主义者，我觉得可能他还是很悲观的。这是一个，循环的时间。

第二，关于时间之河和宇宙的遥想。时间的循环带来的结果是空间的封闭。张楚的笔下总有一个奔城，奔城就是不太变化的，这就使得小说里面的人物生活在生活中，被生活裹着往前走，就像漂浮在小说里面的笋河的落叶一样四处飘荡。在这个河流上人和事没有把控自己的能力，甚至连河神都那么孱弱，都是前程渺茫、茫然失措。像《水仙》《听他说》写这个河，我觉得河神在人世间都是那么可怜，甚至有可能把命丢了。

这让我想起曹禺先生的《雷雨》，曹禺先生说他写《雷雨》就是很强大的、人没法把控的一种神秘的东西，他表达的就是一种人类生存状态，你不管怎么挣扎，最后还是失败，因为宇宙间存在人类根本无法把控的或者根本不可知的力量。

很巧，我在张楚小说里面多次看到他多次对宇宙的描述，这个一直在他的小说里面，像《中年妇女恋爱史》里面写茉莉的人世时间之外有一个宇宙时间，直到宇宙尽头，让宇宙一直在江心周围围绕，我感觉他表达的是生命时间在和宇宙时间对照下如此渺小或者无力。我想这不能不说是一种巧合，在“后记”里面也谈到他对宇宙是一种敬畏的态度，尽管他说的带有一种生态主义色彩，像他刚才说河流越来越少，代表生态主义色彩，但是我觉得更像是曹禺《雷雨》那样的深刻。

当然张楚也没有把这个绝望写得太死，偶尔也给出希望。特别让人动容的是最后放烟花那一刻。包括江心那一段，很轻快飘逸地骑自行车的时候，其实都特别美好，但可惜他在仰望星空的时候，他的两脚是站在粪堆里面的。这是非常具有象征意味的场景，只可惜这些美好，最后还是归于很沉重的现实，非常让人疲惫或者绝望，就像江心最后特别疲惫地坐在楼梯上。

第三，谈一下记忆。过去的时间就是一种记忆，回忆就像蜡烛一样，它可以把过去照亮或者复现。《朝阳公园》和《野草在歌唱》可以合起来看，因为它更像一个人的成长史，带有很强的自传色彩。因为我看过张楚所有的访谈，包括他偶尔透露出来的一些身世我都看了，我觉得他这里写了很浓烈的自传色彩。因为自传，比其他几篇写得实，那些虚的或者讲故事技巧退居到后面，甚至看不到这些技巧，但是这两篇小说反映的是作家内心深处很真挚的情感，所以依然让人很动容。《野草在歌唱》的时期，他精神上的追求非常明确或者自主多了，那一群为文学而疯狂的青年，他们的喜怒悲欢那么真诚，他们可以为了人格的自由和尊严去哭、去笑，一会儿轻狂，一会儿自卑，一会儿激情，一会儿黯然神伤，确实是很刻骨铭心的。

最后我想谈的一点是，他的《朝阳公园》写的是大同，而且我发现有很多大连的元素，比如辛亥广场、西岗区、海洋世界，因为我是大同人，我又在大连上班，所以读起来特别有亲切感，再加上我们的年龄比较接近，我们都是中年男，尤其对1990年代那种……

赵依：翟老师刚才说到楚哥的宇宙观，我想到前两天楚哥非常兴奋地在朋友圈转发了CCTV－4报道的一个宇宙飞船正在超过太阳系的新闻，楚哥在小说里面一直在思考关于宇宙、关于时间的问题，如果我们以看电影来想象，比如这个电影就是银河系投射到地球、地球投射到中国、中国投射到小县城，这样一层一层下来，我们如何以小见大，这可能是小说的一个问题。刚才翟老师说到有一些很实的地方，自然是来自作家的一种坦诚，但是我们也会思考，这个暴露的尺度跟我们所寻求的一种遮蔽性，它们之间的关系和张力到底是什么。翟老师还是抛出非常有意义的问题，值得我们思考。下面有请一位女士，常芳老师发言。

常芳（作家）：刚才说到地域问题，张楚的小说给我们带来的，就是哪怕从一个很小的切口进去，带给你的都是广阔的世界。最开始我读张楚的《夏朗的望远镜》的时候，这个小说发表在《上海文学》，张楚给我们的感觉是，我们读很多人的小说没有他那种非常细腻的感觉，刚才说到宇宙也好，读张楚的东西，我们不仅看到非常辽阔的宇宙空间，他还会把很多非常细致的东西，你观察不到的一种细致入微的东西，推到你的面前来，有一种悄无声息的感觉，你没法推开，很自然地就接受了。

赵依：特别是在《中年妇女恋爱史》里面楚哥的句子非常短，短句子其实很有魅力，它会非常有力量感，一击即中，同时也提供可供想象的场景，又是非常开阔的，这也是我们非常喜欢的一点。下面有请这本书的编辑江汀老师谈一谈。

江汀（北京十月文艺出版社编辑）：这本书最早跟我们总编韩敬群老师聊的时候，韩老师有一个疑问，为什么要放后面这个“大事记”？我想到本雅明的一个很有名的文章《讲故事的人》，他是讲列斯科夫，顺便提到一个德国作家赫伯讲的故事，讲一个矿工年轻的时候下井，他有一个妻子，这个矿工下井到井底遇到一次矿难，于是再也出不来了。大概过了四十年还是多长时间，那个矿工年轻的时候，他的妻子也年轻的时候，他们两个分开了，很多年之后人们把那个通道打通了，下到井底，把年轻矿工的遗体抬出来，大家发现他还是那么年轻，被矿物质封住保存。到了作者讲时间的时候，作者赫伯历数这个时间里面发生的种种事情。他是这么说的：“在这期间里斯本被地震摧毁，七年战争大动干戈，又很平静，佛朗西斯一世驾崩，耶稣教会被废除，波兰被瓜分，玛丽亚特丽莎女王仙逝，美国赢得独立，法国西班牙联盟夺取直布罗陀海峡受挫，瑞典的古斯塔夫征服了俄国和芬兰。”讲了很多这样的事情，结尾讲到 1809 年这个矿工。我觉得这个对比就是茉莉自己的个人世界和从星空到世界大事之间的对比，这让我想起很经典的所谓讲故事的记忆。

张楚这个书做了好几次活动，我听了很多大家对这本书的评价，张楚讲到茉莉和包法利夫人，讲到安娜·卡列尼娜，真是每个作家都有不一样的气质，福楼拜说“包法利夫人就是我”，我觉得张楚也可以说茉莉就是他自己，我只是这样一个对比。其实他是体察他笔下人物的心，就像刚才赵依说的我们每个人都是中年妇女或者与中年妇女发生关系的人。编书过程当中受益匪浅，作为编辑也要感谢一下作者。

赵依：谢谢江汀老师。刚才说到《中年妇女恋爱史》补白的部分，我之前也想过，如果把这些都抽出来，比如放到最后，或者把每一部分置于年份的前面，大家的阅读效果会不会不一样？比如凤凰那一版就是把它们都删了，所以读者就会有误解。刚才江汀老师说到体察，我觉得体察是一个视点问题，楚哥有些小说是平视的，过于冷静之外可能有一种俯视的感觉。全知视域还是限知视域，这个每篇小说不一样了。下面有请唐伟老师。

二

唐伟（中国作协副研究员）：我看到这个小说集名字的时候，正好在写一篇小文章，这个文章题目叫《中国大妈的几副面孔》，讨论的就是石一枫的《心灵外史》和付秀莹的《陌上》。我为什么写这样的题目？事实上中国大妈是近几年来无论是文化也好，新闻事件也好，一直不可或缺的主角，而我们可能想当然地站在道德制高点，忽略了这个群体或者忽略了这个现象，可能忽略了这个话题所潜在的一种话语空间。

一方面张楚给我们提供了中国大妈的另外一副面孔，这副面孔可能不像新闻报道中那样无理张扬，但实际上张楚笔下的中国大妈，当然也不能叫中国大妈，四十多岁还不能叫中国大妈，但是他会非常善于走进她们内心世界去展开内心的褶皱，这个让我读了之后，我跟翟老师的阅读感受一样，读得非常畅快。

我觉得比起苏童或者余华，在小说开头处理的时候，似乎缺少某种匠心或者安排，这是我读的一个直观感受。

赵依：如果我不是主持人，如果我发言的话，我特别想谈楚哥小说的开头，我特别喜欢他的小说开头。他每一个小说的开头，可能你觉得相对来说比较寡淡，一下子抓不住。但是我觉得读了开头立刻能够进入他这个世界，因为他有一种力量让你慢慢地进入，你马上会被他这个装置吸引，他整个小说是装置，而不仅仅是靠开头一点点东西提起你的兴趣，把你诱骗进这个叙事。什么样的开头才是真正好的开头？有的小说像电影叙事一样，有一个节点，要求有一个小高潮进入。

杨庆祥：这个就像人的出场方式一样，有的男人或者女人出场时候特别惊艳，有的不是很打眼。

赵依：对，所以我是女性读者，我喜欢润物细无声的小说，所以再次证明楚哥就是女性之友。接下来请崔曼莉老师。

崔曼莉（作家）：短篇小说需要意境的营造，中国文学对于境的营造非常在意，最少的语言营造最大的世界。比如像《红楼梦》，除了它的世界观、宗教观以外，它的意境营造也非常好。张楚在短句运用时突然出现一些长句式，所以他整个小说的呼吸感非常好，突然长句式的出现，让你的阅读节奏非常舒服。楚哥对音乐的理解在小说中有充分的体现。

《中年妇女恋爱史》的景物描写，对小说中人物内心的荒凉荒诞感和整个意境营造的推动力量都是非常大的，把底层的或者没有希望的生活变成了张楚笔下的文学市井。如果我们单独把情节或者把人物线索从小说中抽出来看，我们会发现主人公过着毫无希望的狗血生活，她也出轨，找的人也出轨，人到中年被男人骗钱，最后她的闺密也很无力。但是当你把景物描写还原，你就会觉得这是另外一个世界，它是文学的世界。

尤其是他把一些新闻片段加入进来。新闻片段也给小说一种呼吸感，他笔下的小世界和外面大世界毫无关联，主人公的生活没有任何改变，“从失败中来到失败中去”，就像蒲公英没有根，无论风吹到哪里、落在哪里都是这片土地。但是他把大的新闻事件插入时，小说呼吸感的调整，让你突然意识到从一个世界出来，你又跟这个时代接轨了，我们可以想象那个地方的男男女女，他们每天也会接触这样的事情，但其实他们又是跟这个与世隔绝的。

你怎么走一条属于自己的中国式的语言，反映中国的生活，但是又能在现代性上跟西方的小说齐头并进，同时不放弃你自己的语言节奏感和呼吸感？还有小说中人物的生活我是不熟悉的，但是为什么为之感动？我觉得高超的作家能够把不熟悉的生活写进每个人的心里。

赵依：谢谢崔老师，我很喜欢“呼吸感”这个更具象的词，因为你还要吐气，吐气就是你跟阅读者发生联系。我们还是希望自己的小说能够对于当下有一些呼应和影响，我们在写自己比较熟悉的经验的时候，如何达到更大的关照层面？

崔曼莉：我不是说他这个小说事件跟外界隔绝，张楚笔下蒲公英式失败者的绝望是每个人心中都有的，他做了一个封闭的空间，把关乎人命运的绝望放在里面。我不是说他不关照这个东西，我恰恰认为他关照。

赵依：我们经常讨论文学和现实的关系是什么，到底什么算是回应？是社会性、新闻性，还是说人文关怀是回应？又从哪里得以体现？这都是我们一直讨论的问题。下面请朱山坡老师。

朱山坡（作家）：我十分佩服楚哥对短篇小说的坚持、执着。这几年眼看同辈写长篇，但是楚哥坚定不移主攻短篇。这几天我们一直在关注“四十年四十篇”排行，发现留给短篇的位置越来越少。但我是坚定的短篇小说爱好者，我一直是主攻短篇的，而且一直向楚哥学习。

前几天我惊喜地读到楚哥的《中年妇女恋爱史》，我是以一个中年男人心态揣摩的，写得蛮精彩，我读完以后觉得怎么这么快读完了！你的“后记”里面也讲到有人提意见说太短了，欲罢不能就读完了，应该更长一点。而且它很开阔，里面写到“大事记”，世界上、宇宙中刚好发生的大事件，他都写进去，小说是俯视这个世界的，中年妇女发生的这些鸡毛蒜皮在我们心里却很重要，但在宇宙里面这种故事算什么呢？

我从楚哥短篇小说的创作当中学到很多东西，他把小县城鸡毛蒜皮的小事写得风生水起，他的用笔、人物角度、叙述语调、用词，还有曼莉说的呼吸感，很值得我学习。祝贺楚哥。

林培源（作家）：翟永明老师讲张楚小说的时间性，我特别有感触，因为我给张楚写的评论叫《小说的宇宙学》。刚才楚哥讲自己的小说集没有统一的主题，但我们如果从结构上来定义一部小说集的话，他给我们提供一个结构的范本。从狭隘的角度来理解，小说是处理自我跟他者关系的载体，通过《中年妇女恋爱史》，作家、叙事者和他的生活经验、文学，甚至更大的宇宙，都容纳到这个载体里面了。我所谓“小说的宇宙学”，主要是从空间或者小说的结构来说的。

《中年妇女恋爱史》里面的小说，呈现给我们这样一个叙事者的形象：比如他热爱书写，对天文学、宇宙、星河、科幻有着超乎常人的痴迷。《朝阳公园》里面三十多年后的“我”回忆1983年自己和几个病孩子住院的遭遇，9岁的“我”喜欢记日记，小说写道：“他们知道我每天必须写日记，随时随地地写，他们也知道我为何如此勤奋，住院之前我写的一篇作文被语文老师当成范本在全班朗读，并且说如果张楚同学每天记日记，每天摘录好词好句，长大后就会成为一名作家。”这篇小说可能是张楚的自传，里面的叙事人、作者和小说的人物是同一的。

但是在另外的小说中，他更多用第三人称叙事者的角度。《直到宇宙尽头》里的姜欣喜欢科幻，而且写过关于时空隧道的科幻小说，她还喜欢读霍金的《时间简史》等科幻著作。《中年妇女恋爱史》更是把张楚对科幻、宇宙和星系的痴迷展现得淋漓尽致。我们可以将《朝阳公园》《直到宇宙尽头》《中年妇女恋爱史》视为“宇宙学”的系列。我把这部小说集分三部分，这是其中第一部分。所谓的宇宙学原本是科学的话语，指的是对于宇宙的研究，但是放到张楚的小说里面则别有一番趣味，围绕对宇宙的痴迷，一个繁复迷人的小说宇宙诞生了。这样的一个小说宇宙，它既跟人物和故事有关，也和作者的小说观有关。它是作者小说观隐秘的投射。《直到宇宙尽头》里的姜欣在神秘高贵的星空和她自己琐碎庸俗的人间烟火之间摆荡着，撕裂着。而《中年妇女恋爱史》里面，为我们呈现这一宇宙学的则是一位隐而不露的叙事人。

这几篇里的人物和结构就像细胞分裂一样，带着作者独一无二的基因游走在浩瀚的宇宙和卑微的人世之间。

第二部分是跟河流、志异、传奇、历史等有关。这是小说集里面最有异质性，也最有文学史价值的部分。《中年妇女恋爱史》收录了几篇跟水有关的小说，张楚在“后记”里谈到创作的动机，包括《盛夏夜，或盛夏夜忆旧》《水仙》《金风玉露》《伊丽莎白的礼帽》。如果说宇宙的诞生跟时间有关，这个时间是流动和多维的，它和河流的面貌极为相似。在《盛夏夜，或盛夏夜忆旧》里，作者借小说的文体潜伏到历史的地貌之下，里面写到的涑河，流淌着历史的无名尸体，是个读来沉重的故事。更有意思的是《水仙》和《听他说》，这两个文本既延续河流的主题，同时在文本的实践上形成互文性，就像硬币的正反两面。读完《水仙》必须再读《听他说》才能对这两个作品有清晰的了解。这两个小说延续了《聊斋志异》和民间故事传奇的方式。楚哥说他试图在写作时将技巧抛开，可是我觉得作为一个对经典小说有感知力的作者，他会不断在小说里回应叙事，或者说将他对小说技巧的实践隐藏起来，只是如何处理得更自然对小说家而言是很大的考验。

第三个系列延续了楚哥一直以来比较擅长的，写人情世故的小说。主要是发生在小县城的故事。比如以对话推动情节的《人人都应该有一口漂亮的牙齿》，或者讲述年轻人相亲跟孤独问题的《风中事》和《金风玉露》，还有聚焦老年人忏悔的《伊丽莎白的礼帽》，都是这个系列的代表。

《中年妇女恋爱史》这部小说集的重要性在于如何借助虚构来书写人心。张楚将他对宇宙、灵魂和历史的思考倾注到故事里面。刚刚谈到契弗，我就在想，大家都把张楚定位为写中短篇小说的作家，他其实有更大的抱负。如果他写成长篇的时候，会不会像契弗一样写一部《沃普萧纪事》？这部长篇的“纪事”和“恋爱史”，其实就是时间，里面有强烈的社会学的意义。但是如何把张楚在中短篇实践的技巧和对历史、社会的理解，放到更大的结构里面去实践？这是一个很重要的问题。它不仅是楚哥，也是包括我在内的很多写作者需要去揣摩和打量的。这也是曼莉姐提出的，怎么让我们的作品跟西方当代小说齐头并进。这可能是我对楚哥的一个期待，读他的作品，也给我带来一种鞭策和鼓励。

赵依：谢谢林老师，很全面地把这个小说大致分为三类作品，其中有一类我还挺意外的，他说有一类有点像成长小说，但是我觉得这部分作品楚哥是放弃让他们成长的，他们是长而不成，或者成而不长，是这种定位，也是一种呼应现实的困境。

徐晨亮：我插一句，培源的总结分类特别有启发，因为我自己做选刊，这些我都看过，《野草在歌唱》当时是按非虚构作品发的，《朝阳公园》是约的散文，当成小说发的。所以大家解读非虚构做法，可能跟你的写法有关系。

赵依：晨亮老师补充的时候我想到另外一个问题，如果创作小说的时候大家都看到楚哥小说里面很多经验，有很多有现实原型故事的引入，是不是很容易变成一种非虚构或者散文的写法？

张楚：我解释一下，这里面有一篇小说叫《野草在歌唱》，本来是作为“后记”，引墨让我再写了个“自序”。引墨答应我作为“后记”出现，结果把它收录在小说里面，把我的“自序”变成了“跋”。当时也很奇怪，它其实就是非虚构的。之后晨亮他们新开的栏目“开放叙事”又把这篇散文当成小说转载，结果引墨也做了同样的事情。里面的《朝阳公园》其实是《山花》约我写一篇关于读书的散文，《山花》认为这是小说，就把它当小说发了，我其实是按散文体例写的，里面有很多真实的东西。因为我是一个特别害怕被人知道我隐私的人，所以小说里极少有我自己的事情，但这两个是例外，因为它们就是非虚构散文的范式。

赵依：楚哥的回应又涉及文学生产机制的问题，开辟栏目或者评奖时，可能作者自己觉得写了散文，但实际上他得了小说奖，这也很有趣。

三

张维阳（沈阳师范大学文学院副教授）：我说三个方面。第一方面，张楚的作品发现了另一个中国。张楚笔下的小城镇世界是现代化道路上中国的另一副面孔，是日新月异的大城市之外的，也是贫困苦难的乡村之外的世界。是一个看似拥抱现代，但是封闭的、顽固的世界；看似充盈而丰富的世界，实则是平庸而琐碎的小城镇的世界。在他的笔下，人们都是无聊而压抑的，渴望逃离但是又无处可去，渴望激情又不知道追求什么——处于一种恒常的迷惘当中。

《中年妇女恋爱史》中张楚给出的“大事记”非常重要，其实是时间的参照，那些进入和塑造历史的大事件与小城镇没有关系，张楚笔下的小城镇处于现代的时间之中，却游离于历史之外，他们是历史之外的漂泊者，也注定成为历史之外的失踪者，这些人都会在历史之中失踪，张楚的作品就是在打捞拯救这些人。他们不参与历史进程，注定要被历史遗忘和抛弃，他们只有在庸常和卑微中将生命消遣和损耗。张楚表面上是展现他们卑微琐碎的日常生活，实际上借此表达对当下中国小城镇青年的贫乏和疲乏的精神世界的展现。这个意义上，张楚笔下的小城镇不仅是地理空间，也是文化空间和精神空间，有些人虽然身处大城市，在大城市生活，但他们的精神世界和小镇青年是一样的。这样看来张楚的书写早已溢出小镇的范围，而是具有更大的解释和概括的效力，是一种对某种普遍的时代精神状态的反映和呈现，在这个意义上才能确定张楚小说的意义。虽然写的是小城镇的人和小城镇人的精神状态，但也是一种表征，它的概括效率远远超过书写范围。虽然有些人身在城市当中，享受现代化城市的生活，但是他们的精神状态、生活状态依然是小城镇式的生活状态和精神状态。张楚写出我们这个时代的秘密，写出了城市和城镇的秘密。

第二，关于张楚笔下的宇宙，宇宙亦相当重要。小说不能脱离现实，如果小说脱离现实，纯粹变成某种玄想，没有意义。但是小说也不能太依赖现实，如果太贴着地面行走，肯定会遭人诟病，不能让思想、灵魂放飞肯定有问题，总需要一些飞升的东西、超越的东西、不变的东西去照应现实、映衬现实。在中国古典小说当中这可能是一种道义，可能是道德，而后用来批判、用来教化。在红色中国作品当中可能是改变社会的理想，照耀现实的东西，作为改变社会的愿望和理想。在西方19世纪小说当中，可能是源自基督教某种悲悯的情怀，而对于哈代、普鲁斯特这些人来说，对于那些感伤的浪漫派来说，可能是某些逝去的时间，这些东西作为照耀现实的东西，作为更高远的一种追求。而张楚选择的是宇宙，也就是说张楚找到并且运用这种飞升的东西，在小说中飞升的东西是宇宙。宇宙的浩渺映衬和对照笔下人物的卑微和渺小，以及他们琐碎的生活。对宇宙的书写也代表他对于远方外部世界的追求和向往，即使以宇宙为表征的外部世界如此遥远、浩瀚，如此不可触碰，但他心中依然留存这样的盼望和期待。也就是说通过他的作品，通过他对宇宙的书写，我认为在张楚的心中，他对于不确定的远方还有一种满心的期待，他不想停留在这里，但又不知道去哪里，因为宇宙太遥远了，不知道是什么东西，可能他自己也未必能找到这些东西，但他有一种盼望。

这种明知不可得而依然相信、依然心存念想，这样的心理状态就是张楚的倔强与坚持，这是他小说中非常重要的东西，明知不可得、得不到，但是依然在盼望。这也让他的叙述虽然呈现出灰暗的状态，一种破碎的状态，但是依然留存希望的光芒，这就是文学的力量，这种光芒才使文学有意义。如果只写生活的破碎和灰暗，没意义，因为现实已经这样，还用去写吗？但是张楚不一样，他写到宇宙，宇宙就是方向。所以宇宙不能删，删掉宇宙小说就成为很不堪的生活，容易让大家引起误解，所以宇宙非常重要。

但是这里我要提出一个问题，这个宇宙加得值得商榷，我认为加得未必那么合理，宇宙应该有，但是在小说当中我觉得突兀，我觉得不满，因为我看东西还是游离于文本之外，两个世界，太遥远，很难引起到结构和谐的状态。可能张楚已经看到这样的问题，在接下来的创作当中他可能会更好地处理这个问题，怎么把宇宙观或者宇宙的视点跟小说更好地融合在一起。

第三，张楚的时间。张楚意义上的时间不是关乎历史的线性时间，和历史无关，而是承载情感记忆的时光，一种远去的时光。这些时光中发生了温馨或者激烈，或者凄惨，或者绝望的各种情感的记忆和经历，但最终这些情感都溶解在悄然退去的时光当中，成为让人留恋和追忆的记忆。

张楚的书写不是对笔下的主人公的情感经历做出道德的评价或者判断，而是通过丰富又复杂的爱的发生和流逝，悼念他们曾经激荡的美好的青春时代，虽然写的是中年妇女恋爱史，但其实是回味、留恋、反思、重温这些女人曾经最美好的时代，张楚心里对他们有一种留恋，一种爱。他虽然笔下的命名是“中年恋爱史”，但是恋爱发生的时间以及张楚对这些女人的情感绝对不发生在中年以后。这是这些女人最灿烂、最光辉、最美好、最甜美、最青春的时代，张楚这样的书写是对这样一种时光的留恋和惋惜，所以时间是主角的命题才成立。

他笔下的女性对于爱情大胆而热烈，好像一度掌握到爱情的主动权，好像掌握自己的命运，掌控爱情，但事实上她们一一败给了时间，那个男人可能当时非常爱她，她可能得到爱情，但是慢慢男人又不爱她了，这不是爱的消逝吗？曾经存在，但曾经沧海，是这样的过程。张楚着重表达的可能是这个东西，而不是他们之间的奸情。

所以时光在不经意间奔流而去，裹挟一切温馨与美好，只留下一片惆怅与伤感，他写的是时光本身。张楚的书写在伤感、在怜惜、在抒情，是对青春的无限怀念，是身处中年的他对时间的敬畏与无奈，我感觉他所有的处理都是在书写他对时间本身的敬畏和无奈及悲哀。在这个意义来说，他写的那些鲜花般娇艳的女性的悲哀也是人类共同的悲哀。他和所有优秀文学具有通约性，他其实在哀伤人类的命运，哀伤生命的短暂，哀伤时间的无情。

张楚不仅写中年妇女，也写了青少年的女人，写了中青年的女人，写了中老年女人，也写了老年女子，对女人如此的熟悉，让我特别佩服。写女人非常重要，高手写女人，为什么？因为男人的世界是意义的世界，男人的世界是物质的世界，而女人的世界是情感的世界，女人的世界是感性的世界，女人的世界比男人世界丰富，所以敢于写女人的是高手，曹雪芹写女人，苏童写女人，张楚写女人。

南飞雁（作家）：张楚的小说之高质量在于热爱各个年龄段的妇女。我的总体感觉是楚哥正走在一个正确的道路上。何为正确的道路？就是楚哥在这条道路上走的时候，即使他没有相应的生活经验，给人的感觉都是真实的。而没有走在这条道路上的作家，即使他写自己，都让人觉得是普遍的。所以这条正确的道路非常难得，大家坐在这里聊这本书，也是因为这条路本身的魅力。对走在这条路上的楚哥来讲，他需要的只是一个点，有了这个点可能会身子一抖、心里一振，后面那些素材、几十年来积累的东西扑面而来，很澎湃地在写作。

而且楚哥开始的时候说主题、关键词不好归纳，我觉得不是这样的。在我看来，我觉得大海就是大海，老人就是老人，鲨鱼就是鲨鱼，它们本身不象征什么，你也不好归纳它们是什么。但是书里面的字里行间处处都是主题，处处都是关键词，这是我最大、最深的感受。也可能伟大作品都是这样的。

另外，张楚有两点把握得特别好，一个是把人的生活状态写得特别好，一个是把生活状态下的人物关系写得特别好，这是难以言说的一种精彩。但作为粉丝也感觉到有些不满足。具体说，就《中年妇女恋爱史》来看，读者特别希望看到出生于1974年的茉莉，不光写到2013年，她2023年怎么样，她2033年怎么样。

沈建阳（北京大学博士生）：我想换个角度说，楚哥人坐在这，我们一直夸他，让我觉得特别怪。我要发表一点不太正确的看法，当然开头还是得夸楚哥一下。因为这本书一个特别好的地方就是有很讲究的细节，刚才有老师提到的人情世故，包括书里面鸟兽虫鱼都有不同的名字，作者下了特别深的功夫。

可以说，这个小说集子里面凑齐了当代文学史上各个时期的人物，宣传说是

“中年妇女”，但其实也有写到老年，也有写到小女孩。我特别想说的是老年妇女，这其实是对社会主义建设时期的历史记忆。那个时期的妇女形象，是一个“铁姑娘”的形象。在文学史上，这代人是很有力量的，虽然在今天这个世界里他们看起来有一点笨拙，比如书里调侃地叫她“老林黛玉”或者“老炮兵营长”，但是他们和前五个故事里面的都市青年之间形成很鲜明的对照，后者有特别典型的都市病。

《水仙》这一篇如果放在文学史里看，特别像新时期刚开始贾平凹他们那种写作，写一个农业技术员。大家看那个神秘的男子，后来说是神仙或者妖怪，他是农业技术员，他有技术，这种人又健康又爽朗。在很长一段时间里，我们的文学里面充斥这样的人物形象，就是贾平凹他们 1980 年代刚开始写作喜欢塑造的人物形象，比如《鸡窝洼的人家》。小说的改写在于，之前表现的是可能有天女下凡或者神仙从天上下来变成农业技术员，但在这里，这个人最后又变成神仙。前面把神仙变成人，这里又让他做回了神仙，这是很有意思的颠倒。

《野草在歌唱》刚才有很大的争议，但是我觉得虽然作者自嘲说他是没有见过世面猥琐的德北，我觉得他更像于连，或者说更像路遥的高加林，他们特别渴望到更广阔的天地里去，不想永远待在小镇上。实际上前五篇是对后来的回应，发现都市也没有想象的那么美好。

刚才有老师提到关于写作和现实的关系，我想说我们其实并不缺少故事，也并不缺少关怀，现实也有无数种，我们缺少的是阐释现实的能力。刚才大家说到所谓的“正确的道路”，说鲁迅也走在上面，但我们都知道鲁迅成名并不是因为他关怀底层——他写的那篇《一件小事》，王朔还专门调侃过他，说那是鲁迅写得最差劲的一篇。我们受过一点文学史训练的都知道，真正使鲁迅成名的是他背后的“民族国家”那种大叙事。我们现在写小说，评论小说，感到对现实的无力，也并不是因为把握不了现实，或者大家没有生活在现实里，而是缺乏阐释现实的元话语。当我们再次征用启蒙、人道主义的话语资源的时候，我们自己都明白，拿这个阐释现实其实是非常无力的——你说关怀一下中年妇女，但中年妇女觉得她活得比你还好。比如之前出现的范雨素，大家都跑去关怀她、同情她，但是她真的未必需要你关怀。

所以这里有一个很大的错位在里面。这么来看，“纯文学”本身可能就是一种类型文学。其实换一个说法就特别好理解，我们都喜欢看美剧，也喜欢说“人设”，其实“纯文学”里的“人设”就特别有限，很单调。作为一种话语资源的“人道主义”“批判现实主义”，可能在19世纪工业革命刚开始的时候，我们用它来阐释现实，刺破大家对资本主义的幻想，大家会觉得特别有力。但现在已经进入21世纪了，我们还拿这个去解释现实的话，自己都会觉得特别无力。对于批评来讲，这同样也是很大的困惑。

赵依：谢谢建阳。他提到的是关于“都市乡愁”的问题，当小镇青年走出小镇，到都市以后不太适应现代性，也无法进入后现代的语境。他刚才提到纯文学可能是某种类型文学，这个非常有意思，他说“人设”有限，会比较单调，我揣测会不会是这样的，我们所谓的现实主义的“人设”，虽然说比较单调，但他毕竟是大部分的人，大部分的人就是如此的单调，我们看类型文学里面的主人公，我们现实中也有所谓的网络文学霸道总裁、各种玄幻、武侠，比如几次元穿越来的人，有，但是他的代表性不够，所以纯文学是不是更关注的还是更多个体的人？这是我不太成熟的想法，一会楚哥会回答你。

四

闫东方（作家）：我以一个县城青年的角度解读一下《中年妇女恋爱史》。首先从《野草在歌唱》说起，因为我特别喜欢这一篇。读这一篇的时候我笑出声来，当张楚老师去跟文学朋友接头的时候，似乎就是一个乡镇的青年怀揣着理想主义的秘密，寻找一个同类。而在看到老周的死时我又掉下泪来，因为我身边也有这样的朋友。

在张楚的小说中，涉及当代乡镇青年的爱情时，作者常有一种批评的态度，这正是承载着他们情感的一个载体。在《中年妇女恋爱史》里有一个“大事记”，我初读的时候感觉有点生硬，但是后来重读的时候感觉，正是这些看似突兀的部分形成了小说的一个停顿，一声叹息。所以在我看来，“大事记”并非是突兀的，当我再沉下心去读的时候，我觉得这是一种很好的介入。

张楚老师的小说是构筑在乡镇地理空间上的故事。我特别同意《水仙》和《听他说》是小说集里面特别具有异质性的两篇。这两篇小说都是写勤劳的女青年，但是坦诚地说，这篇小说读起来没有《中年妇女恋爱史》那样流畅。这是我的个人看法。文学对我们的乡镇青年来说不仅是一个理想，更是一个现实。张楚老师在这条路上从县城走到今天，走到我们的面前。张楚老师的《野草在歌唱》第一句话是“我一直幻想逃离这个叫滦南的县城”，我对此深有感触。

朱明伟（中国人民大学博士生）：我接着赵依开场提到的谈。为什么很多读者会觉得《中年妇女恋爱史》是一篇写中年妇女打麻将和性生活的东西？其实是读者被叙事人误导了。我们对于文本的想象，当然不能被“中年妇女”这种性别名词误导。张楚的这一系列近作，其实有着怀旧的结构：叙事人看上去非常怀旧。《中年妇女恋爱史》本身延续了张楚小说连续性地描写人物内面的修辞，他一定要对特定时空的气味、嗅觉做精细的描摹。这时怀旧是在为过去的时空定型，但是小说只是在拟怀旧，它本身有很多结构上的创造。这样看似平庸的结构就产生了内在的反讽：故事发生的背景被解构掉了，画框里只剩下了人物。

张楚用心之处还是在于人物形象。我没有把宇宙作为一个独立的审美范畴，而是把它作为张楚写人物内心的意象修辞，比如他的名作《曲别针》《七根孔雀羽毛》会使用很具体的意象，这和意识流的写法不一样，也和卡夫卡荒诞的象征不一样，它是人物心理的外化意象。《直到宇宙尽头》显示了意象修辞的连续性。文本中的宇宙意象其实是对人物内心描写手段的丰富。

张楚的近作呈现出拟怀旧的结构和意象修辞的新变。但实际上小说中的叙事人是不能单向度地理解为作者的。《朝阳公园》里怀旧的叙事人等同于作者，但在文本中其实存在着对叙事人的拆解。像《盛夏夜，或盛夏夜忆旧》《伊丽莎白的礼帽》是对有历史纵深感的怀旧的征用。《盛夏夜，或盛夏夜旧忆》里面有很多想象的、神话的小叙事，但小说收束的时刻，人物又被拉回当下，实际上是以怀旧的动作来修复和反思人物的内心。《伊丽莎白的礼帽》在怀旧式的叙事中又有着结构性的反讽：它有一个非常天真的叙事人，这个叙事人会想，我的姨父怎么能想到这么漂亮的句子。叙事人的姿态被不断地儿童化和天真化，这就产生了反讽的效果，使得对历史的忏悔显得非常孱弱而不太可能。

纯文学是不是也是一种类型文学？而我看到的是另一个相关问题。文学批评其实有着文学史纵深感的焦虑，以至我们会用抽象的、知识化的词语来描述文本现象，这也使文学批评仿佛变成了一种类型批评。我们能够对很多现象进行分类、约同，但也对很多内容失语。比如这本书中的《风中事》和《金风玉露》，用既往的题材来收编，那属于都市言情小说；在雅俗文学的框架里看，它是雅俗杂糅的。这就造成了在纯文学的知识建制中，我们很难作出有效的发言，这也造成了对很多作家、作品无法命名、归类的问题。就连张楚最受好评的一些作品也受制于批评的套语，比如《夏朗的望远镜》，我们可以说它综合现实的水平非常之高。但是他写《风中事》和《金风玉露》时的抱负又是很大的，比如《金风玉露》看上去是一个相亲故事，但是里面又有命运反讽式的东西。小说看上去是通俗言情故事，实际上又在颠倒性的装置中塑造不断失败的女性形象。《风中事》也不单纯是言情故事，里面也有悬疑。整个小说文本非常时尚，也试图呈现当下年轻人的恋爱观念。但是以我们目前的批评知识来说，还是无法对小说作出更好的评价。

赵依：明伟谈到很多，但是他刚才说到“时尚”这个词的时候，从张楚的反映来看他之前应该没有意识到，这也呼应了读者对于小说可能存在的误读。但我们恰恰觉得这并不是所谓的，用学术性的话语对某些内容的失语造成对于经典化的害怕，我觉得这反而是越多的误读——从这个误读中可证伪的东西更多。总而言之，这使文学越来越驳杂，所以是一个好的现象。下面请陈若谷发言。

陈若谷（北京大学博士生）：施莱格尔早就认为，最晚“自塞万提斯以来，小说已发展为典型的现代媒介，成了一种包罗万象的、能够自我更新的形式”。读者可以截取自己最喜欢的形式安放或者拓展经验。在我的问题意识里，作家的世界不是自成一派的，而是生长在文学的脉络里的。敬文东老师有一篇文章《感叹与诗》，他说人类最早的感叹对象，乃是陌生之物组成的未知之海。对宇宙、星辰的应答，对森林、山川的唱和，只因为“山林、川谷、丘陵能出云，为风雨，见鬼怪，皆曰神”。也就是说，最早的诗歌、音乐都是情绪性的喟叹，我暂且叫它惊奇叙事或者神秘书写。在当下，是科幻小说高调盛大地接续了这个传统，在他们那里叫作 wonder。

不过，这一传统在进入现代时，被启蒙话语、科学理性等挤掉了。文学曾经被复魅过，比如寻根文学，但它书写的地域神秘文化取消了我们 20 世纪文化政治的很多正当性，变成了“掘根”。先锋文学里的神秘惊奇，因为阴暗和怀疑而变得片面。因此，现在我们更习惯于这种当代书写——一些被现代性浸泡已久的概念，比如孤独，比如无从把握自己命运的茫然。放弃神秘性和传奇感，其实是小说的自我谋杀。所幸的是，这两年又有“谈狐说鬼”的小说了，一般叫作奇谭、怪谈或者故事集。

就我个人的阅读经验而言，张楚的这几个具有宇宙和神话面向的小说，回收了我旧有的储存，又把我吸引到他虚构的世界中去。张楚所写的“河神”系列是很有意思的。他塑造了本土化的形象，河神、灶王、鲶鱼精等，还用一些我们可以在现实中找到对应的事物来构成一个奇特的世界，比如蟾膏、苦莲子、太妃糖。而且具有极强的现实忧患和历史批判意识，如作者所言，“在众神衰落的时代，在神话消解的时代，人类的贪婪为何仍得到造物之神的青睐？水的死亡比人的死亡更让人沉思”。这令我想起刘汀的《中国奇谭》，故事的主角是中国人，但是与之相遇的神和鬼都是西方的。可见我们对死亡的认识几乎都来自西方文化和哲学，忘记了可以挖掘我们自己的资源。当然读者也想不到可以替换成其他什么形象，这是读者与作者分享的局限，正如巴特曾在《写作的零度》中说，“永远只有单一一种最佳现实可供选择”。那么另外一些十分现实的篇章，比如中年妇女茉莉、相亲少女、失婚女性，她们的日常生活外还有宇宙、星空、时间等参照系。只有当个体悬搁既有的社会意识，从主流意识形态中抽身而出，沉溺于遥远的遐想，甚至是白日梦，才能体会晦暗中有趣的乖谬。因此，这些在世俗中不怎么幸福的女性，可以依靠小说所赋予她们的惊异感，像尹雪艳和王琦瑶一样，穿越时间，成全一种永恒的生命活力。

赵依：谢谢若谷。下面请堂主庆祥老师，压轴发言。

杨庆祥：谢谢大家来参加这个活动，我跟张楚认识很久，我们彼此欣赏。张楚的创作体量和地位值得我们非常认真地把他作为一个研究对象，进行客观化处理。

我自己想谈几点简单的看法。第一，我感觉张楚的小说就是一个世界。我从来没有把张楚放在小镇青年和县城的谱系去阅读。张楚的作品虽然单篇很像是一个取景器，但是把他的作品放在一起看，他的张力和他要破茧而出的东西非常多，完全不是我们讲的小镇或者 70 后作家。某种意义上，在座的各位作家，我从来没有说哪一位是 70 后作家或 80 后作家，我觉得张楚应该是被经典化的作家，此外还有一种是即将被经典化的作家，只有这两种作家，没有 70 后、80 后的作家。

我在谈“张楚的世界”时想到“楚门的世界”，张楚的世界和楚门的世界恰好形成对位。比如我们生活在北京，我们可能是生活在“楚门的世界”，可能我们真实的生活是另外一个精神维度，而这个精神维度在张楚的作品里面形成一种对话关系。

很多写作是楚门的世界的写作，而张楚的世界可以把楚门的世界颠覆。

我比较赞同建阳等的说法，《中年妇女恋爱史》汇聚了当代小说中非常多的面向。刚才培源把它分成三大类，其实每一类里面又有所不同。《中年妇女恋爱史》融合了各种风格的实验。这种写作在某种意义上形成了张楚自己独特的句法或语法。这个句法不是一个词，不是里面的长短句或者逗号，而是张楚自己的世界观和价值观。这是非常重要的一点。

第二，张楚的经验。张楚的经验不能完全固定在小镇，他一直在创作他自己的世界。但是张楚来北京以后，变化非常大。他自己应该也意识到了。张楚以往的世界里面，时光是相对静止的体系。但是在这部作品里，时光走起来了，时间在流动，在折叠、在变异。最典型的是《金风玉露》，这个时间的折叠术非常高妙，这不是简单的一夜情或者相亲的故事，这个一夜情发生在北京，相亲发生在离北京一百公里以外的小地方。张楚是大都市作家，这种大都市的经验在他的时间观上面表现得非常明确，他的时间完全走动折叠起来，并且在折叠和走动里面书写出大都市个体的冒险和纵欲，这是非常重要的，这个高度续接了波德莱尔和本雅明以来的大都市书写经验。张楚从县城走到北京，在这样一个坐标的挪移和步履的行走过程中，建立起了让人心碎的大都市的经验，这种经验是非常现代的、高度世界化的经验，这个经验可以放在巴黎，也可以放在东京，但同时它又好像只属于北京。

此外，张楚用不动声色的方式完成他的政治性写作。如《金风玉露》有一个内含的结构，就是重逢的结构，而重逢的结构是非常具有现代政治意味的结构。张楚在“后记”里写到，他到北京来的这段时间非常苦闷。他在滦南县城的苦闷和在北京的苦闷是两种苦闷。滦南县城的苦闷是一个文艺青年的志向得不到满足的苦闷，但是到了北京以后的苦闷是高度综合性的苦闷。屠格涅夫等俄罗斯的作家们，曾经长期陷入这种苦闷情绪。所以青春和性在某种意义上都是苦闷的象征，带有强烈的政治性。这是一个特别重要的地方。

第三，张楚有没有他的超越性？刚才大家已经给出答案了，张楚有着他的强烈的超越性。张楚是现实的，但不是现实主义的。《中年妇女恋爱史》里面集中体现了张楚的超越性。当然我也希望他写得更长，甚至写成长篇，包含很多层面，如日常的层面、历史的层面、未来的层面等。张楚以前超越性的结构主要来自道德的热情和对超善的爱的陶醉，其实这只是他形象的一面。

所以你会发现张楚有很戏谑的、反讽的、解构的东西，这是更高级的，比道德的热情和超善的爱更高级、更现代的结构体系。我们很难给写作提供反讽的和重构的视角，在这个意义上，张楚，还有很多在座的作家，我对你们抱有特别高的期待。张楚的写作是真正的世界语的写作，同时又有中国作风和中国气派，在这个意义上我们是跟西方的作家们站在一起的，跟他们进行对峙或者对话，争夺对这个世界的故事的讲述和解释权，我们就能够找到世界语言的地位或者谱系。在这个意义上，无论用多少溢美之词来赞美张楚都是不为过的。但是我们还是要另外对他提出更高的、更严厉的要求。

我特别期待张楚的下本书，你这本书是对你前面所有书的超越，下一本书希望能够超越这本书。

张楚：我非常感动，大家对我的创作从各个角度进行了分析和解剖，有很多观点对我很有触动。尤其是庆祥最后的总结，我才知道原来这是道德的热情和超善的爱。我突然发现这可能是曾经的我的很真实的一部分。其实写了这么多年，也跟同行交流过，有时候写着写着会有特别明显的疲惫期。但是过了一段时间之后，你突然发现放不下这个东西，可能这就是出于骨子里的爱，比性或者别的爱更让你激动、亢奋，让你的荷尔蒙分泌得更加旺盛，这种爱可能到老也改变不了。

刚才建阳说纯文学也是一种类型文学，这个观点特别新颖，对我也很有启发性。欧美是把文学分成严肃文学和类型文学，类型文学里面再细分。纯文学就是一种类型文学，它有自己的评判标准和技术上的规范性。

今天收获很大，写作过程还是挺寂寞的，但是想想有这么多同行跟你一起往前行走，你在黑暗中行走时，能听到旁边有人呼吸的声音也是特别美好的事情。感谢大家，我爱大家。我爱你们，因为你们来自我热爱的那个世界。

日常、历史和先锋

——黄孝阳《人间值得》

12月

22日

2019年

中国人民大学人文楼

杨庆祥：谢谢大家来参加第36次联合文学课，我先介绍一下，然后把主持交给唐伟。今天讨论的主题是作家黄孝阳和他的新小说《人间值得》。

唐伟：首先要感谢黄老师写了这么棒的书。说实话，之前我对黄老师不很了解，看完这本书之后，我能猜到杨老师为什么让我主持，因为我真的很喜爱这本书。

对于一本自己喜欢的书，我可能也不便说太多，我今天就履行一下主持人的职责，先请来自东北辽宁师大的翟永明教授发言。

一

翟永明（辽宁师范大学教授）：我很喜欢这部小说。首先它的破坏性很强，这种破坏性带来一种阅读快感。我从三个关键词来谈。

第一个关键词是“恶”。小说塑造了张三这样一个道德意义上很恶的人，这里肯定涉及关于恶的思考。人性本善还是本恶向来有争议。在我看来，人的本然之性没有善恶之分。现实中的人受社会关系规定，可能是善的，也可能是恶的，也可能是有善有恶的。也就是说，善恶是社会性，而不是自然性。在这样的前提下，善和恶是相对而言的，没有善也就没有恶，没有恶也就没有善。我们说一个人心善的时候是因为恶的存在，善恶不可分割，就像《道德经》所言，它是“美丑相伴、善恶相随的”。

从这点出发，我们在小说中看到的张三不是纯粹意义上的“恶”，而是一直在善恶之间犹疑。他处在人格分裂和自我定位的焦虑状态，他贪婪、龌龊、堕落、冷血，此外，我们在小说里还可以看到他的幻想、恐惧、焦虑或者悲伤。他为了报复父亲可以摧毁许姜，但看到许姜悲惨又会愧疚，还要娶许姜。对小羽，虽然有很多性的成分，但他在小羽死后又会去祭奠。一直到最后，他对始终否定、厌恶、憎恨的父亲说了对不起。

关于张三父亲，我多说一点。张三的父亲是恶的代表。张三奶奶靠出卖身体养活他父亲，最后作为荒年献祭的牺牲品，这成了父亲恶的根源。

张三的恶源于他父亲，这是一种代际传递，他用更卑劣的恶来弑父。但很有意味的是，在小说要结束的时候，小阿姨却说出真相——他父亲先天不育，张三本就是母亲偷情的结果。这个情况下，张三作恶的理由被悬置了，也斩断了弑父的逻辑链条和动力。张三的弑父行为被消解，失去意义，所以他最后才说“爸爸对不起”。这时候弑父的恶被悄然转换，成为带着某种温情的善。

小说一直提到，里面有两个小人在打架，一个是阿波罗，一个是酒神狄俄尼索斯。在两个世界里，张三根本分不清到底哪个是真，哪个是假。小说写了很多他的梦和幻觉，甚至给他设置写小说的安排。梦境、幻觉和小说用两种字体区分，两种字体构成两个世界，形成一种互文结构，产生非常强大的张力。这是恶的第一个层面。

还有一个恶的层面，小说把恶作为社会发展的动力和杠杆。这里的逻辑是，我们世界中的恶是否定力量，没有恶的力量就不会有矛盾，没有矛盾就不可能有发挥作用的杠杆，人就不可能进步。所以在这个小说里，恶是被赋予生命意志或者生命能量的象征。比如张三用“以恶制恶”的手段对付秃头吴主任，他的手段非常阴狠，后来被证明这是最好的手段，也是最强烈的手段。这种恶打破了庸常，冲破了现实道德的秩序，把内心最本真、最原始的本能释放出来。

为了塑造这样一种恶的力量，作者设计了跟张三对应的人物余招福。余招福小时候和张三一样，聪明顽劣，玩牌耍滑，扔石头砸司机，放毒蛇咬老师。他小时候也有狼性，但后来转变成“羊”。他在社会上唯唯诺诺、胆小怕事，正好对应张三的人生轨迹，两个人的对应证明恶里蕴含着生命能量。当然并不是说小说在鼓吹恶，作者只是表达善恶平等，而不是互相对立。

第二个关键词是“女性”。小说塑造了七个主要的女性人物，七个代表、七种象征、七种个性。这些女性在小说里更多的是欲望化身，她们都纵情放浪，但在小说世界里也是被侮辱、被损害的。在污浊世界里她们却保持高洁本性。比如小说几次写到张三在幻境里看到天上的神，张三才感觉黑暗的人生被照亮，导致张三在临终时有一种精神涅槃般灵魂飞跃的感觉。这正应和了黄孝阳老师的那段话，他说“随着脑力对体力的取代，女性将崛起，将主宰，将构建一个崭新的社会形态，成为新结构的奠基者，新规则的制订者，新律法的阐释者，新秩序的捍卫者”。这一段长话，我印象深刻。

这部小说的写作让我想起沈从文，沈从文也写了很多乡村底层女性，也写了很多吊脚楼的妓女。沈从文笔下的这些女性也是天真纯净的，沈从文把她们当作一个载体，传递民族重建的理想，或者一种理想的民族文化状态。孝阳通过这些女性要传递什么？恐怕不是“女性很伟大”那么简单。

当然小说里也写了一批男性。男性和女性完全相反，比如吴主任的猥琐，许国泰的暴力，包括文人刘启明，完全是被侮辱、被践踏或者人格崩毁的软体动物。我发现这本书里没有一个好男人，相比而言，张三是最好的男人。所以我想两性和谐不是说男性压倒女性或女性压倒男性，不是为了张扬这一个而压倒另一个，两性和谐需要一种差异性的平等才能实现。

第三个关键词是“真实”。读孝阳的小说让我不断想起余华，好多细节特别像余华的小说。比如小说开篇谈李芳的身材，让我想起《兄弟》里李光头在厕所偷窥的情节；包括针头嵌入张三屁股，医生们商量着怎么拔针头，让我想起余华写医生肢解尸体时狂欢的情节。我觉得这里体现的是一种荒诞，这种荒诞和余华有关。余华谈过虚伪的作品或者虚伪的形式，他认为我们日常生活形成的经验会疏远一些精神本质。如果我们对事物的描述老是基于大众经验，我们往往会失去对内在独立性的认知。这篇小说的时代感并不强，放到哪个背景都可以成立，这是我的感觉。

最后我想用余华的话来做总结，余华说：“一个真正的作家所寻找的是真理，是一种排斥道德判断的真理，作家的使命应该是向人们展示高尚。这里所说的高尚是对一切事物理解之后的超然，对于善和恶一视同仁，用同情的目光看待这个世界。”

我觉得余华这段话对孝阳老师的小说是比较恰当的注解。

唐伟（中国作协副研究员）：谢谢翟老师，这三个关键词抓得非常准。这部小说里的恶或者说小说家的善恶，不是在道德意义上做二元判断。如果一个小说家只在日常道德意义上预设某种道德观或者善恶观，他不可能写出好小说。接下来有请张凡。

张凡（石河子大学副教授）：我拿到这本书觉得很厚重，类似读1980年代苏童等先锋派的中篇小说的感受。我的发言题目是“后先锋时代的先锋写作”。黄老师身处江南，江南的水土可能更多倾向语言新风格的尝试、创作新逻辑的尝试。如今现实主义创作风气日盛，能坚持先锋姿态的创作，黄老师实属不易，所以我非常赞同封面的推荐语：“先锋文学的扛鼎之作”。这样一种创作姿态非常给力。这不是作家故意的标新立异，呈现出的是作家的创作姿态，或者说选择写作的一种立场。

今天我们看黄老师的先锋写作。相比1980年代先锋派的创作，《人间值得》既有理念上的先锋，更有创作技巧上的突破。70后作家在创作过程中，选择了与60后作家不同的叙事选择。

为什么我认为在理念上有继承，但技巧的特征更鲜明？有两个方面的理由。

第一，人物形象建构的多重性。当下，仍处于转型时期的社会环境中，人已经不是单面的了，是多切面的，这样的人生显得很饱满、很丰富，所以张三身上没有完全意义上的恶，更没有完全意义上的善。哪怕是他在某个瞬间闪现了灵魂的自我救赎，你感觉是善，其实也是恶的延续。恶是人物的核心特点。我觉得作家仍有一种向善的渴望，他把恶表达到极致，是为了表现对善的渴望和呈现。这种人物的多面性说明了转型时期社会生活的复杂性。

刚才翟老师说这部小说的时代背景可能是处于任何时代。这一点我有不同的意见，我觉得这是在社会转型过程中，作家对社会多面触感的自觉呈现。你看不清张三的轮廓，但他又隐约熟悉，每个人都能在他身上找到一点影子。这是作家创作过程中表达饱满性的功力所在。有时候我们看到的人只有一面，其实你在夜晚看这个人和在白天看这个人，在狭小的空间看这个人和在开阔的空间看这个人，可能都完全不一样。这是人物身份的多重性和社会中人的多面化的呈现。

第二，语言的碎片化。互联网时代是碎片化信息时代，作家不免受到时代大潮的影响。语言的碎片化内里是逻辑的碎片化、叙事的碎片化、人生的碎片化，这种看似支离破碎的叙事语言，其实是有内在逻辑的。为什么说这部小说在技巧上呈现出更先锋的状态？正是体现在它的语言上。

唐伟：谢谢张凡。张凡从小说的人物语言出发来谈这部小说。“先锋时代的后先锋写作”，谈得很有见解。我也有一些不同意见，比如你谈到语言的碎片化。这部小说的语言我非常喜欢，有一种刀锋般的质感，干脆凌厉，掷地有声。可能每个人的阅读感觉不太一样。接下来有请王朝军老师。

王朝军（北岳文艺出版社编辑）：《人间值得》研讨会的标题是“日常、历史和先锋”。先锋在中国已经实践了几十年，我觉得是不是先锋并不重要，重要的是在这种超现实主义写作中我们看到了什么。有人看到人物，有人看到语言，有人看到各种技巧，我看到的，可能与前面两位老师看到的有些差异。其实书中的人间可以说是人类的或者人类经验的一个总和。这种人类经验不仅仅是这三十年，还应该包括时间和空间意义上向内的和向外的延伸，向过去、向未来的延伸。好的作品往往是这样，它不为某个时代写作，而是为人类经验而写作。这个经验是什么？不是我们通常认为的日常经验，或者说，不是大家习焉不察的那种正确的经验。它是一种不正确的经验，它通篇都在写“错误的”“不正确的”经验，或者叫反经验、反日常写作。

因此，这里有一个人类经验秩序的重建问题，我们现在都生活在秩序当中，秩序无处不在。什么才是真实？可能观念事实覆盖之下的才是真相，才是真实，才是它的机理。

我们注意到孝阳兄在整个小说中不是以女性本身为肯定，而是以女性的构造、女性的部位作为肯定的。女性的部位是物质、欲望和资本的一种体现。还能看到什么？还能看到物质、欲望和资本对人的物化非常严重，到了我们不忍直视的程度，肮脏的程度。

摧毁和爱的交织，在孝阳兄的《人间值得》里有深刻体现，尤其是它的前三章。我认为前三章是这部小说的“纲要”或者叫“目录”，它们形成一种巨大的对称结构。后面叙事中的那种所谓恶，摧毁，或者说是新生，那种破，在作者内心中，其实是一种灵魂的延长或扩张，最终是终极的虚无。有时候说虚无是什么都没有，其实也不是，这里有死与生。在说的时候不是提出疑问，而是作者已经有了答案，那种扩大无边的生，不是以死和生为界限的。

这是我对小说的一个粗浅理解。当然里面是有希望的。整个小说是“阴性”的。“阳性”的往往是浩大的、宏大的历史，都在声称自己是“阳性”的，是刚强的。而“阴性”恰恰是阳性遮蔽的那个缝隙，在缝隙中体察人类的经验，体察人内心、内在的力量。

此外，我觉得小说中知识的密度似乎对小说的线条产生了一种破坏感。如果说知识密度再小一些，整个小说会不会更有爆发力？

总之，它是一个很重要的文本样板。

唐伟：王朝军的发言很精彩，抓得很准。你说到小说有一点知识炫技的可能，在这点上我跟你不谋而合。如果说对这个小说有一点点不满的话，我希望它更加原始，更加粗暴，更加横冲直撞。

二

杨庆祥：我看《人间值得》的时候，对女性的描写有强烈的不适应感，如果我们把这理解为对女性某种部位的描写，这种方向可能是更好的路径。昨天的新书发布会上，有个读者问我喜欢里面哪个女性，我拒绝回答，因为这里的女性人物不是现实中的女性，它是一个配置。

唐伟：这本小说恰恰是对“political correct”的一个冒犯、挑战、否定，这个“政治正确”所指的是我们日常生活中那些美好、经验的层面。在这个意义上也是应和王朝军所说的这是为人类经验而写作的文本，比如对恶的阐释，它是形而上的东西，是基于哲学积淀下的理解。

刘启民（北京大学博士生）：《人间值得》让我想起西方伟大的成长小说传统，也就是歌德所著的《威廉·迈斯特》，以及他的《浮士德》。《浮士德》要讲述的是，一个现代的人在生命之力的激发下，在人间的漫游、创造、立业的过程，他的核心主题其实就是生命意志在资本主义时代的勃发，这与资本主义上升期的时代氛围密切相关。我在读《人间值得》的时候，脑子里总会浮现出《浮士德》，我想张三在人世间的漫游过程，他的纵欲与具有狂欢化倾向的人格状态，他在少年、青年的不同成长阶段，他与不同女人之间的爱情故事，其实这些背后存在着与成长小说类似的思维结构。

我自己是很钦佩作者的野心的，但是也有不满足的地方。比较《浮士德》来看，歌德的《浮士德》与黑格尔的辩证法哲学被认为是18、19世纪德国思想界的双生花，《浮士德》呈现了18世纪的精神内核，那就是辩证法的哲学。浮士德成长的每一阶段，他的知识追求、爱情追求和事业追求，都内蕴着辩证的分化与统一的关系。

小说里魔鬼梅菲斯特形象，与浮士德之间始终有着善与恶、创造精神与虚无主义之间的交互与对立。《人间值得》里也有类似于魔鬼梅菲斯特的，与作为行动者和思考者主体张三之间的对位形象——文人刘启明。可是与魔鬼梅菲斯特不同的是，这个文人始终是在张三的权力掌控之下，他与张三之间的那些关于恶、关于历史本质的讨论，很难说有真正的对恶的思辨，其实有的时候我会觉得，这种讨论是在给“恶”辩护。我觉得比较有意思的是，他们在讨论道德问题和人的问题的时候，似乎带有科学主义的色彩，就是喜欢用熵增、量子这样的概念来论述，其实是在将道德问题去伦理化。这恰恰是这种论述方式带有意识形态色彩的地方，之所以会产生这样讨论人的问题的方式，归根到底是因为刘启明与张三之间的权力控制关系。这样所谓的“知识”，与“权力”之间不构成辩证的张力，前者似乎成为后者的供养物，表现为小说中张三那种无限膨胀的叙述口吻，以及其病态的纵欲状态，他的恶，在文本中无法被超越。

杨庆祥：权力没有被关到笼子里面，也没有进行互译和对话，这是非常重要的结构性的东西。小说家阿乙曾经写过一个小长篇，是根据真实的案件写的，遭到批评家非常严厉的批评。小说里一个男孩没有任何理由杀死了班上最优秀的同学，手段特别残忍，这个男孩逃亡了，警察抓不到他，他非常瞧不起警察，然后他主动现身让警察抓到他，审判的时候他吊儿郎当，没有任何的忏悔。当时批评家严厉批评这部小说的原因就是认为它在写恶，它没有写一个辩证的对话关系，它是单一性地写恶的结构，这个尤其要引起我们的警惕，所以孝阳这部小说里面的刘启明其实是非常关键的角色。

唐伟：启民刚才将《人间值得》与《浮士德》进行对读，发现这两部小说存在精神结构上的对位性，确实很有启发。

樊迎春（北京大学博士生）：我先说说我认为可以和黄老师商榷的地方。

第一点，这部小说其实包含了很多畅销书的要素，比如说类型化、情节紧凑、爽文，但在市场这些要素之外，我可能还会考虑其他更重要的文学特征，比如语言风格、文本思想、情感表达等。

我们在解构纯文学、严肃文学的概念时，已经不再以小说的深刻性作为评判标准，我觉得创作还是要有基本的底线和原则，即其内在肌理应该是文学性的，表现人和世界的状态——历史状态、生存状态、精神状态，有陌生性，有创造性；或者是提供我们认识、了解这个世界或人类的视野、方法。在这个方面我觉得《人间值得》是有一定欠缺的，可能小说也确实提供了一些个人的东西，但是这种东西的陌生性、创新性或者说文学性，我其实不是特别感受得到。小说给我的感觉是铺陈得特别大、特别开阔，但结尾有点支撑不住。

第二点，《人间值得》以嬉笑怒骂的方式陈述历史创伤、现实罪恶，这让我们可以联想的文本是《兄弟》《第七天》，像是新闻或者说段子的简单编织罗列，不考虑细节真实的问题，书中的描写太过大而无当，完全符合我们那些“中二”的、关于影视的想象，主角光环非常严重，脱离了可想象的现实等问题。基于此，整个故事给读者非常大的压迫感，我们不得不忍着内心极度的矛盾与不适看完小说，感想不妨借用邵燕君当年评价张贤亮时的一句评语：“节制是基本美德。”

第三点，“后记”中作者说自己是妇女之友，说朱璇是要化茧成蝶的，男主所以选择心甘情愿地成全——黄老师怕是对女权或者说女性主义有点误解。刚刚大家谈到“political correct”，但是真的尊重女性理解女性的话其实不应该有这种担忧，我们之所以日常谨慎和担忧，是因为我们内心里都是对自己的观念有质疑的，不确定自己是否触及了红线，所以才胆战心惊。重要的是，这种观念不局限于男性，也包括很大部分女性。在黄老师的文本里，女性其实都是平面化的，或者说是功能性的，尽在男性掌握之中，我也同意启民刚说的“成长小说”的角度。这部小说有点像《青春之歌》，三个男性帮助林道静实现最终的成熟，黄老师文本里的七个女性都是为了成就张三，或者说成就黄老师设定好的所谓的“野兽”，并站在一种高高在上的恩赐的视角：我可以控制你，我看透了你，所以到最后，我恩赐你，我成全你。七个够不够？不够的话再来七个。我觉得我可能需要提醒黄老师的是，即使真的不把女性视为玩物，也不代表尊重女性，因为这恰恰是遮掩了自我标榜的“圣人情结”。

最后要说的一点是，虽然我对文本不是很入戏，但小说中言辞的美感我还是认可的，我非常欣赏黄老师提到的一点——匮乏。第 271 页：“美的反义词，不是不美，而是匮乏。爱也是这样，爱是美的一部分。它的对立面不是不爱，同样是匮乏。”我很欣赏整个文本中体现出来的匮乏之美，看似有权有势、声色犬马，但实际上所有人物的精神和灵魂都是匮乏的，最重要的是信念的匮乏——我们会觉得张三是恶棍，但这样的恶棍有非常美学的一面：一个中学没毕业的退伍军人，信手拈来的是尼采、巴塔耶，我觉得这已经不是扁平人物或者饱满人物的区分，也不是人性复杂、多样性的问题，而是美学问题，类似陀思妥耶夫斯基对个人主体性的认知，关于个人忏悔的、内省的，渴望救赎的东西。问题是张三需要救赎吗？所以救赎他的方式是什么？死亡吗？我觉得死亡这里可以写得更好，朱璇杀死他，但他自己又表示都知道，还对后事做了完美的安排，我恰恰觉得这里是败笔。他这样一个恶贯满盈又内心开满鲜花的人应该有更好的结束方式，美学意义上的精神性的超越或堕落。

唐伟：感谢迎春，女生开始反击了，非常好。迎春说小说给人一种压迫感，我觉得可能是作者有意为之。在这个意义上，我想说这种压迫感还不够，因为你还能让读者有反思，最强的压迫感是让他们没有反思的余地，这才是最牛的，因此，小说的一些知识上的炫技，弱化或者缓解了小说的压迫感。下面有请陈若谷。

陈若谷（北京大学博士生）：我跟大家的阅读感受不太一样，小说中密集知识的展示是逞才吗？我恰恰认为这是写这部小说的初衷，作为知识者的读者理解这个小说，作为知识者的作者写作这个小说。电影 120 分钟，小说 25 万字，都是剪辑的艺术，需要谎言式地营造一个完整世界。艺术中剪除了很多创作者认为不必要的枝节，而这里面有许多人的人生，虽然以正常社会眼光来看，这些大多是无用的枝节，是可以被抛弃的、一小节时间的“弯路”。

我们现在不可能如凡尔纳那样写《海底两万里》，也失去了科幻黄金时代那种写宇宙航行的兴趣。当代小说，并不是进行空间的开拓，而是在进行时间的打捞，怎样叫时间的打捞？就是书写人类的冗余时间。

今天在场的所有人都是从小到大没有走过什么弯路，从优等生到好公民，所以我们很难理解张三这类恶棍和人渣，他们粗鄙生活中为什么有这么多无意义的瞬间？刘启明和余招福这种废人的人生，用我们的价值观来看就是时间的黑洞。小说中刘启明提供的是一种社会达尔文的答案。回到历史中，中国人接受的物种起源并非是达尔文的生物学，而是用赫胥黎的视角来看待人类社会的规律，实际上达尔文的物种起源既有“进化”也有“退行”，但是我们摒弃了这一块规律，单单只接受赫胥黎加斯宾塞。斯宾塞认为人类社会的发展跟生物发展一样，都有一个向前的方向。所以我们认定整个人类发展都是向前的，冗余可以被抛弃、排除。这部小说恰恰写了张三在他的冗余时间里反思了人生的意义，他才有可能在“退行”的势能中触底反弹。

为了辨析这个充满悖论的过程，这部小说才有大量知识结构的存在。张三存在的意义就是一种集体意识的向下流动的过程，他以停滞或者反向的状态去辨别和质疑别人的意识，他的作恶可能也是为他得出生存意义进行的一些准备。

本可以就写这种冗余所具有的悖论价值就很好了，可以成为一种知识意义上的哲学的思考。但小说的名字会叫“人间值得”，因为按照“反现代性”的思路应该叫作“人间不值得”，由此看来，对张三人生的反思又不够彻底、不够先锋。当然可以说，这个书恰恰是现实主义的，而不是什么先锋作品，只是运用现代人的知识结构和情感表达方式去成就的一段现代生活方式。一路解构，冗余看似是很反现代的东西，其实仅仅只是世俗人生的备份。打个比方，在信息工程中冗余的实际意义是：我们的手机面对面传输的信息，可能也会被备份在沙漠里、在大海上。因此，冗余是有效的稳定剂，深藏在现代性里。

杨庆祥：昨天我也谈到冗余，今天若谷回应了。冗余是黄孝阳这个小说结构性的东西，冗余不仅是一种物质的存在，同时也是时间的经验，包括它跟现代以来整个主流的时间之间形成一个对位，我们以为这个东西无用，其实它好像又有一点用，以为它是多余的，但又不是那么多余。所以这个冗余很关键。

唐伟：我同意若谷和庆祥的这个判断，比如陀思妥耶夫斯基的《罪与罚》，拉斯科尔尼科夫的际遇，其实就是展示庸众和精英的对话。拉斯科尔尼科夫的结论是，推动社会文明进步的，应该是我们这些精英，房东老太太这种人就是冗余，他们能对社会文明有什么推动作用？应该除掉。

若谷也好，启民也好，他们实际上是点出这个小说写作的精神背景。我们读这个小说也能感觉到孝阳对西方文学的熟悉，如果我写评论的话会非常担心，在这个小说里，黄老师呈现出的他对美学、艺术包括电影的很多知识，都让人感到难以超越。接下来有请著名批评家赵依。

三

赵依（《人民文学》编辑）：这部小说名叫作《人间值得》，我感觉以它的体量应该提供对人生的恋恋不舍的描写，把作者毕生的人生智慧和经验囊括在其中。读完以后我发现，张三的人间经历，确实是挺值得的。最近也有另一本书叫《人间值得》，两个日本心理学家结合自己真实人生，以非虚构写作的方式向读者剖白人生怎样面对焦虑。

最开始孝阳老师跟我讨论书中新女性的时候，出于编辑的职业，我们会以职业性的分析视角，归纳作者将要给读者展示的观点。在很多小说中，作者意图和文本意图的分裂都出现过，这直接关系到作家如何想象读者的问题。《人间值得》这样的书是会筛选读者的，并不是对所有读者敞开，可能更需要的是真正能够理解文本背后深层次的文化内涵的读者。先说主角张三，这样的人在我们身边都有，他有一些瑕疵，有一些权力，同时读了很多书是有知识的，又是生活中的恶棍，懂得为自己的恶行做辩护。开始读的时候，是找不到它的文学史意义上原型的，不像塞利纳的《茫茫黑夜漫游》那种恶棍式的书写。张三的成长，并不是从恶变成善，只是在弑父的框架下，他不断进行否定之否定，实际上，他想不断地获得某种自由。他的否定之否定也是自我精神的某种需求、是某种割裂产生的东西，这个痛感是非常真实的。

这个故事书写了两部分内容，一部分是人性，人性是第一性；还有一部分是女性，女性是第二性。新女性的角色是他书写的主题。关于女性身体的描述，我觉得这个在当下来谈特别有意义。所有的女性身体都有表演性，有展示性，有危险性。

还有知识性写作，知识性写作已经成为当代长篇小说新的写作趋势，不仅是《人间值得》，我们看到很多重要的作品都有知识性写作，它不仅包括具体的知识话语或者知识论据，还有直接描写知识分子。可以说张三是一个知识分子，他读了很多书，包括文本当中很多知识的东西，这是很有张力的东西，他读这么多书，他又是恶棍，恰恰体现知识的无效性、危险性，甚至有一点荒谬性，用知识进行诡辩，其实是对知识的讽刺。所以我们阅读的时候，作为知识分子读起来是有刺痛感的。我们还是期待看到一个长篇当中，有不同话语的冲撞，那种对立，那种撕裂感。我们几乎在所有反复重读的经典作品当中都能看到大段议论文字，可能同时代的读者会觉得这些似乎是冗余，但是对于未来到访的读者来说，恰恰是这部分东西提供了阅读背景。所以作家如何想象读者，对这部小说来讲，特别关键。

关于七个女人的这个“七”，“七”基本是近几年长篇小说的叙事策略和结构数字，倒不是说“七”不好，而是希望有所改变。

虽然这部小说书封上写着“先锋文学的扛鼎之作”，但他并不是采用既往写实的方式，里面有很多理念性的东西和作者的隐喻需要我们去发现的。

作者虽然声称书写的是新女性，事实上，他依然是用男性的价值观、男性对新女性的想象去谈论，可能这一点是有待讨论的。其实我们在经典文学史的建构中发现，每当我们要谈论新女性，女性主义要往前走一步的时候，这个文本当中势必有一些刺痛感。

希望孝阳老师能带着我们对人性的疑惑，在下一部长篇中提供更明确的指示，这是我的期待。谢谢。

唐伟：谢谢赵依，发言展现了她作为《人民文学》的编辑惯有的犀利和深刻，她认为这部书孝阳老师预设了一个理想读者，我也觉得他应该再敞开一些。目前来看，如果没有一些文学阅读，没有观影经历，没有艺术知识，读这本书会比较难进入。

杨庆祥：刚才赵依有两个关键词很重要，一个是未来到访的读者。我以前读路遥的《平凡的世界》时，这种感受非常强烈。曾经有段时间，我特别讨厌路遥小说里面的大量议论，但是我在年纪渐长的过程中慢慢觉得也挺好，读者读这大部分议论可能也有这个感受。所以“未来到访读者”这个概念特别重要。还有一个问题是含糊提到的新女性的问题。我读黄孝阳这部小说的时候，觉得叙事者其实是非常矛盾的，他身上有一个新男性的想象，但是里面又有一个非常旧的男性的想象，就像两个鬼在那里纠缠、打架一样。刚才也提到这里面有大段的对女人部位的描写，重新召唤身体并赋予它主体。这样一个对主体的身体部位的描述，跟《金瓶梅》里面的有什么区别，跟亨利·米勒的又有什么区别，我们怎样给它一个坐标的界定，这个是很麻烦的事情。

陆丽霞（中国人民大学博士后）：小说的宣传语中写这本书是“先锋文学的扛鼎之作”。那么我想在中国先锋小说的发展脉络中去审视这部小说。第一，中国先锋小说已经走过了将近四十年，在这四十年里，当年先锋的、前卫的写作技巧，已经成为我们文学爱好者与文学研究者潜在的知识结构与习以为常的思维模式，比如元叙事、荒诞性等。当年的某些先锋的写作技巧可能已逐渐成为当下反先锋的存在。作为仍在保持先锋姿态的作家来说，要获得更多的先锋感则需要付出更多的努力，实现更多的超越。黄老师的先锋姿态是很让我敬佩的。

第二，从先锋小说的精神内核，这部小说与早期先锋小说是存在着密切关联的，1980 年代先锋小说家所面临的重要背景是从书写“政治的人”回归到书写“日常生活的人”，在这样的情况下，作家需要反叛原有的伦理道德（如余华《现实一种》），或者重新反思人与世界的关系（如余华《十八岁出门远行》）等。近四十年后，社会环境发生了重要的改变，1980 年代的“日常生活的人”面临新的问题，比如如何处置自己的欲望，如何在急剧变化的时代中安置自己的“身”与“心”等。在这部小说中，作者看似是聚焦于小县城青年张三的成长故事，实际呈现的是在广阔的视域下人的自我问题。吉登斯在《现代性与自我认同》一书中谈道：“成为一个‘人’不仅仅是要成为一个具备反思性的行动者，而且还需具备人的概念（用以描述自我及他者）。”看黄老师这本书让我想到了这句话。小说中的张三，一直在自我反思，一方面他主动作为，但是另一方面他跳出来审视自己，认为自己的行为是“恶”的，在不断的回顾中前行。从某种程度上来看，他是具有反思性的行动者。小说中，张三通过写作来描绘自己，对自我进行反身性思考；小说还设置一个读者刘启明，这个刘启明可以看作是张三的另外一面，通过与刘启明的不断对话，张三的形象也更为立体。小说中的七个女性也是作为“镜子”去表现他的“自我”，多个女性呈现了张三的多个面向。

第三，看到“人间值得”这个书名，我想到了关于人活着的问题。在余华的《活着》中，余华强调中国人的“坚忍”。而这部小说所呼应的是当下所谓的“人间不值得”的风潮，那么它所能提供给我的是一种怎样的启示呢？我认为是人该怎样反思自己，怎样超越自己本能的欲望。在小说中，有很多细节都有隐喻功能，如张三对许姜的感情最初是建立在恨的基础上，但最后他又能超越本能的欲望走向责任心或者说是通往救赎之路。比如说张三对李芳的感情，他虽然对李芳有身体上的欲望，但是张三知道李芳是追求权势，并不是真正的爱他时，他选择拒绝去赴约。再比如张三对小羽的爱与悼念。以上举例，都可以看到张三内心是渴望超越本能的欲望，希望获得更为博大的爱。

唐伟：刚才陆丽霞说到《人间值得》主人公是具有反思性的行动者，这个说法很好，也回应了迎春对这部小说的人物的看法，如果主人公张三对人性的救赎可能的话，那么迎春和丽霞可能构成对话，迎春看到的是行动的一面，丽霞看到是反思的一面。

王德领（北京联合大学教授）：我认为孝阳的写作发生了很大变化。这部小说让我想到王蒙的小说，猛一看不太像小说，因为王蒙小说大多是随笔体的写作方式，这种写作方式对写作主体有一个很大的考验，如何依照个人才华不停论辩，把一个东西写下去，不是靠人物和故事取胜。传统小说是铺陈人物，搞好多细节，大量的人物、大量的情节来组织小说。它在结构上和传统小说是不一样的。孝阳在后记里说是生命力的咆哮，我非常赞同这个观点，他的小说里面的主体性都非常强，其实现代文学史从《狂人日记》开始主体性都很强。后来他的小说主体性在衰落，1980年代的时候曾呼唤过人，呼唤过主体性，但是自1990年代以来又在衰落，我们看不到作家本身特别高扬的生命意志、特别强大的内心，这些都淹没在一些情节和故事中，淹没在对现实的描摹里，我们看不到作者的面孔。孝阳这方面做得很好，这也说明他的艺术创造力、生命力特别旺盛。

孝阳对男女关系的描写，不是普通的对男性、女性关系的理解，他对身体部位的思考也是一种对位法，某种程度上是小说里面“我”的对应物，“我”的幻化。它是一个很强大的主体，把所有的人物都囊括进去，并和他自己的内心、灵魂进行对话。刚才刘启民谈到《浮士德》的对位阅读，确实可以做这种对位阅读。它是超越现实的小说，《人间值得》是从人性的角度来写的，这样的写作在文学史上有很多，但是写得好的非常少，所以我期待孝阳从这个角度再写下去。

刚才提到知识性写作，可以说从新世纪开始这种写作非常多，但是写得好的也不多，像李洱的《应物兄》里面也有很多知识性写作。知识性写作其实是小说的自救，小说如何超越百度百科，如何超越现实经验、文学经验，如何把除了汉文之外的世界人类经验集合起来，确实需要很大的写作雄心来支撑。

从技术角度来说，建议孝阳删掉一些东西。比如第 548 页，一个中年人在贴小广告，城管来了以后他开始跑，像这些细节有点过于炫技。当然从另外一个角度来说，从写作生命力很旺盛的作家来说，可能“删去”也造成一种伤害，比如我看莫言的《生死疲劳》，如果我当责任编辑会建议莫言至少删掉七万字，但是后来我又推翻了这种想法，因为主体生命意识很强的作家，他在写作的时候就是这种状态，是一种喷涌式的，如果删的话会把他的文气打断，会有这个问题。所以节制是很难的，包括世界文学名著，像《巴黎圣母院》里面有大量的铺排，这可能是艺术的本质，也不一定是缺点。

唐伟：谢谢德领老师，他谈到人物的主体性和生命的咆哮，这一点抓得很准。现在很多半死不活的东西，看起来让人昏昏欲睡。

杨庆祥：这里有一个问题，孝阳兄一方面是知识性的写作，另一方面又是咆哮型的写作，要把知识咆哮出来是很难的。写作不能是死知识，只有我读了你的知识以后，你对知识的理解、见识能够“洞开”我，那才是真正的知识性写作。

白亮（北京外国语大学副教授）：我给自己定了一个题目，叫作“俗事、魂灵与自我认知：理念与经验的抵触”，我想从以下四个方面来谈。

第一，整部小说最打动我的地方在于叙述的方式。整部小说用了三种叙述方式：

我、你、他。“我”始终以张三的口吻叙述经历了什么，“你”在别人眼中叙述张三，“他”则有好几种方式。比如我最欣赏的是小羽死后，张三一页一页地看小羽的日记。我在这里看到了“他”。

第二个打动我的地方是伦理。小说的伦理写作最好的地方就是张三如何看待他与父亲之间的关系。作为读者，我们可以看到，因为有对父亲的不屑心理，所以他的所有行为都是可以被原谅的，甚至不是恶。这个恶的真正之处在于叙述产生的伦理困境。

第三，女性。我个人觉得这部小说如果是以女性为主题来写的话，可能比张三更能巧妙地打动我。比如小说的女人中写得最好的是小羽。她是唯一一个可以与张三平视的人。这才是现实当中活生生的经验。如果只写一个女人，就写小羽，她就是“人间值得”。

第四，小说的理念宣传大于本身的故事。小说有过多的理念和经验，我读到的时代和小说要表现的经验之间是割裂的。这个割裂的目的是宣扬善和恶的对立，这是需要反思的。

对我来说，一篇好的小说在于当下现实和作者的生命体验是血脉相连的。张三不是一个活生生的人物形象，他就是一个理念的化身，就像他可以是张三，也可以是李四、王五。

唐伟：感谢白亮老师既富有学理又富有激情的发言，我读这部小说的时候也没有觉得它有多么先锋，特别是小羽这个人物。可能小说里面人物的设置是功能性的，但在小羽这里就要打问号。

朱明伟（中国人民大学博士生）：这部小说为什么那么令女读者不快，因为它的形式导致了男性中心主义话语特征。小说是一个元叙述，这是最大的形式症候。如果是博尔赫斯来写可能会是《恶棍张三》，卡尔维诺来写可能是《张三的一个夜晚》。具体来说，作为叙述者的张三，看似有着很好的自省能力，但是当他成为主人公的时候，就不具备这种能力了。小说第六节，张三上门找一个文学编辑，要刊载他的小说，然后被编辑以种种“文体”上的否定而拒绝，他就动用自己的资源把编辑痛揍了一顿。这是编辑和作者权力关系的反转。从此之后，整部小说都有着非常严重的叙述者中心主义/男性话语中心主义的倾向。以叙述快感为动力的写作过于依赖作者和读者之间的阅读契约——固执想象中的阅读契约，我认为这是从先锋小说成为潮流以来一直没有被好好清算的问题。

到了第七节，作者也引用了很多和阅读契约有关的作者、小说人物（比如博尔赫斯的小说），提醒读者阅读契约的存在。之后，作者自己也渐渐发现契约的限制，所以他也会置入金庸小说等作品中的桥段。然而这些仍然是有内在的阅读契约的，是要为叙述者中心的话语形式造势的。

那文本中有没有反叙述者中心的元素？我认为小说中的女性人物是可以分层的，而不完全是功能性的。小羽就是有主体性的形象，她是唯一有写作和阅读能力的女性，比起来朱璇就只是一个叙述道具。小羽死后，张三在坟头读她的日记。小羽不是弑父的人物，她试图重建和父辈的关系，和叫嚷着弑父的主人公就形成了对比。如果小羽没有被你很粗暴地驱使掉，小说会有一种反拨恶的、建造善的可能。于是当你把朱璇寄托为一个超越的、善的形象时，大家读来会觉得很突兀，很不真实。因为朱璇此前没有表现出内在的、精神性的品质，她只是一直在帮助叙述者完成叙述。卡尔维诺《寒冬夜行人》的形式特征是“不断中断的叙述”，而孝阳这本书从不中断叙述。这个叙述者始终要为自己作特别直男的辩护，用特别直男的方式来占有读者。

我们怎么去重评先锋小说，历史现场中的先锋小说本身有着极强的脱离历史的诉求。孝阳的小说，也有一个叙述者为文本制造规定性的特点，因此容易画地为牢，并不能引发读者对人物和当下的体贴与反省。但我认为小说的结尾是成功的：逃逸的、新生的朱璇既代表对新女性的想象，也是一种指向未来的预言。历史上的先锋小说并不具有预言性，但是《人间值得》有预言性。这是它的超越之处。

四

杨庆祥：这是朱明伟在我们联合文学课堂上说的时间最久的一次，他以前发言都是三言两语就没有了，这次时间最久，说得也非常到位。他提到的一个关键信息尤其重要。他说小羽是一个有书写能力的女性，所以她才能跟张三进行精神上的平等对话，这个太重要了。

其他女性，比如李芳完全是部位化的女性存在。孝阳运用了大量的隐喻、典故，来求证小羽的身份和救赎之间的某种关系，比如锁骨菩萨之类的典故，让人想到现代文学史上很多对妓女的经典描写。

赵天成（中央民族大学讲师）：这部小说虽然有很强的实验性，但我们更多的还是把它当成具有现实主义逻辑的小说来看。如果从这个角度出发，张三这个人物太弱，小说中的女性也不是有血有肉的人，而更像是抽象化的承载作者思想的容器。我不太认同冒犯女人的观点，小说如果说冒犯了女人，它也冒犯了男人，冒犯了父亲，冒犯了历史，冒犯了所有的人。

这个小说最重要的不是男人和女人的对立，而是知识性写作的问题。张三读了太多的书，他的行为既不符合他的身份，也不符合他的经历。每当看到张三引经据典的时候，我会觉得离这个人物很远。

那么，怎么解决这个问题？有一种办法是我们去调试尺度，把它写得更张扬、更直接，或者更节制、更克制。但是我更期待的是另外一种形式，因为按照黄老师的特色，他应该成为一个有独创性的知识性写作的作者，而不是变成传统的扎根现实主义逻辑的作者。

小说是作者思想的反映，作者需要找到对应的表现形式。所以我也期待黄老师能够创造一种新的小说形式，来容纳他这种不断闪光的思想。

王逸凡（中国人民大学博士生）：我第一次参加有作家亲临现场的研讨会，研讨会得说真话，当然说真话不一定是说坏话。

第一个，我日常的阅读一直沉浸在20世纪历史当中，但同时各种各样的现实事件我也在认真关注。这产生了一种感觉上的割裂性，能不能依靠当下写作来给我一个中介？首先，在可读性上，刚才大家谈到黄老师“设置”了非常理想性的读者。杨老师也谈到“未来到访的读者”，但如果用路遥举例的话，我不认为路遥是1990年代或者新世纪之后才能被理解的作家，因为他在当时的时效性和轰动性已经构造起当时和未来的关联，这是很了不起的地方。

黄老师了不起的地方在于，他对人生的探索非常下功夫，同时又说谈多了“我”会自恋，于是需要和他者互动。这里面我想到一个问题，我们想把人的主体性当作一个主题加以探讨的时候，这个难度有多高？黄老师在书里说是“自我认知的焦虑”，这个焦虑今天的人不可避免，每个人都会有。因为黄老师是70后，我是90后，我认为70后的焦虑在于，他面对的他者是更大的他者，90后是不同的，更加细密的“主体治理术”已经深入我们的毛细血管，他者看不见也摸不着。90后没有像唐老师说的那么嗨、那么爽，因为你们有一个同时代的大他者，可是到今天这个大的他者会分散成一个个具体的，像手术刀般地“侵犯”到身体的边界。我读起来，你每一个点都试图回应一个问题，但每走到一步遇到新的荆棘的时候，你很难抓住它。所以我读的时候会感到困难。

另外就是黄老师这个热情。几位师姐用歌德的成长小说举例，我不直接拿西方经典作家来谈，我觉得在中国自己的写作传统当中可以找到这些因素。比如路翎，也是在大时代里不断徘徊，在各种各样的变动当中遇到各种各样的人，最后面对一个时代的精神问题。这个热情和主观精神既是小说主人公的，同时也是作者自己的，可是这个热情能不能采用先锋的叙述方式达到？刚才好多老师提到余华，我认为余华前期和后期不太一样，这部小说更像《兄弟》，跟《活着》不太像。后期的余华面临一个很大的问题，你看他的小说，再同时看他发出的对于现实的评论，我觉得读者从这个作家身上，获得不了新的看法。这个能力的消失可能跟作家想要把握一个时代，却借助了已经没有那么有冲击力的文学形式有关，毕竟先锋文学在1980年代的冲击力已经消失了。时过境迁，如果还想借助这个形式来达到某种效果，这个难度需要我们思考。

最后，我觉得1980年代的先锋小说家不会起这样的书名——“人间值得”，这个名字让我们觉得这可能是部暖洋洋的小说，起码是一个正能量的。1980年代的小说家不会这样取书名，但是“人间”让我想到凭借对各种各样事情的描写，用报道、用摄影、用非虚构写作去直视人间的各种情况。所以这个“人间”给我带来“实感”，而不是抽象的“人类”概念。我们从作家自己的写作当中体验到你这个文字首先要有力量，这个力量能够穿透这个文字从而达到真正的现实。

杨庆祥：对话永远是最重要的，黄孝阳这部小说其实是一个跟时代对话的小说，他试图跟时代里面最重要的历史、思想这些原点性的东西进行对话，所以张三是他对话的一个化身，可以说张三就是一个“大话筒”、一个“大喇叭”，他就是要与时代进行对话。竹内好说鲁迅跟他同时代所有作家不一样，因为鲁迅不停地跟时代进行对话。今年黄孝阳这部小说出来以后我很惊喜。我上次评茅奖的时候特别推崇《应物兄》，《应物兄》非常重要的特质是它与这个时代进行对话。《应物兄》的对话非常有意思，它是窃窃私语，小声说话。黄孝阳不一样，黄孝阳是要挺身而出，嚎叫，长嚎。这两种对话非常重要，要对话，而不是像很多作家关起门来编一个故事，或者关起门来写一个非常离奇的充满戏剧感的东西，我现在对戏剧性、对离奇高度警惕，因为这种东西很容易把我们的主体消灭掉，让我们变成非常温顺的享受这种快乐的读者。我们的观众和读者越来越变成这样一群仅仅追求生理快乐的人。

读者和作品要保持对话的关系、张力的关系，而不是去消费它。现在这种无意识的消费成为非常可怕的文化样态，这个文化样态现在正在弥漫，控制我们的精神生活，而且有时候以时代前进的名义，这方面我们需要一点保守主义。

黄孝阳这部作品有一种非常冒犯的东西，它不仅是冒犯女人，也在冒犯男人，也在冒犯历史，也在冒犯英雄主义话语，冒犯语言叙事，冒犯王小波、卡尔维诺、纳博科夫，他把他们都调侃一番，里面也有“投降，缴枪不杀”，那是对“革命”话语的冒犯，王朔式的冒犯。所以这里把所有东西都冒犯一遍，不管冒犯得怎么样，或者冒犯得还够不够，这个冒犯本身非常重要。很多流行的作家表面看起来有一副叛逆的嘴脸，内心却无比的“君君臣臣”，他们在非常安全的框架里冒犯，他们的等级制度非常森严，是另外一个“梁山泊”，他们一天到晚地想换得更多的银子，这是需要非常警惕的。

真正的冒犯、对话是对我们这个时代审美滤镜化和美颜化的一个拒绝，我们其实需要很多粗糙的、荆棘丛生的审美，不要那么精致。然而我们这个时代的审美完全被美颜和滤镜所阻挡。比如李子柒，为什么？无害化、俘虏化、去势化。李子柒在短视频里那种矫揉造作，比如穿着汉服跑步，跑步的时候一定要有小雨，还要有风（当然是鼓风机制造的风），把衣服脱下来往旁边一甩，然后摘一片荷叶，荷叶上刚好有露珠滚过，摘下来蒸一个糯米荷叶排骨，仿佛田园生活比维多利亚时代还美丽，其实这完完全全都是电视剧里的镜头。这种虚假到无聊的东西在被追捧。所以在这个时候，尤其需要真正从事写作的人，真正具有书写能力的人进行辩驳和对话。你可以有你的审美，我们也有我们的审美，我们并不是说你的对话不合理，但并不全部是那样。像李子柒这种东西是速朽的，甚至你们可以想象，如果这东西成为覆盖一切的东西，一百年后回头来看 2019 年中国人怎么生活，如果 2019 年中国人就是李子柒这样的“生活”，这就完蛋了。

所以从大的诉求上来看，孝阳的写作我特别尊敬，他作品的叙事和审美没有被体制化。我希望你一条路走到黑，把这种写作追求继续往更极端的方式发展。

另外刚才天成讲了一点挺有意思，就是形式的问题。现在我们又开始不谈形式，又去谈主题，主要是写什么，不是怎么写。中国作家的形式感不是太强，还是太弱了。孝阳已经做得非常好，但还是有很大的空间。小说的结构层面，我最感兴趣的是张三在里面的潜文本，另外一个文本的作用。小说前面几章非常有意思，但是到后面你越来越被张三的生活带着跑，制衡的文本没有制衡住，刹车没有踩住，导致小说的结尾有点弱——突然变成朱璇，这个转化非常奇怪，朱璇跟张三之间的对话也突然从形而上的层面变成形而下的层面，这让我也很难接受，比如一个亿，密码是多少，突然变成商业片的感觉。所以这里还是有空间的，如果以后再版，这个还是可以再作考虑、处理。

最后一点，“人间值得”这个题目大家没有深入讨论，这个题目本身已经暗示了，在这部小说里面除了叙述者张三以外，还有一个更高的视角来看人间值得或者不值得。这个“人间值得”并不是黄孝阳觉得这个人间值得就值得，张三觉得这个人间值得就值得。不是，最后是由“那个人”在看。这就像陀思妥耶夫斯基《卡拉马佐夫兄弟》那个特别重要的形象——沉默的大法官，那个大法官不说话，他沉默，这个沉默造成巨大的空间。这个沉默都需要去处理。我们看到黄孝阳这部小说里面热烈的生活，七个男人、七个女人，但是我们需要看到里面沉默的东西在什么地方，沉默也很重要。所以我对这个结尾最不满意的地方在于，本来我一直期待最后抽身而去，能够立在云端，用你的沉默审判一切或者怜悯一切，但是最后竟然坠落了，选择了最通俗的商业逻辑——“给你一个亿”，这倒是很真实地反映了我们这个时代的精神症候，但是不是对小说的要求。

唐伟：刚才庆祥老师说到小说里面的冒犯，我突然觉得对黄孝阳小说的冒犯是对他最大的尊敬。大而言之，对经典的冒犯其实就是对经典最好的致敬。接下来的时间交给今天的主角黄孝阳老师。

黄孝阳：感谢大家的真诚讨论，这种讨论给人带来智力上的愉悦。我的一些小说能够在今天得到大家的关注，不管是批评的，还是鼓励的，关注本身对我来说就是最大的价值，所以非常感谢。

刚才讲到新形式，我是做了这方面的努力，比如像《旅人书》这种非常形而上的，尤其像《众生：迷宫》把当代小说的概念以及某某文学观推到极致，可能像先锋小说那样，甚至把“注”当作一部小说文本的主体来做的，在先锋技法方面，因为好奇心所在，不断追求突破。在技巧方面、技术性方面，是想“回到地面”写这部小说。

这部小说，我写第一行字的时候，有一个很强大的线索逻辑，就是为我的兄长们立传。我是江西人，在县城长大，我的兄长们还活着，有的走到市里，有的走到省里，有的成为一方的强势人物，有的一呼百应，也有的自杀了。我是1974年出生的，他们大概比我大几岁，我想为这些人立传。

再次向诸君表示谢意。